BASTEI
LÜBBE

BASTEI LÜBBE JASON DARKS SONDERAUSGABEN IM TASCHENBUCH-PROGRAMM:

Paperback
73500 Hexenküsse
73501 Voodoo-Land
Jumbo-Bände
73 951 Festival der Blutsauger
73 952 Die Hölle auf Erden
73 953 Grüße aus dem Fegefeuer
73 955 Jenseits der Angst
73 956 Wenn aus Freunden Monster werden
73 957 Hexen – Geister – Teufelsdiener
73 958 Wenn die Hölle dich verschlingt
73 959 Rückkehr aus dem Reich der Toten
73 960 Baphomet II
73 961 Das Schicksal des Templers
73 962 Im Namen des schwarzen Tods
73 963 Hexenfluch
73 964 Der dunkle Gral
73 965 Morganas wilde Meute
Kultausgaben
73 966 Wie alles begann
73 967 Die Conollys
73 968 Suko und Shao

JASON DARK

Die Welt des

JOHN SINCLAIR

JANE COLLINS – PRIVATDETEKTIVIN

VIER SPANNENDE KULTGESCHICHTEN

BASTEI LÜBBE

BASTEI LÜBBE TASCHENBUCH
Band 73 969

1. Auflage: November 2007

Vollständige Taschenbuchausgabe

Bastei Lübbe Taschenbücher
in der
Verlagsgruppe Lübbe

Die Veröffentlichung dieses Werkes erfolgt durch Vermittlung
der Autoren- und Verlagsagentur Peter Molden, Köln.
Lektorat: Rainer Delfs
Titelbild: PantherMedia/Manfred Vogel
Umschlaggestaltung: Tanja Østlyngen
Satz: Wildpanner, München
Druck und Verarbeitung:
Nørhaven Paperback A/S
Printed in Denmark
ISBN 978-3-404-73969-1

Inhalt

DIE HOCHZEIT DER VAMPIRE

Kalt pfiff der Wind über die karstigen Höhenzüge hinunter ins Tal. Der einsame Mann fröstelte. Er hatte den Kragen seines dicken Mantels hochgeschlagen und stemmte sich geduckt gegen den Wind. Der Mann hatte es eilig. Um Punkt Mitternacht wollte er an dem bewussten Treffpunkt sein. Urplötzlich blieb der Mann stehen. Ein Geräusch war an seine Ohren gedrungen. Es war ein gefährliches Knurren, das sogar das Pfeifen des Windes übertönte.

Der einsame Wanderer bekam es mit der Angst zu tun. Er drehte sich um, wollte weglaufen, doch da hatten sie ihn schon eingekreist.

Gelbe, tückische Augen bannten ihn auf der Stelle.

Dem Mann stockte der Atem.

Die Wölfe waren da!

Die vier grauen Schatten huschten auf die Straße. Wie Schemen waren sie aus den Büschen zu beiden Seiten des schmalen Weges aufgetaucht.

Sie hatten auf den Einsamen gelauert.

Der Mann zitterte plötzlich. Kalter Schweiß legte sich auf seine Stirn. Er bereute es, sich auf den Weg gemacht zu haben. Aber er war Geschäftsmann, musste sehen, dass er Geld verdiente, und Horror Tours waren etwas Außergewöhnliches.

Der Mann hieß Janos Ruff. Im vorigen Monat war er vierzig Jahre alt geworden und er hatte vor, doppelt solange zu leben.

Ruffs Gedanken stockten.

Die Wölfe schlichen näher. Kein Laut war zu hören. Die Bestien bewegten sich wie auf Samtpfoten.

Ruffs Blicke irrten zwischen den gelblich funkelnden Augen der Tiere hin und her. Jeden Moment rechnete er damit, dass sie ihn anfallen würden.

Nichts geschah. Sie standen um ihn herum und lauerten.

Sekunden wurden für Ruff zu Ewigkeiten. Wenn er doch nur etwas tun könnte …

Mit der Zeit flaute die Erregung ab. Seine Zunge huschte über die spröden, aufgerissenen Lippen. Der Wind trocknete den Schweiß.

Ruff atmete durch den Mund. Noch einmal riss er sich zusammen und wagte den ersten, vorsichtigen Schritt.

Dann den zweiten ...

Die Wölfe wichen zur Seite, bildeten eine Gasse.

Ruff atmete auf. Langsam und auf Zehenspitzen ging er weiter. Er hielt den Kopf zur Seite gewandt und beobachtete aus verdrehten Augen die Bestien.

Sie folgten ihm, flankierten den einsamen Wanderer.

Wie Leibwächter, dachte Ruff. Vielleicht waren sie es sogar. Vielleicht hatte der Graf sie vorgeschickt.

Ja, so musste es sein. Eine andere Möglichkeit konnte sich Ruff nicht vorstellen.

Er sah zum Himmel.

Wolkenberge türmten sich dort oben und wurden von dem Wind wie Spielbälle durcheinander geschleudert.

Der Mond war nicht zu sehen. Es funkelte auch kein einziger Stern. Es war eine Nacht zum Fürchten. Ideal für dunkle Gestalten aus dem Totenreich.

Janos Ruff ging weiter. Karren und Wagen hatten tiefe Furchen in den Weg gegraben. Die Erde war hart und trocken. Es hatte lange nicht mehr geregnet.

Die Wölfe waren noch immer da, ließen den Mann keine Sekunde aus den Augen.

Ruff ging schneller. Durch den Aufenthalt vorhin hatte er zu viel Zeit verloren. Und er wollte pünktlich sein. Zu viel hing davon ab.

Dann hatte er sein Ziel erreicht. Ein anderer Pfad schnitt seinen Weg, er wurde zum Kreuzweg.

Der Kreuzweg! Mythen und Legenden rankten sich darum. Der Kreuzweg war die Inkarnation des Bösen. Gerade in Süd- und Osteuropa spielte er eine große Rolle. Er wurde von den Menschen gemieden, denn er galt als Treffpunkt der Untoten und Hexen.

Janos Ruff blieb stehen. Ein unheimliches Gefühl beschlich ihn, denn auch er kannte die alten Geschichten.

Ruffs Blick wanderte ein Stück zur Seite, saugte sich an der knorrigen uralten Eiche fest, die ihre dicken Äste wie lange Totenfinger in den grauen Himmel reckte.

Der Galgenbaum! Noch vor siebzig Jahren hatte man hier Mörder und Sittenstrolche gehängt. Nachts – meistens bei

Vollmond – sollten die Geister der Verbrecher noch heulen und wehklagen.

Ruff dachte an den Mann, den er hier treffen wollte.

Graf Montesi. Er kannte ihn nicht, hatte vorher noch nicht einmal von ihm gehört. Brieflich war der Graf an ihn herangetreten. Er hatte Ruffs Annonce in der Zeitung gelesen.

HORROR TOURS – *Eine Reise, die mehr ist als ein Abenteuer. Wenn Sie etwas Besonderes erleben wollen, dann buchen Sie bei* HORROR TOURS! *Wir garantieren für Gänsehaut!*

Dann war der Anruf von Graf Montesi gekommen. Der Graf hatte sich nach den Bedingungen erkundigt und sein Schloss zur Verfügung gestellt. Es lag irgendwo in den Karpaten. Ruff sollte erst heute Einzelheiten erfahren. Doch eins musste er dem Grafen versprechen: Er durfte mit niemandem über dieses Treffen reden.

Da Janos Ruff sowieso ein Einzelgänger war, hatte ihn das nicht weiter gestört.

Ruff sah auf seine Uhr.

Noch zehn Minuten bis Mitternacht. Dann würde sich alles entscheiden.

Wieder warf er einen Blick zum Galgenbaum hinüber. Die vier Wölfe hatten sich vor dem dicken Stamm niedergelassen und belauerten Ruff.

Unruhig ging Janos Ruff hin und her. Wirre Gedanken tanzten in seinem Schädel. Er war neugierig und ängstlich zugleich. Wenn das Geschäft klappen sollte, dann brauchte er sich keine Sorgen mehr um die Zukunft zu machen.

Hufgetrappel schreckte Ruff aus seinen Gedanken. Es kam von Osten und wurde schnell lauter.

Auch die Wölfe hatten das Geräusch gehört. In lauernder Haltung starrten sie in die entsprechende Richtung.

Sollte der Graf etwa auf einem Pferd kommen? Oder waren es Soldaten, die …

Etwas schälte sich aus der Dunkelheit. Etwas Großes, Wuchtiges. Pferde schnaubten.

Janos Ruff sprang unwillkürlich einen Schritt zur Seite, als die beiden schwarzen Tiere vor ihm auftauchten und wie von Geisterhand gelenkt anhielten.

Janos Ruff stockte der Atem.

Die Pferde zogen einen Wagen.

Einen Leichenwagen!

Jede Einzelheit prägte sich in Ruffs Gehirn ein. Der Leichenwagen war pechschwarz. Vier hohe Räder trugen ihn. An den vier Ecken steckten in eisernen Haltern Kerzen, die ebenfalls schwarz waren. Die Flammen wurden von einem Glaszylinder vor dem Wind geschützt. Die Fenster waren im Innern des Leichenwagens durch dunkle Vorhänge verhängt. Zwei prächtige Pferde zogen den Wagen.

Die Tiere standen still und hatten die Köpfe gesenkt. Aus ihren Nüstern drang warmer Atem, der wie eine Wolke vor den Mäulern stand.

Janos Ruff räusperte sich die Kehle frei. Er traute sich nicht, die Tür des Leichenwagens zu öffnen. Mit pochendem Herzen wartete er ab, was geschah.

Zuerst blieb es still.

Dann hörte Ruff ein Geräusch aus dem Innern des Leichenwagens. Die Tür wurde geöffnet.

»Komm her!«, hörte Ruff eine leise, aber dennoch befehlsgewohnte Stimme.

Janos Ruff setzte sich in Bewegung. Da er seitlich des Leichenwagens gestanden hatte, musste er um ihn herumgehen, um zur Hinterseite zu gelangen.

Der Dreck knirschte unter Ruffs Sohlen. Überlaut kam ihm das Geräusch vor.

Janos Ruff wich den Türflügeln aus und konnte endlich in den Leichenwagen sehen.

In derselben Sekunde traf ihn der Schock.

In dem Leichenwagen stand ein offener Sarg …

In London blätterte ein gewisser Bill Conolly einen Stapel Zeitungen durch. Unter anderem fiel ihm auch ein Blatt in die Hand, das erst seit einem Jahr auf dem Markt war und meistens von Skandalen berichtete.

Bill Conolly war freier Reporter. Da seine Frau Sheila ein

großes Vermögen mit in die Ehe gebracht hatte, konnte er sich seine Beschäftigung aussuchen. Meistens jedenfalls. Er schrieb mal für diese Zeitschrift und mal für jene. Im Augenblick arbeitete er an einem Reisebericht über Südamerika. Er hatte den Kontinent vor einigen Wochen mit seiner Frau bereist, und die Eindrücke waren noch dementsprechend frisch. Wenn Bill nicht schrieb, ging er meistens mit seinem Freund Inspektor John Sinclair auf Geisterjagd. Sehr zum Ärger seiner jungen Frau Sheila.

Aber sie war für drei Tage verreist. Es ging um eine Filiale, die das Werk, das Sheila gehörte, in Schweden errichten wollte. Und dazu brauchten die Manager ihr Okay. Bill wollte erst mitfahren, hatte es sich dann aber anders überlegt.

Bill Conolly fühlte sich in seinem mit allem Komfort eingerichteten Haus ziemlich einsam. Außerdem schmeckte ihm das Frühstück längst nicht so gut.

Bill nahm einen Schluck Kaffee, verzog das Gesicht und schlug die letzte Seite der Zeitung auf.

Sie war fast ausschließlich mit Anzeigen bedruckt.

Eine fiel Bill besonders ins Auge. Ein gewisser Janos Ruff pries Horror-Touren nach Rumänien, in das klassische Vampirland, an.

Der Reporter las die Anzeige einmal und dann noch ein zweites Mal.

»Eigentlich sollte man da mitfahren«, murmelte er. Er wusste, dass in letzter Zeit solche Reisen in waren. Aber bisher war Ruff der einzige Unternehmer, der nach Rumänien fuhr. Und das klassische Vampirland wollte Bill immer schon mal kennenlernen. Besonders, da er sich selbst schon mit Vampiren herumgeschlagen hatte.

Eine Woche würde die Reise dauern.

Bill war noch im Zweifel, als das Telefon anschlug. Sheila, seine Frau, war am Apparat.

»Es tut mir leid, Bill. Aber ich muss noch einige Tage länger bleiben«, teilte sie ihrem Mann mit. »Vor einer Woche bin ich nicht zurück.«

»Ist es denn so wichtig?«

»Ja. Du kennst mich, Bill. Ich wäre viel lieber zu Hause.«

Das war kein leeres Gerede, Sheila meinte es tatsächlich so.

»Gut, dann kann ich ja auch etwas unternehmen.«

Sofort wurde Sheila misstrauisch.

»Hat dich John in einen Fall verwickelt? Willst du wieder auf Geisterjagd gehen?«

»Nein, nein«, lachte Bill, »so schlimm ist es nicht.« Dann berichtete er Sheila von den Horror-Touren.

Seine Frau blieb misstrauisch. Schließlich stimmte sie doch zu, denn sie wusste, dass Bill sowieso nicht zu halten war.

Die beiden wechselten noch ein paar Worte, und Bill Conolly schrieb sich anschließend Mr Ruffs Telefonnummer auf.

Hoffentlich hat er noch einen Platz frei, dachte er und fing im selben Moment an zu grinsen.

»Nee, eigentlich zwei Plätze«, sagte Bill Conolly zu sich selbst. »Vielleicht hat John, der alte Geisterjäger, auch Lust, mitzufahren.«

Der Reporter ahnte nicht, dass der Entschluss, den er gefasst hatte, der Beginn eines unheimlichen und haarsträubenden Abenteuers war …

Das Grauen packte Janos Ruff wie eine eisige Faust. Er war unfähig, einen klaren Gedanken zu fassen, sondern starrte immerzu auf den offenen Sarg. Es war ein Prunkstück. Aus edlem Holz gefertigt und mit weißem, seidigem Stoff ausgeschlagen.

Doch das alles nahm Ruff nur am Rande wahr. Magisch wurde sein Blick von dem Mann angezogen, der in dem Sarg lag.

Richtig konnte Ruff nur den völlig haarlosen Schädel erkennen, in dessen Höhlen die Augen wie zwei dunkle Kohlenstücke lagen. Die Finger des Mannes waren lang und dürr. Der Unheimliche hatte die Hände auf seine Brust gelegt. An einem Finger – Ruff konnte nicht genau erkennen, an welchem – steckte ein Ring, in dessen rubinrote Oberfläche ein weißer Totenkopf graviert war. Der Körper des Unheimlichen war eher schmächtig zu nennen.

Die Hände des Mannes lösten sich von der Brust und umklammerten zu beiden Seiten die Kanten des Sarges.

Er stemmte sich hoch.

Ruff erkannte, dass der Mann ganz in Schwarz gekleidet war. Ein Umhang, an den Schultern festgesteckt, bedeckte seinen Rücken.

»Graf Montesi?«, ächzte der noch immer schreckensstarre Janos Ruff.

Der Unheimliche lachte leise. Es klang blechern, ohne jedes Gefühl.

»Ja, so kannst du mich nennen«, lautete seine Antwort. »Für dich bin ich Graf Montesi.«

Mit geschmeidigen Bewegungen stieg Montesi aus dem Sarg. Geduckt sprang er nach draußen. Der Umhang bauschte sich auf wie ein Vorhang.

Janos Ruff konnte nicht erklären, welche Gefühle ihn in diesem Augenblick beherrschten. War es Angst, Grauen oder Neugierde? Vielleicht alles zusammen, und Janos Ruff spürte von Sekunde zu Sekunde mehr, dass dieser Mann Macht über ihn bekam und seinen Willen ausschaltete.

Ruff atmete gepresst.

Unhörbar waren die Wölfe herangeschlichen, kauerten sich zu beiden Seiten des Grafen nieder. Die Raubtieraugen funkelten böse. Leises Knurren drang aus den halb offenen Mäulern.

Montesi hob die rechte Hand. Das Knurren der Wölfe verstummte.

»Du bist also gekommen, um dich in meine Dienste zu begeben«, stellte der Graf fest.

Ruff wollte etwas antworten, doch er brachte nur ein Nicken zustande.

Montesi fuhr fort. Seine Stimme war klar und deutlich. »Ich habe mich in dieses Land zurückgezogen, um einen ganzen Staat in meine Gewalt zu bringen. Und dabei wirst du mir helfen, Janos Ruff!«

Der Arm des Grafen schoss vor, und Janos Ruff sah, wie der Ring an Montesis Finger seine Farbe änderte. Das Rubinrot verschwand, und der Totenkopf begann zu strahlen, wurde zu einem Sender, der seine Schwingungen in Ruffs Gehirnzentrum schickte.

Janos Ruff war geblendet. Er sah nur den Ring und spürte plötzlich das drängende Gefühl in seinem Innern, nur noch diesem Mann zu dienen.

Unbeweglich standen sich die beiden verschiedenen Personen gegenüber.

Dann – nach Minuten – nahm der Ring wieder sein normales Aussehen an.

Janos Ruff erwachte wie aus einem Traum. Er war begierig darauf, die nächsten Worte seines Meisters zu hören.

»Ja«, hörte er sich flüstern, »ich werde alles tun. Alles«, fügte er noch einmal hinzu.

»Ich wusste, dass du mir gehorchen wirst«, sagte Montesi. »Doch nun höre gut zu. Du wirst zurück nach England reisen und dort eine Gruppe zusammenstellen, die in dieses Land fährt. Du führst sie auf mein Schloss. Sie sollen Gäste bei einer Hochzeit sein. Bei der Hochzeit der Vampire. Es wird ein herrliches Fest, und danach gehören die Menschen selbst dem Fürsten der Finsternis. Ich werde sie zu Vampiren machen. Aber das ist erst der Anfang. Andere werden folgen. Und du hast die Aufgabe, sie mir zu bringen. Doch solltest du dich jemals weigern oder irgendjemandem etwas verraten, so ist dein Leben verloren. Hast du mich verstanden, Janos Ruff?«

»Ja.«

»Dann ist es gut. Ich erwarte dich in einer Woche auf meinem Schloss. Hier.« Graf Montesi griff unter seine Jacke und holte ein Blatt Papier hervor. »Das ist der Weg zum Schloss Montesi. Du wirst einen Bus besorgen und selbst fahren.«

Janos Ruff nahm die Zeichnung an sich. Sorgfältig verstaute er sie in seiner Manteltasche.

Graf Montesi zog den Umhang fester um seine Schultern. Noch einmal blickte er Janos Ruff in die Augen. Dann ging er an ihm vorbei und kletterte wieder in den Leichenwagen.

Bevor er die Tür zuzog, sagte er noch einen Satz: »Vergiss nicht, in einer Woche!«

Dann verschwand Graf Montesi.

Sekunden später setzten sich die beiden Pferde wieder in Bewegung. Ihre Hufe klapperten hohl auf dem harten Boden. Doch niemand saß auf dem Kutschbock, um zu lenken. Es war eine gespenstische Fahrt.

Der Leichenwagen umrundete den Galgenbaum. Die Rappen schnaubten und warfen wild ihre Köpfe hoch.

Dann raste der Wagen an Janos Ruff vorbei.

Für Augenblicke glaubte er, Graf Montesis Gesicht hinter den zur Seite gezogenen Vorhängen zu erkennen, aber es war doch wohl nur eine Täuschung.

Das Geräusch der Hufe verlor sich in der Nacht.

Jetzt erst spürte Janos Ruff wieder die Kälte. Eine Gänsehaut hatte seinen Körper überzogen. Ruff atmete schwer. Schweißtropfen rannen an seinem Hals hinab.

Böses Knurren schreckte ihn aus seinen Gedanken.

Ruff wandte den Kopf.

Die Wölfe waren noch da, belauerten ihn. Sie glitten auf ihn zu. Rosige Zungen hingen aus den Mäulern, vor denen der Atem als kleine, nie abreißende Wolke stand.

Janos Ruff setzte sich wieder in Bewegung. Er wollte so schnell wie möglich weg von diesem unheimlichen Ort. Noch einmal warf er dem Galgenbaum einen scheuen, ängstlichen Blick zu.

Raben saßen auf den kahlen Ästen.

Totenvögel! Ihr Gekrächze hallte laut durch die Nacht. Die Laute kamen Janos vor wie Hohngelächter. Gelächter, das ihm galt.

Er ging noch schneller. Über drei Kilometer hatte er zurückzulegen.

Die Wölfe wichen nicht von seiner Seite.

Nach einigen Minuten wurde der Weg breiter und mündete schließlich in eine schmale, asphaltierte Straße. Eine Seltenheit in dieser Gegend.

Laut schlugen Ruffs Absätze auf den Asphalt. Er war heilfroh, als er die Umrisse seines Leihwagens erkannte. Es war ein Wartburg.

Ruff schloss die Tür auf und setzte sich hinter das Steuer. Die Scheiben beschlugen schnell. Ruff wischte eine Stelle blank und starrte nach draußen.

Die Wölfe kauerten in einiger Entfernung auf der Straße. Ruff sah nur die gelben Raubtieraugen.

Janos Ruff drehte den Zündschlüssel. In diesem Augenblick verschwanden die Wölfe. Wie Schatten huschten sie zwischen die Felsen.

Janos Ruff erschien alles wie ein böser Traum. Und doch war es keiner. Tief in seinem Gehirn zwang ihn eine unbestimmte Macht, den Befehlen des Grafen zu gehorchen.

Graf Montesi! Ihm hatte er sich verschrieben. Doch Janos Ruff ahnte nicht, dass dieser Mann gar nicht Montesi hieß. Dass er diesen Namen nur angenommen hatte. Das Geschlecht der Montesis war längst ausgestorben.

Der Graf war niemand anders als Dr. Tod!

Schon seit Wochen liefen die großen Computer bei Scotland Yard auf Hochtouren. Informationen wurden gesammelt. Spuren ausgewertet. Jedes noch so kleine Detail wurde festgehalten und verglichen.

Scotland Yard hatte die Polizeibehörden vieler Länder um Hilfe gebeten. Jedes ungewöhnliche Verbrechen wurde gemeldet und gespeichert.

Unzählige Beamte waren mit diesen Arbeiten beschäftigt. Und dabei wusste kaum jemand, worum es eigentlich ging. Und vor allen Dingen um wen.

Der Kreis der Eingeweihten war klein. Man hatte es bewusst so gehalten, um eine Panik zu vermeiden, denn wenn Dr. Tod zuschlug, gab es meistens Furcht und Schrecken.

Dr. Tod! Diesen Menschenhasser wollte man endlich fassen und das, falls es möglich war, noch vor seinem nächsten teuflischen Plan.

Das unsichtbare Netz zog sich über Dr. Tods Kopf zusammen. Doch einen Erfolg hatte man noch nicht verbuchen können.

Zu den wenigen, die Dr. Tod genau kannten, gehörte John Sinclair, Topmann beim Yard. Er hatte schon mehr als einmal mit diesem Verbrecher zu tun gehabt.

John Sinclair hatte in den letzten vier Wochen fast ausschließlich Schreibtischarbeit erledigt. Er hatte sich über die Computerauswertungen hergemacht und gehofft, auf irgendeine Spur zu stoßen. Vergebens.

Auch weitere Nachforschungen an den Orten, an denen Dr. Tod seine blutigen Spuren hinterlassen hatte, waren im Sande verlaufen.

Dieser Menschenhasser spielte selbst der modernen Technik einen Streich, denn Dr. Tod war unberechenbar. Man konnte ihn nicht in eine Formel zwängen, seine nächsten Taten vorausberechnen – nein, bei ihm musste man sich auf Fingerspitzengefühl und Intuition verlassen.

Jeden Tag trafen sich John Sinclair und sein Chef, Superintendent James Powell, zu einer Lagebesprechung.

Sie fand immer in Powells Büro statt. Und immer wieder das gleiche Resultat.

Nichts.

Auch an diesem Morgen saßen sich die beiden Männer gegenüber. Akten türmten sich auf Powells Schreibtisch.

John verzog das Gesicht, als er die Aktenstöße sah.

»Neue oder alte?«, fragte er.

»Auswertungen der letzten Woche. Es sind uns einige Verbrecher ins Netz gegangen, das will ich mal vorwegnehmen. Mehr aber auch nicht. Na ja, vielleicht finden Sie etwas.«

Superintendent Powell wirkte müde. Klar, er trug die Verantwortung, und man erwartete von ihm Erfolge. In der letzten Zeit machte ihm sein Magen noch mehr zu schaffen. Dementsprechend stieg auch sein Tablettenverbrauch.

Der Geisterjäger meinte: »Ich habe mir die ganze Sache hundert Mal durch den Kopf gehen lassen, aber herausgekommen ist dabei nichts. Wir müssen tatsächlich warten, bis Dr. Tod wieder aktiv wird.«

»Was Menschenleben kostet«, fügte Powell hinzu.

»Ja.«

Superintendent Powell nahm einen Schluck Mineralwasser. Dann stand er auf und ging zum Fenster.

»Alles, was wir angekurbelt haben, kostet eine Unmenge

Geld. Wir haben Interpol eingeschaltet, das FBI und noch andere Polizeiorganisationen. Und dabei durften wir nicht einmal genau sagen, um was es eigentlich geht. Aber unser Innenministerium weiß Bescheid. Und von dort aus hat man mir quasi ein Ultimatum gestellt. Ich *muss* Dr. Tod innerhalb der nächsten zwei Wochen haben, sonst ...«, Powell machte eine Pause und fuhr sich über die schweißnasse Stirn, »... sonst kann ich meinen Hut nehmen«, vollendete er den Satz.

»Das darf doch nicht wahr sein.« John Sinclair flüsterte die Worte.

»Es stimmt aber. Sie sind der Einzige, Inspektor, dem ich etwas gesagt habe, und ich möchte Sie auch bitten zu schweigen.«

»Das ist doch selbstverständlich.«

John konnte es immer noch nicht fassen. Er wusste, wie Powell an seinem Job hing. Dieser Mann gab alles dafür. Er hatte sich um Scotland Yard verdient gemacht wie kein anderer. Und jetzt sollte er auf so miese Art und Weise abgeschoben werden? Unmöglich! Das würde Powell nicht überleben.

John biss die Zähne zusammen. Diese verdammten Schreibtischhengste aus dem Innenministerium. Zwei Wochen Zeit gaben sie Powell. Vierzehn Tage.

John schluckte seine Wut hinunter. Dann sagte er mit rauer Stimme: »Wenn Sie gehen, Sir, dann gehe ich auch.«

Powell wandte sich um. Die Augen hinter den dicken Brillengläsern funkelten. »Das kommt auf keinen Fall in Frage. Außerdem ist es mein Job, und es sind noch zwei Wochen Zeit. Da kann noch viel passieren.«

»Glauben Sie im Ernst, dass es uns gelingt, Dr. Tod zu fangen? In dieser kurzen Zeit?«

»Warum nicht, Inspektor? Gerade Sie müssten wissen, dass man die Hoffnung nie aufgeben sollte.«

»Ihr Wort in Gottes Ohr«, sagte John, schnappte sich den Aktenstoß und verließ Powells Büro.

Der Superintendent blickte lange auf die Türfüllung. Dann sagte er: »Er schafft es, da bin ich mir ganz sicher.«

Schloss Montesi lag in einem engen Tal. Hoch türmten sich die schroffen Felsen zu beiden Seiten in den Himmel. Sie waren schmal und lang gezogen und wuchsen mit zunehmender Höhe aufeinander zu, sodass von unten immer nur ein schmales Fleckchen Himmel zu sehen war.

Es drang so gut wie kein Wind ins Tal. Die Felsen schirmten alles ab.

Das Schloss selbst war über vierhundert Jahre alt. Das Geschlecht der Montesis war ausgestorben. Die Männer und Frauen hatten im Laufe der Zeit immer wieder Kriege geführt, und die Montesis waren selbst bei den Türken bekannt und gefürchtet gewesen. Jetzt stand das Schloss schon beinahe hundert Jahre verlassen da.

Hinter den wuchtigen Felsen begannen die Berge. Die Karpaten mit ihren tiefen Wäldern, in denen es Flecken gab, die noch nie eines Menschen Fuß berührt hatte. Hier war die Heimat der Bären und Wölfe.

In den verstreut liegenden Dörfern wuchsen die Sagen und Legenden. Tief steckte noch der Vampirglaube in den Gehirnen der Menschen. Nicht umsonst hatte in dieser Gegend Vlad Dracula sein grausames Regiment geführt.

Schloss Montesi hatte man vergessen. Es lag zu abgelegen, das nächste Dorf war vierzig Kilometer entfernt. Nur ab und zu verirrte sich ein einsamer Wanderer an die düsteren Mauern, doch er kehrte immer schnell um, denn das Schloss strömte etwas Unheimliches, Drohendes aus.

Und so verging die Zeit. Bis Dr. Tod das Schloss für seine Pläne entdeckte. Er, der überall in der Welt Stützpunkte geschaffen hatte, war von dem Schloss begeistert gewesen. Und er hatte das Geheimnis des Schlosses Montesi herausgefunden. Ein Geheimnis, das schrecklich und grausam war. Für Dr. Tod war es der Anfang seines genialen Planes gewesen.

Es gab nur eine Zufahrt zum Schloss. Ein schmaler Weg, auf dem dicke Steine lagen. Schon allein die Anfahrt war für ängstliche Gemüter schaurig. Der Weg wurde immer schmaler, und die Felsen rückten mehr und mehr zusammen. Man hatte das Gefühl, von den Steinmassen erdrückt zu werden. Dann – nach einigen hundert Metern – beschrieb der Weg eine Kurve, und der Besucher konnte das Schloss vor sich liegen sehen.

Die dicken Mauern waren mit Moos und Efeu bewachsen. Raben und Elstern hatten hier ihre Nistplätze gefunden. Das Schloss hatte mehrere Flügel und einen eigenen Brunnen. Er befand sich auf dem Hof. Jetzt war er zum Teil eingefallen und die Öffnung mit einem Muster aus Spinnennetzen überzogen.

So verkommen das Schloss von außen aussah, so elegant war sein Inneres. Dr. Tod hatte es zusammen mit dem alten Haduk nach seinem Geschmack eingerichtet. Die Räume waren gesäubert worden, und Haduk hatte für alles gesorgt, was ein Mensch brauchte. Nur elektrisches Licht gab es nicht. Aber das nahmen die Touristen bei einer Horror-Tour gern in Kauf.

In dieser stockfinsteren Nacht jagte der Leichenwagen über den schmalen Weg. Die hohen Räder prallten gegen die kopfgroßen Steine. Oft wurde der Leichenwagen hochgerissen, doch er kippte immer wieder in die alte Lage zurück.

Die Pferde kannten jeden Fußbreit. Mit beinahe traumwandlerischer Sicherheit fanden sie den Weg.

Schweißflocken bedeckten ihre Flanken, und Atemwolken fauchten aus den Nüstern.

Die beiden Rappen sprengten mit einem Höllentempo aus der Wegmündung, liefen noch ein paar Meter auf das Schloss zu und standen dann still.

Die Leiber der prächtigen Tiere zitterten.

Die Pferde hatten kaum angehalten, als die schwere Tür aufgezogen wurde.

Haduk trat nach draußen.

Mit gemessenen Schritten näherte er sich dem Leichenwagen und öffnete die Türen, um seinen Herrn, Dr. Tod, aussteigen zu lassen.

Haduk war Türke. Er hatte die meiste Zeit seines Lebens im Zuchthaus gesessen. Er war bepackt mit Muskelpaketen und trug das schwarze Haar streng nach hinten gekämmt. Man sah Haduk seine sechzig Jahre nicht an. Er war ein Kraftprotz, ein Gewaltmensch. Aber das brauchte Dr. Tod. Haduks tückische Augen verschwanden fast hinter Fettpolstern, und seine Nase war von einem Messerhieb gespalten. An den Ohren trug er blitzende Ringe, und in seinem Gürtel steckte ein Krummschwert.

Haduk tat all das, was Dr. Tod verlangte. In ihm paarten sich der Instinkt eines Raubtieres und die Gefährlichkeit eines Killers.

Dr. Tod blieb für wenige Augenblicke vor Haduk stehen, der den Kopf demütig gesenkt hatte.

»Es hat alles geklappt«, sagte Dr. Tod mit rauer Stimme. »In einer Woche werden die Leute hier sein.«

Haduk kicherte. Dabei rieb er sich die fleischigen Hände. »Wir werden ihnen einen gebührenden Empfang bereiten und sie vorbereiten für die große Hochzeit.«

Dr. Tod nickte nur und ging an Haduk vorbei, der die Pferde und den Leichenwagen wegbrachte.

Dr. Tod betrat das Schloss.

In der riesigen Halle verharrte er für einen Moment. Kostbare Leuchter, in denen brennende Kerzen steckten, zierten die Wände. Ihr flackerndes Licht gab ein gespenstisches Halbdunkel. Vor den Fenstern hingen schwere Vorhänge, und eine breite Treppe führte zur Galerie, wo die Ahnenbilder der Montesis hingen. Mitten in der Halle stand ein schwerer Holztisch mit zehn hochlehnigen Stühlen. Die Ecken waren mit Ritterrüstungen ausgefüllt, und an den Wänden hingen allerlei Waffen.

Die Zimmer der Gäste befanden sich im Obergeschoss. Sie waren prunkvoll ausgestattet, boten den Komfort, den man vor vierhundert Jahren geliebt hatte.

Doch das alles interessierte Dr. Tod nur in zweiter Linie. Sein Reich waren die Verliese und Folterkammern im Keller. Hier fühlte er sich wohl. Hier hatten auch seine schrecklichen Pläne Gestalt angenommen.

Mit langen Schritten durchquerte Dr. Tod die Halle und zog die Tür zur Bibliothek auf.

Ein breiter Kamin nahm bald eine ganze Wand ein. Holzscheite knisterten in den zuckenden Flammen. Eine behagliche Wärme herrschte in der Bibliothek.

Der Kamin war in den Raum hineingebaut worden. Durch einen schmalen Schacht konnte der Rauch abziehen.

Neben dem Kamin stand ein Eisenkorb. Er war mit handlichen Holzscheiten gefüllt.

Dr. Tod nahm zwei Scheite in die Hand und warf sie in die Flammen. Er beobachtete, wie das Feuer die Scheite umfing und sie langsam verkohlten.

Dann drehte sich Dr. Tod um und trat an eine der drei Bücherwände. Die Regale waren nur zur Hälfte mit Büchern gefüllt.

Dr. Tod stellte sich auf die Zehenspitzen und zog ein bestimmtes Buch heraus. So weit, dass es noch soeben in dem Regal stand.

Ein Mechanismus wurde in Gang gesetzt. Das Regal schob sich wie von Geisterhänden bewegt zur Seite und gab eine etwa türgroße Öffnung frei. Feuchte, verbrauchte Luft schlug Dr. Tod entgegen.

Der Menschenhasser streckte den rechten Arm aus. Er nahm eine Pechfackel, die in einem Haken an der Wand des Geheimganges steckte, in die Hand.

Dann ging er zum Kamin zurück und setzte die Fackel in Brand.

Mit der brennenden Fackel betrat er den Geheimgang. Treppenstufen wurden aus der Dunkelheit gerissen. Sie waren schmal und hoch. Schimmel lag fingerdick auf den Steinen.

Langsam ging Dr. Tod die Stufen hinunter. Obwohl er den Weg schon oft gegangen war, nahm er sich doch in Acht. Zu leicht konnte man ausrutschen.

Immer tiefer ging er in den Keller des Schlosses.

Schließlich hörte die Treppe auf. Mehrere Gänge zweigten ab. Einer davon war breiter und jeweils mit Nischen ausgestattet. In ihnen standen die Sarkophage, in denen die Montesis ihre letzte Ruhe gefunden hatten.

Nur eine Nische war leer …

Dr. Tod nahm jedoch einen anderen Gang. Er war niedrig, und der Menschenhasser musste sich manchmal bücken.

Andere Gänge tauchten auf. Es war ein wahres Labyrinth hier unten.

Dr. Tod bog in einen schmalen, etwas höheren Quergang ein und blieb schließlich vor einer kaum mannshohen Holztür stehen.

Ein schweres Schloss sicherte die Tür.

Doch Dr. Tod hatte den Schlüssel. Er wechselte die Fackel in die Linke und zog mit der rechten Hand den Schlüssel hervor.

Kratzend drehte er sich in dem Schloss.

Dr. Tod stieß die Tür auf. Sie schabte über den Boden und kam dicht vor der Wand zur Ruhe.

Geduckt betrat Dr. Tod das Verlies.

Kahle, feuchte Wände wurden aus der Dunkelheit gerissen. Das Verlies war leer bis auf einen makabren Gegenstand.

Er stand in der Mitte dieses unheimlichen Raumes.

Es war ein Sarkophag!

Der Stein glänzte graugrün. Der schwere Sarkophagdeckel war mit einem Namen versehen worden.

Vera Montesi! Geboren 1834 – Gestorben …

Hinter dem Wort »Gestorben« stand keine Jahreszahl. Vera Montesi war eines Tages verschwunden. Genau drei Wochen vor ihrer Verlobung. Offiziell hatte man erklärt, sie wäre in ein Kloster gegangen, aber das hatte niemand geglaubt. Gerüchte entstanden. Man sprach vom Selbstmord der schönen Vera. Und als ihr Zukünftiger eines Tages tot aufgefunden wurde, glaubte man, in Vera die Mörderin zu kennen.

Seit diesem Tage lastete ein Fluch auf dem Hause der Montesis, und tatsächlich starb das Geschlecht dann aus.

Vera Montesi wurde nie wieder gesehen. Ihr Sarkophag fehlte in der Reihe, aber dafür stand er hier, in diesem unheimlichen Verlies.

Dr. Tod neigte seinen Kopf und legte das linke Ohr auf den Sarkophagdeckel.

Ganz schwach hörte er die Geräusche.

Es war ein Seufzen und Stöhnen, das aus dem Sarkophag drang. Schaurig anzuhören, und doch wie Balsam für Dr. Tods Ohren.

Immer lauter wurde das Stöhnen. Hände schlugen von innen gegen den Deckel.

»Öffne!«, gurgelte eine Stimme.

»Einen Augenblick musst du noch warten«, flüsterte Dr. Tod. Er ging zur Wand und steckte die Fackel in eine Felsritze.

Dann trat er wieder an den Sarkophag, legte beide Hände auf den Deckel und schob ihn ächzend zur Seite.

Licht fiel in den Sarkophag. Die Flamme der Fackel malte Schatten auf das wunderschöne Gesicht einer Frau.

In dem Sarkophag lag – Vera Montesi!

Das Telefon schrillte, als John Sinclair gerade die Akten auf den Schreibtisch warf.

Rasch griff der Inspektor zum Hörer. Er war bei seiner momentanen Tätigkeit für jede Störung dankbar.

»Sinclair.«

Bill Conollys fröhliches Organ schallte ihm entgegen.

John stöhnte auf. »Wer kann um diese Zeit schon anderes anrufen. So gut wie du möchte ich es auch mal haben, Bill. Den ganzen Tag frei, außerdem noch Strohwitwer …«

»Hör auf, hör auf«, lachte Bill. »Übrigens, das Strohwitwerdasein verlängert sich noch. Sheila hat noch einige Tage zu tun, und da muss ich ja irgendwie die Zeit totschlagen.«

»Und in mir siehst du dafür ein Opfer, was?«, konterte John. »Mensch, Bill, ich habe einen Ärger am Hals, dass ich wohl kaum dazu kommen werde, abends noch groß einen draufzumachen.«

»Aber John. Wer spricht denn von solch profanen Dingen? Nein, darüber sind wir doch längst hinaus.«

»Jetzt tu mal nicht so.« John verzog säuerlich grinsend sein Gesicht. »Wenn ich da so an manche Abende denke …«

»Streich sie aus deinem Gedächtnis«, sagte Bill. »Ich habe was viel Besseres gefunden.«

»Du machst mich neugierig, Bruder.«

»Ja«, rief Bill. »Das war auch der Sinn der Sache. Und zwar habe ich die Sensation aufgerissen. Du fällst von einem Schock in den anderen.« Bills Stimme steigerte sich zu Reporterlautstärke. »Horror Tours, das ist das Irrste, das Neueste.« Der Reporter schnaufte. »Jetzt bist du platt, was, John?«

»Allerdings, mein Freund. Damit hätte ich nun nicht gerechnet, dass du mir solch einen Unsinn auftischst.« John Sinclair setzte sich erst mal. Dann meinte er: »Die Horror Tours sind doch ein alter Hut. Wie viele Clubs gibt's allein bei uns auf der Insel, die Woche für Woche die traditionellen Spukschlösser besuchen. Nee, damit lockst du mich nicht mehr hinterm Ofen hervor.«

»Du hast mich ja auch gar nicht ausreden lassen.« Bills Stimme klang beleidigt. »Klar, einem Geisterjäger kann man mit Spukschlossromantik nicht imponieren. Aber diese Tour, von der ich gesprochen habe, die geht nach Rumänien. Direkt in die Karpaten, in Draculas ehemaligen Wirkungskreis. Na, ist das nichts?«

»Es ist aber eine reiseprogrammmäßig erfasste Horror-Tour?«

»Allerdings.«

»Dann hat es doch keinen Zweck, Bill.«

»Himmel, bist du heute aber eine Träne«, stöhnte der Reporter. »Ich wollte uns beide anmelden. Wie ist es, machst du nun mit?«

John überlegte. An und für sich hielt er solche Reisen für blanken Unsinn. Aber irgendein Gefühl riet ihm, sich den Laden doch mal näher anzusehen.

»Okay, Bill, du hast mich halb überzeugt. Hol mich hier ab, ich fahre mit.«

»Wusste doch, du bist der Größte«, lachte Bill. »Also, bis gleich dann. Du wirst den Entschluss bestimmt nicht bereuen, John.«

Damit sollte Bill Conolly allerdings recht haben …

Vera Montesi war eine Schönheit!

Selbst bei dem flackernden Licht konnte die vollendete Ebenmäßigkeit ihres Gesichts nicht verborgen bleiben. Das Haar war lang und schwarz. Es umgab den Kopf wie ein dunkler Rahmen. Die fein geschwungenen Brauen lagen über grünen, leicht schräg gestellten Augen. Diese Augen waren es, die im seltsamen Kontrast zu der Farbe des Haares standen. Hoch angesetzte Wangenknochen und ein verlockender Mund gaben dem Gesicht die Faszination, die einen Mann so anzog.

Lange starrte Dr. Tod die Frau an, die jetzt stumm in ihrem Sarg lag.

Der Menschenhasser ballte die Hände zu Fäusten. Dann flüsterte er: »Du wirst leben, schöne Vera. Das Blut der Menschen wird dir die Kraft geben, die du brauchst.«

Dr. Tod trat an das Ende des Sarkophags und zog den Deckel ganz herunter. Er kippte die schwere Steinplatte hoch und stellte sie gegen die Wand.

Vera Montesi trug ein langes weißes Gewand, das eng an ihrem Körper lag.

»Steh auf«, sagte Dr. Tod.

Vera gehorchte.

Ruckartig schraubte sich ihr Oberkörper in die Höhe. Dr. Tod streckte ihr seine Hand entgegen, die sie ergriff und sich dann von ihm aus dem Sarg ziehen ließ.

Noch hatte sie keinen Ton gesagt. Unbeweglich wie eine schöne, von einem Meister seines Fachs geschaffene Statue stand sie in dem düsteren Verlies. Den Blick der grünen Augen in unendliche Fernen gerichtet.

Plötzlich öffnete sie den Mund. Langsam schoben sich die Lippen auseinander. Für Augenblicke blitzte eine herrlich gewachsene Zahnreihe auf – und …

Dr. Tod lachte leise, als er die beiden spitzen Zähne links und rechts im Oberkiefer sah.

Vera Montesi war ein Vampir!

Das war das Geheimnis dieser Frau. Jahrhunderte war sie schon alt, hatte sich von dem Blut Unschuldiger ernährt und damit ihre Schönheit erhalten. Sie, die von der Familie für verschollen erklärt worden war, hatte in Wirklichkeit im Keller des Schlosses ein schreckliches Dasein geführt. Sie hatte immer ihre Opfer bekommen. Es waren Soldaten gewesen und einfache Menschen, deren Verschwinden niemand bemerkt hatte.

Als es die Montesis nicht mehr gab, war sie nachts aus ihrem Sarg gestiegen und hatte sich ihre Opfer geholt.

Dann war Dr. Tod erschienen. Er, der mit Asmodis, dem obersten Höllenfürsten, in Verbindung stand, hatte sofort gespürt, dass diese Frau ein geeignetes Werkzeug für seine teuflischen Pläne war. Sie hatten einen finsteren Pakt geschlossen, mit dem Siegel des Teufels.

Vera Montesi brauchte einen Mann, einen Bräutigam. Und Dr. Tod wollte ihn besorgen. Hier auf dem Schloss sollte die Hochzeit der Vampire stattfinden. Der Anfang zur Invasion der Untoten. Wie ein Schwarm würden sie über das Land kommen und sich ihre Opfer holen. Und diese Opfer wurden wieder Vampire. Ein höllischer Kreislauf würde in Bewegung gesetzt. Und niemand konnte ihn stoppen ...

Veras grüne Augen waren unverwandt auf Dr. Tod gerichtet. »Wann ist die Hochzeit?«, fragte sie. Ihre Stimme klang rau und ungeduldig.

»Warte noch ein paar Tage, schöne Vera. Dann wirst du dir selbst unter den Gästen deinen Bräutigam aussuchen können.«

Vera schüttelte den Kopf, dass die langen Haare flogen. »Nein«, sagte sie. »Das ist zu spät. Ich spüre, wie die Kraft meinen Körper verlässt. Ich brauche Blut, um zu leben. Ich will vorher ein Opfer haben!«

Dr. Tods Augen zogen sich zu Schlitzen zusammen. Er wusste, dass Vera Montesi in diesem Stadium unberechenbar war. Also musste er dafür sorgen, dass ein Opfer bereit stand.

Dr. Tod nahm die Fackel und ging in Richtung Ausgang. »Gedulde dich noch ein paar Stunden. Du bekommst, was du brauchst, das verspreche ich dir.«

Sekunden später war Dr. Tod verschwunden.

Dunkelheit legte sich über das Verlies. Eine Dunkelheit, in der zwei grüne Augen kalt und mörderisch leuchteten ...

Bill Conolly war pünktlich.

Er erzählte dem Portier in der Halle gerade ein paar Witze, als John den Lift verließ.

Der Inspektor trug einen sandfarbenen Cordanzug und dazu passend Hemd und Krawatte. Man hätte bei ihm eher auf einen

Playboy getippt, denn er gehörte zu den Leuten, denen man den Beruf nicht ansah.

John war groß, schlank und durchtrainiert. Sein blondes Haar trug er kurz geschnitten, und um seine Mundwinkel lag immer ein etwas jungenhaftes Lächeln.

Die beiden Freunde schüttelten sich die Hände.

»Wir nehmen meinen Wagen«, sagte Bill. »Du sollst schließlich mal mit einem vernünftigen Auto fahren.«

John grinste. »Hoffentlich komme ich in deine Sardinenbüchse auch rein.«

Mit Sardinenbüchse war Bills Porsche gemeint. John Sinclair fuhr einen silbermetallicfarbenen Bentley, das einzige Hobby, das er sich leistete.

Bill Conolly sah seinen Freund von der Seite an und meinte: »Sei froh, dass ich gute Laune habe, sonst hättest du gleich schon mit 'ner Krankenschwester flirten können.«

Die beiden lachten, und Bill öffnete die Wagentüren. Wenig später fädelte er sich in den fließenden Verkehr ein.

»Sag mal, wo ist eigentlich dieses komische Reisebüro?«, fragte John.

»Am Bahnhof. In irgendeiner kleinen Seitenstraße. Ufford Street, glaube ich. Ich habe übrigens mit dem Besitzer telefoniert. Er heißt Janos Ruff.«

»Hört sich schon rumänisch an.«

Bill zuckte mit den Schultern. »Kann auch ein Pseudonym sein. Wegen der Publicity.«

Sie quälten sich durch den Londoner Morgenverkehr und nahmen die Auffahrt zur Waterloo Bridge, um die Themse zu überqueren. Sie ließen den Bahnhof rechts liegen und bogen ein paar Minuten später in die Ufford Street ein.

Es war ein reines Geschäfts- und Hotelviertel. Die Häuser stammten aus den fünfziger Jahren und beherbergten zumeist Mittelklasse-Hotels. Es gab zahlreiche kleine Läden und Boutiquen, die Andenken und Kleidung zu überhöhten Preisen verkauften.

Ein Reisebus aus Deutschland hatte Schwierigkeiten mit dem Linksverkehr und hätte Bill bald mit seinem Porsche gegen eine Hauswand gedrückt.

Der Reporter fluchte.

Die Gehsteige waren voller Menschen. Es war ein herrlicher Spätsommertag. Vor den Schaufenstern der Geschäfte hingen bunte Markisen, und bei vielen Cafés hatte man Stühle und Tische nach draußen gestellt.

»Da, auf der rechten Seite, das müsste es sein«, sagte John Sinclair.

»Schon gesehen«, erwiderte Bill, sah kurz in den Innenspiegel und zog den Porsche herum. Er hatte vor dem Laden eine Parklücke entdeckt, die soeben ausreichte.

Bill rangierte mit der Routine eines Könners. Dann stiegen die beiden Männer aus.

John sah sich den Laden an. Er machte nicht gerade einen Vertrauen erweckenden Eindruck. Wenigstens nicht, was die Werbung betraf. Es gab ein Schaufenster. Über die Scheibe war mit schwarzer Farbe das Wort »Horror Tours« gemalt. Zwischen den Buchstaben konnte man ins Innere des Geschäftes blicken.

Bill drückte sich bald die Nase platt.

»Ich schlage vor, wir gehen rein«, sagte John.

Bill grinste. »Manchmal hast du wirklich gute Ideen. Aber das macht der Umgang mit mir.«

Eine Glocke läutete melodisch, als John die Tür aufstieß. Halbdunkel empfing die beiden Männer. Es roch nach Bohnerwachs.

Im Hintergrund des Ladens wurde ein Vorhang zur Seite gezogen, und ein Mann tauchte auf.

Er ging um den Tresen herum, auf dem einige Prospekte lagen, und blieb höflich lächelnd vor John und Bill stehen.

»Womit kann ich den Gentlemen dienen?«, fragte er.

»Mein Name ist Bill Conolly«, sagte der Reporter.

Über das Gesicht des Mannes flog ein Lächeln. »Sie hatten heute schon angerufen, Sir, und sich nach einer Reise erkundigt.«

»Genauso ist es.«

»Dann darf ich Sie bitten.«

Der Mann wies auf den zurückgezogenen Vorhang. Bill sah

John an, zuckte mit den Schultern, und sie setzten sich in Bewegung.

Während Bill mit dem Mann geredet hatte, hatte sich John Sinclair Janos Ruff ansehen können.

Er machte auf ihn keinen besonders sympathischen Eindruck. Ruff war ziemlich klein und hatte fahlblondes, beinahe gelbes Haar. Er trug einen alten Anzug und ein gestreiftes, fleckiges Hemd. Auf eine Krawatte hatte er verzichtet. Unter seinen Augen hingen dicke Tränensäcke, und seine Finger waren in dauernder Bewegung. Außerdem konnte Ruff keinem Blick standhalten, ein Zeichen, dass er instinktiv irgendetwas verbergen wollte.

John beschloss, auf der Hut zu sein.

Das Hinterzimmer war zugleich Geschäftszimmer. Ein Schreibtisch, einige Stühle, zwei Aktenschränke. Ein schmales Fenster wies zur Hofseite hinaus.

Ruff knipste seine Schreibtischlampe an und holte aus einem Aktenschrank zwei Anmeldeformulare.

»Darf ich dann um einige Angaben bitten?«, fragte er und setzte sich hinter seinen Schreibtisch. Gespannt blickte er seine beiden Besucher an.

»Einen Augenblick noch, Mr Ruff«, meinte John Sinclair. »Sie werden verstehen, dass wir nicht so einfach etwas unterschreiben, ohne zu wissen, um was es eigentlich genau geht. Der Begriff Horror Tours ist ziemlich weitläufig gefasst.«

Ruff lächelte gequält. »Selbstverständlich, Gentlemen, werde ich Ihnen einige Erklärungen geben.« Er senkte den Blick und spielte nervös mit dem Kugelschreiber. »Wie ich Mr Conolly schon mitteilte, fahren wir nach Rumänien, direkt in die Heimat der Vampire und anderer Horror-Gestalten.«

»Wird es eine Rundreise?«, wollte John wissen.

»Nein, Sir. Wir bleiben eine Woche lang auf einem Schloss. Es gehört dem Grafen Montesi, und Sie finden dort all das, was sonst nur in Gruselfilmen zu sehen ist. Folterkammern, Geheimgänge, alte Rittersäle, Wendeltreppen und so weiter. Selbstverständlich sind Sie gut untergebracht. Die Zimmer sind modern ausgestattet, und es wird Ihnen an nichts fehlen.

Außerdem können Sie Ausflüge in die nähere Umgebung unternehmen, bei denen der Graf Sie selbst führen wird.«

»Graf Montesi?«, hakte John nach.

»Ja.«

»Kennen Sie ihn persönlich?«

Janos Ruff hob den Kopf. »Natürlich, Sir. Ich habe selbst mit ihm alles geregelt.«

»Komisch«, sagte John. »Soweit ich informiert bin – und ich habe mich ein wenig mit der Geschichte Rumäniens beschäftigt –, ist das Geschlecht der Montesis ausgestorben.«

Nach Johns Worten entstand eine kurze Pause. Janos Ruff biss sich auf die Lippe. Sein Blick flackerte. Dann hatte sich der Mann wieder gefangen.

»Das kann nicht stimmen. Man muss Sie falsch informiert haben.«

John lächelte. »Man hat mich nicht informiert, sondern ich selbst habe es in einer alten Chronik gelesen. Mich interessiert die Vergangenheit, es ist ein Hobby von mir. Aber lassen wir das. Ich werde es ja selbst feststellen können.«

»Dann bist du also einverstanden?«, fragte Bill.

»Ja. Horror-Reisen haben mich schon immer fasziniert.« Der Inspektor wandte sich wieder an den Reiseunternehmer. »Was wird die Fahrt kosten, und wie sieht es mit den Visa aus?«

»Mit den Visa gibt es keine Schwierigkeiten. Ich habe das bereits mit den offiziellen Stellen geregelt. Der Unkostenbeitrag beträgt fünfhundert Pfund.«

John schürzte die Lippen. »Nicht gerade billig.«

Janos Ruff hob die Schultern. »Alles ist teuer, Sir.«

»Wir sind einverstanden«, erklärte John. »Wann soll die Reise überhaupt losgehen?«

»Übermorgen.« Ruff wühlte in seinen Papieren herum und zog eine Landkarte von Rumänien hervor. »Wenn Sie mal sehen wollen, Gentlemen?«

John und Bill beugten sich über die Karte. »Wir fliegen bis Bukarest. Von dort geht es dann mit einem Bus weiter, direkt bis zum Schloss. Es ist eine herrliche Fahrt durch die wildromantischen Karpaten. Sie werden auf Ihre Kosten kommen, Gentlemen.«

John und Bill nahmen wieder Platz. Ruff war etwas irritiert. Er hatte angenommen, die beiden würden wieder gehen. »Kann ich Ihnen sonst noch behilflich sein?«, fragte er.

»Ja«, sagte John. »Wie viele Personen werden es sein?«

»Mit Ihnen genau siebenundzwanzig. Als Reiseleiter müssen Sie sich mit mir zufriedengeben. Wie wollen Sie zahlen? Bar oder mit Scheck?«

John wollte schon in die Tasche greifen, als Bill abwinkte. »Lass mal, das übernehme ich. Schließlich bin ich es gewesen, der dich dazu überredet hat.«

Ruffs Augen leuchteten auf, als Bill Conolly einen Scheck über tausend Pfund ausstellte.

»So«, sagte der Reporter, »das wäre erledigt.« Er schob Janos Ruff den Scheck zu.

Der Reiseleiter ließ das Papier blitzschnell verschwinden.

»Wir sehen uns dann übermorgen, Gentlemen«, sagte er und reichte jedem die Hand. John verzog das Gesicht. Ruff hatte einen feuchten Händedruck. »Treffpunkt hier. Wir werden gemeinsam zum Heathrow Airport fahren.«

Ruff ging vor und zog den Vorhang noch ein Stück zur Seite. »Ich darf Sie wirklich zu diesem Entschluss beglückwünschen. Sie werden die Reise auf keinen Fall bereuen, das verspreche ich Ihnen. Außerdem haben wir noch einen Höhepunkt in unserem Programm. Eine echte Hochzeit.«

»Hochzeit?«, dehnte Bill. »Wer heiratet denn? Etwa Sie?«

Ruff lachte gekünstelt. »Nein, nein. Ich sage nichts. Lassen Sie sich überraschen.«

»Das werden wir auch«, sagte Bill. Er wollte noch etwas hinzufügen, doch da wurde die Tür des Ladens aufgezogen, und eine Frau betrat das Geschäft.

Bill und John hatten wirklich Mühe, einen Pfiff zu unterdrücken, denn die Puppe, die gerade den Laden betreten hatte, war wirklich Extraklasse. Sogar Janos Ruff bekam feuchte Augen, als er sie sah.

Das Girl trug ein himbeerrotes T-Shirt, und ein Halbblinder konnte erkennen, dass sie darunter keinen BH anhatte. Die langen Beine steckten in engen flaschengrünen Cord-Jeans, und das blonde Haar fiel ihr bis auf die Schultern. Über der kleinen Nase gruppierten sich einige Sommersprossen. Die Lippen waren zu einem höflichen Lächeln verzogen.

Janos Ruff wieselte auf die Frau zu.

»Guten Morgen, Miss Collins. Was verschafft mir die Ehre Ihres Besuches?«

Das Girl lachte silberhell. »Ich hatte vollkommen vergessen zu fragen, wann die Fahrt losgeht. Und da ich gerade hier in der Gegend war, wollte ich mich eben danach erkundigen.«

»Aber natürlich, Miss Collins. Übermorgen. Übermorgen geht es los. Es wäre wirklich schade gewesen, wenn wir auf Sie hätten verzichten müssen.«

Die faden Komplimente des Reiseunternehmers verursachten John Magenbeschwerden.

»Na, dann ist ja alles in Ordnung«, sagte Miss Collins. Sie wandte sich schon wieder zum Gehen, als Ruff einfiel, die beiden neuen Reiseteilnehmer mit ihr bekannt zu machen.

»Das sind Mr Sinclair und Mr Conolly. Zwei Gentlemen, die ebenfalls den Mut gefunden haben, sich uns anzuschließen.«

In Miss Collins' Augen blitzte es auf. Sie reichte John und Bill die Hand. »Dann bin ich ja nicht ganz ohne männlichen Schutz«, sagte sie lachend.

»Es wird mir ein Vergnügen sein, auf Sie zu achten«, entgegnete John.

»Tja.« Miss Collins lächelte noch einmal und wandte sich dann zur Tür. »Wir sehen uns übermorgen. Bis bald dann.«

Bill stieß die Luft aus. »Ein heißer Ofen, John. Was meinst du?«

»Ja, ein sehr mutiges Girl, diese Jane Collins«, schnappte Janos Ruff. »Es wird ihr bestimmt auf dem Schloss gefallen«, fügte er noch mit einem seltsamen Unterton in der Stimme hinzu.

John bemerkte es wohl, sagte aber nichts.

Wenig später standen die beiden Männer wieder vor Bills Porsche. »Also, eins verstehe ich nicht«, meinte der Reporter. »Wieso hast du dich so schnell für diese Reise entschieden?«

»Das kann ich dir genau sagen. Das Geschlecht der Montesis

ist tatsächlich ausgestorben, und ich bin gespannt, wen man uns dort in Rumänien als Graf Montesi präsentieren will.«

»Vielleicht deinen alten Freund Dr. Tod«, sagte Bill und grinste.

Der Reporter ahnte nicht, wie nahe er damit der Wahrheit kam …

Von einem Augenblick zum anderen gab der Motor seinen Geist auf. Er stotterte noch ein paar Mal und erstarb dann in schrillem Misston.

Dino Zachew fluchte. Ausgerechnet jetzt und hier musste das passieren. Mit einer wütenden Bewegung drehte er den Anlasser. Es gab einige undefinierbare Geräusche unter der Kühlerhaube, aber sonst nichts.

Dino murmelte noch eine Verwünschung und stieß die Tür des Fahrerhauses auf.

Er sprang nach draußen. Geräuschlos landete er auf dem weichen Waldboden.

Es war Nacht und stockfinster. Wie eine undurchdringliche Mauer lag der Wald zu beiden Seiten des schmalen Weges. Überall im Gebüsch raschelte und schabte es. Die Tiere der Nacht waren auf Beutezug. Ein Uhu flog mit rauschenden Schwingen über Dinos Kopf hinweg. Unwillkürlich sträubten sich dem Mann die Haare.

Er war nicht ängstlich, eher das Gegenteil. Aber er befand sich in der Nähe von Schloss Montesi, und die Leute erzählten sich so manch schaurige Dinge.

Dino war fünfundzwanzig Jahre alt und kräftig gebaut. Er hatte braunes, lockiges Haar und ein verwegenes, auf seine Art hübsches Gesicht. Das sagten jedenfalls die Mädchen in der näheren und weiteren Umgebung, die Dino schon mehr als einmal beglückt hatte.

Dino Zachew hatte Holz geladen. Für eine Papierfabrik in der Kreisstadt. Er gehörte einer Lastwagenkolonne an und war als Letzter abgefahren. Und jetzt lag er fest.

Dino öffnete die Motorhaube. Da fiel ihm ein, dass er ja

die Taschenlampe im Wagen liegen gelassen hatte. Er ging noch einmal zurück und brachte auch den Werkzeugkasten mit.

Dino schaltete die Lampe an. Der breite Lichtstrahl schnitt durch die Dunkelheit.

Ein Fuchs wurde aufgeschreckt und verschwand mit ein paar schnellen Sätzen in ein nahes Gebüsch.

Hoffentlich kommen keine Wölfe, dachte Dino.

Langsam gewöhnte sich Dino Zachew an die Geräusche der Nacht. Für ihn war es erst einmal wichtig, den Wagen wieder flottzukriegen.

Dino war so in seine Arbeit vertieft, dass er nicht bemerkte, wie eine Gestalt aus den Büschen trat. Die Gestalt hatte den jungen Mann schon eine ganze Weile beobachtet und hielt jetzt die Zeit zum Eingreifen für gekommen.

Lautlos betrat der Unheimliche den schmalen Weg. Unhörbar näherte er sich dem arbeitenden Dino Zachew.

Drei Schritte von dem jungen Mann entfernt blieb die Gestalt stehen.

»Kann ich Ihnen behilflich sein?«

»Ah.« Dino Zachew kreiselte erschreckt herum und riss instinktiv einen Arm hoch.

Ein schwerer Schraubenschlüssel glitzerte gefährlich im Licht der Lampe.

»Aber, aber.« Der Neuankömmling schüttelte den Kopf. »Wer wird denn gleich gewalttätig sein?« Er ging zwei Schritte zur Seite, damit Dino ihn besser sehen konnte.

»Wer sind Sie?«, fragte der junge Mann flüsternd. Noch immer hielt er den Schraubenschlüssel fest.

»Ich bin Graf Montesi!«

»Nein!« Dino wankte zurück. »Nein, das gibt es nicht. Der Graf ist schon lange tot.«

Dino atmete schwer. Er stieß mit dem Rücken gegen die offen stehende Tür des Führerhauses. »Hauen Sie ab, Mann! Los, weg von hier! Sonst schlage ich Ihnen den Schädel ein!«

Der Unheimliche kümmerte sich nicht um die Worte. Geradewegs ging er auf Dino Zachew zu. Er hatte den rechten Arm vorgestreckt. Dinos Blick wurde von dem Ring angezogen, auf dem ein Totenkopf immer greller strahlte.

Dino kniff die Augen zusammen. Er wusste nicht, wer dieser Unheimliche war. Er hatte ihn noch nie in der Gegend gesehen. Dino fühlte jedoch instinktiv, dass von diesem Mann etwas Böses, Schreckliches ausging, und obwohl Dino den Unbekannten um einen halben Kopf überragte, hatte er doch Angst vor dieser unheimlichen Erscheinung.

»Sieh diesen Ring genau an!«, hörte Dino die Stimme des Unheimlichen.

Der junge Mann schüttelte in wilder Verzweiflung den Kopf. »Nein!«, keuchte er. »Ich will nicht. Verschwinden Sie endlich. Ich will weiterfahren. Ich …«

»Du Narr! Was glaubst du denn, weshalb dein Motor gestreikt hat? Weil ich, der Graf Montesi, meine magischen Kräfte habe spielen lassen. Du bist schon längst als Opfer ausersehen.«

Da brüllte Dino Zachew auf. Urplötzlich warf er sich vor und drosch mit dem schweren Schraubenschlüssel auf seinen unheimlichen Gegner ein.

Beinahe spielerisch wich Dr. Tod zur Seite aus.

Dino wurde von seinem eigenen Schwung mitgerissen und fiel der Länge nach auf den Weg.

Er wollte sich sofort herumwerfen, doch ein mörderischer Druck in seinem Rücken nagelte ihn auf den Boden fest.

Dr. Tod hatte Dino seinen Fuß ins Kreuz gedrückt.

Der junge Mann stöhnte. Vergebens stemmte er sich gegen den Druck an. Er krallte seine Hände in das Erdreich. Die Augen traten ihm vor Anstrengung aus den Höhlen.

Urplötzlich ließ der Druck nach. Wie ein Ertrinkender saugte Dino Luft in die Lungen. Er wälzte sich auf den Rücken und schloss im selben Augenblick geblendet die Augen.

Übergroß erschien ihm auf einmal der Totenkopf. Dino merkte, dass etwas von diesem Totenkopf ausging, sich in sein Gehirn bohrte und seinen Willen lähmte.

Ein paar Sekunden kämpfte Dino noch dagegen an. Dann verlor er die Besinnung …

Haduk war es, der Dino Zachew in Empfang nahm.

»Bring ihn in die Folterkammer!«, befahl Dr. Tod.

Haduk nickte eifrig. »Ist er der Bräutigam?«, fragte er zischend.

»Nein!«

Der Türke hatte sich den Bewusstlosen über beide Arme gelegt. Während er den Weg zur Folterkammer ging, baumelte der Kopf des jungen Mannes haltlos hin und her.

Haduk begleitete jeden seiner Schritte mit einem irren Flüstern. Er war außer Dr. Tod als Einziger eingeweiht, wusste, welch ein grausames Spiel hier in diesem Schloss ablief. Und es machte ihm Freude, denn er war seinem Meister hündisch ergeben.

Fackeln brannten Tag und Nacht in der Folterkammer. Ihr Licht strich über die mörderischen Instrumente, mit denen in der blutigen Vergangenheit die Menschen zu Tode gequält worden waren.

Es gab Streckbänke, Vorrichtungen für Daumenschrauben und eine Feuerstelle, über der man die Füße der Verurteilten geröstet hatte. In einer Ecke stand auch eine Eiserne Jungfrau.

Die Wände waren mit Ketten und Ringen bestückt. Hier hatte man früher Menschen angekettet.

Haduk presste Dinos Handgelenke in Eisenmanschetten, die mit dicken Haken in der Wand verankert waren. Die Manschetten waren so hoch angelegt, dass der Bewusstlose in einer Schräglage von der Wand weg hing. Um die Fußgelenke schnappten die Ringe einer schweren Eisenkette.

Haduks Augen funkelten, als er den Gefangenen betrachtete. Wehrlos hing das Opfer in den Ketten. Haduk, dem es Spaß machte, Unschuldige zu quälen, trat an die Wand und hob einen der langen Eisenspeere aus der Halterung.

Ein paar Sekunden wog er den Speer in der Hand. Dann trat er blitzschnell vor und fetzte mit einer schnellen Handbewegung das Hemd des Opfers auseinander.

Pfeifend ging Haduks Atem, als er den Speer hob. Die Spitze zielte auf die Brust des Opfers.

In diesem Augenblick wurde die Tür der Folterkammer aufgerissen. Dr. Tod sah mit einem Blick, was los war.

Mit einem Fluch sprang er vor und schlug Haduk die Faust gegen den Kopf.

Der Türke wurde zur Seite geschleudert. Er knallte auf den harten Steinboden und hielt weiterhin den Speer umklammert wie ein Ertrinkender den Strohhalm.

»Du weißt doch, dass du ihn in Ruhe lassen sollst!«, zischte Dr. Tod und gab seinem Diener einen Fußtritt. »Wir brauchen ihn noch. Was du hinterher mit ihm machst, ist mir egal. Aber erst, wenn ich es befehle. Verstanden?«

Haduk heulte vor Schmerz. Er, der andere lächelnd tötete, konnte selbst keine Schmerzen erdulden.

Schwer atmend trat Dr. Tod zur Seite. Haduk quälte sich auf die Beine.

»Stell den Speer weg!«, befahl Dr. Tod.

Haduk gehorchte zitternd. Dann verließ er wie ein geprügelter Hund die Folterkammer.

Dr. Tod folgte ihm wenige Minuten später. Die Tür schloss er nicht ab. Das Opfer war ihm sicher.

Es war ein makabrer Anblick!

Die Frau stand neben dem Sarkophag. Nichts war mehr von ihrer Schönheit übrig geblieben. Vera Montesi war eine alte Frau geworden.

Das einst so schwarze Haar hing grau und strähnig bis auf die Schultern. Die Haut war welk, eingesunken und zeigte gelbliche Flecken. Deutlich traten die beiden Vampirzähne aus dem Oberkiefer hervor.

Vera Montesi war eine Greisin. Die Kleidung schlotterte um ihren Körper. Die Untote verfiel zusehends.

Nur Blut konnte sie verjüngen.

Vera Montesi wankte zur Tür. Sie rüttelte an der Eisenklinke. Ohne Erfolg. Die Tür war abgeschlossen.

Vera Montesi heulte auf wie ein waidwundes Tier. Ihre langen Fingernägel kratzten gegen das Holz.

Sie schluchzte, jammerte und flehte.

Und dann hörte sie Schritte.

Blitzschnell trat sie zurück. Ihr ausgemergelter Körper nahm eine angespannte Haltung an. Leben trat in die vorhin noch stumpf blickenden Augen.

Sekunden später wurde ein Schlüssel im Schloss gedreht. Dann ging die Tür auf.

Vera Montesi fauchte. Kam dort das Opfer?

Sprungbereit stand sie neben ihrem Sarkophag. Weit stachen die beiden mörderischen Vampirzähne aus ihrem Gebiss hervor. Das Gesicht war nur noch eine einzige Fratze.

Dann stand Dr. Tod in dem Verlies. Mit einem Blick sah er, was los war. Vera Montesi war in einer Verfassung, in der sie auch ihn anfallen würde.

»Dein Opfer ist da!«, sagte Dr. Tod.

Die Finger der Untoten begannen zu zucken. »Wo?«

»In der Folterkammer …«

Es waren die Schmerzen, die Dino Zachew aus der Bewusstlosigkeit rissen.

Er hatte das Gefühl, als wären seine Arme abgestorben. Er spürte sie einfach nicht mehr. Dino wollte die Beine heben. Es ging nicht. Zentnergewichte schienen daran zu hängen.

Der junge Mann öffnete die Augen. Er brauchte Sekunden, um zu begreifen, wo er sich überhaupt befand. Sein Blick irrte über die schrecklichen Folterinstrumente, und er ahnte, was ihm alles bevorstand.

Urplötzlich kam die Angst!

Eine heiße Todesangst, die sein Herz wild pochen ließ und ihm Schauer über den Rücken jagte.

Wehrlos war er dem Grafen ausgeliefert.

Dino schrie!

Er schrie seine Verzweiflung, seine Panik hinaus und wusste doch, dass es nichts half.

Er riss an den Ketten. Doch sie hatten Jahrhunderte gehalten und hielten auch jetzt. Dino scheuerte sich nur die Haut von seinen Handgelenken. Blut war zu sehen.

Dino hatte den Mund halb geöffnet und saugte die schlechte

Luft in seine Lungen. Der Fackelschein gaukelte ihm Höllengestalten vor, und er spürte bereits die glühenden Eisenspitzen auf seiner Brust.

Irgendwann hatte Dino keine Kraft mehr. Haltlos sackte er in seinen Ketten zusammen.

Dino Zachew war in tiefe Lethargie verfallen. Ihm war nun alles egal.

Schritte schreckten ihn auf.

Sie waren nicht laut, sondern eher schlurfend, gleitend. Unbeirrbar näherten sie sich der Tür der Folterkammer.

Dino hielt den Atem an.

Kamen sie jetzt? Weshalb hatte man gerade ihn als Opfer ausgesucht?, überlegte er.

Wieder kam die Angst.

Kälteschauer jagten über seinen Körper. Er zitterte wie Espenlaub.

Die Schritte verstummten.

Aus brennenden Augen starrte Dino zur Tür.

Da, jetzt bewegte sich die schwere Klinke, wurde unendlich langsam heruntergedrückt.

Dinos Zähne schlugen aufeinander. Eisiges Entsetzen umkrampfte sein Herz.

Stück für Stück wurde die Tür aufgeschoben.

Eine Hand umkrallte das Holz. Sie hatte spitze Fingernägel, die wie Dolche wirkten.

Dino hielt den Atem an. Er konnte seinen Blick nicht mehr von der Tür wenden.

Zur Hälfte war sie offen.

Eine Gestalt schob sich in die Folterkammer.

Dino Zachew stöhnte auf. Er konnte nicht glauben, was seine Augen sahen.

Eine Frau hatte die Folterkammer betreten. Sie war uralt und unbeschreiblich hässlich.

Doch das war es nicht, was die Panik in Dino hochtrieb.

Es waren die beiden mörderischen Vampirzähne, die aus dem Oberkiefer hervorstachen und Schreckliches ahnen ließen.

Also gab es sie doch. Die Vampire!

Dino hatte den Geschichten der Alten nie so recht geglaubt. Er war Soldat gewesen, war modern erzogen worden und hatte die Sagen und Legenden als Unsinn abgetan.

Er hatte sich geirrt!

Die Unheimliche kam näher. Sie atmete nicht, sondern stieß nur ein grässliches Fauchen aus.

Dicht vor Dino blieb sie stehen.

Der junge Mann konnte jede Einzelheit ihres entstellten Gesichtes erkennen.

Langsam hob sie die Arme.

Spitze Fingernägel fuhren über Dinos Gesicht, zeichneten Streifen auf seine nackte Brust.

Die Untote kicherte. Die gebeugte Gestalt begann sich zu straffen, als würde sie mit neuem Leben gefüllt.

Dino wandte den Kopf zur Seite. Er konnte diesen Anblick nicht länger ertragen.

Die Alte stand jetzt direkt vor ihm. Ihre rechte Hand wurde zur Klaue. Die Finger griffen in Dinos lockigen Haarschopf, drehten den Kopf noch weiter nach hinten.

Der junge Mann stöhnte vor Schmerzen. Aus den Augenwinkeln sah er, wie sich das Gesicht der Untoten seinem Hals näherte …

Vera Montesi hatte ihre Lebenskraft zurückgewonnen. Das, was Jahrhunderte geholfen hatte, tat auch jetzt seine Wirkung.

Die Verwandlung nahm ihren Anfang.

Die Haut – vorhin noch welk und faltig – begann zu leben. Ihre Zellen erneuerten sich und ließen Vera Montesis jugendliche Schönheit wieder erblühen.

Und das Opfer wurde dabei selbst zum Vampir, zu einem Untoten, der nie Ruhe finden und immer auf der Suche nach neuen Opfern sein würde.

So war es schon immer gewesen. In den alten Chroniken und Kirchenbüchern kann man noch heute nachlesen, dass immer wieder im Laufe der Zeit Vampire aufgetaucht waren. Die Menschen in diesem Landstrich – selbst tief im Vampirglauben verwurzelt – hatten mehr als einmal Untote mit einem Eichenpflock getötet und die Körper anschließend verbrannt.

Fünfzehn Minuten dauerte dieses schreckliche Schauspiel.

Endlich ließ die Untote von ihrem Opfer ab. Ihr Körper war jugendlich frisch und eine Verlockung für jeden Mann.

Die Untote wandte sich um. Ihr Blick traf Dr. Tod, der auf der Türschwelle stand und alles mit tiefer Befriedigung beobachtet hatte.

»Bist du nun zufrieden?«, fragte Dr. Tod.

Die Untote nickte.

»Das war erst der Anfang«, sagte Dr. Tod. »Schon bald wirst du die Menschen bekommen, die du brauchst. Deiner Hochzeit steht nichts mehr im Wege.«

Der Menschenhasser wandte sich ab. Draußen im Gang blickte er sich noch einmal um.

»Komm jetzt. Es gibt viel zu tun!«

Die Untote folgte willig ihrem Meister. Sie und der Menschenhasser waren ein Paar, wie es nur der Satan erschaffen konnte. Denn der Höllenfürst selbst hatte in Dr. Tod seinen besten Diener gefunden.

Der Flug von London nach Bukarest verlief ohne Zwischenfälle. John Sinclair hatte die meiste Zeit verschlafen, ebenso Bill Conolly, der neben John im Sitz lag.

Für den Inspektor war es ein Risiko gewesen, jetzt zu fliegen. Beim Yard wurde jede Hand gebraucht, aber John, der immer seinen Intuitionen und Gefühlen nachgab, hatte Superintendent Powell überzeugen können, dass unter Umständen ein neuer Fall auf ihn zukam. Und länger als eine Woche hatte John auf keinen Fall vor zu bleiben.

Dann hatte John seinen kleinen Koffer gepackt, der das enthielt, was der Inspektor seine Berufsausrüstung nannte.

Eine mit geweihten Silberkugeln geladene Pistole, drei Reservemagazine, ein silbernes Kreuz, das unten zugespitzt war und mit dem man besonders Vampiren Herr werden konnte.

Ferner hatte John einige Flaschen mit Weihwasser eingesteckt. So gerüstet, hoffte er, allen Gefahren gewachsen zu sein.

Kurz vor der Landung weckte ihn die Stewardess. Sie war ein wenig pausbäckig und hatte rehbraune Augen.

Bill war schon wach. Er grinste John an. »Und da sagt man immer, Beamte würden nicht schlafen.«

John reckte sich. »Ich habe ja schließlich keinen Dienst.« Gelassen schnallte er sich den Sicherheitsgurt um. Dann drehte er den Kopf nach rechts und blickte aus dem Fenster.

Strahlend blauer Himmel präsentierte sich seinen Augen. Kaum ein Wölkchen war zu sehen. Sie waren direkt in einen glühend heißen Sommertag hineingeflogen.

»Über den Karpaten hat es gestürmt«, erklärte Bill, der Johns Blick bemerkt hatte. »Und da wollen wir ja schließlich hin.«

»Auf die Busfahrt freue ich mich jetzt schon«, brummte der Inspektor.

»Freu dich lieber auf die Zollkontrollen.« Bill senkte die Stimme. »Wie willst du dein Spezialköfferchen denn durchkriegen?«

»Keine Angst. Ich habe meine Verbindungen.«

»Verstehe. Hast wohl vorher etwas an den richtigen Fäden gezogen.«

»Genau. Unser Innenministerium hat bei dem hiesigen interveniert. Ich reise demnach mit der offiziellen Genehmigung der rumänischen Regierung.«

Bill zog die Augen zusammen. »Da stimmt doch was nicht, John. Bestimmt steckt hinter dem Fall mehr, als du sagen willst. Komm schon, raus mit der Sprache, was ist los?«

»Hör zu, Bill. Du weißt, dass Rumänien eine andere Staatsform hat als wir, und wenn in den letzten Monaten und Wochen Gerüchte aufgekommen sind, dass es in den Karpaten Vampire geben soll, dann ist das ein Ding der Unmöglichkeit. So etwas darf es hier gar nicht geben. Man hat selbst hohe Polizeibeamte in die Dörfer geschickt, um den Leuten den Vampirglauben auszutreiben, aber ohne Erfolg. Die Erlebnisse sind zu tief verwurzelt. Außerdem sind Menschen verschwunden. Spurlos, ohne Motiv.«

Bill nickte bedächtig. »Hat man diese Vampire denn gesehen?«

»Angeblich ja.«

Bill Conolly grinste verschmitzt. »Jetzt verstehe ich. Um sich nicht zu blamieren, haben die offiziellen Stellen mit Freuden zugegriffen, als das Angebot aus London kam. Wenn du nichts erreichst, haben sie wenigstens jemanden, dem sie den Schwarzen Peter zuschieben können. Raffiniert gedacht.«

»Bist du nun zufrieden?«, fragte John.

»Nicht ganz.«

»Dann hör aber bitte auf zu fragen.«

»Schon gut. Aber vergiss nicht, schließlich war ich es, der dich auf die Spur gebracht hat.«

»Ich werde dich in meinem Testament erwähnen. Als Erbe meiner Schulden. Und die Alimente kannst du auch weiterzahlen.«

»Teufel«, lachte Bill. »Wie viel ist es denn?«

»Für zwanzig Kinder. Sie sind in ganz England verteilt.«

»Wusste gar nicht, dass Sie so potent sind«, hörte John in seinem Rücken eine Frauenstimme.

Der Inspektor drehte den Kopf und peilte zwischen den Sitzlehnen hindurch.

Zwei Beine, die von einem Rock in modischer Länge umschmeichelt wurden, gerieten in Johns Blickfeld. Der dazugehörige Oberkörper beugte sich ein wenig vor. Es war Jane Collins, die John anlächelte.

»Zu dieser Leistung kann man Ihnen wirklich gratulieren, Mr Sinclair«, sagte sie, und ein Kranz von kleinen Lachfältchen umgab ihre Augen.

John brachte es tatsächlich fertig und wurde leicht rot. Während Bill neben ihm sich das Lachen nicht verbeißen konnte und John seinem Freund dosiert gegen das Schienbein trat, erwiderte er: »Sie müssen schon entschuldigen, Miss Collins, ich ahnte nicht, dass Sie hinter uns sitzen.«

»War auch nicht schlimm. Sie glauben gar nicht, welch ein Vergnügen mir Ihre Unterhaltung bereitet hat.«

Das Flugzeug setzte in diesem Moment auf, verringerte die Geschwindigkeit und rollte langsam aus.

Ein Bus wartete schon und fuhr die Passagiere über das Rollfeld bis zu den Abfertigungshallen. Ein Mann, der Zivil trug und trotzdem zehn Meilen gegen den Wind nach Polizei aussah, kam auf John Sinclair zu.

»Inspektor Sinclair?«, fragte er in schlechtem Englisch.

»Ja.«

»Darf ich Sie bitten, mir zu folgen?«

John nickte. Er sah sich unauffällig um, ob Janos Ruff nicht etwas bemerkte. Doch der war zu sehr mit einigen anderen Reisenden beschäftigt, um von John Notiz zu nehmen.

Nur Jane Collins fiel es auf. Sie sah aber schnell wieder weg, als Johns Blick sie streifte.

Der Beamte führte John in einen kleinen Raum, in dem es unerträglich schwül war.

Das Gepäck des Inspektors lag auf dem Tisch. Ungeöffnet. John bekam es auch so weitergereicht. »Ich wünsche Ihnen einen angenehmen Aufenthalt in unserem Land, Inspektor. Und wir hören von Ihnen.«

»Selbstverständlich«, erwiderte John und schnappte sich seinen Koffer. »Dann bis demnächst.«

Der Geisterjäger hielt sich noch etwas in der Halle auf und beobachtete die Reisegruppe.

Es war wirklich ein bunt gemischtes Völkchen. Von der älteren Jungfer bis zur heißen Puppe wie Jane Collins. Dazwischen gab es noch skurrile Typen wie Dr. Motherlain, ein – wie er sich selbst nannte – Schlossforscher. Motherlain hatte in England schon ein Buch über Gespenster veröffentlicht und war natürlich während der Reise ein begehrter Gesprächspartner gewesen. Denn was er zu berichten wusste, ließ manchem jetzt schon die Haare zu Berge stehen.

Insgesamt waren nur dreiundzwanzig Personen mitgeflogen. Vier waren im letzten Augenblick abgesprungen. Ein junges Ehepaar befand sich sogar auf der Hochzeitsreise. Sie hieß Carol und er Simon Shuster. Der junge Mann wurde aber von seiner Frau nur Rocky genannt, weil er tatsächlich wie ein Felsen aussah. Simon gab damit an, früher einmal geboxt zu haben, und jedem, der es hören wollte, zählte er seine angeblichen Meisterschaften auf. Während dieser Gespräche hing seine Frau dann mit glänzenden Augen an den Lippen ihres Mannes.

John konnte sich ein Lächeln nicht verkneifen, wenn er die beiden sah.

Schließlich hatte die Reisegesellschaft die Kontrollen überstanden, und Janos Ruff sammelte seine Schäfchen wieder ein. Auch John gesellte sich dazu.

Er stellte sich neben Bill und kniff seinem Freund ein Auge zu.

Ruff schlug ein paarmal in die Hände und bat um Ruhe. Dann sagte er: »Wir werden jetzt in den Bus steigen und eine längere Fahrt unternehmen. Ich fahre den Bus und hoffe, Sie vertrauen sich meinen Fahrkünsten an.«

»Was bleibt uns denn anderes übrig?«, konnte Bill sich nicht verkneifen zu sagen.

Ruff verzog das Gesicht und grinste pflichtschuldig mit, weil die anderen begonnen hatten zu lachen.

»Dann folgen Sie mir bitte«, sagte Ruff.

Mit langen Schritten und leicht vornüber geneigtem Oberkörper ging er voran. Man konnte direkt merken, dass Ruff in seinem Element war.

Und dann sahen sie den Bus.

Es war ein Mercedes aus den fünfziger Jahren, mit einer langen Kühlerschnauze und einem blitzenden Stern darauf.

Stolz schloss Janos Ruff die Tür auf. »Bitte einsteigen, die Herrschaften.«

»Einen besseren haben Sie wohl nicht finden können, was?«, fragte Bill Conolly, als er an Janos Ruff vorbeiging.

»Wie meinen Sie?«

»Hier, den komischen Transporter.«

»Sie werden sich noch daran gewöhnen, Mr Conolly. Und an manch andere Sachen.«

Die letzten Worte zischte Ruff nur so heraus.

Ehe Bill eine Antwort geben konnte, wurde er angestoßen.

»Weitergehen«, rief eine Stimme, und Bill kletterte in den Bus, ohne Ruffs hasserfüllte Blicke zu bemerken.

Durch diesen kleinen Zwischenfall waren John Sinclair und

Bill Conolly getrennt worden. John hatte sich bereits hingesetzt und seinen Koffer auf das Gepäcknetz gelegt, als Jane Collins plötzlich neben dem Inspektor stand.

»Ist dieser Platz noch frei?«

»Aber bitte.«

Jane setzte sich und blies sich eine Haarsträhne aus der Stirn. John stemmte inzwischen ihren Koffer in das Gepäcknetz.

Da sah er Bill Conolly. Der Reporter winkte ihm zu. »Wie ich sehe, hast du angenehmere Gesellschaft, John. Ich werde die Fahrt auch ohne dich überstehen.«

»Dann war der Platz also doch besetzt?« Jane Collins Gesicht nahm einen erstaunten Ausdruck an.

»Aber nicht für Sie«, erklärte John.

»Ah, so ist das.«

»Und weshalb haben Sie gerade diesen Platz gewählt?«, wollte John wissen. Er musste laut sprechen, um das Stimmengewirr im Bus zu übertönen.

»Weil Sie und Ihr Freund die Einzigen sind, die ich schon kenne.«

»Das ist eine Antwort.« John nickte beifällig. »Damit stehen Sie ab jetzt unter meinem persönlichen Schutz. Ich werde darauf achten, dass Ihnen im Geisterschloss kein Vampir über den Weg läuft.«

John meinte die Worte mehr scherzhaft, doch sie sollten sich noch auf grausame Weise bestätigen.

Fünf Minuten später fuhren sie los. In Richtung Nordwesten, geradewegs auf die Karpaten zu.

John Sinclair und Jane Collins beschlossen, sich für die weitere Zeit beim Vornamen zu nennen. Als der Geisterjäger sich einmal umdrehte, musste er feststellen, dass sich die ältere Jungfer ausgerechnet neben Bill Conolly gesetzt hatte. Der Reporter verdrehte vor lauter »Freude« die Augen.

Auch John konnte sich ein Grinsen nicht verkneifen, und es fiel sogar etwas schadenfroh aus.

»Sagen Sie, John, weshalb haben Sie sich eigentlich zu dieser etwas außergewöhnlichen Reise entschlossen?«, fragte Jane Collins plötzlich.

Der Inspektor zuckte mit den Schultern. »Reine Abenteuerlust. Wenn man den ganzen Tag im Büro sitzt, will man ja auch mal etwas anderes sehen.«

»Was machen Sie denn beruflich?«

»Ich bin bei einer Versicherung angestellt.«

»Oh.« Jane Collins lächelte hintergründig. »Und dann sind Sie schon so bekannt?«

»Wie meinen Sie das?«

»Nun, Sie waren bei der Gepäckkontrolle nicht dabei und sind gesondert behandelt worden. Das bedeutet etwas.«

Der Inspektor war wirklich im ersten Moment überrascht. Doch ehe er sich eine glaubhafte Ausrede einfallen lassen konnte, winkte Jane Collins lachend ab. »Sie brauchen mir nichts zu erklären. Schließlich gibt es ein Dienstgeheimnis, nicht wahr, Inspektor Sinclair?«

Jetzt war John völlig platt. »Sie kennen mich?«, fragte er.

»Ja. Sie hatten vor ungefähr zwei Jahren einen Fall gelöst, der Schlagzeilen gemacht hat. Es ging damals um eine Sekte, deren Anführer sich Dämonos nannte. Ich hatte zu der Zeit gerade mein Studium abgeschlossen und meine kleine Detektei eröffnet. Ich war immer auf der Suche nach außergewöhnlichen Fällen. Und dabei bin ich über John Sinclair gestolpert.«

Der Geisterjäger pfiff durch die Zähne. »Aha, eine Privatdetektivin also. Damit hätte ich allerdings nicht gerechnet. Und Sie sind beruflich an dieser Reise interessiert?«

Jane Collins lachte. »Nein, da kann ich Sie beruhigen. Aber wenn ein Inspektor Sinclair mitfährt, wird es bestimmt nicht langweilig.«

»Da kann ich Ihnen nicht widersprechen, Jane. Aber tun Sie mir einen Gefallen: zu niemandem ein Wort, ja?«

»Sie können sich auf mich verlassen, John.«

»Dann bin ich ja beruhigt. Außerdem, vielleicht wird es tatsächlich nur eine Vergnügungsreise.«

Doch hier sollte sich John Sinclair irren …

Die Zeit wurde immer länger. Jedenfalls hatten die Reisenden das Gefühl. Die meisten von ihnen waren eingeschlafen und hockten mehr oder weniger unbequem auf den Kunststoffsitzen. Auch John Sinclairs Unterhaltung mit Jane Collins war versiegt.

Einmal nur hatten sie unterwegs eine kurze Pause eingelegt. Abseits der Straße, an einem alten Gasthof. Dort hatte es noch nicht einmal etwas zu essen gegeben. John Sinclair und Bill Conolly mussten sich schließlich mit lauwarmem Dünnbier zufriedengeben.

Der Tag schwand, und die Dämmerung brach herein. Mittlerweile hatten sie schon die Ausläufer der Karpaten erreicht. Die Gegend wurde immer einsamer und unwirtlicher.

Hohe, mit Wald bewachsene Berge flankierten die schmale Straße. Die Temperatur war stark gefallen, und der Wind trieb dicke, dunkle Wolken über den fahlgrauen Himmel. Die Wipfel der dicht belaubten Bäume bogen sich unter dem Druck des Windes. Oft fuhr der Bus durch enge Schluchten, und nicht selten hörte man das Rauschen eines Wasserfalls.

Orte wurden nicht mehr angefahren. Es tauchten wohl ab und zu verwitterte Hinweisschilder auf, das war aber auch alles. Die Dörfer lagen dann meist mehrere Kilometer von der Straße entfernt.

Nur wenige Reisende warfen einen Blick nach draußen. Dazu gehörte auch John Sinclair. Die Gedanken des Inspektors waren nicht gerade freundlich. Er ahnte, dass sie in eine gottverlassene Gegend kutschiert wurden und dass sie dort auf Gedeih und Verderb dem Schlossherrn ausgeliefert waren.

Neben John im Sitz schlief Jane Collins. Aus dieser Frau wurde John auch nicht schlau. Sie gab vor, Detektivin zu sein. Ob es jedoch stimmte, stand in den Sternen. John hatte jedenfalls keinen Ausweis von ihr gesehen. Aber das spielte auch im Augenblick nur eine sekundäre Rolle.

Bill Conolly schlief ebenfalls. Wahrscheinlich hatte ihn seine Nachbarin in den Schlaf geredet. Im Bus brannte nur eine Notbeleuchtung und übergoss die Gesichter der Reisenden mit einem schwachen rötlichen Schein.

Janos Ruff fuhr relativ schnell. Er nahm die Kurven wie ein Rennfahrer, und der schwere Bus schwang oft von einer Seite zur anderen. Nur gut, dass kein Gegenverkehr herrschte.

John wollte sich gerade zurücklehnen und noch ein wenig die Augen schließen, da trat Ruff voll auf die Bremse.

Ein gewaltiger Ruck ging durch den Bus.

Wie Puppen wurden die Reisenden hin und her geschüttelt. John flog gegen die Rückenlehne des Vordersitzes und stieß sich schmerzhaft den Ellbogen. Zum Glück konnte er die schlafende Jane Collins mit dem freien Arm noch etwas abfangen, sodass sie sich nicht allzu wehtat.

Im Gegensatz zu den anderen.

John hörte Schmerzensschreie und Flüche. Bills Nachbarin war auf den Gang gefallen und wurde von dem Reporter gerade hochgezogen.

Wenig später hatten sich die Menschen wieder beruhigt. John sah gespannte, erwartungsvolle – aber auch ängstliche Gesichter. Alle warteten auf eine Erklärung des Busfahrers.

Jane Collins hatte ihre Hand auf Johns Arm gelegt. Ein paar nachdenkliche Falten hatten sich in ihre sonst glatte Stirn gegraben, und sie nagte nervös an der Unterlippe.

»Haben Sie eine Erklärung dafür, John?«

»Noch nicht.«

Endlich erhob sich Janos Ruff von seinem Platz hinter dem Steuer. Er stellte sich in den Gang zwischen die ersten beiden Sitzbänke und hielt sich mit beiden Händen an den Griffstangen unter dem Dach des Busses fest.

»Ich möchte mich für diese plötzliche Vollbremsung entschuldigen, aber es war leider nicht anders zu machen. Wir werden nämlich ab jetzt einige Begleiter bekommen.«

Gemurmel wurde laut.

»Wollen Sie noch mehr Menschen in diese Kiste pferchen?«, rief ein Mann.

Ruff lächelte überheblich. »Keine Angst. Ihre neuen Begleiter werden keine Menschen sein.«

»Vielleicht Vampire, was?«, sagte der Mann wieder und lachte schrill.

Doch niemand der Mitreisenden ging auf den »Witz« ein.

Auch Janos Ruff nicht, der sich abwandte, zur Tür ging und sie öffnete.

John Sinclair hatte sich in die äußerste Ecke des Sitzes geklemmt und presste sein Gesicht gegen die Scheibe.

Draußen war es schon zu dunkel, und er konnte nichts erkennen.

Sekunden später ließ ihn ein spitzer Schrei zusammenzucken.

Johns Kopf flog herum.

Im ersten Augenblick dachte der Geisterjäger, ihn träfe der Schlag. Er sah zwei graue Schatten in den Bus springen und mit geschmeidigen Bewegungen durch den Gang huschen.

Wölfe!

»Um Himmels willen«, flüsterte Jane Collins neben ihm.

Da brach schon die Panik los.

Viele Reisende sprangen auf, wollten nach draußen stürzen.

Die Raubtiere reagierten blitzschnell. Sie schossen auf die Menschen zu. Durch den Anprall wurden die meisten zu Boden geworfen. Schreiend versuchten sie, sich vor den Raubtieren in Sicherheit zu bringen.

Ohne Erfolg.

Mittlerweile waren noch zwölf Wölfe in den Bus gehuscht. Sie kauerten sprungbereit vor der Tür. Die Zähne waren gefletscht, und die gelben Raubtieraugen funkelten gefährlich.

Alle Menschen waren aufgesprungen. Urplötzlich hatte sie die heiße Angst übermannt. Manch einer biss die Zähne zusammen, um nicht laut aufzuschreien.

Seltsamerweise hatten die Wölfe niemandem etwas getan. Keiner war verletzt worden, und Janos Ruff schaffte es, die Leute wieder zu beruhigen.

Verängstigt krochen die Reisenden zurück in ihre Sitze.

Die Wölfe hatten auf dem Gang Stellung bezogen. Ihre Schnauzen waren halb geöffnet, und die nadelspitzen Zähne waren für jeden Reisenden eine stumme Drohung.

Abermals gab Janos Ruff eine Erklärung.

»Ich kann Ihre Angst gut verstehen, meine Herrschaften«,

sagte er. »Aber wollten Sie nicht eine Horror-Tour unternehmen?« Er machte nach diesen Worten eine kurze Pause, um die Sätze richtig wirken zu lassen.

Niemand gab Antwort.

Janos Ruff spreizte die Arme wie ein Pfau. »Gut, dann will ich fortfahren. Die Wölfe, die sich zu uns gesellt haben, sind die Boten des Grafen Montesi. Sie müssen sich einfach damit abfinden. Sie werden uns bis zum Schloss begleiten. Ein Zurück gibt es nicht mehr. Ich hoffe, ich habe mich deutlich genug ausgedrückt.«

Janos Ruff ließ seine Blicke noch einmal über die Reisenden schweifen und setzte sich dann wieder hinter das Steuer. Sekunden später brummte der Motor des Busses auf.

Erst jetzt wurde den Passagieren die Bedeutung der Worte klar. Stimmengewirr brandete auf, das bald verstummte, als die Wölfe anfingen zu knurren.

John Sinclair, der allem bisher schweigend gefolgt war, warf einen Blick auf Bill Conolly. Der Reporter saß mit geballten Händen auf seinem Sitz und starrte stur geradeaus. Seine Nachbarin war blass wie ein Leichentuch.

Jane Collins ging es nicht besser.

Direkt neben ihrem Sitz hatte sich ein Wolf niedergelassen, der sie mit gelblich funkelnden Augen anstarrte und auf jede ihrer Bewegungen achtete.

John Sinclair sah wohl, unter welcher nervlichen Anspannung die Frau stand.

»Lassen Sie sich nicht verrückt machen, Jane«, sagte er. Seine Stimme klang beruhigend.

Die Detektivin lächelte gequält. »Wird schon schiefgehen«, erwiderte sie. »Außerdem habe ich ja männlichen Schutz. Ich bin nur gespannt, welche Überraschungen noch auf uns warten. Weit kann es bis zu dem Schloss doch nicht mehr sein.«

John blickte auf die Uhr. »Eigentlich nicht. Schließlich sollen wir dort noch zu Abend essen. Na ja, mal sehen, was der Graf uns bietet. Und die Wölfe, Jane, die dürfen Sie nicht so ernst nehmen. Eine kleine Spielerei, mehr nicht.«

Jane Collins blickte John schräg von der Seite an. »Das glauben Sie doch selbst nicht.«

John unterdrückte eine Antwort, denn der Bus bog soeben in einen schmalen Weg ein. Baumzweige kratzten über das Dach des Busses. Die Strecke wurde noch schlechter, und die weitere Fahrt war eine einzige Holperei.

Dreißig Minuten später war es dann so weit.

Schloss Montesi tauchte auf. Der Bus – gerade noch hatte er sich durch die enge Schlucht gewunden – stoppte vor dem großen Portal.

Mit einem hustenden Geräusch erstarb der Motor.

Die Wölfe wussten genau, dass die Reise hier zu Ende war. Sie erhoben sich aus ihrer kauernden Haltung und drängten dem Ausgang entgegen.

Janos Ruff öffnete die Tür.

Die Wölfe sprangen nach draußen.

»Bitte aussteigen, die Herrschaften«, sagte er. »Das Gepäck können Sie ruhig schon mitnehmen. Es gibt hier leider niemanden, der sich darum kümmert.«

Die Reisenden drängten aus ihren Sitzen. Jeder wollte als Erster draußen sein. Und so kam es, dass John Sinclair und Bill Conolly zusammentrafen.

Bill stieß seinen Freund in die Seite. »Was hältst du von der Sache, John?«

»Im Augenblick noch nichts«, erwiderte der Inspektor flüsternd. »Ich glaube aber, dass ich in einer Stunde mehr weiß.«

John sprang nach draußen und half anschließend Jane Collins beim Aussteigen.

Dunkelheit und herrlich kühle Luft empfingen sie.

Johns Augen suchten vergeblich nach einem Lichtschimmer an der Frontseite des Schlosses. Eingekeilt zwischen den anderen Reisenden sah er, wie Janos Ruff auf das Portal zuging und mit beiden Fäusten gegen das Eingangstor trommelte.

Sekunden später wurde es aufgezogen.

Eine breite Lichtbahn fiel nach draußen.

Ein Mann stand auf der Türschwelle. Sowohl John Sinclair als auch die anderen Reisenden konnten ihn deutlich erkennen.

Ein, zwei Sekunden starrte John den Mann an. Und da traf ihn die Erkenntnis wie ein Blitzstrahl. Dieser Mann, der sich hier wahrscheinlich als Graf Montesi ausgab, war in Wirklichkeit Johns Erzfeind.

Dr. Tod!

Die grausame Überraschung war gelungen.

Überdeutlich konnte John Sinclair den Menschenhasser erkennen. Er sah den großen, kahl geschorenen Schädel und den im Verhältnis dazu schmächtig wirkenden Körper. Sogar den Ring konnte John im Lichtschein blitzen sehen.

Innerhalb von Sekunden zuckten unzählige Gedanken durch Johns Kopf.

Dr. Tod hier? Was hatte das zu bedeuten? Weshalb gab er sich als Graf Montesi aus? Welche Teufelei hatte er wieder ausgeheckt?

Eines war John Sinclair jedoch klar. Dr. Tod durfte ihn nicht sehen. Noch nicht …

John schaute sich blitzschnell um. Niemand achtete auf ihn. Selbst Jane Collins hatte ihr Gesicht dem Eingang zugewandt.

John musste die Zeit der Ablenkung nutzen.

Gewandt schlängelte er sich durch die Gruppe der Reisenden und kassierte manch erstaunten oder ärgerlichen Blick. Dann hatte sich John von der Gruppe gelöst.

Wie ein Schatten tauchte er in der Dunkelheit unter, hielt sich für Sekunden in Deckung des Busses und huschte dann im Bogen auf die Seite des Schlosses zu.

Hinter einem Baum legte John eine Pause ein.

Von hier aus konnte er die Gruppe noch sehen. Gerade setzten sie sich in Bewegung und gingen auf das Schloss zu. Janos Ruff an der Spitze.

John schürzte verächtlich die Lippen. Janos Ruff! Er war auch eine undurchsichtige Figur in diesem höllischen Spiel. Wieder einer von den armen Teufeln, die mit Dr. Tod paktierten und sich von ihm unermesslichen Reichtum erhofften. Meistens starben sie jämmerlich. Janos Ruff wäre nicht der Erste gewesen.

John beglückwünschte sich dazu, dass er seinen Koffer mitgenommen hatte. Jetzt stellte er ihn auf den Boden ab und ging in die Knie.

Die Schlösser schnappten zurück. John nahm eine handliche Taschenlampe heraus, schaltete sie ein und schirmte den Strahl mit den Fingern ab. Es sickerte noch genügend Licht in den Koffer, um Einzelheiten zu erkennen.

Die Pistole lag in einem mit Samt ausgeschlagenem Kästchen. Ebenfalls der Dolch.

John nahm beides an sich. Das Magazin der Pistole war mit Silberkugeln gefüllt. Die Ersatzmagazine verschwanden in den Hosentaschen. Den Dolch steckte John in eine lederne Scheide, die er an seinem Gürtel befestigte.

John nahm auch noch die beiden Fläschchen mit Weihwasser an sich und versteckte den Koffer dann in einem Gebüsch.

Jetzt fühlte er sich um vieles wohler.

Selbstverständlich hatte der Inspektor schon einen Plan, wie er vorgehen wollte. Dass etwas mit den Reisenden geschehen sollte, stand außer Zweifel. Nur durfte man es so weit nicht kommen lassen. John hatte vor, Dr. Tod zu überraschen. Er wollte sich dieses Menschenhassers bemächtigen und ihn ein für alle Mal ausschalten. Dann war die Gefahr auch von den übrigen Reisenden genommen.

Aber wie sollte er in das Schloss gelangen? John hoffte, es von der Rückseite zu schaffen. Meistens gab es bei diesen Schlössern Eingänge, wo früher die Kaufleute ihre Waren abgeliefert hatten.

Der Geisterjäger schob sich aus seiner Deckung.

Der Platz vor dem Schloss war jetzt leer. Nur noch der Bus stand dort. Er war als kompakter Schatten zu erkennen.

Es war merklich kühler geworden.

John kam es vor wie die berühmte Ruhe vor dem Sturm.

Vorsichtig bewegte er sich an der Schlossmauer entlang. Steine und Äste knirschten unter seinen Sohlen. John hatte das Gefühl, dieses Geräusch wäre meilenweit zu hören.

Neben der Schlossmauer befand sich nur ein schmaler Pfad. Die Bergfelsen reichten bis dicht an das Schloss heran. In den Ritzen der kahlen Steine fristeten Bäume, deren Astspitzen bereits die Mauer berührten, ihr kärgliches Dasein.

Ab und zu riskierte es John und ließ die Lampe aufblitzen.

Der Lichtstrahl huschte als gelber Streifen an der rissigen Mauer empor, doch ein Fenster oder eine andere Öffnung waren nicht zu entdecken.

Der Inspektor zerbiss einen Fluch zwischen den Zähnen. Sollte er tatsächlich nur von vorn in das Schloss hineingelangen können?

Er ging weiter.

Der Pfad wurde immer schmaler. Die Felsen drängten sich noch näher an das Schloss heran.

John blieb stehen und sah sich um.

Grabesstille herrschte hier, und dazu kam die pechschwarze Finsternis, die nicht einmal ein fahler Mond erhellte.

Der Inspektor beschloss, so weit zu gehen, bis der Pfad zu Ende war. Er hatte seine Schritte gezählt und kam jetzt schon auf etwa fünfzig Yards.

Schloss Montesi hatte wirklich gigantische Ausmaße.

Dann hatte er plötzlich die Rückseite erreicht. Wieder ließ der Inspektor seine Lampe aufblitzen.

Der Berghang trat hier etwas zurück, bildete an der Rückseite des Schlosses einen Halbkreis.

Der Inspektor hielt die Lampe in der rechten Hand.

Und da sah er die Tür.

Sie war aus Holz, schmal, doch ziemlich hoch. Ein eisenbeschlagenes Schloss warf das Lampenlicht zurück.

John trat näher, wollte sich das Schloss ansehen. Doch zuerst probierte er die geschwungene Klinke.

Es kreischte, als er sie nach unten drückte.

John verzog das Gesicht. Natürlich war die Tür abgeschlossen.

John überlegte gerade, was er weiter unternehmen sollte, da hörte er hinter sich ein leises Kichern.

Wie vom Blitz getroffen, fuhr der Inspektor herum. Der Lampenstrahl brach sich auf der blitzenden Klinge eines Krummschwertes, das ein wild aussehender Bursche in der Hand hielt …

Bill Conolly bemerkte John Sinclairs Verschwinden als Erster, machte sich jedoch keine weiteren Gedanken, sondern starrte auf die Wölfe, die an Graf Montesi vorbei in das Schloss huschten.

Der Reporter kannte Dr. Tod nicht. Er hielt den Mann dort auf der Schwelle des Eingangstores immer noch für den Grafen Montesi.

Bill hatte zwar schon viel von Dr. Tod gehört, er war auch in Auseinandersetzungen mit dessen Schergen verwickelt gewesen, aber zu Gesicht bekommen hatte er diesen Menschenhasser noch nicht.

Bill warf einen zweiten Blick zu der Stelle hin, wo John eben noch gestanden hatte.

Von dem Inspektor keine Spur.

Jetzt wurde Bill nervös. Aber wahrscheinlich wusste Jane Collins Bescheid.

Bill schob sich in Janes Richtung.

»Miss Collins«, sagte er leise.

Die Detektivin zuckte zusammen. Irritiert wandte sie den Kopf.

Bill grinste. »Keine Angst. Ich bin es nur.«

»Was wollen Sie denn?«

Bill strich über sein Haar und blickte sich prüfend um. »Ich suche John Sinclair. Wissen Sie nicht, wo er …?«

»Aber er steht doch neben …«

Jane Collins verstummte wie zwei Sekunden vorher der Reporter. Ihr Gesicht nahm einen ungläubigen Ausdruck an. »Das begreife ich nicht. Ich habe doch noch vor einer Minute mit ihm gesprochen. Bevor dieser Graf aus der Tür trat.«

»Jetzt ist er auf jeden Fall weg«, bemerkte Bill trocken. »Und wie ich John kenne, hat er auch seine Gründe für dieses urplötzliche Untertauchen.«

Jane Collins fasste nach Bills Arm. »Sie meinen, er hat etwas entdeckt?«

»Möglich.«

»Dann ist er *doch* beruflich mitgefahren«, sagte Jane.

Bill pfiff leise durch die Zähne. »Er hat Ihnen gesagt, was er von Beruf ist?«

»Nicht direkt. Ich habe mal sein Foto in der Zeitung gesehen.«

»Aha, daher weht also der Wind. Aber passen Sie auf, Miss Collins, es geht los.«

Bill hatte recht. Janos Ruff rief seine Schäfchen wieder zusammen. Graf Montesi hatte sich in das Innere seines Schlosses zurückgezogen.

Nacheinander betraten die Reisenden die große Halle. Es mangelte nicht an erstaunten Ah- und Oh-Rufen.

Der Graf selbst war verschwunden. Bill wunderte sich darüber, denn normalerweise ließ es sich ein Gastgeber nicht nehmen, seine Gäste persönlich zu begrüßen.

Janos Ruff gab eine Erklärung ab.

»Der Graf wird Sie offiziell bei dem heute Abend stattfindenden Gala-Essen empfangen. In genau zwei Stunden. Er hat sich jetzt zurückgezogen und bittet Sie, dies zu entschuldigen.« Janos Ruff wies auf die breite Treppe, die nach oben führte. »Dort liegen Ihre Zimmer. Der Graf hat mich beauftragt, sie Ihnen zu zeigen.«

»Habt ihr denn hier kein Personal?«, rief Rocky Shuster.

Janos Ruff wandte sich dem ehemaligen Boxer zu. »Tut mir leid, Sir, aber auf diesen Luxus müssen Sie für die Dauer Ihres Aufenthalts verzichten.«

Rocky wollte etwas erwidern, doch seine Frau zischte ihm einige Worte zu, und daraufhin zog er es vor, zu schweigen.

»Darf ich Sie dann bitten?«, sagte Ruff und betrat als Erster die Treppe.

Bill nahm seinen und Janes Koffer und setzte sich in Bewegung.

Der flackernde Kerzenschein warf tanzende Schatten auf die Gesichter der Reisenden, und manch einem lief schon jetzt eine Gänsehaut über den Rücken.

Die Zimmer waren über den ersten und zweiten Stock des Schlosses verteilt.

Bill und Jane wohnten im zweiten, daher kamen sie auch als Letzte an die Reihe.

Der Reporter merkte, dass Ruff nervös geworden war. Schließlich trat der Reiseleiter auf Bill Conolly zu. Er warf noch einen schrägen Blick auf Jane Collins und flüsterte dann: »Ich vermisse Mr Sinclair. Er war doch vorhin noch im Bus. Können Sie mir sagen, wo er hingegangen ist?«

Bill grinste von einem Ohr zum anderen. »Keine Ahnung, mein Bester. Aber wenn Sie ihn finden, dann grüßen Sie ihn von mir.«

Ruff blickte Bill wütend an und machte auf dem Absatz kehrt. Immer noch grinsend, öffnete der Reporter seine Zimmertür.

»Mr Conolly?« Jane Collins' Stimme hielt Bill zurück.

»Was ist denn?« Bill wandte sich noch einmal um.

Die Detektivin hielt die Türklinke in der Hand. Die eine Hälfte ihres Gesichtes lag im Schatten, und doch konnte Bill erkennen, dass die Frau Angst hatte. Er sah es an ihren Augen.

»Ich weiß, was Sie jetzt sagen wollen, Miss Collins. Aber keine Bange, uns passiert schon nichts. Falls wirklich etwas Ungewöhnliches geschieht, rufen Sie mich. Unsere Zimmer liegen sich ja schließlich gegenüber.«

»Danke.«

Bill lächelte ihr noch einmal zu, wartete, bis sie in ihrem Zimmer verschwunden war, und öffnete dann seine Tür.

Überrascht blieb er stehen.

Der Raum war wirklich fantastisch eingerichtet. Den Mittelpunkt bildete ein breites Himmelbett, dessen Baldachin aus schwerer Seide war. Unter seinen Füßen spürte Bill dicke Teppiche, und an der Wand stand neben einem Schrank ein kleiner Tisch mit zwei gepolsterten Stühlen. Es gab außerdem noch einen Schrank und einen mit Schnitzereien verzierten Sekretär.

»Alle Achtung«, murmelte Bill. »Hier kann man es aushalten.«

»Es freut mich, dass es Ihnen gefällt«, sagte plötzlich eine Frauenstimme.

Bill zuckte im ersten Augenblick zusammen und wandte dann den Kopf.

Eine Frau trat aus der Deckung des Schrankes hervor. Eine Frau, die an Schönheit sämtliche Filmstars übertraf.

Es war Vera Montesi …

Aus dem Stand heraus hechtete Haduk den Inspektor an. Ein geballtes Bündel aus Kraft und Energie. Das mörderische Krummschwert zielte auf Johns Kopf.

Der Inspektor reagierte wie aus dem Lehrbuch. Er ging in die Knie und riss gleichzeitig den rechten Arm hoch.

Das Schwert pfiff über seinem Kopf durch die Luft, während die Taschenlampe gegen den Schädel des Angreifers krachte.

Es gab ein dumpfes Geräusch, und Haduk grunzte überrascht.

Doch stoppen konnte John ihn so nicht.

Der Inspektor ließ die noch brennende Lampe fallen. Er sprang mit einem großen Satz aus dem unmittelbaren Gefahrenbereich.

Haduk drehte sich auf der Stelle. Seine tückisch glitzernden Augen suchten den Gegner.

John stand in geduckter Haltung dem Mörder gegenüber. Er war voller Konzentration und dachte nicht daran, seine Pistole zu ziehen. Wenn eben möglich, wollte er den Kerl mit bloßen Fäusten überwältigen, denn er erhoffte sich von ihm noch einige Informationen über das Schloss und Dr. Tod.

Aber auch Haduk wusste, dass hier jemand vor ihm stand, der nicht so leicht zu überwältigen war, und dass er hier sein gesamtes Können aufbieten musste, um den Mann zu überwältigen.

Die brennende Taschenlampe legte einen breiten Lichtstreifen zwischen die beiden Kämpfer. Jeder sah die Bewegungen des anderen.

Das Krummschwert war eine mörderische Waffe. Die Schneide war höllisch scharf. Und Haduk machte ganz den Eindruck, als könnte er damit umgehen.

Instinktiv wusste er, dass dieser Fremde eine Gefahr für Dr. Tod darstellte.

Haduk fintierte geschickt, setzte all seine Tricks ein. Immer wieder stieß er das Schwert vor und zog es dann blitzschnell wieder zurück. Dabei blieb Haduk nicht auf einem Fleck stehen. Immer war er in Bewegung.

Der Geisterjäger pendelte mit, beobachtete jede Aktion aus

schmalen Augenschlitzen. Eine Zehntelsekunde der Unaufmerksamkeit konnte ihn das Leben kosten.

Nur das Keuchen der beiden Männer klang durch die drückende Stille.

John Sinclair wurde immer mehr zurückgedrängt. Neben ihm ragten bereits die hohen Bäume des auslaufenden Berghangs in den Himmel. Wenn John es schaffte, in diesem Wald zu verschwinden, sahen seine Chancen wesentlich besser aus.

Aber das wusste auch Haduk. Er setzte alles auf eine Karte.

Leichtfüßig wie ein Balletttänzer sprang er vor. Aus seinem Mund drang ein wilder Kampfschrei. Der Arm mit dem Schwert zerteilte die Luft.

Es war ein höllischer Angriff.

Kleinere Äste und Blätter fegten auf John zu. Und dazwischen sah er immer wieder die blitzende Schwertklinge auftauchen.

Da! Ein weiterer schriller Schrei drang über Haduks Lippen. Sein Arm schwang zurück. Haduk setzte zum letzten, alles vernichtenden Schlag an.

Doch auch John Sinclair war kein Anfänger. Während Haduk sich seines Opfers sicher war und mehr oder weniger glaubte, mit John Sinclair zu spielen, hatte sich der Geisterjäger einen handlichen Ast gepackt.

John sah das Schwert auf sich zurasen, sah gleichzeitig Haduks schweißnasse, hassverzerrte Fratze und schlug seinerseits zu.

John spürte, wie an seiner linken Schulter das Jackett riss. In derselben Sekunde traf der Knüppel Haduks Gesicht.

Der Kampfschrei ging in ein grässliches Heulen über. Haduk war abgelenkt, hatte genug mit sich selbst zu tun.

Johns Handkante fegte heran. Die geballte Wucht des Schlages traf Haduks Waffenarm.

Der Schrei des Türken brach ab. Das Schwert fiel auf den Waldboden. Bewegungsunfähig hing Haduks rechter Arm an der Seite hinab, während der Türke die linke Hand vor das Gesicht gepresst hielt.

Johns knallharte Rechte ließ Haduk endgültig zusammensacken.

Der Türke krümmte sich am Boden.

John zog den Kerl hoch. »So, mein Freund, jetzt werden wir uns mal in aller Ruhe unterhalten.«

Der Geisterjäger stieß Haduk mit dem Rücken gegen einen Baumstamm.

Aus der Nase des Türken lief Blut. Seine Augen waren weit aufgerissen. Kein Zweifel, der Mörder hatte Angst.

Johns rechte Faust umkrallte Haduks Hemd. »Raus mit der Sprache!«, zischte der Inspektor. »Was wird hier gespielt?«

Haduk schüttelte den Kopf. Dumpfe, unverständliche Laute drangen aus seinem Mund.

John zog den Griff fester. »Rede, zum Teufel!«

Wieder schüttelte Haduk den Kopf. Er zitterte am gesamten Körper.

Plötzlich wurde John klar, dass der Mann kein Wort Englisch verstand. Und der Geisterjäger beherrschte die rumänische Sprache nicht.

John ließ den Türken los, der augenblicklich zusammensackte. Er fiel auf den Rücken. Stoßweise kam der Atem aus seinem Mund.

Inspektor Sinclair hob das Schwert auf, wog es in seiner Hand.

Haduk verkrampfte die Hände ineinander und hob sie mit einer flehenden Geste. Er nahm an, John würde ihn jetzt umbringen.

Der Geisterjäger grinste verächtlich. Nein, von dieser Sorte war er nicht.

John drehte Haduk auf den Rücken. Dann zog er ihm den Gürtel aus der Hose und fesselte ihm die Hände. Johns Taschentuch diente anschließend als Knebel.

Schließlich zog der Inspektor den Türken noch ein Stück den Hang hoch und legte ihn in ein Gebüsch. Er wusste, dass die Fesselung nicht lange vorhalten würde, aber im Moment gab es keine andere Möglichkeit. Das Krummschwert des Türken steckte er in seinen Gürtel.

John rutschte den Berghang wieder hinunter und stand bald an der Schlossmauer. Er hatte vorher noch Haduks Taschen durchsucht und tatsächlich ein Schlüsselbund gefunden. Drei

Schlüssel hingen daran. Einer passte bestimmt.

John hob seine Lampe auf. Das Glas war wirklich bruchsicher, so wie es der Hersteller versprochen hatte.

Erst jetzt spürte John den Schmerz. Das Krummschwert hatte ihn an der linken Schulter getroffen, dort das Jackett zerfetzt und eine blutige Furche über seine Haut gezogen. Johns Hemd war an dieser Stelle blutgetränkt.

Der Inspektor zerbiss einen Fluch. So eine kleine Schramme konnte ihn nicht aufhalten.

Er klemmte sich die Taschenlampe zwischen die Zähne und probierte die Schlüssel.

Einer passte.

Nach anfänglichem Widerstand drehte er sich im Schloss. John drückte auf die Klinke, und die Tür schwang knarrend auf.

Ein finsteres Loch gähnte dem Inspektor entgegen.

John nahm die Taschenlampe aus dem Mund und ließ den Strahl in die Dunkelheit wandern.

Feuchte, dicke Mauern und eine niedrige Decke boten sich seinen Augen.

John betrat den Gang und zog die Tür wieder hinter sich zu.

Totenstille umfing ihn.

Vorsichtig ging John durch den Gang. Auf dem Boden lag Geröll.

Nach einigen Schritten verbreiterte sich der Gang und endete schließlich vor einer Treppe, die in die Tiefe führte.

Die Stufen waren hoch und mit einer graugrünen Schimmelschicht überzogen.

John schwenkte den Arm mit der Lampe. Eine dicke Steinsäule versperrte die Sicht. John ging die paar Schritte um die Säule herum und sah, dass die Treppe auch nach oben führte.

Der Inspektor überlegte. Für welche Richtung sollte er sich entscheiden?

Wie er aus Erfahrung wusste, begannen solche Treppen meistens hinter einem Geheimgang. Aber wo endete sie?

Für John Sinclair waren die Kellergewölbe viel interessanter. Unter Umständen entdeckte er dort Dr. Tods Geheimnis.

John stieg vorsichtig die Stufen hinab. Sie schienen kein Ende nehmen zu wollen.

Doch dann hatte er es geschafft. Die letzten fünf Stufen wurden von der Lampe aus der Dunkelheit gerissen.

Der Geisterjäger sah mehrere Gänge vor sich. Einer davon war besonders breit.

Der Inspektor ging neugierig darauf zu.

Staub und Spinnweben zitterten in dem gebündelten Lichtstrahl. John entdeckte Nischen in den Wänden, in denen kostbare Sarkophage standen.

Hier waren die Montesis zur letzten Ruhe gebettet worden. Die Sarkophage schienen unberührt.

John ging wieder zurück. Er hatte vorhin noch einen anderen Gang entdeckt. Er war wesentlich schmaler als die anderen und auch niedriger. Schon nach wenigen Metern traf der Lichtstrahl eine dicke Holztür. Zu Johns Erstaunen war sie offen.

Der Inspektor lauschte einige Sekunden, doch kein Laut drang aus dem dahinter liegenden Raum.

John Sinclair zog die Tür noch ein Stück weiter auf, damit er hindurchschlüpfen konnte. Das Holz schleifte über den Boden, und dieses Geräusch verursachte bei John Sinclair eine Gänsehaut.

Der Geisterjäger betrat ein Verlies. Es war stickig und roch irgendwie süßlich.

John zog schnuppernd die Nase hoch. Dann wusste er, wonach es hier roch.

Nach Blut?

Welch schauriges Geschehen hatte sich hier unten abgespielt? Fröstelnd zog John die Schultern hoch.

Der Lampenschein war auf einem offenen Sarkophag hängen geblieben.

John Sinclair trat näher heran.

Der Sarkophag war innen mit rotem Samt ausgeschlagen. In Höhe des Kopfes lag ein weißes Kissen.

John Sinclair hatte das Gefühl, dass in diesem Sarkophag bis vor kurzem noch jemand gelegen haben musste. Er dachte sofort an einen Vampir. Und wenn es tatsächlich so war, dann waren die Menschen der Reisegruppe verloren, denn gegen die Blutsauger hatten sie keine Chance. Nicht mit normalen Mitteln. John Sinclair ahnte, dass die Zeit jetzt drängte, wenn er noch etwas retten wollte.

Plötzlich verengten sich seine Augen. Der Lichtkegel der Taschenlampe hatte einen gelben Kreis auf das Kissen geworfen. John erkannte ein langes schwarzes Haar.

Mit zwei Fingern hob er es hoch.

Kein Zweifel, es war ein Frauenhaar und musste der Person gehören, die in dem Sarkophag gelegen hatte.

Eine Frau also – eine Untote.

John öffnete die Finger, und das Frauenhaar schwebte zu Boden.

Im selben Augenblick hörte der Inspektor in seinem Rücken ein Hecheln.

Instinktiv trat er einen Schritt zur Seite und wandte sich um.

Zwei Wölfe starrten ihn an. Die gelblichen Raubtieraugen funkelten mordlüstern, und aus den halb offenen Mäulern troff der Geifer.

John Sinclair brauchte kein Prophet zu sein, um zu wissen, dass er jetzt kämpfen musste.

Kämpfen – oder untergehen …

Bill Conolly überwand seine Überraschung ziemlich schnell.

»Na, wenn das kein Service ist«, sagte er und warf den Koffer schwungvoll auf das prächtige Himmelbett.

Die Frau trat zwei Schritte vor. Auf ihrem Gesicht lag ein verlockendes Lächeln.

Sie trug ein grünlich schimmerndes langes Kleid mit einem offenherzig geschnittenen Dekolleté, das den Ansatz ihres Busens sehen ließ. Um ihren makellosen Hals wand sich eine kostbare Perlenkette. Das Gesicht war von ebenmäßiger Schönheit, jedoch seltsam bleich, und der Mund wirkte darin wie ein blutrotes Mal.

Die Augen waren es, die Bill am meisten faszinierten. Sie hatten eine grüne Farbe und strahlten etwas aus, das einen Mann unwillkürlich in seinen Bann zog.

Bill räusperte sich die Kehle frei und senkte den Blick.

»Darf man erfahren, was dieser Besuch bedeutet, oder bin ich versehentlich in einem falschen Zimmer gelandet?«

»Nein, das bestimmt nicht«, sagte die Frau. Sie hatte eine wohlklingende Stimme. Ihr Englisch hatte einen harten Akzent, wie man ihn bei Osteuropäern oft findet.

»Was verschafft mir dann die Ehre Ihres Besuches?«, wollte Bill wissen.

»Ich bin Vera Montesi«, hörte Bill die Schöne sagen.

»Die Gräfin?«, echote der Reporter.

»Ja.«

Bill sah wieder in die grünen Augen, die eine einzige Verlockung darstellten. Zum Teufel, diese Frau machte ihn noch verrückt.

Bill riss sich zusammen, doch da spürte er schon Vera Montesis Hände über seine Brust gleiten.

»Dich habe ich ausgesucht«, flüsterte die Gräfin, und ihre Lippen befanden sich dicht vor Bills Gesicht.

Der Reporter zog scharf die Luft zwischen seine Zähne. Wenn er jetzt nicht standhaft blieb, dann …

Plötzlich stutzte Bill. Unwillkürlich trat er einen Schritt zurück.

Ein seltsamer Geruch war in seine Nase gedrungen.

Bill kniff die Augen zu Schlitzen zusammen. Die Gräfin musste wohl etwas bemerkt haben, denn auch sie hatte eine angespannte Haltung angenommen.

Bill schluckte. Dann sagte er: »Ich möchte Sie doch jetzt bitten, das Zimmer zu verlassen. Ich will mich vor dem Essen noch ein wenig ausruhen.«

»Vor dem Essen?« Die Gräfin lachte leise. »Aber es wird doch nur für uns gegeben. Es ist ein Hochzeits-Dinner.«

»Wie bitte?«

»Ein Hochzeits-Dinner. Ich werde heute heiraten, und du wirst mein Bräutigam sein.«

Die Gräfin hatte bestimmt gesprochen, so, als dulde sie keinen Widerspruch.

Bill Conolly hatte den Verdacht, in einem Irrenhaus gelandet zu sein. Am liebsten hätte er diese Person rausgeworfen. Trotz ihrer Schönheit. Aber Bill beherrschte sich.

»Das soll doch wohl nur ein Scherz sein«, sagte er. »Suchen Sie sich Ihren Bräutigam, wo Sie wollen, nur lassen Sie mich in Ruhe. Und falls es ein Spaß des Reiseleiters sein soll, dann bestellen Sie ihm, es war ein verdammt schlechter.«

Das Gesicht der Gräfin verschloss sich. »Ich habe das Gefühl, Sie verkennen noch immer Ihre Lage.« Sie war wieder in einen förmlichen Tonfall zurückgefallen. »Es gibt für Sie kein Zurück mehr. Sie werden mir gehorchen – oder sterben!«

Jetzt wurde der Reporter endgültig ärgerlich. Okay, er hatte diese Reise mitgemacht, hatte sich eine gruselige Abwechslung versprochen, aber mit solchem Unsinn durfte man ihm doch nicht kommen.

»Verschwinden Sie endlich«, zischte er, »sonst vergesse ich, dass Sie eine Frau sind.«

Vera Montesi lachte leise. »Ich glaube, das werden Sie sich überlegen.«

»Raus!«, schrie Bill. Sein Gesicht war zornrot. Er sprang auf die Gräfin zu und packte ihren Arm.

Im selben Moment zuckte Bill zurück.

Die Haut der Gräfin war eiskalt. Wie bei einer Toten.

Schlagartig erinnerte sich Bill wieder an den Geruch. Unwillkürlich fielen ihm seine Auseinandersetzungen mit Vampiren ein. Sollte Vera Montesi eine Untote sein?

Bill Conolly wandte den Kopf, blickte der Frau ins Gesicht.

Die Gräfin lächelte böse. »Ich merke, du ahnst etwas«, sagte sie und schob langsam ihre Oberlippe zurück.

Bill Conolly ballte die Hände zu Fäusten. Gebannt starrte er auf die beiden nadelspitzen Vampirzähne, die langsam zum Vorschein kamen.

Seine schrecklichen Ahnungen hatten sich bestätigt. Vera Montesi war eine Untote …

Wie ein Triumphator stand Dr. Tod in dem großen Saal.

Dr. Tod! Das war die Inkarnation des Bösen, das war der Mann, der die Menschheit bis aufs Blut hasste und sich mit allen Konsequenzen dem Satan verschrieben hatte.

Schüchtern klopfte es gegen die Tür.

»Ja.« Dr. Tods Stimme klang metallisch.

Die große Flügeltür wurde ein Stück geöffnet. Janos Ruff schaute herein. Sein fahlgelbes Haar klebte schweißnass am Kopf. In seinem Gesicht zuckten einige Muskeln. Kein Zweifel, der Mann war nervös.

»Was gibt es, Ruff?« Dr. Tods Augen fixierten den Reiseunternehmer, schienen auf den Grund seiner Seele blicken zu können und bemerkten die Angst, die in diesem Mann steckte.

»Sir, ich – ich weiß nicht so recht, wie ich es Ihnen sagen soll. Aber von der Reisegesellschaft fehlt jemand.«

»Was heißt das?«

Janos Ruff lächelte verzerrt. »Nun – im Bus waren sie noch alle vorhanden, und hinterher, als ich den Leuten ihre Zimmer zeigte, war eine Person nicht mehr dabei.«

»War es ein Mann oder eine Frau?«

»Ein Mann.«

»Wo kann er Ihrer Meinung nach geblieben sein?«

Janos Ruff zuckte mit den Schultern. »Er kann sich nur draußen in der Nähe des Schlosses herumtreiben. In die nächste Stadt zu laufen wird ihm kaum gelingen, noch dazu in einem völlig fremden Land.«

»Der Bus steht doch noch vor dem Schloss?«, fragte Dr. Tod.

»Ja.«

»Dann wird es für den Mann keine Schwierigkeiten bedeuten, zu fliehen.«

»Das ist unmöglich, Sir. Ich habe die Schlüssel.«

»Man kann solche Wagen auch knacken.«

Ruff hob die Schultern. »Ich könnte die Reifen durchstechen«, schlug er vor.

»Das wäre eine Möglichkeit«, gab Dr. Tod zu. »Aber vorher versuchen Sie den Mann zu finden. Kennen Sie seinen Namen?«

»Selbstverständlich, Sir.« Janos Ruff nickte eifrig. »Sein Name lautet John Sinclair …«

In den ersten Sekunden danach war es totenstill. Dann schlug Dr. Tod seine rechte Faust in die offene linke Handfläche.

»Inspektor Sinclair«, flüsterte er. »Der Bluthund vom Yard.«

Ein hasserfüllter Ausdruck stahl sich in Dr. Tods Gesicht. Janos Ruff merkte dies und trat unwillkürlich einige Schritte zurück. Er wusste nichts von den Auseinandersetzungen dieser beiden Männer.

Doch plötzlich lächelte Dr. Tod. Aber es war ein kaltes, gefühlloses Lächeln.

»Ja«, flüsterte der Menschenfeind. »Der Zufall hat mir die Möglichkeit in die Hand gespielt, diesen Inspektor endgültig zu vernichten. Hier, auf Schloss Montesi, bin ich der Herrscher. Und Sinclair wird in meine Falle laufen, das ist sicher. Er kann gar nicht anders. Dann werde ich ihn endgültig vernichten!«

Der letzte Satz klang wie ein Urteil.

Der graue Körper flog durch die Luft, setzte mit einem Sprung über den Sarkophag und wollte John an die Kehle.

Der Inspektor sah die messerscharfen Zähne blitzen, und der heiße Atem streifte sein Gesicht.

Im letzten Augenblick drehte sich John ab, konnte jedoch nicht verhindern, dass die Bestie gegen seine linke Schulter prallte.

Der Geisterjäger ging zu Boden. Augenblicklich hockte das Raubtier auf ihm. Eine kurze Drehung mit dem Kopf, das Maul schnappte auf, und dicht vor seinen Augen sah John Sinclair die mörderischen Hauer blitzen.

John hatte die Lampe fallen lassen. Er brauchte jetzt beide Hände.

Sein angewinkelter Arm stieß in den geöffneten Rachen der Bestie, verhinderte so das Zuschnappen des Gebisses.

Der Wolf knurrte, riss seinen Schädel nach hinten.

John ließ nicht locker, bäumte sich auf und stemmte das Raubtier immer weiter zurück.

Doch schon hockte die zweite Bestie sprungbereit vor den beiden Kämpfenden. Sie wartete nur darauf, eingreifen zu können.

John Sinclair kämpfte verbissen, mobilisierte alle Kräfte. Und der Wolf musste weichen. Immer weiter wurde er zurückgedrängt. Mit der freien Hand umklammerte John jetzt die Kehle der Bestie und warf das Tier mit einem ruckartigen Ausfall von sich.

Da sprang der andere.

Während die erste Bestie jaulend über den Boden rollte, hechtete er auf John Sinclair zu.

Mit einem gewaltigen Satz wich der Inspektor dem Wolf aus. Die Bestie sprang ins Leere, wirbelte jedoch auf der Stelle herum, um wieder anzugreifen.

John zog das Krummschwert. Jetzt war es für ihn eine wertvolle Waffe.

Der Wolf wich zuckend zurück. Er musste wohl die Waffe kennen, hatte vielleicht schon selbst damit Bekanntschaft gemacht.

Auch die andere Bestie hatte sich wieder erholt. Sie versuchte, John in den Rücken zu gelangen. Die gelben Raubtieraugen fixierten den Inspektor.

Der Geisterjäger wollte sich nicht einkreisen lassen. Wenn das geschah, konnte ihm auch das Schwert nicht viel helfen, dann war er geliefert. Eine Bestie brauchte ihm nur auf die Schultern zu springen und die Zähne in seinen Hals zu schlagen …

John Sinclair übernahm selbst die Initiative. Er griff an, kam über die Bestien wie ein Tornado.

John drehte sich auf der Stelle, und ein gewaltiger Satz brachte ihn direkt neben den Wolf, der ihn von hinten überlisten wollte.

Die Bestie war zu überrascht.

Das Schwert blitzte auf. Pfeifend zerschnitt es die Luft und trennte Sekundenbruchteile später den Kopf vom Rumpf der mordgierigen Bestie.

Aus den Augenwinkeln sah John den zweiten Schatten heranfliegen.

Der Inspektor packte das Schwert mit beiden Händen, riss

es hoch, und im nächsten Augenblick jagte die Schneide dem Raubtier entgegen. Der Wolf wurde mitten in der Luft getroffen. Auch er verlor seinen Kopf.

Der Inspektor sprang schnell zur Seite, damit der Körper nicht gegen ihn prallte.

Schwer stützte sich John auf den Rand des Sarkophags. Das Schwert hatte er wieder in seinen Gürtel gesteckt.

Johns Atem ging schnell und keuchend. Der Inspektor war in Schweiß gebadet. Die Sachen klebten an seinem Körper. Und die verbrauchte Luft tat ein Übriges, um seinen Magen revoltieren zu lassen.

Minutenlang blieb John so stehen. Zwei Bestien hatte er erledigt. Aber es waren noch zwei da.

John Sinclair hob die Taschenlampe vom Boden auf.

Damit leuchtete er das Verlies ab. Er sah die Kadaver der Wölfe und schüttelte sich. Dann traf der Strahl einen der abgetrennten Köpfe.

Johns Herzschlag stockte. Urplötzlich überkam den Inspektor das nackte Grauen.

Der Kopf hatte sich verwandelt, hatte menschliche Züge angenommen. Die Schnauze war flacher geworden, ein Teil der Haare war verschwunden, und die Augen hatten einen fast flehenden Ausdruck angenommen.

John Sinclair schüttelte sich. Was war hier geschehen? Waren diese Wölfe in Wirklichkeit Menschen gewesen – oder Wolfsmenschen? Welch grausames Spiel hatte Dr. Tod mit ihnen getrieben? Er hatte diese Menschen mit Hilfe der schwarzen Magie in Wölfe verwandelt. Eine unvorstellbare Tat.

John Sinclair wandte sich ab. Er konnte diesen Anblick nicht länger ertragen.

Er war auf der Hut, als er den Schauplatz des Kampfes verließ. John rechnete jeden Augenblick mit einem Angriff der anderen beiden Wölfe.

Doch nichts geschah.

John blieb stehen und lauschte. Kein Hecheln oder Keuchen drang an seine Ohren. Es war merkwürdig still in diesem unterirdischen Labyrinth von Gängen und Verliesen.

John Sinclair rechnete mit weiteren Überraschungen, während er durch die Gänge schlich. Der helle Lampenstrahl wies ihm den Weg.

Er ging durch Quergänge und machte makabre Entdeckungen. In einem Verlies lagen die Überreste von Menschen, die hier vor Hunderten von Jahren einen grausamen Hungertod erlitten haben mussten.

Die bleichen Knochen und Schädel waren teilweise schon zu Staub zerfallen. Sie waren Zeugen einer grausamen Vergangenheit, in der Menschen oft wie Tiere behandelt wurden, teilweise sogar noch schlechter.

Und dann stand John Sinclair vor der Folterkammer. Die Tür, die die Kammer verschloss, war größer und massiver als die anderen.

Johns Lippen pressten sich hart aufeinander, als er die Tür aufzog. Er streckte den Arm mit der Lampe vor.

Der Lichtstrahl riss die Marterinstrumente aus der Dunkelheit.

Der Inspektor betrat die Folterkammer. Bis auf die Marterinstrumente schien sie leer zu sein.

Schien, denn John sah den Schatten nicht, der hinter der Tür lauerte. Kein Atem verriet dessen Anwesenheit.

Denn Untote atmen nicht …

Der Geisterjäger trat noch einen Schritt vor.

Schräg hinter ihm hob der Vampir den rechten Arm. Seine Finger umklammerten einen armlangen Knüppel.

Einen Herzschlag später spürte John hinter sich einen Luftzug. Er wollte sich noch herumwerfen, doch es war schon zu spät.

Etwas traf mit mörderischer Wucht seinen ungeschützten Schädel, und für John Sinclair gingen die Lichter aus.

Wie ein Ballon, aus dem man die Luft lässt, sackte John auf den harten Steinboden. Er blieb auf dem Gesicht liegen. Die Lampe rollte ihm aus den Fingern.

Der Vampir trat aus dem Schatten der Tür. Er lachte triumphierend auf. Dort lag sein erstes Opfer.

Der Untote – es war niemand anderes als Dino Zachew – drehte John auf den Rücken.

Ein Rausch packte den Untoten. Er beugte seinen Kopf vor. Die langen, hässlichen Zähne schimmerten.

Plötzlich zuckte der Vampir zurück. Nein, dieses Opfer war ihm sicher. Aber dort oben, da befanden sich Menschen, die noch nichts von seiner Existenz ahnten.

Zachew packte John Sinclair unter beiden Achselhöhlen und schleifte ihn zu der Wand hin, an der die Ketten befestigt waren.

Zachew lachte wild. Auch er hatte hier schon gehangen. Bis Vera Montesi gekommen war und ihn befreit hatte.

Ja, so würde er es mit diesem Fremden auch machen.

Schon bald hing der bewusstlose John Sinclair in den Ketten, und es gab keine Chance für ihn, sich zu befreien …

Vera Montesi lachte grausam. Ihr einst so schönes Gesicht war nur noch eine Fratze. Zwischen den blutroten Lippen stachen drohend die Vampirzähne hervor. Die grünen Augen blickten gierig.

Bill Conolly war bis zur Wand zurückgewichen. Wenn die Untote annahm, er hätte Angst, dann hatte sie sich geirrt. Es war nicht das erste Mal, dass Bill Conolly mit einem Vampir zusammentraf. Er wusste, wie man diese Bestien bekämpfen musste. Nur fehlten ihm in diesem Augenblick die Mittel.

Vera Montesi krümmte ihre Finger zu Krallen. Sie fixierte ihr Opfer aus starren, kalten Augen.

»Nun – hast du es dir jetzt überlegt?«, zischte sie.

Bill grinste hart. »Ich denke gar nicht daran. Du hast dir den Falschen ausgesucht, liebe Vera. Ich werde dich dorthin schicken, wohin du gehörst. In die Hölle.«

Die Untote fauchte hasserfüllt. Sie hatte damit gerechnet, einen vor Angst gelähmten Mann vorzufinden, doch das war ein Irrtum. Dieser Mann zeigte keine Angst. Also musste er mit Gewalt gefügig gemacht werden.

»Ich werde dich zu meinem Diener machen«, keuchte die Montesi.

Während dieser Worte kam sie auf Bill Conolly zu.

Der Reporter war kalt bis ins Mark. Er würde sich seiner Haut schon zu wehren wissen.

Ganz dicht ließ Bill die Gräfin herankommen. Dann riss er blitzschnell seine Faust hoch, schmetterte sie in die Vampirfratze.

Wie von einem Katapult wurde Vera Montesi zurückgeschleudert. Sie krachte gegen einen Stützpfosten des Baldachins und fiel dann auf das Bett. Ihr wütender Aufschrei gellte in Bills Ohren. Für Sekunden hatte sie mit sich selbst zu tun.

Eine Zeit, die Bill ausnutzen wollte.

Er hatte draußen auf dem Flur eine Anzahl Ritterrüstungen gesehen. Rüstungen, die von Schwertern und Degen flankiert wurden. Und solch einen Degen brauchte er jetzt als Waffe gegen die Untote.

Bill hetzte auf den Gang. Die Waffen steckten in eisernen Ösen.

Bill zog einen Degen heraus.

Der Reporter rannte damit zurück in das Zimmer.

Vera Montesi hatte sich inzwischen aus dem Bett gerollt. Wie ein Raubtier vor dem Sprung stand sie geduckt in der Mitte des Raumes.

Bills Augen verengten sich zu schmalen Schlitzen. »So«, flüsterte er, »jetzt sieht die Sache schon ganz anders aus. Denk daran, was ich dir vorhin versprochen habe, schöne Vera.«

Die heiße Angst legte sich auf das Gesicht der Untoten. Sie wusste plötzlich, dass sie jetzt um ihr »Leben« kämpfen musste.

Bill hielt den Degen in der rechten Hand. Der Arm war weit vorgestreckt. Mit federnden Schritten ging er auf die Untote zu, die immer weiter zurückwich. Das Kerzenlicht brach sich funkelnd auf der blanken Degenklinge.

Die Untote stieß mit dem Rücken gegen die Wand. Sie konnte nicht mehr weiter. Es gab keinen Ausweg.

Bill hob die Waffe zum Stoß.

Vera Montesi hatte beide Arme abwehrend vorgestreckt. Aus ihrem Mund drangen unartikulierte Angstschreie. Ja, auch Vampire empfanden die Todesangst.

Bill holte noch einmal tief Luft, um dann diesem unseligen Leben ein Ende zu bereiten.

»Wenn Sie das tun, schieße ich Ihnen eine Kugel in den Rücken«, hörte Bill Conolly plötzlich eine Stimme.

Der Reporter vereiste. Der Arm mit dem Degen blieb in der Luft hängen. Vor ihm lachte Vera Montesi hysterisch auf. Fauchend fuhr sie Bill entgegen.

»Bleib stehen!«, erscholl wieder die kalte Stimme. »Und Sie, Mister, lassen den Degen fallen.«

Bill öffnete die Finger. Die Waffe polterte zu Boden.

»So, jetzt können Sie sich umdrehen.«

Bill gehorchte. Vor ihm stand niemand anderer als Graf Montesi!

Es dauerte Sekunden, bis Bill Conolly den Schock überwunden hatte. Dann zuckte er mit den Schultern und sagte krächzend: »Okay, Graf, Sie haben gewonnen.«

Montesi lächelte zynisch: »Ich gewinne immer, Mister …«

»Conolly«, knurrte Bill. »Merken Sie sich den Namen gut. Wahrscheinlich werde ich es sein, der Sie zur Hölle schickt.«

Montesi krauste die Stirn. »Große Worte, Mr Conolly. Mich haben schon viele auszuschalten versucht. Doch niemand hat es geschafft. Sogar die Leute von Scotland Yard nicht.«

»Scotland Yard?«, echote Bill.

»Ja. Es gibt dort einen Mann, der mich seit einigen Monaten jagt und hetzt. Sinclair heißt er. John Sinclair. Doch ihm bin ich besser bekannt unter dem Namen Dr. Tod!«

Bill hatte das Gefühl, von einem Pferdehuf getroffen zu werden. Das war also der legendäre Dr. Tod. Sicher, er hätte es sich sofort denken können. John hatte ihm den Mann schon einige Male beschrieben.

Auch jetzt trug er wieder seine dunkle Kleidung. Die Augen in dem übergroßen kahlen Schädel schienen Bill bis auf den Grund seiner Seele zu durchbohren. Der weiße Totenkopf – eingefasst in den rubinroten Ring – leuchtete in einem kalten Feuer.

Unverwandt hielt Dr. Tod einen Revolver auf Bill Conolly

gerichtet. Die Waffe hatte sich um keinen Millimeter bewegt.

Jetzt mischte sich Vera Montesi wieder in das Gespräch ein. Sie lief um Bill Conolly herum, achtete jedoch darauf, nicht in die Schusslinie zu geraten.

»Überlass ihn mir!«, keuchte sie. »Ich will ihn zu meinem Bräutigam machen. Er soll als Vampir an meiner Seite sitzen. Ich will ihn haben!«

»Du bekommst ihn auch«, erwiderte Dr. Tod. »Aber nicht als Vampir. Er wird an der Hochzeit teilnehmen und alles bewusst erleben und doch nicht eingreifen können. Satan selbst hat mir die Macht der Hypnose gegeben, und dieser Mann wird sie zu spüren bekommen. Was halten Sie davon, Mr Conolly?«

Bill gab keine Antwort. Ihm war klar, dass er Dr. Tod im Moment nichts entgegenzusetzen hatte. Schweißtropfen sammelten sich auf Bills Stirn und liefen in kleinen Bächen in seine Augenbrauen.

»Sieh mich an!«, forderte Dr. Tod.

Und Bill gehorchte, musste gehorchen, ob er wollte oder nicht.

Dr. Tods Augen wirkten plötzlich wie Schächte, in denen alles zu versinken drohte.

Bill sah nur diese Augen, hörte Dr. Tods monotone Stimme und merkte, wie ein fremder Wille den seinen verdrängte.

Bill Conolly wurde zu Dr. Tods Sklaven. Sekunden dehnten sich zu Ewigkeiten. Bill verlor das Gefühl für Raum und Zeit. Der Reporter wurde zu Wachs in den Händen eines Satans.

Was auch geschah, er würde jeden Befehl ausführen …

Jane Collins hatte sich gleich in ihrem Zimmer hingelegt. Die Einrichtung des Raumes glich der der anderen. Jane hatte Rock und Pullover abgestreift und lag auf dem breiten Bett.

Doch der Schlaf wollte sich nicht einstellen. Zu viel war auf die Frau eingestürmt.

Die Eindrücke der langen Busfahrt schwirrten vor ihren Augen. Sie sah die gefährlichen Wölfe, die sie plötzlich angriffen und zerfleischen wollten. Dann tauchte plötzlich John Sinclair auf, um sie zu beschützen. Sinclair hielt eine Maschinenpistole in den Händen und schlug die Bestien in die Flucht.

Ein zufriedenes Lächeln legte sich auf das Gesicht der Frau.

John Sinclair – er bedeutete ihr mehr, als sie zugeben wollte. Sie sah sich in den Armen dieses Mannes liegen – und ...

Ein Schrei drang an ihre Ohren!

Erschreckt sprang Jane Collins auf. Sie fasste sich an den Kopf. Himmel, jetzt war sie doch eingeschlafen.

Jane atmete tief ein. Sie fröstelte plötzlich. Rock und Pullover lagen auf dem Bett. Sie streifte sich beides über.

Da hörte sie wieder den Schrei. Er klang gedämpft, war aber dennoch deutlich zu vernehmen.

Jane fröstelte. Sie zog ihre Schuhe an und schlich auf Zehenspitzen zur Tür. Schritte waren draußen zu hören.

Jane zog vorsichtig die Tür auf und lugte auf den Gang.

Sie sah gerade noch, wie Graf Montesi in Bill Conollys Zimmer verschwand.

Die Detektivin grub die Zähne in die Unterlippe. Was hatte das zu bedeuten? Was suchte der Graf in Bill Conollys Zimmer?

Jane wartete einige Minuten. Dann hörte sie, wie die Tür gegenüber geöffnet wurde.

Wieder sah sie in den Gang.

Drei Personen verließen das Zimmer. Zwei Männer und eine Frau.

Einer der Männer war Bill Conolly, der andere Graf Montesi, und die Frau hatte Jane noch nie gesehen.

Ohne sich umzudrehen, gingen die Personen den Gang entlang.

Jane Collins kam sich auf einmal unsagbar verlassen vor. Sie hatte sich auf Bill Conolly verlassen. Wenn er jetzt wegging, war sie ganz auf sich allein gestellt.

Entschieden schüttelte Jane den Kopf. Nein, sie wollte auf eigene Faust losziehen, wollte herausfinden, was in diesem Schloss geschah.

Jane zog die Tür des Zimmers hinter sich zu. Der Gang lag im

Halbdunkel. Zur Treppe hin wurde er etwas erhellt, doch auf der anderen Seite verlor er sich in der Dunkelheit.

Jane schlug den Weg in Richtung Treppe ein.

Vorsichtig setzte sie ihre Schritte, damit niemand sie hörte.

Überall standen Ritterrüstungen oder hingen Waffen an den Wänden. Dazwischen sah Jane prächtige Ölgemälde.

Die Ahnengalerie der Montesis. Kerzenlicht traf die Gesichter auf den Bildern und gab ihnen ein unwirkliches, düsteres Leben.

Jane schlich weiter.

Rechts stand eine große Rüstung. Das Eisen glänzte matt. Zwischen den Fingern des eisernen Handschuhs war ein Speer geklemmt, dessen Spitze gegen die Decke zeigte.

Jane war schon an der Rüstung vorbei, da sah sie den Schatten.

Erschreckt fuhr sie herum.

Ein grauenhaftes Gesicht starrte sie an. Die Nase war eingedrückt, und eine dicke Blutkruste lief bis zum Mund.

Jane hatte das Gefühl, ihr Herz würde stehen bleiben. Aus vor Angst weit aufgerissenen Augen starrte sie auf die grässliche Erscheinung.

Es war Haduk, der vor Jane Collins stand. Der Türke hatte sich befreien können und war in das Schloss gekommen, um sich zu rächen.

Seine stämmigen Arme zuckten vor.

Finger umkrallten Janes Kehle, unterdrückten jeden Hilfeschrei.

»Töten werde ich!«, keuchte Haduk. »Töten!« Er drückte noch fester zu. »Die Eiserne Jungfrau wartet«, geiferte der Türke, und in seinen Augen glühte der nackte Hass.

Diese Worte waren die letzten, die Jane Collins hörte, bevor eine gnädige Ohnmacht sie erlöste.

John Sinclair erwachte mit bohrenden Kopfschmerzen. Sein Schädel schien ein Bergwerk zu sein, in dem tausend Zwerge hämmerten und klopften.

Der Geisterjäger stöhnte auf und öffnete mühsam die Augen.

Er hockte in kniender Stellung am Boden. Die Beine waren auseinander gedrückt und die Arme nach oben gezogen. John wollte die Arme herunternehmen, doch das Klirren von Kettengliedern machte ihm deutlich, in welcher Lage er sich befand.

Du bist angekettet!, schoss es ihm durch den Kopf.

Für Sekunden drohte John die Panik zu überwältigen. Wild riss er an den Ketten. Doch nur das Klirren der Glieder, das in seinen Ohren wie Musik aus der Hölle klang, war der einzige Erfolg.

John Sinclair zwang sich zur Ruhe. Er musste jetzt einfach einen klaren Kopf behalten. Gut, er befand sich in einer verteufelten Lage, aber noch lebte er. Und solange dies der Fall war, gab ein John Sinclair nie auf.

Die Waffen hatte man ihm gelassen. Haduks Schwert steckte noch in seinem Gürtel. Es wurde von der linken Jackenhälfte verdeckt. Ferner besaß John noch seinen geweihten Dolch und die mit Silberkugeln geladene Pistole. Außerdem steckten die beiden Fläschchen mit Weihwasser in seinen Taschen. Sie waren wie die Taschenlampe unzerbrechlich.

Jemand hatte eine Fackel angezündet und sie in eine eiserne Halterung in der Wand gesteckt. Die Fackel gab so viel Licht, dass John die Einzelheiten der Folterkammer erkennen konnte. Und er rechnete durchaus mit der Möglichkeit, dass man diese Marterinstrumente an ihm ausprobieren würde.

John Sinclair schluckte bei dieser Vorstellung.

Schon jetzt taten ihm die Schultergelenke weh. Auch die Wunde, die Haduks Schwert gerissen hatte, schmerzte wieder. Dazu kamen noch die bohrenden Kopfschmerzen.

John biss die Zähne zusammen, bewegte sich zurück, bis er die Wand im Rücken spürte, und stemmte sich dann hoch. Die Jacke kratzte über die rauen Steine, aber John schaffte es schließlich doch, auf eigenen Füßen zu stehen.

Schweiß lief ihm über das Gesicht. Er keuchte verbissen. Jetzt hingen seine angeketteten Arme waagerecht. Das war auch unbequem und auf die Dauer kaum zu ertragen.

Johns Zunge fuhr über die spröden Lippen. Durst quälte

den Inspektor. Er hätte wer weiß was für einen Schluck Wasser gegeben.

Bill Conolly und Jane Collins kamen ihm in den Sinn. Himmel, wie mochte es den beiden gehen? Ahnten sie überhaupt etwas von der Gefahr, in der sie schwebten? Welch grausames Spiel hatte Dr. Tod sich für die Menschen ausgedacht?

Johns Blick flog zu der Eisernen Jungfrau hin. Für ihn war es das schlimmste Marterinstrument, das sich ein menschlicher Geist jemals ausgedacht hatte.

John drehte den Kopf nach rechts. Er sah, dass die Ketten in dicken, in die Wand eingemauerten Ösen hingen. Da war nichts zu machen.

Aber seine Handgelenke steckten in Stahlmanschetten. John Sinclair entdeckte kein Schloss, sondern nur eine Klammer, die die Manschette festhielt. Allerdings konnte er aus eigener Kraft nicht an die Klammer heran. Es musste ihn schon jemand befreien.

Plötzlich hörte John Schritte. Unwillkürlich spannte der Inspektor seine Muskeln.

Kam man jetzt, um ihn zu holen?

Die Schritte näherten sich der Folterkammer. John hörte eine heisere, wahnsinnig klingende Stimme, und im selben Augenblick erkannte er, wem diese Stimme gehörte.

Haduk, dem Mörder!

Von Hass beseelt, irrte Haduk durch die finsteren Gänge des Schlosses. Auf seinen Armen lag die bewusstlose Jane Collins. Das blonde Haar hing wie ein dichter Vorhang von ihrem Kopf herab. Ihre Brust hob und senkte sich unter schwachen Atemzügen.

Haduk, der von Frauen und Mädchen wegen seines Aussehens immer verstoßen worden war, hatte jetzt endlich die Gelegenheit, sich zu rächen. Außerdem fraß die Niederlage, die ihm John Sinclair bereitet hatte, wie Säure in ihm. Sie stachelte seinen Hass noch mehr an.

Obwohl es hier unten dunkel war, fand sich Haduk mit

traumwandlerischer Sicherheit zurecht. Nicht ein einziges Mal stieß er gegen irgendeinen Mauervorsprung. Dieses Labyrinth von Gängen und Verliesen war seine eigentliche Heimat. Hier hatte er sich jahrelang versteckt gehalten.

Er war auf dem Weg zur Folterkammer, seinem eigentlichen Reich. Endlich hatte er wieder ein Opfer gefunden.

Die Schritte des Türken klangen dumpf. Er bemühte sich erst gar nicht, leise zu sein. Niemand würde ihm hier in die Quere kommen. Unentwegt murmelte er unverständliche Worte vor sich hin.

Der schwache Fackelschein in der Folterkammer drang durch die spaltbreit geöffnete Tür bis in den Gang. Haduk blieb einen Augenblick stehen und stieß dann die Tür auf.

Sie schwang gegen die dahinter liegende Wand.

Zwei schnelle Schritte brachten den Türken in das Innere der Folterkammer.

Und plötzlich weiteten sich seine Augen. Sein Blick war auf John Sinclair gefallen, der angekettet an der Wand hing. Für ein paar Sekunden nahm Haduk dieses Bild in sich auf, dann entrang sich seiner Kehle ein mörderischer Wutschrei.

Er hatte nur noch Augen für seinen verhassten Gegner.

Wie ein Stück Holz ließ er die bewusstlose Jane Collins fallen. Unartikulierte Schreie ausstoßend, rannte Haduk auf John zu.

Der Geisterjäger sah den Mordrausch in Haduks Augen leuchten und verkrampfte sich unwillkürlich.

Noch im Laufen holte Haduk aus, wollte dem Inspektor seine Faust in das Gesicht schmettern.

Dieser Schlag hätte unter Umständen tödlich für John sein können.

Wie ein Geschoss zischte die Faust heran.

Und jetzt zeigte sich, wie Inspektor Sinclair reagieren konnte. Im letzten Augenblick nahm er den Kopf zur Seite.

Die Faust rasierte an seinem linken Ohr vorbei und klatschte gegen die Wand.

Unwillkürlich schloss John die Augen. Er konnte sich vorstellen, welch ein Schmerz jetzt in Haduk tobte.

Zuerst geschah gar nichts. John hatte das Gefühl, als würde

die Faust an der Wand kleben bleiben, doch dann drang aus Haduks Kehle ein wilder Schmerzensschrei.

Haduk zog seine blutige Hand zurück und presste sie gegen den aufgerissenen Mund, wo sie den Schrei erstickte.

Tränen schossen aus den Augen des Türken. Er wankte zurück. Sein blutverkrustetes Gesicht war zu einer Grimasse verzogen. Wahrscheinlich konnte er die rechte Hand nicht mehr gebrauchen.

John warf einen schnellen Blick zu Jane Collins hin. Die Detektivin kam soeben zu sich.

Verstört blickte sie sich in der Folterkammer um. Sie konnte nicht begreifen, wo sie sich befand.

»Jane!«

Johns Stimme übertönte das Heulen des Türken.

Die Detektivin wandte den Kopf. Sie sah John gefesselt in den Ketten hängen und stieß einen spitzen Schrei aus.

»Kommen Sie, Jane! Sie müssen mich befreien! Hier an den Manschetten!«

Der Inspektor hatte seine einzige Chance erkannt. Noch hatte Haduk mit sich selbst zu tun, und wenn Jane jetzt richtig reagierte, dann …

Die Detektivin kam auf die Beine. Ihr Blick war leicht glasig, sie konnte noch nicht so exakt reagieren wie sonst.

Sie stolperte in Johns Richtung.

Da wandte Haduk den Kopf.

Innerhalb eines Herzschlags erfasste er, was Jane Collins vorhatte.

Haduk brüllte auf wie ein Tier. Mit einem gewaltigen Satz schnitt er Jane den Weg ab. Wie ein furchterregendes Ungeheuer stand er vor der Detektivin. Seine blutige rechte Hand hielt er gegen den Körper gepresst. Und mit der anderen schlug er zu.

John Sinclair schloss die Augen und biss sich vor Wut und Verzweiflung auf die Lippen.

Jane Collins wimmerte.

Sie lag auf dem Boden, und Haduk, das menschliche Ungeheuer, stand über ihr.

»Komm her, du Ratte!«, keuchte John Sinclair. »Komm doch, damit ich dir zeigen kann, was man mit Kerlen macht, die Frauen brutal zusammenschlagen.«

Haduk wandte den Kopf und stierte John mit trübem Blick an.

Verzweifelt schloss der Inspektor die Augen. Was nutzte alles Reden, der Türke verstand ihn ja doch nicht.

Doch plötzlich kam Bewegung in Haduk. Er bückte sich und hob die angstschlotternde Jane Collins mit der linken Hand hoch. Wie ein Paket hatte er sie sich unter den Arm geklemmt.

Zielstrebig ging er mit seinem Opfer auf die Eiserne Jungfrau zu.

»Nein!« John Sinclair brüllte das Wort hinaus. Er wollte Haduk stoppen, ihn von dieser Wahnsinnstat abbringen, doch der Türke lachte nur hässlich.

Da wusste John Sinclair, dass Jane Collins verloren war. Was er in diesen Augenblicken fühlte, war unbeschreiblich. Hass, Wut, Zorn, eine innere Leere, das Gefühl, versagt zu haben – alles drehte sich wie in einem Kreisel.

Aber auch Jane Collins wurde plötzlich klar, was Haduk mit ihr vorhatte.

Sie wehrte sich verzweifelt, versuchte den gnadenlosen Griff des Türken zu sprengen.

Es gelang ihr nicht. Zu stark war dieses Muskelpaket.

Plötzlich wirbelte er Jane Collins herum und stellte sie auf die Füße. Ehe Jane jedoch aus dieser Situation Kapital schlagen konnte, schnellte die linke Pranke des Türken vor und umklammerte ihren Hals.

Jane wurde die Luft abgewürgt.

Haduk schob die Detektivin weiter.

Mordlust spiegelte sich jetzt in seinen Augen.

Die eine Hälfte der Eisernen Jungfrau stand offen. Schon konnte Jane die Eisenspitzen sehen, und Angstschauer jagten durch ihren Körper.

Und John Sinclair musste dieses grausame Schauspiel mit ansehen. Wie ein Berserker zerrte er an seinen Ketten. Mit dem Erfolg, dass er sich seine Handgelenke blutig scheuerte.

Noch einmal stemmte sich Jane Collins gegen den drohenden Tod. Doch Haduks Kraft war ungebrochen.

Er stieß Jane Collins in die freie Hälfte der Eisernen Jungfrau.

»Tu's nicht!«, schrie John. »Tu's nicht!«

Der Türke hörte nicht auf ihn.

Außer Haduk war noch jemand auf der Suche nach einem Opfer.

Dino Zachew, der Vampir!

Wenn er nicht bald ein Opfer fand, würde er in die Folterkammer zurückgehen.

Doch plötzlich vernahm Zachew Schritte.

Augenblicklich verschwand er in einer Nische und verhielt sich still.

Die Schritte kamen näher. Zachew hörte einen Mann irgendetwas vor sich hinflüstern.

Dann huschte der Unbekannte an seinem Versteck vorbei.

Zachew wartete ein paar Sekunden und nahm die Verfolgung auf. Unhörbar schlich er hinter dem Mann her.

Der Unbekannte steuerte die Folterkammer an, öffnete die Tür.

Licht fiel in den Gang.

Der Vampir blieb etwas zurück, damit er nicht gesehen wurde.

Dann hörte er einen mörderischen Schrei.

Zachew ballte die Hände zu Fäusten. Wollte sich der Mann an seinem Opfer vergreifen? Nein, das durfte er nicht zulassen. Der Angekettete gehörte ihm ganz allein.

Der Untote schlich auf die Folterkammer zu. Es kostete ihn Beherrschung, nicht einfach loszurennen.

Er presste sich gegen die Gangwand und lugte in die Folterkammer.

Nur mit Mühe konnte er einen Freudenschrei unterdrücken.

Eine Frau lag auf dem Boden, und über ihr stand der Kerl, der sie hergeschleppt hatte.

Der Vampir hatte nur noch Augen für die Frau. Sie hatte lange blonde Haare und war genau das, was er jetzt brauchte. Aber da war noch der andere.

Nein, die Frau gehörte auch ihm.

Für John Sinclair hatte Zachew keinen Blick. Er achtete auch nicht darauf, was der Geisterjäger sagte. Für ihn gab es nur das blonde Opfer.

Haduk – Zachew hatte ihn inzwischen als seinen Gegner eingestuft – riss die Blonde hoch. Gewaltsam zerrte er sie zu der Eisernen Jungfrau. Die Frau wehrte sich, konnte gegen die rohe Kraft des Türken jedoch nichts ausrichten.

Brutal stieß der Mann sie in das Innere des Gehäuses.

Seine Rechte fasste nach der mit Eisenspitzen bestückten Klappe.

In der nächsten Sekunde würde er das Folterinstrument schließen …

Da sprang der Vampir vor.

Mit einem Fauchlaut jagte er in die Folterkammer, war mit zwei Sprüngen bei dem Türken und riss ihn an der Schulter zurück.

Haduk wurde von dem Angriff völlig überrascht. Hinter dem Griff hatte so viel Kraft gesessen, dass der Türke auf den Boden geschleudert wurde.

Der Vampir hatte Jane Collins das Leben gerettet. Wenigstens für die nächsten Minuten …

Haduk rollte sich sofort zur Seite. Ehe sich Zachew versah, stand er wieder auf den Beinen.

Der Vampir fletschte die Zähne. Drohend traten die spitzen Hauer aus seinem Oberkiefer hervor.

Haduk wich zurück. Angst entstellte sein Gesicht. Er wusste um die Vampire und kannte auch ihre Gefährlichkeit. Dieser dort wollte ihn töten.

Ein pantherhafter Sprung brachte Haduk bis an die Wand. Dort hing ein Morgenstern, eine höllisch gefährliche Waffe. Sie bestand aus einem armlangen Holzstück, an dessen Ende eine Eisenkugel befestigt war. Die Kugel hatte man dann mit fingerlangen Eisendornen bestückt.

Wie zwei Raubtiere belauerten sich die beiden Gegner. Auf John Sinclair und Jane Collins achtete niemand.

In den nächsten Sekunden entbrannte ein mörderischer Zweikampf. Ein Kampf, wie ihn John Sinclair selten in seinem Leben erlebt hatte …

Jane Collins konnte ihr augenblickliches Glück noch gar nicht fassen. Das Entsetzen und die Angst hielten sie immer noch in ihrem Bann.

Wie eine Puppe stand sie in der Eisernen Jungfrau, den Blick auf die tödlichen Spitzen gerichtet, die sie höhnisch anzugrinsen schienen.

Nur im Unterbewusstsein nahm sie das Keuchen und Schreien der Kämpfenden wahr.

Aber John Sinclair sah seine Chance.

Wie Wasser lief der Schweiß über sein Gesicht. Sein Blick saugte sich an Jane Collins fest.

»Jane!«

Die Detektivin hörte ihn nicht.

John stöhnte auf. Noch einmal rief er ihren Namen.

Da wandte Jane Collins den Kopf. Sie konnte ihn nur um ein paar Zentimeter bewegen, doch es reichte, um John ansehen zu können.

John Sinclair war aufs Höchste konzentriert. »Komm zu mir, Jane. Komm!«

Seine Stimme klang beschwörend. Sein und das Leben der Detektivin hingen an einem hauchdünnen Faden.

Und Jane Collins hörte den Ruf. Sie schien aus einem tiefen Traum zu erwachen. Ihre Augen nahmen wieder den alten Glanz an, und sie begriff plötzlich die schreckliche Situation, in der sie sich befand.

Sie sah die beiden grässlichen Gestalten, die verbissen miteinander kämpften, und ihr Mund öffnete sich zu einem erlösenden Schrei.

Wenn sie nur nicht schreit!, betete John Sinclair.

»Jane!«

Johns Stimme riss die Detektivin aus ihrer Panik. Plötzlich wusste sie, was sie zu tun hatte.

Sie verließ das Marterinstrument.

Haduk und Zachew waren zu sehr mit sich selbst beschäftigt, als dass sie etwas gemerkt hätten.

Wankend lief Jane Collins auf den Geisterjäger zu.

»John«, schluchzte sie.

»Schnell, Jane, die Manschetten.« John bewegte die Arme. »Sie haben Bügel, die du nur zu lösen brauchst. Beeil dich!«

Janc Collins handelte wie in Trance. Sie umfasste die eiserne Manschette, sah den Riegel und riss ihn zurück.

Die Kette fiel. John atmete auf.

»Und jetzt die andere!«

Die Detektivin trat an Johns linke Seite. Sie bemerkte nicht, was um sie herum geschah. Für sie gab es nur John Sinclair. Den Mann, den sie befreien musste.

Doch dann kam alles ganz anders.

Haduk war es, der gesehen hatte, was mit dem Inspektor passierte. Er brauchte nur eine Sekunde, um zu begreifen, dass er verloren war, wenn John Sinclair freikam.

Er tat das für ihn einzig Richtige.

Mit einem Hechtsprung flankte er über die Streckbank und rannte, den Morgenstern wild über seinem Kopf schwingend, auf John Sinclair zu …

Es war ein unheimlicher Anblick!

Die Menschen gingen wie Marionetten. In einer langen Reihe schritten sie durch die Gänge des Schlosses.

Dr. Tods Hypnose hatte hundertprozentig gewirkt.

Die Augen der Reisenden waren seltsam leer und verdreht. Niemand sprach ein Wort. Die gesamte Szene erinnerte an einen Leichenzug.

Die Ersten erreichten bereits die Treppe, während das Ende der makabren Prozession noch im Dunkel des Ganges lag.

Janos Ruff war der Anführer. Auch er stand unter Hypnose. Dr. Tod hatte es für sicherer gehalten. Ruff wirkte wie eine große

Spielzeugpuppe. Seine Arme pendelten bei jedem Schritt rhythmisch hin und her.

Die Schritte der Reisenden dröhnten in einer monotonen Gleichheit. Das Licht der Kerzen zauberte zuckende Muster auf die bleichen Gesichter.

Niemand sprach ein Wort. Wie Geister wirkten diese Menschen.

Janos Ruff ließ die letzte Stufe hinter sich und ging nach links. Mit beiden Händen stieß er eine breite Doppeltür auf, in deren Holz grässliche Dämonenfratzen geschnitzt waren.

Die Flügel schwangen zurück und kamen zur Ruhe.

Ein großer Saal tat sich auf.

Der Boden bestand aus Stein, bemalt mit Szenen aus der Vergangenheit des Schlosses. Die Malereien an der Decke zeigten meist ähnliche Motive.

Die hohen Fenster waren durch dicke Vorhänge verhängt. Kerzen spendeten Licht.

Die Wände waren kahl und schwarz getüncht. Die Farbe glänzte und reflektierte das Licht der Kerzen.

Doch den Mittelpunkt des Saales bildete ein Tisch.

Er hatte die Form eines Dreiecks. Eines magischen Dreiecks.

Pechschwarz war die Tischplatte. Auf ihr standen ebenfalls dunkle Kerzen. Sie steckten in Holzleuchtern und brannten mit ruhiger Flamme.

Jeweils an den spitzen Enden des Dreiecks standen drei Sessel. Sie waren mit dunklem Samt überzogen, und die Enden der Armlehnen zeigten einen geschnitzten Dämonenkopf.

An den Seiten des dreieckigen Tisches standen die Stühle für die Hochzeitsgäste. Sie waren ebenfalls gepolstert und hatten hohe Lehnen.

Wie einstudiert gingen die Reisenden auf den seltsam geformten Tisch zu. Jeder nahm seinen Platz ein, als hätte man ihn ihm vorher zugewiesen.

Unbeweglich saßen die Menschen auf ihren Stühlen, harrten der Dinge, die da kommen sollten.

Sie hatten die Hände auf den Tisch gelegt, und viele spürten plötzlich das seltsame Brennen, das von der Tischplatte ausging.

Die magischen Kräfte begannen zu wirken. Unsichtbar wurden die Menschen aneinandergekettet.

Und es war niemand da, der sich diesem höllischen Einfluss entziehen konnte ...

Bill Conolly lächelte verklärt.

Er sah dieses schaurig-schöne Gesicht mit den beiden Vampirzähnen dicht vor sich und hatte plötzlich das Verlangen, die Lippen der Schönen zu küssen.

Doch irgendetwas hielt ihn davon ab. Es war nicht sein eigener Wille, sondern die Macht, die Dr. Tod auf ihn, Bill Conolly, ausübte.

Vera Montesi stand der erste Kuss zu. Der Kuss des Vampirs. Dann erst würde Bill Conolly endgültig eingehen in das Reich der Finsternis, wo der Teufel regierte und das Böse Trumpf war.

Mit aufreizender Langsamkeit schlüpfte Vera Montesi aus ihrem Kleid.

Der Reporter starrte gebannt auf den makellosen Körper. Er sah sich bereits in den Armen der Frau liegen – und ...

Die Untote lächelte verführerisch.

Der Reporter saß in einem Sessel. Er hatte sich umgezogen, trug jetzt ein blutrotes Gewand, das mit Symbolen der schwarzen Magie bemalt war.

Er war der Bräutigam! Und er war nicht mehr Herr seiner selbst. Die Hypnose, unter der er stand, hatte sein eigenes Denken völlig ausgelöscht.

Eine uralte Zeremonie würde heute ablaufen, so wie es in den Büchern des Schreckens stand.

Ein Mensch sollte sein Leben der Hölle opfern.

Vera Montesi schritt auf einen Schrank zu, öffnete die Türen und zog ein pechschwarzes Kleid hervor.

Mit einer lässigen Bewegung schlüpfte sie hinein.

Das Kleid saß wie eine zweite Haut, betonte jede Rundung ihres Körpers.

Die Untote warf ihren Kopf in den Nacken. Die langen Haare fielen wie ein Vlies auf die Schultern.

Vera Montesi war bereit.

Ganz dicht trat sie an den Sessel heran. Ihre Hände mit den blutroten Fingernägeln strichen über Bills Gesicht.

»Komm, Geliebter«, sagte die Untote. Sie reichte Bill ihre Hände und zog den Reporter hoch.

Bill Conolly lächelte, als er dicht vor ihr stand. Ihre Körper berührten sich.

»Es wird Zeit«, sagte die Gräfin.

Gemeinsam schritten sie zur Tür. Vera Montesi hatte sich bei Bill Conolly eingehakt, und der Reporter spürte nicht einmal die Kälte ihres Körpers.

Bill öffnete die Tür.

Sekunden später hatte sie ein dunkler Gang verschluckt. Traumhaft sicher gingen sie durch das Schloss und erreichten schließlich die Treppe, die nach unten in den Saal führte.

Nur ihre Schritte waren zu hören, als sie die Stufen hinunterstiegen. Die Tür zum Festsaal stand offen.

Bill sah die Menschen an dem Tisch sitzen, und ein seltsames Glücksgefühl überkam ihn und belebte seinen von Dr. Tod kontrollierten Geist.

Sie waren seinetwegen gekommen, wollten dabei sein, wenn er in das Reich der Finsternis eintrat.

Drei Plätze waren frei.

Vera Montesi geleitete Bill zu seinem Sessel.

Der Reporter setzte sich, legte beide Hände flach auf den Tisch. Auch Vera Montesi hatte Platz genommen. Nur einer fehlte noch in diesem höllischen Reigen.

Dr. Tod!

Er kam Minuten später und hatte einen Auftritt wie der Höllenfürst persönlich.

Begleitet wurde er von zwei Wölfen, die furchterregend ihre Zähne fletschten.

Dr. Tod trug über seiner Kleidung einen schwarzen Seidenumhang, auf dessen Rücken ein großer Totenkopf eingestickt worden war. Der Umhang bauschte sich hinter dem Rücken des Menschenhassers wie eine Fahne im Wind.

Dr. Tods Gesicht glich einer Maske. Niemand konnte ahnen,

was in dem Mann vorging. Selbst die Augen in dem starren Gesicht zeigten keinerlei Gefühl.

Die Gesichter der Menschen hatten sich dem Eintretenden zugewandt. Eine unsichtbare Spannung lag über den hier Versammelten.

Dr. Tod ging an seinen Platz. Für ihn war der prächtigste Sessel reserviert. Er war aus kostbarem Holz geschnitzt, und die hohe Rückenlehne reichte bis zu Dr. Tods Nacken.

Jeder der Menschen hatte das Gefühl, der Meister würde bis in seine Seele blicken. Alle standen sie unter dem schrecklichen Bann.

Zwei Plätze waren leer geblieben.

Dort hätten John Sinclair und Jane Collins sitzen sollen. Es kümmerte Dr. Tod nicht weiter. Er war sicher, dass der Inspektor noch in dieser Nacht sterben würde.

Mit der Geste eines großen Magiers hob Dr. Tod beide Arme.

»Die Hochzeit kann beginnen!«, sagte er.

Im selben Augenblick ertönte ein dumpfes Brausen. Wind fuhr durch den Raum und ließ die Kerzen flackern.

Die Türen klappten zu.

Dr. Tod regierte die Kreaturen der Hölle. Sie waren zu einem makabren Hochzeitsreigen erschienen.

Schreckliche, durchscheinende Gestalten tanzten plötzlich in dem großen Saal. Es waren Ungeheuer aus dem Schattenreich, die Dr. Tod und dem Brautpaar ihre Reverenz erweisen wollten.

Die grässlichen Wesen umtanzten den Tisch und stießen schrill klingende Laute aus.

Kalte Flammen züngelten aus offenen Mäulern, glitten wie feurige Schlangen über den Tisch und huschten auf die Sitzenden zu.

Bill spürte, wie die Zungen über sein Gesicht leckten, und er empfand diese Berührungen als Liebkosung.

Minutenlang dauerte dieser höllische Reigen. Dann verschwanden die Höllenboten so schnell, wie sie aufgetaucht waren.

Die Wölfe, die während des Tanzes aufgesprungen waren, hockten sich wieder nieder. Ihr hechelndes Atmen drang durch die Stille.

Schließlich erhob sich Dr. Tod von seinem Sitz. Er blickte erst Vera Montesi an und dann Bill Conolly. Auf dem Reporter blieb sein Blick etwas länger ruhen. Man konnte spüren, dass Dr. Tod große Genugtuung empfand, diesen Mann in seine Gewalt gebracht zu haben.

Bill reagierte nicht. Sein seelenloser Blick hing an Dr. Tods Lippen.

Für den Reporter war alles vergessen. Nicht eine Sekunde dachte er zurück an sein eigentliches Leben. Für ihn existierte nichts Positives mehr. Nicht seine Frau, nicht John Sinclair. Es gab nur noch Dr. Tod.

Der Menschenhasser begann seine makabre Hochzeitsrede. Er sprach mit kühler, leidenschaftsloser Stimme wie ein Henker zu seinem Opfer.

»Der Fluch der schwarzen Magie ist erfüllt«, sagte er. »Wie es in den Schriften des Satans geschrieben steht. Ein Mensch wird sich heute mit einer Gefährtin aus dem Schattenreich vermählen. Das Blut dieses Mannes wird Vera Montesi die Kraft geben, weiterzuleben. Er selbst überschreitet in wenigen Minuten die Schwelle zum Reich der Schatten, und ihr, die ihr als ausgesuchte Gäste an dieser Hochzeit teilhabt, werdet seinem Beispiel folgen. Als Armee von Untoten lebt ihr weiter und nehmt dieses Land in euren Besitz. Wir werden das Reich des Schreckens gründen.«

Dr. Tod drehte den Kopf und sah Vera Montesi an.

Die Untote hatte den Mund geöffnet. Die langen Vampirzähne berührten ihre Unterlippe. Kalkweiß sah die Haut aus.

»Geh jetzt zu deinem Bräutigam und gib ihm den Vampirkuss«, befahl Dr. Tod.

Vera Montesi stand auf. Der Stuhl ruckte leicht zurück. Das Schaben drang überlaut durch die herrschende Stille.

Sehnsuchtsvoll blickte Bill Conolly der Untoten entgegen. Er konnte es kaum erwarten, den Vampirkuss zu empfangen.

Unter einem unheimlichen Zwang erhob sich der Reporter

von seinem Stuhl. Er drehte sich und ging Vera Montesi einen Schritt entgegen.

Die Gäste starrten die beiden an. Die Zeit schien für Augenblicke stillzustehen. Der Hauch des Bösen lag drohend in der Luft.

Ein unbeschreiblicher Rausch hatte die Untote gepackt. Sie hatte nur noch Augen für Bill Conolly.

Ihre Arme fuhren vor, fassten nach Bills Schultern.

Willenlos ließ der Reporter alles mit sich geschehen. Er stand völlig unter dem magischen Bann.

Vera Montesi drückte Bills Kopf zur Seite. Die Haut des Halses straffte sich.

Vera Montesi öffnete den Mund. Ein heiseres Fauchen drang aus ihrem Rachen.

Bill schloss die Augen und wartete auf den Kuss ...

Der Inspektor erfasste die brandgefährliche Situation innerhalb von Sekundenbruchteilen. Noch hatte er nur den rechten Arm frei, und wenn Haduk zuschlug, dann war nicht nur er, sondern auch Jane Collins erledigt, die dem Türken den Rücken zuwandte und an Johns eiserner Fessel hantierte.

John Sinclair riss seinen rechten Fuß hoch und stieß den Absatz in Jane Collins verlängerten Rücken.

Die Detektivin flog schreiend durch die Folterkammer. Noch während Johns Bein in Aktion war, riss der Inspektor das Krummschwert aus seinem Gürtel.

Im selben Moment fegte der Morgenstern auf ihn zu.

Der Geisterjäger ging blitzschnell in die Knie.

Die gefährliche Waffe pfiff über seinen Kopf. Die Eisenspitzen der Kugel knallten gegen das Mauerwerk. Funken sprühten. Dicht neben John Sinclair prallte der Morgenstern auf den Boden.

Der Inspektor hielt das Schwert so in der Hand, dass die Spitze nach oben zeigte.

Haduks Schwung war nicht mehr zu bremsen. Er rannte genau in die Klinge des Schwertes hinein.

Ein gurgelnder Schrei drang aus seinem Mund und ging in ein gequältes Röcheln über.

John ließ das Krummschwert los. Der Türke brach zusammen.

Haduk war tot!

Aber noch lebte der Vampir. Er war nicht so leicht zu erledigen wie Haduk.

Bevor John sich auf die neue Situation einstellen konnte, rannte Zachew los. Mit langen Sprüngen hetzte er auf die am Boden liegende Jane Collins zu.

Die Detektivin schrie.

Johns Hand zuckte unter das Jackett, zog die mit Silberkugeln geladene Pistole hervor.

Zielen, feuern – es war eins.

Das silberne Geschoss flirrte durch die Luft und drang dem Vampir in die Hüfte.

Zachew wurde mitten im Sprung gestoppt. John wusste, dass Silber für einen Untoten tödlich war – aber nur, wenn die Kugel oder der Dolch das Herz trafen.

Das Geschoss steckte in Zachews Hüfte, lähmte zwar die Kampfkraft des Vampirs, machte ihn jedoch nicht kampfunfähig.

Zachew war zu Boden geschleudert worden. John wollte ein zweites Mal schießen, doch er sah kein Ziel.

Der Untote wurde durch die Streckbank gedeckt.

Nur sein Stöhnen war zu hören. Die Silberkugel, die in seinem Körper steckte, musste ihm wahnsinnige Schmerzen bereiten.

Jane Collins kniete auf dem Boden. Ihr Blick fraß sich an dem Vampir fest, der langsam auf sie zugekrochen kam.

Zachews Augen waren blutunterlaufen. Er hatte das Gesicht zu einer Fratze verzogen. Die Arme waren vorgestreckt, die Finger gekrümmt.

Zentimeterweise näherte er sich seinem Opfer.

»Jane!«, brüllte John Sinclair. »Kommen Sie, Jane. Los! Sie müssen da weg!«

Jane Collins schüttelte in grenzenloser Panik den Kopf. Zu viel war auf sie eingestürmt. Sie reagierte nicht auf Johns Ruf.

Und der Vampir kam immer näher.

John Sinclair war nahe daran, die Nerven zu verlieren. Wieder brüllte er den Namen der blonden Frau.

Da endlich bewegte sich Jane Collins.

Mühsam stützte sie sich an der Wand ab. Ihre Knie zitterten, und ihr Herzschlag ging wie rasend.

Mit einem Panthersatz warf sich Dino Zachew der angstschlotternden Frau entgegen. Seine langen Arme wollten Janes Hüfte umfassen – und …

Der Geisterjäger feuerte.

Schießen konnte er wie kein Zweiter. Darin hatte man ihn getrimmt. Jetzt machte sich diese Schule bezahlt.

Die Silberkugel klatschte in den Hals des Vampirs.

Ein langer Schrei drang aus seiner Kehle, und ehe er zupacken konnte, sprang Jane Collins zur Seite.

Dino Zachew prallte gegen die Wand.

Aufheulend warf er sich wieder herum.

Der Vampir bot ein schreckliches Bild. Er drehte sich kreischend auf der Stelle. Er hatte vollends die Kontrolle und Übersicht verloren. Die Schmerzen mussten ihn völlig verrückt machen – und unberechenbar.

Mit beiden Händen packte er eine Lanze, riss sie aus der Halterung. Hoch schwang er die Waffe über den Kopf.

Im nächsten Augenblick würde die Lanze auf John Sinclair zufliegen und ihn durchbohren.

Breitbeinig und leicht in den Knien federnd stand der Inspektor an der Wand. Wie festgeschweißt lag die Pistole in seiner Rechten.

Der Untote beugte sich etwas zurück, wollte noch mehr Schwung holen.

Das kostete Bruchteile von Sekunden …

John Sinclair schoss ein drittes Mal.

Hart bellte die Waffe auf. Das silberne Geschoss bohrte sich genau in Herzhöhe in die Brust des Untoten.

Die Wucht des Einschlags stieß Zachew herum. Er hatte nicht mehr die Kraft, die Lanze zu schleudern. Sie rutschte ihm aus den Fingern.

Dann brach der Untote zusammen.

Mit dem Gesicht schlug er auf dem steinigen Boden auf.

John Sinclair hatte den Kampf gewonnen. Jetzt erst merkte er, wie erschöpft er war. Die Beine konnten das Gewicht seines Körpers kaum halten. John musste sich an der Wand abstützen, um nicht umzufallen.

Janes Schluchzen drang an seine Ohren.

John wollte etwas sagen, musste jedoch erst die Kehle freiräuspern, um einen Ton herauszubringen.

»Kommen Sie, Jane. Es ist vorbei.«

Die Detektivin hob den Kopf. Ihre Augen waren gerötet vom Weinen. Strähnig klebte das blonde Haar auf ihrer schweißnassen Stirn. Sie taumelte auf John zu und vermied es tunlichst, die beiden Leichen anzublicken.

Mit zitternden Fingern machte sie sich an der Schelle zu schaffen. Dabei brach sie sich zwei Nägel ab, doch schließlich hatte sie es geschafft.

Die Kette fiel.

John hatte das Gefühl, von einer Zentnerlast befreit worden zu sein.

Im nächsten Augenblick fiel ihm Jane Collins schluchzend in die Arme. Sie barg ihr Gesicht an Johns Schultern.

Der Inspektor strich der Detektivin sacht über das blonde Haar. Ihm saß zwar die Zeit im Nacken, doch er brachte es nicht fertig, Jane Collins jetzt wegzustoßen.

Schließlich hob Jane den Kopf und blickte John aus tränenfeuchten Augen an.

»Jetzt ist doch alles vorbei, nicht?«, fragte sie hoffnungsvoll.

Johns Lächeln fiel gequält aus. »Fast alles«, sagte er.

Jane stieß einen erstickten Schrei aus. »Sie – Sie meinen, es gibt noch mehr von diesen – Vampiren?«

»Ja, das glaube ich.«

»Mein Gott, wann hat das alles ein Ende?«

Sanft schob der Inspektor Jane Collins von sich. »Ihnen wird nichts mehr passieren, Jane, das verspreche ich. Trotzdem müssen wir jetzt nach oben gehen. Es geht um das Leben von über zwanzig Menschen.«

John Sinclair steckte seine Pistole weg, nicht ohne sie vorher nachgeladen zu haben, und fasste Jane Collins an der Hand. Bevor sie die Folterkammer verließen, nahm John noch die Pechfackel von der Wand. Sie gab mehr Licht als seine Taschenlampe.

Wie zwei Verschwörer schlichen John Sinclair und Jane Collins durch die düsteren Gänge.

Der Geisterjäger war darauf gefasst, wieder den Wölfen zu begegnen, doch keines der Tiere ließ sich blicken.

»Wissen Sie denn, wie wir hier rauskommen?«, fragte Jane flüsternd.

»Ich hoffe es doch«, erwiderte der Inspektor. »Vor allen Dingen müssen wir die Treppe finden.«

»Welche Treppe?«

John wandte den Kopf und lächelte Jane an. »Die Treppe, die nach oben führt.«

Janes Augen wurden groß. »Ja, gibt es denn solch eine?«

»Sicher.«

John ging jetzt schneller. Irgendein unbestimmtes Gefühl drängte ihn zur Eile.

Und dann standen sie vor den ersten Stufen.

Jane seufzte auf. »Jetzt haben wir es geschafft, John. Kommen Sie.« Sie hatte es plötzlich schrecklich eilig.

John übernahm die Führung. Sie passierten die dicke Säule, hinter der die Stufen weiter nach oben führten.

Auf einmal war die Treppe zu Ende. Sie standen jetzt vor einer Tür oder Wand. So genau ließ es sich nicht erkennen.

John suchte vergebens nach einer Klinke. Auch Jane hatte seinen suchenden Blick bemerkt.

»Jetzt ist wohl alles aus«, sagte sie.

Der Inspektor gab keine Antwort. Er drückte Jane die Fackel in die Hand und tastete die Holzwand nach irgendwelchen Fugen oder Einbuchtungen ab.

Er fand einen kleinen Hebel.

John zog ihn nach vorn.

Sekunden später gab es ein schabendes Geräusch. Die Holzwand schob sich in der Mitte auseinander.

John schlüpfte als Erster durch den Zwischenraum.

Er befand sich in der Bibliothek des Schlosses. Die hohen Regale reichten bis zur Decke. Ein großer Kamin war von der Wand in den Raum hineingebaut worden. Verkohlte Holzscheite verbreiteten einen scharfen Geruch.

John schloss daraus, dass das Feuer noch bis vor kurzem gebrannt haben musste.

»Und jetzt?«, fragte Jane Collins.

»Wir werden die anderen suchen. Das heißt, ich mache es. Sie bleiben in sicherer Deckung.« John nahm ihr die Fackel aus der Hand.

»Was wollen Sie denn damit?«

»Vampire kann man auch mit Feuer bekämpfen«, gab der Geisterjäger zur Antwort.

Dann ging er mit schnellen Schritten auf die Tür der Bibliothek zu.

Sie war zum Glück offen.

John Sinclair stand in der großen Halle des Schlosses.

Sein Blick schweifte an den Wänden entlang und an den zahlreichen Türen, die dort abzweigten. Auch die breite Treppe geriet in sein Blickfeld.

Langsam ging der Inspektor durch die Halle.

Jane Collins stand in dem offenen Türrechteck der Bibliothek und wartete.

Der Inspektor hatte die Qual der Wahl. Er kannte das Schloss nicht, wusste nicht, wie viele Räumlichkeiten es hier gab.

Plötzlich blieb er stehen.

Ein Geräusch war an seine Ohren gedrungen. Es hatte sich angehört wie das Schaben eines Stuhls, der zurückgesetzt wurde.

John hob den Blick. Seine Augen glitten über die breite Doppeltür. Er sah die grässlichen Dämonenfratzen, die in das Holz geschnitzt waren, und wusste mit einem Mal, dass er hier richtig war.

Hinter der Tür musste etwas Schreckliches geschehen.

John fasste nach den beiden Griffen. Bevor er die Tür öffnete, wandte er noch einmal den Kopf und bedeutete Jane Collins, sich nicht vom Fleck zu rühren.

Dann zog er die Griffe auseinander. Es ging leichter, als er gedacht hatte.

Wie ein Schatten huschte John in den dahinter liegenden Raum.

Im selben Augenblick packte ihn das Grauen. Unauslöschlich prägte sich das makabre Bild in sein Gedächtnis ein.

Er sah Dr. Tod, sah die Menschen wie Puppen an dem dreieckigen Tisch sitzen und sah die spitzen Zähne der Gräfin, die sich über Bill Conolly gebeugt hatte.

Mit einem Satz sprang John mitten in den Saal.

»Ich glaube, hier fehlt noch der Ehrengast, nicht wahr, Dr. Tod?«

Die stahlharte Stimme des Geisterjägers zerschnitt die unheimliche Stille …

Die Detonation einer explodierenden Bombe hätte keine größere Wirkung zeigen können. Für kurze Zeit waren die Hauptakteure dieses grausamen Spiels mitten in ihren Bewegungen erstarrt.

Vera Montesi hatte den Kopf gedreht. Ihr Gesicht war dem Inspektor zugewandt. Deutlich sah John die beiden grässlichen Vampirzähne.

Bill Conollys Blick zeigte einen nichtssagenden Ausdruck. Dem Reporter schien alles gleichgültig zu sein. John wusste sofort, dass er unter Hypnose stand.

Auch Dr. Tod war überrascht. Er sah aus, als könne er Johns Auftritt nicht begreifen. Dieser Mann hatte einen regelrechten Schock erlitten, und das sollte bei ihm etwas heißen.

Der Geisterjäger hielt die brennende Pechfackel in der linken Hand, während er mit der rechten schnell und glatt seine Pistole zog.

Als Erste reagierten die Wölfe.

Während die Menschen stumm und starr in ihrer Hypnose saßen, hetzten die beiden Raubtiere mit gefletschten Zähnen auf John Sinclair zu.

John schoss zweimal blitzschnell hintereinander.

Beide Kugeln trafen.

Noch in der Luft wurden die Wölfe zurückgeschleudert, prallten auf den Boden und verendeten.

Doch diese beiden Schüsse wirkten auf Vera Montesi wie ein Signal.

Kreischend wollte sie sich auf Bill Conolly stürzen, als wüsste sie, dass das Opfer ihr im letzten Augenblick noch entrissen werden sollte.

Zwei lange Sprünge brachten John Sinclair in die Nähe der Untoten. John riss den Arm mit der Pistole hoch und zielte auf die Gräfin.

Da griff Dr. Tod ein.

John sah aus den Augenwinkeln, wie der Menschenhasser von seinem Stuhl sprang und unter den Umhang griff.

Johns linke Hand beschrieb einen Bogen.

Wie ein feuriger Schweif segelte die Fackel durch die Luft, prallte gegen den überraschten Dr. Tod, der wieder zurück auf seinen Stuhl fiel und für Sekundenbruchteile nicht reagierte.

Das warme Pech der Fackel klebte an der Kleidung. Im Nu stand der Stoff in Flammen.

Alles hatte sich innerhalb von Sekunden abgespielt, und doch reichte die Zeit der Untoten.

Finger wie Stahlklammern umfassten plötzlich Johns rechtes Handgelenk.

Der Inspektor schrie auf und ging in die Knie.

Über ihm fauchte Vera Montesi triumphierend auf.

Und während Dr. Tod brüllend durch den Saal nach draußen rannte, kämpfte Sinclair mit der höllischen Gräfin um sein Leben.

Immer weiter wurde sein Arm zurückgebogen. Ob er wollte oder nicht – John musste mit dem Oberkörper folgen.

John riss den rechten Arm hoch und drosch die Faust in das Gesicht der Untoten.

Es half nichts.

Der Geisterjäger musste nachgeben. Der Griff um den Pistolenknauf lockerte sich.

Die Pistole fiel zu Boden.

Vera Montesi lachte gellend auf.

Da fiel John Sinclair der silberne Dolch ein, sein letztes Abwehrmittel. Es musste ihm gelingen, den linken Arm hinter den Rücken zu schieben, um an die Waffe zu gelangen.

John renkte sich bald das Gelenk aus. Schon berührten seine Fingerspitzen den Griff, da hatte Vera Montesi es geschafft.

Mit ungeheurer Kraft zwang sie den Inspektor zu Boden.

Johns Finger glitten von dem Griff des Dolches ab. Schmerzhaft schlug sein Gesicht auf den kalten Stein. Ein Tritt traf seinen Rücken.

John Sinclair brüllte auf.

Die Schmerzwellen pulsierten durch Johns Körper.

Da hörte er den gellenden, von panischer Angst erfüllten Schrei!

Als lebende Fackel rannte Dr. Tod aus dem Saal. Der Umhang wirbelte wie eine feurige Lohe hinter seinem Rücken her. Verzweifelt versuchte der Menschenhasser ihn abzustreifen.

Dr. Tod erreichte die Halle. Blind vor Wut und Schmerzen warf er sich auf den Boden, wälzte sich zuckend herum und versuchte so, die Flammen zu löschen.

Dr. Tod sah nicht Jane Collins, die die Szene mit angstgeweiteten Augen beobachtete.

Die Detektivin hatte sich hinter einer Ritterrüstung versteckt. Im ersten Augenblick wusste sie nicht, was sie tun sollte. Dem Mann helfen – oder …

Unwillkürlich trat Jane Collins zwei Schritte vor, konnte so durch die offene Schiebetür in den Saal blicken.

Sie sah John Sinclair am Boden und Vera Montesi, die im Gefühl ihres Sieges den Inspektor auf dem Boden festhielt.

Da drehte Jane Collins durch. All ihre in letzter Zeit ausgestandene Angst und Sorge ließ sie durch die offene Tür vorwärts schnellen, auf die beiden Kämpfenden zu.

Ein wilder, panikartiger Schrei entrang sich ihrer Kehle. Ein Schrei, der Leben rettete.

Vera Montesi wurde ein paar Lidschläge lang abgelenkt. Sie

riss den Kopf hoch, sah der anstürmenden Jane Collins entgegen und lockerte unwillkürlich den gnadenlosen Griff.

Eiskalt nutzte John Sinclair seine Chance, kämpfte sich frei.

Er rollte sich ein paarmal um die eigene Achse.

Die beiden Frauen prallten zusammen.

»Jane!«, gellte John Sinclairs Stimme.

Der Inspektor war auf die Knie gekommen, hatte seinen Dolch gezogen und hielt die Schneide zwischen Daumen und Zeigefinger geklemmt.

Jane Collins – ausgebildete Detektivin – duckte sich unter Vera Montesis Griff hinweg und warf die Untote mit einem Hüftschwung zu Boden.

»Weg, Jane!«, brüllte John.

Die Detektivin schnellte zur Seite.

John Sinclair hatte freie Bahn.

Mit ungeheurer Wucht schleuderte er den silbernen Dolch. Die Waffe traf die Brust der Untoten.

Vera Montesi brach zusammen.

Noch immer brüllte sie markerschütternd. Die Schreie hallten grell und spitz durch den hohen Saal.

Es war ein makabres Bild, wie die ebenmäßigen Gesichtszüge zerflossen, zu einer grauen Masse wurden, die langsam zerbröckelte und als Staub liegen blieb.

Die Untote hatte aufgehört zu existieren. Die Letzte aus dem Geschlecht der Montesis war nicht mehr.

Aber noch lebte Dr. Tod.

Der Gedanke traf John wie ein Blitzschlag.

»Wo ist Dr. Tod?«

Jane Collins wandte den Kopf. Sie deutete mit zitternder Hand zur Halle hinüber. »Dort, ich …«

John hörte ihre nächsten Worte schon nicht mehr. Er rannte los.

Dr. Tod lag auf dem Rücken. Noch immer brannte ein Teil der Kleidung.

Dann sah John das Gesicht.

Der Geisterjäger schluckte. Hier konnte niemand mehr helfen. Es war überhaupt ein Wunder, dass der Menschenhasser noch lebte.

»Du – du hast es nun doch geschafft, Geisterjäger«, gurgelte Dr. Tod. »Aber eins ist gewiss, mein Erbe wird weiterleben. Asmodis wird sich einen neuen Diener holen, und dich – ahhhh …«

Mit einem Schmerzensschrei hauchte Dr. Tod sein Leben aus.

Er war ein Mann gewesen, der sich dem Teufel verschrieben und den der Teufel jetzt endgültig geholt hatte.

Gleichzeitig wurde auch der Ring an seiner Hand zu Staub.

Gedankenversunken blieb John neben der Leiche hocken, bis ihn die Stimmen aufschreckten.

Er wandte den Kopf.

Durch den Tod des Menschenhassers war auch die Hypnose erloschen. Die Reisenden redeten wild durcheinander. Sie stürmten mit Fragen auf Jane Collins ein. Besonders Bill Conolly, der sich wunderte, wieso er in solch einer Kleidung steckte.

Der Reporter bahnte sich einen Weg zu John Sinclair.

»Also, John, ich muss schon sagen …« Da fiel Bills Blick auf die Leiche. Seine Augen wurden groß vor Entsetzen. »Was ist denn geschehen?«

Der Inspektor winkte ab. »Geh zurück in den Saal, ich erkläre es euch.«

Bill nickte.

Wenig später schloss John Sinclair die große Flügeltür hinter sich.

Zwei Tage später befanden sich die Reisenden wieder in Bukarest. Sie hatten Dr. Tods Leiche mitgenommen und den Behörden übergeben.

Im Flugzeug saßen John Sinclair und Jane Collins nebeneinander. Sie hatten sich einiges zu erzählen. Unter anderem erwog Jane, ihren Job an den Nagel zu hängen und beim Yard anzufangen.

»Vielleicht als Assistentin von Ihnen, John«, machte sie den Vorschlag.

Der Inspektor lachte. »Wissen Sie denn überhaupt, wie gefährlich mein Job ist?«

»Selbstverständlich. Ich habe es ja am eigenen Leibe erfahren.«

»Das stimmt nun auch wieder«, musste John zugeben.

»Und außerdem ist das Kapitel Dr. Tod ja nun endgültig abgeschlossen«, sagte Jane Collins und ließ sich behaglich in ihren Sitz zurücksinken.

John Sinclairs Gesichtsausdruck wurde düster. Hoffentlich behielt Jane Collins mit ihrer Prognose recht …

ENDE

DIE RACHE DER ROTEN HEXE

»Hörst du die Schreie, Lucille?«, flüsterte die alte Dienerin erregt. »Jetzt kommen sie dich holen. Und sie sind schon auf dem Weg hierher. Es wird ernst, Lucille.« Die Alte war ans Fenster getreten und presste ihr faltiges Gesicht gegen die Scheibe.

Vergebens versuchte sie, mit ihrem Blick die Dunkelheit zu durchdringen, die wie ein großes schwarzes Tuch über dem Land lag. Doch tief unten, wo der Weg zum Dorf weiterführte, flammten die ersten Pechfackeln auf. Die Häscher kamen!

Die Dienerin ballte die Hände zu Fäusten. Schweiß bedeckte ihr Gesicht. Es war klar, dass man auch sie nicht schonen würde. Aber das machte ihr nichts aus. Sie hatte ihr Leben gelebt. Über siebzig Jahre lang. Und der Tod flößte ihr keinen Schrecken mehr ein.

Aber ihre schöne Herrin durfte nicht sterben. Es war eine Sünde, dieses junge Leben zu zerstören.

»Ich höre keine Schreie, Maddalena«, sagte Lucille. »Du wirst dich getäuscht haben.«

»Nein, Lucille, sie kommen. Ich kann sie bereits sehen.« Die alte Dienerin warf sich herum und fiel vor der schönen Lucille Latour auf die Knie. Ihre knochigen Hände umklammerten die Waden der Frau. Tränen quollen aus den Augen der Alten und liefen als kleine Rinnsale an den faltigen Wangen hinab.

»Flieh, Lucille!«, flehte sie. »Ich bitte dich, flieh! Flieh, solange es noch Zeit ist. Ich habe schon alles gepackt. Das Pferd ist vor den Wagen gespannt. Es wartet auf dich. Beeile dich, in einer Minute kann es schon zu spät sein.«

»Nein!« Lucille Latours Stimme klang fest. Nicht ein Funken Angst schwang darin mit. Wie ein Denkmal stand die Frau in ihrem prächtig ausgestatteten Schlafraum.

Lucille Latour war eine Schönheit!

Das feuerrote Haar floss in weichen Wellen bis auf die nackten Schultern. Der ovale Ausschnitt des spitzenbesetzten Nachtgewandes endete knapp über den marmorfarbenen Brüsten. Weich und fließend war der Stoff des Nachtgewandes, er zeichnete jede Kontur des makellosen Körpers nach.

Die Schönheit dieser Frau war es, die ihr zum Verhängnis werden sollte. Jahrelang hatte Lucille Latour die Männer betört. Sie hatte das Gesicht eines Engels. Weiß wie frisch gefallener

Schnee war ihre Haut. Voll und sinnlich die Lippen. Samten fühlte sich der Körper an, der schon von zahlreichen Männerhänden gestreichelt worden war. Und dann die Augen. Das Feuer der Leidenschaft brannte in ihnen. Es weckte die Begierde eines jeden Mannes.

Klar, dass die Ehefrauen der Männer, die Lucille betört hatten, rasend vor Eifersucht waren. Das Wort Hexe machte flüsternd seine Runde. Aber schon bald sprach man es laut und deutlich aus. Doch noch ließ man die rothaarige Frau in Frieden. Zu viel einflussreiche Männer hatten schon in ihrem Bett gelegen.

Schließlich konnten diese Leute sie auch nicht mehr schützen. Nur einer hatte Lucille gewarnt, sie aber hatte die Warnung kalt lächelnd in den Wind geschlagen.

Und jetzt sollte sie geholt werden. Aus dem prächtigen Haus hoch über den Klippen, das sie von ihrem verstorbenen Mann geerbt hatte.

Aber Lucille hatte keine Angst. Sie wusste, dass man zwar ihren Körper töten konnte, doch nicht ihre Seele. Sie hatte sich tatsächlich dem Teufel verschworen.

Wieder versuchte die alte Dienerin die Frau zur Flucht zu überreden. Doch ohne Erfolg.

»Ich bleibe«, sagte Lucille Latour hart. »Wenn du willst, kannst du mit dem Wagen verschwinden.«

Da senkte die Alte den Kopf, stand auf und breitete in einer hilflosen Gebärde die Arme aus. »Für mich hat das Leben keinen Sinn mehr«, sagte sie mit leiser Stimme.

»Ist das dein letztes Wort?«, fragte die rothaarige Hexe.

»Ja.«

»Gut, dann komm mit.«

Lucille Latour fasste die alte Maddalena an der Hand und ging mit ihr zu einer kleinen Truhe, die unter einem Wandbehang stand. Lucille bückte sich und schlug die schweren eisernen Bügel der Truhe zurück. Dann hob sie den Deckel.

Die Truhe war bis auf ein kleines Fläschchen leer. Verloren wirkte es auf dem dunkel gebeizten Holzboden.

Die rothaarige Hexe nahm das Fläschchen und schraubte es auf. Dann hielt sie es Maddalena hin.

»Trink«, sagte sie.

Zögernd griff die Alte nach der Flasche. Ein süßlicher Geruch drang aus der Öffnung, kitzelte ihre Nase und legte sich betäubend auf die Atemwege.

»Du musst es in einem Zug leeren«, befahl Lucille. »Aber beeile dich, wir haben wirklich nicht mehr viel Zeit.«

»Was ist das für ein Trank?«, fragte Maddalena.

Die Hexe lächelte. »Der Sud des Teufels«, sagte sie, und in ihren Augen lag plötzlich ein seltsamer Glanz.

Maddalena wich zurück. »Nein«, flüsterte sie. »Ich will nicht. Ich kann es nicht trinken!«

»Du musst!« Scharf wie ein Peitschenknall drangen die Worte aus dem Mund der Hexe. »Du hast mir vorhin versprochen, dass du bleiben willst. Und jetzt steh zu deinem Wort!«

Die alte Dienerin zögerte. In diesen Sekunden wurde ihr klar, dass ihre Herrin tatsächlich eine Hexe war. Ihr Blick flackerte. Fieberhaft suchte sie nach einem Ausweg.

Draußen vor dem Haus gellten bereits die Schreie der Meute auf. Die Männer und Frauen erschienen Maddalena plötzlich wie ein Geschenk des Himmels. Wenn sie es schaffte nach draußen zu gelangen, dann war sie vielleicht gerettet.

Sie rannte plötzlich los. Das hieß, sie wollte es. Doch die Frau war zu alt und Lucille Latour zu schnell. Schon nach dem zweiten Schritt hatte die Hexe die Alte gepackt, schleuderte sie an der Schulter herum und stieß ihr die gespreizte Hand ins Gesicht.

Die Alte fiel zu Boden. Die Fingernägel hatten ihre Haut aufgerissen. Maddalena wimmerte vor Schmerzen.

Lucille Latour kannte kein Pardon. Brutal drehte sie die Alte auf den Rücken. Das Fläschchen hielt Maddalena noch immer in der Hand. Ein Großteil der Flüssigkeit war ausgelaufen. Aber der Rest würde auch noch reichen.

Lucille Latour bog den rechten Arm der Dienerin zurück und brachte die Hand mit der Flasche an deren Mund.

»Trink!«, zischte sie.

Nur eine Handbreit von Maddalenas Gesicht entfernt befanden sich die Augen der Hexe. Riesengroß kamen sie ihr vor, wie unergründliche, gefährliche Schächte.

Die Dienerin spürte nicht, wie ihre Kiefer auseinandergebogen wurden, wie die Hexe ihr den kurzen Flaschenhals in den Mund presste. Maddalena schluckte automatisch.

Wie Öl rann die Flüssigkeit durch ihre Kehle. Ihr Körper schien zu wachsen, eine heiße Flamme tobte von innen heraus, das Herz raste, der Puls hämmerte.

Und dann war alles vorbei.

Schlaff fiel Maddalena zurück und blieb mit verrenkten Gliedern auf dem dicken Teppich liegen.

Lucille Latour erhob sich. Triumphierend blickte sie auf die leblose Maddalena. »Auf Wiedersehen im Jenseits«, sagte sie mit zischender Stimme. »Wir beide werden in den nächsten Jahrhunderten noch viel zusammen erleben!«

Harte Schläge an der Tür rissen die Hexe herum.

»Öffne, Lucille Latour!«, brüllte eine Männerstimme. Sie gehörte Rory Danton, einem Hexenjäger aus England. Er war der Einzige, der für das Töten bezahlt wurde.

Mit einem grausamen Lächeln auf den Lippen schritt Lucille Latour zur Tür. Beide Hände benutzte sie, um den schweren Riegel zurückzuschieben.

Dann zog sie die Tür auf.

Der Mob hatte einen Halbkreis gebildet. Pechfackeln leuchteten, übergossen das Gesicht der Hexe mit blutrotem Schein.

Lucille Latour kniff die Augen zusammen. Sie konnte die Gesichter der Männer kaum erkennen, sah sie nur als helle, verwaschene Flecke.

Es war windig. Der Wind kam vom Meer, peitschte die See und jagte die Wolken am Himmel. Das Nachtgewand flatterte um Lucille Latours Körper wie eine Fahne am Mast.

Der Mob hatte sich beruhigt. Vorn standen die Männer. Fünf waren es, die Fackeln in den erhobenen Händen. Die Frauen hielten sich zurück, obwohl sie die treibenden Kräfte gewesen waren.

»Was wollt ihr?«, fragte die Hexe.

Sie erhielt keine Antwort. Nur der Wind jaulte, fing sich in den Klippen. Einige Häscher senkten betreten die Köpfe, als hätten sie Angst vor ihrer eigenen Courage bekommen.

»Gebt ihr mir keine Antwort?«

Da trat Rory Danton, der Hexenjäger, vor. Er war ein kräftiger, untersetzter Mann mit wild wachsendem Bart. Er hielt in der rechten Hand eine Fackel.

»Du weißt genau, weshalb wir hier sind, Lucille Latour«, sagte er mit dröhnender Stimme. »Du hast mit dem Teufel gebuhlt, und das werden wir dir jetzt heimzahlen.«

Die Männer brüllten auf. Dazwischen erklangen die kreischenden Stimmen der Frauen.

Der Hexenjäger lächelte. Für einen Moment hatte er schon geglaubt, seine Helfer würden einen Rückzieher machen.

»Bekennst du dich schuldig?«, schrie er gegen den Lärm an.

Da streckte die Hexe den Arm aus und ballte die Hand.

»Ja!«, kreischte sie. »Ich bin eine Hexe. Ich habe mit dem Teufel gebuhlt, wie du es schon sagtest. Ihr könnt mich zwar töten, aber mein Geist wird eure Nachkommen mit der Härte der Hölle treffen. Der Satan steht auf meiner Seite!«

Nichts hielt die Männer mehr auf ihren Plätzen. Zu fünft sprangen sie vor, packten die Hexe und rissen sie zu Boden.

Lucille Latour leistete keinen Widerstand. Im Gegenteil, sie lachte die Männer aus.

Dicht vor ihren Augen loderten die Flammen. Fünf Pechfackeln waren es, fünf schwielige Fäuste umklammerten die Stiele.

Noch einmal schrie die Hexe ihre Rache hinaus. Sie verfluchte die fünf Männer und deren Nachkommen bis in alle Ewigkeiten. Dann zerrte man sie zu den Klippen.

Es war nur ein kurzer Weg. Die Wolkendecke am Himmel riss für einen Moment auf, und ein voller Mond sandte sein fahles Licht auf die makabre Szene.

Tief unten rauschte das Meer gegen den Fels, schleuderte die Brandung haushoch. Wassertropfen glitzerten wie wertvolle Perlen im Mondlicht.

Rory Danton machte den Anfang. Seine linke Hand schloss sich um das volle rote Haar der Hexe. Dann nahm er die Fackel, hielt sie an das Gewand.

Es fing augenblicklich Feuer.

Die anderen vier Männer taten es dem Hexenjäger nach. Noch

ehe die Flammen auch auf sie übergreifen konnten, gaben sie der Hexe einen Stoß.

Wie ein feuriger Komet segelte Lucille Latour über die Klippen, dem Meer entgegen.

Kein Schrei drang aus ihrem Mund. Stumm stürzte sie in den Tod.

Doch plötzlich hielten die Häscher den Atem an.

Eine silbrig schimmernde Wolke stieg aus der Tiefe empor, wurde vom Wind mitgerissen, wuchs ins Unermessliche und formte sich zu einem Frauenkörper, in dem das Gesicht die Fratze des Teufels annahm.

Die Häscher sanken auf die Knie, bekreuzigten sich. Als sie die Köpfe hoben, war der Spuk verschwunden. Stumm blickten die Männer sich an. Sie hatten zwar den Körper verbrannt, doch die Seele war nicht vernichtet, und mit Schaudern dachten sie an die letzten Worte der rothaarigen Hexe.

Ein Fluch war ausgesprochen worden und schwebte wie ein unsichtbares Schwert über den Köpfen der fünf Hauptbeteiligten.

Wen würde der Fluch als Ersten treffen?

Die Zeit verging, und Lucille Latour geriet etwas in Vergessenheit. Nur an langen Winterabenden wurde noch von der Hexe gesprochen und von der toten Dienerin, die die Männer in dem Haus gefunden und anschließend begraben hatten.

Aber dann war noch etwas Seltsames geschehen. Auf dem Grab der Dienerin hielt sich kein Kreuz. Es wurde jedes Mal zerstört. Ein Totengräber behauptete, er hätte einen Blitz aus der Erde kommen sehen, der das Kreuz erfasst und verbrannt hätte. Das war selbst den abergläubischen Menschen in der Umgebung zu viel. Sie ließen dieses Ereignis eben auf sich beruhen.

Doch das Haus der Hexe stand lange Jahre leer. Es wurde auch nie zum Verkauf angeboten und von den Einheimischen gemieden wie die Pest. Sie hatten ihm bald schon den Namen »Das Spukhaus« gegeben. Angeblich sollte dort die Hexe um Mitternacht umgehen.

Die nächste Generation wuchs heran, und ein französischer Graf erwarb das seltsame Spukhaus. Nach drei Jahren zog er Hals über Kopf aus. Er hatte seine Frau mit einer Kette erdrosselt im Keller gefunden. Acht Mal wechselte das Haus danach noch den Besitzer, und während der Kriege im zwanzigsten Jahrhundert war es ein begehrter Stützpunkt.

Dann kam das Jahr 1975. Ein Makler aus Caen hatte es zum Verkauf angeboten, weil der vorherige Besitzer bei einem Bootsunglück ums Leben gekommen war und mit ihm seine Frau und die drei Kinder. Der Makler, Bruder des Verunglückten, hatte keine Lust, selbst in das Haus einzuziehen. Er wusste um die Geschichte, und obwohl er nicht abergläubisch war, wollte er das Spukhaus lieber vermieten. Er gab Annoncen in allen großen Zeitungen auf, doch seltsamerweise meldete sich nur eine schon ältere Frau. Sie stellte sich als Madame Millau vor.

Der Makler wusste nicht so recht, was er tun sollte, und hielt die Frau erst einmal hin. Auf seine speziellen Fragen antwortete sie nur ausweichend, und als der Makler nach gut zehn Tagen noch immer keinen anderen Interessenten gefunden hatte, machte er mit Madame Millau den Vertrag.

Schon eine Woche später rückten Handwerker an. Sie renovierten das Haus so geschickt, dass von der Ursprünglichkeit nichts verloren ging.

Madame Millau, die die Arbeiten überwachte, war vollauf zufrieden. Sie zog schon bald ein und begann bereits am selben Tag noch mit ihrer eigentlichen Arbeit.

Das Unheil nahm seinen Lauf …

Einige Männer blieben stehen, als die langbeinige Blondine aus dem kanariengelben VW stieg und mit einer lässigen Bewegung die Fahrertür ins Schloss warf.

Jane Collins war wirklich mehr als einen Blick wert.

Jeder Maler hätte sie sich als Modell gewünscht. Ihr Körper war genau dort richtig proportioniert, wo es sein musste. Janes Bewegungen waren fließend und verrieten die Geschmeidigkeit einer Balletttänzerin.

Unter dem kurzen blonden Pony begann eine glatte Stirn. Die etwas schräg stehenden, blauen, manchmal jedoch grünlich schimmernden Augen faszinierten jeden Mann, und die Lippen unter der kleinen geraden Nase waren stets zu einem leichten Lächeln gekräuselt. Jane Collins trug ihre Haare schulterlang. Ein hellrotes Stirnband hielt sie zusammen. Ein modernes rot-weiß gestreiftes Sommerkostüm schmiegte sich wie eine zweite Haut um ihre Figur. Die Jacke stand über der Brust offen und kontrastierte hervorragend zu der weißen Sportbluse, die durch ein um den Hals geschlungenes rotes Seidentuch den letzten Pfiff erhielt.

Es war durchaus verständlich, dass sich die Männer nach Jane umdrehten, und sie quittierte diese Blicke mit dem koketten Lächeln einer selbstbewussten Frau.

Es war ein herrlicher Frühlingstag, und die Sonnenstrahlen spiegelten sich in den Scheiben des zehnstöckigen Geschäftshauses, vor dem Jane Collins stehen geblieben war. Suchend ließ sie ihre Blicke über die an der Hauswand befestigten Firmenschilder gleiten.

George Plummer – Im- und Export. Fünfter Stock, entzifferte Jane Collins.

Sie fand die Bezeichnung Im- und Export ziemlich allgemein, und das erweckte schon ihr Misstrauen.

Jane Collins war Detektivin und nicht zu ihrem Vergnügen gekommen. George Plummer hatte sie vor zwei Stunden angerufen und sie um einen Termin gebeten.

Die Privatdetektivin – momentan ohne Auftrag und seit dem letzten Urlaub etwas knapp bei Kasse – hatte zugesagt und sich mit Mr Plummer für fünfzehn Uhr verabredet.

Die breite Glastür des Geschäftshauses schwang durch einen Kontakt automatisch zurück. Die sterile Kühle einer klimatisierten Halle empfing die Detektivin.

Jane rümpfte die Nase. Sie mochte die glatte und elegante Fassade nicht. Sie wusste aus Erfahrung, dass sich dahinter oft sehr viel Schmutz verbarg.

Ein schon älterer Portier wieselte auf sie zu.

»Madam?«, fragte er mit gedämpfter Stimme. »Was kann ich für Sie tun?«

»Ich bin mit Mr Plummer verabredet«, sagte Jane knapp.

»Einen Augenblick, Madam, ich werde Sie anmelden.« Der Portier verschwand in seinem Glaskasten und telefonierte. Dabei ließ er Jane nicht aus den Augen, die sich inzwischen eine mitten in der Halle aufgestellte moderne Plastik ansah und aus dem Gebilde nicht schlau wurde. Egal, von welcher Seite sie die Skulptur auch betrachtete.

»Mr Plummer erwartet Sie, Madam«, sagte der Portier.

Jane wandte sich schnell um. Sie hatte den Portier gar nicht kommen gehört.

»Aufzug drei, bitte, Madam.«

Der Lift war bereits unten, die Türen geöffnet. Jane nickte dem Portier kurz zu und betrat den Fahrstuhl. Er war von innen mit Leder verkleidet und brachte die Detektivin in wenigen Sekunden hinauf in den fünften Stock.

Lautlos glitten die Türen auseinander. Ein Gang tat sich auf. Teppiche bedeckten den Boden, auf denen man ging wie auf Treibsand.

Der lange Flur war leer, die Wände waren mit japanischer Grastapete bedeckt. Wer hier residierte, gehörte nicht gerade zu den Armen, das sah Jane mit einem Blick.

Vor einer Mahagonitür blieb die Detektivin stehen. Auf dem Holz stand das Gleiche wie unten auf dem Schild, allerdings mit dem Zusatz »Sekretariat« versehen.

Jane klopfte. Eine helle Stimme rief: »Herein!«

Als die Detektivin die Tür hinter sich schloss, erhob sich eine ältere Dame von ihrem Stuhl und trat mit eingefrorenem Lächeln auf Jane Collins zu.

»Sie sind Miss Collins?« Es war mehr eine Feststellung als eine Frage.

»Ja.«

»Das ist nett, Mr Plummer erwartet Sie bereits.«

Jane wunderte sich, dass kein Bürolärm zu hören war. Aber dann erkannte sie, dass die Wände schallisoliert waren.

Eine Doppeltür führte in Plummers Allerheiligstes.

Plummer musste ein Lederfan sein. Alles, bis auf seinen Schreibtisch und den kleine Schrank gegenüber dem Fenster, war aus Leder. Sogar die Flaschen auf der fahrbaren Hausbar waren mit Leder überzogen.

»Miss Collins«, sagte George Plummer und erhob sich hinter seinem Schreibtisch, der die Maße einer Tischtennisplatte bei weitem übertraf.

Blitzschnell glitten die kleinen Augen des Mannes über Jane Collins' Figur, und was der Mann sah, musste ihn wohl zufrieden gestellt haben.

»Bitte, nehmen Sie doch Platz, Miss Collins. Darf ich Ihnen etwas anbieten? Einen Martini vielleicht?«

Jane war nicht abgeneigt. Sie hatte in einem Ledersessel Platz genommen und die Beine übereinandergeschlagen. Der modische Rock umspielte ihre Knie.

Plummer bat seine Sekretärin, etwas zu trinken zu bringen, denn er führte nur harte Sachen in seiner Hausbar.

Jane hatte Zeit, sich den Mann anzusehen und einzustufen.

Plummer war ein Fleischberg. Er wog bestimmt zweihundertfünfzig Pfund. Jane schätzte ihn auf fünfzig Jahre. Der Kopf saß fast auf den Schultern, und das Kinn scheuerte den Kragen des teuren weißen Hemdes durch. Die listigen Augen des Mannes verschwanden fast hinter den Fettpolstern, und der graue Haarkranz bedeckte den Kopf wie eine Tonsur. Die rosige Gesichtsfarbe und die Wangen erinnerten Jane an Posaunenengel, nur war Plummer sicherlich nicht so gutmütig. Ein Brillant blitzte an dem kleinen fleischigen Finger der linken Hand des Mannes.

Die Sekretärin brachte den Martini und verschwand lautlos.

Plummer genehmigte sich einen Whisky. Er hatte Jane gegenüber Platz genommen und passte so gerade in den Sessel.

Er trank der Detektivin zu, wechselte ein paar belanglose Floskeln und kam schließlich zur Sache.

»Ich habe mir für diesen Job bewusst eine Frau ausgesucht, Miss Collins«, sagte er. »Aber eine Frage vorweg: Sind Sie bereit, mit mir eine Reise zu machen?«

Jane hob die wohlgerundeten Schultern. »Es kommt auf die Reise an«, gab sie diplomatisch zurück.

Plummer wehrte ab. »Nicht, was Sie eventuell denken, Miss

Collins. Um Himmels willen, nein. Sie sollen mich nur begleiten, sagen wir als meine Sekretärin.«

Jane sagte noch nichts.

Plummer verstand dies wohl falsch, denn er meinte: »Ich zahle Ihnen dafür tausend Pfund. Spesen selbstverständlich extra.«

Jane lächelte. »Darauf kommt es mir primär im Moment nicht an. Wohin soll die Reise denn gehen?«

»Nach Frankreich. Mehr will ich nicht sagen. Also, nehmen Sie an oder nicht? Ich bin Ihnen nicht böse, wenn Sie ablehnen.«

Jane nahm erst einen Schluck aus ihrem Glas. Dann sagte sie: »Okay, Mr Plummer, Sie haben mich überredet. Ich werde für Sie arbeiten. Allerdings unter einer Einschränkung. Keine ungesetzlichen Dinge. Denn im Endeffekt habe ich meine Lizenz zu verlieren.«

»Das ist selbstverständlich«, erwiderte George Plummer, hob sein Glas und prostete der Detektivin zu.

Dann kam er zur Sache. Aus einer Mappe holte er einen Bogen Papier, der etwa die Größe eines DIN-A4-Blattes hatte. »Bitte, lesen Sie, Miss Collins«, sagte er und reichte Jane das Blatt.

Einladung

Hiermit erlaube ich mir, Sie, sehr geehrter Mr Plummer, für eine Woche auf Maison Bayeus einzuladen. Sie werden sicherlich erstaunt über diesen Brief sein, aber glauben Sie mir, ich habe sehr triftige Gründe, mich gerade an Sie zu wenden. Ich wäre Ihnen dankbar, wenn Sie der Einladung Folge leisten.

Sollten Sie jedoch ablehnen, würde das für Sie negative Folgen haben.

M. Millau.

Jane Collins ließ das Blatt sinken. »Kennen Sie diesen M. Millau?«

George Plummer schüttelte den Kopf. »Nein«, sagte er. »Den Namen habe ich noch nie gehört.«

»Sie wissen, dass in dieser Einladung eine Drohung verpackt ist, Mr Plummer?«

George Plummer nickte. »Natürlich, ich bin ja nicht dumm. Ein Mann in meiner Position hat Feinde, und ich gebe ehrlich zu, ich bin nicht gerade rücksichtsvoll mit meinen Konkurrenten umgegangen.«

Jane nahm noch einen Schluck Martini. »Welche Art von Geschäften betreiben Sie? Ich meine, Im- und Export ist ein sehr weitläufiger Begriff.«

George Plummer druckste ein wenig herum, ehe er mit der Sprache herausrückte. »Ich handle mit Waffen, um genau zu sein. Allerdings offiziell.«

»Und keine Nebenbei-Geschäfte?«

Plummers Zunge fuhr wieselflink über die dicken Lippen. »Lassen wir dieses Thema.«

»Nun gut.« Jane legte die Hände übereinander. »Ich habe mich bereit erklärt, mit Ihnen zu reisen, und stehe selbstverständlich zu meinem Wort. In Ihre Geschäfte möchte ich mich nicht einmischen. Und wer, denken Sie, steckt hinter diesem Brief?«

»Tja, ich habe schon an die Konkurrenz gedacht. Aber die bedient sich normalerweise anderer Methoden, wenn sie jemanden aus dem Weg haben will. Eine schnelle Kugel aus dem Hinterhalt, und aus ist es. Ich kann mir aber auch nicht vorstellen, dass ich in letzter Zeit einem Konkurrenten auf die Füße getreten bin. Wir haben unsere Grenzen genau abgesteckt. Nein, hinter dieser Einladung muss etwas anderes stecken. Und ehrlich gesagt, Miss Collins, ich bin neugierig. Und vorsichtig, deshalb habe ich mir ja einen weiblichen Leibwächter zugelegt. Wie gesagt, Sie reisen offiziell als meine Sekretärin.«

»Wann geht es los?«, wollte Jane wissen.

»Ach ja, das hatte ich vergessen, Ihnen zu sagen. Es lag noch eine kleine Karte bei dem Brief. Man erwartet mich am sechsundzwanzigsten April.«

»Wo liegt denn dieses Maison Bayeus genau?«, fragte Jane.

»In Nordfrankreich. Auf der Halbinsel Cotentin. Ziemlich nah an der Küste. Wir werden die Fähre nehmen und mit meinem Wagen fahren. Wir haben heute Freitag. Sagen wir, am Montagmorgen um sieben Uhr geht es los. Sind Sie einverstanden?«

»Ja, Mr Plummer.«

»Ich hole Sie dann von zu Hause ab. So haben Sie wenigstens noch ein Wochenende für sich. Und ich bitte Sie, behandeln Sie unser Gespräch vertraulich, Miss Collins.«

»Das ist selbstverständlich.«

Jane erhob sich und reichte ihrem neuen Klienten die Hand. »Dann also bis zum Montagmorgen, Mr Plummer.«

»Ich freue mich sehr, Miss Collins. Ach so, ja, der Scheck. Den hätte ich bald vergessen.«

»Ich hätte Sie schon daran erinnert«, erwiderte Jane, und George Plummer musste lachen. »Sie würden eine gute Geschäftsfrau abgeben, Miss Collins.«

»Danke, Detektivin ist mir lieber.«

»Kann ich mir vorstellen.« Plummer griff in seine rechte Rocktasche und holte einen schon ausgefüllten Scheck hervor. »Bitte sehr, Miss Collins.«

Jane ließ den Scheck in ihrer Handtasche verschwinden. Dann verabschiedete sie sich von George Plummer und fuhr wieder nach unten.

Sie setzte sich in ihren Wagen. Die ersten Zweifel meldeten sich, ob sie richtig gehandelt hatte. Aber sie hatte nichts Ungesetzliches an diesem Auftrag feststellen können. Trotzdem wollte sie sich rückversichern.

Von einer nahe gelegenen Telefonzelle aus rief sie Oberinspektor John Sinclair, ihren besten Bekannten, an.

Sinclair war in seinem Büro und freute sich, dass er die Stimme der Detektivin wieder einmal hörte.

»Hast du heute Abend etwas vor, John?«, fragte die blondhaarige Detektivin.

John Sinclair lachte. »Wenn ich dich sehen kann, dann lasse ich selbst Geister und Dämonen sausen.«

»Nun mach mal halblang. Aber im Ernst, John, können wir uns heute Abend treffen?«

»Ja.«

»Dann komm zu mir. Ich habe ein fantastisches Rezept ausgegraben und will mal wieder meine Kochkünste unter Beweis stellen.«

»Du weißt genau, womit du einen alten Junggesellen locken

kannst. Abgemacht, ich komme. Ich bringe den Hunger mit und du den Bär.«

Die beiden sprachen noch einige Worte miteinander, und Jane legte dann auf.

Sie wusste, dass sie sich auf John Sinclair verlassen konnte. Er würde ihr schon den richtigen Rat geben. Nur schade, dass sie nicht gemeinsam agieren konnten, dann wäre Jane viel wohler gewesen.

Die Privatdetektivin konnte nicht ahnen, wie sehr sie sich täuschen und in welchen Teufelskreis sie hineingezogen werden sollte ...

George Plummer war pünktlich.

Als Jane Collins in seinem Mercedes 350 SE saß – Plummer brauchte für seinen Leibesumfang einen solchen Wagen –, dachte sie an John Sinclairs Worte. Der Oberinspektor hatte dem Vorhaben der Detektivin skeptisch gegenübergestanden. Er kannte Plummer dem Namen nach, und als Waffenhändler hatte der Mann einen zwielichtigen Ruf. John hatte seine Freundin eindringlich gewarnt, doch Jane blieb bei ihrem Wort. Allerdings musste sie John versprechen, sofort anzurufen, falls irgendetwas Besonderes eintreten sollte. Der Oberinspektor war für die Detektivin jederzeit erreichbar. Und John wollte sich dann sofort auf den Weg machen, um ihr zu helfen.

»Das wird wohl nicht nötig sein«, hatte Jane zum Abschied gesagt. »Außerdem weiß ich mich sehr gut allein zu wehren.«

Der blaue Mercedes fuhr auf der Schnellstraße London–Southampton.

In Southampton wollten sie die Mittagsfähre nach Le Havre nehmen und von dort an der Côte du Calvados entlang zu der Halbinsel Cotentin fahren.

Die Straße war ziemlich befahren, aber da es noch früh war, konnten sie die Fähre bequem erreichen.

Jane Collins räkelte sich in dem weichen Polster des Beifahrersitzes. Aus der Stereoanlage des Wagens drangen alte Songs der sechziger Jahre.

George Plummer war ein guter Fahrer. Hin und wieder warf er einen Blick auf seine hübsche Beifahrerin, und dann umspielte ein Lächeln seine Lippen.

Selbstverständlich hatte Jane dem Waffenhändler nicht gesagt, dass sie mit John Sinclair über ihren neuen Job gesprochen hatte. Dieses kleine Geheimnis musste ihr der Mann schon zugestehen.

Plummer fuhr rasant. Er sprach wenig, konzentrierte sich auf den Verkehr. Einmal nur sagte er: »Wenn Sie etwas trinken wollen, Miss Collins, im Handschuhfach ist eine kleine Bar untergebracht.«

Jane lehnte ab. Sie wollte erst auf der Fähre etwas zu sich nehmen.

Nach nicht ganz zwei Stunden Fahrt erreichten sie Southampton. George Plummer lenkte den schweren Wagen in Richtung Hafen zur Anlegestelle der Fähre.

Bis zur Abfahrt war noch Zeit. Der Mercedes war der fünfte Wagen in einer langen Schlange, die sich hinter ihm gebildet hatte.

Dann schwang das Heck der Fähre langsam nach unten, und über die breite Plattform rollten die Wagen auf das Schiff. Das Wetter versprach wieder schön zu werden. Schon seit drei Wochen schien die Sonne, direkt unnormal für die Insel.

»Und was machen wir nun?«, fragte George Plummer, als der Mercedes stand.

»Ich werde mir ein bisschen die Beine vertreten.«

»Keine schlechte Idee. Ich komme dann später auf Deck. Ich muss vorher noch etwas essen.«

Jane warf einen Blick auf Plummers Umfang und musste lächeln.

»Ja, ja«, meinte der Mann. »Essen ist eigentlich mein einziges Laster.«

»Bis gleich dann«, sagte Jane und stieg aus. Sie schlüpfte in ihren grünen Wildledermantel und band sich ein Kopftuch um, denn hier auf dem Deck der Fähre war es windig.

Jane trat an die Reling und sah zu, wie die restlichen Wagen auf die Fähre fuhren. Dann wurde das Heck wieder eingeklappt, ein Signalhorn tutete, es gab einen leichten Ruck, und anschließend setzte sich das Schiff in Bewegung.

Southampton blieb zurück. Das schwere Schiff kämpfte sich durch die grauen Fluten des Kanals. Es hatte ausgezeichnete Stabilisatoren. An Seekrankheit war nicht zu denken.

Jane war nicht der einzige Passagier an der Reling. Einige Männer drängten sich um sie herum. Ein braun gebrannter Schönling wollte sie zum Essen einladen, doch die Detektivin lehnte ab.

Dafür fiel ihr aber ein anderer junger Mann auf, der sich auffällig für den Mercedes interessierte. Wie eine Katze um den heißen Brei, so strich er um den Wagen herum.

Jane wollte dem Interesse des Mannes auf den Grund gehen. Sie löste sich von der Reling. Der junge Mann hatte sich gebückt und betrachtete gerade die Reifen. Die Hände hatte er in den Taschen seines dunkelbraunen Cordanzuges vergraben.

»Gefällt Ihnen der Wagen?«, fragte Jane.

»Oh.« Der junge Mann ruckte hoch, drehte den Kopf, rückte seine Goldrandbrille zurecht und konnte nicht vermeiden, dass eine gewisse Röte sein Gesicht überzog.

Jane musste lächeln. Dieser Typ sah ihr wahrhaftig nicht nach einem Dieb aus, eher nach einem Träumer. Sein schmales Gesicht war ziemlich blass, die pechschwarzen Haare waren nach hinten gekämmt, und seine vollen Lippen umspielte ein verlegenes Lächeln.

Der junge Mann hob entschuldigend die Schultern. »Sie dürfen nicht annehmen, Miss, dass ich den Wagen stehlen wollte. Um Himmels willen, aber ich interessiere mich nun mal für Autos, besonders für die, die ich mir nicht leisten kann.«

»Eine böse Absicht hätte ich Ihnen auch gar nicht zugetraut, Mister ...«

»Danton«, sagte der junge Mann schnell. »Ray Danton. Ich bin Schriftsteller von Beruf.«

»Was schreiben Sie denn?«, fragte Jane, der der Mann eigentlich sympathisch war, vielleicht weil er Muttergefühle in ihr weckte.

Etwas verlegen hob Roy Danton die Schultern. »Ich schreibe Gedichte und auch mal Kurzgeschichten.«

»Und davon können Sie leben?«

»Nein, natürlich nicht.« Ray Danton schüttelte den Kopf. »Ich werde von meinen Eltern noch ein wenig unterstützt, außerdem arbeite ich nachts bei einer Zeitung. Aber – ist das Ihr Wagen, Miss?«

»Ich heiße Jane Collins«, sagte die Detektivin, »mir gehört der Wagen auch nicht, sondern einem – sagen wir Bekannten.«

»Ach so, ich verstehe.« Ray Danton rückte wieder seine Brille zurecht. »Dann nichts für ungut, Miss Collins.« Danton wollte an der Detektivin vorbeigehen.

Jane, die sich ein wenig langweilte, hielt den Schriftsteller an der Schulter zurück. »Warum haben Sie es denn so eilig, Mr Danton? Lassen Sie uns zusammen einen Drink nehmen. Ich weiß, normalerweise lädt eine Dame den Herrn nicht ein, aber im Zeitalter der Emanzipation können wir ruhig einmal darüber hinwegsehen.«

»Tja, ich weiß nicht so recht. Ich will Ihnen keine Ungelegenheiten bereiten.«

»Na, kommen Sie schon.«

»Also meinetwegen.«

Jane Collins und Ray Danton gingen durch die Reihen geparkter Wagen auf das Restaurant zu, dessen obere Hälfte sich auf dem Deck befand. Jane Collins – von Berufs wegen neugierig – fragte: »Wo wollen Sie eigentlich hin, Mr Danton? Nach Paris, um sich von der Muse küssen zu lassen?«

Ray Danton schüttelte lachend den Kopf. »Wo denken Sie hin, Miss Collins. Nein, ich habe da eine seltsame Einladung bekommen. Ich soll mich heute auf Maison Bayeus einfinden und habe gar keine Ahnung weshalb und warum.«

Jane Collins blieb wie vom Donner gerührt stehen.

Maison Bayeus, wenn das keine Überraschung war.

Ray Danton drehte sich verwundert um. »Ist irgendetwas, Miss Collins?«

»Ja, aber das erzähle ich Ihnen gleich. Kommen Sie, mein Bekannter wird sich sehr für Ihre Einladung interessieren …«

Sie fanden George Plummer in dem Restaurant oberhalb des Decks. Es war ein lang gestreckter Bau mit großen Scheiben und einer riesigen Büfetttheke.

George Plummer saß am Fenster. Mit Genuss schaufelte er gebratenen Speck, Eier und Toast in sich hinein. Eine große Kanne Kaffee und ein Glas Orangensaft dienten ihm zum Hinunterspülen.

Die Tische und die mit rotem Kunstleder bezogenen Stühle waren fest im Boden verankert. Allerdings ließen sich die Stühle drehen. Es herrschte reger Betrieb. Vor allen Dingen waren es die Touristen, die sich über das Büfett hermachten, als wären sie schon am Verhungern.

Jane Collins und Ray Danton drängten sich an den Menschen vorbei auf Plummers Tisch zu.

Der dicke Waffenhändler sah überrascht auf, als die beiden vor seinem Tisch stehen blieben.

»Haben Sie es sich doch noch überlegt?«, fragte er Jane Collins, um anschließend einen verwunderten Blick auf Ray Danton zu werfen.

Jane und Ray nahmen Platz. »Ich habe den jungen Mann bewusst mitgebracht«, sagte die Detektivin. »Wir haben uns auf Deck kennengelernt, und stellen Sie sich vor, Mr Danton hat das gleiche Ziel wie wir.«

Plummer runzelte die Stirn. »Soll das heißen, dass er auch eingeladen worden ist?«

»Ja, Mr Plummer.«

Jetzt wurde der dicke Waffenhändler misstrauisch. »Da stimmt doch etwas nicht«, sagte er. »Mr Danton, entschuldigen Sie, aber würde es Ihnen etwas ausmachen, mir die ganze Geschichte zu erzählen?«

»Nein, Sir. Sie haben schon recht, es ist ein wenig seltsam.«

Danton wurde von dem Kellner unterbrochen, der an den Tisch getreten war.

Jane bestellte sich eine Salatplatte und ein Glas Mineralwasser. Ray Danton nahm zwei Sandwichs und eine Flasche Bier.

»Nun, Mr Plummer, ich fand vor zwei Tagen die Einladung in meinem Briefkasten.« Danton griff in die Rocktasche und holte den gleichen Bogen hervor, den auch Plummer erhalten hatte.

Der Waffenhändler las die Zeilen wortlos durch und schüttelte mehrmals den Kopf. »Wenn ich nur wüsste, was das bedeuten soll«, murmelte er.

Danton nahm die Einladung wieder an sich. »Eine Frage zuvor, kennt einer von Ihnen Maison Bayeus?«

Jane und Plummer schüttelten den Kopf.

»Ich kenne es auch nicht, habe aber, nachdem ich die Einladung erhielt, einige Nachforschungen angestellt. Ich bin in Bibliotheken gegangen und habe Schwarten gewälzt. Das hat Stunden in Anspruch genommen. In einer alten Chronik habe ich dann etwas über das Haus gefunden. Es ist, wie man so schön sagt, ein Geisterhaus.«

George Plummer zog verächtlich die Mundwinkel nach unten. Beide Männer sahen nicht, wie es in Jane Collins' Augen aufblitzte.

»Können Sie das näher erklären?«, fragte Plummer.

»Man hat dort vor rund dreihundert Jahren eine Hexe verbrannt. Sie hieß Lucille Latour und hat angeblich mit dem Teufel im Bunde gestanden. Wie gesagt, das berichtet die Chronik. In den nachfolgenden Jahrhunderten ist das Haus zwar mehrmals bewohnt gewesen, jedoch sind die Leute stets unter seltsamen Umständen zu Tode gekommen. In der näheren Umgebung des Hauses kursiert das Gerücht, dass es auf Maison Bayeus spuken solle. Wie gesagt, das erzählen die Überlieferungen.«

Der Kellner brachte die bestellten Speisen.

»Und was hat die Einladung für einen Sinn?«, fragte George Plummer.

Ray Danton biss in seinen Sandwich. »Ich habe keine Ahnung. Aber wie es aussieht, werden wir wohl nicht die Einzigen sein, die eine Einladung erhalten haben.«

Plummer schüttelte den Kopf. »Also, ich verstehe gar nichts. Sie etwa, Miss Collins?«

»Nein«, erwiderte Jane nachdenklich. »Noch nicht.«

»Was meinen Sie damit?«

»Wir werden es ja sehen, wenn wir da sind. Aber es scheint doch mehr dahinterzustecken, als wir überhaupt ahnen.«

Plummers Gesicht verdüsterte sich. »Vermuten Sie eine Gefahr?«

»Vielleicht.«

»Aber das ist doch Unsinn.« Plummer schlug mit der flachen Hand auf den Tisch. »Mr Danton, was sind Sie von Beruf?«

»Schriftsteller.«

»Na sehen Sie, und ich bin Geschäftsmann. Uns trennen beruflich Welten.«

»Beruflich, Sie sagten es eben, Mr Plummer.« Jane Collins drehte ihr Glas zwischen den Händen. »Aber unter Umständen gibt es privat eine Verbindung zwischen Ihnen und Mr Danton.«

Plummer lachte auf. »Wir haben uns doch vor ein paar Minuten zum ersten Mal gesehen.«

»Trotzdem kann da etwas sein, von dem Sie nichts wissen, Mr Plummer.«

»Na, Sie machen mir Spaß. Sie können einem ja direkt Angst einjagen, Miss Collins.«

»Das hatte ich keineswegs vor.« Jane lächelte. »Aber wir sollten die Sache nicht auf die leichte Schulter nehmen. Man hat uns nicht umsonst diese Einladung geschickt. So, und jetzt entschuldigen Sie mich bitte für einen Moment.« Jane erhob sich und ging dem Pfeil nach, der zu den Toiletten führte.

Dabei hatte die Detektivin etwas ganz anderes im Sinn. Sie hatte vorhin schon gesehen, dass es hier auf dem Schiff einen Raum gab, von dem aus man telefonieren konnte. Er lag zwischen Ober- und Unterdeck.

Ein Offizier hatte den Telefondienst übernommen. Er stand auf, als Jane den Raum betrat.

Die kleine Kabine war eingerichtet wie eine Minianlage bei der Post. Hier musste noch mit der Hand verbunden werden. Auf einem Pult standen mehrere Telefone, daneben ein Fernschreiber, und an der Wand hing eine schalldichte Haube mit einem schwarzen Telefonapparat darunter.

Zum Glück war Jane die einzige Kundin. Sie gab John Sinclairs Nummer in London an.

Der Offizier runzelte die Stirn. »Was haben Sie denn mit Scotland Yard zu tun, Madam?«

Jane lächelte honigsüß. »Mein Mann arbeitet dort«, erwiderte sie schnell.

»Ach so. Und ich dachte schon, es wäre etwas passiert. Dann haben Sie bitte einige Minuten Geduld. Ich muss sehen, ob ich durchkomme.«

»Legen Sie das Gespräch doch bitte auf den Apparat unter der schalldichten Haube«, sagte die Detektivin.

»Wie Sie wünschen, Madam.«

Jane musste genau drei Minuten warten, dann klingelte der Telefonapparat.

»Collins«, meldete sich Jane.

»Na, wenn das keine Überraschung ist«, hörte sie Johns Stimme. »Hast du jetzt schon Sehnsucht nach mir, Goldstück?«

»Das auch, John, aber es geht um etwas anderes. Hör mir jetzt bitte einmal zu.«

Jane Collins berichtete, was sie in der letzten halben Stunde erlebt und erfahren hatte. Zum Schluss meinte sie: »Also ich habe das Gefühl, dass es auf diesem Maison Bayeus nicht mit rechten Dingen zugeht. Wie gesagt, John, das ist durch nichts bewiesen, aber bei solchen Dingen kann ich mich auf meinen Instinkt verlassen.«

»Du meinst also, ich sollte dir nachfahren.«

»Ja, John. Wenn es sich eben ermöglichen lässt.«

Der Oberinspektor murmelte vor sich hin. »Heute geht es nicht«, sagte er dann. »Außerdem weiß ich nicht, ob der gute Powell einverstanden ist. Aber rechne damit, Jane, dass ich unter Umständen morgen Abend da sein werde.«

Jane Collins fiel ein Stein vom Herzen. »Danke, John, du bist ein Schatz.«

Die beiden wechselten noch zwei, drei private Sätze, und dann unterbrach Jane Collins die Verbindung.

Sie zahlte das Gespräch bei dem Offizier, der die ganze Zeit seinen Blick nicht von ihrem Körper gelassen hatte. »Schade, dass Sie schon in festen Händen sind«, sagte er zum Abschied. Ehrliches Bedauern schwang in seiner Stimme mit.

Jane lachte. »Tja, manchen trifft es eben hart. Aber seien Sie froh, Mister. Ich beiße nämlich und fresse Männer zum Nachtisch.«

Mit diesen Worten schloss Jane die Tür hinter sich.

Die Gegend war urwüchsig, von einer wilden Romantik. Maler hätten hier herrliche Motive gefunden. Das Land war flach, bedeckt mit einem Grasteppich, der erst kurz vor der Küste aufhörte und steilen, kantigen Felsen Platz machte, an denen die Brandung des Meeres hochschäumte. Die Luft war klar, schmeckte nach Salz und Meer. Frischer Seewind bewegte die Zweige der Bäume, und zahlreiche Vögel zerschnitten wie Pfeile die Luft.

Das schmale graue Band der Straße wirkte wie ein Fremdkörper im Grün der Landschaft, und der große Mercedes passte hier überhaupt nicht hin.

»Noch ungefähr zehn Meilen«, sagte George Plummer, »dann haben wir es geschafft.« Er drehte kurz den Kopf und wandte sich an den im Fond sitzenden Ray Danton. »Ist mir immer noch ein Rätsel, wie Sie Ihr Ziel überhaupt erreichen wollten.«

»Ich wollte es mit dem Zug und per Anhalter versuchen.«

Plummer lachte. »Gibt es hier überhaupt eine Eisenbahn?« Er ging etwas vom Gas, weil die Straße einen scharfen Knick machte.

Und dann sahen sie vor sich den Wagen. Er war nicht ganz eine Meile entfernt, in der klaren Luft aber deutlich zu erkennen.

»Da scheint noch einer das gleiche Ziel zu haben«, meinte Jane Collins.

Plummer hatte die Lippen zusammengekniffen. »Möglich«, knurrte er.

Er fuhr schneller, wollte dicht hinter dem anderen bleiben. Schon bald wurde die Luxuslimousine größer. Es war ein dunkelroter Peugeot 604, der vor ihnen über die Straße rollte.

»Der Wagen hat eine Pariser Nummer«, meinte Jane Collins.

»Würde mich wirklich interessieren, was der in dieser Gegend verloren hat.«

Plummer war leicht beunruhigt, obwohl eigentlich gar kein Grund vorhanden gewesen wäre. Aber er spürte eine innere Unruhe, die ihm doch zu schaffen machte.

Drei Männer saßen in dem Peugeot. Zwei vorn, einer im Fond. Und dieser Mann drehte jetzt den Kopf, schaute kurz zu dem Mercedes zurück, sagte etwas zu dem Fahrer, und wenig später leuchteten die Bremslichter des Peugeots auf.

»Mist«, knurrte Plummer. »Jetzt geht's los.« Auch er trat auf die Bremse. Der Mercedes stoppte sanft.

Die beiden vorderen Türen des Peugeots flogen auf, und zwei Männer schälten sich aus dem Wagen. Mit gemächlichen Schritten kamen sie auf den Mercedes zu.

Jane Collins hatte die Lippen zusammengepresst. Sie kannte diese Art von Männern. Die beiden waren Gangster, oder zumindest irgendwelche Gorillas, die einen Boss bewachten. Sie waren beide schwarzhaarig, trugen dunkle Anzüge mit Jacketts, die offen standen. Die Typen blieben rechts und links des Mercedes stehen.

»Jetzt sitzen wir in der Klemme«, sagte Plummer, der ebenfalls wusste, wen er vor sich hatte.

Nur Ray Danton spürte die Gefahr nicht. Er blickte verwundert nach draußen.

Die beiden Kerle grinsten wölfisch und zogen wie auf Kommando ihre Pistolen.

»Rauskommen!«, knurrte der, der an Plummers Seite stand. »Aber alle drei.«

Jetzt wurde auch Ray Danton aufmerksam. »Was soll das?«, flüsterte er mit bebender Stimme. »Was wollen die von uns?«

»Werden wir gleich merken«, gab Jane gelassen zurück und öffnete die Tür, um auszusteigen. Eine Hand fasste nach ihrer Schulter. Der Kerl mit der Pistole wollte ihr aus dem Wagen helfen. Dabei rutschten seine Finger absichtlich ab in eine Gegend, die für ihn gefährlich wurde.

Jane packte zu. Sie war blitzschnell, umklammerte den Revolverarm des Mannes, riss ihn hoch und drosch ihn noch in derselben Sekunde auf das Wagendach.

Der Schießer heulte. Die Waffe rutschte ihm aus den Fingern.

Jane fing sie geschickt auf, rammte dem Kerl ihren rechten Fuß in den Unterleib und legte auf Schießer Nummer zwei an.

»Schätze, dass wir uns jetzt mal in aller Ruhe unterhalten«, sagte sie auf Französisch.

Der Schießer wusste nicht, was er tun sollte. Er hatte zwar Plummer vor der Mündung, gleichzeitig zielte Jane aber auch über die Kühlerhaube hinweg auf ihn. Sein Kumpan lag am Wegrand und wartete darauf, dass sein Schmerz nachließ.

Ray Danton kam aus dem Staunen nicht mehr heraus. Was diese Blondine mit dem Typ angestellt hatte, war einfach sagenhaft.

Der dritte Mann war es, der eine Entscheidung herbeiführte. Die hintere Wagentür des Peugeots wurde geöffnet, und Gu Domingo schob sich aus dem Gefährt.

Nachdem man Gustave Domingos größten Konkurrenten mit siebzehn Kugeln im Leib aus der Seine gefischt hatte, galt Domingo als ungekrönter Rauschgiftkönig von Paris. Er war die Nummer eins auf Frankreichs Rauschgiftmarkt, und seine Brutalität war beispiellos. Aber das sah man Gu Domingo schon an.

Er war ein Catchertyp. Bei ihm war alles kantig. Der Schädel, die Schultern und der massige Körper. Mit seinen Händen hätte er Kohlen schaufeln können. Seine Haare waren zur Bürste geschnitten. Die stecknadelkopfgroßen Augen wurden von dichten Brauen fast verdeckt, und der Mund erinnerte an einen Strich. Domingo trug einen dunkelbraunen Anzug, der so geschnitten war, dass die Waffe in seinem Gürtelholster nicht auffiel.

Mit schweren Schritten kam Gu Domingo näher. Kein Muskel regte sich in seinem Gesicht, als er Jane Collins anblickte.

Sekundenlang herrschte eisiges Schweigen zwischen den beiden Parteien.

Dann fragte Domingo: »Was soll der Quatsch?«

Jane lächelte spöttisch. »Haben Sie nicht angefangen?« Die Waffe in ihrer Hand bewegte sich um keinen Millimeter.

Domingo ging nicht auf die Bemerkung ein, sondern fragte: »Sie haben uns schließlich verfolgt – oder?«

»Davon kann keine Rede sein, Monsieur. Aber vielleicht haben wir den gleichen Weg.«

Hatte Jane mit einer Antwort gerechnet, so sah sie sich jetzt enttäuscht. »Möglich«, meinte Domingo. »Aber ich habe etwas dagegen, wenn jemand hinter mir herfährt. Saccu!«

Der Mann, der George Plummer bedrohte, drehte kurz den Kopf.

»Steck die Waffe weg, wir fahren weiter. Und du, Frenell, komm hoch!«

»Oui, Monsieur Domingo«, sagte Frenell keuchend.

Frenell hatte Janes Attacke noch immer nicht ganz überwunden. Mit schmerzverzerrtem Gesicht quälte er sich auf die Beine. Dabei bedachte er Jane Collins mit hasserfüllten Blicken. Jane wusste, dass sie sich einen Todfeind geschaffen hatte. Sie warf dem Mann die Waffe zu, der sie auffing und wegsteckte.

Rückwärts gingen die beiden Schießer zu ihrem Wagen. Gu Domingo blieb noch stehen.

»Ist noch was?«, fragte Jane Collins.

»Ja«, quetschte Domingo hervor. »Ich weiß nicht, wohin Sie fahren, aber hüten Sie sich, uns noch mal in die Quere zu kommen. Ich bin dafür bekannt, dass ich auch auf Frauen keine Rücksicht nehme. Diesmal haben Sie Glück gehabt, Mademoiselle. Beim nächsten Mal geht es bestimmt schief.«

Nach diesen Worten ging er zu seinem Wagen, warf sich in den Fond, und Sekunden später fuhr der Peugeot los.

Plummer hob die Schultern.

Ray Danton hatte wieder im Fond Platz genommen. »Meinetwegen können wir weiterfahren«, sagte er. »Ich bin direkt gespannt auf Maison Bayeus.«

»Okay«, meinte Plummer. »Ich bin überstimmt und gebe mich geschlagen.«

»Na bitte«, sagte Jane lächelnd.

»Nur etwas finde ich doch sehr rätselhaft.« Plummer ließ den Motor an. »Irgendwie müssen wir doch alle in einer gewissen Verbindung zu dem Haus stehen. Domingo und Ray Danton zum Beispiel trennen Welten. Aber es muss etwas Gemeinsames geben.«

»Um das herauszufinden, fahren wir ja hin«, sagte die Detektivin. »Und ich schätze auch, dass wir dort noch einige Leute treffen werden.«

»Vielleicht auch den Geist der Lucille Latour«, ließ sich Ray Danton vom Rücksitz her vernehmen.

»Erzählen Sie doch keinen Mist«, knurrte George Plummer. »Geister gibt es nicht und damit basta.«

Jane Collins enthielt sich einer Antwort, denn sie wusste es besser.

»Das also ist Maison Bayeus«, sagte Jane Collins und stemmte ihre Fäuste in die Hüften.

Mit forschenden Blicken sah sich die Detektivin um. George Plummer war ein Stück vorausgegangen und hatte die Stirn in nachdenkliche Falten gelegt. Anscheinend fühlte er sich unwohl, und das war sogar verständlich.

Ray Danton stand neben Jane. Er betrachtete das alte Haus prüfend. »Irgendwie hat es eine komische Ausstrahlung«, meinte er und rückte seine Brille zurecht.

»Finde ich auch«, erwiderte Jane.

Die drei Menschen standen in der klaren Luft eines anbrechenden Abends. Im Westen waren Wolken aufgezogen, innerhalb von Sekunden war das klare Frühlingswetter vorbei. Es sah nach Regen aus, und ein auffrischender Wind peitschte die graublaue See. Schaumkämme glitzerten auf den Wogen.

Maison Bayeus umgab tatsächlich eine etwas beklemmende Atmosphäre. Die Mauern waren düster, alt – unheimlich. Der Zahn der Zeit hatte an ihnen genagt. Risse durchzogen das Gestein wie ein Spinnennetz. Moos wucherte in den Ritzen, oft von Efeu überdeckt. Vogelnester klebten unter den Mauervorsprüngen. Im oberen Stockwerk stand ein Fenster offen. Der Wind bewegte knarrend den Flügel.

Das Haus lag auf der Spitze eines Felskegels. Ein schmaler Serpentinenweg führte von der Straße hoch, und Jane Collins wunderte sich jetzt noch, dass der Mercedes die Strecke ohne Schrammen und Beulen überstanden hatte.

Hinter einigen Fenstern brannte schon Licht. Stimmengemurmel war zu hören. Jane vernahm nur Männerstimmen, vielleicht war sie die einzige Frau.

Der Gedanke daran bereitete ihr Unbehagen.

»Scheint eine illustre Gesellschaft zu werden«, meinte Ray Danton und deutete auf die drei Wagen, die an der Westseite des Hauses dicht am Abgrund standen und wegen Platzmangels direkt hintereinander geparkt waren. Domingos Peugeot befand sich auch darunter. Die anderen beiden waren ein Renault 20 und ein Citroen DS.

Für den Mercedes war kein Platz mehr, und deshalb ließ George Plummer den Wagen auch so stehen.

Der Waffenhändler wandte sich an Jane und Ray Danton. »Ein Empfangskomitee scheint es hier wohl nicht zu geben«, murmelte er. »Wenn ich mir so die Bauweise des Hauses ansehe, habe ich zumindest einen Diener in Pumphosen erwartet.«

Plummer lachte über seinen Scherz, erntete aber keinen Beifall. Doch als hätte er ein Stichwort gegeben, wurde plötzlich die Tür geöffnet.

Warmer Lichtschein umspielte die Gestalt einer schon älteren Frau. Sie trug ein dunkles, bis zum Boden reichendes Kleid. Das graue Haar war kurz geschnitten, sodass es eng am Kopf anlag.

»Aber, meine Lieben«, sagte die Frau, breitete beide Arme aus und kam auf die Neuankömmlinge zu. »Bitte, warum kommen Sie denn nicht herein? Sie sollen doch nicht hier …«

Die Frau stutzte. Ihr Blick war auf Jane Collins gefallen.

Sekundenlang hatte die Detektivin das Gefühl, zwei Dolche würden sie durchbohren, dann überzog wieder ein verbindliches Lächeln das Gesicht der Frau.

»Pardon, Mademoiselle, aber ich kann mich nicht erinnern, Sie eingeladen zu haben. Vielleicht ist mir auch ein Fehler unterlaufen.«

»Nein, nein, Sie haben schon recht«, sagte George Plummer. »Ich habe Miss Collins mitgebracht.«

»Sie?« Die Frau hob ihre Augenbrauen. »Aber in der Einladung stand doch ausdrücklich, dass Sie allein …«

Plummer ließ die Frau wiederum nicht ausreden. »Miss Collins ist meine Sekretärin. Wenn sie gehen muss, dann gehe ich auch, Madame. Ich hoffe, ich habe mich klar genug ausgedrückt.«

»Entschuldigen Sie, Mr Plummer, so war es nicht gemeint. Sicher kann Ihre Sekretärin bei Ihnen bleiben.«

»Woher kennen Sie eigentlich meinen Namen?«, fragte der Waffenhändler lauernd.

»Das werde ich Ihnen später erklären. Jetzt kommen Sie aber erst einmal ins Haus. Und Sie natürlich auch, Mr Danton.«

Der Schriftsteller warf Jane einen undefinierbaren Blick zu. Die Detektivin hob nur die Schultern. Jane sah noch nicht ganz klar, sie wollte erst noch abwarten.

Die beiden gingen hinter der Frau und dem Waffenhändler her. Die ältere Dame hatte George Plummer untergehakt und sagte: »Ich bin Madame Millau. Den Brief haben Sie natürlich mir zu verdanken, und es wird nicht mehr lange dauern, da bekommen Sie auch eine Erklärung. Ich kann Ihnen jetzt schon verraten, Sie werden überrascht sein.«

»Ja, da bin ich mal gespannt«, flüsterte Ray Danton.

Jane Collins erwiderte nichts.

Sie betraten das Haus, und Madame Millau schloss hinter ihnen die Tür. Das Geräusch hörte sich irgendwie endgültig an. Wie bei einer Grabkammer, dachte Jane.

Eine Empfangshalle nahm die Neuankömmlinge auf. Sie war prächtig ausgestattet. Auf dem Holzboden lagen echte Teppiche. Seidentapeten schmückten die Wände. Die Fenster wurden von schweren Vorhängen eingerahmt, und an der Decke hing ein prächtiger Kristalllüster, dessen kerzenförmige Birnen warmes Licht verströmten.

Unter dem Leuchter stand ein langer, rechteckiger Tisch, ähnlich wie bei den Rittern der Tafelrunde. Ein vierarmiger Leuchter mit brennenden Kerzen schmückte die Platte. Und ihr Licht fiel auf die Personen, die um den Tisch saßen.

Es waren drei. Domingos Leibwächter standen. Sie hatten ihren Boss eingerahmt.

Eine halbe Minute verging durch die schweigsame Musterung. Jane sah das Aufleuchten in den Augen der Männer, als sie erkannten, dass eine Frau mitgekommen war.

Domingo und seine Leibwächter kannten Jane. Der Rauschgiftboss blickte an der Detektivin vorbei, als wäre sie für ihn Luft. Domingo saß am Kopfende des Tisches.

Zu seiner Rechten hatte sich ein etwa dreißigjähriger Mann niedergelassen. Er hatte braunes, lockiges Haar und einen buschigen Schnäuzer. Das Gesicht des Mannes erinnerte Jane etwas an den Filmschauspieler Lee van Cleef, nur war es mit unzähligen Narben bedeckt. Der Mann hatte beide Hände auf der Tischplatte liegen, und Jane erkannte, dass sie mit einem buschigen Pelz schwarzer Haare bedeckt waren.

»Wollen Sie uns die Mademoiselle nicht vorstellen, Madame?«, wandte sich der Mann an die Millau und verzog die Lippen zu einem Lächeln.

»Ja, der Meinung bin ich auch«, erwiderte der Typ, der dem Schnauzbärtigen gegenübersaß und sich auf seinem Stuhl gedreht hatte.

Der Kerl sah aus wie ein Spießbürger, der nachts unter der Decke heimlich Pornos liest. Flachsblondes, dünnes Haar, unzählige Sommersprossen im Gesicht, ziemlich korpulent und wässrige, tückische Augen. Dabei hatte sein Gesicht den traurigen Ausdruck eines Seehundes.

»Entschuldigen Sie, Monsieur Fontaine. Aber ich war momentan ein wenig durcheinander.«

Das »Seehundgesicht« winkte ab. »Kann ja jedem passieren, haha.«

Niemand lachte über die Bemerkung.

Überhaupt war die Atmosphäre steif und mit Misstrauen geladen.

Madame Millau übernahm dann die Vorstellung. Jane erfuhr, dass der Typ mit dem Schnäuzer Pierre Lassalle hieß und das Seehundgesicht Fontaine mit Vornamen Marcel.

Dann wurden Jane Collins, George Plummer und Ray Danton gebeten, Platz zu nehmen.

Jane setzte sich Lassalle gegenüber. Der Mann bedachte sie mit Blicken, die ihr bald körperlich wehtaten. Am liebsten hätte er sie mit seinen Augen ausgezogen. Jane beschloss, sich vor dem Kerl in Acht zu nehmen.

Marcel Fontaine fuhr sich mit der Zungenspitze über die Lippen. »Was sagen Sie dazu, meine Herren – eine Frau in unserer Mitte. Wenn das kein Zündstoff ist.«

»Monsieur, Mademoiselle Collins ist meine Sekretärin«, sagte George Plummer. »Merken Sie sich das.«

»Schon gut, schon gut. Wusste ja nicht, dass Sie so empfindlich sind.«

»Und verheiratet sind Sie mit der Kleinen auch nicht, wie?«, fragte Pierre Lassalle lauernd.

»Nein, sind wir nicht«, erwiderte Jane scharf. »Aber ich möchte eins klarstellen, keiner von Ihnen entspricht auch nur im Entferntesten meinem Typ. Auch Sie nicht, Monsieur Lassalle.«

Pierre Lassalle presste die Lippen aufeinander, und Fontaine konnte sich ein schadenfrohes Lachen nicht verkneifen. Nur Gu Domingo und seine beiden Leibwächter hatten bisher noch keinen Ton gesagt.

»Aber meine Herrschaften, ich bitte Sie, vertragen Sie sich doch. Wir werden hier wohl einige Tage wohnen, und Sie müssen miteinander auskommen«, sagte Madame Millau.

»Sie sind ja verrückt!«

Wie an der Schnur gezogen wandten sich die Köpfe der Anwesenden dem Sprecher, Gu Domingo, zu. Der Gangsterboss mit dem kantigen Gesicht hatte die Hände zu Fäusten geballt und war aufgestanden. Sein eiskalter Blick fixierte Madame Millau. »Sie glauben doch nicht, dass ich hier eine Sekunde länger bleibe als unbedingt nötig. Ich habe Geschäfte zu erledigen, und wer mich daran hindern will, bekommt eine Unze Blei verpasst. Das nur, damit wir uns verstanden haben. Und nun rücken Sie mal raus mit der Sprache. Weshalb haben Sie uns in dieses verdammte, gottverlassene Haus bestellt?«

Madame Millau lächelte. Es war falsch wie die Zähne mancher Filmschauspielerinnen. »Mäßigen Sie sich, Monsieur Domingo. In wenigen Minuten wissen Sie Bescheid. Einen Augenblick, ich bin gleich zurück.«

Madame Millau deutete eine spöttische Verbeugung an und verschwand durch eine Tür.

Schweigen begleitete sie. Die Anwesenden sprachen kein Wort miteinander. Jane sah sich das Geländer der breiten Treppe an, die hinauf in das obere Stockwerk führte.

Ray Danton, der neben Jane saß, rieb seine Hände über den Stoff der Cordhose. Das schabende Geräusch klang überlaut durch die Stille.

Zwei Minuten später war Madame Millau wieder da. Sie hielt einen Kassettenrecorder in der Hand und stellte ihn mit einer behutsamen Geste auf den Tisch.

Dann blickte sie jeden Anwesenden an.

Atemlose Spannung lag in der Luft.

»Ich bitte Sie jetzt, genau zuzuhören«, sagte Madame Millau. »Denn nun werden Sie den Grund Ihrer Einladung erfahren.«

Mit einem Fingerdruck betätigte Madame Millau die Taste des Recorders.

Die Spulen begannen sich zu drehen.

Einige kratzende Bandgeräusche waren zu vernehmen, und dann die Stimme einer Frau.

»Willkommen auf Maison Bayeus, liebe Gäste. Es ist mir eine große Ehre, Sie für drei Tage bewirten zu dürfen. Ich habe lange auf Sie gewartet, genau genommen waren es dreihundertzweiundzwanzig Jahre. An diesem Tag haben fünf Männer etwas getan, was die Rache der Hölle heraufbeschworen hat. Sie waren die Anführer einer Horde, die mich, Lucille Latour, aus dem Haus geholt und als Hexe verbrannt haben. Ja, ich war eine Hexe, die Männer wussten es. Was sie allerdings nicht wussten, war, dass ich mit dem Teufel einen Pakt geschlossen hatte. Dass ich unsterblich war. Dass irgendwann der Tag der Rache kommen würde. Und diese Zeit ist nun eingetreten. Die Jahrhunderte im Reich der Finsternis waren nicht vertan. Ich hatte Zeit, mir meine Rache zu überlegen. Immer wieder bin ich in dieses Haus zurückgekehrt, habe die Bewohner durch die Kräfte der Hölle vertrieben oder sie zu Mord und Brandstiftung angehalten. Ja, dieses Haus ist ein Geisterhaus, und Sie sind meine Gefangenen. Sie haben hier alles. Elektrisches Licht, das beste Essen, Sie brauchen nichts zu entbehren. Nur – werden Sie in spätestens drei Tagen tot sein.«

Marcel Fontaine sprang auf. Sein Gesicht hatte eine tiefdunkle Farbe angenommen. Der Stuhl hinter ihm war auf den Boden gekippt. »Das ist doch Unsinn!«, brüllte Fontaine. »Schmeißt dieses verdammte Tonband gegen die Wand. Ich kann diesen Mist nicht mehr hören!«

»Setzen Sie sich hin!«

Scharf wie ein Peitschenknall klang Madame Millaus Stimme. Die Frau hatte das Band gestoppt und blickte Fontaine aus eiskalten Augen an.

Fontaine sah sich unsicher um. »Sagt denn niemand etwas von euch? Ihr könnt euch doch ...«

Schweigen.

Fontaine zuckte mit den Schultern, hob seinen Stuhl auf, setzte sich wieder und vergrub das Gesicht in beide Hände. Das Band lief weiter. Abermals schallte die gefühllose, unpersönliche Stimme der Frau durch die Halle.

»Sie fragen sich bestimmt nach dem Grund Ihres Ablebens. Nun – den möchte ich Ihnen wirklich nicht vorenthalten. Die fünf Männer, die mich damals verbrannt haben, wussten von diesem Fluch. Sie lebten die restlichen Jahre ihres Lebens in Angst. Manche sind ausgewandert, nach England zum Beispiel. Sie haben Kinder gezeugt, Nachkommen gehabt, sodass sich die Geschlechter bis auf den heutigen Tag gehalten haben. Deshalb meine Einladung an Sie, Mr Plummer, oder Sie Mr Danton. Ihr Ahnherr war übrigens Engländer. Ein englischer Hexenjäger, der für Geld tötete. Aber auch Sie sind angesprochen, Monsieur Domingo, und Sie beide ebenfalls, Monsieur Lassalle und Monsieur Fontaine. Ihre Namen sind mir ein Begriff, und irgendwann in den nächsten Tagen lernen wir uns einmal persönlich kennen. Denn ich möchte demjenigen, den ich töte, gern ins Gesicht sehen. Ich will mich an seinen Qualen und Todesängsten weiden, so wie sein Vorfahr sich über meinen Tod gefreut hat. Ich habe bewusst nicht gesagt, wen ich als Ersten umbringe, doch es sollte jeder damit rechnen, mir schon in der nächsten Nacht von Angesicht zu Angesicht gegenüberzustehen. Und noch etwas möchte ich Ihnen sagen. Flucht hat keinen Sinn. Ich habe um dieses Haus einen magischen Ring gelegt. Sie konnten wohl herein, aber nicht mehr hinaus. So, und nun wünsche ich Ihnen eine angenehme Nacht.«

Die Stimme der Frau verklang mit einem letzten kalten Lachen.

Madame Millau stellte den Recorder ab.

Die anwesenden Personen saßen wie festgeleimt auf ihren Stühlen. Das Licht der Kerzen übergoss ihre kalkigen Gesichter mit einem gelbroten tanzenden Schein. Schweißperlen glitzerten auf den Stirnen. Kaum einer wagte zu atmen.

Eine lange Minute verstrich …

Ray Danton tupfte sich den Schweiß von der Stirn. Jane Collins hatte den Blick gesenkt. Sie dachte an John Sinclair und betete, dass der Geisterjäger früh genug eintreffen würde.

Pierre Lasalle räusperte sich. Er versuchte zu lächeln, doch es wurde nur eine Grimasse.

Der Einzige, der außer Jane Collins einigermaßen die Nerven behielt, war Gustave Domingo.

»Ich habe noch nie etwas für Scherze übrig gehabt«, sagte er mit heiser klingender Stimme. »Und für solche erst recht nicht, Madame Millau.«

Die Frau schüttelte den Kopf. »Es war kein Scherz, Monsieur Domingo.«

Der Rauschgiftboss lachte leise. »Ich hoffe, dass es einer war. Und zwar in Ihrem Interesse. Wir werden jetzt Ihre komische Hexe auf eine kleine Probe stellen. Mein Leibwächter Frenell wird dieses Haus verlassen, sich in den Wagen setzen, wieder hierherfahren und mich und meinen anderen Leibwächter einsteigen lassen. Ist das klar, Madame?«

»Ich kann Sie an dieser Torheit nicht hindern, Monsieur Domingo.«

»Frenell!« Gu Domingo stand auf.

»Ja, Chef?«

»Du hast gehört, was ich gesagt habe. Geh jetzt und hol den Wagen.«

Frenell senkte den Kopf. »Chef, ich …«

Domingo atmete tief ein. Dann zog er mit einer blitzschnellen

Bewegung seine Pistole. Es war eine Luger. Die Mündung wies auf Frenell. »Ich sage niemals etwas zweimal, das solltest du wissen, Frenell. Und jetzt hau ab!«

Frenell warf noch einen unsicheren Blick in die Runde und ging. Er schritt mit gesenktem Kopf. Jane Collins kam er vor wie ein Todeskandidat.

Dann war der Mann an der Tür.

Seine Hand näherte sich der schweren Klinke.

Die anderen hielten den Atem an.

Nichts geschah.

Ungehindert konnte Frenell die Tür aufziehen. Kühle Luft wehte in den Raum, ließ die Kerzenflammen flackern.

Frenell warf noch einen scheuen Blick zurück. Die Zurückgebliebenen waren aufgestanden.

»Wenn das nur gut geht«, flüsterte Ray Danton.

»Ich glaube nicht daran«, gab Jane Collins ebenso leise zurück.

»Dann halten Sie den Mann doch auf.«

»Gegen den Befehl seines Chefs? Glauben Sie denn, ich bin lebensmüde, Ray?«

Der junge Schriftsteller schwieg.

Frenell war jetzt nach draußen gegangen, tauchte ein in das verwaschene Grau der Dämmerung.

»Na bitte«, sagte Gu Domingo. »Es geschieht nichts. Man wollte uns hier zum Narren halten. Man wollte …«

Im selben Augenblick hörten sie den Schrei. Aus weit aufgerissenen Augen sahen die Zurückgebliebenen, was mit Frenell geschah, und das blanke Entsetzen nagelte sie auf der Stelle fest.

Wie eine Zeitlupenaufnahme lief der Tod des Gangsters vor ihren Augen ab.

Dieser mörderische Schrei war noch nicht verhallt, als Frenell plötzlich wie von einem Fausthieb gestoppt stehen blieb. Er warf die Arme hoch, seine Hände zuckten konvulsivisch, sein Körper spannte sich wie eine Bogensehne.

Und dann kamen die Flammen.

Mit Urgewalt schossen sie vor Frenell aus dem Boden hoch, erfassten im Nu seine Kleidung, und in der nächsten Sekunde war der Mann nur noch ein einziges Flammenbündel.

Er drehte sich wie ein Kreisel, wollte irgendwo hinlaufen, doch er brach auf der Stelle zusammen.

Jane Collins wandte sich ab.

Neben ihr schluchzte Ray Danton auf. »Mein Gott, mein Gott«, ächzte er nur noch.

Fassungslos vor Entsetzen und Grauen sahen die Eingeschlossenen, wie einer aus ihrer Mitte verbrannte.

Unendlich langsam verging für sie die Zeit. Eine Zeit, die niemand von ihnen vergessen würde.

Die Hexe hatte ihre Drohung wahrgemacht. Sie hatte grausam und unerbittlich zugeschlagen.

Die Flammen sanken zusammen.

Als Jane Collins den Kopf hob, war von Frenell nichts mehr übrig geblieben. Selbst die Asche war vom Wind verweht worden.

Langsam, wie von unsichtbarer Hand geführt, schwang die schwere Holztür zu. Der Knall, mit dem sie ins Schloss fiel, weckte die anderen aus ihrer Erstarrung.

Gustave Domingo reagierte als Erster. Noch immer hielt er seine Pistole in der Hand.

Wie an einem Band gezogen, flog er herum. Sein Gesicht war eine Grimasse aus Wut, Hass und Entsetzen.

»Wo ist dieses Weib?«, brüllte er, sah Madame Millau mit einem wissenden Lächeln um den Mund am Rand des Tisches stehen, und da drehte der Gangsterboss durch.

»Ich werde dir den verdammten Balg voll Blei pumpen!«, schrie er und begann zu schießen …

Gustave Domingo feuerte wie rasend.

Alle sechs Kugeln jagte er aus dem Magazin, und jeden Schuss begleitete er mit einem heiseren Wutschrei. Die Explosionen schienen die Halle auseinanderreißen zu wollen, ließen die Trommelfelle der anwesenden Personen erzittern.

Doch dann geschah das Unglaubliche.

Die Geschosse – alle sorgfältig gezielt – jagten durch Madame Millau hindurch, als wäre sie Luft. Nicht eine Kugel konnte ihr etwas anhaben.

Und plötzlich begannen die Konturen ihres Körpers zu flimmern, wurden schemenhaft und lösten sich von einem Augenblick zum anderen auf.

Gustave Domingo ließ die Waffe sinken. Er keuchte wie ein Asthmakranker. Mit glasigem Blick stierte er auf die Pistole. Seine Lippen bewegten sich im Selbstgespräch. Saccu, der zweite Leibwächter, stand wie ein Denkmal neben seinem Boss.

Die anderen waren ebenfalls geschockt. Die Szene glich einer Stellprobe auf der Theaterbühne.

Plummers Gesicht war kalkig, nur noch eine fahle Maske. Ray Danton schüttelte immer wieder den Kopf und flüsterte Worte, die niemand verstand. Fontaines Mund stand offen, Speichel lag auf seinen Lippen. Pierre Lassalle hatte die Hände verkrampft und sich auf den nächstbesten Stuhl fallen lassen. Nur Jane Collins hielt sich einigermaßen. Sie war noch nicht einmal sonderlich überrascht. Die Privatdetektivin hatte die Ereignisse kommen sehen.

»Und was machen wir nun?«, fragte Lassalle nach einer langen Schweigepause.

»Wir müssen uns wohl mit den Gegebenheiten abfinden«, meinte Jane, die nicht verhindern konnte, dass ihre Stimme ein wenig zitterte.

Das kam nicht von ungefähr. Schließlich hatte Jane Erfahrung mit den Kräften der Hölle. Sie wusste, wie gnadenlos und brutal Dämonen sein konnten. Für diese Geister gab es keine menschlichen Gefühle. Bei ihnen zählte nur das Böse, und es gab leider nur wenige Menschen, die dies wussten und sich dementsprechend verhielten.

Pierre Lassalle stieß ein blechern klingendes Lachen aus. »Sollen wir etwa hierbleiben?«

»Ja.«

»Ohne mich.«

»Sie können ja noch mal versuchen, nach draußen zu laufen«, gab Jane zurück. »Vielleicht haben Sie mehr Glück.«

Lassalle blickte die Detektivin tückisch an. »Das hätten Sie wohl gerne, wie?«

Jane hob die Schultern. »Sie müssen selbst wissen, was Sie tun. Ich bin nicht Ihr Kindermädchen.«

Plummer mischte sich ein. »Streit hat doch keinen Sinn«, sagte der Waffenhändler mit schwacher Stimme. »Ich meine, wir müssen zusammenhalten und gemeinsam versuchen, eine Lösung zu finden.«

»Ich sehe aber keine«, sagte Ray Danton. Der Schriftsteller war ziemlich deprimiert. »Wir kämpfen ja nicht gegen Menschen, sondern gegen – was weiß ich für Wesen.«

»Das sind doch Taschenspielertricks«, sagte Lassalle und blickte sich Beifall heischend um, aber niemand ging auf seine Bemerkung ein. »Und unsere forsche Blondine hier weiß auch nicht mehr weiter.« Lassalle versuchte Jane zu provozieren, doch seine Worte tropften an der Detektivin ab.

Stattdessen dachte Jane praktisch. »Also, was machen wir? Gehen wir auf unsere Zimmer? Oder verbringen wir die Nacht gemeinsam in der Halle? Ich würde vorschlagen, wir bleiben zusammen, so haben es gewisse Kräfte wenigstens schwerer. An einen Einzelnen kommen sie leichter heran. Ich bin sicher, dass diese Madame Millau uns beobachtet. Sie ist ein Geistwesen, für das irdische Gesetze nicht gelten. Damit müssen wir uns abfinden.«

»Ich bleibe nicht in der Halle«, sagte Gu Domingo dumpf. »Saccu und ich werden uns gemeinsam ein Zimmer suchen, und wenn jemand etwas will, werden wir ihm schon die richtige Medizin zu schlucken geben.«

»Mit normalen Kugeln erreichen Sie nichts, Monsieur Domingo«, sagte Jane.

»Wissen Sie denn eine andere Möglichkeit?«, fuhr der Gangsterboss die Detektivin an.

Jane atmete tief aus. Nein, sie wusste keine, womit man diese Geistwesen vernichten konnte. Aber vielleicht konnte man sich schützen. Unter Umständen durch ein Symbol des Guten.

»Haben Sie vielleicht ein Kreuz hier gesehen?«, fragte Jane. »Oder hat einer von Ihnen einen silbernen, geweihten Talisman?«

Allgemeines Kopfschütteln. »Ich verlasse mich lieber auf meine Waffe«, knurrte Domingo und lud demonstrativ seine Luger nach. Er wollte nicht zeigen, wie sehr ihm die Ereignisse in die Glieder gefahren waren. Für Domingo war eine Welt zusammengebrochen. Bisher war er immer der Stärkere gewesen, doch jetzt hatte er erkennen müssen, dass es etwas gab, gegen das auch er nicht ankämpfen konnte. Und das machte ihn verrückt.

Der Gangsterboss blickte sich noch einmal in der Runde um und stieß dann seinen Leibwächter an. »Los, Saccu, wir gehen.«

Nebeneinander stiegen die Männer die breiten Treppenstufen hoch. Auf der vorletzten Stufe wandte sich Domingo noch einmal um. »Sollte einer von euch Lust verspüren, in mein Zimmer eindringen zu wollen, rate ich ihm, sich eine kugelsichere Weste anzuziehen. Ich schieße sofort.«

»Idiot«, zischte Lassalle. Er hatte aber sicherheitshalber gewartet, bis Domingo verschwunden war.

»Und wir?«, fragte George Plummer. »Bleiben wir zusammen?«

»Ich gehe auch«, sagte Marcel Fontaine mit schwacher Stimme. »Mir wird diese komische Hexe schon nichts antun. Außerdem sind ja auch noch andere da.« Fontaine kicherte leise.

Plummer machte eine abwertende Handbewegung. »Ja, dann hauen Sie doch ab, verdammt.«

Fontaine schlich davon. Mit eingezogenem Kopf, wie ein geprügelter Hund. Und was keiner erwartet hatte – Pierre Lassalle schloss sich ihm an.

Vor Jane Collins blieb er noch einmal stehen. »Falls Sie mal in der Nacht Angst bekommen sollten, ich schlafe in dem Zimmer, das Ihrem genau gegenüberliegt. Ich war schon immer als großer Beschützer bekannt.«

Lassalle stand so dicht vor Jane, dass sie sein Parfüm riechen konnte. Angewidert trat sie einen Schritt zurück. »Ich habe Ihnen doch schon einmal gesagt, Monsieur, Sie sind nicht mein Typ. Und dabei bleibt es.«

Lassalle hob die Schultern. »Ach, leckt mich doch«, sagte er und stieg die Stufen zur oberen Etage hoch. »Gute Nacht auch noch!«, brüllte er. »Hoffentlich holt euch alle der Teufel, ihr miesen Printen.«

»Ein widerlicher Kerl«, sagte Jane und zog fröstelnd die Schultern hoch. »Mit dem möchte ich tatsächlich nichts zu tun haben.«

»Kann ich mir vorstellen«, sagte Ray Danton. »Aber damit ist unser Problem nicht aus der Welt geschafft. Da die übrigen gegangen sind, hat es für uns wohl auch keinen Zweck, hier unten zu bleiben. Wir können ja ausmachen, dass einer dem anderen sofort Bescheid sagt, sollte etwas Unvorhergesehenes passieren.«

»Meinetwegen«, sagte George Plummer. »Aber wie ist das mit Ihnen, Miss Collins? Haben Sie keine Angst, die Nacht allein zu verbringen? Ich will mich nicht als Beschützer aufdrängen wie Lassalle – aber Sie sind eine Frau.«

»Die sich allerdings sehr gut zu wehren weiß«, entgegnete Jane. »Es ist nicht mein erster Fall, bei dem es mit übersinnlichen Dingen zugeht.«

»Dann kann man wohl nichts machen.« Plummer trat an den Tisch und blies die Kerzen aus. »Sollen wir das Licht löschen?«

Jane schüttelte den Kopf. »Nein, wir lassen es auch oben im Gang brennen.«

»Ja, das wird besser sein.«

Dann stiegen die drei Menschen die Treppe hoch. Eine Schicksalsgemeinschaft, die ein Zufall zusammengeführt und nun auf Gedeih und Verderben aneinandergekettet hatte.

Der Gang in der ersten Etage des unheimlichen Hauses erinnerte Jane an den Flur eines Hotels. Zu beiden Seiten gab es Zimmer. Bei den noch nicht benutzten standen die Türen offen. Die Wände waren kahl. Nicht ein Bild schmückte sie. Der Gang mündete an einer Mauer. Eine Spiegelkommode stand davor.

Jane nahm das letzte Zimmer in der Reihe. Ray Danton das vorletzte und George Plummer das daneben.

Marcel Fontaine, der Mann mit dem Seehundsgesicht, warf aufatmend die Zimmertür hinter sich ins Schloss. Mit dem Rücken lehnte er sich gegen das Holz und schloss die Augen.

Der Schreck steckte ihm noch in sämtlichen Gliedern. Er hatte Angst, nackte Todesangst. Die Worte, die die Hexe gesprochen hatte, dröhnten noch wie Glockenschläge in seinen Ohren wider. Und vielleicht war er sogar das erste Opfer.

»Nein«, keuchte Fontaine. »Ich will es nicht sein! Ich will es nicht.«

Der Mann warf sich auf das Bett und trommelte mit seinen Fäusten auf das Kissen. Am liebsten hätte er geheult wie ein Kind. Denn im Grunde seines Wesens war Marcel Fontaine ein Feigling. Ja, er war feige und schwach, war immer allen Schwierigkeiten aus dem Weg gegangen, anstatt dagegen anzukämpfen.

Stimmen vom Flur her schreckten ihn hoch.

Fontaine hatte kein Licht gemacht. Er hockte auf dem Bett und lauschte.

Mondlicht fiel durch das Fenster und zeichnete einen breiten hellen Streifen über seinen Körper. Fontaine unterschied die Stimmen der Detektivin und die von Plummer und Danton. Dann fielen Türen in die Schlösser, und es wurde wieder still.

Eine Stille, die Fontaine doppelt an die Nerven ging. Doch plötzlich sprang er wie von der Tarantel gebissen hoch, lief zum Schrank und wäre in der Dunkelheit um ein Haar über einen Stuhl gestolpert.

Hastig zog er die Schranktüren auf und wühlte in seiner Reisetasche. Dann hatte Fontaine das gefunden, was er gesucht hatte.

Eine Flasche Cognac. Noch nicht angebrochen.

Fontaine löste die Umhüllung des Flaschenhalses und zog den Korken heraus.

Der milde Duft des edlen Weinbrands stieg in seine Nase.

Fontaine trank direkt aus der Flasche. Wie ein Verdurstender.

Als er die Flasche zum ersten Mal absetzte, war sie um rund ein Viertel leerer.

Fontaine stellte sie auf den Tisch, ließ sich selbst auf einen Stuhl fallen und die Arme zu beiden Seiten der Lehne herabhängen. Den Kopf legte er in den Nacken.

Der Cognac brannte in seinem Magen wie Feuer. Fontaine musste aufstoßen. Er hatte lange nichts mehr gegessen, und wenn er die Augen schloss, erfasste ihn ein leichtes Schwindelgefühl.

Aber die Welt sah für ihn längst nicht mehr so schlimm aus.

Wieder nahm er einen Schluck. Mit dem Handrücken wischte er sich über den Mund und fing an zu kichern.

»Geister! Wenn ich das schon höre. Da – da will uns einer einen Schrecken einjagen. Aber nicht mit mir, sage ich immer. Ich werde – ach, ist ja auch egal, was ich werde …«

Fontaine nahm wieder einen Schluck, und als er die Flasche dann wieder absetzte, war sie halb leer.

Prustend stieß Fontaine den Atem aus. Er beugte sich vor und stützte sich an der Tischplatte hoch. Dabei passte er nicht auf, stieß gegen die Flasche, und sie kippte um.

Der Cognac gluckerte aus der Öffnung und wurde von der Decke aufgesaugt.

»Merde«, murmelte Fontaine. Er schaffte es erst beim zweiten Mal, die Flasche zu packen und sie wieder hinzustellen.

Dann wankte er auf das Bett zu.

»Geister, dass ich nicht lache! Weingeister, die gefallen mir.«

Mit einem Stöhnlaut ließ sich Marcel Fontaine auf das Bett fallen. Nicht mal eine Minute später füllten seine Schnarchtöne das Zimmer.

Die Zeit verstrich.

Mitternacht rückte näher.

Der Mond stand jetzt genau über dem Haus, beleuchtete es mit seinem fahlen Licht. Wolkentürme zogen vorbei. Sie sahen aus wie drohende, unheimliche Gebilde.

Keiner der Anwesenden sah Madame Millau, die durch das Haus strich und in den Keller hinabstieg. Jetzt hing keine Decke mehr über dem Spiegel.

Die finstere Beschwörung begann. Heute Nacht sollte die Hexe ihr erstes Opfer finden, und der Mann, der als Erster auf ihrer Liste stand, ahnte von nichts. Er schlief weiter und hörte nicht das Schaben, das aus dem Schrank drang.

Die hintere Wand bewegte sich.

Wie auf einer gut geölten Rolle, so lautlos glitt sie zur Seite, gab den Blick frei auf einen finsteren, unheimlichen Gang.

Und dann tauchte die Gestalt auf.

Sie war in ein weißes, bis zum Boden reichendes Kleid gehüllt. Die roten Haare umflossen wie ein Vlies das marmorne Gesicht.

Lucille Latour war da!

Ohne ein Geräusch zu verursachen stieg die Hexe aus dem Schrank. Sie schwebte über den Boden, näherte sich unaufhaltsam dem schlafenden Marcel Fontaine.

Jetzt stand sie dicht vor dem Bett, wurde vom Mondlicht übergossen. Der Körper der Hexe war durchscheinend und gleichzeitig doch fest. Es war eine Art Plasmakörper, der zwar selbst stoffliche Dinge berühren, jedoch von anderen nicht angefasst werden konnte.

Lucille Latour war ein Geist.

Aus glanzlosen Augen blickte sie auf den Schlafenden hinab. Fontaines Gesicht war entspannt, der Mund stand halb offen. Schnarchtöne drangen über seine Lippen.

Die Hexe hatte bisher die Hände vor ihrem Körper zusammengehalten, doch jetzt breitete sie die Arme aus.

Eine Kordel lag auf ihrer Handfläche!

Die Hexe packte sie mit beiden Händen, prüfte ihre Haltbarkeit. Dann stieß sie den Schlafenden an.

Marcel Fontaine war sofort wach. Ruckartig setzte er sich auf.

Darauf hatte Lucille Latour nur gewartet.

Ehe Marcel Fontaine überhaupt begriff, war es schon um ihn geschehen. Die Hände der Hexe fuhren vor. Blitzschnell legte sie dem Ahnungslosen die Schlinge um den Hals.

Marcel Fontaine röchelte.

Eiskalt zog die Hexe zu, trat zurück und riss den Körper mit sich.

Marcel Fontaine rutschte vom Bett. Dumpf polterte er auf den Boden, schlug mit den Armen um sich, strampelte verzweifelt mit den Beinen.

Doch die Hexe kannte kein Pardon.

Marcel Fontaine musste sterben.

Lucille Latour stieß ein satanisches Kichern aus. »Der Erste!«, zischte sie. »Der Erste in einer langen Reihe der Rache. Ihr werdet alle drankommen. Ihr werdet …«

Plötzlich stand die Hexe wie angewurzelt. Blitzschnell löste sie die Schlinge vom Hals des Toten.

Auf dem Gang waren Schritte aufgeklungen. Und dann hämmerte jemand gegen die Tür.

»Monsieur Fontaine, machen Sie auf! Öffnen Sie, Monsieur Fontaine! Schnell!«

Es war die Stimme einer Frau.

Die Stimme von Jane Collins …

Irgendwann schreckte Jane Collins hoch. Sie wusste nicht, was sie geweckt hatte, aber sie war ohne Übergang hellwach.

Die Detektivin warf einen Blick auf ihre Uhr.

Zehn Minuten vor Mitternacht!

Jane überlegte. Sie konnte höchstens eine Stunde geschlafen haben, und jetzt war bald die Tageswende erreicht. Mitternacht hatte schon immer eine besondere Bedeutung für die Mächte der Finsternis. Diese Stunde, in der die Menschen im ersten tiefen Schlaf lagen, nutzten die Kräfte der Hölle eiskalt aus.

Jane Collins schwang die Beine über die Bettkante. Sie hatte das unbestimmte Gefühl, dass bald irgendetwas passieren musste.

Und da hörte sie das Scharren vor der Zimmertür.

Jane Collins hielt den Atem an. Lautlos stand sie auf.

Unendlich langsam bewegte sich die Türklinke nach unten. Doch die Tür selbst blieb zu. Jane Collins hatte abgeschlossen.

Rasch holte die Detektivin ihre Pistole aus der Handtasche. Es war eine Astra, eine sehr handliche Waffe, wie für Frauen gemacht.

Auf Zehenspitzen schlich Jane zur Tür, drehte behutsam mit der linken Hand den Schlüssel rum und riss dann blitzschnell die schwere Tür auf.

Pierre Lassalle starrte die Detektivin an wie einen Geist. Er war von Janes Aktion völlig überrascht worden. Der Mann trug nur Hemd und Hose.

Jetzt, als Jane so unvermutet vor ihm stand und er den ersten Schock überwunden hatte, begann er zu grinsen.

Als Antwort stieß ihm Jane den Lauf der Astra in den Bauch.

Lassalles Grinsen erlosch. Er krümmte sich und ächzte.

»Wollten Sie etwas von mir?«, fragte Jane Collins gefährlich leise.

Pierre Lassalle ging einen Schritt zurück, um den Druck der Pistolenmündung nicht mehr spüren zu müssen. Dann wischte er sich über den Mund.

»Ja, ich dachte, Sie hätten sich meinen Vorschlag doch noch überlegt«, sagte er mit heiserer Stimme. Er gab sich einen Ruck. »Verdammt, Jane, Sie sind eine Rassefrau, und ich bin kein Eisblock. Wir könnten uns zusammentun. Wir sitzen doch alle in einem Boot. Stecken Sie das Ding weg, und kommen Sie mit. Wir beide werden uns bestimmt amüsieren.« Jetzt grinste Lassalle wieder.

Jane Collins roch die Fahne des Mannes. Lassalle hatte getrunken. Sein schwarzes Haar war nicht gekämmt, lag wirr am Kopf, und in seinen Augen glühte ein Funke, den Jane bei Männern schon mehr als einmal gesehen hatte.

»Reden Sie nur nicht weiter«, flüsterte Jane. »Ich warne Sie jetzt zum letzten Mal, Lassalle. Gehen Sie wieder auf Ihr Zimmer, und lassen Sie mich …«

Jane Collins sprach nicht weiter. Aus dem ihr gegenüberliegenden Zimmer hörte sie seltsame Geräusche und dann einen dumpfen Fall.

Augenblicklich hatte sie Lassalle vergessen.

»Wer schläft dort?«, herrschte sie den Franzosen an.

Lassalle, der die Geräusche ebenfalls vernommen hatte, sagte mit schwacher Stimme: »Fontaine. Aber Sie glauben doch nicht …«

»Was ich glaube, spielt keine Rolle.« Jane war mit drei schnellen Schritten an der bewussten Tür und schlug gegen das Holz.

»Monsieur Fontaine, machen Sie auf! Öffnen Sie, Monsieur Fontaine! Schnell!«

Fontaine gab keine Antwort.

Jane rüttelte an der Klinke, doch die Tür war verschlossen. Aber ihre Astra hielt die Detektivin noch immer in der Hand.

Sie zielte kurz und drückte zweimal ab. Die Schüsse krachten ohrenbetäubend in dem schmalen Flur. Dort, wo das Schloss saß, splitterten Holzfetzen.

Die anderen unfreiwilligen Gäste kamen aufgeschreckt aus ihren Zimmern.

Jane Collins trat wuchtig gegen die Tür. Krachend flog sie auf und knallte im Innern des Zimmers gegen die Wand.

Jane Collins sprang in den Raum.

Im Flur schrien jetzt alle durcheinander. Saccu fuchtelte sogar mit einer Maschinenpistole herum. Doch das sah und hörte Jane Collins nicht. Sie hatte nur Augen für Marcel Fontaine, der auf dem Boden lag. Sein Gesicht war verzerrt. Gebrochen starrten die Augen gegen die Decke.

Jane Collins sah mit einem Blick, dass dem Mann nicht mehr zu helfen war.

Sie hetzte in das kleine Bad, knipste das Licht an.

Der Raum war leer. Der oder die Mörderin war bereits verschwunden. Aber wo?

Jane ging wieder zurück.

Ratlos standen die übrigen Männer um die Leiche herum. Alle blickten Jane Collins an, die nur mit den Schultern zucken konnte.

»Tut mir leid«, sagte sie mit schwacher Stimme. »Wir sind zu spät gekommen.«

Domingo fuhr sich mit seinem Zeigefinger unter den Hemdkragen. »Jetzt hat es also den Ersten erwischt«, sagte er mit kratziger Stimme. Und plötzlich schrie er los: »Aber verdammt noch mal, wer wird der Nächste sein? Ich etwa – oder du, Saccu?«

Niemand gab eine Antwort. Domingo wischte sich mit einem

Taschentuch den Schweiß von der Stirn. »Noch einen Tag in diesem Haus, und ich werde irre.« Doch plötzlich hellte sich sein Gesicht auf. »Ach, was sind wir doch Idioten. Wofür gibt es denn eine Polizei? Die Bullen müssen uns hier herausholen.«

Jane Collins lachte spöttisch. »Das sagen ausgerechnet Sie. Aber wie wollen Sie die Polizei denn benachrichtigen?«

»Es gibt doch Telefon.«

»Haben Sie hier eins gesehen?«

»Nein – aber …«

»Sehen Sie, Monsieur Domingo. So einfach ist das nicht. Ich habe mich auch schon nach einem Apparat umgesehen und keinen gefunden. Wir müssen schon ohne auskommen.«

»Wir könnten ja noch mal versuchen zu fliehen. Oder einer von uns übernimmt die Aufgabe.«

»Und wer, bitte?«, fragte George Plummer. »Vielleicht melden Sie sich freiwillig.«

Domingo schüttelte den Kopf. »Wieso ich? Ich habe nur den Vorschlag gemacht. Am besten, wir losen es aus.«

»Nein«, sagte Jane Collins. »Gar nichts wird gemacht. Wir warten den nächsten Tag ab.«

»Und Sie glauben, dann erginge es uns besser? Außerdem haben wir schon den nächsten Tag«, höhnte Domingo.

»Ich glaube tatsächlich, dass es uns dann besser geht, Monsieur. Ich habe nämlich von der Fähre aus mit einem Bekannten telefoniert, der sich in gewissen Sachen besser auskennt als wir. Er wird heute hier eintreffen.«

Die Männer blickten Jane ungläubig an. Auch auf Ray Dantons und George Plummers Gesichtern zeigte sich Überraschung.

»Wer soll denn dieser Wunderknabe sein?«, fragte Pierre Lassalle.

»Ein gewisser John Sinclair. Er ist übrigens Oberinspektor bei Scotland Yard.«

»Ein Bulle!«, kreischte Domingo und schlug sich mit der flachen Hand auf den Schenkel. »Ausgerechnet.«

Jane Collins lachte spöttisch. »Vor wenigen Minuten waren Sie noch dafür, die Polizei zu holen. Aber keine Angst, Oberinspektor Sinclair wird sich schon nicht um Ihre Geschäfte kümmern. Er hat ganz andere Sorgen.«

»Wir werden ja sehen«, antwortete Domingo knurrend.

»Was machen wir denn mit der Leiche?«, fragte George Plummer und zeigte auf den Toten.

»Begraben können wir ihn nicht«, meinte Jane. »Wir wickeln ihn in eine Decke und legen ihn ins Bad.«

Keiner der Männer machte Anstalten, dem Vorschlag zu folgen.

»Soll ich das allein erledigen?«, fragte Jane höhnisch. »Feine Kavaliere sind Sie.«

»Tut mir leid«, sagte Ray Danton, der junge Schriftsteller. »Aber ich bin dabei.«

Schließlich erklärten sich auch noch Plummer und Saccu bereit. Nur Domingo hatte damit nichts zu schaffen, und auch Lassalle, der große Draufgänger, hielt sich lieber im Hintergrund.

Nachdem die Leiche im Bad verschwunden war, beschloss man, den Rest der Nacht doch gemeinsam in der Halle zu verbringen.

Wenige Minuten später hatten sich wieder alle dort unten versammelt. Sie stellten die Stühle zusammen und bauten sich provisorische Sitz- und Liegegelegenheiten.

Eine halbe Stunde verging. Jede Sekunde wurde vom Ticken einer alten Standuhr begleitet.

Und plötzlich stand sie mitten in der Halle.

Madame Millau, die unheimliche Alte!

Gustave Domingo hatte sie zuerst entdeckt und fuhr mit einem Schrei von seinem Stuhl hoch.

»Das war Nummer eins«, sagte die Alte mit klirrender Stimme. »Nummer zwei folgt in der nächsten Nacht.«

In der nächsten Sekunde löste sich die Frau auf. Sie hinterließ Grauen und Angst …

Der silbermetallicfarbene Bentley schnurrte über die Straßen der nördlichen Normandie.

Hinter dem Lenkrad saß Oberinspektor John Sinclair, von seinen Freunden auch scherzhaft Geisterjäger genannt.

John war praktisch als Privatmann unterwegs, ohne einen offiziellen Auftrag in der Tasche. Er wusste aber aus Erfahrung, dass eine Frau wie Jane Collins nicht umsonst die Pferde scheu machte. Es musste schon ein triftiger Grund vorgelegen haben, dass sie überhaupt bei John angerufen hatte. Jane dachte immer nüchtern und praktisch und bemühte sich sehr, mit ihren Problemen allein fertigzuwerden.

Der Geisterjäger war schon in den frühen Morgenstunden losgefahren und hatte die erste Fähre genommen. Er wollte nachmittags bereits auf Maison Bayeus sein und fuhr dementsprechend zügig. Leider wusste er nicht genau, wo sein Ziel lag, aber schließlich hatte er ja einen Mund, um zu fragen.

Die Landschaft gefiel John Sinclair. Die sanften Hänge und dichten Wälder übten auf John einen eigenartigen Reiz aus. Dazu kam der frische Meerwind, der die Luft stets reinigte und sie mit einem eigentümlichen Salzgeschmack anreicherte.

Es gab nur wenige kleine Dörfer in dieser Gegend. John wollte aber später einen Ort anfahren, um sich genau nach seinem Ziel zu erkundigen.

Er fuhr von der Staatsstraße ab und hielt sich in Richtung Norden, rollte jetzt praktisch auf die Halbinsel Cotentin zu, die sich wie ein breiter Finger in das Meer schob.

John Sinclair war ein Mann, der nichts auf die lange Bank schob. Der jetzt schon Jahre dauernde Kampf gegen die Mächte der Finsternis hatte ihn gelehrt, schnell und unkompliziert zu handeln. Und seine Erfolge im Kampf gegen Dämonen und Geister kamen nicht von ungefähr.

John war trotz seiner vierunddreißig Jahre schon Oberinspektor. Der jüngste beim Yard übrigens, worüber sich manche Kollegen sehr ärgerten. Aber das machte John nichts mehr aus, schließlich hatte er sich ja nicht selbst befördert.

Auf der Straße herrschte so gut wie kein Verkehr. Manchmal kamen John ein paar Trecker entgegen, auch mal ein Pferdefuhrwerk oder ein alter Lieferwagen.

Eine weitere Stunde verrann, und der Geisterjäger beschloss, im nächsten Dorf anzuhalten, um nach dem genauen Weg zu fragen. Laut Karte konnte er nicht mehr weit von seinem Ziel entfernt sein.

Einige am Straßenrand liegende Gehöfte kündigten das Nahen einer Ortschaft an.

Und dann tauchte auch schon das Schild auf.

Brache las der Oberinspektor.

Er verringerte die Geschwindigkeit, hielt nach einem Gasthaus Ausschau und stoppte schließlich vor einer windschiefen Hütte, über deren Eingangstür das Schild »Bar« hing.

John stieg aus und betrat die »Bar«.

Ein düsterer, muffig riechender Raum nahm ihn auf. An einer alten Theke hockten zwei Männer mit Schirmmützen auf den Köpfen und redeten mit dem Wirt.

Alle drei Gesichter wandten sich dem Oberinspektor bei seinem Eintritt zu.

John grüßte und bestellte sich ein Mineralwasser. Er sprach leidlich Französisch. John nahm einen Schluck, und ehe sich der Wirt wieder abwenden konnte, hielt ihn John mit einem Ruf zurück.

»Sagen Sie, Monsieur, wie komme ich am besten zum Maison Bayeus?«

Der Wirt erschrak und ging unwillkürlich einen Schritt zurück, bis er mit dem Rücken gegen den Tresenaufbau stieß. Auch die beiden anderen Männer waren still und ihre Gesichter blass geworden.

John lächelte. »Pardon, aber habe ich etwas Falsches gesagt?«

Der Wirt schüttelte den Kopf, sodass sein dunkler Schnäuzer wackelte. »Das nicht, Monsieur. Ich weiß, Sie sind nicht von hier, aber ich gebe Ihnen den guten Rat, nicht dorthin zu fahren.«

»Und warum nicht?«

»Dort …« Der Wirt knetete verlegen seine Finger. »Dort soll es spuken. Oder gehören Sie etwa zu den Leuten, die gestern angereist sind?«

»So in etwa.« John wich einer direkten Antwort aus.

»Fahren Sie trotzdem lieber wieder weg, Monsieur. Diese Männer sind verflucht, glauben Sie mir. Sie werden dort oben ihr Grab finden. In dem Haus spukt es.«

John hob die Schultern. »Ich glaube nicht an Geister«, erwiderte er leichthin gegen seine Überzeugung. Dann gab er noch eine Runde Calvados aus, ließ sich den genauen Weg beschreiben und verließ die Bar.

»Den sehen wir nicht wieder«, sagte der Wirt mit dumpfer Stimme, und die beiden Gäste nickten bestätigend.

John Sinclair saß schon wieder in seinem Bentley und ließ das kleine Dorf hinter sich.

Er musste jetzt aufpassen, denn nach etwa drei Meilen zweigte ein schmaler Weg von der Straße ab. Der Weg führte in Serpentinen zwischen den Klippen hoch zum Haus. So war es John wenigstens gesagt worden.

Die Landschaft hatte sich verändert. Die felsige Steilküste der Halbinsel ragte vor John auf. Seevögel kreisten über den Klippen und stießen krächzende Schreie aus.

Dann erreichte er die Abzweigung.

John sah sie und tippte gleichzeitig auf die Bremse. Eine ältere Frau stand auf der Straße und sah dem Wagen entgegen.

John ließ die Seitenscheibe heruntersurren. »Wollen Sie mitgenommen werden?«, fragte er. »Ich fahre leider nur zum Maison Bayeus.«

»Da wollte ich hin, Monsieur.«

»Dann steigen Sie ein.«

Die Frau setzte sich auf den Beifahrersitz. Ihre Haare waren grau und kurz geschnitten, erinnerten John an einen Helm. Der Oberinspektor wunderte sich, dass die Frau nur ein einfaches Kleid trug, schließlich war es recht kühl, und die Sonne wurde meistens von dicken Wolken verdeckt.

»Wohnen Sie auf Maison Bayeus?«, fragte John Sinclair. Vorsichtig rangierte er seinen Bentley auf den schmalen, steil nach oben führenden Weg.

»Gewissermaßen«, lautete die Antwort.

»Dann haben Sie doch sicherlich von den Gästen gehört, die sich dort aufhalten sollen«, vermutete John.

»Das habe ich. Aber wieso? Gehören Sie etwa auch dazu, Monsieur?«

»Eigentlich nicht. Aber eine Bekannte von mir ist dort. Sie hatte ich kurz vor ihrer Abreise angerufen, und da ich in Frankreich zu tun hatte, habe ich ihr versprochen, sie einmal zu besuchen.«

»Ist Ihre Bekannte blond?«, fragte die ältere Frau.

»Ja. Sie kennen sie?«

»Natürlich, ich wohne ja schließlich dort. Ich bin quasi Mädchen für alles, wissen Sie? Ich muss mich um das Wohl der Gäste kümmern.«

»Interessant«, sagte John. Er musste sich jetzt konzentrieren, denn vor ihm lag eine scharfe Linkskurve.

Die Frau hockte unbeweglich auf dem Sitz und beobachtete den Oberinspektor von der Seite. Ein teuflisches Lächeln hatte sich in ihre Mundwinkel gekerbt.

Sie hatte gewusst, dass John kommen würde. Sie hatte die Worte vernommen, die Jane Collins in der Nacht gesprochen hatte. Madame Millau hatte dann in aller Ruhe ihre Vorbereitungen treffen können.

Von der Polizei sollte dieser Mann sein. Er sah aus wie ein junger Managertyp, doch Madame Millau schätzte diesen jungenhaft wirkenden, blondhaarigen großen Mann als ziemlich gefährlich ein. Er gehörte zu der Sorte von Männern, die genau wussten, was sie wollten.

»Noch zwei Kurven, dann haben Sie es geschafft, Monsieur«, sagte die Millau.

»Hoffentlich.« John lachte. »Ich heiße übrigens John Sinclair und bin Engländer. Wir werden uns ja wahrscheinlich jetzt öfter sehen.«

»Das kann durchaus möglich sein«, erwiderte Madame Millau, ohne allerdings ihren Namen zu nennen.

Als John aus dem linken Fenster sah, konnte er bereits den Giebel des Hauses sehen. Ein paar Sonnenstrahlen waren hinter den Wolken hervorgekrochen und brachen sich blitzend im Lack des Bentley.

Noch eine Kurve, dann hatte John es geschafft.

»Das war ja eine Quälerei. Ich ...«

Dem Geisterjäger blieben die weiteren Worte im Hals stecken. John Sinclair traute seinen Augen nicht mehr.

Die Frau, die eben noch auf dem Beifahrersitz gesessen hatte, war verschwunden ...

John Sinclair würgte vor Schreck den Motor ab. »Das gibt's doch nicht«, flüsterte er und wischte sich über die Augen.

Doch das Bild blieb. Die Alte war verschwunden.

John Sinclair stieg aus. Hoch türmten sich zu beiden Seiten des Weges die kantigen Felswände. Es gab keinen Spalt, keine Lücke, worin die Frau hätte verschwinden können. Aber John hatte sie ja auch nicht aussteigen gehört, folglich musste es sich bei der Alten um ein Geistwesen gehandelt haben, das sich von einem Augenblick zum anderen entmaterialisieren konnte.

Das war schon ein richtiger Empfang gewesen, dachte John. Anscheinend hatte Jane Collins noch untertrieben. John wusste aber auch, dass die Leute im Dorf mit ihrer Warnung recht gehabt hatten.

Doch der Teufel persönlich hätte John Sinclair nun nicht mehr abschrecken können. Der Geisterjäger hatte Blut geleckt und nahm jetzt wie ein Spürhund die Fährte auf.

John blickte hinauf zu dem düster wirkenden Himmel. Er hatte eine graue Färbung angenommen, obwohl bis zum Einbruch der Dunkelheit noch einige Zeit war. Die Sonne war verschwunden. Der Wind hatte aufgefrischt und fegte bizarre Wolkenberge von Westen kommend auf das europäische Festland zu. Staub wehte durch die Luft, wurde als nie abreißender Schleier gegen die Felsen gefegt.

John Sinclair setzte sich wieder hinter das Lenkrad. Im zweiten Gang fuhr er weiter. Noch zwei scharfe Kehren, dann hatte er es geschafft.

Wie auf einem Präsentierteller lag Maison Bayeus vor ihm. Es stand auf einem schmalen Felsplateau.

John ließ das Panorama des Hauses einige Augenblicke auf sich einwirken.

Hinter sämtlichen Fenstern brannte Licht. John sah die Umrisse einiger Personen wie Scherenschnitte hinter den Scheiben auf und ab gehen. An sich war Maison Bayeus ein normales Haus, sah man einmal von dem Alter ab. Trotzdem ging von ihm eine unerklärliche Drohung aus, die bei John Sinclair eine leichte Gänsehaut erzeugte. John hatte im Laufe der Zeit bestimmte Ahnungen für Gefahren, hatte gewissermaßen einen sechsten Sinn entwickelt, der ihn auch hier nicht im Stich ließ. Vielleicht steckte ihm aber auch das Verschwinden der alten Frau noch zu sehr in den Knochen.

John ließ seinen Bentley kurzerhand an der Zufahrt des Weges stehen, da er auf dem Plateau keinen geeigneten Parkplatz fand. Der Geisterjäger stieg aus und nahm seinen kleinen Handkoffer vom Rücksitz.

Dumpf knallten die beiden Wagentüren ins Schloss. Tief atmete John die Luft ein. Der Wind strich durch seinen blonden Haarschopf. Tief unten rauschte die Brandung gegen den Fels, schäumte die Gischt.

Ein wenig zögernd ging John auf das Haus zu. Sicherlich war seine Ankunft schon bemerkt worden, und er wunderte sich, dass Jane nicht zur Begrüßung herauskam.

Doch da wurde die breite Eingangstür geöffnet. Ein Flügel schwang zurück, und im aus dem Haus fallenden Lichtschein stand Jane Collins.

John lachte. Er war erleichtert, dass er Jane gesund wiedersah. Insgeheim hatte er sich schon Sorgen gemacht.

»John!« Die Privatdetektivin winkte. Sie trug enge Jeans, ein rotes T-Shirt und darüber eine Jeansjacke.

John ging schneller und schloss Jane Collins in die Arme, um ihr auf beide Wangen einen Begrüßungskuss zu drücken.

»Ich freue mich«, sagte der Geisterjäger lächelnd, wurde aber sofort wieder ernst, als er in Janes Gesicht sah.

»Was ist passiert?«

»Das erzähle ich dir gleich, John. Komm erst einmal ins Haus.«

Der Oberinspektor folgte Jane Collins, die noch einmal zurückging und die Tür schloss.

»Ich bin ja so froh, dass du gekommen bist, John«, sagte sie flüsternd und fasste Sinclairs Arm.

Sie gingen weiter in die Halle hinein. John wurde gemustert wie ein Rekrut von seinem Feldwebel.

Der Geisterjäger besaß genügend Menschenkenntnis, um zu erkennen, dass er hier verschiedenen Menschentypen gegenüberstand. Aber etwas hatten die Männer alle gemeinsam.

Die nackte Angst leuchtete aus ihren Augen.

Jane Collins stellte den Oberinspektor vor. Die Männer nickten schweigend, nur Gu Domingo konnte sich nicht verkneifen zu sagen: »Ein Bulle hat uns gerade noch gefehlt. Aber ihm ergeht es ja auch nicht besser als uns.«

John Sinclair blieb weiterhin freundlich. »Darf ich fragen, was Ihre Worte genau zu bedeuten haben?«

Domingo verzog das kantige, jetzt blass wirkende Gesicht zu einem schiefen Grinsen. »Hat Ihnen das Ihre Puppe noch nicht gesagt? Wir sind doch hier in dem verdammten Bau eingeschlossen. Wir kommen nicht raus, aber Sie sind ja der große Wundermann und sollen uns helfen.«

John blickte die Privatdetektivin an. »Stimmt das, Jane?«

»Ungefähr, aber ich werde es dir jetzt erklären, wenn das Thema schon mal angeschnitten worden ist.«

»Gut.« John setzte sich an den langen Tisch und trank ein Glas Rotwein, während Jane Collins haargenau berichtete. Sie wurde von den anderen Männern mit keinem Wort unterbrochen.

»So und nicht anders sieht es also aus, John«, sagte sie zum Schluss. »Nun weißt du alles.«

John Sinclair runzelte die Stirn. »Jetzt verstehe ich auch, wieso die Alte verschwinden konnte. Am wichtigsten ist natürlich dieser magische Ring um das Haus. Ihn müssten wir zuerst brechen.«

»Schaffst du das denn?« In Janes Augen leuchtete ein Hoffnungsschimmer.

John Sinclair zuckte mit den Schultern. »Noch weiß ich nicht, welch ein Zauber verwendet worden ist. Diese Information brauche ich, um den entsprechenden Gegenzauber anzuwenden.«

»Da sieht man es wieder, der Supermann schafft auch nichts.«

Domingo hatte diese Worte gesagt und spie vor John Sinclair aus.

John blieb weiterhin ruhig, doch in seinen Augen blitzte es gefährlich. »Ich halte es Ihrer momentanen Erregung zugute, dass Sie dieses Benehmen an den Tag legen, Monsieur Domingo.«

Domingo explodierte. »Du eingebildeter Affe«, schrie er mit hochrotem Gesicht. »Ich glaube, ich muss dich erst mal auf die richtige Größe zurechtstutzen.«

Seine Pranke riss John an der Schulter zurück. Der Oberinspektor kippte mit dem Stuhl um, kam aber durch eine geschmeidige Rolle rückwärts wieder auf die Beine, und ehe sich Domingo versah, krachte Johns Faust gegen sein kantiges Kinn.

Anscheinend hatte der Geisterjäger die schwache Stelle des Gangsterbosses erwischt. Domingo wurde zurückgefegt, segelte über den Tisch, riss die Weinflasche und einige Gläser mit und krachte auf der anderen Seite des Tisches zu Boden, wo er erst einmal liegen blieb.

Saccu versuchte jetzt die Ehre seines Bosses zu retten. Beide Hände verschwanden unter dem Jackett. Saccu trug zwei Pistolen in einem Schulterkreuzgurt.

John reagierte in bester Kung-Fu-Manier.

Er lag plötzlich waagrecht in der Luft, streckte seine Beine aus, und dann knallten die Absätze gegen die Brust des Leibwächters.

Saccu hatte die Waffen nicht einmal halb aus den Holstern. Wie eine Kanonenkugel flog er durch den halben Raum, ruderte hilflos mit den Armen und krachte schließlich gegen die Pendeluhr, die unter seinem Gewicht zerbrach und über den Schießer kippte. Pendel, Uhrwerk und Kasten begruben den Mann unter sich, der seinen Geist für einige Zeit erst mal aufgegeben hatte.

John wischte sich über die Stirn.

»Tut mir leid«, sagte er zu den anderen gewandt, »so hatte ich mich nicht einführen wollen. Ich hoffe, Sie geben jetzt Ruhe, Monsieur Domingo.«

Der Gangsterboss zog sich mit schmerzverzerrtem Gesicht und glasigem Blick an der Tischkante hoch. »Sie haben gewonnen, Sinclair«, keuchte er.

Dann drehte er sich um und verschwand im Hintergrund der Halle, um sich dort in einen Sessel zu werfen. Um Saccu kümmerte er sich nicht.

»Ich bin froh, dass Sie es diesem Mann mal gezeigt haben, Mr Sinclair«, sagte George Plummer. »Er hatte sich am wenigsten von uns in der Gewalt.«

John winkte ab. »Solche Typen kenne ich zur Genüge. Jetzt aber was anderes. Ich möchte gern mal das Zimmer sehen, wo dieser Mord geschehen ist. Irgendwie muss die Hexe ja in den Raum gekommen sein.«

»Durch Materialisation, nehme ich an«, sagte Jane Collins.

»Möglich. Aber vielleicht gibt es auch einen geheimen Gang. In diesem Haus muss man mit allem rechnen.«

»Okay, John, ich bringe dich hin«, sagte die Detektivin.

John und Jane gingen die breite Treppe hoch. An der Wand hingen allerlei Waffen. Hellebarden, Schwerter, Degen und Dolche. Die Waffen waren gepflegt und hatten noch keinen Rost angesetzt. Die Wände des oberen Flures dagegen waren kahl. Hier zweigten nur die einzelnen Zimmertüren ab.

»Für dich muss es doch schrecklich gewesen sein«, sagte John.

Jane nickte. »Das kannst du laut sagen. Bis auf Domingo und Lassalle sind die Männer eigentlich in Ordnung. Sie haben auch die Nerven behalten. Natürlich sind wir überreizt, aber das ist schließlich kein Wunder.«

Jane war vor der Zimmertür stehen geblieben. »Abschließen konnten wir nicht. Ich habe das Schloss zerschossen«, sagte sie. »Die Leiche liegt im Bad. Wir haben sie in eine Decke gerollt.«

John betrat das Zimmer und machte Licht.

Dann ging er ins Bad, während Jane Collins zurückblieb.

Der Tote lag neben der Dusche. John zog die Decke weg und entdeckte die Würgemale am Hals der Leiche. Sie waren tief ins Fleisch eingeschnitten, mussten von einer dünnen Schnur oder Kordel stammen.

John deckte die Leiche wieder zu.

»Jane, ich möchte noch das Zimmer durch …« John hatte während er die Worte sagte, das Bad wieder verlassen und blieb abrupt stehen.

Jane Collins war verschwunden.

Der Geisterjäger runzelte die Stirn.

»Jane!«, rief er. »Melde dich, zum Teufel!«

Wieder keine Antwort.

John drehte sich um die eigene Achse, und plötzlich verlöschte das Licht.

John Sinclair blieb stehen. Noch in derselben Sekunde knallte die Tür zu.

Der Oberinspektor fühlte, wie ein eiskalter Finger seinen Rücken hinabfuhr. Er wusste, dass ihm die erste Auseinandersetzung mit den Mächten der Finsternis bevorstand.

Schwach nur drangen die Rufe der übrigen Männer von unten aus der Halle her an seine Ohren.

John war mit zwei Sätzen an der Tür, wollte sie aufreißen, doch sie war trotz des zerschossenen Schlosses abgesperrt.

»Verdammt«, fluchte der Oberinspektor und tastete nach seiner Pistole, als er hinter sich ein Geräusch hörte.

Der Geisterjäger wirbelte herum.

Beide Fensterflügel sprangen auf. Ein eiskalter Windstoß fauchte in das Zimmer, packte John und schüttelte ihn durch.

»Jooohhhn …«

Ein verzweifelter, verwehender Ruf drang an seine Ohren. Er war draußen aufgeklungen, irgendwo auf den Klippen. Aber der Oberinspektor hatte die Stimme erkannt.

Sie gehörte Jane Collins.

Gegen den Wind gestemmt, kämpfte er sich bis zum Fenster vor, beugte sich über die Brüstung.

Da sah er Jane Collins.

Sie stand auf einer Felsklippe und ruderte verzweifelt mit beiden Armen. Ihr langes blondes Haar wehte wie eine Fahne im Wind.

»Jooohhhnnn! Hilf mir, John! Ich kann nicht mehr!«

Für den Geisterjäger gab es kein Halten mehr. Er schwang

beide Beine auf das schmale Fensterbrett und entdeckte einige Ritzen und Spalten im Mauerwerk, wo er einigermaßen Halt finden konnte.

Der Wind hatte noch zugenommen, fegte unter Johns Jackett und bauschte es auf.

Der Geisterjäger biss die Zähne zusammen. Er musste Jane Collins helfen. Koste es, was es wolle.

John Sinclair schwang das rechte Bein nach draußen. Er musste sich dabei drehen und konnte deshalb nicht sehen, wie sich die Gestalt auf den Klippen auflöste und dafür eine andere entstand, die das Gesicht und den Körper der Madame Millau annahm.

Die Alte lachte teuflisch.

Nur noch Sekunden, dann würde John Sinclair in der magischen Falle verbrennen …

Urplötzlich spürte Jane Collins die Hand auf ihrer Schulter. Kalte, harte Finger drückten zu, zogen die Privatdetektivin herum.

Jane Collins erstarrte.

Sie blickte genau in das Gesicht von Madame Millau.

Sie hatte die Alte nicht ins Zimmer kommen hören. Nicht der geringste Laut hatte sie verraten. Madame Millau war einfach da gewesen. Eine Geistererscheinung, für die Mauern und Grenzen nicht existierten.

Die Alte lächelte satanisch. Von ihren Augen ging ein unwiderstehlicher Zwang aus, und obwohl Jane der Frau erst Sekunden gegenüberstand, kam es ihr vor, als wären es Minuten. Jane konnte nicht anders. Sie geriet völlig unter den Bann der Unheimlichen.

Willig folgte sie Madame Millau nach draußen auf den Gang. Jane spürte, wie ihr eigener Wille erlosch. Sie sah nur die Augen und spürte die Kraft, die mittlerweile völlig ihren eigenen Willen beherrschte.

Und dann hatte sie auf einmal das Gefühl zu schweben. Vor ihren Augen tanzte eine sich drehende farbige Spirale, die Jane mit einer ungeheueren Kraft in sich hineinzog.

Unbewusst streckte die Detektivin die Arme aus, als wolle sie sich irgendwo festhalten.

Doch da gab es nichts. Der Boden fiel Jane entgegen, so kam es der Detektivin jedenfalls vor. Sie hörte noch, wie eine Männerstimme ihren Namen rief, aber das musste bereits unendlich weit weg sein.

In der nächsten Sekunde sank Jane Collins bewusstlos zusammen. Verkrümmt blieb sie auf dem Boden liegen.

Madame Millau stieß ein triumphierendes Lachen aus, und im gleichen Atemzug löste sie sich auf wie ein Nebelstreifen unter den Strahlen der Sonne …

Sekundenlang waren die fünf Männer unten in der großen Halle vor Entsetzen gelähmt. Die plötzliche Finsternis war wie ein Schock über sie hereingebrochen.

Nur Saccu begriff das alles nicht so richtig. Er schälte sich gerade unter den Trümmern der Standuhr hervor.

Doch dann schrien die Männer durcheinander. Die plötzliche Dunkelheit hatte ihren Nerven den Rest gegeben.

»Licht!«, brüllte Pierre Lassalle. »Verdammt noch mal, ist denn hier niemand, der Licht macht?«

Bis sich die Augen der Anwesenden an die Dunkelheit gewöhnt hatten, dauerte es einige Zeit. Zeit, die Ray Danton nutzen wollte. Er hatte sich als Einziger noch in der Gewalt. In Sekundenbruchteilen schossen ihm Gedanken und Vermutungen durch den Kopf. Diese plötzliche Finsternis musste eine Ursache haben. Eine unnatürliche, das stand für Danton fest. Und wahrscheinlich hatte es mit Jane Collins und diesem Oberinspektor zu tun.

Während die übrigen Männer nach Kerzen suchten und die ersten Feuerzeuge aufklickten, hetzte Ray Danton in Richtung Treppe. Er stieß sich an irgendeinem Gegenstand die linke Hüfte, achtete jedoch nicht darauf, sondern rannte weiter, stolperte über die erste Stufe, fing sich im letzten Moment noch am Geländer und jagte mit langen Sprüngen die übrigen Stufen hoch.

Die Angst um Jane Collins trieb den jungen Schriftsteller voran. Obwohl er die Frau erst seit kurzer Zeit kannte, empfand er doch so etwas wie Zuneigung für sie, und der Gedanke, ihr könnte etwas passiert sein, war für ihn schrecklich.

Ray Danton streifte mit der Schulter die an der Wand hängenden Waffen.

Sie klirrten gegeneinander.

Das Geräusch brachte den Schriftsteller auf eine Idee. Kurz entschlossen packte er zu und hielt im nächsten Augenblick einen Degen in der Hand.

Eine lächerliche Waffe gegen Geister oder Dämonen, aber Ray Danton gab sie für den Augenblick das Gefühl von Sicherheit und Schutz.

Ray Danton erreichte den Flur. Sein Atem ging keuchend. Er wusste, wo das Zimmer lag, in dem sie die Leiche gefunden hatten.

Mit ein paar Schritten hatte er die Tür erreicht. Er sah das zersplitterte Schloss und die Klinke, die nach unten hing.

Ray Danton riss die Tür auf.

Er konnte nicht ahnen, dass sie noch vor wenigen Sekunden magisch versperrt gewesen war.

Rays Augen wurden tellergroß.

Er hatte Jane Collins in dem Raum vermutet, doch was er sah, übertraf seine Befürchtungen.

Das Fenster stand offen. Und auf der Brüstung hockte Oberinspektor Sinclair. Ein Bein hatte er bereits nach draußen geschoben und war gerade im Begriff, das andere folgen zu lassen.

War dieser Mann denn verrückt geworden? Wusste er denn nichts von der Gefahr, die draußen auf ihn lauerte?

»Sinclair!«, brüllte Ray Danton.

Johns Kopf ruckte herum.

»Zurück!«, schrie Ray. »Um Himmels willen kommen Sie zurück! Der magische Ring!«

Ray Danton sah das Erschrecken in John Sinclairs Augen. Im nächsten Moment gab der Oberinspektor seinem Körper einen Schwung, packte mit beiden Händen am Fensterholm nach und schwang sich zurück in das Zimmer.

Elastisch sprang er auf den Boden.

»Sir«, flüsterte Ray Danton, »da haben Sie aber noch mal Glück gehabt. Haben Sie denn vergessen, dass die Hexe diesen magischen Ring um das Haus gelegt hat?«

»Teufel«, murmelte John, »daran hatte ich tatsächlich nicht mehr gedacht. Aber sagen Sie mal, Mr Danton, was treibt Sie nach hier oben?«

»Die Sorge um Jane Collins. Plötzlich verlöschte überall das Licht. Und da hatte ich angenommen, dass es mit dem Verschwinden ...«

»Schon gut, Ray.« John klopfte dem jungen Mann auf die Schulter. »Sie haben mir durch Ihr Eingreifen das Leben gerettet.«

Ray Danton senkte den Kopf. »Machen Sie doch keine großen Sprüche. In Wirklichkeit ging es mir um Miss Collins.«

»Verdammt, Jane. Wo ist sie?«

»Na, ich denke, hier im Zimmer.« Ray Danton blickte den Oberinspektor ratlos an.

»Nein. Ich habe sie ja selbst gesucht. Das heißt, sie war hier. Ich bin dann ins Bad gegangen, und als ich zurückkam, war sie verschwunden. Dann flog aber plötzlich das Fenster auf, und ein Windstoß fauchte ins Zimmer. Als ich dann aus dem Fenster blickte, sah ich Jane auf den Klippen stehen.«

»Eine Vision?«

John Sinclair blickte den jungen Schriftsteller an. »Möglich. Es kann allerdings auch so gewesen sein, dass diese Madame Millau die Gestalt anderer annehmen kann.«

Ray Danton erschrak. »Das wäre ja furchtbar.«

»Wie gesagt, es ist eine Vermutung«, beruhigte John den jungen Mann. »Aber wir müssen sie in unsere Theorien mit einbeziehen. Sobald ich wieder unten in der Halle bin, werde ich die Probe machen. In meinem Koffer befinden sich einige Gegenstände, die zur Identifizierung von Dämonen geeignet sind. Aber wie gesagt, das erst in zweiter Linie. Wichtiger ist, dass wir Jane Collins finden.«

Ray Danton zuckte hilflos mit den Schultern und blickte auf seinen Degen, der ihm auf einmal lächerlich vorkam.

John war schon draußen auf dem Gang.

Er schnippte sein Feuerzeug an und drehte die Flamme hoch.

Sie reichte aus, um die nähere Umgebung zu erleuchten. John ging einige Schritte weiter und hörte plötzlich das Stöhnen.

Und da sah er auch schon den Körper am Boden liegen.

»Jane!«, rief der Geisterjäger und ging neben der Privatdetektivin in die Knie.

Ray Dantons Atem streifte seinen Nacken. »Ist sie – ist sie …?« Er wagte den Satz kaum auszusprechen.

John schüttelte den Kopf. »So leicht kriegt man eine Jane Collins nicht unter die Erde«, meinte er und tätschelte gleichzeitig die Wangen der Detektivin.

»John«, flüsterte Jane und ließ sich von dem Geisterjäger hoch helfen.

»Was ist denn passiert?«, fragte John Sinclair.

»Ich weiß nicht, John. Aber es hing wieder mit der Alten zusammen. Du warst gerade im Bad verschwunden, da stand sie plötzlich im Zimmer. Wie ein Todesengel. Sie sah mich nur an. Ihre Augen wurden dabei immer größer, und plötzlich wurde ich ohnmächtig.«

»Ihr seid aber nach draußen gegangen«, sagte John.

»Stimmt, ja, das hatte ich vergessen.« Jane hielt sich den Kopf. »Das passierte hier alles auf dem Gang. Was ist mit dir, John? Und wie kommen Sie hierher, Mr Danton?«

»Er hat mir das Leben gerettet«, sagte John. »Ich wäre bald ein Opfer der Hexe geworden, aber das erzähle ich dir später. Lass uns jetzt nach unten gehen und zusehen, dass wir wieder Licht bekommen.«

»Glauben Sie denn bei dem Lichtausfall an eine natürliche Ursache?«, fragte Ray Danton.

John lächelte. »Eigentlich nicht, aber ich will nicht pessimistisch sein.«

Jane Collins stieß John Sinclair in die Seite. »Ach komm, John, du kannst bei uns mit offenen Karten spielen. Sag doch gleich, dass die verdammte Hexe zum Generalangriff angesetzt hat.«

»Ja, es stimmt«, erwiderte der Geisterjäger leise. »Aber behalten Sie dies bitte für sich, Mr Danton.«

»Selbstverständlich, Sir.«

Die drei gingen die Treppe hinunter. Jane brauchte nicht mehr gestützt zu werden.

Unten in der Halle hörte man ihre Schritte. George Plummer stellte sich auf die unterste Stufe und blickte ihnen entgegen. Der Waffenhändler hielt eine brennende Kerze in der Hand, deren Lichtkreis einen rötlichen Schein auf sein Gesicht warf.

»Herr Oberinspektor, was ist geschehen?«, rief Plummer mit zitternder Stimme.

»Alles in Ordnung«, beruhigte ihn John. »Sie brauchen keine Angst zu haben.«

John hatte die unterste Stufe erreicht. Die anderen Männer standen um den Tisch herum. Im Licht der Kerzen wirkten ihre Gesichter wie wächserne Masken.

Irgendjemand hatte eine Flasche Cognac und einige Gläser aufgetrieben. Die Gegenstände standen auf dem Tisch.

»Ein Cognac wird dir guttun, Jane«, sagte der Geisterjäger und kippte der Detektivin zwei Fingerbreit ein.

»Mir bitte auch«, sagte Ray Danton, der die letzten Stufen herunterkam. Er hatte den Degen wieder weggehängt.

Danton trank das Glas in einem Zug leer. »Eigentlich richtig gemütlich hier«, sagte er.

Domingo lachte auf. »Ich könnte mir was Besseres vorstellen.« Dann wandte er sich an John Sinclair. »Na, Supermann, was gefunden? Haben Sie die Hexe zum Teufel geschickt?«

»Nein«, antwortete John knapp. »Und damit Sie beruhigt sind, Domingo, ich habe sie noch gar nicht zu Gesicht bekommen.«

»Dann wären Sie ja wohl nicht mehr am Leben.« Domingo lachte blechern. »Da fällt mir übrigens etwas ein, Sinclair. Sie haben unter uns auch einen Todfeind. Mein Freund Saccu hat noch jeden, der ihm auf die Zehen getreten ist, die Figur mit Blei beschwert. Das nur zur Information. Nicht, dass Sie denken, wir wären hier die besten Freunde.«

John nickte. »Ich werde es mir merken. Saccu wird ja dann zum geeigneten Zeitpunkt auf mich zukommen.«

»Worauf Sie sich verlassen können.«

John war schon während der letzten Minuten suchend in der Halle umhergegangen.

Jetzt blieb er stehen und fragte: »Hat einer von Ihnen vielleicht meinen Koffer gesehen? Ich hatte ihn an der Tür abgestellt.«

Allgemeines Kopfschütteln.

John Sinclair atmete tief ein. Er ahnte jetzt, dass dieser Koffer gestohlen worden war. Und damit auch seine Waffen, die er im Kampf gegen die Dämonen einsetzte.

Das hieß im Klartext: John Sinclair stand den Mächten der Finsternis so gut wie hilflos gegenüber …

»Ist irgendetwas?«, fragte Ray Danton, der Johns nervöse Reaktion bemerkt hatte.

Der Geisterjäger winkte ab. »Nein, nein, alles in Ordnung.«

»Aber Sie suchen doch Ihren Koffer.« Der Schriftsteller ließ nicht locker. Er sprach leise, die anderen brauchten seine Worte nicht unbedingt mitzubekommen. »Und was wollen Sie jetzt machen, Mr Sinclair? Ohne Ihren Koffer …«

Jane Collins kam auf die beiden zu. Das hin- und herzuckende Licht warf tanzende Schatten auf ihr Gesicht. »Ärger, John?«, fragte die Detektivin.

»Ja, zum Teufel, mein Koffer ist verschwunden. Aber der wird sich schon wiederfinden.« John sprach die Worte entgegen seiner Überzeugung. Er wusste, dass sich die finsteren Mächte seines Koffers bemächtigt hatten. Nur konnten sie ihn nicht öffnen, es sei denn, sie wollten sich selbst zur Hölle schicken.

Die übrigen Gäste hatten sich wieder gesetzt. Draußen war es bereits dunkel. Mondlicht fiel durch die großen Fenster. Doch immer wieder schoben sich Wolken vor den Erdtrabanten, sodass sich Licht und Schatten in einem schnellen Rhythmus abwechselten.

John Sinclair, Jane Collins und Ray Danton hockten zusammen und berieten.

John war dafür, das Versteck der Hexe aufzustöbern. »Angriff ist die beste Verteidigung. Was nutzt es, wenn wir hier sitzen und auf eine Reaktion warten? Der eine Mord war schon zu viel.«

»Und was wollen Sie unternehmen, wenn Sie die Hexe gefunden haben?«, fragte Ray Danton.

»Sie vernichten.«

»Aber womit?«

»Das wird die jeweilige Situation ergeben.« John wandte sich an die blondhaarige Detektivin. »Machst du mit?«

»Dazu bin ich ja schließlich hier. Aber wie sollen wir es den anderen beibringen?«

»Sie müssen es nicht unbedingt wissen«, meinte John. »Wenn ich dich richtig verstanden habe, sind die Männer bis Mitternacht sicher. Im Moment sind unsere Gegner wohl darauf aus, mich umzubringen. Wahrscheinlich wissen sie längst, welch ein Fuchs sich in ihrem Hühnerstall eingeschlichen hat. Schließlich bin ich in gewissen Kreisen kein Unbekannter mehr. Folglich habt ihr erst noch ein paar Stunden Ruhe. Unter Umständen gelingt es mir bis dahin, eine Entscheidung herbeizuführen.«

»Ist das nicht zu gefährlich?«, warf Ray Danton ein.

John lächelte. »Das schon. Aber das bin ich gewohnt.« Der Oberinspektor lehnte sich zurück und ließ seinen Blick zu den anderen hinwandern.

Domingo und Saccu hockten zusammen. Saccu bedachte den Geisterjäger mit mordlüsternen Blicken. Ihn durfte John als Gegner ebenfalls nicht auf die leichte Schulter nehmen. Domingo trommelte nervös mit seinen dicken Fingern auf der Tischplatte herum, während Lassalle schon leicht angetrunken war und in seinen Cognacschwenker stierte.

George Plummer war aufgestanden und zum Fenster gegangen. Er sah nach draußen in die Dunkelheit.

Jetzt drehte er sich um und kam zum Tisch zurück. »Es wird ein Gewitter geben«, sagte er. »Über der See zuckten schon die ersten Blitze auf.«

»Das hat uns gerade noch gefehlt«, knurrte Domingo. »Wie in einem Horrorfilm. Langsam werde ich in diesem Haus noch wahnsinnig. Und unser Supermann sitzt in der Ecke und versteckt sich.«

John fühlte sich gar nicht angesprochen. Stattdessen fragte er: »Wohin führt diese Tür unter dem Treppenaufbau?«

Jane drehte den Kopf in die bewusste Richtung. »Ich weiß nicht«, sagte sie. »Vielleicht in den Keller.«

»Ausprobiert habt ihr es noch nicht?«, fragte John.

»Nein, sie ist außerdem durch ein modernes Schloss gesichert. Vermutest du denn die Hexe dort unten im Keller, John?«

»Ja. Irgendwo muss sie sich versteckt haben. Und dafür bietet sich der Keller an.«

»Wann willst du denn gehen?«

»Ich weiß es noch nicht. Aber auf jeden Fall vor Mitternacht. Und du kannst mir einen Gefallen tun, Jane. Halte mir diesen Saccu vom Hals. Ich traue dem Mann zu, dass der mich eiskalt abknallt. Und zwar von hinten.«

In diesem Augenblick sprang George Plummer wie angestochen von seinem Stuhl hoch. Er brüllte auf, warf den Stuhl um und stierte mit hervorquellenden Augen auf seine rechte Hand.

John Sinclair sah es im selben Augenblick.

Eine hässliche Schlange ringelte sich über die Finger des Waffenhändlers. Der Kopf des Reptils mit der züngelnden Zunge befand sich dicht vor dem Gesicht des Mannes.

George Plummer zitterte wie Espenlaub. Jeden Augenblick konnte die Schlange zustoßen, konnte mit ihren Giftzähnen in seinen Hals hacken.

John Sinclair flog von seinem Platz hoch. Schnell wie der Blitz war er heran, packte die Schlange hinter dem Kopf und riss sie George Plummer aus den Händen.

John fühlte den zuckenden Schuppenleib zwischen seinen Fingern, sah die hässlichen, auf einmal rot glühenden stechenden Augen und wusste, dass diese Schlange das Werk eines Dämons war.

John handelte kurz entschlossen.

Er holte aus und schmetterte den Kopf der Schlange gegen die Tischkante.

Dreimal drosch John Sinclair zu, bis kein Leben mehr in dem zuckenden Leib war.

Dann ließ er die Schlange fallen und schob sie unter den Tisch.

»Okay, Mr Plummer, Sie können wieder ruhig atmen«, sagte der Geisterjäger.

Plummer nickte, hob seinen Stuhl hoch und ließ sich darauf niedersinken. Mit dem Handrücken wischte er sich den Schweiß von der Stirn.

»Das hätte ins Auge gehen können«, flüsterte er. »Ich weiß gar nicht, wo die hergekommen ist. Ich wollte mir eine Zigarre anzünden, und auf einmal hielt ich eine Schlange in der Hand.«

»Die Hexe versucht uns nervös zu machen«, sagte John. »Das ist die Erklärung. Sie bedient sich eines Höllenzaubers. Es könnte durchaus sein, dass sie noch mehr solcher Scherze auf Lager hat.«

Gu Domingo sprang auf. »Scherze nennen Sie das, Bulle? Ich glaube, ich spinne. Dieser Mann hätte draufgehen können, und da reden Sie von Scherzen. Tun Sie doch endlich etwas, verdammt noch mal! Wozu sind Sie eigentlich hergekommen?«

»Monsieur Domingo, man sollte Sie wirklich im Stich lassen«, sagte John. »Wenn ich mich schon zum Kampf stelle, dann bestimmt nicht Ihretwegen. Aber das nur am Rande, damit Sie sehen, was ich von Ihnen halte. Sie drängen mich ja immer so, dass ich etwas unternehme. Kämpfen Sie gegen Gegner, die Sie nicht sehen oder kennen? Nein, bestimmt nicht. Was hätten Sie zum Beispiel an meiner Stelle getan? Vielleicht wären Sie mit einer Wünschelrute herumgelaufen und hätten gerufen: Komm doch her, liebe Hexe. Überlegen Sie doch mal. Stellen Sie sich die Situation, in der wir uns befinden, genau vor. Wir können doch nicht angreifen. Wir müssen warten, bis sich die Gegenseite zeigt. Und jetzt tun Sie mir einen Gefallen, halten Sie mal Ihr ungewaschenes Maul. Wenn schon nicht mir zuliebe, dann wenigstens den anderen gegenüber, die sich in der gleichen Situation befinden wie Sie. Ich hoffe, die Fronten sind jetzt endgültig abgesteckt.«

»Gut gesprochen, Monsieur Sinclair«, sagte plötzlich eine Frauenstimme vom Fenster her.

Wie an der Schnur gezogen, wandten sich die Köpfe der Anwesenden der Sprecherin zu.

Jeder hatte die Stimme erkannt, und trotzdem traf sie das plötzliche Auftauchen der Frau wie ein elektrischer Schock.

Vor dem Fenster stand Madame Millau.

Eine helle Aura umgab ihren Körper. Ihr Gesicht war zu einem hintergründigen, gefährlichen Lächeln verzogen. Die Augen blickten kalt und grausam.

Madame Millau trug wieder ein langes, bis zu den Knöcheln reichendes Kleid, die Arme hatte sie vor der Brust verschränkt.

Atemlos sahen die Anwesenden der Frau entgegen. Auch John Sinclair spürte die magische Ausstrahlung, die von Madame Millau ausging. Die Atmosphäre in der Halle hatte sich verdichtet, der Hauch des Bösen war fast körperlich fühlbar.

Madame Millau begann zu reden. »Ich hoffe, Sie nehmen mir den kleinen Scherz mit der Schlange nicht übel, aber er sollte nur zur Demonstration dienen, gewissermaßen zur Erkennung Ihrer eigenen Hilflosigkeit. Die Zeit bis Mitternacht ist noch lang, und Lucille Latour freut sich schon auf das nächste Opfer. Wer das sein wird …?« Madame Millau sah die Personen der Reihe nach an. »Vielleicht Sie, Monsieur Danton, oder Sie, Monsieur Domingo? Jeder sollte damit rechnen, und es wäre töricht zu glauben, dass er verschont bleibt.«

»Aber wir könnten uns doch einigen!«, schrie Domingo plötzlich los. »Ich habe Geld, viel Geld. Ich gebe Ihnen eine Million Franc, wenn Sie mich laufen lassen. Überlegen Sie, eine Million. Nur – lassen Sie mich laufen.«

»Domingo, Sie sind eine miese Ratte«, erwiderte Madame Millau. »Mehr brauche ich Ihnen wohl nicht zu sagen. Sie, der große Gangsterboss, haben Angst. Aber so seid ihr Menschen, feige und kriecherisch. Aber trotzdem gibt es eine Möglichkeit, aus diesem Kreis herauszukommen. Und die Lösung ist mehr als einfach. Es gibt jemanden in eurer Mitte, der in der Dämonenwelt gefürchtet ist und den Mächten der Finsternis schon ungeheuren Schaden zugefügt hat. Ein Zufall hat ihn hergeführt. Ich spreche von John Sinclair, dem Geisterjäger!«

Aus den letzten Worten der Frau sprach all der Hass, den sie für John Sinclair empfand. Ihr Gesicht hatte sich verzerrt, war zur Fratze geworden.

»Die Hexe will John Sinclair!«, schrie Madame Millau. »Wenn er sich ausliefert, könnt ihr morgen früh gehen. Überlegt es euch. Euer Leben gegen das von John Sinclair!«

Die Frau hatte die letzten Worte noch nicht ganz gesprochen, da begannen die Konturen zu verwischen, und in der nächsten Sekunde hatte sie sich aufgelöst.

Ein teuflisches Spiel war eingeläutet worden …

Sekundenlang sprach niemand ein Wort. Die Worte der unheimlichen Frau mussten erst verarbeitet werden.

Doch dann brach der Tumult los.

Alles brüllte durcheinander. Die Einzigen, die ruhig blieben, und sich schweigend ansahen, waren John Sinclair und Jane Collins.

Auch Ray Danton war aufgesprungen. »Wenn das wahr ist, was die Alte gesagt hat, Mr Sinclair, dann …«

Domingo rannte auf John zu, Pierre Lassalle in seinem Kielwasser. »Du hast es gehört, Bulle!«, schrie der Gangsterboss. »Dich wollen sie nur. Dich ganz allein. Wir anderen können verschwinden. Jetzt zeig mal, was du kannst.«

John ließ die Männer schreien, und nur allmählich beruhigten sie sich wieder.

Dann redete John Sinclair. Seine Stimme klang ruhig, obwohl er innerlich kochte.

»Ich habe den Vorschlag genauso gut gehört wie ihr. Und ich weiß auch, was in euch vorgeht. Es hört sich alles ganz einfach an. Ich soll mich opfern, und ihr werdet freikommen. Ja, glaubt ihr denn im Ernst, dass die Hexe mit offenen Karten spielt? Ihre Absicht liegt doch auf der Hand. Sie will einen Keil zwischen uns schlagen, will mich ausschalten. Ich weiß, dass die Mächte der Finsternis hinter meinem Kopf her sind, dass derjenige im Reich des Bösen zu Rang und Ansehen kommt, der mich ausschaltet. Aber damit seid ihr nicht gerettet. Lucille Latour wird ihre Rache genauso fortführen, wie sie sie begonnen hat.«

John Sinclairs Worte klangen beschwörend. Er wusste, wovon er sprach. In unzähligen Auseinandersetzungen mit Geistern und Dämonen hatte er diese Erfahrungen gesammelt.

Die Männer hatten einen Halbkreis um John Sinclair und Jane Collins gebildet.

»Ausreden, nichts als Ausreden!«, schrie Gu Domingo. »Gib doch zu, Bulle, du bist feige. Du hast Angst um dein bisschen erbärmliches Leben.«

»Ja«, sagte John. »Ich habe Angst. Angst wie jeder von euch. Und wenn es wirklich stimmen würde, dass ich durch meine Auslieferung euer Leben retten könnte, ich würde es tun, ohne zu zögern. Aber die Hexe spielt falsch. Ich kann es nicht oft genug wiederholen. Es ist raffiniert eingefädelt, aber ihr müsst den Stein doch sehen, der euch im Weg liegt. Wenn ich weg bin, fühlt ihr euch automatisch sicherer, und das wird Lucille Latour eiskalt ausnutzen. Glaubt mir!«

»Saccu!«, brüllte Gu Domingo.

Der Killer hatte schon auf den Befehl gewartet. Er hielt seine Waffe bereits in der Hand, hatte den Arm nur hinter dem Rücken versteckt gehalten.

Einen Atemzug später starrte John in das hässliche Loch der kleinen schwarzen Mündung.

Der Geisterjäger versteifte sich. Er brauchte nur in Saccus Augen zu blicken, um zu sehen, dass es diesem Mann Freude bereiten würde, ihm eine Kugel zu verpassen.

Domingo lachte widerlich. »Hast du eigentlich noch eine Wahl, Bulle? Ich brauche nur mit dem kleinen Finger zu winken, und Saccu legt dich um. Und ein toter Sinclair wird der Hexe genauso wertvoll sein wie ein lebender. Aber ich gebe dir noch eine Chance. Geh freiwillig, dann hast du es hinter dir.«

John Sinclairs Gesichtszüge wirkten wie festgefroren. Er schaute die Umstehenden der Reihe nach an.

Zuerst Pierre Lassalle. Ein lauernder Ausdruck prägte sein Gesicht. George Plummer blickte zu Boden, wagte aber nicht, für John Sinclair Partei zu ergreifen.

Und Ray Danton?

Der junge Schriftsteller wusste nicht, was er tun sollte.

Unruhig knetete er seine Hände und hob verlegen die Schultern.

»Brauchst du noch mehr Bedenkzeit, Bulle?«, zischte Gu Domingo. »Meine Geduld ist am Ende.«

»Okay«, sagte John Sinclair und erhob sich. »Ihr habt gewonnen, ich werde gehen. Aber es sollte Ihnen allen hier klar sein, dass sich Ihre Chancen damit um keinen Deut verbessert haben. Noch einmal meine Warnung. Die Mächte der Finsternis spielen nicht ehrlich. Für sie sind wir Menschen nur Werkzeuge, damit sie ihr schmutziges Ziel erreichen können.«

Domingo grinste den Oberinspektor an. »Jetzt hast du wohl die Hosen voll, wie?«

»Kaum, Monsieur Domingo. Aber merken Sie sich meine Worte besonders. Und auch Ihr Leibwächter. Nehmen Sie die Waffe weg, Saccu, ich gehe freiwillig.«

»Das könnte dir so passen, Bulle«, giftete Saccu. »Ich habe deinen dämlichen Schädel genau im Visier. Am liebsten würde ich dir eine Kugel geben, aber du willst ja unbedingt den Helden spielen.«

»Sei ruhig, Saccu«, zischte Domingo, »sonst überlegt er es sich noch anders.«

Jane Collins, die die ganze Zeit nichts gesagt, sondern nur mit schreckensbleichem Gesicht auf ihrem Stuhl gesessen hatte, sprang auf. »John, tu es nicht. Bleib hier, ich ...«

Die Detektivin klammerte sich an John Sinclair fest.

Der Geisterjäger strich über ihr blondes Haar. »Keine Angst, Jane, es wird schon alles gut werden.«

»Welch ein liebliches Idyll«, sagte plötzlich die Stimme der Alten. »Fast wie in einem Liebesroman. Aber leider muss ich euch beide trennen.«

Madame Millau stand oben auf der Treppe. Wie ein Spukbild war sie dort wieder aufgetaucht und starrte hinab in die Halle.

»Komm zu mir, Geisterjäger, die Hexe wartet bereits auf dich.«

John löste sich von der Detektivin und ging langsam die Stufen hoch. Vor Madame Millau blieb er stehen. Er musste hochsehen, um der Alten ins Gesicht schauen zu können.

»Der berühmte John Sinclair in meiner Gewalt. Nie hätte ich mir das träumen lassen. Aber jetzt gibt es kein Zurück mehr für dich, John Sinclair. Deine Stunde ist gekommen. Und du bist waffenlos, denn deinen Koffer, den habe ich.«

Die Alte machte eine herrische Handbewegung. »Geh vor, du kennst den Weg ja.«

John gehorchte. Er warf noch einen kurzen Blick zurück und sah, dass Jane Collins ihr Gesicht in beiden Händen vergraben hatte.

Als der Geisterjäger den Flur betrat, hatte er das Gefühl, zu seiner eigenen Hinrichtung zu gehen …

Tränen quollen aus Jane Collins Augen. Es waren Tränen der Angst und der Hilflosigkeit den Mächten des Bösen gegenüber. Niemand hatte sich auf Johns Seite gestellt, obwohl der Geisterjäger gekommen war, um die Menschen von dem Fluch der Hexe zu befreien.

Saccu steckte seine Waffe weg. »Ich hätte ihn ja liebend gern mit einer Kugel angebohrt, Chef«, sagte er.

»So ist es vielleicht besser«, sagte Domingo. »Aber jetzt haben wir uns wohl alle einen Schluck verdient.«

Cognac gluckerte in den Schwenker.

Jane hörte, wie sich der Gangsterboss schmatzend die Lippen leckte. Dann sagte er: »Selten hat mir ein Schluck so gut geschmeckt. Auch einen, Mademoiselle Collins?«

»Nein, danke.«

»Sie sollten nicht so traurig tun. Jeder von uns muss mal dran glauben.«

Jane spürte, wie eine Hand über ihr Haar strich. Als sie den Kopf hob, sah sie in Ray Dantons Gesicht.

Jane versteifte sich. »Von Ihnen hätte ich auch eine andere Haltung erwartet, Mr Danton«, sagte sie.

Die Hand des Schriftstellers zuckte zurück. »Entschuldigen Sie, aber was sollte ich machen?«

»Schon gut.«

Pierre Lassalle grinste Jane an, während George Plummer

apathisch auf seinem Stuhl hockte und sich mit einem Taschentuch das Gesicht abwischte.

»Mein Angebot besteht noch, Jane«, sagte Lassalle mit schwerer Zunge. »Als Witwentröster habe ich auch Erfahrung.«

»Halten Sie doch Ihr Maul!«, zischte Ray Danton.

Lassalle lachte. »Oh, unser kleiner Shakespeare hat auch was zu sagen.« Lassalle stand auf. »Was meinst du, wie ich dir jetzt deine dämliche Visage polierte, du mieser Kacker.«

Mit wankenden Schritten kam Lassalle um den Tisch herum, und als er dicht vor Ray Danton stand, holte er zu einem gewaltigen Heumacher aus.

Nun, Lassalle war nicht mehr ganz nüchtern. Außerdem griff Jane Collins ein. Sie trat Lassalle gegen das Schienbein.

Lassalle spielte Hund. Er heulte auf, hielt sich sein malträtiertes Bein und vollführte einen Veitstanz.

Domingo wollte sich ausschütten vor Lachen. »Ja«, kreischte er. »Die Blonde hat den Teufel im Leib. Davon kann ich ein Lied singen. Sie hat meine beiden Jungs reingelegt. Nicht wahr, Saccu?«

Der schwarzhaarige Schießer knurrte nur.

Lassalle hatte sich wieder beruhigt. Er war auf einen Stuhl gefallen, hielt sich aber noch immer sein Schienbein.

Domingo reichte ihm die Flasche. »Sauf, du Schwächling«, rief er. »Feuer muss man mit Feuer löschen.«

Domingo hielt Lassalle kurzerhand die Flasche an den Mund und drückte ihm die Zähne auseinander.

Lassalle schluckte gierig.

Die Männer waren abgelenkt, und das war es, was Jane Collins ausnutzte.

Niemand sah, dass sie sich von ihrem Platz erhob.

Jane wollte weg, wollte John Sinclair nach, um ihm eventuell helfen zu können.

Auf Zehenspitzen schlich sie in Richtung Treppe.

Keiner achtete auf sie.

Die erste Stufe, die zweite, die dritte …

»Chef!«, brüllte Saccu plötzlich. »Das Weib haut ab!«

Gleichzeitig riss der Schießer seine Waffe hervor, zielte kurz und drückte ab …

John Sinclair folgte der Alten bis in das Zimmer, in dem Marcel Fontaines Leiche gelegen hatte. Fast körperlich spürte der Geisterjäger die dämonische Ausstrahlung der Frau. Sie blieb wie ein Schatten hinter ihm und achtete auf jede seiner Bewegungen.

Nein, John würde sich nicht wehren. Wenigstens jetzt noch nicht. Im Augenblick hatte er nicht mehr Chancen als ein Schneeball in der Hölle. Er musste abwarten, und dann, wenn es eine Chance gab, blitzschnell zupacken.

John fragte sich immer wieder, woher die Alte wohl gekommen sein mochte. Und in welcher Verbindung stand sie zu Lucille Latour, der rothaarigen Hexe?

Madame Millau schien Johns Gedanken erraten zu haben, denn plötzlich begann sie zu kichern und wandte John ihr von Falten und Runzeln durchzogenes Gesicht zu.

»Gewiss bist du neugierig darauf, mein Geheimnis zu erfahren, Geisterjäger«, sagte die Alte, »und ich bin jetzt auch bereit, es zu lüften. Ich bin so alt wie Lucille Latour, sogar noch älter, wenn man den Zeitpunkt meiner Geburt in Rechnung stellt. Ich habe Lucille immer treu gedient, und sie hat mich schließlich dafür belohnt und durch einen Trank meine Unsterblichkeit herbeigeführt. Unsterblich im Sinne der Hölle. Lange haben wir auf den Tag der Rache gewartet, und ich durfte als Erste zurückkehren, um Lucilles Weg vorzubereiten. Ich habe alles getan, und recht gut, wie mir scheint. Die Hexe braucht nur noch ihre Rache auszukosten.«

»So etwas Ähnliches habe ich mir schon gedacht«, sagte John. »Ich nehme auch an, dass das Versprechen, das Sie gegeben haben, keine Gültigkeit hat.«

Die Alte lächelte wissend. Ihr Blick war listig, mit dem sie John anschaute. »Wer weiß, Geisterjäger, wer weiß. Schließlich bist du ein besonders gutes Faustpfand, und da kann man schon manches für hergeben. Aber eine genaue Antwort erhältst du von mir nicht. Ich würde damit meine Position schwächen.«

Die Alte war vor dem großen Schrank stehen geblieben und öffnete die Tür.

Madame Millaus Hand fuhr an der Innenkante des Schranks entlang und berührte dort einen Mechanismus. Sie drückte einen winzigen, kaum sichtbaren Hebel herunter.

Lautlos schwang die Rückwand des Schranks zur Seite. Ein finsterer Gang gähnte Madame Millau und dem Oberinspektor entgegen.

»Geh nur hinein, Geisterjäger«, flüsterte die Alte. »Du willst doch gern die Hexe kennenlernen. Der Weg führt genau zu ihr. Na los, geh schon«, drängte sie, als sie sah, dass John zögerte.

Der Geisterjäger setzte sich in Bewegung. Er musste den Kopf einziehen, als er den Schrank betrat.

Muffig riechende Luft schlug ihm entgegen. John hustete.

»Gibt es denn kein Licht?«, fragte er.

»Keine Angst, ich werde schon dafür sorgen«, ertönte hinter ihm die Stimme der Alten.

John Sinclair tauchte in den Gang.

Madame Millau zog die Schranktür zu, allerdings konnte sie sie nicht abschließen. Die Rückwand rollte ebenfalls nicht mehr an ihren Platz. Dafür knipste die Alte eine kleine Taschenlampe an, deren fingerbreiter Lichtstrahl die Dunkelheit zerschnitt.

Der niedrige Gang führte abwärts. Staub von Jahrhunderten hing an den Wänden. John musste den Kopf einziehen. Spinnennetze kitzelten sein Gesicht. Nur mühsam unterdrückte er ein Niesen.

Hinter seinem Rücken hörte er die Schritte der Alten.

»Geh nur schneller, Geisterjäger«, sagte sie. »Umso früher hast du es hinter dir.«

John dachte gar nicht daran, seine Schritte zu beschleunigen. Der Gang schien unendlich zu sein. Jedenfalls kam es dem Oberinspektor so vor, denn der schmale Lichtstrahl verlor sich immer noch in der Dunkelheit.

Fußgroße Steine bedeckten den Boden. Sie rollten springend weiter, wenn John mit dem Fuß dagegen stieß.

Die Luft war miserabel. Kaum zu atmen, dazu kam der widerliche muffige Geruch.

Und plötzlich war der Gang zu Ende. Wie abgeschnitten endete er vor einer Mauer. Sie war aus dicken Quadersteinen gebaut worden. Wie für die Ewigkeit, dachte John.

Die Alte schob sich an ihm vorbei. In der linken Hand hielt sie die Lampe, mit der rechten tastete sie die Mauer ab.

Dann endlich fand sie, was sie gesucht hatte. Einen verborgenen Kontakt.

Knirschend drehte sich der größte Quader um die eigene Achse.

Ein etwa schulterbreites Loch tat sich auf. »Los, da hinein«, sagte die Alte.

Auf allen vieren kroch John Sinclair durch die Öffnung und erreichte einen weiteren Gang, in den Treppenstufen eingehauen worden waren und der weiter in die Tiefe führte. In die Tiefe des Felsens, auf dem das Haus stand.

John konnte nicht wissen, dass er sich jetzt in dem Gang befand, den man auch von der Halle aus erreichen konnte.

»Geh weiter, Geisterjäger«, sagte die Alte. »Du hast es bald geschafft.«

Tatsächlich.

Nur wenige Minuten später stand John vor einer Tür, die mit Eisenbeschlägen versehen war.

»Zieh die Riegel zurück!«, befahl die Alte.

John gehorchte.

Die Riegel waren gut eingefettet worden und ließen sich leicht bewegen. Genau wie die Tür, die den Eingang zu einem Kellerraum darstellte.

John musste den Keller betreten.

Es war ein uraltes Verlies, ziemlich niedrig und leer bis auf einen Spiegel.

Er stand genau in der Mitte des Kellers.

John erkannte, dass der Spiegel eine besondere Bewandtnis haben musste, denn in den Rahmen waren allerlei Zeichen und Symbole aus der Dämonensprache eingeschnitzt.

Die Alte zündete zwei Kerzen an, stellte sie rechts und links neben den Spiegel.

Dann wandte sie John ihr Gesicht zu, in dem die Augen in einem seltsamen Glanz flackerten.

»Dieser Spiegel«, flüsterte die Alte, »ist das Tor zur anderen Welt. Zum Reich der Dämonen und Schreckensgestalten. Zu dem Paralleluniversum, in dem die toten Seelen der Verdammten ruhelos umherwandern und auf die Tage der Rückkehr warten. Wehe dem, der in dieses Reich hineingerät. Unzählige Schrecken warten auf ihn. Unbeschreibliche Qualen, wie sie sich nur Asmodis, der Höllenfürst, ausdenken kann. Jeder, der bisher unfreiwillig dieses Reich betreten hat, ist nicht mehr zurückgekehrt. Und auch dir wird es nicht anders ergehen, Geisterjäger. Meine Freunde warten dort auf dich. Die Hexe wird kommen, aber du gehst hinein in den Vorhof zur Hölle.«

John wusste, dass die Alte nicht gelogen hatte. Er selbst kannte solche Spiegel. Es gab mehrere auf der Welt. Sie waren auch als Dämonentore bekannt. Man konnte durch den Spiegel hindurchgehen, als wäre er eine Seifenblase. Nichts hielt die Person auf, die dieses Experiment wagte. Doch der Rückweg, der war dann versperrt, und der Unglückliche, der in das Land des Schreckens geraten war, suchte vergebens nach einem Ausweg.

»Nun, wie gefällt dir das, John Sinclair?«, fragte die Alte hämisch. »Ich werde dich nicht töten, sondern in die Verbannung führen, direkt in Asmodis' Hände, der dann mit dir machen kann, was er will.«

»Noch ist es nicht so weit«, sagte John mit ruhiger Stimme.

Die Alte kicherte. »Suchst du noch nach einem Ausweg?«

»Vielleicht.«

»Du Narr!«, zischte Madame Millau. »Wenn du die anderen retten willst, musst du dieses transzendentale Tor durchschreiten.«

John beschloss zu pokern. »Und die Hexe?«, fragte er. »Wann bekomme ich sie zu Gesicht?«

»Noch in dieser Sekunde«, erwiderte die Alte. »Dreh dich nur um!«

John wirbelte um die eigene Achse.

Madame Millau hatte nicht gelogen.

Vor ihm stand Lucille Latour!

Saccu feuerte zweimal. Die Detonation der Schüsse hallte durch den großen Raum.

Das Blei jagte in Jane Collins Richtung, klatschte aber dicht unter der Detektivin in die Treppenstufen.

Saccu lachte wie ein Satan.

Er stand in Combatstellung, leicht in den Knien eingeknickt, und hielt das Gelenk der rechten Schusshand mit der linken umklammert.

Jane Collins war stocksteif und schreckensbleich stehen geblieben. Mit angstverzerrtem Gesicht blickte sie auf den unter ihr lauernden Killer.

»Die nächste Kugel trifft, Puppe«, sagte Saccu mit schneidender Stimme. Er musste seinem perversen Mordtrieb irgendwie freien Lauf lassen.

Doch dann griff Gustave Domingo ein.

Er hatte sich an seinen Leibwächter von der Seite her herangeschlichen und die Hand zur Faust geballt.

Wuchtig schlug er sie auf Saccus Waffenarm.

Der Killer schrie auf, ließ die Pistole jedoch nicht los, kreiselte herum und richtete die Mündung auf Domingo.

Der Gangsterboss drosch seinem Leibwächter die Faust ins Gesicht. »Willst du auf mich schießen, du hirnloser Idiot?«, brüllte er. »Lass die Kleine gehen. Sie gehört ja doch nicht zu uns. Vielleicht trifft sie den Bullen noch, und dann können die beiden gemeinsam zur Hölle fahren.«

Saccu wischte sich mit der freien Hand über das Gesicht. Blut sickerte aus seinem linken Nasenloch. »Gut, Chef«, sagte er, »vielleicht hast du recht.«

»Nicht nur vielleicht, sondern ganz bestimmt.« Domingo machte eine herrische Handbewegung. »Hau schon ab, Süße, ehe ich es mir noch anders überlege.«

Jane drehte sich um und ging mit weichen Knien weiter die Stufen hinauf.

Himmel, dachte sie, das hätte auch ins Auge gehen können. Dieser Saccu war eine menschliche Bestie, ein eiskalter, brutaler Töter, dem ein Menschenleben nichts galt.

Jane erreichte den Gang. Unten in der Halle sprachen die Männer durcheinander.

Doch Jane war schon zu weit weg. Sie konnte nicht verstehen, was geredet wurde.

Dann erreichte sie das Zimmer des toten Fontaine. Hier hatte John etwas gesucht. Er war nicht fertig geworden, das hieß aber noch lange nicht, dass dieses Zimmer kein Geheimnis barg.

Die Privatdetektivin sah sich gründlich in dem Raum um, soweit es die Dunkelheit zuließ. Sie untersuchte alles genau und gelangte auch schließlich an den Schrank.

Da fiel ihr auf, dass die Tür nicht verschlossen war. Hatte das etwas zu bedeuten?

Jane zog die Tür auf.

Aus weit aufgerissenen Augen starrte sie in den dunklen Schrank. Jetzt hätte sie gern eine Taschenlampe oder eine Kerze gehabt. Doch ihre Augen gewöhnten sich an die Dunkelheit. Jane konnte Umrisse erkennen. Unter anderem sah sie, dass die Rückwand des Schrankes nicht mehr vorhanden war.

Ein Geheimgang!, schoss es Jane durch den Kopf.

Die Detektivin kroch in den Schrank hinein. Jagdfieber hatte sie plötzlich gepackt. Sie ahnte, dass sie auf der richtigen Spur war.

Ihre suchenden und vorgestreckten Hände tasteten den Boden ab und stießen gegen einen kastenförmigen Gegenstand.

Jane biss sich vor Aufregung fast die Zunge ab. Sie befühlte den Gegenstand genauer und hätte bald vor Freude einen Jubelschrei ausgestoßen.

Sie hatte den Koffer gefunden.

John Sinclairs Koffer!

Hier also hatte die Alte ihn versteckt. Jane Collins brauchte nur noch eins und eins zusammenzuzählen. Sie sah die offene Rückwand, den Geheimgang und wusste, dass John hier mit Madame Millau verschwunden war.

Jane Collins zögerte nicht mehr länger. Jetzt kam es auf jede Sekunde an.

Auf allen vieren kriechend tauchte sie in den schräg abfallenden stockdunklen Gang ein. Den Koffer schob sie vor sich her.

Die Hexe war von einer nahezu teuflischen Schönheit. Und – was John Sinclair selten passiert war – die Frau zog ihn in ihren unheimlichen Bann.

Feuerrotes Haar umrahmte das weiße Gesicht wie eine züngelnde Flamme. Schräg standen die Augen, in deren Pupillen ein gefährliches, aber gleichzeitig magisch wirkendes Funkeln lag. Das lange weiße Kleid schmiegte sich eng um die vollendete Figur. Es war mit Rüschen und Borden verziert und hatte einen ovalen Ausschnitt. Die Finger der Hexe waren unnatürlich lang und die grünen Nägel spitz wie Dolche.

Sekundenlang fixierten sich die beiden ungleichen Gegner, tasteten sich mit den Augen ab, und dann glitt ein kaltes Lächeln über die Gesichtszüge der Hexe.

»Ich hätte nie gedacht, dass es so einfach sein würde, den berühmten Geisterjäger in die Falle zu locken«, sagte Lucille Latour. »Man hat dich sehr überschätzt, John Sinclair.«

John stand locker vor der Hexe. Nichts an ihm verriet, dass er Angst hatte. Er stand dieser Hexe waffenlos gegenüber. Er hatte nicht einmal eine Gnostische Gemme als Abwehrmittel um den Hals hängen. Im Notfall konnte er sich nur auf seine Fäuste verlassen, denn normale Pistolenkugeln richteten gegen die Mächte der Finsternis gar nichts aus.

Und doch zeigte der Oberinspektor seine Angst nicht. Er pokerte, denn nichts war gefährlicher, als seine eigene Schwäche zu zeigen.

»Noch bin ich nicht tot«, sagte John mit fester Stimme und so sicher, dass die Hexe unwillkürlich die Augenbrauen hob.

»Du hast noch einen Trumpf in der Hinterhand, Geisterjäger?«, fragte Lucille lauernd.

»Vielleicht.«

»Nichts hat er. Nichts!«, kreischte Madame Millau plötzlich und fuchtelte wild mit den Händen. »Er will nur bluffen.«

Die Alte lachte böse. »Was glaubst du, wie schnell er auf mein Angebot eingegangen ist, Lucille? Er will ja die anderen retten. Schließlich ist er ein edler Held. Nein, Lucille, er hatte gar keine Zeit, sich irgendeinen Trick einfallen zu lassen. Er hat nichts gegen uns in der Hand. Und seinen Koffer habe ich versteckt, mich allerdings gehütet, ihn zu öffnen.«

»Das wäre dir auch schlecht bekommen, Alte«, erwiderte John Sinclair gallig.

Madame Millau stieß eine Verwünschung aus und wollte sich auf den Geisterjäger stürzen, doch Lucille Latour hielt ihre Dienerin im letzten Augenblick zurück.

»Das haben wir nicht nötig!«, zischte sie. »Menschliche Reaktionen brauchen wir doch wohl nicht zu zeigen. Aber nun zu dir, Geisterjäger. Ich habe mir doch ein richtiges Bild von dir gemacht. Ich an deiner Stelle hätte mich nicht geopfert. Hast du denn tatsächlich im Ernst geglaubt, ich würde mein Versprechen einhalten? Nein – ich habe nicht umsonst Jahrhunderte auf meine Rache gewartet, und ich lasse sie mir durch nichts nehmen. Ich werde die Männer der Reihe nach umbringen, und zwar noch in dieser Nacht. Anschließend fliegt dieses Haus in die Luft, und nichts wird mehr davon übrig bleiben. Kein Staubkorn wird an das erinnern, was geschehen ist. Aber das wirst du nicht mehr erleben, John Sinclair. Den ersten Teil meines Planes habe ich vollendet. Du bist in meiner Gewalt. Die Hölle wird ein Freudenfest feiern. Ich werde dich nicht töten. Nein, das überlasse ich einem anderen. Asmodis, der Höllenfürst, hat die größeren Rechte, die ich neidlos anerkenne, aber ich werde, nachdem ich dich ihm ausgeliefert habe, den Platz an seiner Seite einnehmen und über ein Heer von Geistern und Dämonen regieren. Das ist der Preis, den Asmodis auf deinen Kopf ausgesetzt hat. Du hast Asmodis zu viel Ärger bereitet, hast Dr. Tod, seinen besten Diener, umgebracht, und seitdem giert der Höllenfürst nach Rache. Die Mächte der Finsternis haben zu einer Hetzjagd geblasen, Geisterjäger. Allerdings war es nur eine kurze Jagd, wie ich jetzt eingestehen muss.«

»Du willst mich nicht töten?«, fragte John Sinclair verblüfft.

»Nein, nicht töten. Ausliefern. Du hast mich wohl nicht

verstanden? Oder willst du Zeit herausschinden? Ich werde dich Asmodis zuführen, und zwar durch diesen magischen Spiegel, der vor dir steht. Du brauchst nur hindurchzugehen, denn drüben wartet man bereits auf dich.«

»Warum holt mich Asmodis nicht selbst?«, wollte John wissen.

»Weil er mir den Triumph gönnen will. Aber bevor du für immer verschwindest, sollst du noch einmal mein wahres dämonisches Gesicht sehen. Das Gesicht und die Gestalt, die ich in einem anderen Reich habe.«

Schon während der letzten Worte begann sich Lucille Latour zu verändern.

Ihre Haut nahm einen grünlichen Schimmer an, schrumpfte zusammen, warf Falten und Runzeln und bildete fingerdicke Schuppen. Die Augen verwischten, wurden zu einer gallertartigen Masse, die sich in einer trüben Flüssigkeit hin und her bewegten. Die Finger der Hexe glichen jetzt Spinnenbeinen mit nadelspitzen Nägeln. Nur die Farbe der Haare war geblieben. Wirr und borstig standen die vom Kopf ab.

Obwohl John dieser Anblick schockte, zeigte er keinerlei Regungen. Die Hexe stieß ein kreischendes Fauchen aus. Ihre Stimme hatte nichts Menschliches mehr an sich. Sie war zu dem geworden, was sie Jahrhunderte lang gewesen war: ein schuppiger Dämon.

Lucille Latour war sich ihrer Sache hundertprozentig sicher. Sie dachte gar nicht mehr daran, dass John Sinclair noch einen Angriff wagen würde. Doch sie hatte den Geisterjäger unterschätzt.

John sprang plötzlich vor.

Die Hexe stand mit dem Rücken zum Spiegel. Wenn es John gelang, sie in den Spiegel hineinzustoßen, hatte er Zeit gewonnen. Er konnte unter Umständen zurücklaufen und die anderen warnen, denn die Tür zum Verlies stand offen.

Johns Fäuste trafen die Brust des weiblichen Dämons. Der Geisterjäger hatte alle Kraft in den Schlag gelegt, doch die Hexe stand wie ein Denkmal.

Sie wankte nicht, sondern schlug gnadenlos zurück.

Ihre schuppige Hand klatschte in Johns Gesicht. Der Oberinspektor – noch im Sprung – konnte nicht mehr ausweichen. Die dolchartigen Nägel rissen seine Haut auf. Blut strömte aus den zahlreichen kleinen Wunden.

John taumelte zurück. Der Schmerz schien sein Gesicht zerreißen zu wollen. Von der linken Seite her sah er einen Schatten auf sich zufliegen.

Madame Millau griff in den Kampf ein.

Sie packte John Sinclair und schleuderte ihn gegen die dicke Steinwand.

Der Geisterjäger knallte mit dem Kopf gegen einen Quader. Sterne funkelten vor seinen Augen auf. Schwindel erfasste ihn, und langsam rutschte er an der Wand entlang zu Boden.

Wie aus weiter Ferne hörte er die Stimme der Hexe. »Wirf ihn durch das Tor, Maddalena. Ich komme später.«

Dann wusste John sekundenlang nichts mehr.

Er kam erst wieder richtig zur Besinnung, als kräftige Hände unter seine Achseln griffen und ihn hochzogen.

Die Alte war dabei, den Befehl der Hexe zu befolgen.

John wurde über den Boden geschleift. Noch immer schien ihm der Schädel zerspringen zu wollen. Vergeblich versuchte er sich mit den Füßen abzustützen.

Er konnte gegen die Kräfte der Alten nichts ausrichten.

Und immer näher rückte der Spiegel.

John sah die matt schimmernde Fläche, die ihn an eine große Quecksilberlache erinnerte.

Nur noch Sekunden, dann würde er in den Spiegel eintauchen und für immer im Reich des Grauens verschollen sein.

Über sich hörte er das wahnsinnige Kichern der Alten. In ihr steckte eine satanische Vorfreude.

John versuchte sich herumzuwerfen, sammelte noch einmal alle Kräfte. Es gelang. Er rutschte aus dem Griff, fiel zu Boden, und ehe sich Madame Millau auf die neue Situation einstellen konnte, riss er ihr das linke Standbein weg.

Die Alte geriet ins Taumeln, ruderte Halt suchend mit den Armen und streifte mit der Schulter den Rahmen des Spiegels.

Der Spiegel wankte, drohte umzukippen.

John Sinclair sah in Bruchteilen von Sekunden seine einzigartige Chance.

Die linke der beiden Kerzen stand in seiner Reichweite. Er packte sie und hielt die brennende Flamme gegen den Rahmen des Spiegels.

Das trockene Holz brannte wie Zunder. Gierig fraß sich die Flamme an dem Rahmen hoch.

Madame Millau heulte auf wie ein Tier, als sie sah, dass das Tor zur Dämonenwelt in hellen Flammen stand. Beißender gelblicher Rauch quoll durch das Verlies, legte sich schwer auf John Sinclairs Lunge und machte eine Sicht unmöglich.

Keuchend und hustend stand der Geisterjäger auf.

Die Flammen hatten jetzt den gesamten Rahmen erfasst. Mit dem Holz verbrannten gleichzeitig die eingeschnitzten magischen Zeichen und Sprüche.

Krachend brach der Spiegel zusammen.

Das Schreien der Alten war in ein qualvolles Jammern übergegangen. Ihr und Lucille Latours Rückweg war versperrt, denn die Fläche des Spiegels hatte sich aufgelöst, so als hätte es sie nie gegeben.

Es war nahezu stockfinster. Zwar brannte noch die andere Kerze, doch durch den dicken Qualm war ihr Licht kaum zu erkennen.

John Sinclair taumelte auf den Ausgang zu. Er musste hier raus, wollte er nicht elendig ersticken.

Madame Millau hatte den gleichen Gedanken gehabt. Sie und der Geisterjäger trafen fast zusammen.

Und doch war die Alte zwei Schritte schneller. Ehe John sie packen konnte, huschte sie an ihm vorbei, hinein in den Gang.

John würgte, bekam kaum noch Luft und taumelte hinterher.

In dicken Schwaden durchzog der Qualm den Gang. Aber noch war hier die Luft etwas besser als im Verlies.

Etwa fünf Schritte vor John Sinclair lief die Alte. Sie hatte ihre Lampe angeknipst. Der dünne Strahl wies ihr den Weg.

Madame Millau schien ungeheure Kraftreserven zu besitzen,

denn von Sekunde zu Sekunde wurde ihr Vorsprung größer. John konnte sich leicht ausrechnen, dass es für ihn unmöglich war, die Alte noch vor dem Ende des Ganges einzuholen.

Wenn es ihr gelang, die Hexe zu warnen, war alles umsonst gewesen …

Schritt für Schritt tastete sich Jane Collins durch die Finsternis. Sie hatte Angst, doch die Sorge um John Sinclair war größer. Überall meinte sie Stimmen zu hören und hatte manchmal das Gefühl, schleichende Schritte würden auf sie zukommen.

Jane war auf Hände und Füße niedergegangen, schob, bevor sie weiterkroch, immer Johns Koffer ein Stück vor.

Ihn durfte sie nicht verlieren.

Die Detektivin verlor sämtliches Zeitgefühl in dieser alles verschluckenden Dunkelheit. Und mit jeder Sekunde, die verging, wuchs ihre Angst, doch noch zu spät zu kommen.

Nach einer ihr ewig scheinenden Zeitspanne stieß der vorgeschobene Koffer plötzlich auf Widerstand.

Eine Mauer!

Jetzt ist alles aus!, zuckte es Jane durch den Kopf. Hier kommst du nicht weiter.

Doch dann siegte die Vernunft. Mit den Handflächen tastete Jane die Mauer ab, und dann stieß ihr rechter Arm ins Leere.

Ein Spalt? Eine Öffnung?

Janes Atem ging schneller. Sollte sie doch noch Glück gehabt haben? Sie fühlte weiter, stellte fest, dass die Öffnung groß genug war, um sie hindurchzulassen.

Sie schob den Koffer zuerst vor und hörte, wie er fiel und ein Stück weiter polterte.

Sekunden später erfuhr die Detektivin den Grund.

In den Gang waren Stufen gehauen worden, die weiter in die Tiefe führten.

Jane kroch durch das Loch, fasste nach dem Koffer, erhob sich und ging vorsichtig die steilen, zum Teil feuchten Stufen hinunter. Wo mochte dieser Gang enden? Jetzt hätte sie wer weiß was für ein paar Streichhölzer oder ein Feuerzeug gegeben.

Jane konnte nicht ahnen, dass vor nicht einmal einer Minute die Hexe diesen Gang entlang nach oben gelaufen war.

Immer tiefer ging es in den Felsen hinein.

Plötzlich rümpfte Jane die Nase. Etwas hatte ihren Geruchssinn gereizt.

Es roch nach Verbranntem und irgendwie beißend oder ätzend.

Der Rauch kam von unten, wehte ihr entgegen.

Die Detektivin musste an John denken. Steckte er vielleicht tief in dem unheimlichen Keller? Jane hatte plötzlich die Vision, John Sinclair würde in Flammen stehen. Panik kroch in ihr hoch.

Jane Collins ging schneller, passte einmal nicht auf, stolperte prompt und konnte sich im letzten Augenblick an der Gangwand abstützen.

Da sah sie den Lichtfinger.

Wie ein Speer bohrte er sich in die Dunkelheit.

Schon einen Atemzug später hörte Jane Schritte, die sich schnell näherten.

Wer lief ihr da entgegen?

John vielleicht?

Die Privatdetektivin wusste es nicht. Nur noch wenige Sekunden, dann würde sie der Lichtstrahl treffen.

Jane Collins ging in die Knie und öffnete die Schlösser des Koffers.

Gustave Domingo schlug sich lachend auf die Schenkel. »Diese beiden Idioten sind wir los«, prustete er. »Geisterjäger soll der Bulle sein. Jetzt kann er seine Geister in der Hölle jagen.«

»Ich an Ihrer Stelle würde mich nicht so freuen«, sagte George Plummer, der Waffenhändler, plötzlich.

Domingos Lachen brach ab. Sein Blick, der sich Beifall heischend im Kreis der Männer umgesehen hatte, wurde verschlagen. Langsam drehte der Gangsterboss den Kopf.

»Was soll das heißen, Plummer?«, fragte er mit lauernder Stimme.

George Plummer lehnte sich gegen das Treppengeländer.

»Glauben Sie denn im Ernst, Domingo, dass die Hexe ehrlich spielt? Denken Sie an Sinclairs Warnung. Der Oberinspektor hat mehr Erfahrung mit finsteren Mächten als wir alle zusammen.«

»Sie hätten ja mit dem Kerl gehen können!«, bellte Domingo. »Dann wären Sie jetzt vielleicht schlauer. Außerdem ist Sinclair ein Spinner. Und Ihre Sekretärin hat sich ihr Schicksal selbst zuzuschreiben. Warum ist sie auch mit ihm gegangen. Sie wäre hier bei uns besser aufgehoben gewesen.«

»Das stimmt«, sagte Pierre Lassalle mit schwerer Zunge. »Ich hätte schon Verwendung für das Täubchen gehabt.«

»Halt du dich da raus, du versoffenes Stück«, zischte Domingo böse. »Du bringst in deinem Zustand doch gar nichts mehr auf die Beine.«

Lassalle begann glucksend zu lachen.

»Miss Collins ist übrigens gar nicht meine Sekretärin«, meinte George Plummer.

Domingo stand ruckartig von seinem Stuhl auf. »Nicht?«, fragte er mit lauernder Stimme. »Was dann?«

»Sie ist Privatdetektivin …« Plummer biss sich auf die Lippen. Am liebsten hätte er seine Worte zurückgenommen. Er fühlte die Blicke der übrigen Männer auf sich ruhen, hob die Schultern und schielte auf seine Schuhspitzen.

»Ich erwarte eine Erklärung, Plummer«, sagte Domingo. »Weshalb haben Sie eine Detektivin mitgebracht? Hatten Sie vielleicht etwas vor? Oder sollte sie uns überwachen? Los, zum Teufel, raus mit der Sprache! Was ist geschehen?«

Domingo war blass geworden. Das war sogar im Kerzenlicht zu erkennen. Die Männer hatten sämtliche Kerzen, die sie gefunden hatten, angezündet, sodass es in der Halle wenigstens einigermaßen hell war.

Plummer suchte verzweifelt nach einer Ausrede. »Nein, nein – ich – ich dachte nur …« Er geriet heftig ins Stottern.

Domingo war mit drei raschen Schritten vor dem Waffenhändler. Er packte Plummer an beiden Revers und schüttelte ihn durch. »Was war mit der Puppe, Plummer? Wir wissen verdammt wenig von dir! Bist du ein Bulle oder ein Spitzel?«

»Nein, ich – verdammt, lassen Sie mich doch los.« Plummer schlug Domingos Hände weg.

Augenblicklich stand Saccu neben seinem Boss.

»Soll ich?«, fragte er mit verkniffenem Gesicht.

»Nein, noch nicht. Ich schätze, der gute Plummer wird mir jetzt eine Antwort geben.«

»Ja, zum Teufel.« Plummer nickte. Dann sagte er: »Ich und ein Bulle? Da kann ich nur lachen. Ich mache Waffengeschäfte, verstehst du nun, Domingo? Und ich hatte Angst, dass dieses Haus eine verdammte Falle ist. Deshalb habe ich eine Detektivin mitgenommen. Eine Frau ist unauffälliger. Ich konnte sie leicht als meine Sekretärin ausgeben.«

Domingo begann plötzlich zu lachen. Dann schlug er dem überraschten Plummer auf die Schulter. »Da sind wir ja sogar von der gleichen Art, nur ist mein Gebiet das Rauschgift. Komm, darauf müssen wir einen trinken.«

Plummer lächelte verzerrt, ließ sich aber willig zum Tisch führen. Gläser standen bereit, und Domingo goss ein.

Plummer trank den Cognac. Leer stellte er das Glas zurück. Ray Danton tippte ihn plötzlich an.

»Stimmt es tatsächlich, dass Miss Collins eine Detektivin ist?«, fragte er flüsternd.

»Ja. Und sie kennt auch John Sinclair, hat schon öfter mit ihm zusammengearbeitet.«

»Wenn das so ist«, sagte Danton.

»Da hättest du uns bald ein Kuckucksei ins Nest gelegt, Plummer. Aber jetzt sind die beiden ja beschäftigt.« Domingo schüttete noch einmal nach. Dann fragte er: »Ist hier noch jemand, der Dreck am Stecken hat?« Er ging vor und stützte seine Hände auf den Tisch und sah Pierre Lassalle an. »Du vielleicht, Casanova?«

Pierre Lassalle hob beide Hände. »Ich bin ein Ehrenmann«, sagte er mit Überzeugung. »Ich arbeite als kleiner Angestellter in einer Holzfabrik.«

Domingo grinste. »Du hast wohl ein Brett vorm Kopf, aber uns kannst du nichts vormachen. Sauf nur weiter.« Domingo drehte wieder ab und sah Ray Danton. »Unser Mini-Shakespeare wird ja wohl auch eine reine Weste haben.«

»Die habe ich auch, Mr Domingo.«

»Arm aber fein, wie?«, sagte Domingo höhnisch. Dann blickte er auf seine Uhr. »Freunde, noch eine Minute bis Mitternacht. Normalerweise hätten wir jetzt nur noch sechzig Sekunden zu leben. Wenn das kein Grund ist zum Saufen. Los, hoch die Tassen.«

Der Rauschgiftboss riss seinen Arm hoch und drehte sich im Kreis. »Wir können auch auf den Superbullen trinken, der alles so schön eingefädelt hat. Schließlich hat er uns das Leben gerettet, und das wollen wir nicht ...«

Ein krachender Donnerschlag unterbrach Gustave Domingos spöttische Rede. Und im nächsten Atemzug spaltete ein gelber Blitz den Himmel und jagte dicht vor dem einsamen Haus in den Felsen.

Alle waren aufgesprungen, standen sekundenlang wie festgeleimt.

Wieder zuckte ein Blitz auf die Erde zu, dazwischen der Donnerschlag. Und dann ging es Schlag auf Schlag. Blitz und Donner wechselten sich innerhalb von Sekundenbruchteilen ab. Ein mörderisches Gewitter tobte über dem Haus.

Die Zeit verrann.

Niemand bemerkte, dass die Tageswende erreicht war.

Mitternacht!

Und plötzlich stand die Hexe mitten in der Halle.

Keiner hatte sie kommen sehen. George Plummer sah sie als Erster. Das Glas entfiel seiner Hand, fiel auf den Boden und zerbrach. Das klirrende Geräusch wurde von einem Donnerschlag verschluckt.

Bis Plummer anfing zu schreien. Er presste beide Hände gegen die Augen, um den schrecklichen Anblick der Frau nicht mehr sehen zu müssen.

Lucille Latour sah so aus, wie sie sich John Sinclair zuletzt gezeigt hatte. Jeder Blitzstrahl leuchtete sie an, zeichnete überdeutlich die Umrisse ihres Körpers nach.

Jetzt sahen sie auch die anderen Männer.

»Die Hexe!«, brüllte Ray Danton. »Die Hexe!«

Saccu zog seine Waffe, traute sich aber noch nicht zu schießen.

Und Lucille Latour lächelte dämonisch. Ihre große Stunde war jetzt angebrochen. Die Schuldigen befanden sich in ihrer Hand.

Die Einzigen, die ruhig blieben, waren Lassalle und Gustave Domingo. Pierre Lassalle bekam sowieso nur die Hälfte mit, und Domingo vertraute noch immer auf das Versprechen der Alten, obwohl ihn der Anblick der Hexe doch ziemlich schockte.

Wie eine finstere Rachegöttin stand Lucille Latour vor den Männern. Jeden Einzelnen traf ihr stechender dämonischer Blick. Die grüne Schuppenhaut schillerte im Kerzenlicht, und die Finger mit den langen Nägeln bewegten sich unruhig.

Plummer und Danton hatten sich wieder einigermaßen gefasst. Blass starrten sie auf die unheimliche Erscheinung.

Domingo gab sich einen Ruck und ergriff das Wort. »Was willst du noch hier?«, fragte er.

Lucille Latour lachte leise. »Könnt ihr euch das nicht denken?«

Domingos Augen wurden groß. »Aber wir hatten doch etwas abgemacht!«

»Was denn?«

Jetzt verlor der Gangsterboss die Fassung. Er wartete den nächsten Donnerschlag ab und schrie: »Wir haben dir John Sinclair und die Frau ausgeliefert. Dafür sollten wir als Lohn freien Abzug bekommen, das hatte man uns versprochen.«

»Aber nicht ich.«

»Das ist doch egal!«, schrie Domingo, dessen Gesicht schweißnass glänzte.

»Ich schließe mit einem Sterblichen keinen Pakt«, sagte die Hexe. »Zu lange schon habe ich auf meine Rache warten müssen, als dass ich sie mir entgehen lasse. Nein, ihr werdet alle sterben. Der Einzige, der mir gefährlich werden konnte, war John Sinclair. Doch ihn habt ihr mir selbst in die Hand gespielt, ihr Narren. Jetzt kann euch nichts mehr retten.«

Eine lange Pause entstand nach den Worten der Hexe. Selbst das Gewitter hatte nachgelassen. Das Donnergrollen war nur noch schwach zu vernehmen.

»Ich habe es geahnt«, flüsterte Ray Danton. »Ich habe es geahnt. Wir hätten den Oberinspektor nicht gehen lassen dürfen.«

»Halt doch das Maul, verdammt!«, heulte Gustave Domingo. »Jetzt müssen wir sehen, wie wir aus diesem Schlamassel herauskommen.«

»Du kannst ruhig mutiger sein, Gustave Domingo. Dein Ahnherr war auch nicht so ängstlich. Er war einer der Ersten, die mich hängen sehen wollten.«

»Aber was habe ich damit zu tun?«, kreischte der Gangsterboss.

»Viel, denn du trägst seinen Namen«, lautete die eiskalte Antwort.

»Können wir uns denn nicht irgendwie einigen?«, fragte der Gangsterchef. »Ich meine …«

»Nein, es gibt keine Einigung. Ihr müsst sterben. Wer von euch macht den Anfang?«

Den Männern verschlug es die Sprache. Die Worte hatten sie bis ins Mark getroffen, ihren letzten Widerstand erstickt. Selbst Gustave Domingo sagte nichts mehr.

Jeder blickte jeden an, und die Hexe weidete sich an den Ängsten der Menschen.

Saccu verlor als Erster die Nerven.

»Ich schieß dich in Stücke!«, brüllte er und drückte gleichzeitig ab.

Feuerstrahlen leckten aus den Mündungen. Die Detonationen krachten überlaut in der Halle. Kugeln rüttelten die Hexe durch, fügten ihr jedoch keinen Schaden zu.

Dann hatte Saccu seine Munition verschossen.

Vornübergebeugt stand er da, stierte aus hervorquellenden Augen auf die unheimliche Erscheinung.

Die Pistolen entfielen seinen kraftlos gewordenen Fingern. Dumpf polterten sie zu Boden.

Auf Lucille Latour wirkte das Geräusch wie ein Signal. »Dann stirb du als Erster«, sagte sie, »obwohl dein Vorfahr gar nichts mit mir zu tun hatte.«

Es schien, als hätten die Worte Saccu aufgeweckt.

»Nein!«, kreischte er. »Nein!«

Plötzlich begann Saccu zu rennen. Mit einem wahren Panthersatz stürzte er vor, wollte an der Hexe vorbei.

Lucille Latour ließ ihn gewähren, bis Saccu an der Tür war. Dann drehte sie sich blitzschnell um und streckte den Arm aus.

Und da geschah es.

Ein heller Blitzstrahl zuckte plötzlich aus den Fingern der Dämonin, bohrte sich mit unvorstellbarer Wucht in den Rücken des Mannes.

Saccu wurde zu Boden geschmettert. Er schrie wie am Spieß, wälzte sich um die eigene Achse.

»Ich verbrenne. Ich verbrenne – ahhh!«

Sein mörderisches Geschrei endete in einem Gurgeln. Noch einmal zuckten seine Glieder, dann lag er still.

Mit vor Entsetzen geweiteten Augen starrten die übrigen Männer auf den Toten.

Saccus Haut war pechschwarz. Ein dämonisches Feuer hatte den Mann regelrecht verbrannt.

»Und nun zu euch«, sagte die Hexe. »Ich bestimme, wer den Anfang macht.« Die hässliche, grünschuppige Fratze wandte sich den Männern zu. Der Blick der eiskalten Augen blieb an Ray Danton hängen.

Ray wollte etwas sagen, seine Lippen versuchten Worte zu formen, doch nicht ein Laut drang aus seiner Kehle.

»Dein Vorfahr war der Hexenjäger«, sagte Lucille Latour. »Und du wirst jetzt dafür büßen. Komm her, oder ich werde dich holen. Du kannst es dir aussuchen.«

Ray Danton fühlte, wie ihm der Schweiß in Strömen vom Körper lief. Die Konturen der Hexe verschwammen vor seinen Augen. Tränen trübten den Blick.

Es war aus. Endgültig.

Jane Collins blieben nur noch Sekunden, dann würde sie der Lichtstrahl der Lampe treffen. Ausweichen konnte sie nicht, dafür war der Gang zu schmal. Ihr blieb nur die Konfrontation mit dem unbekannten Gegner.

Die Detektivin wühlte mit beiden Händen in dem geöffneten Koffer herum. Sie ertastete einige Gegenstände, die in mit weichem Schaumstoff ausgelegten Mulden lagen. Janes Hände tasteten weiter. Noch hatte sie nicht das Richtige gefunden.

Die Zeit drängte.

Dann fiel ihr ein länglicher Gegenstand in die Hände.

Eine Lederscheide! Und in ihr – das wusste Jane – steckte ein aus Silber gefertigter geweihter Dolch.

Diese Waffe war für Dämonen tödlich. Die Detektivin riss den Dolch aus der Scheide, richtete sich auf – und wurde im gleichen Atemzug von dem Lichtstrahl getroffen.

Der helle Speer fuhr in ihr Gesicht. Geblendet schloss Jane die Augen.

Ein mörderisches Wutgebrüll ließ Jane Collins' Trommelfell erzittern. Dazwischen hörte sie eine Männerstimme. John Sinclairs Stimme.

»Jane, um Himmels willen, pass auf!«

John lebt!, schoss es Jane einen Herzschlag lang durch den Kopf. Aber er war noch viel zu weit weg, denn im nächsten Augenblick war die Alte heran.

Sie hatte die Lampe kurzerhand fallen gelassen. Ihre knochigen Finger legten sich stählernen Klauen gleich um Jane Collins' Hals.

Die Detektivin wurde zurückgedrängt, prallte mit dem Rücken gegen die Mauer. Die Alte hatte eine unheimliche Kraft. Die Finger schnürten Jane die Luft ab.

Sie röchelte.

Gnadenlos drückte Madame Millau zu. Stinkender, nach Schwefel riechender Atem streifte Janes Gesicht. Mit dem Mut der Verzweiflung kämpfte sie gegen den mörderischen Würgegriff an. Sie hatte die Augen weit aufgerissen, sah das Gesicht der Millau, das nur noch eine aus Hass bestehende Fratze war.

Da fiel Jane der Dolch ein. Noch immer hielt sie ihn in der rechten Hand. Und die hatte sie frei.

Der Kampf mit der mörderischen Alten hatte vielleicht nur drei, vier Sekunden gedauert, obwohl es Jane vorkam, als wären es Minuten gewesen. Aber auch eine Zeit, die für John Sinclair zu knapp war, um die Kämpfenden zu erreichen und einzugreifen.

Was Jane Collins tat, war als reine Notwehr zu bezeichnen, als letzte Rettung aus einer tödlichen Situation.

Jane zog die Klinge des silbernen Dolches von unten nach oben. Bis zum Heft drang die Waffe in den Körper des dämonischen Wesens.

Schlagartig änderte sich die Situation.

Jane fühlte plötzlich, dass sie wieder frei atmen konnte. Die Mörderhände hatten sich von ihrem Hals gelöst.

Die Alte war zurückgetaumelt, geriet in den Lichtschein der auf einer Treppenstufe liegenden Taschenlampe.

Maddalena Millau hatte beide Hände vor den Leib gepresst, genau dort, wo sie der Dolch getroffen hatte. Sie wankte hin und her, hielt sich nur mit äußerster Mühe aufrecht. Kein Tropfen Blut rann aus der Wunde, und doch musste die Dämonin unheimliche Schmerzen haben.

Ganz plötzlich brach die Alte in die Knie, kippte zur Seite weg, rollte einige Stufen hinunter und wurde von der Dunkelheit verschluckt.

Jane Collins stand an der Wand. Schreckensbleich und mit verkrampften Muskeln.

Jetzt erst hörte sie die Schreie.

Es waren grässliche Laute, die aus der Dunkelheit drangen. Jane presste beide Hände auf die Ohren. Sie war froh, diesen Todeskampf nicht mit ansehen und anhören zu brauchen.

Jane löste die Hände erst, als sie von starken Armen zur Seite gezogen wurde.

»John«, flüsterte Jane Collins.

»Ja, ich bin es tatsächlich«, erwiderte der Geisterjäger mit rauer Stimme. »Du hast mehr Glück als Verstand gehabt, Darling«, fügte er noch hinzu. »Aber nun lass mich weitermachen. Warte noch einen Augenblick.«

John hob die Taschenlampe auf. Er ging ein paar Stufen tiefer und ließ den Lichtstrahl über das Gestein wandern.

Dann sah er Maddalena Millau. Oder vielmehr das, was von ihr übrig geblieben war.

Ein Skelett lag auf den Stufen. Die Knochen schimmerten bleich, und die leeren Augenhöhlen glotzten den Betrachter an.

John fühlte Janes Hand an seinem Arm.

»Wenn man bedenkt, dass sie vor ein paar Sekunden noch gelebt hat ...«, flüsterte die Detektivin und schüttelte sich.

John strich über ihr Haar. »Vergiss es. Aber noch haben wir nicht gewonnen. Unser schlimmster Gegner lebt!«

Janes Augen wurden weit. »Die Hexe?«

»Ja.«

»Und wo ist sie?«

»Kannst du dir das nicht denken?«

»Dann hat sie also doch ...«

»Ja«, sagte John, »sie hat ihr Wort gebrochen, wenn man überhaupt von Wort sprechen kann. Sie hat es mir selbst ins Gesicht gesagt. Sie will die anderen töten. Jetzt, in dieser Nacht noch. Und ich sollte durch einen magischen Spiegel für immer im Dämonenreich verschwinden. Aber das erzähle ich dir später. Wo hast du eigentlich meinen Koffer gefunden?«

»Er lag im Schrank oben in Fontaines Zimmer.«

»Und ich habe ihn nicht gesehen. Aber jetzt komm, Jane, wir müssen uns beeilen. Die Hexe läuft uns zwar nicht weg, aber wir haben Mitternacht vorbei, und wahrscheinlich hat sie schon mit ihrer grausamen Rache begonnen ...«

Plötzlich kippte ein Stuhl um.

Der Krach, der entstand, als das Möbelstück auf den Boden fiel, wirkte doppelt laut in der angstgeladenen Stille.

Ray Danton blieb stehen. Er hatte schon die Hälfte der Distanz zurückgelegt und wandte nun den Kopf.

Pierre Lassalle war aufgestanden. Er hatte inzwischen noch mehr Alkohol getrunken. Sein Blick war glasig, und Lassalle schwankte wie ein Strohhalm im Wind. Lassalle war völlig betrunken, aber auch mutig und unberechenbar.

Mit einer weit ausholenden Armbewegung wollte er die Hexe auf sich aufmerksam machen.

»He, du komisches Monster«, lallte er. »Jetzt lass deine blöden Scherze, sondern sauf lieber mit uns. Wir – wir …«

Die Situation hätte komisch gewirkt, wenn nicht die gnadenlose Todesdrohung wie ein unsichtbares Schwert über den Köpfen der Männer gehangen hätte.

Lassalle rülpste und sprach weiter: »Was, du willst nicht? Dann muss ich dich eben holen. Warte nur …«

Lassalle wankte los.

»Mein Gott, Lassalle!«, flüsterte George Plummer.

»Halts Maul!«, zischte Gu Domingo. »Soll er doch laufen, der blöde Narr.«

Mit unsicheren Schritten umrundete Pierre Lassalle den Tisch. Keiner wagte ihn aufzuhalten.

»Eine schöne Maske hast du gemacht, Puppe«, sagte er. »Vorhin hast du mir besser gefallen. Viel besser.«

Lassalle rempelte Ray Danton, glotzte den Schriftsteller an, begann zu kichern, stand dann nur noch zwei Schritte vor der Hexe und holte zu einem Heumacher aus.

»Jetzt werde ich dir mal zeigen, wer Pierre Lassalle ist«, sagte er mit schwerer Zunge. »Pass mal auf, du – du …«

Lucille Latour fing den Arm mit einer spielerisch anmutenden Bewegung ab, und Pierre Lassalle hatte im nächsten Augenblick das Gefühl, mit seiner Hand in einen Schraubstock geraten zu sein.

Da trat die Hexe zu.

Ihr schuppiger Fuß traf Lassalle mitten im Gesicht.

Der Betrunkene fiel auf den Rücken, überschlug sich einmal und blieb wimmernd liegen.

Die Hexe lachte nur.

»Er kommt als Nächster an die Reihe«, sagte sie.

Der ganze Vorgang hatte nicht einmal eine halbe Minute gedauert. Doch Ray Danton hatte die Situation erfasst und versuchte, das Beste daraus zu machen.

Er warf sich auf dem Absatz herum und rannte los.

Mit Riesensätzen hetzte er auf die Treppe zu und hatte die Überraschung dabei auf seiner Seite.

Lucille Latour hatte damit nicht gerechnet. Ehe sie sich an die Verfolgung machen konnte, hatte Ray Danton schon die ersten Stufen erreicht.

Doch dann kam die Hexe. Sie schien förmlich über den Boden zu fliegen, und jeder sah, dass Ray Danton keine Chance mehr hatte.

Plummer schrie auf.

Dieser Schrei riss Danton herum.

Der junge Schriftsteller sah die Hexe auf sich zujagen und riss mit einer kaum zu erkennenden Bewegung einen Degen von der Wand.

Wenn er schon sterben sollte, dann wollte er sein Leben so teuer wie möglich verkaufen.

Die Hexe flog auf Ray zu.

»Stirb, du verdammtes Scheusal!«, brüllte Ray Danton, schwang den Degen über seinem Kopf und schlug zu.

Die Klinge krachte gegen den schuppigen Schädel der Hexe, ohne jedoch deren Lauf bremsen zu können.

Zu einem zweiten Schlag kam Ray Danton nicht mehr.

Mit einer sensenden Bewegung schlug ihm Lucille Latour beide Beine weg.

Ray krachte auf den Rücken und prallte dabei mit der Wirbelsäule gegen die Kanten einer Treppenstufe.

Wie eine Lohe zuckte der Schmerz in ihm hoch. Ein gnadenloser Tritt gegen das Handgelenk fegte ihm den Degen aus der Hand.

Lucille Latour bückte sich blitzschnell und riss die stählerne Waffe an sich.

Sie packte den Degen mit beiden Klauen und riss die Arme hoch, sodass die Spitze genau auf die Brust des unglücklichen Schriftstellers zeigte.

»Mit diesem Degen wolltest du mich töten!«, kreischte die Hexe. »Jetzt wirst du selbst durch die Waffe sterben!«

»Oder du, Lucille Latour!«, peitschte plötzlich eine Stimme vom Ende der Treppe her.

Auf der obersten Stufe stand ein Mann mit blutverschmiertem Gesicht. John Sinclair …

Überraschung, Wut, Hass – Enttäuschung, all das musste die Hexe in diesen entscheidenden Sekunden gelähmt haben. Anders war ihre folgende Reaktion wohl nicht zu erklären.

Mit einem wilden Schrei sprang Lucille Latour zurück.

»Sinclair, du Hund!«, heulte sie. »Du solltest längst in der Hölle sein!«

Der Geisterjäger schüttelte den Kopf und grinste verächtlich.

»Der Teufel wollte mich wohl nicht«, sagte er und ging mit langsamen Schritten die Stufen hinab.

Fassungslos sahen George Plummer und Gustave Domingo der Szene zu. Sie begriffen ebenfalls noch nicht. Auf sie wirkte John Sinclair wie ein Geist.

Ray Danton rollte sich ächzend zur Seite, um John Platz zu machen.

»Kill diese verdammte Bestie!«, stöhnte er. »Schick sie zur Hölle, Geisterjäger.«

Pierre Lassalle hatte sich auf die Hände gestützt. Sein Gesicht war angeschwollen. Der plötzliche Schock hatte ihn nüchtern gemacht.

Die Hexe wich immer weiter zurück. Sie hatte den mörderischen Schock noch immer nicht überwunden. Es ging einfach nicht in ihren Dämonenschädel, dass John Sinclair Sieger geblieben war.

Doch diesmal war der Geisterjäger am Zug.

Mit einer tausend Mal geübten Bewegung zog er seine Pistole. Eine Beretta, geladen mit geweihten Silberkugeln. Diese Waffe hatte sich ebenfalls in seinem Koffer befunden.

»Bleib stehen, Lucille Latour!«, donnerte die Stimme des Geisterjägers durch die Halle. »Hier ist dein teuflischer Weg zu Ende!«

Die Hexe gehorchte.

John hob den Arm mit der Waffe ein wenig an. Er hatte jetzt

die Treppe hinter sich gelassen und stand dicht vor der ersten Stufe. »Die Pistole ist mit Silberkugeln geladen, Lucille Latour. Du weißt, was es bedeutet.«

»Ja, Geisterjäger, ich weiß es«, spie die Hexe voller Hass hervor. »Aber auch dagegen werden wir irgendwann ein Mittel finden, und dann bist du wehrlos.«

»Das erlebst du allerdings nicht mehr.«

»Hast du mit dieser Waffe auch Maddalena Millau umgebracht?«, wollte die Hexe wissen.

»Nein. Deine Dienerin ist durch den silbernen Dolch gestorben, den ihr Jane Collins in den Leib gestoßen hat. Aber du brauchst gar keine Zeit herauszuschinden, du entgehst deiner endgültigen Höllenfahrt nicht.«

»Wirklich?«, fragte die Hexe und begann sich in derselben Sekunde zu verwandeln.

Blitzschnell verlor die Haut den grünen Schimmer, die Schuppen verschwanden. Auch das Gesicht veränderte sich, nahm wieder die berückend schönen Züge der Lucille Latour an. Weich und samten war die Haut geworden, und wie ein roter schwerer Vorhang flossen die Haare auf die makellosen Schultern.

»Willst du mich wirklich töten?«, fragte Lucille mit rauchiger Stimme, wie sie sich Sängerinnen in Nachtclubs so gerne wünschen.

John biss die Zähne zusammen. Er hätte nicht gedacht, dass die Hexe es auf diese Art und Weise versuchen würde, ihrem verdienten Schicksal zu entgehen. John hatte schon gegen viele Dämonen gekämpft, aber noch nie hatte ihn jemand durch Verführung umzustimmen versucht.

»Wir könnten uns zusammentun, Geisterjäger«, lockte die rothaarige Hexe. Mit einer fließenden Bewegung wischte sie eine Haarsträhne aus der Stirn. Ihr Gang war aufreizend, als sie auf John Sinclair zukam. »Du und ich, wir wären unschlagbar. Überleg es dir gut, Geisterjäger. Ich würde sogar auf meine Rache verzichten.«

Eine atemlose Spannung lag über der Halle. Die Männer wagten kaum zu atmen. John spürte, wie ihm der Schweiß ausbrach. Von dieser Hexe ging eine magische Kraft aus, der er sich kaum erwehren konnte.

John Sinclair schwankte.

Lucille hatte es wohl bemerkt, denn sie begann triumphierend zu lächeln.

Da griff Jane Collins ein.

Sie stand plötzlich auf der obersten Stufe der Treppe.

»Tu es nicht, John!«, schrie sie. »Lass dich nicht von diesem Satansweib einfangen!«

Johns Kopf flog herum. Der Geisterjäger sah den beschwörenden Ausdruck in den Augen der Detektivin, und es war, als würde ein unsichtbarer Ring um seine Brust gesprengt.

Aber da war es schon zu spät, denn die Ereignisse überstürzten sich.

Die Hexe, die einsah, dass sie verloren hatte, wischte plötzlich wie ein Schemen an John Sinclair vorbei und rannte die Treppe hoch. Sie wollte versuchen, in Jane Collins' Rücken zu gelangen, um die Detektivin als Geisel nehmen zu können.

Doch sie rechnete nicht mit Janes Kaltblütigkeit.

Jane Collins hielt den Dolch, mit dem sie Maddalena Millau umgebracht hatte, noch immer in der Hand. Als sie jetzt die Hexe auf sich zuhetzen sah, schleuderte sie die Waffe aus dem Handgelenk.

Leider war die Detektivin keine allzu gute Messerwerferin. Sie traf zwar die Hexe, doch der Dolch bohrte sich nur in ihre Schulter.

Lucille Latour – schon auf der Hälfte der Treppe – wurde wie von einem Rammbock gestoppt.

Aufschreiend fasste sie sich an die linke Schulter, bekam den Dolch zu fassen, riss ihn sich aus der Wunde und schleuderte ihn weit weg. Doch die dämonische Kraft der Hexe war schon zum Teil verflogen.

Lucille Latour drehte sich wie ein Kreisel, bekam das Übergewicht und stürzte sich überschlagend die Treppe hinunter. Dort, wo der Dolch sie getroffen hatte, färbte sich die Schulter pechschwarz.

Und dann begann Gu Domingo zu schreien. »Los, Bulle, leg sie um!«, brüllte er. »Verdammt, mach doch!«

John wollte schießen, doch die Hexe spielte im selben Moment ihren letzten Trumpf aus.

Ein Blitzstrahl zuckte aus ihrer Hand, und hätte John nicht im letzten Moment den Kopf eingezogen, wäre er ihm wohl vom Hals gerissen worden.

Domingo sprang vor. Er hechtete gegen Sinclair und schlug ihm die Waffe aus der Hand. »Die Knarre her!«, keifte Domingo.

Beide Männer fielen zu Boden. Die mit Silberkugeln geladene Pistole rutschte weg.

Während Domingo und John Sinclair um die Waffe kämpften, wurde Lucille Latour zu einem reißenden Ungeheuer.

Sie schrie, fauchte, drehte sich um die eigene Achse. Feuer und Blitze schossen aus ihrem weit aufgerissenen Maul. Immer weiter fraß sich die Schulterverletzung, hatte jetzt schon auf den Arm übergegriffen.

Aber das sah John Sinclair nicht. Er kämpfte mit diesem wahnsinnigen Gangsterboss.

Domingo versuchte dem Geisterjäger das Knie in den Leib zu rammen, doch John blockte ab und knallte gleichzeitig seine gestreckte Handkante gegen den fetten Hals des Verbrechers.

Domingo zuckte noch einmal und blieb dann liegen.

John sprang auf die Füße.

Soeben stürzte Jane Collins die Treppe hinunter.

»Die Hexe, John!«

Aber Sinclair sah es bereits selbst. Lucille Latour ergriff die Flucht. Sie war schon ziemlich geschwächt und torkelte auf die Tür zu.

Doch kurz davor brach sie zusammen. Jetzt war ihr Körper schon zur Hälfte eine schwarze, widerlich riechende Masse. Und der Prozess der Auflösung ging unaufhaltsam weiter.

»Aaaaahhhh …« Die Hexe gurgelte auf. Sie lag auf dem Boden. Die Augen waren weit aus den Höhlen gequollen. Die noch normal aussehende Hand krampfte sich völlig zur Faust zusammen. Lucille wollte sich aufstützen, aber dazu fehlte ihr bereits die Kraft.

Ein letztes Mal öffnete sich der Mund der Hexe zu einem

Schrei, doch nicht einmal ein Stöhnen drang aus der Kehle, denn da hatte die magische Verbrennung bereits den Kopf erreicht.

Die Hexe fiel in sich zusammen.

Gleichzeitig flammte draußen vor dem Haus ein greller Blitz auf, wurde zu einem feurigen Reifen, der einmal um das Haus herumzuckte und dann verlosch.

»Die magische Falle ist jetzt aufgehoben«, sagte John Sinclair leise. Mehr nicht.

Nicht einmal dreißig Minuten später fuhren die Männer ab. Domingo machte den Anfang. Grußlos ging er davon, setzte sich in seinen Wagen und war wenig später verschwunden.

George Plummer, der abgebrühte Waffenhändler, saß auf dem Stuhl und weinte. Ihn hatte dieses schreckliche Erlebnis am meisten mitgenommen, und jetzt spielten seine Nerven einfach nicht mehr mit.

Ray Danton ging es am schlechtesten. Er hatte sich bei dem Sturz auf die Treppenkante im Rücken etwas angebrochen und musste dringend in ärztliche Behandlung.

John wollte ihn zusammen mit Jane nach England mitnehmen.

Der Geisterjäger setzte sich neben Plummer. Mit bebenden Lippen sah ihn der Waffenhändler an.

»Ich kann es immer noch nicht begreifen«, flüsterte er. »Haben wir es wirklich geschafft?«

»Ja. Und wir werden jetzt zurückfahren.«

»Nehmen Sie mich bitte mit, Mr Sinclair. Ich – ich kann einfach nicht mehr fahren. Ich bin am Ende.«

»Aber Ihr Wagen …«

»Lasse ich hier stehen. Er soll meinetwegen vergammeln. Ich will durch nichts mehr an dieses Haus erinnert werden. Auch der Koffer mit meinen Sachen soll hierbleiben.«

»Wie Sie meinen, Mr Plummer«, sagte John und stand auf.

Er öffnete die schwere Eingangstür, kühler Nachtwind zog durch den Raum. Ein paar dicke Regentropfen klatschten auf die grauschwarzen Felsen.

Der Mond hatte sich hinter den dicken Wolken versteckt. Ein einsames Schiff zog draußen auf dem Kanal seine Bahn. Die Lichter waren nur als winzige Punkte zu sehen.

John wollte sich umdrehen, da spürte er eine weiche Frauenhand an seiner Wange.

Jane Collins war zu ihm gekommen. Ihre Augen strahlten den Geisterjäger an.

»Alles okay, John?«, fragte sie mit weicher Stimme.

John Sinclair lächelte. »Alles okay.« Dann ging er mit Jane Collins Arm in Arm zurück in die Halle.

ENDE

DER HEXER MIT
DER FLAMMENPEITSCHE

»Darf ich den Verstorbenen noch einmal sehen?«, erkundigte sich die junge Frau in der Trauerkleidung.

Der Friedhofsangestellte nickte. »Aber selbstverständlich, Madam. Kommen Sie, der Sarg ist noch nicht geschlossen worden.«

Die junge Frau lächelte dankbar. Hinter dem Leichenhallenwächter betrat sie einen dunklen Raum. Eine Leuchtstoffröhre an der Decke spendete kaltes, grelles Licht.

Der Mann hob den Sargdeckel an. »Bitte, Madam.«

Die Frau trat näher.

Im nächsten Augenblick packte sie das kalte Entsetzen. Die Leiche hatte keinen Kopf mehr!

Ein, zwei Herzschläge lang starrte die Frau unbeweglich auf die grausam zugerichtete Leiche. Dann verzerrte sich ihr Gesicht zu einer Grimasse des Schreckens. Ihr Mund öffnete sich, und noch im selben Atemzug gellte ein markerschütternder Entsetzensschrei auf, der sich schaurig an den kahlen, grün getünchten Wänden brach.

Dann – und es geschah wie in Zeitlupe – kippte die Frau nach hinten. Steif wie ein Brett fiel sie zu Boden. Ihr Schrei verstummte.

Der Friedhofsangestellte hörte den harten Aufprall des Körpers, und dieses Geräusch schien ihn aus seiner Starre zu reißen.

Er begann plötzlich zu zittern. Wie im Schüttelfrost schlugen die Zähne aufeinander. Laut, klappernd. Dann drehte sich der Mann plötzlich auf dem Absatz um, war mit zwei langen Schritten an der Tür, riss sie auf und hetzte schreiend und zitternd über den gefliesten Flur.

Er lief den anderen Trauergästen in die Arme.

Auch sie hatten den Schrei gehört. Die meisten waren beunruhigt. Ein Mann mit einem dunklen Hut packte schließlich zu und rüttelte den Friedhofsangestellten an beiden Schultern.

»Was ist denn passiert, zum Teufel?«

Der Friedhofsangestellte konnte vor Entsetzen keinen Ton hervorbringen. Er war schon älter, dazu dünn wie eine Bohnenstange und ziemlich klein. Er hatte einen gekrümmten

Rücken, sodass er immer etwas gebückt ging. Der graue Kittel umflatterte seine magere Gestalt wie eine Fahne den Mast.

»So reden Sie doch endlich!«

Der Friedhofsangestellte nickte. »Die – die Leiche«, ächzte er. »Sie, sie …«

Er sprach nicht mehr weiter, denn inzwischen hatten sich sämtliche Trauergäste um ihn versammelt. Eine junge blonde Frau fiel besonders auf. Sie stach wegen ihrer modischen Trauerkleidung deutlich von den anderen Leuten ab. Auch unter dem Kostüm konnte jeder erkennen, dass sie eine atemberaubende Figur hatte. Das Haar fiel wie reifer Weizen bis auf die Schultern, und der Kopf wurde von einer dunklen kleinen Kappe bedeckt.

Der Mann, der den Friedhofsangestellten gepackt hielt, verlor die Geduld. »Wenn Sie jetzt nicht sagen, was passiert ist, dann …«

Die gut aussehende Frau schob den Mann kurzerhand zur Seite.

»Darf ich mal?«, sagte sie. Ihre Stimme klang nicht laut. Es schwang jedoch ein Unterton darin mit, der den Mann zusammenzucken ließ.

»Bitte sehr, Miss.«

Die blonde Frau lächelte. »Danke.«

Sie fasste den Friedhofsangestellten unter, der an der Wand lehnte und dessen Gesicht die Farbe eines Leichentuchs hatte.

Die Blonde entnahm ihrer Handtasche ein kleines Fläschchen. Geschickt schraubte sie den Verschluss auf. Die rot lackierten Fingernägel wirkten wie in Blut getaucht.

»Trinken Sie«, sagte die Frau und hielt dem geschockten Mann die Flasche hin.

Dankbar nahm dieser einen Schluck.

Der Whisky rann über seine Lippen, brachte Farbe zurück in das Gesicht. Er setzte die Flasche ab. Seine mageren Finger umklammerten das Gefäß. Die Frau musste ihm die Flasche aus der Hand winden.

»So, und jetzt sagen Sie mir bitte, was geschehen ist.«

Der Mann schluckte. »Da – da wollte jemand den Verstorbenen noch einmal sehen. Ich hatte nichts dagegen. Der Sargdeckel war noch nicht verschraubt. Ich hob ihn zur Seite – und …«

»Was und?«

Der Mann senkte den Blick. »Die Leiche – sie hatte keinen Kopf mehr. Jemand hat ihn abgeschnitten!«

»Neiiinnn!« Eine ältere Frau erlitt einen hysterischen Anfall, als sie die Worte hörte. Schreiend fasste sie sich an den Kopf, schüttelte ihn wild.

Auch die anderen Trauergäste waren durch die Worte des Friedhofsangestellten geschockt worden. Niemand dachte daran, der Schreienden zu helfen.

Die Blonde handelte.

Sie sprang vor und schlug der Frau zweimal mit der flachen Hand ins Gesicht.

Der Schrei verstummte. Die Gesichtszüge der Frau versteiften zur Maske.

Die Blondine führte die Frau zu einem Stuhl. »Bitte, setzen Sie sich.«

Dann ging sie wieder zu dem Friedhofswächter. »Wo steht der Sarg?«, erkundigte sie sich.

»Ich – ich gehe nicht mehr dahin.«

»Das brauchen Sie auch nicht.«

Der Mann streckte den Arm aus. »Den Gang hier hoch. Dann die dritte Tür rechts.«

»Danke.«

Die Blondine ging los. Verfolgt von den Blicken der Trauergäste. Die Menschen bewunderten die Frau. Sie hätten nie den Mut aufgebracht, so etwas zu tun. Aber niemand wusste, dass diese blonde Frau einen besonderen Beruf hatte.

Sie war Privatdetektivin.

Mit vollem Namen hieß sie Jane Collins, stammte aus London, wo sie auch ihr Büro hatte, und Kollegen behaupteten, sie wäre die hübscheste Privatdetektivin Englands, was gar nicht mal übertrieben war. Jane Collins konnte sich wirklich sehen lassen.

An dieser Beerdigung nahm sie teil, weil der Verblichene ein entfernter Verwandter von ihr gewesen war, der ihr vor

Jahren mal einen großen Gefallen getan hatte. Damals war sie noch Studentin gewesen und hatte sich in Geldschwierigkeiten befunden. Da hatte ihr der Onkel einen Scheck geschickt.

Jane Collins hatte die Tür der kleinen Kammer erreicht. Sie stand halb offen. Ihr Herz begann hart zu klopfen, als sie den kleinen Raum betrat. Obwohl sie auf den Anblick gefasst war, hatte sie doch das Gefühl, der Magen würde ihr in die Kehle steigen.

Der Anblick war schrecklich, so grauenhaft, dass sich Janes Gehirn weigerte, die Einzelheiten aufzunehmen.

Die Detektivin schloss die Augen. Als sie sie wieder öffnete, wandte sie den Blick der Frau zu, die ohnmächtig auf dem Boden lag. Die Frau hatte eine Platzwunde am Hinterkopf. Geronnenes Blut klebte in den Haaren.

Jane Collins hob die Frau behutsam an. Dann schleifte sie sie aus dem kleinen Raum und schloss die Tür.

Als die Detektivin auf den Gang trat, liefen drei männliche Trauergäste auf sie zu, die sich dann um die Bewusstlose kümmerten.

Inzwischen schien sich herumgesprochen zu haben, was geschehen war. Immer mehr Menschen hatten sich angesammelt. Auch vom Friedhofspersonal waren einige Männer erschienen. Und Jane entdeckte den Pfarrer, der die Trauerfeier zelebrieren sollte.

Der Geistliche trat mit raschen Schritten auf Jane zu.

»Miss …«, sagte er.

»Collins, mein Name ist Collins«, stellte sich Jane vor.

Der Pfarrer nickte. Er war schon älter, und das weiße Haar bedeckte seinen Kopf wie einen Kranz. »Stimmt es, dass dieser Verstorbene …«

»Ja.« Jane Collins nickte. »Man hat der Leiche den Kopf abgetrennt.«

Der Pfarrer wankte einen Schritt zurück.

»Schrecklich«, flüsterte er. Instinktiv umklammerte er mit der rechten Hand seine Kehle. »Wer kann so etwas nur tun?«

Jane hob die Schultern. »Ich weiß es auch nicht. Aber das herauszufinden ist Sache der Polizei. Wir müssen die Mordkommission in Sheffield anrufen. Tut mir leid, aber die Beerdigung wird wohl nicht stattfinden können.«

Der Pfarrer senkte den Kopf.

»Ja«, sagte er leise. »Das habe ich mir auch schon gedacht.« Er wischte sich über die Stirn. »Entschuldigen Sie, Miss Collins.«

Der Geistliche wandte sich um und ging.

Jane suchte ein Telefon. Ein Apparat stand in dem kleinen Büro der Friedhofsverwaltung.

Von dort rief die Detektivin die Mordkommission an.

Chef der Mordkommission war Chiefinspektor Sherman. Er war ein ruhiger Typ, der wenig sagte, viel zuhörte, aber dann die richtigen Fragen stellte.

Sherman war Pfeifenraucher, hatte ein rosiges Gesicht und zwanzig Pfund Übergewicht, was ihn allerdings nicht störte. Zwanzig Jahre lang versah er seinen Job schon, doch als man ihn mit dem Toten konfrontierte, stieg ihm die Galle hoch. So etwas hatte er in seiner Laufbahn noch nie erlebt.

Seinem jungen Assistenten wurde es schlecht, und er musste sich übergeben.

Sherman führte die ersten Verhöre durch. Nacheinander befragte er die Trauergäste, doch niemand konnte ihm konkrete Antworten geben. Keiner hatte den oder die Täter gesehen, der ganze Fall blieb ein Rätsel.

Auch der Friedhofswärter konnte kaum etwas aussagen. Der Mann hieß Victor Lanning und stand noch immer unter Schock.

»Also, Mr Lanning«, sagte der Chiefinspektor. »Wer alles hat einen Schlüssel zu dem Raum, in dem die Leichen vor der Beerdigung aufbewahrt werden?«

»Den habe ich, Sir.«

»Sonst niemand?«

»Wieso?«

Sherman schüttelte den Kopf. »Überall gibt es einen Zweitschlüssel. Wenn Sie den richtigen mal verlieren, was geschieht dann?«

»Ein Zweitschlüssel befindet sich im Rathaus.«

Sherman räusperte sich. »Na, das sind vielleicht Aussichten.«

Lanning hob die Schultern. »Sie müssen verstehen, Sir. Wir sind hier nur ein kleiner Ort. Knapp dreihundert Einwohner. Und hier ist die Zeit eben etwas stehen geblieben.«

»Für Leichenschänder aber wohl nicht«, erwiderte der Chiefinspektor bissig. »Fassen wir also noch einmal zusammen. Sie können sich also nicht erklären, wie der Leichenschänder in den Raum eindringen konnte.«

»Nein.«

Sherman wandte sich an seinen Assistenten, der mit käsigem Gesicht in der Ecke saß. »Haben Sie alles mitgeschrieben, Tanner?«

»Ja.«

»Was sagt denn der Arzt? Er hat die Leiche doch untersucht. Von Tod eingetreten kann ja hier nicht die Rede sein. Um welche Zeit könnte man der Leiche wohl den Kopf abgeschnitten haben?«

»Das kann der Doc nicht feststellen, Sir.«

»Mist, verdammter. Sind denn alle Zeugen befragt worden?«

»Bis auf eine.«

»Und wer ist das?«

»Diese Detektivin, die die Ohnmächtige aus dem Raum geholt hat.«

»Ach so, ja. Holen Sie die Frau her, Tanner. Und Sie, Mr Lanning, können jetzt gehen.«

»Danke, Sir.« Der Friedhofsangestellte stand auf, nickte den Männern zu und verschwand.

Chiefinspektor Sherman zündete sich seine Pfeife wieder an.

»Das wird ein Fall«, sagte er kopfschüttelnd und stieß dicke, blaugraue Qualmwolken gegen die Decke. »Ich glaube, Tanner, daran werden wir uns die Zähne ausbeißen. Ich habe ja schon viel erlebt – aber so etwas? Sind das überhaupt noch Menschen, Tanner?«

»Ich weiß nicht, Sir.« Tanner war ein schmaler Typ mit dunkler Hornbrille und langem braunen Haar, das die Ohren bedeckte. Er stand jetzt auf und trat ans Fenster. »Wenn man so die Fachzeitschriften studiert, Sir, da …«

»Ach, hören Sie mir doch mit Ihren Zeitschriften auf.«

Tanner blieb jedoch hartnäckig. »Werfen Sie das nicht so weit weg, Sir. In der vergangenen Woche noch habe ich einen Bericht über Sekten und Teufelsanbeter gelesen. Diese Leute haben schreckliche Riten. Sie machen vor nichts Halt. In dem Bericht stand auch, dass jemand eine Leiche gestohlen hat und sie durch finstere Beschwörung wieder zum Leben erwecken wollte.«

»Das ist doch Unsinn.«

»Natürlich, Sir. Aber die Dinge sind nun einmal nicht wegzuleugnen.«

»Gut, Tanner. Bleiben Sie bei Ihren Zeitschriften, ich halte mich lieber an die Tatsachen und werde mal mit dieser Jane Collins reden. Bitten Sie die Lady doch herein.«

Wenig später betrat Jane Collins das Zimmer. Der Chiefinspektor bot ihr einen Platz an, und sein Assistent Tanner musste stehen bleiben.

»Wir haben uns ja vorhin schon kurz kennengelernt«, sagte Sherman, »und ich habe mit Erstaunen registriert, dass Sie Detektivin sind. Eine Frage vorweg. Waren Sie beruflich hier?«

»Nein.«

»Bleibt nur noch privat übrig«, sagte Sherman mit einem angedeuteten Lächeln. Er sprach aber dann nicht weiter, sondern wartete auf eine Erklärung, die Jane ihm auch nicht länger vorenthalten wollte.

»Der Verstorbene war ein entfernter Verwandter von mir. Ein Onkel zweiten Grades. Er hat mir einmal während meines Studiums kräftig unter die Arme gegriffen, und er galt sogar als relativ vermögend.«

Sherman nickte. »Das habe ich auch gehört. Ihr Onkel hieß Graham Sounders. Hatte er weitere Verwandte?«

»Soviel ich weiß, war da noch ein Neffe«, erwiderte Jane.

»Der aber nicht zur Trauerfeier erschienen ist«, bemerkte Chiefinspektor Sherman. »Gibt es einen Grund dafür?«

»Das kann ich Ihnen nicht sagen.«

Sherman lächelte hintergründig. »Gab es denn nicht irgendwelche Gerüchte?«

Jetzt lächelte Jane auch. Sie meinte: »Sie sind ein schlauer Fuchs, Sir. Aber über Gerüchte und Anschuldigungen rede ich nicht gerne.«

»Es bleibt ja unter uns.« Sherman schielte Jane Collins über seine Pfeife hinweg an.

»Okay, weil Sie es sind, Chiefinspektor. Man sagt, Neffe und Onkel hätten sich gehasst. Phil Sounders ist seinem Onkel, wo er konnte, aus dem Weg gegangen. Die Leute hier im Dorf erzählten, dass er ihn seit Jahren nicht mehr besucht habe.«

»Weiß denn jemand, wo dieser Neffe wohnt?«, fragte Sherman.

»Nein.«

Sherman lehnte sich zurück. »Sie sind doch eine Frau, Miss Collins. Und man sagt den Frauen ja nach, sie seien gefühlsbetonter als wir Männer und sie gäben viel auf die Intuition. Sagen Sie mir eins, Miss Collins, glauben Sie, dass Hass noch über den Tod hinwegreicht?«

»Möglich.«

»Aber auch in dieser extremen Form, wie wir sie heute erlebt haben?«

»Ja.«

»Dann sind Sie schlauer als ich und können sich mit meinem Assistenten zusammentun. Er ist eifriger Fachzeitschriftenleser und hat vor allen Dingen die Zunahme der Sekten und Teufelsanbetertätigkeit mit großem Interesse verfolgt. Er sieht den Mordfall in diese Richtung laufen.«

»Womit er gar nicht mal unrecht haben könnte.«

»Sie glauben auch daran?« Sherman war wirklich erstaunt.

»Ich glaube nicht nur daran, sondern ich habe selbst schon mit finsteren Mächten zu tun gehabt. Sie kennen Oberinspektor Sinclair vom Scotland Yard?«

Sherman winkte ab. »Ach – diesen komischen ...«

»Moment, Sir«, mischte sich plötzlich der junge Tanner ein. »Ich bin ein großer Bewunderer des Geisterjägers und habe schon oft gesagt, dass seine Erfolge …«

»Ja, ja, schon gut.« Sherman zog ärgerlich die Augenbrauen zusammen.

»Darf ich auch mal etwas dazu sagen?«, fragte Jane.

»Bitte sehr.«

Jane blickte den Chiefinspektor an. »Ich bin mit Oberinspektor Sinclair befreundet, und wir haben bereits zusammen gegen finstere Mächte gekämpft. Es gibt sie, Chiefinspektor. Dämonen und Geister existieren tatsächlich. Meist machen sie sich Menschen zu willenlosen Werkzeugen, und es ist durchaus möglich, dass wir das Motiv dieses schrecklichen Ereignisses in einer Welt suchen müssen, die mit dem Verstand kaum zu begreifen ist.«

Chiefinspektor Sherman schlug mit der flachen Hand auf den Schreibtisch. »Also, das ist mir zu hoch. Ich halte mich da lieber an Tatsachen.«

Jane lächelte. »Manchmal könnten auch einem altgedienten Praktiker etwas Fantasie und Intuition nicht schaden.«

Sherman war leicht pikiert. »Wollen Sie mich belehren, Miss Collins?«

»Nein, um Himmels willen. Aber ich wollte Ihnen klarmachen, dass ich versuchen werde, diesen Fall aufzuklären. Das bin ich meinem Verwandten schuldig.«

Sherman riss ein Zündholz an und hielt die Flamme gegen den Pfeifenkopf. Der Tabak fing an zu glühen. »Wollen Sie hier allein weiterforschen? Ich habe im Prinzip nichts gegen Privatdetektive, aber wenn sie sich so direkt in die Polizeiarbeit einmischen, dann sehe ich mich gezwungen …«

Jane ließ den Beamten nicht ausreden. »Keine Angst, Chiefinspektor. Ich werde heute noch Oberinspektor Sinclair anrufen. Gegen eine Einmischung von Scotland Yard werden Sie ja wohl nichts haben.«

Sherman schwieg. Aber Jane sah ihm an, wie sehr ihn ihre Worte gewurmt hatten. Im Gegensatz zu Tanner, dem Assistenten. Er freute sich sichtlich, dass sein Vorbild John Sinclair diesen Fall übernehmen sollte. Tanner konnte sich nicht verkneifen, das mit Worten auch zum Ausdruck zu bringen.

»Ich halte es für eine gute Idee«, sagte er.

Chiefinspektor Sherman wandte den Kopf. »Ob die Idee wirklich gut ist, wird sich wohl erst in einigen Tagen herausstellen. Ich jedenfalls glaube nicht an diesen Zirkus.«

Jane Collins hatte keine Lust, sich auf lange Diskussionen einzulassen. Sie erhob sich und fragte: »Brauchen Sie mich noch, Sir?«

»Nein, im Moment nicht. Aber wo kann ich Sie erreichen?«

»Ich habe mir im Gasthaus ein Zimmer genommen. Es liegt direkt neben dem Bürgermeisteramt.«

»Okay.«

Jane nickte den beiden Männern noch einmal zu und verließ den Raum.

Chiefinspektor Sherman stöhnte auf.

»Die hat uns gerade noch gefehlt«, sagte er. »Und wenn mich nicht alles täuscht, gibt das noch schweren Ärger.«

Dieser Meinung war sein Assistent Tanner allerdings nicht.

Der Schnee lag wie eine dicke Schicht aus Zuckerwatte über dem Land. Seit Tagen schon jagte auf der brtischen Insel ein Kälterekord den anderen. Das Thermometer war in tiefste Minusregionen gefallen, und die Menschen froren um die Wette.

Glatteis und Schnee machten das Autofahren zu einem Risikospiel. Nur die Skifahrer und die Kinder freuten sich über die herrliche weiße Pracht.

Jane Collins war wieder in ihren Pelzmantel geschlüpft. Das schwere Fell bot ihr einigermaßen Schutz vor der beißenden Kälte draußen.

Die Detektivin stieß die Tür der Leichenhalle auf. Es war windig geworden. Kleine Schneekristalle flogen wie blitzende Punkte auf Jane zu und setzten sich in dem Flausch ihrer weißen Mütze fest.

Jane versank mit ihren halbhohen Stiefeln bis zu den Knöcheln im Schnee, als sie über einen schmalen Weg dem Ausgang entgegen schritt.

Von einem Friedhof war nicht mehr viel zu erkennen. Der Schnee hatte Gräber und Steine mit einer weißen Haut bedeckt. Die Kreuze wirkten unter der Last des Schnees wie große Dreiecke. Raben zogen über der Winterlandschaft krächzend ihre Kreise.

Nur mit Mühe hatte der Totengräber in dem hart gefrorenen Boden ein Grab ausheben können. Jane ging daran vorbei. Die Öffnung war mit Bohlen bedeckt. Auf dem Holz glänzte eine hauchdünne Eisschicht.

Der Friedhof lag am Anfang des kleinen Dorfes. Es hieß Saxton und lag zwanzig Meilen von Sheffield entfernt in einer hügeligen waldreichen Gegend.

Vor dem Tor parkten zwei Limousinen. Es waren die Wagen der Mordkommission. Eis hatte die Scheiben verkrustet.

Einige Jugendliche hatten sich am Tor versammelt. Sie trauten sich wohl nicht, auf den Friedhof zu gehen, sondern sahen über die kleine Mauer hinweg auf die Leichenhalle. Es hatte sich schnell herumgesprochen, was geschehen war.

Als die Jugendlichen Jane sahen, senkten sie ihre Blicke. Stumm ließen sie die Detektivin an sich vorbeigehen.

Unter Janes Schritten knirschte der Schnee, als sie auf ihren Wagen zuging. Es war ein kanariengelber VW Käfer. Jane schloss den Wagen auf – die Türschlösser waren zum Glück nicht vereist – und setzte sich hinter das Lenkrad.

Die Zündung reagierte erst beim zweiten Startversuch, der Auspuff begann zu knattern, und dann rollte der Käfer.

Es war ein Tanz auf dem Eisparkett. Hier war nicht gestreut worden, und die Straße eignete sich besser zum Schlittschuhlaufen. Die ersten Häuser tauchten auf. Die schrägen Dächer schienen unter der Last des Schnees zu stöhnen. Die Eingänge zu den zumeist zweistöckigen Häusern waren freigeschaufelt worden. Wie dunkle Schneisen wirkten die Wege in der hellen Schneepracht.

Die fahle kalte Wintersonne sank bereits dem Horizont entgegen. Die Luft war schwer und eisig kalt. Sie drückte dem Boden entgegen. Nebel stieg von den Feldern hoch.

Die grauweißen Schleier legten sich wie Arme um die schneebedeckten Sträucher und Bäume.

Zwei Kinder zogen ihre Schlitten quer über die Straße. Jane musste bremsen. Die Reifen rutschten auf dem glatten Eis. Jane lenkte gegen. Dann fuhr sie vorsichtig weiter.

Aus zahlreichen Schornsteinen stiegen Rauchwolken in den Winterhimmel. Es waren graue, kerzengerade Fahnen, die von dem tief hängenden Himmel verschluckt wurden.

Der Gasthof, in dem Jane Collins abgestiegen war, lag in der Mitte des Ortes. Direkt neben dem Haus des Bürgermeisters. Jane konnte vor dem Haus parken.

Bullige Wärme empfing sie in dem großen Gastraum. Jane zog ihren Mantel aus und setzte sich an einen der klobigen Eichentische. Bei dem glatzköpfigen Wirt mit der roten Knollennase bestellte sie einen Rum.

»Sofort, Madam«, sagte der Mann und verschwand in der Küche.

Jane Collins war der einzige Gast in der großen Wirtsstube. Die Decke wurde von schweren Balken gestützt. Sie waren rauchgeschwärzt. In einer Ecke stand ein Kanonenofen mit einem langen Rohr, das dicht unter der Decke in die Wand mündete. Die Platte des Ofens glühte.

Es war still. Jane hörte den Wirt in der Küche mit seiner Frau sprechen, und sie konnte Fetzen der Unterhaltung verstehen.

»… ja – sie besorgt«, sagte die Frau eben.

»… gut – hängen hoffentlich – Ruhe.«

Dann schwiegen beide.

Jane runzelte die Stirn. Das Wirtsehepaar schien sich vor irgendetwas zu fürchten, denn genauso klangen ihre Stimmen. Jane, die nie ein Blatt vor den Mund nahm, beschloss, den Wirt zu fragen.

Der Wirt brachte den Rum.

Die heiße Flüssigkeit dampfte im Glas und verströmte einen angenehmen Geruch.

»Bitte, Madam.«

»Danke sehr.« Jane nahm Glas und Untertasse dem Wirt aus der Hand, als sie sah, wie sehr dessen Finger zitterten.

Die Detektivin rührte mit dem Löffel um. Zuvor hatte sie sich Zucker genommen.

Der Wirt war am Nebentisch stehen geblieben. Mit einem Tuch putzte er über die sowieso schon blanke Platte, und Jane Collins hatte das Gefühl, dass der Mann nur eine Möglichkeit suchte, um mit ihr ein Gespräch anzufangen.

Schließlich fasste er sich ein Herz.

»Entschuldigen Sie, Madam, aber Sie waren doch auch bei der Beerdigung.«

Jane lächelte. »Sie meinen bei der, die nicht stattgefunden hat.«

»Ja.« Der Wirt stand jetzt an ihrem Tisch.

Jane deutete auf einen freien Stuhl. »Wollen Sie sich nicht hinsetzen?«

»Danke. Wenn Sie erlauben.«

Der Wirt nahm Platz. Er drehte nervös an seinen Fingern, und als Janes Blick ihn streifte, verzogen sich seine Lippen zu einem schmalen Lächeln.

Jane Collins nahm einen Schluck von dem heißen Rum. Sie hatte das Gefühl, als würde das Getränk die Eiskristalle in ihrem Körper zum Schmelzen bringen.

»Ja, es war schrecklich«, nahm Jane den Faden wieder auf. »Sicher kannten Sie den alten Sounders.«

Der Wirt nickte. »Sehr gut sogar. Wir beide haben manche Stunde verplaudert.«

»Worüber haben Sie denn gesprochen?«, fragte Jane.

Der Wirt hob die Arme und ließ sie danach auf die Schenkel fallen. »Über Gott und die Welt. Er war an und für sich bei uns ein beliebter Mann. Wenn Weihnachten vor der Tür stand, dann hat er immer die Kinder aus dem Dorf beschenkt.«

»Umso schwieriger, ein Motiv für den schrecklichen Vorgang zu finden«, sagte Jane.

Der Wirt nickte. »Da haben Sie recht. Wir wissen ja mittlerweile alle, was geschehen ist, und niemand kann sich denken, was für einen Grund dieser Kerl gehabt hat.«

»Es soll da noch einen Neffen geben«, meinte Jane.

»Ach, Phil Sounders.« Der Wirt verzog das Gesicht.

»Sie mögen ihn wohl nicht, wie?«

»Nein, niemand mag ihn. Er wohnt auch nicht hier.«

»Er hat aber seinen Onkel schon öfter besucht?«

»Das stimmt. Sogar noch vor zwei Tagen.«

»Was?« Jane sah den Wirt überrascht an.

»Ja, es war kurz nach Neujahr. Völlig überraschend ist er aufgetaucht. Sein Onkel saß gerade an dem Tisch, wo wir jetzt sitzen, Miss Collins. Phil stand plötzlich hier im Wirtshaus. Der Alte ist dann sofort aufgestanden und mit ihm weggegangen.«

»Wohin wissen Sie nicht?«

»Doch. In sein Haus.«

»Wann ist Phil Sounders denn wieder gefahren?«

»Noch am selben Abend. Die beiden müssen Streit gehabt haben. Nachbarn haben die Auseinandersetzung gehört. Und seitdem haben wir nichts mehr von Phil Sounders gesehen. Aber wieso fragen Sie? Haben Sie ihn vielleicht in Verdacht?«

Jane Collins schwieg.

Der Wirt stand auf. »Na ja, ist auch nicht mein Bier. Aber eine Frage noch, Miss Collins. Wann wollen Sie wieder abreisen?«

»Ich weiß es noch nicht.«

»Heißt das, Sie werden länger bleiben?«

»Kann sein. Ich werde nachher noch einen Bekannten in London anrufen, damit er herkommt. Ich glaube, dieser Fall wird noch sehr interessant.«

Der Wirt kniff die Augen zusammen. »Sind Sie etwa von der Zeitung, Miss Collins?«

»Nein, nein, keine Angst. Ich bin Detektivin.«

»Sie als Frau?«

»Warum nicht?«

Der Wirt schüttelte den Kopf. »Das habe ich auch noch nicht gehört.« Er wollte noch etwas hinzufügen, doch in diesem Augenblick betrat seine Frau von der Küche her die Gaststube. Unter beiden Armen trug sie große Stauden, und sogleich breitete sich der Geruch von Knoblauch im Raum aus.

Der Wirt ging auf seine Frau zu, die Jane mit einem knappen Kopfnicken begrüßte. »Lass das, Wilma, ich häng die Dinger schon auf.«

Der Wirt kletterte auf den Tisch und begann die Knoblauchstauden an den Deckenbalken zu befestigen. Seine Frau und Jane Collins sahen ihm dabei zu.

»Finden Sie den Knoblauchgeruch eigentlich so angenehm?«, konnte sich Jane Collins nicht verkneifen zu fragen.

Die Frau des Wirts reagierte als Erste.

»Wüsste nicht, was Sie das angeht«, sagte sie spitz.

Der Wirt unterbrach seine Arbeit. »Sei doch nicht so unhöflich, Wilma!«

»Stimmt doch, weshalb will sie das wissen? Sie soll sich um ihren eigenen Mist kümmern!«

»Jetzt wirst du aber unverschämt!«

Jane lächelte. »Lassen Sie mal. Ich kann ja verstehen, dass Ihre Frau Angst vor Vampiren hat.«

Dem Wirtsehepaar blieben vor Überraschung die Münder offen stehen.

»Wie – wie meinen Sie das?«, fragte der Mann.

»Ganz einfach.« Jane stand auf und zeigte auf die von der Decke hängenden Knollen. »Knoblauch schreckt Vampire ab. Schon vor Hunderten von Jahren haben die Menschen das gewusst, und diese Überlieferung erlebt in der heutigen Zeit eine Wiedergeburt. Sie brauchen mir nichts vorzumachen, ich kenne mich da aus. Sind hier in letzter Zeit Vampire aufgetaucht?«

Die Wirtsleute blickten sich an.

»Sag du es, Tom«, meinte die Frau. Sie hatte jetzt den Blick gesenkt, und in ihrem schmalen, verlebt wirkenden Gesicht hatten sich tiefe Falten eingegraben. Die Finger hatte sie in die grobe Kittelschürze verkrallt.

»Ja«, meinte der Wirt nach einer Weile. »Es ist hier ein Vampir aufgetaucht. Ich selbst habe ihn nicht gesehen, aber ein Freund von mir ist drüben im Forst angefallen worden und hat sich nur mit letzter Kraft retten können. Er ist in die Kirche gelaufen.«

Jane Collins war ernst geworden. »Hat ihr Freund den Vampir erkannt?«

»Nein.«

»Und Sie wissen auch nicht, wo er herkommt?«

Jetzt zögerte der Wirt mit der Antwort. Schließlich sprang seine Frau ein.

»Wir haben einen Verdacht«, meinte sie.

»Welchen?«

»Es gibt hier in der Nähe eine Schule. Sie ist in einem ehemaligen Herrensitz untergebracht. Sie nennt sich MYSTERY SCHOOL, und soviel wir wissen, beschäftigt man sich dort mit seltsamen Vorgängen. Es heißt, man könne dort Verbindung mit Toten aufnehmen. Die Schüler kommen für sechs Wochen dahin, nachdem sie zuvor über Inserate angeworben worden sind.«

»Das ist ja interessant«, sagte Jane nachdenklich. »Besuchen die Schüler auch Ihr Dorf?«

»Manchmal.« Die Frau reichte ihrem Ehemann die nächste Knoblauchstaude. »Wir haben natürlich den Verdacht, dass dieser Vampir von der Schule dort gekommen ist.«

»Ja, das liegt nahe.« Jane trank ihr Glas leer. Dann hörte sie von draußen plötzlich Stimmen, und wenig später betraten drei junge Männer die Gaststätte.

Jane Collins sah, wie sich die Augen der Wirtsfrau weiteten. Auch ihr Mann starrte ungläubig auf den Mittleren der Männer. Dann sprang er vom Tisch auf und sagte mit spröder Stimme: »Guten Tag, Mr Sounders!«

Die Worte hatten bei Jane die Wirkung einer Bombe. Stocksteif saß sie auf ihrem Stuhl und betrachtete die drei Männer, die die Reißverschlüsse ihrer gefütterten Parkajacken aufzogen und langsam zum Tresen gingen. Dabei streiften sie die von der Decke hängenden Knoblauchstauden mit ihren Blicken, und die Detektivin meinte, einen abwehrenden Zug auf ihren Gesichtern zu erkennen.

Die drei setzten sich aber doch an einen Tisch. Jane beobachtete Phil Sounders, der den Arm hob und dem Wirt zurief: »Drei Whisky, Tom, aber Beeilung!«

Der Wirt eilte zum Tresen. »Sofort.«

Phil Sounders grinste, während die anderen beiden Männer mit unbewegten Gesichtern auf die Tischplatte starrten.

Sounders sah aus wie ein Playboy. Sein Haar war schwarz wie die Nacht, die Augen in den tief liegenden Höhlen dunkel und geheimnisvoll. Er hatte ein scharf geschnittenes Gesicht, auf dessen Wangen bläulich schimmernde Bartschatten wuchsen.

Der Wirt brachte den Whisky. Sounders hielt den Mann am Arm fest, als er sich wieder entfernen wollte.

»Hat man sich nicht gewundert, dass ich nicht zur Beerdigung des Alten gekommen bin?«

»Ich weiß es nicht.«

»Ach, hau ab, du Panscher!«, sagte Phil Sounders und ließ den Wirt los. Dann leerte er mit einem Zug sein Glas. Die anderen beiden Männer taten es ihm nach.

Phil Sounders lehnte sich auf seinem Stuhl zurück und drehte dabei seinen Oberkörper so, dass er Jane Collins anblicken konnte. Seine Lippen verzogen sich zu einem Grinsen.

»Wen haben wir denn da Hübsches«, sagte er mit seidenweicher Stimme. »Gehören Sie auch zu der weitläufigen Verwandtschaft des alten Graham?«

»Ja.« Janes Stimme klang unbeteiligt.

Sounders stand auf.

»Dann bist du vielleicht sogar meine kleine Cousine«, sagte er, breitete die Arme aus und trat auf Jane zu. »Lass dich an meine Brust drücken, Cousinchen. Das Wiedersehen wollen wir gebührend feiern.«

»Fassen Sie mich nicht an«, sagte Jane Collins.

»He, warum so prüde?«

Phil Sounders blieb stehen und grinste. Er bewegte den Kopf in Richtung der beiden Wirtsleute.

»Da glotzt ihr blöde, was?« Seine rechte Hand fuhr über Jane Collins Haar.

»Lassen Sie das«, sagte die Detektivin gefährlich leise. Wer sie kannte, wusste, dass Jane dicht vor einer Explosion stand.

Nun, Phil Sounders kannte Jane Collins nicht. Im Gegenteil, er sah in ihr eine leichte Beute.

Seine Hand rutschte an Janes Kopf entlang, berührte die Schulter, tastete weiter …

Da packte die Detektivin zu. Wie eine Stahlklaue war ihr Griff, der das Handgelenk des Kerls umklammerte. Ein kurzer Ruck, und Phil Sounders machte eine unfreiwillige Verbeugung. Dann trat ihm Jane mit dem Fuß in die Kniekehlen.

Phil Sounders legte sich lang. Dabei riss er noch einen Stuhl mit um.

»Reicht das?«, fragte Jane Collins scharf.

»Ja, zum Teufel!«, keuchte Phil Sounders. Ächzend stand er auf, wobei er sich mit einer Hand auf der Tischkante abstützte.

Er blieb gebückt stehen, funkelte Jane nur hasserfüllt an.

Dann zischte er so leise, dass nur Jane es verstehen konnte: »Du kommst hier nicht mehr lebend weg, Puppe!«

Die blonde Detektivin mit den blauen Augen gab keine Antwort. Sie ließ Phil Sounders auch zu seinen beiden Kumpanen gehen. Mit einer wütenden Bewegung warf Sounders einige Geldstücke auf den Tisch und verließ mit seinen Begleitern ohne einen Gruß das Lokal.

Hart fiel die Tür hinter ihnen zu.

»Mein Gott«, flüsterte die Wirtin und fasste sich an die Brust. »Ich habe gedacht, jetzt ist es aus.«

Jane Collins lächelte spröde. »Solche Typen können mir keine Angst einflößen. Aber etwas anderes. Ich möchte mal telefonieren. Wo kann ich das?«

»Hinten in der Küche«, sagte die Wirtin. »Warten Sie, ich führe Sie hin.«

Die Küche war ziemlich geräumig. An der Wand stand ein großer eiserner Herd und darüber ein Regal mit schweren gusseisernen Pfannen darauf. Das Telefon stand auf einer Anrichte.

»Es wird aber ein Ferngespräch«, sagte Jane.

Die Wirtin winkte ab. »Nicht tragisch. Wir haben zwar keinen Zähler, aber den ungefähren Tarif können Sie mir ja sagen.« Dann verließ sie die Küche.

Jane Collins wählte eine Nummer in London.

Die von Scotland Yard.

Es war schon achtzehn Uhr, und John Sinclair, der Geisterjäger, hatte zwar schon seit einer Stunde offiziell Feierabend, aber Jane wusste aus Erfahrung, dass der Oberinspektor auch nach dem Dienst oft noch im Büro anzutreffen war.

So war es auch heute.

»Sinclair«, sagte eine frische Männerstimme.

»Hallo, John.«

Die Detektivin brauchte gar nichts weiter zu sagen. Der Oberinspektor hatte sie schon nach den ersten beiden Worten erkannt.

»He, Goldstück«, rief er. »Beerdigung vorbei?«

John Sinclair wusste, dass Jane Collins heute an der Beerdigung ihres Verwandten teilnehmen wollte.

»Von wegen vorbei. Sie hat gar nicht stattgefunden.«

»Erzähle.« Augenblicklich klang John Sinclairs Stimme ernst. Er wusste, dass Jane Collins nicht aus lauter Spaß anrief.

Und Jane berichtete. John hörte geduldig zu und fragte dann, als Jane fertig war: »Wann soll ich bei dir sein?«

»So schnell wie möglich.«

»Du kennst die Straßenverhältnisse.«

»Zur Genüge.«

»Nun gut, sagen wir, ich bin morgen Vormittag bei dir. Okay?«

»Einverstanden.«

»Und noch etwas, Jane.«

»Ja?«

»Lass dich auf nichts ein. Ich habe das Gefühl, du bist da in einen Fall hineingestolpert, dessen Tragweite wir noch gar nicht übersehen können.«

Jane Collins lachte. »Keine Angst. Unkraut vergeht nicht. Tschau, John.« Dann legte sie auf.

Die Wirtin betrat wieder die Küche. »Hat's geklappt?«

»Ja.«

»Das freut mich. Kann ich sonst noch etwas für Sie tun, Miss Collins?«

Jane nickte. »Sagen Sie mir doch bitte, wo Graham Sounders gewohnt hat.«

Die Wirtin erschrak. »Sie wollen doch nicht ...?«

»Doch«, erwiderte Jane Collins, »ich will mir das Haus einmal ansehen …«

Es war noch kälter geworden. Die Luft schien regelrecht zu Eis erstarrt zu sein. Längst war die Sonne untergegangen. Der Himmel war zwar klar, verschwamm aber trotzdem im Dunst- und Nebelschleier. Dunkel war es nicht, denn der Schnee reflektierte das Licht der Sterne.

Kein Mensch befand sich auf der Straße. In dieser klirrenden Kälte hatten sich sämtliche Einwohner in ihre wärmenden, schützenden Häuser zurückgezogen.

Die eisige Luft biss in Jane Collins' Gesichtshaut. Die Detektivin hatte den Kragen ihres Pelzmantels zwar hochgeklappt, doch ein Teil ihres Gesichtes blieb ungeschützt.

Sie ging durch das schweigende Dorf und hielt sich dabei dicht an den Häuserfronten. Der hart gefrorene Schnee brach und knirschte unter den Schuhen. Es war das einzige Geräusch, das Jane begleitete.

Dicke Eisblumen zierten die kleinen Fenster. Manche waren zu seltsam grotesken Gebilden verlaufen. Hinter vielen Scheiben brannte Licht. Einmal sah Jane zwei Kindergesichter, die sich dicht an das Fenster gepresst hatten. Große Augen verfolgten die Detektivin, bis sie von der Dunkelheit verschluckt wurde.

Jane Collins blieb stehen. Still war es. Die Detektivin hatte angenommen, Phil Sounders würde sich mit seinen beiden Freunden in dem Haus aufhalten, aber dies schien nicht der Fall zu sein. Hinter keinem der Fenster sah Jane Licht brennen.

Sie entdeckte auch keine Fußspuren im Schnee. Doch das hatte nicht viel zu sagen, denn der Schnee war an der Oberfläche verkrustet und harschig.

Mit etwas steif wirkenden Schritten ging Jane Collins auf das Haus zu. Zu beiden Seiten des Weges bogen sich die Büsche des Vorgartens unter einer Eisschicht. Irgendwo knackte ein Ast.

Jane schrak zusammen und schalt sich noch in derselben Sekunde eine Närrin, dass sie so ängstlich reagierte.

Dann stand sie vor dem Haus. Eine Treppe führte zur Tür hoch. Knöchelhoch lag der Schnee auf den Stufen.

Jane zückte ihre kleine Taschenlampe. Der Strahl tanzte über den Schnee, dessen Oberfläche blitzte, als wäre sie mit Hunderten von Diamantsplittern bedeckt.

Jane leuchtete die Tür an. Sie sah ziemlich stabil aus und hatte einen messingfarbenen Kugelgriff. Über der Tür befand sich ein kleines Vordach, an dessen Rändern lange Eiszapfen hingen. Sie sahen aus wie zu dick geratene Finger.

Jane ging vorsichtig über die Treppe. Auch hier entdeckte sie keine Fußspuren. Sie drehte am Knauf der Tür und registrierte erstaunt, dass sie sich öffnen ließ.

Die Detektivin trat in einen stockdunklen Flur. Die Leere und Kälte eines nicht bewohnten Hauses schlugen ihr entgegen.

Jane Collins schloss die Tür wieder hinter sich. Das Haus fiel aus dem üblichen Rahmen des Dorfes. Es war größer, und die Decken waren auch wesentlich höher als in den übrigen Häusern.

Jane betrat eines der Zimmer. Es war schon ein kleiner Tanzsaal. Eine weitere Tür führte in einen Nebenraum. Diese Feststellung machte Jane Collins im gesamten Erdgeschoss. Sämtliche fünf Räume waren miteinander durch Türen verbunden.

Die Einrichtung des Hauses war alt, aber kostbar. Sicherlich würde sich mancher Antiquitätenhändler für das Mobiliar interessieren.

Jane durchsuchte auch das Obergeschoss, doch irgendeinen Hinweis auf die Mitwirkung des Neffen an Graham Sounders' Tod konnte sie nicht entdecken.

Sie stand schon im Flur, als sie das Geräusch hörte. Es hatte sich angehört wie das Schlagen einer Tür.

Jane Collins lauschte.

Das Geräusch wiederholte sich nicht.

Die Detektivin atmete tief ein. Sollte sie dem Keller einen Besuch abstatten?

Einen Augenblick lang zögerte sie, doch dann gab sie sich einen Ruck und ging den Flur weiter entlang auf die Kellertür zu.

Sie stand einen Spaltbreit offen.

Jane vergrößerte den Durchschlupf, löschte die Lampe und tastete sich mit ihrem rechten Fuß vor.

Unter der Stiefelsohle spürte sie die Kante einer Stufe. Janes rechte Hand fuhr an der Wand entlang und ertastete den Lauf eines eisernen Geländers. Die Kälte des Metalls drang sogar durch ihre Handschuhe.

Stufe für Stufe stieg Jane Collins in die für sie unbekannte Tiefe des Kellers.

Dann hatte sie das Ende der Treppe erreicht. Rauer, unebener Stein bedeckte den Boden.

Plötzlich sah Jane einen Lichtschimmer. Es war nur ein schmaler Streifen, der unter einer Tür hindurchschimmerte.

Jane setzte sich in Bewegung. Sie ging so lautlos wie möglich und hielt sogar den Atem an.

Die rechte Hand hatte sie in die Manteltasche gesteckt, und ihre Finger umklammerten den Griff der kleinen Astra-Pistole vom Kaliber 22. Die Waffe war zwar klein, aber perfekt in ihrer Ausführung und wurde gern von Frauen getragen.

Vor der Tür, unter der der Lichtschein herschimmerte, blieb die Detektivin stehen.

Sie legte ihr Ohr an das raue Holz.

Stimmen!

Flüsternd, wispernd. Dann ein Stöhnen.

»Blut! Bluuut ...«, ächzte jemand, und danach gab es ein pfeifendes, saugendes Geräusch.

Jane Collins lief eine Gänsehaut über den Rücken. Hart presste sie die Lippen aufeinander. Sie bekam es ein wenig mit der Angst zu tun, doch ihre Neugierde war letzten Endes stärker.

Jane Collins wollte wissen, was hinter dieser Tür vor sich ging. Vielleicht befand sich sogar ein Mensch in Lebensgefahr, und sie hätte es sich nie im Leben verziehen, nicht eingegriffen zu haben.

Janes Hand suchte die Klinke. Dann drückte sie sie vorsichtig nach unten.

Es geschah fast lautlos. Jane hielt die Luft an, und dann konnte sie die Tür aufdrücken.

Langsam schwang das Holz zurück. Ein Spalt tat sich auf, gerade breit genug, um Jane hindurchschlüpfen zu lassen.

Die Detektivin schob sich in den Kellerraum.

Genau einen Atemzug später erlitt sie den Schock ihres Lebens.

Etwa zwei Yards vor ihr befand sich ein Steinaltar. Er wurde von zwei schwarzen, armdicken Kerzen flankiert. Der Altar war mit einem schwarzen Tuch bedeckt, in dessen Mitte ein weißes Achteck gestickt war, und an dessen Kanten wiederum befanden sich Symbole der schwarzen Magie.

Aber das war es nicht, was Jane Collins so geschockt hatte.

Es war der Kopf, der inmitten des Achtecks auf dem Altar stand. Er gehörte Graham Sounders!

Jane Collins hatte sich so sehr auf den schrecklichen Anblick konzentriert, dass sie erst jetzt den Mann bemerkte, der sich aus dem Dämmer des hinteren Kellerraums löste.

Es war Phil Sounders. Und er hatte sich verändert.

Er trug ein enges, pechschwarzes Trikot mit einem leuchtenden Totenkopf auf der Brust. Wirr hing ihm das dunkle Haar in die Stirn. Die Augen darunter leuchteten fanatisch.

Hinter dem Altar blieb er stehen und streckte beide Arme aus, sodass sie über dem Kopf schwebten ...

»Komm her, meine Tochter!«, flüsterte er heiser. »Komm zu mir, ich werde dich mitnehmen in das Reich der Toten.« Phil Sounders begann zu lachen. Es war ein böses, teuflisches Gelächter, das Jane Collins kalte Schauer über den Rücken jagte.

Nur mit eiserner Gewalt riss sich die Detektivin zusammen.

»Sind Sie wahnsinnig, Phil?«, keuchte sie. »Sie waren es also, der Ihrem Onkel den ...«

Jane konnte nicht mehr weitersprechen.

Phil lachte. »Ja, ich war es.«

»Warum nur, warum?«

»Es musste sein.«

»Sagen Sie mir den Grund.«

Jetzt schüttelte Phil Sounders den Kopf. »Nein, ich werde ihn dir zeigen. Komm mit, komm …«

Jane Collins ahnte, dass Phil Sounders sie in eine Falle locken würde. Trotz der Kälte war sie am ganzen Körper schweißnass. Es war es das kühle Metall der Pistole, das doch einigermaßen beruhigend auf sie wirkte.

Jane Collins ging mit. Sie schritt um den Altar. Durch den Luftzug, den sie verursachte, geriet die ruhig brennende Kerzenflamme in Bewegung.

Der tanzende Schein übergoss einen Teil der Wände mit bizarren Mustern.

Phil Sounders war stehen geblieben. Er winkte Jane Collins zu.

»Weiter«, drängte er. »Ich will dir etwas zeigen. Los.«

Jane ging schneller und gelangte in den Teil des Kellers, der nicht so gut ausgeleuchtet war. Doch der Lichtschein reichte immer noch aus, um Gegenstände und sogar Einzelheiten erkennen zu können.

Jane Collins sah zwei Särge an der Wand stehen.

Sie waren offen – und …

Die Detektivin erschrak, als sie die beiden Männer in den Särgen erblickte. Sie kannte sie vom Ansehen. Es waren Phil Sounders' Begleiter in dem Gasthaus gewesen.

Sie lagen auf dem Rücken, hatten ebenfalls schwarze Trikots an und die Hände auf der Brust verschränkt. Die Lippen waren geöffnet, und zwischen ihnen blitzten zwei weiße, nadelspitze Zähne.

Die beiden waren Vampire!

Grässliche Blutsauger, die sich vom Lebenssaft der Menschen ernährten und somit ihr unseliges Dasein weiter fristen konnten.

Die Ahnung, in eine Falle gelaufen zu sein, stieg mit nahezu tödlicher Gewissheit in Jane Collins hoch.

Bis jetzt hatte sie nur auf die Vampire gestarrt und nicht darauf geachtet, was sich in ihrem Rücken abspielte.

Als sie das hässliche Kichern hörte, war es schon fast zu spät.

Jane Collins wirbelte herum.

Dicht vor sich sah sie Phil Sounders' verzerrtes Gesicht. Der junge Mann hatte den rechten Arm erhoben. Dabei umklammerte seine Faust den Griff eines gefährlichen Messers mit einer unterarmlangen, blutverschmierten Klinge …

»Ich steche dich ab!«, kreischte Phil Sounders. Noch während er die Worte schrie, fuhr der Arm mit dem Messer nach unten.

Es war ein mörderischer Stoß. Jane Collins sah die blutverschmierte Klinge auf sich zurasen und warf sich mit einer blitzschnellen Bewegung zur Seite.

Das Messer fegte an ihrer Schulter vorbei.

Phil Sounders stieß einen enttäuschten Ruf aus. Er hatte die Bewegung seines Körpers abfangen können und warf sich auf der Stelle herum, um Jane ein zweites Mal anzugreifen.

Die Detektivin zog ihre Pistole.

»Rühr dich nicht, Sounders, ich schieße sofort!« Janes Stimme klang drohend, und Phil Sounders hielt mitten in der Bewegung inne.

Der junge Mann zitterte am ganzen Körper. Er atmete keuchend. Sein Blick flatterte, zitterte zwischen Jane Collins und der blutverschmierten Messerklinge hin und her.

»Lass es fallen!«, sagte Jane scharf. »Los, wirf es weg!«

Sounders gehorchte noch immer nicht. Er stieß ein böses Knurren aus und fletschte dabei die Zähne wie ein hungriger Wolf.

Die Detektivin schoss.

Der Donner des Schusses hallte in dem engen Kellerraum wider. Haarscharf pfiff das Blei an Phil Sounders' rechter Schläfe vorbei. Doch der Mann zuckte nicht einmal zusammen. Die unbekannte Macht, die ihn gefangen hielt, musste sehr stark sein.

»Beim nächsten Mal treffe ich!«, sagte Jane.

Sounders begann plötzlich zu lachen. Wild schüttelte er den Kopf. Dann hob er den Blick.

»Ich habe dir doch was versprochen«, heiserte er. »Du kommst nicht mehr lebend aus dem Dorf raus. Und das Versprechen halte ich.«

Jane Collins war klar, dass sie den Kerl nicht stoppen konnte. Er würde sich auch von einer Pistole nicht einschüchtern lassen. Phil Sounders war unberechenbar und zu allem entschlossen.

Und deshalb kam ihm Jane Collins auch zuvor.

Blitzschnell sprang sie. Noch in der Bewegung drehte sie die Pistole, und dann ließ sie die kleine Waffe mit Wucht gegen Phil Sounders' Schläfe krachen.

Sounders wankte zurück. Er verdrehte die Augen, sodass Jane das Weiße darin schimmern sah. Dann gaben seine Knie nach, und er fiel mit einem erstickten Seufzer zu Boden.

Jane riss das Messer an sich.

Sie war dabei in den Lichtschein der Kerzen geraten. Das Licht spiegelte sich auf dem oberen Drittel der Klinge. Der andere Teil war blutverkrustet.

Jane Collins hatte den starken Verdacht, dass mit diesem Messer das grässliche Verbrechen an dem Toten begangen worden war.

Ein Geräusch ließ die Detektivin herumfahren.

Die beiden Vampire waren zum Leben erwacht.

Eben noch hatten sie starr in den Särgen gelegen, doch jetzt richteten sie sich auf, als hingen sie an unsichtbaren Fäden.

Zwei Augenpaare fixierten die Detektivin.

Jane schauderte.

Die Mäuler der Nachtgeschöpfe standen halb offen. Die Augen waren blutunterlaufen. Nur die spitzen, dolchartigen Zähne blitzten als mörderische Hauer, die darauf lauerten, in das Fleisch eines Menschen einzudringen, um sein Blut trinken zu können.

Denn nur der menschliche Lebenssaft garantierte die Existenz dieser Geschöpfe der Finsternis.

Die beiden Vampire fauchten böse.

Jane Collins war sicherheitshalber zwei Schritte zurückgegangen. Wenn es hart auf hart ging, konnte sie immer noch mit ein paar raschen Sprüngen die Tür erreichen.

Jane hatte noch nie solch direkten Kontakt mit Vampiren

gehabt. Sie versuchte sich zu erinnern, was sie über diese Geschöpfe gelesen hatte. Und vor allen Dingen, womit man sie bekämpfen konnte.

Vampire scheuten das Sonnenlicht, auch fließendes Wasser vertrugen sie nicht. Am sichersten war aber immer noch die jahrhundertealte Methode, die besagte, dass dem schlafenden Vampir ein Eichenpflock ins Herz gestoßen werden musste, um ihn zu vernichten. Ebenso sicher war aber auch die Silberkugel oder das geweihte, vorn zugespitzte silberne Kreuz.

Doch Jane hatte keine Waffe dieser Art, sie hatte nicht einmal Knoblauch, mit dem sie die Vampire hätte abschrecken können.

Nur das unterarmlange Messer.

Man kann Vampiren auch den Kopf abschlagen, hatte ihr Freund John Sinclair einmal gesagt. Es war zwar eine brutale, aber auch äußerst sichere Methode.

Mit einem unwilligen Knurren stieg der erste Vampir aus dem Sarg. Er hatte die Arme etwas vom Körper gespreizt, seine Hände waren zu Klauen gekrümmt. Er ging mit gleitenden Schritten. Kein Sandkorn knirschte unter den Sohlen seiner leichten Stoffschuhe.

Jane Collins packte das schwertähnliche Messer fester.

Sie ließ die Bestie kommen, achtete auf jede Reaktion des Ungeheuers.

Der Vampir starrte die Klinge an. Für einen Moment zuckte er zurück, dann aber kerbte ein böses Lächeln seine Lippen.

Im selben Augenblick stieß Jane mit dem Messer zu. Sie wollte versuchen, den Vampir auf die alte klassische Art zu töten, indem sie das Messer in Höhe des Herzens in die Brust stach.

Die Detektivin traf gut.

Der Vampir zuckte zusammen, starrte auf das Messer und sprang dann erschreckt zurück.

Die Klinge glitt aus der Wunde.

Doch kein Tropfen Blut war zu sehen. Die scharfe Schneide hatte dem Untoten nichts anhaben können.

Der Vampir war gegen die Wand geprallt. Er hatte den Kopf

gesenkt, starrte auf seine Brust, und dann drang ein gellendes, siegessicheres Gelächter aus seinem Mund. Jetzt war er sich seines Opfers endgültig sicher.

Und auch Vampir Nummer zwei hatte seine Chance erkannt. Wie ein Pfeil flog er auf Jane Collins zu. Für Sekundenbruchteile blitzten seine Vampirhauer im Lichtschein der Kerzen.

Da schlug Jane Collins zu.

Sie befand sich in äußerster Lebensgefahr und wusste, dass es nur noch die eine Chance gab. Sie bog ihren Oberkörper zurück, drehte sich, und das lange Messer fuhr pfeifend durch die Luft.

Der Vampir sah das Unheil kommen, doch es war zu spät für ihn, noch auszuweichen.

Die Detektivin traf genau.

Und die Klinge war höllisch scharf.

Urplötzlich hatte der Untote keinen Kopf mehr. Der Rumpf prallte vor Jane Collins auf den Boden. Arme und Beine zuckten, doch aus der Wunde drang nicht ein Tropfen Blut.

Dafür trat der klassische Tod der Vampire ein.

Der Satansbote begann zu verfallen. Sein Fleisch vertrocknete, und Sekunden später war er nur noch ein Häufchen Asche.

Jane hatte den Vorgang nicht mit angesehen. Sie konzentrierte sich jetzt auf den zweiten Vampir, der den Tod seines Artgenossen mit wütenden Schreien begleitet hatte.

Jane Collins schwang das große Messer wie ein Ritter aus vergangener Zeit. Sie hatte jetzt alle Hemmungen über Bord geworfen.

Die Geschöpfe der Finsternis kannten keine Gnade, und sie durfte sie auch nicht kennen.

»Komm schon!«, schrie sie aufgebracht. »Ich werde auch dich zur Hölle schicken!«

Doch dieser Vampir war wesentlich schlauer. Er ließ sich auf nichts ein, sondern verwandelte sich innerhalb von wenigen Augenblicken in eine Fledermaus.

Ehe Jane überhaupt reagieren konnte, wischte das etwa armgroße Tier durch die Luft und strich krächzend und fauchend dicht über Jane Collins' Kopf hinweg. In Höhe der Tür drehte das Untier und flog dann mit aufgerissenem Maul und gebleckten nadelspitzen Zähnen auf die blonde Detektivin zu.

Jane hatte das lange Messer in beide Hände genommen. Wild schwang sie es über ihren Kopf. Die Klinge blitzte auf, und es gelang der Frau, den Angriff der Fledermaus abzuwehren. Dicht über ihren Schädel strich das schwarze, blutgierige Ungeheuer hinweg. Der linke, wie Leder wirkende Flügel streifte noch Janes Haar.

Doch diesmal war es die Detektivin, die es vorzog, das Weite zu suchen. Ihr war plötzlich klar geworden, dass sie auf lange Sicht den Kampf nicht gewinnen konnte.

Einem zweiten Angriff konnte sie dadurch entgehen, dass sie sich auf den Boden warf.

Und es trat noch ein Ereignis ein, das ihren Entschluss festigte. Phil Sounders erwachte wieder aus seiner Bewusstlosigkeit. Keuchend und ächzend versuchte er auf die Füße zu gelangen. Noch war sein Blick glasig, aber wenn er erst mal erfasste, was gespielt wurde, dann sah es für Jane Collins verdammt kritisch aus.

Die Detektivin sprang zur Tür.

Aber da flog die Fledermaus bereits ihren dritten Angriff.

Jane Collins warf sich herum und schleuderte das lange Messer.

Der Stahl fegte auf die Fledermaus zu, die zwar noch ausweichen konnte, aber nicht rasch genug.

Die Klinge riss ein Stück von dem linken Flügel ab.

Die Fledermaus begann zu kreischen, sie flog in einer Spirale der Decke zu, für einen Augenblick verwandelte sie sich wieder in einen Menschen, aber das alles sah Jane Collins nicht mehr.

Sie riss die Tür auf, hetzte nach draußen und knallte die Tür wieder hinter sich zu.

Mit der linken Hand holte sie die Lampe aus der Manteltasche. Der Strahl schnitt durch die Dunkelheit, und als die Tür des Kellerraums aufgerissen wurde und Phil Sounders und die Fledermaus in den Gang stürmten, hatte Jane bereits die Treppe erreicht. Wie ein Wirbelwind fegte sie die Stufen hoch, drückte die Kellertür auf und jagte mit fliegenden Schritten auf die Haustür zu.

Sekunden später stand sie im Freien.

Augenblicklich traf sie die klirrende Kälte. Jane übersah die Treppe, rutschte aus und fiel der Länge nach in den Schnee. Ihre rechte Hand mit der Waffe verschwand in der weißen Pracht.

Aus dem Haus hörte sie das wütende Kreischen der Fledermaus und die Schreie des besessenen Phil Sounders. Diese Geräusche waren es, die Jane Collins wieder hochrissen.

Sie taumelte über den glatten, gefrorenen Weg des Vorgartens und hatte schon fast den Zaun erreicht, als sie vor sich gelbe Punkte in der Dunkelheit tanzen sah.

Dann vernahm sie ein schreckliches böses Knurren, das ihren Herzschlag stocken ließ.

Jane Collins nahm sich die Zeit und wandte den Kopf.

Von allen vier Seiten starrten die gelben kalten Augen sie an.

Jetzt wusste Jane auch, was das Knurren zu bedeuten hatte.

Es waren Wölfe!

Und die grauen, blutgierigen Bestien hatten Jane Collins eingekreist ...

Tom Chester lief unruhig vor dem Tresen auf und ab. Er hielt in der rechten Hand ein Whiskyglas. Ab und zu nahm er einen Schluck von der goldbraunen Flüssigkeit.

Wilma, seine Frau, schaute aus der Küche.

»Was ist denn mit dir los?«, fragte sie kopfschüttelnd. »Du trinkst doch sonst nicht vor Mitternacht.«

»Ich habe Sorgen.«

»Wegen der Vampire? Aber wir haben doch Knoblauch aufgehängt.«

Tom Chester blieb stehen. »Nein, ich mache mir Sorgen um die Detektivin.«

»Sie hat dir wohl gefallen, wie?«, fragte Chesters bessere Hälfte spitz.

»Unsinn. Sie müsste nur längst wieder hier sein.« Tom stellte das Glas auf den Tresen und rieb sich gedankenverloren das Kinn.

»Und was willst du jetzt unternehmen?«, fragte Wilma.

Der Wirt hob die Schultern.

»Du kannst ja nachsehen«, sagte sie.

»Daran hatte ich auch schon gedacht.«

»Warum tust du es nicht? Gäste kommen sowieso nicht mehr. Wenn sich bis jetzt keiner hat blicken lassen, dann ...«

»Okay, ich gehe«, sagte Chester.

»Nimm aber dein Gewehr mit.«

»Danke, das hätte ich bald vergessen.«

Chester ging nach oben, wo die Wohnräume des Ehepaars lagen. Er betrat das Schlafzimmer. Es war mit alten Möbeln vollgestopft. Der Kleiderschrank reichte bis zur niedrigen Decke. Ihn öffnete der Wirt.

Mottenpulvergeruch strömte ihm entgegen. Die Metallstange bog sich unter den Kleidungsstücken. Tom Chester wühlte sich durch Mäntel und Jacken, die zum Teil noch aus dem Zweiten Weltkrieg stammten, und fand schließlich, was er suchte.

Seine alte Flinte stand ganz hinten in der Ecke.

Ächzend zog Tom Chester die schwere Waffe aus dem Versteck. Für einen Moment kräuselte ein Lächeln seine Lippen. Himmel, wie lange hatte er damit schon nicht mehr geschossen? Das waren bestimmt zehn Jahre her. Aber er hatte die Waffe immer gut gepflegt.

Mit einer routinierten Bewegung kippte er den Doppellauf auf. Zwei Schrotpatronen steckten in den Kammern. Zufrieden brachte der Wirt den Lauf wieder in die alte Stellung. Dann holte er seinen alten, gefütterten und bis zu den Schienbeinen reichenden Ledermantel hervor und zog ihn über. Das Ding war schwer, aber es hielt warm.

Die schweren Fellstiefel standen hinter der Tür. Tom Chester schlüpfte hinein.

Das Holz der Treppe knarrte protestierend, als er die Stufen hinunterging.

Seine Frau wartete unten.

»Wenn das nur gut geht«, sagte sie mit bedrückter Stimme.

Chester grinste optimistisch. »Was soll denn schiefgehen?« Er klopfte auf seine Waffe. »Die alte Flinte streut noch.«

»Hoffentlich.«

Tom ging zur Tür. Er hatte schon eine Hand auf die Klinke gelegt, als er sich noch einmal umdrehte. »In einer halben Stunde bin ich wieder da.«

»Pass auf dich auf!«, rief ihm seine Frau nach.

»Aber sicher doch.« Tom Chester zog die Tür auf. Eisiger Wind pfiff in den engen Flur. Der Wirt drückte die Tür rasch wieder hinter sich zu.

Das Land schien unter der Kälte erstarrt zu sein. Auf den beiden Laternen über dem Eingang lag eine dicke Eisschicht.

Tom Chester stampfte los. Der Schnee war gefroren und die Straße zu einer Rutschbahn geworden. Ein paarmal hatte Tom Chester Mühe, das Gleichgewicht zu behalten. Gegen den Wind kämpfte er sich voran, mit gesenktem Kopf und hart zusammengepressten Zähnen.

Eigentlich ist es Unsinn, dass ich hier durch die Nacht laufe, dachte er. Fast alle Einwohner des Dorfes waren schon schlafen gegangen. Hinter kaum einem der Fenster brannte jetzt noch Licht. Die meisten Männer arbeiteten in der nahen Kreisstadt und wurden morgens schon in aller Herrgottsfrühe von den firmeneigenen Bussen abgeholt. Einige verdienten sogar in Sheffield ihr tägliches Brot. Aber fast genauso viele waren arbeitslos. Eine Seuche, die sich in England immer mehr ausbreitete. Und Tom Chesters Geschäft ging dadurch auch weiter zurück. Noch ein paar Monate, und er hing in den roten Zahlen. Dabei konnte er es den Leuten nicht einmal verübeln, dass sie nicht zu ihm kamen. Er hätte an deren Stelle das Geld auch lieber woanders ausgegeben.

Tom Chester war so ins Grübeln geraten, dass er gar nicht merkte, wie weit er sich dem Haus genähert hatte.

Chester nahm die Schrotflinte, die bisher über seiner Schulter gelegen hatte, fest in beide Hände.

Kein Geräusch durchbrach die Stille der Nacht.

Ein ungutes Gefühl beschlich den Mann.

Vorsichtig ging er weiter.

Jetzt konnte er schon die Umrisse des Soundersschen Hauses erkennen.

Und da geschah es. Chester sah, wie die Tür aufgerissen wurde und die Detektivin aus dem Haus hetzte. Schon nach zwei Schritten fiel sie lang in den Schnee.

Chester wollte gerade losstürmen und Jane Collins zurufen, als er die Schatten durch die Nacht huschen sah.

Gelbe, mörderische Raubtieraugen blitzten.

»Wölfe!«, entfuhr es Tom Chester. »Herr im Himmel, steh mir bei!«

Dann begann Tom Chester zu rennen!

Sekundenlang schob der Wind die Wolken so rasch voran, dass sie den Mond freigaben. Sein Licht fiel nun ungehindert auf die Erde.

Jane Collins sah alles überdeutlich.

Die grässlichen Wölfe, die hechelnd immer näher kamen und denen der Atem als Wolke vor den Lefzen stand.

Acht geschlitzte Augen fixierten die Detektivin.

Samtweiche Pfoten glitten über den Schnee. Eine Bestie – es musste der Leitwolf sein – war schon ziemlich nahe. Er schüttelte sein Fell, und kleine Schneespritzer fuhren in Janes Gesicht.

Die Gedanken der Detektivin überschlugen sich. Wölfe in England! Noch nie hatte sie gehört, dass es auf der Insel welche gab. Aber waren es überhaupt normale Wölfe? Konnten es keine Werwölfe sein? Wenn ja, dann war sie völlig machtlos, denn Werwölfe waren mit normalen Kugeln nicht zu töten. Man konnte sie nur mit geweihten Silberkugeln vernichten.

In Sekundenbruchteilen schossen Jane diese Gedanken durch den Kopf. Auf jeden Fall musste sie hier weg. Ins Haus zurücklaufen konnte sie nicht. Dort würde sie vom Regen in die Traufe geraten.

Jane riss die Hand mit der Pistole aus dem Schnee.

Da sprang die erste Bestie!

Jane schoss.

Die Waffe funktionierte noch, und die Kugel traf den Wolf genau zwischen die Augen.

Das Tier wurde gestoppt. Dicht neben Jane Collins prallte

der schwere Körper zu Boden. Die Beine zuckten noch einmal, dann lag das Tier still.

Keine Werwölfe!, fuhr es Jane durch den Kopf.

Sie sprang auf.

Da griff schon die nächste Bestie an.

Jane Collins drehte sich um und drückte ab. Diesmal klatschte die Kugel in das graue Fell des Tieres.

Blut spritzte.

Der Wolf jaulte. Schmerzen fraßen in ihm, und diese Schmerzen machten ihn noch unberechenbarer.

Er sprang Jane an.

Die Detektivin schrie, als das Tier gegen sie prallte. Es war ein kapitaler Bursche, ziemlich groß. Er hatte die Vorderpfoten gegen Janes Schulterblätter gestemmt und versuchte mit seinem weit aufgerissenen Maul ihre Kehle durchzubeißen.

Jane Collins geriet in Panik, und doch tat sie instinktiv das einzig Richtige.

Ihre Pistole bellte auf, und die Kugel drang in den Kopf der Bestie.

Fauchend brach das Tier zusammen.

Aber noch waren die beiden anderen Tiere da. Und sie griffen gleichzeitig an.

Jane konnte nicht mehr ausweichen. Und sie konnte es auch nicht schaffen, beide auf einmal abzuwehren.

Sie sah die gestreckten Körper auf sich zufliegen, sah die wilden Raubtieraugen und war nicht mal mehr in der Lage, ihre Pistole hochzureißen.

In diesem Augenblick donnerte ein Schuss.

Das Echo hallte weit über das Land. Jane sah den Wolf, der ihr am nächsten war, zusammenbrechen. Blutüberströmt blieb er zuckend im Schnee liegen.

Die zweite Bestie schaffte es, bis auf zwei Yards an die Detektivin heranzukommen, als abermals die schwere Waffe aufbrüllte.

Das Tier wurde von der Schrotladung voll getroffen. Der Körper rutschte ein ganzes Stück über den Schnee und blieb neben einem Gebüsch liegen.

»Miss Collins!«, rief eine Männerstimme. »Kommen Sie! Schnell!«

Jane erkannte die Stimme des Wirts. Der Mann stand am Zaun und winkte. In einer Hand hielt er die Schrotflinte.

Jane Collins rannte los. Sie schlitterte über den gefrorenen Schnee, bis sie ihren Retter erreicht hatte.

Der Mann fasste sie am Arm.

»Rasch«, sagte er. »Wir müssen das Gasthaus erreichen. Wir ...«

Seine Augen weiteten sich plötzlich, und er begann am ganzen Leib zu zittern.

Vom Dorfausgang her jagte ein seltsames Gefährt über die Straße.

Es war ein Schlitten, gezogen von vier Wölfen. Der Schlitten war pechschwarz. Auf dem Bock saß ein Mann mit einem langen wallenden Umhang, der durch den Fahrtwind wie eine Fahne hinter ihm herflatterte. Der Mann hielt mit der linken Hand die Zügel umspannt, in der rechten Faust schwang er eine Peitsche, deren lange Schnur zu glühen schien. Für einen Augenblick sah Jane Collins auf der Brust des Mannes einen großen weißen Totenschädel schimmern, dann war der Spuk vorüber.

Tom Chester bekreuzigte sich hastig.

»Das war der Satan«, flüsterte er mit rauer Stimme.

»Glaube ich kaum«, erwiderte Jane, die ihre Fassung wiedergefunden hatte.

Der Wirt atmete schnell und hastig. »Jetzt aber nichts wie weg«, sagte er.

»Moment.« Jane Collins schüttelte den Kopf. »Ich habe noch etwas zu erledigen.«

»Was denn?«

»Ich muss wieder in das Haus.«

»Sind Sie denn wahnsinnig?«

»Nein, aber ich möchte ein Beweisstück sichern.« Jane wischte sich den Schnee aus dem Gesicht. Einige Blutspritzer waren auch dabei. »Sie können ja inzwischen die Leute beruhigen, die dort angerannt kommen«, sagte die Detektivin.

Der Wirt drehte den Kopf.

Jane hatte recht. Es liefen tatsächlich einige Einwohner des Ortes auf die beiden zu. Die Schüsse hatten sie aufgeschreckt.

Jane war schon wieder zum Haus gegangen, vorbei an den leblosen Wolfskadavern.

Die Tür stand noch offen.

Vorsichtig näherte sich Jane Collins dem Keller. Sie erwartete jeden Augenblick einen Angriff, doch nichts geschah. Alles blieb ruhig und friedlich.

Hatten sich Phil Sounders und der Blutsauger abgesetzt? Fast schien es so.

Wenig später erhielt die Detektivin die Bestätigung. Der Keller war geräumt worden. Phil Sounders hatte auch den Schädel mitgenommen. Er hatte wohl kein Beweisstück zurücklassen wollen.

Nur die Asche des Vampirs lag noch auf dem Boden.

Jane biss sich auf die Lippen. Nun hatte sie nichts in der Hand, wenn John Sinclair morgen früh in Saxton eintraf. Na ja, dann musste er den Fall eben von einer anderen Seite her anpacken.

Jane Collins ging wieder nach oben und verließ das Horror-Haus. Mindestens ein Dutzend Menschen hatten sich in dem Vorgarten versammelt.

Lampenstrahlen zerteilten die Dunkelheit. Die Menschen hatten sich um die blutigen Kadaver der Bestien versammelt und diskutierten erregt miteinander.

Als sie Jane Collins sahen, verstummten die Gespräche.

Tom Chester trat vor. Er legte Jane die Hand auf die Schulter und flüsterte: »Ich habe ihnen erzählt, dass die Wölfe plötzlich aufgetaucht sind. Aber von dem Schlitten habe ich kein Wort gesagt.«

Jane lächelte. »Gut gemacht.« Dann wandte sie sich den Zuschauern zu. »Geht nach Hause, hier ist alles vorbei.«

Ein stämmiger junger Bursche, der einen dicken Knüppel in der Hand hielt, rief: »Wo kommen die Bestien denn her? Wölfe hat es hier noch nie gegeben.«

»Ich weiß es auch nicht«, erklärte Jane Collins wahrheitsgetreu.

»Das hängt alles mit diesem verdammten Vorgang in der Leichenhalle zusammen!«, schrie der Mann. Dann machte er eine wegwerfende Handbewegung. »Verschwinden Sie lieber, Miss. Seit Sie hier sind, hat der Ärger angefangen.«

Jetzt mischte sich Tom Chester ein. »Das ist doch Unsinn, Leute. Miss Collins hat damit nichts zu tun. Sie ist schließlich von den Bestien angefallen worden.«

»Dann hatten die auch einen Grund! Warum liegt die Frau denn nicht im Bett? Sie ist doch bestimmt in das Haus gegangen. Was hat sie darin überhaupt zu suchen gehabt? Wir werden die Polizei informieren.«

»Tun Sie das«, erwiderte Jane Collins. Dann ging sie kurzerhand an den Männern vorbei, die ihr böse nachstarrten.

Tom Chester hielt sich an Jane Collins Seite. Seine Frau erwartete die beiden schon mit Ungeduld. Als sie Jane Collins sah, wurde sie leichenblass.

»Ja, wie sehen Sie denn aus, Miss?«, rief sie. »Sie sind ja voller Blut!«

»Das macht nichts, das ist nur äußerlich.«

»Was ist denn überhaupt geschehen?«, fragte Wilma ihren Mann, der die Tür hinter sich verriegelte.

»Erzähle ich dir später. Mach uns erst einmal einen heißen Tee. Aber mit Rum.«

»Sofort, sofort.« Wilma Chester verschwand in der Küche.

Jane zog ihren Mantel aus. Das Kleidungsstück war tatsächlich übersät mit Blutspritzern. Es musste passiert sein, als sie dem Wolf eine Kugel in den Schädel geschossen hatte.

»Ich werde Ihnen ein Bad richten«, sagte Tom Chester und wollte verschwinden.

Jane hielt ihn zurück. »Das hat Zeit.«

»Wie Sie wollen.« Der Wirt setzte sich wieder. Er schüttelte den Kopf. »Ich verstehe das alles nicht. Bisher war es in diesem Ort ruhig und friedlich, und nun …«

»Habe ich mich eigentlich schon bei Ihnen für die Lebensrettung bedankt?«

Tom Chester winkte ab. »Wofür? Ich …«

Jane reichte dem Mann die Hand.

Verlegen lächelnd schlug Tom Chester ein.

Jane Collins hatte John Sinclair telefonisch einen ziemlich umfangreichen Bericht gegeben, und der Oberinspektor wusste, dass seine Bekannte keine Spinnerin war.

Am meisten hatte John die MYSTERY SCHOOL interessiert. Er hatte schon von diesen Schulen gehört, die auf der gesamten Insel wie Pilze aus dem Boden geschossen waren und in denen die Menschen der hochtechnisierten Welt des zwanzigsten Jahrhunderts eine Art Ersatzbefriedigung fanden.

In den Schulen wurde mit der Faszination des Übersinnlichen spekuliert. Allein in London gab es fünf solcher Institute. Drei davon waren schon vom Yard unter die Lupe genommen worden. Mit negativem Ergebnis. Hier wurde den gutgläubigen und zahlungswilligen Menschen nur etwas vorgemacht. In den einschlägigen Anzeigen wurde der Kontakt mit dem Jenseits propagiert, der jedoch – und das wusste John aus Zeugenaussagen – noch nie zustande gekommen war.

Und doch waren diese Schulen nicht ungefährlich, wie Jane Collins' Anruf bewiesen hatte. John Sinclair war nach dem Telefongespräch in das im Keller liegende Archiv gefahren. Hier wurden die einschlägigen Zeitschriften und Veröffentlichungen katalogisiert und auf Magnetband gespeichert.

»Aha, der Geisterjäger in Aktion«, wurde John von dem verantwortlichen Kollegen begrüßt. »Wo drückt denn jetzt wieder der Vampir?«

»Ein Vampir drückt nicht. Der beißt nur«, erwiderte der Oberinspektor grinsend.

»Sorry, Kollege, ich vergaß, dass Sie Fachmann sind. Also, was liegt an? Sagen Sie aber jetzt nur nicht die Ohren.«

»Die außerdem«, meinte John, »doch im Ernst. Es geht mir um Folgendes …«

Haarklein begann John Sinclair, dem EDV-Menschen sein Problem darzulegen. Der Weißkittel nickte ein paarmal, machte sich einige Notizen und schritt dann zur Tat.

Eine Lochkarte wurde mit Informationen bestückt, in den Computer gesteckt, und nachdem die komplizierte Technik wenige Sekunden lang die Information ausgewertet hatte, kam auch schon das Ergebnis.

Der EDV-Mann musste das Zahlengewirr für John Sinclair erst einmal verständlich machen.

Dann war er aber so weit. »Also, es kommen vier Zeitschriften in Frage, die für diese komische Schule geworben haben. Das sind ...« Er zählte die Namen der Zeitschriften auf und gab einem jüngeren Kollegen den Auftrag, die entsprechenden Broschüren herauszusuchen.

Zwei Minuten später hielt John Sinclair sie in der Hand, bedankte sich und verließ die Abteilung.

Wieder in seinem Büro, blätterte er die Zeitschriften durch. Draußen in den Straßenschluchten der Riesenstadt ballte sich bereits die Dunkelheit. Die Heizung im Büro arbeitete auf Hochtouren, denn London erlebte einen der kältesten Winter seit Jahren. Mit Schrecken dachte John an die am nächsten Tag stattfindende Fahrt über die vereisten Straßen. Die Streudienste kamen gegen das Wetter oft gar nicht an.

John Sinclair fand die Annonce der MYSTERY SCHOOL im Mittelteil der ersten Zeitschrift. Sie nahm eine halbe Seite ein und warb mit roten knalligen Lettern:

WOLLEN SIE KONTAKTE MIT DEM JENSEITS AUFNEHMEN? WENN JA, DANN SIND SIE BEI UNS AN DER RICHTIGEN STELLE! WIR BIETEN IHNEN EINEN ZWEIMONATIGEN KURSUS AN, IN DEM SIE ALL DAS LERNEN KÖNNEN, WOVON SIE SCHON IMMER GETRÄUMT HABEN.

Der Name MYSTERY SCHOOL stand unter dem Text. Es folgte dann noch die genaue Adresse.

John Sinclair legte die Zeitschrift zur Seite und blätterte die anderen durch.

Auch hier fand er denselben Text. Schreiend und werbewirksam aufgemacht.

John blickte auf seine Uhr und wählte die Nummer seines Chefs. Superintendent Powell befand sich noch in seinem Büro. Er machte, wie fast jeden Tag, Überstunden.

»Kann ich mal zu Ihnen kommen, Sir?«, erkundigte sich der Oberinspektor.

»Natürlich.«

»Danke.« John legte auf, nahm die vier Zeitschriften und ging zum Büro seines Chefs, dessen Vorzimmer verwaist war. Powell erwartete John im Türrechteck.

»Sie halten es aber heute lange aus«, empfing er den Geisterjäger.

John grinste. »Aber nur, weil ich morgen wieder weg will.«

»Wieso?«

»Das wollte ich Ihnen ja gerade erklären.«

»Kommen Sie.« Powell gab den Weg in sein Büro frei. Er bat John, Platz zu nehmen.

Der Oberinspektor wunderte sich über die gute Laune seines Chefs. Meist kannte er Powell nur griesgrämig und mit einem permanenten Magenleiden. Heute jedoch schien ihn niemand geärgert zu haben.

Superintendent Powell blickte seinen besten Mann durch die dicken Brillengläser an. Das Nasenfahrrad gab Powell immer das Aussehen einer Eule. Manchmal verglich John seinen direkten Vorgesetzten auch mit einem magenkranken Pavian.

John schwieg, während Superintendent Powell die von ihm angestrichenen Annoncen durchlas.

Als Powell die Zeitschriften zur Seite legte, hatten sich seine Lippen zu einem Lächeln verzogen.

»Glauben Sie im Ernst, John, dass etwas dahintersteckt?«

Sinclair nickte. »Davon bin ich fest überzeugt.«

»Na, ich weiß nicht so recht.«

John hob die linke Hand. »Augenblick, Sir. Ich werde Ihnen auch gleich den Grund nennen.«

Der Geisterjäger erzählte in wenigen Worten, was er von Jane Collins erfahren hatte.

Powell kannte die Detektivin ebenfalls und wusste, dass sie keine Spinnerin war. Der Superintendent ließ sich von John Sinclair überzeugen.

»Also gut, dann fahren Sie«, sagte er.

»Danke, Sir.«

Für Jane Collins war es eine schreckliche Nacht gewesen. Albträume hatten sie stundenlang gequält. Immer wieder waren ihr die Wölfe im Traum erschienen und hatten sie über eine unendliche Schneefläche gehetzt. Dann war noch der geheimnisvolle Mann mit dem Schlitten gekommen. Lachend hatte er eine feurige Peitsche geschwungen und das Leder auf Janes Rücken klatschen lassen.

Gegen sieben Uhr hielt es Jane Collins nicht mehr länger in ihrem Bett aus. Ihr Körper war in Schweiß gebadet, als sie die Beine aus dem Bett schwang.

Im Zimmer war es kalt. Das Feuer des kleinen Ofens war über Nacht erloschen.

Die Detektivin trat an das Waschbecken. Darüber hing ein Spiegel, halbblind schon. Er zeigte aber trotzdem, wie schlecht Jane Collins aussah.

Tiefe Ringe lagen unter ihren Augen. Das blonde Haar hing ihr wirr in die Stirn, der Mund war zu einem müden Lächeln verzogen.

Sie drehte den Wasserhahn auf. Eiskalt strömte ihr das Wasser entgegen. Jane formte beide Hände zu einem Trichter und fing das Wasser auf.

Dann klatschte sie es sich ins Gesicht. Es erfrischte sie.

Jane stieg aus ihrem Nachthemd. Sie fror zwar wie ein Schneider, wusch sich aber den gesamten Körper mit eiskaltem Wasser. Danach rieb sie sich mit einem langen Handtuch trocken, schlüpfte in ihre dicke Winterkleidung und merkte, dass die Müdigkeit verflogen war.

Die Detektivin trat an das kleine Fenster und sah hinunter auf die lange Straße.

Vor dem Eingang des Gasthofes schaukelten noch die beiden Laternen. Ihr milchiger Schein reichte kaum bis zum Boden. Jane hauchte gegen die Scheibe. An den Rändern hatten sich schon Eisblumen gebildet, so kalt war es geworden.

Dann sah sie einige Kinder über die Straße schlittern. Sie trugen Schulranzen und Aktentaschen. Die Kinder waren bald aus Janes Blickfeld verschwunden, nur noch ihr Lachen war schwach zu hören.

Janes Blickfeld wanderte weiter, über die Dächer der Häuser hinweg. Noch hielt die Dunkelheit das Land umfangen, aber bald schon würde die fahle Wintersonne im Osten über den Horizont kriechen. Sterne und Mond waren bereits verblasst. Jane sah auch keine Wolken mehr am Himmel, der Wind hatte sie in der vergangenen Nacht weggefegt.

Plötzlich stutzte die Detektivin.

Ein glühender feuriger Punkt kreiste plötzlich hoch über den Dächern des Dorfes.

Im ersten Augenblick dachte Jane an eine Sternschnuppe, doch dann verwarf sie den Gedanken wieder. Eine Sternschnuppe fiel dem Boden entgegen, sie wurde nicht größer wie dieser Punkt, der sich immer mehr der Erde näherte.

Ein ungutes Gefühl breitete sich in der Detektivin aus. War es Angst?

Jane spürte, dass sich ihr Herzschlag verdoppelte. Der Punkt wurde immer größer, nahm Gestalt an und schwebte jetzt dicht über dem Dach des gegenüberliegenden Hauses.

Und dann erkannte Jane, was es mit diesem geheimnisvollen glühenden Gegenstand auf sich hatte.

Es war der schwarze Schlitten!

Und auf ihm saß der Unheimliche. In der rechten Hand hielt er wieder die glühende Peitsche.

Wie auch in Jane Collins' Traum.

Die Detektivin hielt den Atem an.

Jetzt raste der fliegende Schlitten mit ungeheurer Geschwindigkeit auf das Gasthaus zu und war plötzlich in Höhe des Fensters.

Jane sah das grausam verzerrte Gesicht des Mannes. Der Arm mit der Peitsche zuckte vor …

Jane Collins schrie.

Und in ihren Schrei mischte sich das Klirren der Scheibe. Die glühende Peitschenschnur hatte das Glas in tausend Splitter geschlagen.

Die Detektivin hatte sich instinktiv zurückgeworfen, sodass die flammende Schnur nur eine Handbreit vor ihrem Gesicht vorbeigefegt war. Nur einige Glassplitter hatten Jane Collins getroffen.

In der nächsten Sekunde war der Spuk verschwunden. Nur die durch die zerstörte Scheibe ins Zimmer strömende Kälte zeugte davon, dass Jane nicht geträumt hatte.

Jane Collins war bei ihrer heftigen Gegenreaktion zu Boden gefallen. Jetzt rappelte sie sich wieder auf und hörte auch schon die Schritte, die laut und deutlich die Treppe hoch polterten.

Sekunden später klopfte es an die Tür.

»Miss Collins!«, rief die erregte Stimme des Wirts. »Was ist geschehen? Öffnen Sie.«

Jane schloss die Tür auf.

Sofort stand der Wirt im Zimmer. Bekleidet war er nur mit einer langen Hose und einem Unterhemd, über das sich breite blaue Hosenträger spannten.

Verstört blickte er Jane Collins an und dann die zersplitterte Scheibe. »Was ist denn geschehen, um Himmels willen?«

»Nichts, das Sie beunruhigen müsste«, erwiderte Jane. Sie hatte beschlossen, dem Wirt und seiner Frau gegenüber nichts von dem geheimnisvollen Vorgang zu erwähnen.

Wilma Chester tauchte auch sehr schnell auf. Sie hatte sich einen alten geblümten Morgenrock übergeworfen und die knochigen Hände zusammengefaltet.

»Kinder haben mir einen Stein ins Zimmer geworfen«, erklärte Jane Collins. »Es sollte wohl ein Schneeball werden«, fügte sie noch lächelnd hinzu.

Die beiden Wirtsleute blickten sich misstrauisch an. Es war zu sehen, dass sie Janes Erklärung keinen Glauben schenkten.

»Ich werde Ihnen ein anderes Zimmer geben«, sagte Tom Chester, um das bedrückende Schweigen zu brechen. »Nehmen Sie das nebenan. Ich helfe Ihnen auch beim Umzug.«

»Nein, nein«, wehrte Jane ab, »das ist nicht nötig. Danke, ich schaffe es schon allein.«

»Wie Sie wollen.«

Wilma Chester fasste ihren Mann am Arm. »Komm, Tom, ich muss das Frühstück vorbereiten. In einer halben Stunde bin ich wohl fertig, Miss Collins.«

»Ist schon recht«, sagte Jane.

Das Ehepaar Chester verschwand.

Jane räumte inzwischen ihre Sachen in das andere Zimmer. Viel war es nicht.

Aber immer wieder spukte ihr die seltsame Erscheinung im Kopf herum.

Wer war dieser Unheimliche auf dem Schlitten? Wo kam er her? Und wo hatte er sein Versteck?

Fragen über Fragen, auf die Jane keine Antwort wusste. Sie hoffte jedoch, dass alles anders werden würde, wenn John Sinclair erst einmal da war.

Fünf Minuten vor der Zeit ging Jane hinunter in die Gaststube. Es war dort angenehm warm. Der Wirt hatte schon längst das Feuer im Ofen angefacht.

Wilma Chester deckte gerade den Tisch.

»So, Miss Collins«, sagte sie, als sie das frisch geröstete Toastbrot auf den Tisch stellte, »ich wünsche Ihnen einen guten Appetit.«

»Danke sehr.« Jane Collins lächelte und setzte sich. Es gab Tee, Milch, Toast und Schinken. Auf einem Schälchen lag etwas Marmelade.

Obwohl Jane keinen allzu großen Hunger hatte, langte sie zu. Und es schmeckte ihr auch gut. Vor allen Dingen die selbst hergestellte Orangenmarmelade mundete ihr ausgezeichnet.

Langsam verstrich die Zeit.

Ein paarmal betraten Gäste die Wirtschaft. Sie tranken schnell einen Schnaps und verschwanden dann wieder. Die Detektivin erkannte auch Männer, die am gestrigen Abend vor dem Haus gestanden hatten. Sie selbst wurde mit keinem Wort angesprochen.

Wilma Chester lächelte zufrieden, als sie sah, dass Jane fast alles gegessen hatte.

»Besser als im nobelsten Hotel«, lobte Jane.

Die Wirtin wurde etwas rot und hob verlegen die Schultern. Schweigend räumte sie ab.

Ihr Mann war draußen und versuchte, das Eis von der Straße zu kratzen, was aber ein sinnloses Unterfangen war, wie er selbst zugeben musste.

»Wir frieren hier noch an«, sagte er und zog seine dicke Jacke aus. Dann rieb er beide Hände gegeneinander. »Möchten Sie auch einen Drink, Miss Collins?«

»Könnte nicht schaden.«

»Okay, ich hole für uns beide einen Selbstgebrannten. Der ist wie Feuer.«

Tom Chester hatte nicht übertrieben. Jane traten sogar die Tränen in die Augen, als sie die scharfe Flüssigkeit trank.

Der Wirt wischte sich über die Lippen.

»Wann wird denn Ihr Bekannter bei uns eintreffen?«, fragte er.

»Ich schätze, so gegen Mittag.«

»Hoffentlich macht ihm das Wetter keinen Strich durch die Rechnung.«

Jane schüttelte den Kopf. »John Sinclair ist ein ausgezeichneter Fahrer.«

»Wollen wir's hoffen.«

John Sinclair war sogar noch etwas früher zur Stelle. Es war genau zwanzig Minuten nach elf Uhr, als der Wagen vor dem Gasthaus stoppte.

Als Jane Collins den blonden Haarschopf ihres Freundes sah, fiel ihr ein Stein vom Herzen.

»Jetzt wird es hier bald rundgehen«, sagte sie leise zu sich selbst.

John Sinclair lächelte, als er die Gaststube betrat, doch schon in der nächsten Sekunde wurde sein Gesicht ernst.

Er blieb stehen und blickte Jane Collins kopfschüttelnd an.

»Du siehst schlecht aus, Jane«, stellte er fest.

Die Detektivin wischte sich eine Haarsträhne aus der Stirn. »Es ist zwar kein Kompliment, aber du hast trotzdem recht.«

Dann nickte sie Suko, dem Chinesen, zu, der hinter John den Gastraum betreten hatte. Sukos breites Gesicht verzog sich zu einem Grinsen. Er reichte Jane die Hand, die mühelos einen ausgewachsenen Männerkopf umfassen konnte.

»Wie schön, dich zu sehen«, sagte er.

Er kannte Jane bereits über John Sinclair.

John stieß den Chinesen in die Seite. »Brich dir ja keinen ab.« Dann zog der Geisterjäger seinen mit Pelz gefütterten Wildledermantel aus und hängte ihn über eine Stuhllehne. Suko behielt seine Jacke an. Er zog nur den Reißverschluss auf.

Jane Collins machte die beiden Neuankömmlinge mit den Wirtsleuten bekannt.

Wilma Chester wurde verlegen, als sie hörte, welch einen Beruf John Sinclair hatte.

»Wollen – Sie – wollen Sie vielleicht eine Tasse Tee trinken?«, fragte sie.

John lächelte. »Sehr gern sogar.«

Jane deutete auf ihren Frühstückstisch. »Kommt, wir wollen hier nicht stehen bleiben.«

Sie nahmen Platz. Der Wirt stand unschlüssig neben dem Tisch und blickte auf seine Schuhspitzen.

»Setzen Sie sich doch zu uns«, forderte Jane den Mann auf.

»Ja, danke.« Tom Chester nahm nur auf der Stuhlkante Platz.

Der Geisterjäger lehnte sich behaglich zurück und sagte: »Nun erzähl mal, Jane. Wie ich an den Knoblauchstauden erkennen kann, habt ihr es ja schon mit Vampiren zu tun gehabt.«

»Hier im Haus waren diese Blutsauger aber nicht«, warf Tom Chester ein.

»Die werden sich auch hüten. Bei dem Geruch«, meinte John.

»Was soll ich noch groß erzählen, John«, sagte Jane. »Das Wichtigste habe ich dir ja schon am Telefon berichtet. Allerdings hatte ich heute morgen noch ein unheimliches Erlebnis.«

Jane erzählte, wie sie nur haarscharf der glühenden Peitsche entgangen war.

John streichelte ihre Hand, während der Wirt mit großen Augen auf dem Stuhl saß und nicht fassen konnte, was er eben gehört hatte.

»Da hast du noch mal Schwein gehabt«, sagte der Geisterjäger. »Aber nun zu dieser Schule. Ich habe in entsprechenden Zeitschriften vier Anzeigen gelesen. Die MYSTERY SCHOOL rührt eifrig die Werbetrommel.«

»Du brauchst erst gar nicht weiter zu fragen«, erwiderte Jane. »Ich weiß über die Schule nicht mehr als du.«

»Dann aber vielleicht Mr Chester?«, wandte sich John Sinclair an den Wirt.

Ehe dieser antworten konnte, brachte seine Frau den Tee. Er duftete verlockend und tat den Menschen gut.

Der Oberinspektor setzte die Tasse ab. »Also, Mr Chester, was hat es mit der Schule auf sich?«

Tom Chester hob die Schultern. »Viel kann ich Ihnen auch nicht sagen, Sir. Ich habe das Haus erst einmal gesehen. Aber drin war ich noch nie.« Er schüttelte sich, als hätte ihm jemand einen Eimer mit eiskaltem Wasser über den Körper gegossen. »Da traut sich niemand aus dem Dorf hin.«

»Wissen Sie denn, wie viele Schüler dort einen Kursus belegt haben?«

»Nein. Ein paar von ihnen sind wohl mal hier in der Gaststätte gewesen, aber sie haben nie mit den Einheimischen ein Gespräch angefangen. Sie tranken ihren Schnaps und sind dann gegangen.«

»Wer leitet denn die Schule?«, bohrte John weiter.

»Das weiß ich auch nicht.«

»Aber die Leute müssen doch essen und trinken. Werden sie von hier aus dem Dorf nicht mit Lebensmitteln beliefert?«

»Keine Ahnung.«

»Wahrscheinlich ist es so, dass sie in Sheffield einkaufen«, vermutete Jane.

»Ja, das wäre eine Möglichkeit«, gab der Oberinspektor zu.

Der Wirt meldete sich wieder zu Wort. »Sie wollen doch sicher der Schule einen Besuch abstatten?«

John nahm einen Schluck Tee. »Ja, natürlich.«

»Dann passen Sie auf, man wird Sie kaum reinlassen.«

»Das wollen wir doch mal sehen. Die Polizei ist zwar nirgendwo gerne willkommen, aber man wird sich hüten, uns mit Gewalt zurückzuhalten. Es geht schließlich um die Aufklärung eines scheußlichen Verbrechens. Wie mir Miss Collins berichtete, gehört dieser Phil Sounders auch zu den Schülern. Und ihn will ich sprechen.« John blickte auf seine Uhr und dann auf

Suko. »Was meinst du? Eigentlich könnten wir uns jetzt auf den Weg machen. Die Zeit ist recht günstig.«

»Ich habe nichts dagegen.«

»Und ich komme mit«, sagte Jane Collins.

»Nein.« Entschieden schüttelte John Sinclair den Kopf. »Du hast genug Ärger gehabt, und wenn sie dich sehen, werden sie sofort misstrauisch. Es soll ja auch nichts weiter als nur ein kleiner Besuch werden. Wir sind bestimmt vor dem Dunkelwerden wieder zurück.«

»Das hoffe ich«, sagte Jane.

John stand auf. Er wandte sich an den Wirt. »Beschreiben Sie uns bitte den genauen Weg. Ich habe keine Lust, lange in der Gegend herumzulaufen.«

»Okay.« Der Wirt erklärte John wortreich, wie sie fahren mussten, und wünschte ihm und Suko viel Glück.

John bedankte sich. Von Jane Collins verabschiedete er sich mit einem Kuss auf die Wange.

»Bis später, Jane, und halte dich tapfer.«

Jane lächelte, doch in ihrem Innern dachte sie immer wieder: Wenn das nur gut geht …

George Tanner, Chiefinspektor Shermans Assistent, hatte sich Urlaub genommen. Er hatte seinem Chef weismachen können, dass dieser schreckliche Fall bei ihm eine Magenschleimhautentzündung ausgelöst habe. Und da er sich nicht für zwei oder drei Wochen krankschreiben lassen wollte, hatte er eben zwei Tage von seinem Jahresurlaub abgezweigt.

Aber nicht, um zu faulenzen.

Das Gegenteil war der Fall. Tanner wollte diesen rätselhaften Mord auf eigene Faust klären. Und da ein ungewöhnlicher Fall ungewöhnliche Maßnahmen erforderte, hatte er auch einen ungewöhnlichen Weg eingeschlagen.

Tanner hatte die Nacht nicht im Bett verbracht. Er hatte in der näheren Umgebung von Saxton Nachforschungen angestellt, hatte Stunden in Gasthäusern verbracht und so allerlei Informationen erhalten. Die meisten waren natürlich Klatsch und Tratsch, aber etwas hatte sich doch bei all den Recherchen herauskristallisiert. Immer wieder wurde eine geheimnisvolle Schule erwähnt.

MYSTERY SCHOOL, wie sie sich nannte.

Und ihr wollte Tanner einen Besuch abstatten.

Es hatte lange gedauert, bis er den richtigen Weg fand, der ihn geradewegs zur Schule hinführte. Sehr wohl spürte George Tanner den dicken Kloß im Magen. Noch nie hatte er Ähnliches erlebt. Bisher hatte er immer die Rückendeckung seiner Polizeiorganisation gehabt. Aber nun war er völlig auf sich allein gestellt.

Das Haus lag ziemlich einsam, zwischen zwei Hügeln, die es im Norden und Süden begrenzten. Die Straße, die zur Schule führte, war kaum als solche zu bezeichnen, und als Tanner seinen Wagen neben einer schneebedeckten Buschgruppe abstellte, hatte er plötzlich das Gefühl, zu seiner eigenen Beerdigung zu gehen.

Mit in den Taschen vergrabenen Händen schlenderte er langsam auf das Haus zu. Es machte eigentlich einen ganz harmlosen Eindruck. Es war schon ziemlich alt, aber noch gut erhalten. Es gab an der Vorderseite zwei große Erkerfenster, deren Scheiben jedoch durch Vorhänge abgedeckt waren. Auf den zahlreichen Vorsprüngen und Ecken lag eine dicke weiße Schneeschicht.

Zwei blaugraue Rauchfahnen stiegen aus nebeneinanderliegenden Schornsteinen.

George Tanner nahm seine Brille ab und putzte die beschlagenen Gläser. Dann stand er vor der Tür. Sie war groß und aus stabilem Holz, in das seltsame Zeichen geschnitzt waren, mit denen George Tanner nichts anzufangen wusste.

Wie sollte er auch die Sprache der schwarzen Magie kennen?

Er entdeckte keine Klingel, dafür wurde aber so plötzlich die Tür aufgerissen, dass Tanner erschrak.

Eine ihm unbekannte Frau blickte ihn an.

»Sie wünschen?«, fragte sie mit flacher, tonloser Stimme, die so gar nicht zu ihrem Äußeren passen wollte.

Der junge George Tanner war von der Schönheit der Frau fasziniert. Sie trug ein blutrotes, bis zum Boden reichendes Kleid, das weit ausgeschnitten war und die Ansätze ihrer vollen Brüste sehen ließ. Tanner wunderte sich, dass die Frau nicht fror, aber anscheinend schien sie die Kälte nicht zu spüren.

»Sie wünschen?«, wiederholte sie ihre Frage.

»Nun – ich ...« Tanner räusperte sich. »Also – ich möchte in Ihrer Schule aufgenommen werden.«

»Bitte, treten Sie ein.«

Die Frau gab den Weg frei, und George Tanner hatte das Gefühl, als er den dunklen langen Flur betrat, in eine Gruft zu gehen, aus der es kein Zurück mehr gab. Der Gang wurde von versteckt angebrachten Lampen nur spärlich erhellt.

Mit fahrigen Bewegungen knöpfte Tanner seinen Mantel auf. Die Frau ging dicht vor ihm. Sie bewegte sich aufreizend, und wenn George Tanner genau hinsah, konnte er das Spiel der Muskeln unter dem Kleid sehen.

Die Frau schien nichts darunter anzuhaben.

Plötzlich blieb sie stehen und wandte sich um. Tanner wäre fast gegen sie geprallt, hatte aber im letzten Moment noch aufpassen können.

»Ich bin Elisa«, sagte die Frau mit den lackschwarzen Haaren. Ihr Gesicht schimmerte seltsam bleich, und die langen seidigen Wimpern berührten fast die Haut unter den Augen.

»Tanner«, sagte der Polizeiassistent. »George Tanner.«

Die Frau nickte nur. Dann wandte sie sich wieder um und ging weiter.

Sie führte George in ein großes Zimmer, in dem schwarze Möbel standen. Kerzenlicht schuf Atmosphäre.

Elisa deutete auf eine Couch. »Setz dich hin.«

Automatisch nahm George Tanner Platz.

Die Frau blickte auf ihn hinab. Sie hatte die Hände in beide Hüften gestützt, und ihre Zunge fuhr über die seltsam blassen Lippen.

»Warte hier. Ich bin gleich wieder zurück. Dann bringe ich dich zu den anderen.«

Tanner konnte nur nicken.

Elisa verschwand durch eine Tür, die sie sacht hinter sich schloss.

Der junge Polizeibeamte wischte sich über die Stirn. Mein Gott, dachte er, wo bin ich nur gelandet? Dieses Haus, das Zimmer, die Frau – seltsam. Noch nie im Leben hatte er so etwas gesehen. Aber alles übte auf ihn eine gewisse Faszination aus, der er sich nicht entziehen konnte.

Und auch der Geruch, der in dem Zimmer schwebte.

Er war seltsam süßlich und abstoßend.

So roch nur Blut …

George Tanner schwitzte plötzlich. Er zog seinen Mantel aus und wischte sich mit dem Handrücken den Schweiß von der Stirn. Für einen Augenblick dachte er daran, einfach wegzulaufen, dann blieb er doch sitzen und wartete auf die Dinge, die auf ihn zukommen würden.

Es war still im Zimmer.

Nicht einmal eine Uhr tickte. George hörte sein eigenes Herz schlagen. Ruhig brannten die Kerzenflammen. Die dicken Wachskerzen steckten in schweren Leuchtern. Die Flammen malten helle Kreise an die Decke, deren äußere Ringe ineinanderliefen und zu seltsamen Figuren wurden.

Als die Tür wieder aufging, hatte George Tanner das Gefühl, schon Stunden in dem Raum verbracht zu haben.

Elisa kehrte zurück. Sie trug einen schwarzen Umhang über dem linken Arm. Als sie den Umhang auseinanderfaltete, sah George, dass auf der Vorderseite ein weißer Totenkopf gemalt war.

Elisa legte den Umhang über einen Sessel.

»Zieh dich aus«, sagte sie dann.

»Ich – ich …« George Tanner schluckte.

»Ja, du sollst dich ausziehen.« Die Frau verzog die Mundwinkel. »Du wolltest doch bei uns aufgenommen werden.«

»Das schon«, gab George zu.

»Dann musst du dich auch unseren Anordnungen fügen. Es gehört zu dem Aufnahmeritual.«

Wenn ich jetzt meine Kleidung weggebe, dann bin ich völlig in ihrer Hand, dachte Tanner. Nein, ich werde es nicht tun. Ich werde mich jetzt umdrehen und auf der Stelle das Haus verlassen. Ja, das ist die einzige Lösung.

Aus seinem Vorhaben wurde nichts, denn er sah, wie Elisa nach dem Reißverschluss ihres Kleides griff und ihn langsam aufzog.

Das schabende Geräusch elektrisierte George Tanner, ging ihm durch Mark und Bein.

Er atmete schneller.

»Nun?«, fragte Elisa. Das Kleid war ihr über beide Schultern gerutscht und gab viel von der weißen Haut frei.

Tanner vergaß alle Vorsätze. Er war ein noch junger Mann, und diese Frau konnte ihn schon um den Verstand bringen.

Plötzlich fühlte er sich beschwingt, konnte die Leute verstehen, die Rauschgift nahmen, weil sie dann vielleicht ein ähnliches Gefühl verspürten.

Die Nähe der Frau jagte ihm Schauer über den Rücken.

George Tanner stand auf. Rasch schlüpfte er aus seinen Kleidungsstücken, bis er völlig nackt vor Elisa stand. Er streckte die Arme aus, wollte nach ihr greifen, doch sie entwich ihm mit einer raschen Drehung.

»Später«, flüsterte sie und zog den Reißverschluss wieder hoch.

George Tanner griff nach dem kuttenähnlichen Umhang. Gelassen streifte er ihn über den Kopf. Er war von innen aufgeraut und schmiegte sich warm an die nackte Haut.

Elisa klatschte zweimal in die Hände. Zwei junge Männer erschienen, die die gleiche Kleidung trugen wie George Tanner.

Sie verbeugten sich vor Elisa.

»Bringt seine Sachen weg!«

George Tanner wollte protestieren, als sich die beiden seiner Kleidung bemächtigten, doch dann spürte er den Griff der Frau an seinem Arm, die ihn mit sich zog.

»Wir gehen zu mir. In mein Zimmer.«

Tanner folgte willig. Er wunderte sich nur, wie kalt die Hand war, dachte aber nicht weiter darüber nach.

Eine Treppe führte in den Keller.

George sträubte sich an der obersten Stufe. Er wollte nicht weitergehen.

»Was hast du vor?«, fragte er rau.

»Ich habe dir doch gesagt, dass wir zu mir gehen, mein Freund. Du bist Polizist, nicht wahr?«

»Ja, das stimmt. Aber woher weißt du davon?«

Elisa lächelte geheimnisvoll. »Das werde ich dir später sagen. Komm jetzt.«

Tanners Bedenken waren zerstreut. Neben Elisa ging er die ziemlich breite Treppe hinunter. Sie erreichten einen feuchten Kellergang, der von blakenden Öllampen nur dürftig erhellt wurde.

Nach einigen Yards verbreiterte sich der Gang zu einem Gewölbe, in das kreisförmig breite Nischen eingehauen waren.

Zu einer der Nischen führte Elisa den jungen Mann.

Dann blieben sie stehen.

Georges Augen hatten sich mittlerweile an die Lichtverhältnisse gewöhnt. Er konnte sehen, was in der Nische stand.

Seine Augen weiteten sich vor Schreck, und sein Körper fühlte sich an, wie in Eiswasser getaucht.

In der Nische stand – ein Sarg!

Dicht neben seinem linken Ohr hörte Tanner das Lachen der Frau.

»Es ist mein Zimmer«, sagte sie. »Ich wollte es dir doch zeigen. Und der Sarg ist meine Ruhestätte.«

George Tanner fuhr herum, starrte Elisa ins Gesicht und glaubte plötzlich, den Verstand verlieren zu müssen.

Die Frau hatte den Mund leicht geöffnet. Zwischen ihren Lippen schimmerten zwei nadelspitze Zähne.

Elisa war ein Vampir!

Fassungslos starrte George Tanner auf das Gesicht der Frau, das jetzt zu einer grässlichen Fratze entartet war.

Elisa hatte den Mund so verzogen, dass die beiden Enden der Zähne über die Unterlippe ragten. Und dann die Augen. In ihnen las der junge Polizist eine mörderische Gier.

Vampire trinken Blut, schoss es ihm durch den Kopf. Nur so können sie weiter existieren. Und diese Frau ist verrückt nach Blut.

Nach meinem Blut!

Elisa hob den rechten Arm und winkte mit dem Zeigefinger. »Komm her, Söhnchen, komm zu mir. Ich wollte dir etwas zeigen. Du bist doch verrückt danach, mich zu besitzen. Ich sehe es dir an, mein kleiner Polizist.«

Wild schüttelte George Tanner den Kopf.

»Nein!«, schrie er plötzlich. »Bleib weg von mir! Geh! Geh mir aus den Augen, du Bestie.« Abwehrend streckte er beide Arme aus, doch die Untote lachte nur. Sie wusste, dass ihr die Beute nicht mehr entkommen konnte.

Da schlug George Tanner in seiner höchsten Verzweiflung das Kreuzzeichen.

Sofort zuckte Elisa zurück. Ihre Augen schienen mit einem Mal aus Blitzen zu bestehen.

»Tu das nie wieder«, sagte sie. »Hörst du? Nie wieder.«

Diesmal war es George, der lachte.

»Irrtum!«, kreischte er. »Ich werde dich in deine Schranken weisen, du Unhold!« Er ging rückwärts, hielt beide Arme gekreuzt vor seinem Gesicht.

Die Vampirin folgte ihm nicht. Abwartend und sprungbereit verharrte sie neben dem Sarg.

»Du kommst hier doch nicht raus«, geiferte sie. »Du nicht!«

George Tanner ließ sich nicht beirren. Noch ein Schritt trennte ihn von der letzten Treppenstufe.

Er machte diesen Schritt mit dem linken Bein – und stolperte.

Erschrocken riss George Tanner die Arme hoch. Instinktiv wollte er sich irgendwo festhalten, doch da war nichts.

Tanner ruderte immer noch mit den Händen, als er bereits fiel.

Das war die Chance für Elisa.

Mit einem wahren Panthersatz war sie bei dem jungen Polizisten. Ihr Körpergewicht nagelte George auf der Steintreppe fest. Hart drückten die Kanten in seinen Rücken.

Zwei Hände hatten sich in seinen Haaren verkrallt, pressten den Kopf nach hinten, bogen ihn zurück wie eine Feder.

Frei lag George Tanners Hals vor dem Gebiss der Untoten.

Weit riss Elisa den Mund auf. Unersättlich war ihre Gier nach dem frischen Lebenssaft geworden.

Verzweifelt bemühte sich George, sich aus dem Griff zu befreien, doch die Untote besaß gewaltige Kräfte.

»Nein – nicht!«, röchelte George Tanner. »Ich …«

Da hatte der weibliche Vampir sein Ziel erreicht. Mit einem Ruck schlug er die Zähne in den Hals des jungen Polizisten und begann zu saugen …

Die Fahrt zur MYSTERY SCHOOL glich einer einzigen Rutschpartie. John Sinclair konnte nur im Schritttempo fahren. Suko hockte mit dem Gesicht dicht vor der Scheibe und hielt nach besonders gefährlichen Glatteisstellen Ausschau.

Der Wirt hatte zwar gesagt, es wäre kaum möglich, mit dem Wagen bis dicht an die Schule zu gelangen, doch John hatte keine Lust gehabt, die letzte halbe Meile zu Fuß zu gehen. Er schaffte es auch so.

Das Gebläse arbeitete auf Hochtouren. Obwohl noch Mittag war, hatte die Sonne kaum Kraft. John Sinclair sah erste Nebelschwaden zwischen den Büschen umhergeistern. Und der Nebel hielt die Kälte über dem Boden fest.

Noch eine Kurve, und dann konnten John Sinclair und Suko die Schule sehen. Es war ein altes Haus, dessen obere Stockwerke bereits im Nebel verschwammen.

John grinste erleichtert. »Gleich haben wir es hinter uns«, sagte er zu seinem chinesischen Freund.

»Moment, John! Halt doch mal an!«

Der Geisterjäger trat behutsam auf die Bremse und brachte den Leihwagen zum Stehen. Er drehte seinen Kopf zu Suko. »Was ist denn?«

Der Chinese öffnete die Wagentür. »Rechts, zwischen den Büschen, habe ich ein Auto gesehen«, sagte er während des Aussteigens.

Auch John verließ den Wagen.

Er folgte Suko, der bereits die mit Eisschnee bedeckten Zweige zur Seite schob.

Dann sah John den Wagen auch.

Es war ein Mini Cooper. Er stand mit der Schnauze zum Feld hin.

Die beiden Türen waren abgeschlossen. John hauchte gegen die Scheibe, putzte mit dem Ärmel nach und konnte in das Innere des Minis sehen.

Auf dem Beifahrersitz lag eine Straßenkarte und in der Ablage hinter der Schaltung zwei Autohandschuhe.

Der Oberinspektor richtete sich wieder auf. »Nichts«, sagte er, »nichts, was verdächtig ist.«

Suko ging um den Wagen herum. Er wirkte in seiner dicken Kleidung wie ein tapsiger Bär.

»Komisch ist es schon«, meinte er. »Ich frage mich, weshalb jemand seinen Wagen hier abstellt. Ob der zur Schule wollte?«

»Kann schon sein.«

»Aber dann wäre ich an seiner Stelle bis zum Haus gefahren.«

»Es sei denn, er hatte einen besonderen Grund, nicht gesehen zu werden«, spann John den Faden weiter.

»Ja, das ist auch möglich.«

»Komm.« John Sinclair schlug dem Chinesen auf die Schulter. »Lass uns wieder einsteigen. Wir haben schon genug Zeit vertrödelt.«

Fünf Minuten später hielten sie vor der MYSTERY SCHOOL.

Genau wie George Tanner suchten auch John und Suko vergeblich nach einer Klingel.

Und sie waren ebenfalls erstaunt, als die Tür plötzlich geöffnet wurde. Nur wurden sie von einem Mann empfangen, der erstaunt die Augenbrauen hob und die Besucher kühl musterte.

»Sie wünschen?«

John Sinclair zückte seinen Ausweis.

»Polizei?«

»Ja.«

»Haben Sie einen besonderen Grund, uns mit Ihrem Besuch zu beehren?«, fragte der Mann.

»Ich finde, das sollten wir doch besser drinnen besprechen«, schlug der Geisterjäger vor.

»Bitte, dann kommen Sie.«

Der Mann führte die beiden in ein nüchtern eingerichtetes Büro und bot ihnen zwei Plätze an. Er selbst setzte sich hinter einen Schreibtisch.

»Ich habe doch recht, wenn ich annehme, dass Sie nicht an einem unserer Kurse teilnehmen wollen? Oder täusche ich mich da?«

»Sie täuschen sich nicht«, entgegnete John, der Zeit genug gehabt hatte, den Mann zu mustern.

Er war ein hagerer, asketischer Typ mit eisgrauen Haaren und unwahrscheinlich langen und schmalen Fingern. Sein Gesicht war ziemlich nichtssagend, und nur die strichdünnen, zusammengepressten Lippen zeugten von einer gewissen Grausamkeit, die in diesem Kerl steckte.

Der Mann trug einen dunklen, unmodernen Anzug mit schmalen Revers. Auch der Binder war nicht breiter als zwei aneinandergelegte Finger.

»Sie wissen sicher, dass hier in der Gegend ein schreckliches Verbrechen geschehen ist.«

»Sie meinen die Sache auf dem Friedhof?«

»Ja, Mister …«

»Oh, ich bitte um Verzeihung, dass ich mich noch nicht vorgestellt habe. Aber Ihr Besuch hat mich doch etwas aus der Fassung gebracht. Und dazu noch Scotland Yard. Mein Name ist Lethian. Ich leite diese Schule.«

»Und sind auch verantwortlich für die Anzeigen?«, fragte John.

»Die in den Zeitungen erscheinen?«

»Ja«, entgegnete der Geisterjäger.

Mr Lethian nickte. »Die habe ich aufgesetzt.«

»Aber wir kommen vom Thema ab«, sagte John. »Der Mann, der auf solch grässliche Art verstümmelt worden ist, heißt Graham Sounders. Kannten Sie ihn vielleicht?«

Mr Lethian spielte mit seinen Fingern. »Warum fragen Sie mich das, Sir?«

»Sie sind nur einer von vielen, die ich befrage.«

»Nun ja«, gab der Mann zu. »Ich habe ihn mal kennengelernt. Er ist einmal zu mir gekommen. Er interessierte sich eben für die Schule und wollte wissen, womit wir uns beschäftigen.«

»Hat es ihm gefallen?«, fragte John.

»Nein.«

»Das war eine deutliche Antwort«, sagte John. »Was lehren Sie hier eigentlich?«

»Nichts, das ungesetzlich wäre, Sir.«

»Damit ist meine Frage nicht beantwortet.«

»Sorry, Sie haben recht. Wir wollen – ganz grob gesagt – die Menschen auf ihren Tod vorbereiten. Sie sollen die Angst vor dem Jenseits verlieren, und aus diesem Grunde weihen wir sie in die Geheimnisse ein, mit denen sie nach ihrem Ableben konfrontiert werden.«

»Das ist allerhand«, sagte John. »Aber woher wissen Sie über das Jenseits so gut Bescheid? Waren Sie schon mal tot?« John hatte die Frage bewusst spöttisch formuliert.

Lethians Gesicht verschloss sich. »Ich bitte Sie, Sir. Mit diesen Dingen treibt man keine Scherze. Sie müssen als Polizist sehr realistisch sein, aber es gibt Vorgänge in unserer Welt, die man nur begreifen kann, wenn man seinen Geist auch für andere Dinge öffnet. Dann werden dem Schüler Gebiete aufgetan, die so weit sind, dass der Verstand nicht ausreicht, um nur den Bruchteil von dem zu erfassen, was wirklich zwischen unseren …«

»Schon gut«, sagte John. »Wir sind hier, um ein Verbrechen aufzuklären.«

Lethian sprang auf. »Meine Schule hat damit nichts zu tun!«

»Das hat auch keiner gesagt«, sagte John.

»Was wollen Sie dann noch?«

»Mit Ihren Schülern reden.«

»Das geht nicht.«

»Und warum?«

»Sie haben im Augenblick Meditationsstunde. Eine sehr wichtige Geistesübung, aus der ich sie nicht herausreißen kann, ohne dass bleibende Schäden verursacht werden.«

»Ich möchte auch nur einen von den Schülern sprechen.«

»Wen?«

»Phil Sounders«, sagte John lächelnd.

»Ist er verwandt mit …«

»Hören Sie auf, Mr Lethian«, fuhr John dem Mann in die Parade. »Phil Sounders ist Schüler bei Ihnen. Ich habe mich erkundigt. Oder wollen Sie, dass ich eine Hausdurchsuchung vornehme?«

»Nein, nein. Nicht nötig. Warten Sie, ich werde Phil Sounders holen. Bitte entschuldigen Sie mich.«

Lethian stand auf und verließ mit steifen Schritten sein Büro.

Suko blickte John Sinclair an. »Glaubst du ihm?«, fragte er.

»Nicht die Bohne. Das ist ein ganz durchtriebener Halunke, der uns noch schwer zu schaffen machen wird.«

John stand auf und ging ans Fenster. Sein Blick schweifte nach draußen. Das Land schien unter Eis und Schnee erstarrt zu sein. »Weißt du, was mich wundert, Suko?«

»Nein.«

»Dass es in diesem Haus so still wie in einer Gruft ist. Kein Geräusch, keine Stimmen – nichts.«

»Aber wenn die Schüler meditieren …«

John drehte sich wieder um. »Glaub doch so etwas nicht. Alles faule Ausreden. Lass dir gesagt sein, diese Schule ist eine Gefahr. Vielleicht ist sie sogar ein Hort der Dämonen, aber das wird sich noch herausstellen.«

»Was hast du vor?«

»Erst einmal mit Phil Sounders reden.«

»Und dann?«

»Alles andere wird sich ergeben. Auf jeden Fall werde ich mich in der Schule umsehen. Wenn es jetzt nicht möglich ist, dann eben später.«

John verstummte, denn die Tür wurde geöffnet, und Mr Lethian betrat wieder das Büro.

»Phil Sounders wird sofort erscheinen«, sagte er. »Wie ich schon vorhin erwähnte, befand er sich in tiefer Meditation, und da dauert es immer ein wenig, bis man …« Lethians Gesicht hellte sich auf. »Ah, da ist er ja.«

Phil Sounders betrat den Raum. Er sah genauso aus, wie Jane Collins ihn beschrieben hatte.

Schwarze Haare, ein kühnes, scharf geschnittenes Gesicht und dunkle Augen, über die jetzt allerdings ein Schleier zu liegen schien, denn der Blick war seltsam entrückt.

Und noch etwas war anders.

Phil Sounders trug keine normale Straßenkleidung, sondern ein langes schwarzes Gewand.

In der Mitte – etwa in der Höhe der Brust – prangte ein weißer Totenschädel …

Er dachte und fühlte nicht mehr als Mensch!

All das, was früher seine Persönlichkeit ausgemacht und was ihm inneren Halt gegeben hatte, war verschwunden, weggefegt wie eine Seifenblase vom Wind.

Er war kein Mensch mehr.

Er war ein Vampir.

Und für ihn gab es nur eins.

Blut!

Menschenblut, um weiter existieren zu können.

Wie aus einem tiefen Traum erwachend, schlug er die Augen auf. In den ersten Sekunden sah er sich verwundert um. Dann aber bemerkte er die Frau, die mit katzengleichen Schritten auf ihn zuglitt.

Es war Elisa.

Und sie lächelte, zeigte dabei ihre nadelspitzen Zähne, an deren Enden noch winzige Blutstropfen schimmerten.

Sein Blut.

»Wie fühlst du dich?« Unendlich sanft kam ihm die Stimme der Frau vor.

»Nicht gut«, erwiderte er.

Elisa nickte teilnahmsvoll. »Das kann ich mir vorstellen. Du wirst gewiss Hunger haben.«

Da begannen seine Augen zu leuchten.

»Ja«, flüsterte er, und während er das Wort sagte, zog er die Lippen auseinander und bleckte selbst zwei dolchartige Vampirzähne.

George Tanner war zu einem Vampir geworden. Elisas Biss hatte ihn dazu gemacht.

Jetzt stellte er fest, dass er noch immer auf den Stufen lag.

Elisa reichte George die Hand, und er ließ sich willig von ihr hochziehen.

Er ging ein Stück vor. Langsam und mit steifen Schritten. Sein Blick fiel auf Elisas Sarg. Augenblicklich blitzte es begehrlich in seinen Augen auf.

Elisa hielt ihn fest. »Nicht jetzt«, sagte sie. »Heute Abend bekommst du auch eine Ruhestatt. Aber zuvor musst du noch einen Auftrag erledigen.«

»Welchen?«

»Du kennst die blonde Privatdetektivin, die in einem Gasthaus in Saxton wohnt?«

»Ja.«

»Hol sie zu uns!«

George Tanner verkrampfte die Hände. »Warum? Es ist besser, wenn ich sie ...«

»Nein. Ihr Blut bekommst du nicht. Es gehört dem Meister.«

»Schade. Wer ist der Meister?«

»Du wirst ihn noch früh genug kennenlernen. Ihn und die anderen!«

»Wer sind die anderen?«

»Unsere Schüler. Es sind insgesamt zwanzig an der Zahl. Wir haben sie inzwischen so weit, dass noch in der folgenden Nacht die Vampirtaufe stattfinden kann.«

»Warum habt ihr sie nicht sofort ...?«

Elisa trat dicht an den Mann heran und streichelte sein Gesicht. Er empfand die Berührung als angenehm. »Es wäre zu auffällig gewesen, mein Lieber. Wir mussten sie erst von ihren Familienbanden lösen. Das dauert immer seine Zeit. Aber jetzt haben sie sich endgültig losgesagt.«

»Aber ich war Polizist«, sagte George Tanner. »Man wird nach mir suchen.«

»Das macht nichts. Morgen sind wir stark genug, um gegen alle widerstehen zu können. Aber das wirst du alles noch sehen. Ich darf dir nicht zu viel verraten, George Tanner. Geh jetzt, es ist deine Probe.«

»Wieso Probe?«

Elisa lächelte. »Jeder von uns hat eine Probe zu bestehen. Leider hat die letzte etwas viel Staub aufgewirbelt. Du weißt schon.«

»Die Sache in der Leichenhalle?«

»Ja.«

Tanner lachte glucksend. »Dann wart ihr das doch.«

»Ja. Phil Sounders musste seine Mutprobe bestehen. So, jetzt reicht es aber. Geh und bring die Blonde her. Ihr Blut wird uns besonders gut schmecken!«

Der Tee in Jane Collins' Tasse war kalt.

Vor wenigen Minuten waren die letzten Gäste gegangen. Es waren vier Bauarbeiter gewesen, die in den nächsten Ort mussten.

Wilma Chester setzte sich zu der Detektivin. »Um diese Zeit ist bei uns nie etwas los. Der Betrieb fängt immer erst am Abend an.«

Jane nickte.

Wilma Chester furchte die Stirn. »Was ist los mit Ihnen, Miss Collins? So kenne ich Sie gar nicht. Sind Sie trübsinnig?«

Jane atmete tief ein. Sie drehte der Wirtin das Gesicht zu. »Ich weiß es auch nicht genau, Mrs Chester, aber ich spüre das Unheil direkt in der Luft liegen.«

»Ach, Unsinn.« Die Wirtin winkte ab. »Gestern noch, da hatte ich auch Angst, aber seitdem ich den Oberinspektor kennengelernt habe«, sie machte eine kleine Sprechpause, »also wissen Sie, der Mann flößt mir Vertrauen ein. Man sieht ihm förmlich an, dass man sich auf ihn verlassen kann. So etwas findet man heutzutage selten. Glauben Sie mir, Miss Collins.«

»Sicher, ich kenne John schon lange.«

»Sie lieben ihn, nicht wahr?«

Ein schmerzliches Lächeln grub sich in Jane Collins Mundwinkel. »Ja, Mrs Chester, wahrscheinlich liebe ich ihn. Aber mit uns ist es wie mit den beiden Königskindern. Uns trennt zwar kein Wasser, aber in unserem Fall sind es die beiden Berufe. John Sinclair würde sich nie binden, dafür steht er zu weit oben auf der Abschussliste gewisser Mächte. Tja, das nennt man dann wohl Schicksal.«

Tom Chester, der den stabilen Tresen gereinigt hatte, legte den Lappen weg.

»Fertig«, sagte er.

Wilma drehte sich auf ihrem Stuhl um. »Auch im Keller?«

»Nein, da will ich jetzt noch runter.«

»Aber vergiss die Whiskyflaschen nicht, Tom.«

»Nein, nein, keine Angst.«

Kopfschüttelnd verschwand der Wirt aus dem Gastraum. Die Tür zum Keller war nicht verschlossen. Ausgetretene Steinstufen führten in die Tiefe.

Tom Chester knipste das Licht an. Unter der Decke befanden sich in unregelmäßigen Abständen Glühbirnen. Der Fliegendreck klebte auf ihnen wie eine zweite Schicht.

Der Keller war praktisch ein einziger großer Lagerraum. Tom Chester hatte die Verschläge alle herausgerissen. Ein großer Kohlenhaufen reichte fast bis zur Decke. Daneben hatte der Wirt klein gehacktes Holz aufgestapelt.

Dem Kohlenhaufen gegenüber befand sich das selbst gezimmerte Regal. Es war sehr stabil, und in ihm lagerten Konserven und Eingemachtes. Ganz unten standen die Kartons mit den Spirituosen. Viele waren es nicht mehr. Tom Chester war noch nicht dazu gekommen, Nachschub zu besorgen, aber wie das Geschäft im Moment lief, brauchte er das auch gar nicht mehr.

Halblaut zählte der Wirt die Kartons. Dreimal Gin und viermal Whisky.

Tom Chester grinste, als er die verstaubte Flasche Wodka in der Ecke sah. Ein Russe hatte sie ihm mal geschenkt. Das war schon über fünf Jahre her.

Chester bückte sich, um einen Karton hochzuheben.

Da hörte er das Geräusch!

Augenblicklich stand der Wirt wie angewachsen. Eine Gänsehaut rieselte über seinen Rücken.

»Wilma, bist du es?«

Keine Antwort.

Wird wohl wieder eine Maus gewesen sein, dachte Chester und wollte in seiner Tätigkeit fortfahren.

Plötzlich sah er die Gestalt.

Tom Chester wirbelte herum. Sein Herz schlug bis zum Hals. Doch im nächsten Augenblick atmete der Wirt beruhigt auf.

»Sie sind es, Sir. Mein Gott, haben Sie mich aber erschreckt.«

George Tanner blieb stehen. Er war durch die Hintertür in den Keller gelangt. Das einfache Schloss hatte ihm keinen allzu großen Widerstand entgegengesetzt.

Der Wirt lächelte gequält. »Warum sind Sie denn nicht vorn hereingekommen?« Dass Tanner die Tür aufgebrochen haben musste, fiel ihm gar nicht ein.

Tanner hob die Schultern. Hinter seinen Brillengläsern funkelten die Augen. »Ich bin in einem – sagen wir Geheimauftrag unterwegs.«

»Aha, ich verstehe«, erwiderte Chester, obwohl er nicht verstand. Aber er wusste, dass Tanner von der Polizei war. Er hatte ihn auf der Beerdigung kennengelernt. Der junge Mann war ihm von Anfang an sympathisch gewesen. Aus diesem Grund hatte Chester auch keine Scheu und fragte: »Darf man wissen, was das für ein Geheimauftrag ist?«

»Später«, erwiderte Tanner mit belegter Stimme.

Er hatte sich verkrampft. Die Gier nach Blut machte ihn fast verrückt. Nie hätte er gedacht, dass dieser Drang einmal so stark werden könnte. Lange genug hatte er sich beherrschen müssen. Auf der Fahrt zum Dorf waren ihm zwei Frauen begegnet, und nur mit äußerster Mühe hatte er sich zurückhalten können.

Doch jetzt, wo das Opfer so dicht vor ihm stand, war es mit seiner Beherrschung vorbei.

Er musste das Blut von diesem Mann haben!

»Na gut, dann gehen wir nach oben.« Tom Chester bückte sich, um den Karton mit Whiskyflaschen hochzuheben.

Plötzlich spürte er die Gefahr. Irgendetwas warnte ihn. Vielleicht war es nur eine allzu heftige Bewegung des Polizisten, auf jeden Fall drehte Tom Chester den Kopf.

Da griff Tanner bereits an.

Er bewegte sich wie ein Raubtier, den Mund halb offen. Deutlich sah Tom Chester die beiden höllisch scharfen Zähne.

Tom öffnete den Mund, und ein wahnsinniger Schrei entrang sich seiner Kehle ...

John Sinclair sah sofort, dass mit Phil Sounders etwas nicht stimmte. Diese geistesabwesende Art, der Blick – nein, das war nicht normal. Phil Sounders schien unter Drogen zu stehen. Und das bis zur Halskrause. Oder aber man hätte ihn mit anderen Mitteln bearbeitet. Vielleicht sogar mit Mitteln der schwarzen Magie.

Auch Mr Lethian hatte bemerkt, dass John etwas an dem Benehmen des Mannes aufgefallen war. Er beeilte sich, sogleich eine Erklärung abzugeben.

»Wie gesagt, Sir, die Schüler befanden sich mitten in der Meditation.«

John winkte ab. »Ja, ja, schon gut.« Dann wandte er sich an Phil Sounders. »Wollen Sie sich nicht setzen, junger Mann?«

Sounders nahm Platz. Steif, staksig, wie ein Roboter.

»Ich weiß allerdings nicht, Sir, ob Phil in der Lage sein wird, Ihre Fragen zu beantworten«, sagte Mr Lethian. »Ich fürchte, er wird Sie gar nicht richtig verstehen.«

»Das lassen Sie mal meine Sorge sein. Ach so, ja, was haben Sie ihm da eigentlich für eine Kutte übergezogen? Wozu dieser stilisierte Totenschädel?«

»Das Symbol des Vergänglichen, Sir. Es ist gewissermaßen unser Zeichen.«

»Verstehe.« Dann blickte John Sinclair den Schulleiter direkt an. »Würden Sie mich bitte mit dem Zeugen Sounders allein lassen?«

Lethians Gesicht verschloss sich. »Nein«, sagte er, »das geht auf keinen Fall.«

»Und wieso nicht?«

»Ich habe Ihnen doch gesagt, dass sich Phil Sounders in einem etwas desolaten Zustand befindet. Eine falsche Frage nur, und Sie könnten an seinem Tod schuld sein.«

Der Geisterjäger nickte. »Ja, in einem desolaten Zustand ist er, Mr Lethian. Aber ich kläre hier ein Verbrechen auf, und Phil Sounders ist ein sehr wichtiger Zeuge.«

Lethian hob nur die Schultern.

John begann wieder mit seinem Fragespiel. »Sagen Sie, Mr Lethian, wie lange dauert solch ein Zustand meistens an?«

»Das kann über Tage gehen.«

»Verstehe ich nicht. Er muss doch auch an dem anderen Unterricht teilnehmen.«

»Äh, also …« Lethian war leicht aus der Fassung gebracht worden. »Bei Phil Sounders verhält sich das ein wenig anders. Er gehört zu einer Gruppe von Personen, mit denen wir besondere Tests durchführen. Deshalb diese Trance.«

»Ja, man sieht es.« John trat auf Phil Sounders zu und hob dessen Augenlid an. Keine Reaktion.

»Was meinst du dazu, Suko?«, fragte der Geisterjäger seinen Freund und kniff ihm ein Auge zu.

Der Chinese wusste längst, worauf John Sinclair hinauswollte.

»Ich meine, wir könnten es schaffen«, sagte er.

»Genau.«

Mr Lethian stand dabei und schaute von einem zum anderen. Gern hätte er gewusst, was John und Suko mit ihrem kurzen Dialog bezweckt hatten, aber er brauchte auch nicht lange zu warten, um Aufklärung zu erhalten.

»Ihre Ausführungen waren sehr aufschlussreich, Mr Lethian«, sagte der Oberinspektor. »Da Phil Sounders jedoch ein sehr wichtiger Zeuge ist, müssen wir ihn leider mitnehmen.«

Lethian wurde bleich. »Das ist unmöglich!«, zischte er.

John lächelte beruhigend. »Keine Angst, Ihrem Schützling wird schon nichts passieren. Dafür verbürge ich mich. Wir fahren ihn in die nächste psychiatrische Klinik, wo man sich näher mit ihm beschäftigen wird. Sie können also ganz beruhigt sein.«

»Das erlaube ich auf keinen Fall!«

»Wie wollen Sie mich denn an der Ausübung meiner Pflicht hindern?«, fragte John gefährlich sanft.

»Das werden Sie schon sehen!«

»Etwa mit Gewalt?«

»Wenn es ...« Lethian schluckte und verbiss sich die Bemerkung. Stattdessen sagte er: »Ich werde mich beschweren.«

»Das können Sie tun. So – und jetzt lassen Sie die Kleidung des jungen Mannes kommen, ich möchte ihn nicht gern in diesem Jahrmarktsaufzug mitnehmen.«

Lethian starrte John sekundenlang an. Er öffnete den Mund, um etwas zu sagen, ließ es aber bleiben, sondern drehte sich auf dem Absatz um und ging aus dem Zimmer.

»Bin gespannt, was er jetzt unternimmt«, sagte Suko.

»Ich auch.« John fasste Phil Sounders an der Schulter, doch der junge Mann rührte sich nicht.

»Er steht wahrscheinlich unter Hypnose«, sagte Suko.

Lethian kam zurück. Schneller als erwartet. Er trug Phil Sounders' Kleidung über dem Arm.

»Zieh dich aus!«, befahl er dem jungen Mann.

Phil Sounders gehorchte. Er streifte die Kutte über den Kopf. Darunter war er nackt.

»Warum wecken Sie ihn nicht aus der Hypnose?«, fragte John den Leiter der Schule.

»Er steht nicht unter Hypnose.«

John Sinclair hob die Schultern. »Wie Sie meinen.«

Phil Sounders hatte sich inzwischen angezogen. Er trug jetzt einen dicken Pullover, Jeans und einen Mantel, der mit Fell gefüttert war.

»Auf geht's«, sagte der Geisterjäger und ging in Richtung Tür. Phil Sounders befand sich zwischen ihm und Suko.

Lethian begleitete die Männer noch bis zum Ausgang. Alle drei sahen nicht das böse Lächeln auf seinem Gesicht.

»Also dann«, sagte John Sinclair und drehte sich noch einmal um. »Vielen Dank für Ihre Hilfe.«

»Gern geschehen, Sir.«

Beide Männer wussten, dass sie sich anlogen, ließen sich aber nichts anmerken.

Suko war schon ein Stück vorgegangen. Er hielt Phil Sounders am Arm fest.

John war mit wenigen Schritten bei ihnen. »Bin gespannt, wie dieser Lethian jetzt reagieren wird.«

»Du hast Phil Sounders nur als Köder mitgenommen, wie?«

John lächelte. »Richtig, Suko. Ich wollte diesen aalglatten Kerl aus der Reserve locken.«

John holte die Wagenschlüssel aus der Tasche und ging schon vor, um die Autotür aufzuschließen.

Da hörte er einen Schrei.

Sinclair fuhr herum.

Phil Sounders hatte den Schrei ausgestoßen. Verzweifelt versuchte er sich aus Sukos Griff zu befreien, doch der Chinese hatte die Kräfte eines Bären.

John lief die paar Yards zurück.

Phil Sounders wand sich wie eine Schlange. Er stieß keuchende Laute aus, die sich nach kurzer Zeit zu Worten und ganzen Sätzen formten.

»Blut!«, keuchte er. »Ich sehe überall Blut. Sie kommen. Ja, sie kommen. Sie werden uns zerfleischen. Ich sehe sie ganz deutlich.«

John Sinclair packte ebenfalls mit zu. Hart rüttelte er den Mann an der Schulter.

»Wer kommt, Phil? Wer? Los, sagen Sie es uns!«

Sounders riss den Kopf herum. Sein Gesichtsausdruck war eine Grimasse der Angst. »Die Wölfe! Ich sehe sie genau. Sie sind schon unterwegs. Und dann die Vampire. Sie werden den Wölfen folgen. Lauft, lauft weg, sonst ist es zu spät!«

John und Suko tauschten einen schnellen Blick.

»Zum Wagen«, sagte der Geisterjäger.

»Nein!«, kreischte Phil Sounders. »Ich will nicht. Lasst mich!«

Der Oberinspektor und Suko gaben kein Pardon. Sie zogen Phil Sounders kurzerhand mit sich.

Sounders versuchte zu treten. Ein paarmal traf er die Männer auch in die Waden, doch die Tritte waren zum Glück nicht schmerzhaft. John Sinclair riss die Tür des Rover auf.

Phil Sounders gelang es, sie wieder zuzutreten.

»Verdammt!«, sagte Suko. Er ballte die Hand zur Faust, um sie Sounders ans Kinn zu schmettern.

John fiel dem Chinesen in den Schlag. »Lass sein! Ich weiß nicht, welche Schäden er durch einen Schlag davontragen könnte. Wir werden es auch so schaffen.«

»Glaube ich kaum«, sagte Suko. »Sieh mal zurück!«

John Sinclair schaute in Richtung Schule und sah genau wie Suko und Phil Sounders die fünf wolfsartigen Bestien, die in langen Sprüngen heranhetzten.

»Ich habe es euch doch gesagt!«, schrie Sounders. »Die Wölfe, sie kommen und werden uns zerfleischen!«

Im nächsten Augenblick begann er gellend zu lachen!

Wie von der Sehne geschnellt, sprang Jane Collins hoch. Sie hatte den furchtbaren Schrei vernommen und dachte sofort an den Wirt, der in den Keller gegangen war.

Wilma Chester war kreidebleich geworden.

»Das – das war im Keller«, flüsterte sie. »Mein Gott, Tom – da ist was passiert!« Wilma sprang ebenfalls auf, wollte in den Keller laufen, doch Jane Collins hielt die Frau zurück.

»Sie bleiben hier!«, befahl die Detektivin. »Ich werde gehen!«

»Aber Tom, er ist …«

Jane ließ Wilma Chester gar nicht ausreden, es war auch schon so zu viel Zeit vergangen. Mit schnellen Schritten lief die Detektivin durch das Lokal und gelangte wenige Sekunden später an die offen stehende Kellertür.

Das Licht brannte.

Jane Collins nahm zwei Stufen auf einmal.

Das fürchterliche Stöhnen und Keuchen drang ihr auf der drittletzten Stufe an die Ohren.

Dann sprang sie in den Gang.

Im ersten Moment war sie wie gelähmt. Sie musste die unglaubliche Szene erst verdauen.

Zwei Männer kämpften miteinander.

Einer davon war George Tanner, der Polizist. Und er war – ein Vampir!

Jane hatte das Gefühl, unter Schock zu stehen. Tanner hatte den Kopf gedreht, deutlich sah sie die dolchartigen Hauer. Tom Chester lag auf dem Boden. Er hatte die Augen weit aufgerissen, und in seinen Blicken leuchtete der Wahnsinn.

Tanner löste sich von seinem Opfer. Jane sah die Blutperlen an den Zähnen schimmern und wusste, dass Tom Chester schon gebissen worden war. Hoffentlich noch nicht so stark, dass er bereits zum Vampir geworden war.

In den Sekunden, die Jane blieben, suchte sie fieberhaft nach einem Ausweg. Sie hatte keine Waffe, mit der sie dem Vampir wirksam begegnen konnte, sie musste sich was einfallen lassen.

Tanner kam näher. Er hatte seine Brille verloren, wie starre Murmeln wirkten seine Augen.

»Auf dich habe ich gewartet«, flüsterte er rau. »Dein Blut wird uns besonders stärken!«

»Wer ist uns?« Während Jane die Frage stellte, war sie zurückgegangen, wieder auf die Treppe zu. Sie wollte versuchen, den Vampir aus dem Keller zu locken, nach oben hin, wo die Knoblauchstauden hingen.

Doch diesen Plan machte Wilma Chester zunichte. Sie hatte es in der Gaststätte allein nicht mehr ausgehalten, wollte unbedingt wissen, was mit ihrem Mann geschehen war. Mit stolpernden Schritten lief sie die Stufen herunter.

Jane hörte die Schritte hinter sich und drehte sich um.

»Nicht, Mrs Chester! Bleiben Sie oben!«

Janes Warnung kam zu spät.

Wilma Chester hatte schon ihren Mann entdeckt, der am Boden lag und keinen Ton von sich gab. Wilma stieß die Detektivin, die ihr im Wege stand, kurzerhand zur Seite und lief auf ihren Gatten zu.

Jane wollte die Frau noch festhalten, doch sie fasste ins Leere.

Wilma Chester rannte genau in die Fänge des Vampirs.

In ihrer Aufregung hatte die Frau gar nicht mitgekriegt, welch ein Unhold sich noch im Keller aufhielt. Sie hatte nur Augen für ihren Mann gehabt. Und als sie plötzlich die stahlharten Griffe an ihren Schultern spürte und dicht vor sich das aufgerissene blutgierige Maul des Vampirs sah, überfiel sie schlagartig die Todesangst.

Wilma Chester schrie.

Tanners Klaue würgte ihren Schrei ab. Er riss die Frau herum, heulte triumphierend auf und riss ihr mit einem Ruck das hoch geschlossene Kleid entzwei, sodass der Hals frei vor ihm lag.

Da fegte Jane Collins heran.

Ihre brettharte Handkante rammte gegen den Hals des Unholds. Bei einem Menschen hätte der Schlag eine absolut paralysierende Wirkung gehabt, der Vampir jedoch wurde nur zu Boden geworfen und ließ sein Opfer dabei glücklicherweise los.

Schreiend kroch Wilma Chester zu ihrem Mann. Sie barg ihren Kopf wimmernd an seiner Brust. Obwohl die beiden Eheleuten vor Angst bald wahnsinnig wurden, konnten sie sich der Faszination des Kampfes zwischen Mensch und Bestie nicht entziehen.

»Du hast keine Chance!«, keuchte der Untote. »Ich werde es immer schaffen. Gib auf!«

Er versuchte, nach Jane Collins zu greifen, doch die sport- und kampfgestählte Detektivin war zu wendig. Sie wich geschickt aus und lockte den Untoten dabei immer weiter von den beiden Wirtsleuten weg.

Noch empfand der Vampir das Ganze als ein Spiel. Er war sicher, dass ihm Jane nicht entkommen konnte, deshalb ließ er es auch zu, dass sie sich auf die Treppe zu bewegte.

Jane hatte die erste Stufe erreicht, da sprang Tanner wieder vor.

Blitzschnell riss die mutige Frau das rechte Bein hoch und stieß ihren Fuß dem Untoten dicht unter dem Hals gegen die Brust.

Tanner wurde zurückgeworfen. Mit dem Rücken schlug er auf dem Boden auf, war aber sofort wieder auf den Beinen.

Er war furchtbar wütend.

Jane Collins hatte die Zeit genutzt und war schon die Hälfte der Treppe hinaufgelaufen.

Der Vampir rannte ihr nach. An die beiden Menschen im Keller dachte er nicht mehr, er wollte diese blonde Frau haben, um seinen Auftrag erfüllen zu können.

In seinem geifernden Hass lief der Untote genau in Jane Collins Falle.

In langen Sätzen hetzte er die Stufen hoch. Jane hatte ihn etwas näher herankommen lassen, wollte ihn noch mehr reizen. Sie wusste selbst nicht, woher sie den Mut dazu nahm, aber in den entscheidenden Augenblicken war sie immer eiskalt.

Jane erreichte mit einem knappen Vorsprung die Kellertür. Sie schlüpfte hindurch und knallte sie gedankenschnell hinter sich zu.

Der Vampir rannte gegen das Holz.

Es gab einen dumpfen Aufprall, und Jane Collins hörte den wilden, wütenden Schrei.

Aber da hatte sie schon den Gastraum erreicht. Sie sah die Knoblauchstauden von den verräucherten Deckenbalken hängen, gab ihrem Körper den nötigen Schwung und sprang mit gestreckten Armen hoch.

Die Finger ihrer rechten Hand krallten sich um eine Staude, rissen sie herunter.

Da stürmte der Vampir durch die Tür. Vier Schritte brachten ihn in den Gastraum.

Und plötzlich geschah das Unerwartete.

Der Untote blieb stehen.

Seine Augen weiteten sich. Er schüttelte den Kopf, aus seinem Mund drang ein schreckliches Ächzen, er krümmte sich zusammen und begann zu taumeln.

Die abschreckende Wirkung des Knoblauchs hatte ihn voll getroffen!

Für einige Augenblicke war er hilflos. Das wusste auch Jane Collins. Und bevor sich der Vampir wieder zurückziehen konnte, musste sie ihn kampfunfähig gemacht haben.

Jane nahm allen Mut zusammen und rannte auf den Unhold zu. Sie hatte von der Knoblauchstaude eine Knolle abgerissen, packte den Vampir an den Haaren, riss seinen Kopf in den Nacken und stopfte ihm die Knoblauchknolle zwischen die grässlichen Zähne, bis weit in den Rachen hinein.

Der Vampir wankte zurück. Er würgte. Seine Augen drehten sich. Aber Jane ließ George Tanner gar nicht erst zur Ruhe kommen. Weitere Knollen steckte sie ihm in die Kleidung, und den Rest der Staude drehte sie um seinen Hals.

Der Vampir brach zusammen. Zuckend lag er auf dem Boden und stieß undefinierbare Laute aus. Wilder Schmerz zeichnete sein Gesicht, der Knoblauch musste ihm unwahrscheinlich zu schaffen machen. Er war auch nicht in der Lage, sich zu befreien, die unsichtbaren Bande hielten ihn fest.

Jane hatte erst schon überlegt, ob sie den Vampir töten sollte, dann jedoch von diesem Vorhaben Abstand genommen. Nein, dieser Kerl konnte ihr noch wertvolle Dienste erweisen.

Aber erst einmal musste sie dem Wirtsehepaar Bescheid geben.

Jane lief zur Kellertreppe und meldete, dass von dem Vampir keine Gefahr mehr drohte.

Sie musste zweimal rufen, ehe Wilma und Tom Chester die Treppe hochkamen. Die beiden stützten sich gegenseitig. Tom rieb sich dabei noch seinen Hals.

»Lassen Sie mal sehen«, sagte Jane. Sie zog die Hand des Wirtes weg und sah die beiden Druckstellen im Fleisch und den dünnen Blutfaden, der in den Pulloverkragen sickerte.

Der Wirt schüttelte den Kopf. »Er hat es noch nicht geschafft«, sagte er. »Die Haut ist wohl geplatzt, aber er hat noch nicht zubeißen können.«

Jane Collins atmete auf. »Sie können sich gar nicht vorstellen, Mr Chester, welch ein Glück Sie gehabt haben. Eine Sekunde später, und Sie wären ebenfalls ein Geschöpf der Nacht, das ich hätte töten müssen.«

Der Wirt sah betreten zu Boden. Er hatte seinen linken Arm um die Schulter seiner Frau gelegt, und Jane sah, wie sehr seine Hände zitterten.

»Haben Sie den Vampir erledigt?«, fragte Wilma mit schwacher Stimme.

»Nicht ganz«, erwiderte Jane.

Angst flackerte in Wilmas Blicken auf.

Die Detektivin legte der Frau beruhigend die Hand auf die Schulter. »Sie brauchen aber trotzdem keine Angst zu haben, Mrs Chester. Ich habe den Unhold unschädlich gemacht. Ihr Knoblauch hat mir dabei sehr geholfen. Kommen Sie mit und sehen Sie selbst. Aber bitte, erschrecken Sie sich nicht.«

»Nein, nein.«

Jane ging vor, und als die beiden Chesters ihre Gaststube betraten, hatte Wilma doch Mühe, einen Schrei zu unterdrücken.

Das Bild, das sich ihnen bot, war wirklich nichts für schwache Nerven. Der Vampir wälzte sich auf dem Boden. Er war seltsam grau im Gesicht. Spitz traten die Wangenknochen hervor. Die Augen lagen tief in den Höhlen. Er hatte es nicht geschafft, den Knoblauchknolle aus dem Mund zu stoßen. Zu schwach waren seine Reflexe.

»O mein Gott«, flüsterte Wilma Chester nur. »Was werden Sie denn jetzt tun, Miss Collins?«

»Chiefinspektor Sherman anrufen. Schließlich war Tanner ja mal sein engster Mitarbeiter.«

»Und was geschieht dann? Wollen Sie den Vampir denn nicht töten?«, fragte der Wirt und schüttelte sich.

»Nein.«

»Warum das denn nicht?«

»Weil ich in diesem Mann einen fantastischen Trumpf habe, den mir so leicht keiner mehr wegnimmt. Er wird uns über die Geheimnisse der MYSTERY SCHOOL aufklären können, und vielleicht, Mr Chester, kann er uns auch hinführen.«

John Sinclair handelte innerhalb von Sekunden. Entschlossen schnappte er sich Phil Sounders und zerrte ihn auf den Wagen zu. Als Sounders sich immer noch wehrte, war es der Oberinspektor leid.

Mit einem wohl dosierten Schlag schickte er den jungen Mann ins Reich der Träume.

Suko hatte inzwischen den gefährlicheren Teil der Aufgabe übernommen.

Er hatte sich den Wölfen gestellt.

Breitbeinig stand der riesenhafte Chinese da. Die hindernde Jacke hatte er sich vom Körper gerissen.

Die Bestien jagten heran. Sie schienen förmlich über den Boden zu fliegen, so schnell waren sie.

Der erste Wolf flog auf Suko zu. Der hünenhafte Chinese warf sich ihm entgegen und packte ihn mitten im Sprung. Beide Hände umklammerten die Kehle der Bestie.

Suko stieß einen Schrei aus, drehte sich und schmetterte den Wolf zu Boden. Mit gebrochenem Genick blieb das Tier liegen.

Den zweiten Wolf schaffte sich Suko mit einem mörderischen Karatetritt vom Leib, den dritten schlug er mit der Handkante bald entzwei.

Dann war John Sinclair an der Reihe.

Er hatte Phil Sounders endlich in den Wagen geschafft und danach sofort seine Pistole gezogen.

Der Geisterjäger schoss wie im Training.

Die Detonationen der Schüsse zerrissen die Stille des langsam schwindenden Tages und rollten als grollende Echos über das vereiste Land.

Die blutgierigen Bestien überschlugen sich mitten im Sprung und rutschten dann tot über den glatten Boden.

Vier Wölfe lebten nicht mehr. Der fünfte, den Suko mit einem Tritt gestoppt hatte, zog humpelnd und winselnd davon. Die beiden Männer ließen ihn laufen.

Der Chinese wandte sich aufatmend um. »Bin gespannt, ob der Kerl noch mehr von diesen Tierchen auf Lager hat«, sagte er, rieb sich die klamm gewordenen Hände und zog seine Jacke wieder an.

John steckte die Pistole weg. »Keine Ahnung, aber ich bin sicher, dass unser Kampf beobachtet worden ist.«

Suko grinste. Er fühlte sich richtig in Form. »Und jetzt? Sollen wir den Laden da auseinandernehmen?«

Der Oberinspektor überlegte einen Augenblick. Dann schüttelte er den Kopf.

»Nein, noch nicht. Ich muss erst noch mehr über die Schule wissen. Unser Freund da drin«, John deutete auf den Wagen,

»wird uns bestimmt noch einiges sagen können. Ich schätze, dass wir dann eine Polizeiaktion starten können.«

»Ist das nicht zu aufwendig?«

Sinclair hob die Schultern. »Wir werden sehen.«

Die beiden Männer stiegen ein. Phil Sounders lag bewusstlos auf dem Rücksitz. Suko setzte sich aber sicherheitshalber in den Fond.

»Für den Fall, dass unser Freund etwas früher aufwacht, als er soll«, meinte der Chinese.

John nickte nur und ließ den Motor an. Vorsichtig wendete er den Wagen auf dem schmalen Weg. Dann fuhr er langsam zurück. Von den Bewohnern der Schule hatte sich niemand mehr blicken lassen.

Die Sonne ging unter. Nicht mehr lange, und es würde dunkel sein.

John und Suko sahen beide nicht, wie sich aus einem Fenster an der Rückseite der Schule eine Gestalt löste und mit weiten Flügelschlägen in die Luft stieß.

Eine Fledermaus!

Sie war halb so groß wie ein Mensch, ihr Gebiss höllisch scharf, und sie war geschickt worden, um das Blut der beiden Dämonenjäger zu trinken.

Dieser Vampir gehörte zu den beiden, mit denen Jane Collins im Keller des Soundersschen Hauses gekämpft hatte. Seit dieser Zeit gierte der Vampir nach Blut. Er hatte den Tod seines Kameraden noch nicht vergessen. Und nun stand seine Bewährungsprobe an. Gleich zwei Opfer auf einmal.

Aber noch war es nicht so weit.

Noch fuhren John und Suko unbehelligt weiter.

»Der Wagen ist weg«, sagte Suko plötzlich.

Der Oberinspektor schaltete nicht sofort. »Welcher Wagen?«

»Der bei unserer Hinfahrt in den Büschen gestanden hat. Komisch.«

John musste wieder zurück in den zweiten Gang schalten. »Glaubst du denn, dass er etwas mit unserem Fall zu tun hat?«

»Ja, das Gefühl habe ich.«

John gab keine Antwort mehr, er musste sich jetzt ganz auf die Fahrbahn konzentrieren. Es war nur ein schmaler Weg, angereichert mit Eisbuckeln, auf denen die Reifen verrückt spielten und immer wieder abrutschten.

Sie fuhren jetzt durch ein kleines Wäldchen, das durch die Schneemassen zu einer regelrechten Postkartenidylle geworden war. Die Zweige der Fichten bogen sich unter der weißen Last. Andere Baumstämme waren mit einer glitzernden Eisschicht überzogen.

John hatte bereits die Scheinwerfer eingeschaltet. Die gelben Lichtlanzen tanzten über den weißen Weg.

»Wenn uns jetzt jemand entgegenkommt, können wir noch nicht mal ausweichen«, bemerkte Suko.

»Dann werden wir eben fliegen«, erwiderte John trocken. »Übrigens, was macht eigentlich unser Freund Sounders?«

Suko lachte. »Der schläft noch.«

Fünf Sekunden später verging dem Chinesen allerdings das Lachen. Da konnte er nur noch »Vorsicht!« schreien, aber das Unheil war nicht mehr aufzuhalten.

Etwas Dunkles, Großes flog von der linken Seite her auf den Rover zu.

Instinktiv trat John auf die Bremse.

Der Wagen rutschte weiter, auf den Straßengraben zu, und ehe er zum Stillstand kam, zersplitterte schon die Scheibe. Sie bestand an den Seiten nicht aus Verbundglas.

Suko hatte reaktionsschnell seinen Arm hochgerissen, und über den Arm hinweg sah er genau in das weit aufgerissene Gebiss einer Fledermaus.

Ein schreckliches Fauchen schlug ihm entgegen. Blutunterlaufene Augen starrten ihn an.

John hatte sich auf seinem Sitz herumgeworfen. Ein eisiger Schauer rann ihm über den Rücken.

»Aus dem Wagen!«, schrie der Oberinspektor, zog den Schlüssel aus dem Zündschloss, riss die Tür auf und warf sich ins Freie. Er passte nicht auf, rutschte aus und fiel zu Boden.

Er hätte sich selbst ohrfeigen können, dass er seine mit geweihten Silberkugeln geladene Pistole nicht im Holster stecken hatte. Der Koffer mit den Waffen für eine erfolgreiche Dämonenbekämpfung lag im Kofferraum.

Der Geisterjäger rappelte sich wieder hoch und lief zum Heck des Wagens. Zum Glück hatte er den Zündschlüssel abgezogen, an dessen Bund auch der Schlüssel zum Kofferraum hing.

Inzwischen war es Suko gelungen, ebenfalls den Wagen zu verlassen. Phil Sounders hatte er mitgezogen und ein Stück weiter kurzerhand in den Schnee geworfen.

Der gefährliche Flugvampir hatte sich aus dem Wagenfenster befreit, schraubte sich in die Luft und schoss im Sturzflug auf Suko zu.

Der Chinese brachte sich mit einem gewaltigen Sprung zwischen den Bäumen in Sicherheit. Schnee und Eis rieselten auf ihn herab, und der blutrünstige Vampir verfehlte ihn.

Er drehte eine enge Schleife und griff sofort wieder an.

Diesmal flog er dicht über den Boden und ließ dem Chinesen keine Chance, ihm auszuweichen.

Die beiden prallten aufeinander, und augenblicklich begann ein verbissener, mit aller Härte geführter Kampf. Der Vampir versuchte mit seinen Zähnen zuzuhacken, doch Suko drehte immer wieder seinen Kopf zur Seite.

Die mörderischen Hauer verfehlten ihn. Der Vampir hatte sich in Sukos Kleidung verkrallt. Es gelang ihm sogar, mit seiner nicht menschlichen Kraft den starken Chinesen zurückzudrängen. Suko stolperte über eine Baumwurzel.

Jetzt hatte der Vampir die Oberhand. Er breitete seine Schwingen aus, um sich in die beste Position zu bringen, aus der er seinen entscheidenden Angriff führen konnte.

Da stand John Sinclair plötzlich hinter der Bestie.

Er hatte es endlich geschafft, die mit geweihten Silberkugeln geladene Pistole hervorzuholen. Er stieß den linken Arm vor, und seine Finger gruben sich in die lederartige Haut des Vampirs.

Die Bestie drehte den Kopf.

Kleine, blutunterlaufene Augen starrten den Oberinspektor an.

John Sinclair sprang zurück und hob die Waffe.

Da lachte der Vampir, denn er wusste genau, dass ihn eine Kugel nicht töten konnte.

»Die Pistole ist mit Silberkugeln geladen«, sagte John Sinclair. Er sah noch das Erschrecken in den Augen des Vampirs, dann drückte er ab.

Dicht unterhalb des Kopfes traf er die Fledermaus in den Leib. Gleich zweimal.

Die Bestie wurde zurückgestoßen. Ein gequälter, nahezu menschlicher Schrei gellte aus dem Maul der blutsaugenden Bestie. Sie drehte sich ein paarmal um die eigene Achse, und dann begann die schreckliche Verwandlung des Monsters. Die lederartige Haut verschwand, genau wie die Schwingen und der übrige Leib. Vor John und Suko stand plötzlich ein verletzter, nackter Mensch, der langsam zusammensackte und innerhalb von Sekunden zerfiel und zu Asche wurde.

Suko rappelte sich mühsam vom Boden hoch. Er grinste schon wieder.

»Ich glaube, das war's«, sagte er. »Teufel, noch ein paar von den Überraschungen, und ich werde ernstlich böse. Bin nur gespannt, was dieser komische Lethian jetzt sagen wird. Erst die Wölfe, dann der Vampir.«

Suko klopfte sich den Schnee von der Kleidung. »Na ja, wir werden ihm ja noch mal gegenüberstehen.«

Suko wurde von John Sinclair unterbrochen. »Da, dein Schützling wird wach.«

In der Tat. Phil Sounders versuchte sich stöhnend aufzurichten. Sein Blick war völlig klar, allerdings verständnislos. John Sinclairs Schlag musste die Hypnose wohl aufgehoben haben.

Phil blickte die beiden Männer an.

»Wo – wo bin ich?«, fragte er. »Und wer sind Sie?« Plötzlich hatte er Angst und wollte davonkriechen, doch Suko war mit zwei Schritten bei ihm und hob ihn spielerisch leicht auf die Beine.

»Keine Sorge, mein Freund, du befindest dich hier in guten Händen. Der Herr dort ist Oberinspektor Sinclair von Scotland Yard, und zu mir kannst du Suko sagen.«

»Stimmt das, Sir?«, erkundigte sich Phil Sounders zögernd bei John.

Der Geisterjäger nickte. »Ja, mein Freund hat recht.«

»Aber wie komme ich hierher? Was ist überhaupt geschehen?« Phil Sounders schüttelte verständnislos den Kopf, verzog aber dann das Gesicht, weil die Nachwirkungen des Schlages noch nicht völlig abgeklungen waren.

»Das ist eine lange Geschichte, Phil, die ich Ihnen besser in Saxton erzähle.«

»Ja, natürlich. Komisch, ich habe an die letzten Tage so gut wie gar keine Erinnerung mehr. Irgend etwas muss mit mir geschehen sein.«

John und Suko tauschten einen bezeichnenden Blick.

Dann gingen sie zum Wagen. Phil Sounders setzte sich in den Fond, während Suko auf dem Beifahrersitz Platz nahm.

Mit seinem fahrerischen Geschick gelang es dem Oberinspektor, den Rover aus dem Graben zu rangieren.

»Mein Onkel ist tot«, sagte Phil Sounders plötzlich, als sie schon fast eine halbe Meile gefahren waren.

»Das stimmt«, erwiderte John. Im Innenspiegel sah er, wie Phil Sounders den Kopf senkte. »Wissen Sie auch noch, was danach geschehen ist?«

»Teils, teils. Einmal war ich in Saxton, in der Gastwirtschaft, aber dann ist der Faden wieder gerissen. Halt, da war noch eine blonde Frau, die ich in dem Lokal getroffen habe. Ich wollte sie ...« Phil Sounders hob die Schultern. »Tut mir leid, ich weiß nichts mehr.«

»Keine Angst, wir werden Ihnen schon wieder auf die Sprünge helfen«, erwiderte John. »Aber jetzt freuen Sie sich erst mal auf einen heißen Tee. Den haben wir uns nämlich alle drei verdient.«

Der Vampir schrie!

Markerschütternd hallte das Gebrüll des Untoten durch den Raum. Es jagte den anwesenden Menschen kalte Schauer über den Rücken, und vor allen Dingen die beiden Wirtsleute standen steif vor Entsetzen da.

Über dem Vampir stand John Sinclair mit dem silbernen Kreuz in der Hand.

Ruhig, unerschütterlich!

Der Geisterjäger hatte dem Vampir den Knoblauch aus dem Mund genommen, hielt ihn aber dafür mit seinem silbernen, geweihten Kreuz in Schach.

John wollte von dem Vampir Informationen, und die konnte er nur auf eine bestimmte Weise erhalten.

»Du hast Angst vor dem Kreuz?«, fragte der Geisterjäger.

Der Vampir nickte hastig. In seinen Blicken lag Todesangst.

John Sinclair lächelte kalt. Dann sagte er: »Wenn ich dich mit dem Kreuz berühre, wird deine Haut verbrennen wie Papier, du weißt das, George Tanner.«

John hatte den Namen von Jane Collins erfahren.

»Aber es gibt eine Möglichkeit der Rettung für dich«, fuhr der Oberinspektor fort.

In den Augen des Vampirs glomm ein Hoffnungsfunke auf.

»Welche?«, ächzte er.

Sinclair schüttelte den Kopf. »Nur nicht so hastig, mein Freund. Alles der Reihe nach. Erst bin ich einmal dran. Was hast du hier gewollt? Bist du nur aus reiner Blutgier gekommen, oder hattest du einen Auftrag?«

»Einen Auftrag«, flüsterte der Untote.

»Welchen?«

»Die blonde Frau. Ich – ich sollte die blonde Frau holen.«

John drehte den Kopf. »Damit meint er dich, Jane.«

»Ich weiß«, erwiderte die Detektivin, die neben dem Oberinspektor stand. »Frag weiter.«

John wandte sich wieder an den ehemaligen Polizisten. »Und dann? Was solltest du mit der blonden Frau machen?«

»Ich – ich durfte sie nicht töten. Der Meister wollte sie haben. Ich sollte sie in die Schule bringen.«

»Wer ist der Meister?«, hakte John Sinclair sofort nach.

»Ich weiß es nicht.«

»Ist es Mr Lethian?«

»Keine Ahnung.«

John brachte das Kreuz noch näher an das Gesicht des Vampirs, sodass sich die Ausstrahlung des geweihten Metalls noch verstärkte.

»Ich weiß es wirklich nicht!«, kreischte der Untote. »Ich – ich habe ihn noch nie gesehen. Glauben Sie mir. Nehmen Sie das Kreuz weg! Ich tue alles, was Sie sagen – nur nehmen Sie es weg.«

John zog das Kreuz wieder etwas zurück.

Der Vampir stöhnte. Lang ausgestreckt lag er auf dem Boden. Um ihn herum hatten die Zuschauer einen Halbkreis gebildet.

Tom Chester hatte das Lokal geschlossen. An diesem Abend wollte er keine Gäste mehr haben.

Jane Collins und Wilma Chester hatten sich um Phil Sounders gekümmert. Der junge Mann hatte seinen Schock noch längst nicht überwunden. Im Augenblick saß er an einem der Tische und trank ein Glas Tee.

Jane Collins und John Sinclair hatten untereinander die Informationen ausgetauscht und ein weiteres gemeinsames Vorgehen besprochen. Suko hatte in einer Nebenstraße den Wagen gesehen, der auf der Fahrt zur Schule zwischen den Büschen geparkt hatte. Jetzt war natürlich klar, dass George Tanner der Besitzer des Wagens war. Von Tanner hatte John auch erfahren, wer Elisa war und wie sie den jungen Mann in die teuflische Falle gelockt hatte. Ihm war nicht mehr zu helfen. George war völlig dem Bösen verfallen.

Jane Collins hatte Chiefinspektor Sherman telefonisch benachrichtigt. Der Beamte war auf dem Weg nach Saxton. Bei den herrschenden Straßenverhältnissen würde es jedoch noch etwas dauern, bis er hier eintraf. Und so lange wollte John Sinclair nicht warten.

Er zog Jane Collins ein wenig zur Seite. Sie war die Einzige, mit der er seinen Plan besprechen konnte.

Suko hielt vor dem Haus Wache. Er sollte die anderen vor unliebsamen Überraschungen bewahren.

»Setzen wir uns«, sagte der Geisterjäger.

Er und Jane nahmen an einem der Tische Platz. John hatte dem Vampir die Knoblauchknolle wieder in den Mund gestopft. Der Untote lag völlig apathisch auf dem Boden.

Jane sagte: »Du willst in die Schule.«

»Ja.«

»Und wie?«

John lächelte schmal. »Der Vampir wird mir dabei helfen. Und du natürlich.«

»Wieso ich?«

»Du wirst mit ihm gehen und so tun, als hätte er dich geschafft.«

Jane lachte. »Das wirst du wirklich zulassen? Sonst hattest du doch immer Angst um mich.«

»Diesmal bin ich ja in der Nähe. Es ist wichtig, dass der Untote dich in die Schule schleust. Wenn du erst mal drin bist, dürfte es dir keine Schwierigkeiten bereiten, uns hereinzulassen. Alles andere wird sich dann ergeben.«

»Das klingt gut.« Jane Collins nickte. »Ach so, hast du schon mal was von einer Vampirtaufe gehört, die der Untote erwähnt hat? Angeblich soll sie heute Nacht stattfinden.«

»Ja, ich weiß, was damit gemeint ist«, erwiderte John. »Es ist ein uraltes Ritual, das sich in Vampirkreisen bis in die heutige Zeit gehalten hat.«

»Erzähl mal.«

»Ganz einfach. Der junge Vampir trinkt das Blut seines Meisters und ist damit für alle Zeiten an ihn gekettet. Die Bande sind ungeheuer stark, und es gibt kaum eine Möglichkeit, sie zu lösen. Es sei denn, der Vampir würde vernichtet.«

»Hört sich ja schaurig an, deine Geschichte.«

»Ist sie auch.«

»Und wann soll unsere Aktion starten?«, fragte die blonde Detektivin.

John blickte auf seine Uhr. »Wir werden noch zwei Stunden warten und dann losfahren.«

»Ist das nicht zu spät?«

»Wieso?«

»Dieser Meister erwartet doch bestimmt die Rückkehr seines Schützlings.« Jane hob die Schultern. »Ich weiß nicht so recht, das alles gefällt mir nicht. Der Plan birgt zu viele Risiken.«

»Hast du einen besseren?«, erkundigte sich John.

»Ja.«

»Dann raus damit!«

»Ich verschwinde jetzt schon mit dem Vampir. Ihr kommt dann später und paukt mich raus.«

»Nein, nein.« John schüttelte entschieden den Kopf. »Das ist viel zu gefährlich. Du gerätst mitten in eine Hölle. Schlag dir deinen Plan aus dem hübschen Kopf.«

»Aber John, ich …«

Jane Collins unterbrach sich, denn Phil Sounders war an ihren Tisch getreten. Er hatte die letzten Worte gehört. Sounders hatte sich wieder einigermaßen gefangen, sah aber trotzdem noch sehr blass aus. Nur unter seinen Augen lagen tiefe dunkle Ringe. Sie zeugten von den durchstandenen Strapazen.

»Darf ich mich zu Ihnen setzen?«, fragte Sounders.

»Bitte.« John deutete mit der Hand auf einen freien Stuhl.

Sounders nahm Platz. Nervös spielte er mit seinen Fingern. »Ich habe unfreiwillig Ihre Unterhaltung gehört, und ich glaube, ich habe bei Ihnen, Miss Collins, noch etwas gutzumachen. Ich werde Sie im Kampf gegen Lethian unterstützen.«

John atmete tief ein, ehe er weitersprach. »Ihr Vorschlag ehrt Sie, Mr Sounders, aber ich schätze, in Ihrem Zustand sind Sie gar nicht in der Lage, uns helfen zu können.«

»Das sagen Sie mal nicht.« Sounders schüttelte den Kopf. »Ich war verrückt und habe mich blenden lassen. Und so wie mir ging es vielen anderen. Es sind noch insgesamt zwanzig Schüler in der MYSTERY SCHOOL. Normale Menschen, die noch nicht zu Vampiren gemacht worden sind. Es gab welche, das will ich nicht bestreiten. Miss Collins hat ja einen von ihnen getötet, indem sie ihm den Kopf abgeschlagen hat.«

»Und einen habe ich vernichtet«, sagte John.

»Dann ist nur noch Elisa da.«

»Welche Rolle spielt sie?«, wollte John wissen.

»Sie ist die rechte Hand und die Geliebte des Meisters. Durch sie ist Lethian erst zu dem geworden, was er jetzt ist. Er hat uns mal seine Geschichte erzählt. Lethian ist von Geburt Rumäne. Er hat sich schon von Jugend an mit dem Vampirismus beschäftigt. Er hat in alten Büchern und Aufzeichnungen gestöbert und schließlich in einem wilden einsamen Tal in den Karpaten Elisas Grab entdeckt. Elisa ist bestimmt schon ein paar hundert Jahre alt. Auf jeden Fall hat Lethian sie wieder zum Leben erweckt, und aus Dankbarkeit hat sie ihn mit finsteren magischen Riten vertraut gemacht. Sie hat Kontakt mit Belphégor, einem der führenden sieben Dämonen, die das Gegenstück zu den Erzengeln bilden. Nun, sie haben Belphégor beschworen, und er hat seinen schwarzen Segen gegeben. Lethian ist nach England ausgewandert oder vielmehr geflüchtet. Hier hatte er wesentlich bessere Möglichkeiten, stand unter keiner Kontrolle und konnte schalten und walten. Er hat die MYSTERY SCHOOL gegründet, ist durch Anzeigen in verschiedenen Zeitschriften groß ins Geschäft eingestiegen. Es haben sich zahlreiche Menschen gemeldet, sodass Lethian ein Auswahlverfahren einführen musste. Zwanzig sind dann insgesamt übrig geblieben. Sie sollen in der nächsten Nacht die Vampirtaufe erhalten, um endgültig in den Kreis des Bösen einzugehen. Das ist die ganze Geschichte. Wenn wir aber die Menschen nicht retten, wird Belphégor auf der Erde einen Stützpunkt haben. Dann kann er operieren und die Vampirpest über das Land schicken.«

John Sinclair und Jane Collins hatten den Worten ruhig zugehört. Jetzt sagte der Geisterjäger: »Vielen Dank, Phil, dass Sie uns so eingeweiht haben. Okay, wenn Sie mitspielen wollen, meinen Segen haben Sie.«

»Das hatte ich gehofft, Sir.« Phil Sounders lächelte. Dann wurde sein Gesicht jedoch schnell wieder ernst. »Ich werde mich natürlich für die Tat in der Leichenhalle verantworten, wenn das alles vorbei ist.«

»Das warten wir erst einmal ab«, erwiderte John. »Jetzt werden wir einen Plan aufstellen. Jane, tu mir einen Gefallen und hol Suko herein. Schließlich will er ja mit von der Partie sein.«

Mit einem Ausdruck unbezähmbarer Wut im Blick trat Lethian vom Fenster zurück und schob den Vorhang wieder in die alte Lage, sodass er die Scheiben verdeckte. Er hatte mit ansehen müssen, wie die beiden Männer seine Leibwächter, die Wölfe, gekillt hatten. Dieser riesenhafte Chinese war mit den grauen Bestien umgesprungen, als wären es zahme Hündchen.

Was der Chinese nicht geschafft hat, das hatte dieser Sinclair mit ein paar Schüssen besorgt. Das Gefühl, sich vor diesem hochgewachsenen blonden Mann in Acht nehmen zu müssen, verstärkte sich bei Lethian zusehends. Er hatte den beiden noch einen Vampir nachgeschickt, doch seine Hoffnung, dass der Untote etwas ausrichten könnte, verflüchtigte sich zusehends.

Lethian wusste, dass hier ein Gegner aufgetaucht war, den er auf keinen Fall unterschätzen durfte.

Als er hinter sich die Schritte hörte, wirbelte er herum. Doch es war nur Elisa, die das Zimmer betreten hatte. Sie trug wieder ihr rotes, tief ausgeschnittenes Kleid und bot ein verführerisches Bild, das nur durch die hässlichen spitzen Eckzähne gestört wurde.

»Und?«, fragte Elisa.

»Nichts und«, gab Lethian grob zurück. »Diese beiden Männer sind verdammt gefährlich.«

»Polizisten«, sagte Elisa abfällig und machte eine wegwerfende Handbewegung.

»Das sind keine normalen Bullen, glaub mir. Mit denen werden wir noch Ärger kriegen.«

»Hast du Angst?«

»Unsinn. Heute Nacht ist die Vampirtaufe, und dann kann uns keiner mehr was anhaben. Ich werde Belphégor beschwören. Er wird mit seiner feurigen Peitsche erscheinen und die blonde Frau geißeln.« Lethian lachte, doch Elisa unterbrach ihn mit scharfen Worten.

»Die Frau gehört mir!«

»Danach, mein Täubchen, danach kannst du sie haben. Und jetzt hoffe ich nur noch, dass dein Lakai uns die Blonde bald bringt.«

»Keine Angst, er wird es schon schaffen.«

»Ich hoffe es für dich.«

»Was soll das heißen?« In Elisas Augen trat ein lauernder Ausdruck.

»Du machst Fehler.«

»Ach, auf einmal? Vergiss nur nicht, wer dir alles beigebracht hat, Lethian. Ohne mich wärst du nur ein kleiner Pinscher.«

»Und wer hat dich aus der Gruft befreit?«, höhnte Lethian.

»Ja, das warst du, aber es wäre sicherlich auch ein anderer gekommen. Darauf brauchst du dir nichts einzubilden.« Elisa machte auf dem Absatz kehrt und verließ das Zimmer. Hart warf sie die Tür hinter sich ins Schloss.

Lethian ballte die Fäuste. Bald war die Zeit reif, dann würde er Elisa zum Teufel schicken. Er freute sich schon darauf, ihr den Pflock ins Herz stoßen zu können und sie zu Asche zerfallen zu sehen.

Belphégor hatte nichts dagegen. Für ihn war Lethian sowieso der Stärkere, und darauf kam es letzten Endes an.

Treue, Verdienste und Anhänglichkeit – das zählte bei den Mächten der Finsternis nicht. Für sie gab es nur die Macht. Sie war ihnen vor urlanger Zeit genommen worden, jetzt forderten sie sie zurück.

Lethian wollte ihnen dabei helfen!

Auch er verließ das Zimmer.

Die Stille im Innern der Schule wirkte gespenstisch. Niemand wäre auf die Idee gekommen, dass unter diesem Dach zwanzig Schüler lebten.

Sie alle hatten sich in dem großen Meditationssaal versammelt. Es war ein Raum ungefähr halb so groß wie eine normale Turnhalle. Er hatte keine Fenster. Die Wände waren mit Vorhängen bedeckt, die allesamt einen stilisierten Totenschädel aufwiesen. Die Schüler saßen um den kreisrunden Altar. Sie hatten die Beine verschränkt und die Hände vor die Brust gelegt. Licht gaben die Kerzen, die an der Peripherie des Altars standen und deren Flammen ruhig brannten.

Lethian lächelte, als er auf das sah, was auf der Mitte des Altars lag.

Es war ein Kopf!

Graham Sounders' Schädel. Er stellte das wichtige Bindeglied zwischen den normalen Menschen und Belphégor dar. Er wirkte wie ein Katalysator, und nur mit seiner Hilfe gelang es, den Dämon zu beschwören.

Die Schüler hatten den Eintretenden gar nicht bemerkt, zu sehr waren sie in ihre Meditation versunken.

Lethians Blicke schweiften über die jungen Männer. Noch waren sie normale Menschen, aber in wenigen Stunden, nach der Vampirtaufe, würden sie zu blutgierigen, reißenden Bestien geworden sein, die nur ihm und Belphégor gehorchten. Noch heute Nacht sollten sie mit Belphégor in Kontakt treten, um dann durch Elisa die Vampirtaufe zu erhalten.

Lethian schloss die Tür hinter sich. Geräuschlos ging er in sein Büro. Dort blickte er nervös auf seine Uhr.

Der Vampir müsste mit der blonden Frau schon längst wieder zurück sein. Denn auf sie allein kam es an. Belphégor brauchte ein Opfer, und er hatte sich die Blonde ausgesucht, nachdem er ihr einmal im Traum und dann in der Realität erschienen war.

Draußen hatte sich die Dunkelheit bereits über das Land gelegt. Trotz der wärmenden Heizung hingen dicke Eisblumen an den Fensterscheiben. Der Himmel war klar. Die Sterne warfen ihr silbrig funkelndes Licht zur Erde, und der fahle Halbmond stand wie ein großer Bruder zwischen ihnen.

Lethian trank einen Schluck Saft.

Plötzlich hörte er das Geräusch eines fahrenden Wagens.

Er eilte zum Fenster.

Zwei helle Scheinwerferstrahlen zerschnitten die Dunkelheit, tanzten hin und her, und dann wurde der Wagen abgestoppt.

Die Lichtfinger verlöschten.

Türen schlugen.

Lethian lachte leise. Also hatte es doch geklappt. Sie waren rechtzeitig gekommen.

Mit schnellen Schritten eilte Lethian zur Tür und riss sie auf …

Suko hielt den Vampir wie in einem Schraubstock umklammert. Er hatte ihm den rechten Arm auf den Rücken gedreht und schob den Untoten vor sich her.

John Sinclair ging neben den beiden.

Sie hatten ihren Wagen ungefähr hundert Yards vor der Schule an einer geschützten Stelle abgestellt und waren zu Fuß weitergegangen, während Jane Collins und Phil Sounders ganz offiziell vorfahren sollten. John und Suko wollten mit dem Vampir an der Rückseite der Schule einen Eingang finden, um durch ihn ungesehen in das Gebäude gelangen zu können.

Eine schwierige Sache, bei der vor allen Dingen George Tanner mitspielen musste.

Die unsichtbaren Knoblauchbande hielten ihn noch immer in der Gewalt. Sie verhinderten, dass er durchdrehte oder auch nur einen Warnschrei ausstieß. Und doch schien der Vampir zu merken, dass es ihm und den anderen bald an den Kragen gehen sollte. Er versuchte sich gegen Sukos Griff zu stemmen, was bei seinen augenblicklich schwachen Kräften völlig sinnlos war, was er auch bald einsah.

Er ergab sich in sein Schicksal.

Es war eine eiskalte, sternklare Nacht. Kein Windhauch wehte, und in der Kälte schien der Atem vor den Lippen zu gefrieren. Das Thermometer sank noch tiefer. Sternenlicht brach sich glitzernd auf den Eiskristallen, die bläulich schimmerten.

Unter den Schritten der Männer knirschte der hart gefrorene Schnee. Manchmal rutschten sie über Eisbuckel, vor allen Dingen dann, als sie den Weg verlassen hatten und sich durch kahles, schneebedecktes Buschwerk den Weg zur Rückseite hin bahnten.

Sie befanden sich in einem Garten. Er war ungepflegt, alles wuchs wild durcheinander. Die Mauern der Schule ragten als dunkler, drohender Schatten vor ihnen hoch, der durch keinen Lichtschimmer erhellt wurde.

»Wie weit ist es denn noch?«, zischte Suko dem Vampir ins Ohr.

Der konnte nur grunzen und wies mit dem Kopf nach vorn.

Sie gingen weiter. John Sinclair hatte sich jetzt an die Spitze gesetzt. In seiner Manteltasche steckte die entsicherte, mit geweihten Silberkugeln geladene Beretta. Suko war mit silbernen Dolchen bewaffnet, außerdem hatten sie noch einige wirksame Dämonenbanner eingesteckt. So gerüstet, hofften sie, ihren Gegnern wirksam begegnen zu können.

John Sinclair riskierte es und ließ ab und zu seine Kugelschreiberlampe aufblitzen.

Und er war es auch, der die Tür zuerst sah. Eine hohe, eisbedeckte Stufe führte zu ihr hoch.

John leuchtete Suko kurz an. Der Chinese und der Vampir blieben stehen.

»Frag ihn, ob die Tür offen ist, Suko«, flüsterte der Oberinspektor.

Der Vampir hatte die Frage ebenfalls verstanden und schüttelte den Kopf.

John Sinclair wusste Bescheid. Er fasste in die Innentasche seines Mantels und holte ein kleines Lederetui hervor. Es enthielt Meisterstücke der Feinmechanikerwerkstatt. Dietriche und Universalschlüssel.

Während Suko weiterhin den Vampir in Schach hielt, werkte John Sinclair an dem Schloss herum. Es war zum Glück nicht vereist und immer gut geölt worden.

Das Schloss gab ein schnackendes Geräusch von sich, dann war die Tür offen.

John drehte sich halb um und winkte Suko zu. Die beiden drangen hinter Sinclair in die Schule ein.

Dunkelheit umfing sie. John musste wieder die Lampe einschalten. Er sah vor sich eine kleine Treppe, die in einen hohen kahlen Flur führte, dessen Wände mit grüner Ölfarbe gestrichen waren. Der Boden war aus Stein, jeder Schritt hallte an den Wänden nach.

John Sinclair drehte sich zu dem Vampir um und riss ihm die Knoblauchknolle aus dem Mund. Sofort setzte ihm Suko die Spitze eines geweihten Silberdolches in Höhe des Herzens an den Rücken.

George Tanner wusste Bescheid. Er rührte sich nicht.

John leuchtete ihn mit der Punktlampe an. Das Licht spiegelte sich in seinen weit aufgerissenen Pupillen. Die beiden Vampirzähne schauten als spitze Hauer aus dem Mund. John Sinclair hätte sie ihm am liebsten abgeschlagen.

Stattdessen sagte er: »Okay, Freund, wie geht es jetzt weiter? Wo befinden sich deine Freunde?«

»Im Tempel!«

»Und wo ist der?«

»In der ersten Etage.«
»Okay, dann gehen wir.«
»Halt! Noch nicht.«
John drehte sich wieder um. »Was ist denn noch?«
»Wir müssen Elisa retten.«
»Wer ist Elisa?«, fragte der Geisterjäger lauernd.
»Eine Frau. Sie wird gefangen gehalten. Unten im Keller. Kommen Sie mit, bitte.«
John lachte hart. »Sie ist eine Vampirin, wie?«
»Nein, sie ...«
»Still!«, raunte John Sinclair plötzlich.
George Tanner verstummte.
Der Geisterjäger ging ein paar Schritte vor, blieb stehen und lauschte. Selbstverständlich hatte er die Lampe ausgeknipst.
Er hörte Schritte.
Schnell, leichtfüßig, trippelnd.
Eine Frau? Etwa die, von der George Tanner erzählt hatte?
John Sinclair wagte nicht zu atmen. Er hatte sich eng gegen die Wand gepresst. Nur verschwommen konnte er Umrisse wahrnehmen. Dort, wo der Flur jedoch weiter ins Haus führte, konnte John nichts mehr sehen. Er hatte das Gefühl, vor dem Eingang eines langen Tunnels zu stehen.
Die Schritte waren lauter geworden. Kahle Wände warfen die Echos zurück.
Und dann sah John die Gestalt. Kaum hob sie sich von der Dunkelheit ab.
Längst hatte der Oberinspektor seine Pistole gezogen. Kühl lag das Metall der Beretta in seiner Hand.
Nur noch wenige Yards, dann musste die Person mit John Sinclair auf gleicher Höhe sein.
Da sprang der Geisterjäger vor. Gleichzeitig ließ er den fingerdicken Lampenstrahl aufleuchten.
John traf ins Ziel.
Der Lichtschein klebte im Antlitz einer verteufelt rassigen Frau, deren untere Gesichtshälfte jedoch durch die beiden Vampirzähne entstellt wurde.
John wollte schießen.

Da überstürzten sich die Ereignisse.

George Tanner hatte die Gefahr erkannt, in der Elisa schwebte. Mit einem plötzlichen, auch für Suko völlig überraschenden Ruck befreite er sich und taumelte auf die Frau zu.

Sein Schrei gellte durch das Treppenhaus, wurde vielfach gebrochen und hallte schaurig nach.

George Tanner hatte die Lichtbahn der Taschenlampe gekreuzt. Für Sekundenbruchteile konnte John die Frau nicht mehr sehen.

»Suko!«, brüllte der Geisterjäger.

Der Chinese reagierte traumhaft schnell.

Plötzlich flirrte etwas Blitzendes, Silbernes durch die Luft und bohrte sich mit einem dumpfen Laut in George Tanners Rücken.

Der Vampir zuckte unter dem Einschlag des silbernen Dolches zusammen, wurde ein Stück vorgestoßen und brach dann ächzend in die Knie. John konnte sehen, dass das Messer in Höhe des Herzens in seinem Rücken steckte.

Suko hatte genau getroffen.

Aber er hatte durch seine Attacke der Vampirin auch den nötigen Spielraum verschafft. Die Frau hatte die kostbare Zeit genutzt, sich auf der Stelle herumgeworfen und war auf die Treppe zugerannt, die in die obere Etage führte.

John hetzte hinterher. In der linken Hand hielt er die Lampe, in der rechten seine schussbereite Beretta.

Er wusste nicht, ob Suko ihm folgte, darum konnte er sich auch jetzt nicht kümmern. Er durfte den weiblichen Vampir nicht entwischen lassen.

Wenn sie die anderen warnte, war das Spiel unter Umständen verloren.

Mit einem Riesensatz flog John Sinclair die letzten vier Treppenstufen hoch.

Jetzt stand er in der ersten Etage. Auch hier ein langer Gang, der sich zu beiden Seiten erstreckte.

John lauschte einen Augenblick. Dann wusste er Bescheid.

Die Vampirin war nach rechts gelaufen. John spurtete ebenfalls in die entsprechende Richtung.

Doch nach vier Schritten blieb er wie vom Donner gerührt stehen.

Ein angsterfüllter, in panischem Schrecken ausgestoßener Schrei war an seine Ohren gedrungen.

Der Schrei einer Frau!

Jane Collins ...

Lethian hatte anscheinend keinen Verdacht geschöpft, und Jane Collins war ein Stein vom Herzen gefallen.

Er hatte sich mit den Erklärungen der Detektivin zufriedengegeben. Jane hatte ihm gesagt, dass Sounders sie von der Harmlosigkeit der Schule überzeugt hätte.

»Und George Tanner?«, hatte Lethian gefragt.

Mit dem unschuldigsten Gesicht der Welt hatte Sounders erwidert: »Den haben wir nicht gesehen. Wer ist das überhaupt?«

Darauf hatte Lethian keine Antwort gegeben und nur teuflisch gegrinst, was Jane Collins natürlich nicht entgangen war.

»Dann kommen Sie bitte mit«, sagte Lethian. Er warf Phil Sounders noch einen prüfenden Blick zu. Wahrscheinlich wunderte er sich, dass der junge Mann nicht mehr unter seinem hypnotischen Einfluss stand.

Selbstverständlich war in Lethian nicht alles Misstrauen verschwunden. Dafür war er ein zu gewiefter Fuchs. Aber er wollte jetzt nicht noch mehr Zeit verlieren. Die Vampirtaufe stand unmittelbar bevor. Und hinterher würde er schon erfahren, was sich in Wirklichkeit abgespielt hatte.

Lethian führte die beiden durch die langen Gänge des Hauses. Er hielt in der rechten Hand eine brennende Kerze, die auf einem golden schimmernden Unterteller stand.

Lethian trug ebenfalls ein bis zum Boden reichendes Gewand. Nur war es blutrot und auf der Brust war ein schwarzer Totenschädel eingestickt.

Sie gingen eine breite Treppe hoch, die in die erste Etage führte. Niemand sprach ein Wort. Nur das Hallen ihrer Schritte war zu hören.

Jane fröstelte. Ihr war die Umgebung unheimlich. Die künstliche Stille und die Gewissheit, bald mit einem Dämon konfrontiert zu werden, erfüllten sie mit Grauen.

Phil Sounders erging es wohl nicht anders. Verstohlen tastete er nach Janes Hand.

Vor einer breiten Doppeltür blieb Lethian stehen.

»Dort hinein«, sagte er, legte die Hand auf die schwere gusseiserne Klinke und betrat als erster den dahinter liegenden Raum.

Kerzenlicht schuf ein geheimnisvolles Halbdunkel.

Die Schüler saßen noch immer um den runden Altar, versunken in tiefer Meditation.

»Geht zu ihnen«, flüsterte Lethian.

Jane und Phil gehorchten. Wohl war ihnen nicht bei der ganzen Sache.

Nur zögernd setzten sie ihre Schritte. Niemand wandte sich ihnen zu, als sie hinter den Schülern stehen blieben.

Und dann weiteten sich Janes Augen vor Entsetzen. Sie hatte den Kopf entdeckt, der mitten auf dem Altar lag.

Neben ihr stöhnte Phil Sounders auf. Welche Gefühle mussten jetzt in ihm toben?

»Kniet euch dicht vor den Altar«, befahl der hinter ihnen stehende Lethian.

Jane und Phil schoben sich an den Schülern vorbei, bis sie dicht vor dem Altar standen. Dann fielen sie auf die Knie.

Jane Collins hatte das Gefühl, die Augen des Kopfes würden nur sie anstarren, und sie meinte, in dem Blick eine stumme Anklage lesen zu können.

Sie spürte das Hämmern ihres eigenen Herzens. Das Blut rauschte in ihren Schläfen. Ihre rechte Hand krampfte sich um das kleine silberne Kreuz, das sie in der Manteltasche trug.

Plötzlich begannen die Kerzenflammen zu flackern. Wie auf Kommando hoben die Schüler die Köpfe, richteten sie gegen die dunkle Decke.

Über Janes Rücken lief eine Gänsehaut. Sie hatte das Gefühl, von einem Eiszapfen berührt zu werden, und dann begannen die Schüler mit einem monotonen, fremdartig klingenden Singsang, der in Janes Ohren wie eine berauschende Musik widerhallte.

Dazwischen hörte sie Lethians dumpfe Stimme. Er rief finstere Beschwörungen, die den Dämon Belphégor auf die Erde holen sollten.

Und er kam.

Plötzlich zuckte über dem Schädel ein blauweißes Licht auf. Er erstrahlte Sekunden später wie eine Aura und übergoss die Gesichter der Knienden mit kaltem, blauem Glanz.

Jane spürte, wie ihre Wangen anfingen zu glühen. Dann sah sie, dass sich der Kopf vor ihr veränderte, dass die Gesichtszüge verschwammen und sich ein anderes gefährlicheres Gesicht herauskristallisierte.

Belphégors Gesicht!

Aber nur für Sekundenbruchteile, sodass Jane die Physiognomie nicht richtig erkennen konnte. Dafür puffte eine Rauchwolke auf, und plötzlich stand der Dämon in seiner vollen Größe vor Jane Collins und den anderen auf dem Altar.

Belphégor hielt in der rechten Hand eine glühende Peitsche. Sein Gesicht war eine kalte, abweisende Fratze mit gnadenlosen Augen, in denen ein blau schimmerndes Licht tanzte.

Der Mann aus deinem Traum!, schoss es Jane durch den Kopf, und sie begann am ganzen Körper zu zittern.

Die anderen Schüler waren in stummem Entsetzen erstarrt.

Dann streckte Belphégor den linken Arm aus und begann mit Stentorstimme zu reden.

»Ihr habt mich zu eurer Vampirtaufe beschworen, doch es wird heute nicht mehr dazu kommen!«

»Nicht?« Lethians Schrei unterbrach den Dämon.

»Unterbrich mich nicht, du Wurm!«, schrie Belphégor. »Du hast zwar durch Elisa, die Vampirin, den Kontakt zu mir aufnehmen können, aber in deiner Maßlosigkeit übersehen, dass sich mitten unter euch ein elender Verräter befindet.«

»Nein!«, brüllte Lethian. »Das ist nicht wahr! Wer ist es? Wer ist der Verräter?«

»Er!« Belphégors Stimme peitschte auf, und sein linker Zeigefinger deutete auf Phil Sounders.

Entsetzt riss Sounders den Kopf in den Nacken. Wahnsinn flackerte in seinem Blick.

»Töte ihn!«, kreischte Lethian außer sich vor Wut. »Töte ihn!«

Lethian hatte die Worte noch nicht ausgesprochen, da fuhr die flammende Peitsche durch die Luft und legte sich mit einer schlangengleichen Umdrehung um Phil Sounders' Hals.

Jane Collins hielt es nicht mehr aus. Sie sprang auf die Füße und schrie gellend …

John Sinclair hatte den Vorsprung der Vampirin zwar verkürzen, aber nicht aufholen können. Elisa erreichte als Erste die breite Doppeltür, riss sie auf und verschwand in dem dahinter liegenden Raum.

Bevor sie jedoch die Tür hinter sich zuwerfen konnte, war der Geisterjäger da. Mit einem wahren Panthersprung hechtete er vor. Mit den Füßen zuerst prallte er gegen die Tür, die sich noch nicht richtig geschlossen hatte.

Wie eine Ramme flog die rechte Türhälfte dem weiblichen Vampir in den Rücken.

Elisa wurde nach vorn katapultiert, hinein in den Meditationssaal, und brach eine Gasse in die Reihen der knienden Schüler.

Einen Atemzug später war John Sinclair ebenfalls da.

Der Geisterjäger kam sich vor wie ein Rachegeist. In Sekundenschnelle speicherte er das Bild, das sich seinen Augen bot.

Es war grausam genug.

Auf einem runden Tisch stand der Dämon. Er hielt eine Peitsche in der Hand, deren feurige Schnur sich um Phil Sounders' Hals gewickelt hatte.

Leblos hing der junge Mann in der Schlinge. Ihm konnte wahrscheinlich keiner mehr helfen.

Und dann Jane Collins. Sie hatte sich in dem violett schillernden Umhang des Dämons verkrallt. Sie war Belphégor lästig geworden. Gerade eben hob er den Fuß und trat Jane von sich.

Genau wie Elisa fiel die Detektivin zwischen die Schüler.

John Sinclair hatte freie Bahn.

Er schoss, feuerte wie nach alter Westernmanier aus der Hüfte. Er jagte die silbernen Kugeln über die Köpfe der Knienden hinweg in den Körper des Dämons.

Doch der lachte nur. Er schluckte die Kugeln, als wären es harmlose Erbsen.

John Sinclair war wie versteinert. Selten hatte er erlebt, dass ein Dämon die geweihten silbernen Geschosse ignorierte. Und wenn er es tat, dann war er ein Mächtiger, der in der Dämonenhierarchie ganz weit oben stand.

Wie eben Belphégor.

John Sinclair hatte ihn gereizt.

Und er schlug zurück.

Plötzlich löste sich die glühende Schnur von Sounders' Hals, wischte durch die Luft und fegte mit ungeheurer Geschwindigkeit auf den Geisterjäger zu.

»Johhhnnn!«

Janes Warnschrei kam fast zu spät. Im letzten Augenblick flog Sinclair zur Seite, und die glühende Peitsche fauchte an ihm vorbei.

John prallte auf den Boden, rollte sich ab, hörte den erstickten Wutschrei des Dämons, sprang wieder auf und sah, dass der Dämon erneut ausholte.

Da wurde der Geisterjäger zu einem Tornado.

Er flog auf Elisa, die Vampirin zu, und hatte sie, ehe sie überhaupt eine Abwehrbewegung machen konnte, an sich gerissen und im nächsten Moment der feurigen Peitschenschnur entgegengeschleudert.

Wie eine Schlange ringelte sich die Peitsche um den Leib der Untoten.

Ihr Gesicht war grässlich verzerrt, weit stachen die beiden spitzen Zähne aus dem Oberkiefer hervor.

Mit einem gewaltigen Ruck zog der Dämon die Vampirin zu sich heran. Sie prallte auf den Altar des Bösen, riss ein paar Kerzen mit um und verlor nun vollständig die Beherrschung.

Ein letztes Mal bäumte sie sich auf und versuchte, ihre mörderischen Hauer in den Hals des Dämons zu hacken.

Dessen freie Hand wischte über Elisas Kopf. Ein grünblauer Blitz zuckte auf und spaltete den Schädel der Untoten.

John Sinclair musste wegsehen.

Belphégor nahm schreckliche Rache.

Dann – nach Sekunden – puffte eine grauschwarze Wolke auf, und Belphégor war verschwunden. Er war wieder eingegangen in die Dimensionen des Wahnsinns und des Schreckens.

Aber plötzlich dröhnte seine Stimme noch einmal auf. Sie schien aus der Unendlichkeit zu kommen, war aber dennoch so stark, dass jeder die Worte verstehen konnte.

»Ich werde zurückkehren. Und dann siegen!«

... siegen ... siegen ... siegen ...

Das Echo der Stimme verhallte. Zurück blieb ein Skelett, das auf dem Altar lag und langsam zu Staub wurde.

Elisa! Sie war von ihrem eigenen Herrn hingerichtet worden. Die Gesetze der Dämonen waren grausam. Wer versagte, wurde liquidiert. Eiskalt, ohne Erbarmen.

Und auch der menschliche Kopf war verschwunden. Er, der als Katalysator gedient hatte, war ebenfalls eingegangen in die Dimensionen der Unendlichkeit.

Nur noch einer war übrig.

Lethian!

Er hatte alles mit ansehen müssen und war fast wahnsinnig geworden. Sein Lebenswerk, all das, worauf er jahrelang hingearbeitet hatte, war innerhalb von Sekunden zerstört.

Lethian begriff es erst gar nicht, und als es dann so weit war, drehte er durch.

Er sah den blonden Polizeibeamten inmitten der Schüler stehen. Sinclair wandte ihm den Rücken zu.

Lethians Hand fuhr unter die rote Kutte.

Plötzlich hielt er eine Pistole in der Hand.

»Stirb, du Hund!«, gellte seine Stimme.

Sie war laut und übertönte das Sirren des silbernen Dolches, der mit wahnsinniger Geschwindigkeit auf Lethian zuraste und dumpf aufprallend in seiner Schulter stecken blieb.

Lethian stieß einen gurgelnden Schrei aus, wurde nach hinten geschleudert und konnte auch noch abdrücken.

Die Kugel klatschte in die Decke und riss dort ein faustgroßes Loch. Kalk rieselte wie Schnee auf die Anwesenden nieder.

John Sinclair war herumgezuckt und starrte erleichtert auf Suko, der im Türrechteck stand, grinste und bereits einen weiteren Dolch in der Hand hielt.

»Alles klar, John?«, fragte er.

Der Geisterjäger nickte. Dann ging er auf den verletzt am Boden liegenden Lethian zu.

»Es ist aus«, sagte John.

Lethian, der mit schrägem Blick auf das Blut starrte, das aus der Wunde lief, fletschte die Zähne.

»Fahr zur Hölle, du verdammter Bulle!« Er wollte noch etwas sagen, doch nur ein Ächzen drang aus seinem Mund. Eine Sekunde später war er ohnmächtig.

Jane Collins hatte sich inzwischen um die Schüler gekümmert, die mit ratlosen Gesichtern dastanden und nicht so recht wussten, was eigentlich geschehen war. Dass sie nur haarscharf einem Untotendasein entgangen waren, würde John ihnen hinterher erzählen.

Phil Sounders konnte niemand mehr helfen. Er war tot. Die feurige Peitsche hatte ihn erdrosselt.

John ging neben der Leiche in die Knie und drückte Sounders beide Augen zu.

Plötzlich spürte der Geisterjäger eine schmale Frauenhand auf seiner Schulter. Als er den Kopf drehte, begegnete ihm Jane Collins' Blick, in dem noch all das Grauen lag, das die Detektivin erlebt hatte.

John erhob sich wieder. Er versuchte zu lächeln, doch es misslang.

»Komm«, sagte Jane Collins mit leiser Stimme. »Hier haben wir nichts mehr verloren.«

Zwei Stunden später wimmelte es in der Schule von Polizisten. Chiefinspektor Sherman war mit seiner gesamten Mannschaft angerückt. Die ersten Verhöre wurden durchgeführt und Protokolle aufgesetzt.

John Sinclair saß mit Sherman in Lethians früherem Büro, das sich der Chiefinspektor als eine Art Hauptquartier ausgesucht hatte. Immer wieder schüttelte er den Kopf.

»Also, wenn ich nicht mit eigenen Augen gesehen hätte, was hier geschehen ist, würde ich Sie für einen Lügner halten, Sinclair. Und dann die Sache mit Tanner – unbegreiflich. Wie soll ich das nur meinen Vorgesetzten erklären, können Sie mir das sagen?«

»Keine Angst, Kollege. Darum werde ich mich kümmern. Aber merken Sie sich für die Zukunft: Nicht jeder Fall ist mit den herkömmlichen Methoden zu lösen, und auch die reine Logik versagt oft. Fragen Sie diese Schüler, und Sie werden Antworten erhalten, die Ihnen die Haare zu Berge stehen lassen.«

»Tja.« Sherman senkte den Kopf. »Und ich habe nicht auf Tanner gehört. Urlaub hat er sich genommen. Ich habe der Sache gleich nicht getraut.« Schwer atmend wischte sich der Chiefinspektor mit der Hand über die Stirn. »Ich glaube, ich werde meinen Abschied nehmen. Solch einen Fehler kann niemand auf sich sitzen lassen.«

John Sinclair winkte ab. »Überlegen Sie sich das lieber. So viele gute Polizisten gibt es nun auch wieder nicht.«

Sherman lachte bitter. »Sie haben gut reden. Vielen Dank, dass Sie mir Mut zusprechen wollen. Doch das Problem muss ich wohl mit mir selbst ausmachen.«

»Wie Sie wollen«, sagte der Geisterjäger und stand auf. Mit müden Schritten ging er zur Tür. Draußen auf dem Gang wurde er schon erwartet.

Suko und Jane Collins blickten ihn gespannt an.

John Sinclair nickte. »Lasst uns zurück nach Saxton fahren. Ich möchte noch eine Mütze voll Schlaf nehmen, ehe ich wieder nach London fahre.«

Die beiden waren einverstanden, und während sie zum Wagen gingen, dachte John bereits an den nächsten Fall, der bestimmt schon auf ihn wartete …

ENDE

DAMONA,
DIENERIN DES SATANS

In Sturzbächen fiel der Regen vom Himmel. Er klatschte vor die dunklen Mauern des Hauses und trommelte gegen die Scheiben.

Kein Licht brannte hinter den Fenstern. Das Haus war dunkel, genau wie die Straße, an der es lag.

Der schon ältere Morris parkte einige Yards vom Haus entfernt. Monoton hämmerten die großen Regentropfen auf das mit Rostflecken verzierte Blech. Es war eine Melodie, die den Mann hinter dem Lenkrad schon seit Stunden begleitete.

Hundertzwanzig Minuten saß Ernest de Lorca bereits in seinem Wagen. Und ebenso lange hielt er die Waffe in der rechten Hand. Sein Innerstes war völlig in Aufruhr. Er stand vor seinem ersten Mord, das Gewissen plagte ihn, er sah sich schon in einer Zelle, belacht und verachtet von Verwandten und Freunden.

Mord?

War es überhaupt Mord, wenn er seine Frau erschoss? War es nicht vielmehr eine zwingende Notwendigkeit? Seine Frau war eine Hexe, sie hatte die Zwillinge in ihren Bann gezogen, und wenn er an die Messen dachte, die die Frauen gefeiert hatten …

Ernest de Lorca schüttelte den Kopf. Für ihn war es kein Mord. Er sah auf seine Uhr.

Noch dreißig Minuten bis Mitternacht. Genau um null Uhr sollte es geschehen. Dann wollte er mit einer Kugel alles ins Lot bringen.

Eine Zigarette.

Die wievielte eigentlich? Die Finger, die das Streichholz hielten, zitterten. Die Unruhe fraß in ihm wie ein Raubtier.

De Lorca kurbelte die Scheibe herunter. Nur träge zog der Rauch ab. Feuchtigkeit drang in den Wagen. De Lorca hustete. Sein braunes Haar klebte auf dem Kopf. Der Regenmantel war zerknittert.

Der Regen rauschte unablässig. Wasserströme gurgelten die Rinnsteine hinab, die Gullys konnten kaum alles fassen. Im tiefer gelegenen Teil des Ortes stand das Wasser sicherlich schon kniehoch auf den Straßen. Das alles kümmerte Ernest de Lorca nicht. Er hatte andere Probleme.

Das Bild seiner Frau tauchte vor de Lorcas geistigem Auge auf. Lucille war eine Schönheit. Trotz ihrer vierzig Jahre. Rotes, lockiges Haar berührte die Schultern, die Gesichtshaut war makellos weiß, doch in ihren Augen glühte ein unheiliges Feuer. Ernest de Lorca fröstelte, wenn er daran dachte.

Er drückte die Zigarette aus. Der Ascher quoll fast über.

Noch fünfzehn Minuten.

Ein Wagen fuhr die Straße herauf. Die Scheinwerfer wirkten wie geisterhaft helle Flecken.

Der Wagen rauschte vorbei. Wasserfontänen klatschten gegen den Morris.

Ernest de Lorca räusperte sich die Kehle frei. Seine linke Hand tastete zum Türhebel. Tief atmete er durch, dann schob er die Pistole in seine rechte Manteltasche und stieg aus.

Das dumpfe Geräusch der ins Schloss fallenden Wagentür wurde vom prasselnden Regen verschluckt.

Im Nu war Ernest de Lorca nass bis auf die Haut.

Das Haus stand etwas versetzt. Ernest de Lorca musste einen verwilderten Vorgarten durchqueren. Die Blätter der Büsche bogen sich unter der Nässe und glänzten wie poliert.

Wie oft war Ernest de Lorca diesen Weg schon gegangen. Und jetzt ging er ihn mit dem festen Vorsatz, seine Frau zu töten.

Zur Haustür führten vier Steinstufen hoch. In den Ritzen wuchs Moos.

Ernest hatte einen Schlüssel. Er nestelte ihn aus seiner Hosentasche und schloss auf.

Ein Hausflur – dunkel, muffig riechend.

Wie ich diesen Geruch hasse, dachte de Lorca.

Er brauchte kein Licht. Er kannte sich ja aus.

Er ging bis zur Treppe, blieb vor der ersten Stufe stehen. Von seinem Mantel tropfte das Wasser, bildete eine Lache auf dem Steinfußboden. Ernest de Lorca beachtete es nicht.

Es war still im Haus. Eine trügerische Stille, in der die Gefahr lauerte.

»Lucille de Lorca«, flüsterte Ernest mit bebenden Lippen, »bald bist du beim Teufel!«

Er stieg die Stufen hoch. Auf Zehenspitzen, um sich nicht

durch ein Geräusch zu verraten. Der Stoff seines Mantels raschelte. Er holte die Pistole hervor und steckte sie in die Hosentasche. Vorsichtig zog er den Mantel aus und ließ ihn auf die Stufen gleiten.

Dann stand er in der ersten Etage. Darüber lag nur noch der Speicher.

Ein dunkler Gang. Rechts Türen, links Fenster. Regentropfen klatschten gegen die Scheiben. Feuchtigkeit nistete in allen Ecken.

Er schlich leise weiter.

Vor der zweiten Tür blieb er stehen.

Sie führte in das Schlafzimmer. In das Schlafzimmer, das er so viele Jahre mit Lucille geteilt hatte.

Ernest de Lorca presste die Lippen so hart aufeinander, dass sie nur noch einen schmalen Strich bildeten. Seine schweißfeuchte Hand berührte das kalte Metall der Klinke.

Ernest de Lorca atmete tief ein, öffnete die Tür.

Licht. Warm, anheimelnd.

Lucille de Lorca fuhr im Bett hoch. Sie hatte noch nicht geschlafen.

Ernest schloss die Tür und lehnte sich mit dem Rücken gegen das Holz.

Lucille saß hoch aufgerichtet im Bett und blickte ihm entgegen. Ernest trank das Bild förmlich in sich hinein.

Diese wunderbaren Haare, das schöne Gesicht, das hauchdünne Nachthemd mit dem verführerischen Ausschnitt …

O verdammt!

Ernest de Lorca schüttelte den Kopf.

Und diese Frau wollte er töten!

Lucille lächelte. »Du kommst spät«, sagte sie. Gerade so laut, dass er es hören konnte.

Er nickte. »Ja«, erwiderte er. »Wo sind die Kinder?«

»Sie schlafen längst.« Lucille deutete auf die schmale Verbindungstür, die zu den Räumen der Zwillinge führte.

Ernest de Lorca blieb neben dem Bett stehen. Aus glanzlosen Augen starrte er seine Frau an.

Lucille blieb gelassen.

»Wo warst du?«, fragte sie.

Ernest hob die Schultern. »Weg«, erwiderte er unbestimmt.

»Warum kommst du nicht ins Bett?«

»Ich will nicht.«

Lucille zog die Augenbrauen in die Höhe. »Nicht müde?«

Ernest schüttelte den Kopf. »Ich habe noch etwas vor!«

»Darf man fragen, was?«

Der Mann nickte schwer. Dann zog er die Pistole aus der Hosentasche und richtete die Mündung auf die im Bett sitzende Frau.

»Ich werde dich umbringen, Lucille«, sagte er …

Plötzlich wurde Damona de Lorca wach. Ruckartig setzte sie sich auf. Gefahr! Sie spürte es genau. Etwas stimmte nicht. Jemand war in Gefahr.

Die Mutter!

Damona schwang sich aus dem Bett. Sie machte kein Licht und schlüpfte auch nicht in ihre Pantoffeln.

Auf nackten Füßen schlich sie zur Tür. Der Regen prasselte immer noch gegen das Fenster. Im Zimmer war es stickig.

Damonas Nachthemd schleifte über den Teppich, als sie sich der Tür näherte.

Stimmen.

Sie hörte ihre Mutter sprechen und auch ihren Vater.

Damonas Gesicht verzog sich, als sie an ihren Vater dachte. Wie sie diesen Kerl hasste! Er machte alles kaputt. Er hatte etwas gemerkt, und seit der Zeit spielte Damona mit Mordgedanken.

Irgendwann würde sie ihren Vater umbringen. Es sei denn, er stellte sich auf ihre Seite.

Jetzt stand Damona vor der Schlafzimmertür. Ihre Finger umklammerten den Türknauf. Unendlich langsam drehte sie ihn herum.

Nur kein verräterisches Geräusch machen, dachte sie. Die Tür glitt lautlos einen Spalt nach innen.

Damona sah Licht. Die Nachttischlampe am Bett ihrer Mutter

verbreitete den Schein. Es war hell genug, um den verhassten Vater zu erkennen, die Pistole in seiner Hand auf Lucille gerichtet, den Finger am Abzug …

Sekundenlang nur flackerte in Lucilles Augen die Angst auf, dann hatte sie sich wieder in der Gewalt. Ein spöttisches Lächeln kräuselte ihre Lippen.

»Du willst mich erschießen?«

»Ja.« Ernests Stimme klang heiser.

»Hast du dir das auch genau überlegt?«

Jetzt lächelte auch Ernest de Lorca. »O ja, das habe ich, meine Liebe. Tage und Nächte habe ich an nichts anderes mehr gedacht. Seitdem ich dich und deine Töchter bei den verdammten schwarzen Messen überrascht habe, war mir klar, dass ich es tun muss. Ich hatte keine ruhige Minute mehr. Und nun will ich ein Ende setzen!«

Lucille de Lorca starrte auf die Hand mit der Waffe. Sie zitterte ein wenig, ein Zeichen dafür, wie nervös Ernest war. Angst? Nein. Lucille hatte keine Angst. Sie war davon überzeugt, dass sie die Situation zu ihren Gunsten verändern konnte. Sie war sich dessen sogar sicher, als Lucille sah, dass sich die schmale Verbindungstür zwischen ihrem und dem Zimmer ihrer Tochter öffnete und Damonas Gesicht auftauchte.

Mit keiner Reaktion gab Lucille zu erkennen, dass sie ihre Tochter entdeckt hatte. Damona würde schon das Richtige tun, daran zweifelte Lucille nicht.

Ernest de Lorca bemerkte nichts. Er hatte nur Augen für seine im Bett sitzende Frau. Lucille hatte die Bettdecke zurückgeschlagen, sodass sie nur noch die Füße bedeckte.

De Lorca atmete schwer! Der Anblick seiner Frau brachte ihn aus der Fassung. Er dachte an die leidenschaftlichen Nächte, die er mit Lucille verbracht hatte, an ihr wildes, ungestümes Begehren …

Lucille merkte, was in ihrem Mann vorging.

»Ist was, Ernest?«, fragte sie lauernd. »Du sagst ja gar nichts mehr!«

»Ich – ach, verdammt ...«

»Wolltest du mich nicht erschießen?« Das Lachen der Frau klang spöttisch und trieb Ernest de Lorca das Blut ins Gesicht.

»Ja!«, schrie er. »Ich werde dich erschießen. Ich bringe dich um, du verdammtes ...«

»Halt!«

De Lorcas Ausbruch wurde durch Damonas peitschende Stimme gestoppt.

Entsetzt drehte sich der Mann um.

Damona hatte die Tür aufgestoßen. Sie stand auf der Schwelle, das schmale Gesicht hassverzerrt, den rechten Arm ausgestreckt. Ihr Zeigefinger wies wie die Spitze eines Dolches auf die Brust ihres Vaters.

Ernest holte tief Luft. Er merkte, dass er die Kontrolle über die Situation verlor.

»Raus!«, brüllte er seine Tochter an. »Los, verschwinde!«

Damona schüttelte den Kopf. Ihre glatten roten Haare flogen. »Nein, ich bleibe!«

Ernest de Lorca stöhnte gequält. »Dann muss ich euch beide töten«, flüsterte er rau. Er dachte nicht mehr daran, dass nur eine Kugel im Magazin steckte. Die Waffe in seiner Hand beschrieb einen Halbkreis. Sie zeigte wieder auf Lucille.

»Wen willst du denn zuerst erschießen? Mich oder deine Tochter? Na los, warte nicht so lange, sonst drehen wir den Spieß noch um. Nicht wahr, Damona?«

Die letzten Worte schrie Lucille heraus, und sie waren für das Mädchen ein Zeichen.

Blitzschnell veränderte sich Damonas Gesicht. Ein zweites, grässliches schälte sich hervor.

Es war die Fratze des Teufels!

Zwei Hörner wuchsen aus der Stirn, und die sanften Augen verwandelten sich zu dunkel funkelnden Seen, in denen sich das Grauen spiegelte.

Die aufgeworfenen Nasenlöcher blähten sich wutschnaubend. Das Gesicht hatte entfernte Ähnlichkeit mit dem eines Ziegenbocks, wie der Teufel in alten Zeichnungen oft dargestellt wurde.

Damona war vom Satan besessen!

Er gab ihr die Kraft, er diktierte ihr Aussehen und Handeln.

Die nächsten Szenen spielten sich so schnell ab, dass de Lorca nicht mehr reagieren konnte.

Auf dem Nachttisch, direkt neben der brennenden Lampe, lag eine Schere. Ein großes Instrument, mit langen spitzen Schenkeln.

Eine mörderische Waffe!

Damona konzentrierte sich auf die Schere. Sie schien das blitzende Instrument hypnotisieren zu wollen.

Und dann – urplötzlich – hob die Schere vom Nachttisch ab, drehte sich einmal und schoss auf Ernest de Lorca zu.

Sie traf.

Wuchtig bohrten sich beide Scherenschenkel in Ernest de Lorcas Rücken, bevor er begriff, was eigentlich geschehen war.

De Lorca wurde nach vorn gestoßen, seine Knie prallten gegen das Fußende des Bettes. Ein heiseres Gurgeln drang aus seinem Mund. De Lorca verlor das Gleichgewicht, torkelte unsicher und fiel langsam, wie im Zeitlupentempo, auf seine Betthälfte.

Die Schere ragte aus seinem Rücken. Sie war de Lorca von hinten ins Herz gefahren.

Lucille de Lorca lächelte. Dann blickte sie ihre Tochter an. Damona sah wieder völlig normal aus. Sie nickte in Richtung des Toten und fragte: »War es gut so, Mutter?«

»Ja«, lobte Lucille sie. »Du hast deine Sache ausgezeichnet gemacht. Es musste so kommen, und ich wusste, dass uns Satan nicht im Stich lässt. Endlich sind wir deinen Vater los, und wir können uns in aller Ruhe unserer Aufgabe widmen.«

Einige Minuten verstrichen. Die beiden Frauen schwiegen.

Der Regen rauschte monoton gegen die Scheiben.

Damona de Lorca wirkte in diesem Augenblick wie ein kleines, Schutz suchendes Kind. Niemand hätte ihr jetzt ihre achtzehn Jahre geglaubt, und niemand wäre auf den Gedanken verfallen, in dem Mädchen könnte der Teufel stecken.

Sie war eine schmale Person. Magere Schultern schoben sich

wie Kleiderbügel nach beiden Seiten. Brüste hatte sie kaum, das Gesicht zeigte eine ungesunde Blässe, die Augen waren von einem verwaschenen Blaugrün, und selbst die Sommersprossen auf der Haut blieben blass.

Nach Damona würde sich kein junger Mann umsehen.

Es war Lucille de Lorca, die das drückende Schweigen brach. Sie deutete auf die Leiche.

»Wir müssen ihn wegschaffen«, sagte sie.

»Wohin?« Damona trat ans Bett.

»Am besten in den Garten. Da können wir ihn vergraben. Und finden werden sie ihn dort kaum.«

Damona blickte ihre Mutter schräg von der Seite an. »Jetzt? Bei dem Regen?«

»Ja. Je früher, desto besser. Fass mit an.«

Damona gehorchte. Sie packte die Leiche unter beiden Achselhöhlen und zog den Toten quer über das Bett. Das Blut hinterließ eine rote Spur.

Das Mädchen hatte kein Mitleid mit seinem Vater. Er hatte ihnen immer schon im Weg gestanden.

Vor dem Bett legten die beiden Frauen die Leiche auf den Boden. Gebrochene Augen starrten gegen die Decke. Mutter und Tochter rührte das nicht.

»Ich hole den Teppich«, sagte Lucille.

»Aber sei leise, sonst wird Teresa wach«, erinnerte Damona ihre Mutter an die Zwillingsschwester.

Aus dem Flur holte Lucille einen Teppich. Er war schmal und ziemlich lang. Mutter und Tochter rollten den toten de Lorca gemeinsam in den Teppich. Die Armeepistole hatte Lucille zuvor in ihrer Nachttischschublade verstaut.

Lucille de Lorca hatte im Gang das Licht brennen lassen. Der Schein reichte aus, um auch im Parterre etwas erkennen zu können. Den auf der Treppe liegenden Mantel räumte Lucille weg.

Schwer atmend erreichten sie das Erdgeschoss. Besonders die zierliche Damona hatte Mühe mit der Last.

»Sollen wir eine Pause einlegen?«, fragte die Mutter. Ihre Stimme klang besorgt.

»Es wäre besser«, keuchte Damona.

Sie warteten, legten die eingerollte Leiche vorsichtig auf den Boden, zogen sich dann Mäntel über und schützten die Haare mit Kopftüchern.

Lucille öffnete die Hintertür. Schweigend verständigten sich Mutter und Tochter, dann bückten sie sich und packten den Toten wieder an. Sie trugen ihn in den Garten, der mehr einem Dschungel glich und in der Dunkelheit wie ein Geisterwald aussah.

Der Regen hatte immer noch nicht aufgehört. Die beiden Frauen waren im Nu durchnässt bis auf die Haut.

Ein Trampelpfad führte bis ans Ende des Grundstücks und endete vor einem Zaun. Dort standen drei Ulmen, mächtige alte Bäume, deren ausladende Äste mit dem grünen Blattwerk ein natürliches Dach bildeten.

Neben dem ganz rechts stehenden Baum wollte Lucille die Leiche verscharren, denn anders konnte man dieses Begräbnis wahrhaftig nicht bezeichnen.

Lucille de Lorca war von einer solchen Gefühlskälte, die einen normalen Menschen schaudern musste.

»Warte hier«, befahl sie ihrer Tochter. »Ich hole nur die Schaufeln.«

Lucilles Gestalt wurde vom Regen und der Dunkelheit aufgesaugt. Damona stellte sich zitternd unter den Baum. Sie fror. Das Kopftuch hatte sich längst mit Wasser voll gesogen. Regen rann über ihr blasses Gesicht, netzte die Lippen.

Damona trank die Tropfen. Sie stand dicht am Baumstamm. Einige Käfer krabbelten unter der rissigen Rinde hervor und liefen über Damonas Arm. Sie sah die Käfer, nahm den ersten zwischen Daumen und Zeigefinger und zerquetschte ihn. Das Gleiche geschah mit den beiden anderen. Dabei lag in Damonas Augen ein sadistisches Funkeln. Dieses Mädchen hatte mit keiner Kreatur Mitleid. Vielleicht nicht einmal mit sich selbst.

Lucille de Lorca kam zurück. Sie trug zwei Schaufeln. Eine davon warf sie ihrer Tochter zu.

»Los, fang an zu graben!«

Damona gehorchte. Sie stieß die Schaufel in das schwere, nasse Erdreich und begann direkt neben der Leiche das Grab auszuheben.

Die Frauen beeilten sich. Der Regen wurde noch stärker.

Zusätzlich kam Wind auf und trieb die Wasserschleier schräg durch den Garten.

Es war eine unheilvolle Nacht.

»Wie tief soll die Grube denn werden?«, fragte Damona schwer atmend.

Lucille wischte sich über die Stirn, wo sich Regenwasser und Schweiß vermengten. »Nicht so tief wie bei einem normalen Grab. So viel Mühe machen wir uns nicht.« Sie warf einen abschätzenden Blick auf die bisher geleistete Arbeit. »Wir müssen das Grab noch etwas tiefer graben«, sagte sie. »Komm.«

Die Frauen schaufelten weiter. Sie taten ihre makabre Arbeit stumm und verbissen.

Die Minuten vergingen, reihten sich zu einer Stunde. Niemand sah oder beobachtete die Frauen.

Wirklich niemand?

Damona bemerkte die Gestalt als Erste. Mit einem leisen Aufschrei ließ sie die Schaufel fallen.

»Was ist denn?«, fuhr Lucille ihre Tochter an.

»Hinter dir!«

Lucille de Lorca wandte sich um. Vom Haus her, aus den dichten Regenschleiern, löste sich eine Frauengestalt. Sie trug einen Morgenmantel, jedoch kein Kopftuch. Das lange Haar klebte ihr tropfnass am Kopf.

Die Gestalt, ein Mädchen, war keine andere als Teresa de Lorca, Damonas Zwillingsschwester …

»Das hat uns noch gefehlt!«, zischte Lucille de Lorca.

Innerhalb von Sekundenbruchteilen jagten die Gedanken durch ihren Kopf. Teresa hatte sehr an ihrem Vater gehangen. Sie war nicht so wie Damona. Sie unterschied sich physisch wie auch psychisch von ihr. Lucille de Lorca hasste ihre Tochter Teresa. Sie hatte es zwar ihr gegenüber nie zugegeben, doch Teresa spürte es schon seit langem. Bis jetzt hatte der Vater noch immer seine schützende Hand über sie gehalten.

»Was machst du denn hier?«, fuhr Lucille de Lorca ihre Tochter an. »Warum liegst du nicht im Bett?«

Teresa antwortete nicht. Sie sah ihrer Schwester überhaupt nicht ähnlich, obwohl sie Zwillinge waren. Teresa hatte glänzendes schwarzes Haar, ein fein geschnittenes Gesicht mit einer kleinen, geraden Nase und einem Kinn mit winzigen Grübchen. Der Hals war schlank, das Fleisch des jungen Körpers fest, ebenso wie die beiden hoch angesetzten Brüste. Eine Schönheit. Es war eine verrückte Laune der Natur, dass sie die beiden Mädchen so verschieden geschaffen hatte.

Teresa wischte sich das Regenwasser aus dem Gesicht.

»Die gleiche Frage könnte ich euch stellen«, sagte sie mit kaum zu verstehender Stimme und deutete auf die Grube und den daneben liegenden Teppich. »Wollt ihr etwas vergraben?«

Lucille de Lorca ging einen Schritt vor. Damona hielt sich im Hintergrund. »Ja, wir haben hier zu tun. Und du gehst besser wieder ins Bett. Du hast hier nichts zu suchen.«

Teresa schüttelte den Kopf. »Ich bleibe!«

»Du gehst!«

Aber Teresa besaß einen starken Willen. Was sie sich einmal in den Kopf gesetzt hatte, das führte sie auch durch. Sie ging auf ihre Mutter zu und wollte an ihr vorbei, um nachzusehen, was die Teppichrolle enthielt.

Das Mädchen kam genau drei Schritte weit, da packte Lucille zu. Hart gruben sich ihre Finger in das Fleisch des rechten Oberarms.

»Du gehst jetzt ins Haus!«, zischte sie Teresa an.

»Lass mich!« Teresa versuchte sich loszureißen. Ihre Mutter hielt eisern fest. Stoff riss. Lucille gab Teresa einen Stoß, sodass sie taumelte. Dabei rutschte sie auf dem nassen, glitschigen Boden aus, geriet ins Straucheln und fiel hin.

Sie landete auf dem Rücken.

»Das hast du nun davon!«, schrie Lucille de Lorca. »Ich habe dir doch gesagt, du sollst verschwinden!«

Teresa erhob sich auf die Knie.

Ihr Widerstandswille war noch längst nicht gebrochen. Von unten her schaute sie ihrer Mutter ins Gesicht. Ihr Nachthemd und der Morgenrock waren lehmverschmiert.

Plötzlich packte Teresa zu. Ihre rechte Hand krallte sich um den Knöchel ihrer Mutter, ein Ruck, und die rothaarige Lucille lag ebenfalls im Dreck. Sie fluchte und schrie in einem.

Teresa kümmerte sich nicht darum. Sie sprang auf die Füße, lief an ihrer Mutter vorbei und wollte auf den Teppich zu, der neben der Grube lag.

Damona sah die Gefahr. Es war aber zu spät, um einzugreifen.

Ehe sie ihre Schwester zurückreißen konnte, hatte diese den Teppich ein Stück aufgerollt.

Sie sah einen Arm und ein Bein. Am Handgelenk schimmerte eine goldene Uhr.

Eine Uhr, die sie ihrem Vater erst vor einem Jahr zum Geburtstag geschenkt hatte.

Ihr Vater …

Teresa hatte das Gefühl, ihr Herz müsste stehen bleiben. Der Mann, der vor ihr eingewickelt in dem Teppich lag, war kein anderer als ihr Vater.

Ihr toter Vater!

Teresa wankte zurück. Aus ihrem halb offenen Mund drang ein tiefes Stöhnen, in dem sich Schmerz und Angst paarten. Es wollte einfach nicht in ihren Verstand, was sie mit eigenen Augen gesehen hatte.

Lucille de Lorca und Damona beobachteten sie gespannt und lauernd.

Teresa wandte sich um. Sie starrte in die Gesichter der Frauen, deren Lippen sich zu einem wissenden, aber auch spöttischen Lächeln verzogen hatten.

Teresa spürte den Regen nicht, der auf sie niederprasselte. Eine Welt war für sie zusammengebrochen.

»Vater …?«, hauchte sie mit tonloser Stimme.

Lucille antwortete. »Ja, er ist tot.«

In einer hilflosen Gebärde breitete Teresa die Arme aus. »Aber warum denn?«

»Das werden wir dir später erklären.«

Teresa schüttelte den Kopf. »Warum bekommt er keine richtige Beerdigung?«, wollte sie wissen.

»Niemand soll erfahren, dass er tot ist. Und auch du hältst den Mund. Verstanden?«

»Ich …« Teresa runzelte die Stirn. Ihre Augendeckel flatterten. Sie ließ die Arme an ihrem Körper herabhängen. Ihre bebenden Lippen formten verständnislose Worte.

»Tot – tot …«

Urplötzlich sprang sie der Schock an. Teresas Augen füllten sich mit Tränen, die Knie begannen zu zittern, gaben nach.

Mit einem Seufzer stürzte Teresa zu Boden.

Sie war ohnmächtig.

Sekunden verstrichen. Lucille und Damona blickten sich an.

»Was geschieht mit ihr?«, wollte Damona wissen. Sie stieß ihre Schwester mit der Fußspitze an, um zu versuchen, Teresa aufzuwecken.

Lucille winkte ab. »Erst einmal lassen wir sie hier liegen. Dann sehen wir weiter. Komm, hilf mir, die Grube muss endlich fertig werden. Teresa hat uns schon viel zu lange aufgehalten.«

Die Frauen machten sich wieder an die Arbeit. Die Schaufelblätter stachen in das nasse Erdreich, trugen die Klumpen ab und schleuderten sie zur Seite.

Nach etwa einer Viertelstunde war die Grube tief genug. Lucille stellte die Schaufel zur Seite.

»Los«, sagte die rothaarige Frau, »wir legen ihn rein.«

Damona fasste mit an.

Die Leiche passte soeben in das primitive Grab. Allerdings mussten die Beine noch angewinkelt werden. Den Teppich ließen sie um den Körper. Auch die Schere blieb in seinem Rücken.

Die Frauen begannen, das Grab zuzuschaufeln. Der Regen fiel noch immer wie eine wahre Sintflut vom Himmel. In kleinen Bächen rann das Wasser den aufgeworfenen Lehmhügel hinab und spülte den braunen Schlamm auf den Rasen. Die Blätter der Bäume bogen sich unter der nassen Last. Es war kalt geworden. Viel zu kalt für die Jahreszeit. Schließlich schrieb man erst August.

Der Lehm war durch das aufgenommene Wasser noch schwerer geworden. Die ungewohnte Arbeit zehrte an den Kräften der Frauen. Schließlich hatten sie es geschafft. Mit den Füßen trampelten sie das makabre Grab flach.

Lucille reichte die beiden Schaufeln ihrer Tochter. Dann nickte sie und sagte: »Das wär's wohl. Bring die Dinger weg, ich kümmere mich um deine Schwester.«

»Was hast du mit Teresa vor?«, fragte Damona.

»Ich bringe sie erst einmal ins Haus. Wenn sie aus ihrer Ohnmacht erwacht, werde ich mit ihr reden. Mal sehen, auf welche Seite sie sich stellt.«

»Und wenn sie Schwierigkeiten macht?« Damonas Frage klang lauernd.

Lucille de Lorca lächelte eisig. Sie deutete auf den zweiten Baum. »Daneben ist noch Platz«, sagte sie gefühllos.

Damona begann zu lachen. Es hörte sich an wie das Gelächter des Teufels …

Die nadelfeinen Strahlen der Dusche waren heiß. Im Nu breitete sich der Dampf in der kleinen Kabine aus. Das Fenster beschlug. Tropfen sammelten sich und liefen an der Scheibe entlang.

Teresa drehte den Hahn für das kalte Wasser auf. Augenblicklich wurde die Temperatur des Wassers angenehm.

Das Girl zog sich aus. Es ließ den verdreckten Morgenmantel zu Boden gleiten und schälte sich aus dem langen, klatschnassen Nachthemd. Wie Gott sie erschaffen hatte, stand sie vor dem Spiegel.

Teresa war eine voll erblühte Schönheit. Doch jetzt war das hübsche Gesicht von Angst gezeichnet. Noch immer zitterte sie. Der Schock war hart gewesen. Sie hatte ihren toten Vater gesehen, und obwohl es niemand zugeben wollte, war es für sie klar, dass ihr Vater ermordet worden war.

Von wem?

Damona hatte ihn schon immer gehasst. Genau wie Lucille, ihre Mutter. Der Vater wollte die gefährlichen Spiele nicht mitmachen, die diese beiden Frauen trieben. Und auch Teresa war dagegen. Jetzt hatte ihre Mutter ihr eine Galgenfrist gegeben, die in achtundvierzig Stunden ablaufen würde.

Zwei Tage – dann musste sie sich entschieden haben.

Teresa stieg unter die Dusche. Das jetzt angenehm temperierte Wasser perlte über ihre glatte weiche Haut. Mit Duschschaum rieb sich Teresa ihren Körper ein. Der Schaum belebte und machte munter.

Achtundvierzig Stunden Galgenfrist!

Teresa wusste, dass man sie nicht aus dem Haus lassen würde. Sie war eine Gefangene. Und sie konnte nichts dagegen tun. Die Macht ihrer Mutter und der Schwester war zu groß.

Das Mädchen drehte sich unter den feinen Strahlen der Brause. Doch das Wasser vertrieb nicht die trüben Gedanken. Immer wieder kam ihr der Vater in den Sinn. Er hatte als Einziger zu ihr gehalten.

Teresa dachte daran, dass sie in die Uni musste. In drei Wochen fing das neue Semester an. Sie studierte Theaterwissenschaft. Ihre Schwester tat nichts. Sie war nach ihrer Schulzeit zu Hause geblieben.

Teresa wusste, dass Damona übernatürliche Fähigkeiten besaß. Sie hatte einmal gesehen, wie Gegenstände im Zimmer herumgeflogen waren, ohne dass sie jemand berührt hatte. Die Mutter hatte Teresa damals erklärt, dass Damona diese Gegenstände nur durch Hilfe ihrer Geisteskraft bewegt habe.

Teleportation nannte man so etwas!

Wieder kehrten Teresas Gedanken zur Uni zurück. Und damit auch zu Will Purdy, ihrem Freund. Sie war mit dem jungen Chemiestudenten schon ein halbes Jahr befreundet, und sie war sehr in ihn verliebt. Will wusste zwar, wo sie wohnte, war aber noch kein einziges Mal im Haus gewesen. Teresa hatte sich nicht getraut, den jungen Mann ihren Eltern und der Schwester vorzustellen.

Doch irgendwie musste sie Will eine Nachricht zukommen lassen.

Aber wie?

Ihre Gedanken wurden durch ein spöttisches Lachen unterbrochen, das selbst das Rauschen der Brause übertönte.

Erschreckt trat Teresa einen Schritt vor. Die Strahlen prasselten jetzt auf ihren Rücken.

Damona hatte das Bad betreten. Sie stand vor der kleinen Duschkabine und hatte ebenfalls nichts mehr an. Ihr hagerer

Körper war mit rotem Flaum bewachsen, der Mund war spöttisch verzogen, und in den Augen lag ein seltsames Glitzern.

»Was willst du?«, fragte Teresa.

Damona lachte abermals. »Denkst du an ihn?«

»Ja, ich denke an Vater. Und du hast ihn umgebracht. Das stimmt doch – oder?«

Damona hob die hageren Schultern. »Wer weiß«, erwiderte sie unbestimmt. »Wirst du zu uns halten?«, fragte sie dann.

»Nein!«

»Dann wirst du es bereuen. Wenn wir dich ausstoßen, dann …«

Plötzlich stieg die Wut in Teresa hoch.

»Was geschieht dann?«, schrie sie. »Wollt ihr mich auch umbringen, wie ihr es mit Vater getan habt, ihr verdammten Bestien? Los, sag schon.« Sie sprang aus der Duschkabine und schlug auf Damona ein.

Damona war zu überrascht, um den Angriff wirkungsvoll abzuwehren. Sie musste die ersten Schläge einstecken, die sie gegen den Spiegel trieben.

Teresa war nicht mehr zu halten. Die Arme arbeiteten wie die Flügel einer Mühle, aber sie traf nur selten.

Damona konnte zurückweichen, den meisten Schlägen die Wucht nehmen, dennoch musste sie einen Hieb auf die Nase hinnehmen.

Sie fing sofort an zu bluten.

Und Teresa tobte weiter. Trauer und ohnmächtige Wut verliehen ihr ungeahnte Kräfte. Damona prallte mit dem Rücken gegen die Tür, riss ihr Knie hoch und traf die Schwester hart.

Teresa krümmte sich. Damona nutzte die Gelegenheit und packte die Arme der Schwester. Wie Schraubstöcke hielten die Hände fest.

»Das hast du nicht umsonst getan!«, keuchte sie. Kraftvoll drängte sie Teresa auf die Dusche zu. Die beiden Mädchen keuchten und schrien, während das Wasser weiterrauschte.

Doch Teresa hatte sich verausgabt. Sie konnte der Kraft ihrer Schwester nichts entgegensetzen, zudem rutschte sie auf dem glitschigen Terrazzoboden aus.

Damona packte Teresas Schultern. Mit einem siegessicheren Schrei auf den Lippen schleuderte sie die Schwester in die kleine Duschkabine. Hart stieß sich Teresa beide Knie. In einem Winkel der Dusche fiel sie zu Boden.

»Und jetzt gib genau Acht!«, schrie Damona. Mit halb erhobenen Armen und zu Fäusten geballten Händen blieb sie dicht vor der Duschkabine stehen. Ihre Augen schienen um das Doppelte zu wachsen. Mit Erschrecken sah Teresa, dass sich das Gesicht der Schwester veränderte, wie sich ein zweites, eine schreckliche Fratze, über das erste schob.

Die Fratze des Teufels!

Und dann geschah das, was Teresa an den Rand des Irrsinns trieb.

Plötzlich rauschte kein Wasser mehr aus der Dusche. Die nadelfeinen Strahlen waren rot.

Rot wie – Blut!

»Die Strafe!«, brüllte Damona. »Die Strafe des Satans! Überall soll es sein. Blut! Blut! Blut …«

Sie tanzte und führte sich auf wie der Teufel selbst. Ein abstoßendes, widerliches Gelächter heulte aus ihrem Mund. Es hallte durch das Bad und vermischte sich mit dem Rauschen der Dusche.

Für Teresa jedoch sanken die Chancen auf null. Nie würde sie diesen Teufelskreis sprengen können.

Eigentlich war es ein Witz!

Irgendein neuer Computer hatte festgestellt, dass sich die Scheidungen in London häuften. Nun war London eine Millionenstadt, und zwangsläufig lag die Scheidungsquote dort höher als in einem verschlafenen Dorf – nur hatte diese Scheidungssache einen Haken.

Die Frauen gaben zu, dass sie mit ihren Männern nicht mehr leben wollten, weil sie einem Orden beigetreten waren.

Dem Damona-Orden.

Allein aus diesem Grund hatten sie eine Scheidung eingereicht. Der Damona-Orden war für sie Lebensinhalt geworden.

Der Ordensverband gab ihnen alles, er konnte ihre geheimsten Wünsche befriedigen und sorgte dafür, dass es ihnen gut ging.

John las den Bericht zweimal.

John Sinclair, auch Geisterjäger genannt, war Oberinspektor bei Scotland Yard. Er war praktisch ein Ein-Mann-Unternehmen, das den Kräften der Hölle den Kampf angesagt hatte. John machte Jagd auf Dämonen, Geister und Vampire.

Und jetzt lag dieser Bericht über die merkwürdige Häufung von Scheidungen auf dem Schreibtisch. John Sinclair wusste noch nicht so recht, was er damit anfangen sollte. Sein sechster Sinn sprang auch nicht an. Er hatte schon mehr als einmal erlebt, dass ihm Kollegen Fälle zuschustern wollten, mit denen sie nicht fertig wurden – oder weil sie einfach keine Lust hatten, die Dinge weiter zu verfolgen.

Und dieser Fall sah John ganz danach aus.

Andererseits, dieser Name Damona-Orden kam ihm doch reichlich spanisch vor.

Damona! Die Assoziation zu Dämon lag auf der Hand. Und ein reiner Frauenclub mit einem solchen Namen konnte unter Umständen Ziele verfolgen, die gefährlich waren.

John dachte an schwarze Messen und an die Satansverehrung.

Schwarze Messen waren »in«. Die Satansverehrung auch. Die meisten Clubs waren harmlos, ihre Mitglieder bestanden aus Spinnern und Geisteskranken, aber es gab auch Ausnahmen.

Die Clubs standen unter lockerer Kontrolle. Viele von ihnen waren sogar als Verein registriert, dieser offenbar nicht, denn es fehlte die entsprechende Notiz.

Stirnrunzelnd legte John Sinclair den Bericht zur Seite. Hier wollte er nicht selbst entscheiden, sondern zuvor seinen Vorgesetzten, Superintendent Powell, konsultieren.

Johns Vorzimmerelfe, die schwarzhaarige Glenda, strahlte den Geisterjäger an, als dieser sein Büro verließ.

John lächelte zurück. »Ich bin beim großen Boss«, sagte er und verschwand. John ließ sich ungern auf längere Gespräche mit Glenda ein, sie hätte sich unter Umständen Hoffnungen gemacht, die der Geisterjäger auf keinen Fall erfüllen wollte.

Powell aß seinen gesunden Frühstücksquark, als John das Büro des Superintendenten betrat. Neben dem Quarkbehälter stand das übliche Mineralwasser. Von der Wand blickte die Queen streng auf ihre Untertanen herab.

Powell erinnerte John immer an einen magenkranken Pavian. Manchmal wirkte er auch wie ein alter Uhu, wenn er durch seine dicken Brillengläser starrte und einen Besucher so fixierte, dass diesem angst und bange wurde.

John hatte sich solche Gefühle längst abgewöhnt.

»Hallo, Meister«, grüßte John und ließ sich auf dem Besucherstuhl nieder. »Essen Sie ruhig weiter.«

Powell grunzte nur und schluckte den Rest Quark hinunter. Dann wischte er sich mit einem Tuch über den Mund und blickte John böse an.

»Hatten Sie sich eigentlich angemeldet?«, erkundigte er sich.

»Nein, aber Ihre Vorzimmerpalme war nicht da. Deshalb hielt ich es für ratsam, so hineinzuschleichen. Schließlich ist Zeit Geld. Und ein Beamter, der nur herumsitzt und wartet, festigt wieder die Vorurteile. Wenn Sie mein Eindringen also aus diesem Blickwinkel betrachten, müssen Sie zugeben, Sir, dass …«

»Ja, ja, schon gut.« Powell winkte ab. »Ich weiß, dass Sie vorlaut sind und immer das letzte Wort haben müssen. Eine Ihrer unangenehmen Eigenschaften. Jetzt zur Sache. Worum geht es?«

John Sinclair tippte mit dem Zeigefinger auf den Bericht in seiner linken Hand. »Dieses hier!« Er hielt die Mappe hoch.

Powell nickte. Er wusste schon Bescheid. »Aha, Sie sind also über diese Statistik gestolpert.«

John hob fragend die Augenbrauen. »Sollte ich das?«

»Ja.«

»Wie nett.«

»Lassen Sie mal den Spott weg, Sinclair, die Sache sieht ernst aus. Wenn dieser Damona-Kult tatsächlich existiert, dann müssen Sie ihn zerschlagen.«

»Wir haben aber keine Beweise, dass er etwas Unrechtes im Schilde führt. Schön gesagt, nicht?«

»Dann schaffen Sie die Beweise heran.« Powell schlug mit der Faust auf den Tisch.

»So kenne ich Sie ja gar nicht, Sir«, staunte John. »Wie ist es möglich, dass Sie sich dermaßen echauffieren?«

»Hm.« Superintendent Powell druckste herum. Dann rückte er mit der Sprache heraus, verlangte aber, dass die Worte nicht an die Ohren eines anderen gelangten.

John versprach es.

»Einem Verwandten von mir ist ebenfalls die Frau weggelaufen. Den Namen finden Sie in der Liste. Der Mann heißt Ballantine.«

»Wie der Whisky?«

»Ja.«

»Auch so scharf?«, fragte John grinsend.

»Darauf verlangen Sie doch wohl keine Antwort«, erwiderte Powell. »Ich will nur, dass Sie sich um den Fall kümmern. Mehr nicht. Und dass Sie mir Bericht erstatten.«

John stand auf. Er schlug den Hefter gegen seinen Oberschenkel. »Okay, Sir, dafür werde ich bezahlt. Ich tue mein Bestes. Wie immer. Noch etwas auf dem Herzen?«

»Ja.«

John hob fragend den Blick. »Fangen Sie nicht gerade mit Ihren Nachforschungen bei Mr Ballantine an. Er ist ein honoriger Bürger unseres Staates. Ich möchte nicht, dass er weiterhin mit der unangenehmen Sache belästigt wird.«

Der Oberinspektor winkte ab. »Keine Sorge, Sir. Ich lasse Ihre Verwandtschaft in Ruhe.«

Der Geisterjäger ging. Aus den Augenwinkeln nahm er wahr, wie Superintendent Powell zur Mineralwasserflasche griff. Jetzt musste er wieder seinen Magen beruhigen.

»War's schlimm beim Alten?« Mit diesen Worten empfing Glenda den hochgewachsenen, blondhaarigen Oberinspektor mit den stahlblauen Augen.

»Miss Perkins«, sagte John und hob den Zeigefinger. »Ich bitte mir in Zukunft mehr Respekt aus. Superintendent Powell ist ein honoriger Bürger unseres Landes und …« John musste selbst lachen. Er bat um einen Kaffee und verschwand in seinem Büro.

Der Kaffee kam und mit ihm ein Telefonanruf.

Der Geisterjäger hob ab und meldete sich.

»Haben dich noch immer nicht die Monster gefressen?«, hörte er eine wohlbekannte Stimme, die ihm augenblicklich einen leichten Schauer über den Rücken rieseln ließ.

»Nein, ich lebe noch, wie du hörst«, erwiderte der Oberinspektor.

Die Stimme, die ihm die Frage gestellt hatte, gehörte Jane Collins. Und Jane war ein Girl, bei dem auch der härteste Junggeselle schwach werden und in den Hafen der Ehe einlaufen konnte. John hatte einmal den Satz von der hübschesten Privatdetektivin der Welt geprägt, und das war sicherlich nicht übertrieben.

»Wo drückt denn der Busen?«, erkundigte sich der Geisterjäger.

»Ich dachte immer, du weißt, dass ich keinen BH nötig habe«, lautete die Antwort, und John entschuldigte sich auch sofort.

»Wir haben uns ja so lange nicht mehr gesehen, da vergisst man schon mal was«, meinte er.

»Da sieht man wieder, was du für mich übrig hast. Aber mal Spaß beiseite. Ich habe einen Fall für dich, John.«

»Nein, nicht schon wieder. Ich bin mit Arbeit eingedeckt bis zum geht nicht mehr«, stöhnte John.

»Sei ruhig und hör zu.«

Ihre Geschichte elektrisierte den Geisterjäger. Schon nach wenigen Sätzen wusste er, dass sie und er an demselben Fall arbeiteten.

Es ging um den Damona-Kult!

Oberinspektor Sinclair war ein Mann schneller Entschlüsse. »Pass auf, Jane, wo treibst du dich jetzt herum?«

»Ich bin in meinem Büro.«

»Okay, wir treffen uns in dem kleinen Lokal an der Ecke. Warte dort auf mich. Einverstanden?«

»Ja.«

»Dann bis gleich.« Der Geisterjäger hängte auf.

»Fahren Sie weg, Herr Oberinspektor?«, fragte die schwarzhaarige Glenda, und in ihrer Stimme schwang ein bedauernder Unterton mit.

»Ja.«

Glenda schlug die Beine übereinander. Sie machte das so raffiniert, dass der enge blaue Rock ein gutes Stück nach oben rutschte.

John räusperte sich. »Ich treffe mich mit einer Dame.«

Glenda nahm eine andere Sitzhaltung ein. »Kommen Sie heute noch ins Büro zurück?«, fragte sie förmlich.

»Keine Angst, ich bleibe nicht über Nacht.« John grinste und ging zur Tür. Als er sich dicht davor noch einmal umdrehte, war Glenda tatsächlich rot geworden.

Lächelnd verließ John das Vorzimmer.

Sein Bentley stand auf dem Parkplatz.

Ein Klassewagen. Silbermetallic, das Armaturenbrett aus Holz, die Sitze aus weichem Leder.

John stieg ein. Der typische Autogeruch empfing ihn. Ein leichter Hauch von Benzin, vermischt mit dem herben Duft des Leders. John Sinclair mochte die Kombination.

Sanft rollte der Bentley in Richtung Parkplatzausfahrt. Das Lokal, in dem sich John mit Jane Collins treffen wollte, lag im Stadtteil Westminster. John fuhr die Parliament Street und Whitehall hoch, bog dann in die Cockspur Street ein und lenkte den Bentley über die Pall Mall und die Regent Street in Richtung Waterloo Place. An der Charles Street, die zum St. James Square führte, fand John einen Parkplatz. Die Fahrt hatte nur eine halbe Stunde gedauert. Für London eine reife Leistung.

Die Charles Street war trotz des Nieselregens belebt. Zahlreiche Geschäftsleute warteten auf zahlungskräftige deutsche Touristen. John stellte den Kragen seines Trenchcoats hoch und hastete auf den Eingang des italienischen Lokals zu.

Er entdeckte Jane Collins in der Ecke. Sie winkte ihm zu.

»Hallo, Luigi«, begrüßte John den Wirt und bestellte einen Cappuccino. Jane hatte das Gleiche vor sich stehen.

Die Detektivin sah mal wieder zum Anbeißen aus.

Das lange, weizenblonde Haar wurde über der Stirn von einem roten Band gehalten. Der Pullover in der gleichen Farbe saß weit und war aus Kaschmirwolle. Auch der Nagellack passte zur Kleidung. Jane war dezent geschminkt. Sie hatte es nicht nötig, sich ihre vollen naturroten Lippen nachzuziehen. Sie wirkten auch so.

John Sinclair lehnte sich zurück. »Dann mal raus mit der Sprache«, forderte er sie auf. »Was macht denn dieser komische Club?«

Jane Collins berichtete von einem gewissen Lidell, der zu ihr gekommen war, um sie über den Damona-Kult aufzuklären und um sie zu beauftragen, Mrs Lidell zu bewachen, was sie allerdings bisher noch nicht getan hatte.

»Ich wollte vorher noch mit dir reden, John.«

Der Geisterjäger nickte.

»Wir knacken am gleichen Problem«, meinte er. »Aber bleib du ruhig bei deinem Lidell, dann kann ich den Namen von meiner Liste streichen. Es gehören ja noch mehr Personen zu diesem Kult. Vielleicht ist sogar alles ganz harmlos«, schränkte der Geisterjäger ein, »und wir haben uns umsonst Sorgen gemacht.«

Jane wiegte bedenklich den Kopf und trank ihre Tasse leer. »Daran glaube ich nicht so recht, John. Du weißt selbst, wie gefährlich solche Clubs oder Geheimbünde sein können.«

John Sinclair strich über seinen Nasenrücken. »Aufgabenteilung, wenn wir schon zusammenarbeiten. Du Lidell, und ich nehme mir einen anderen Knaben vor. Vor allen Dingen bin ich scharf darauf, die Frauen zu sprechen.«

»Wenn man sie erreicht. Aber auch mit Lidell ist es nicht einfach. Nach seinem Besuch – und der ist immerhin schon drei Tage her – habe ich nichts mehr von ihm gehört. Er hat auch noch nach der Scheidung in seinem Haus gewohnt.«

»Vielleicht hat er beruflich in einer anderen Stadt zu tun?«, vermutete John.

»Nein.« Jane schüttelte den Kopf. »Lidell ist leitender Ingenieur bei einer Kesselbaufirma. Ich habe dort angerufen, und man wundert sich, dass Lidell verschwunden ist. Er hat nämlich nichts hinterlassen. Er ist einfach nicht zur Arbeit gekommen. Und der Sache will ich auf den Grund gehen.«

»Nichts dagegen.« John winkte dem Wirt, um die Rechnung zu begleichen.

»Ciao, Luigi.« John schlug dem Italiener auf die Schulter. »Bis später einmal.«

Er und Jane verließen das Lokal.

Die anwesenden Männer warfen Jane Collins begehrliche Blicke nach. Und in ihren Augen war zu erkennen, dass sie John Sinclair zum Teufel wünschten.

Die Lidells mussten der gut verdienenden Mittelschicht angehören. Jedenfalls deutete ihr Bungalow darauf hin. Das Haus mit dem hübschen Vorgarten lag in einem nördlichen Londoner Vorort und grenzte mit der Westseite an ein Industriegelände, das durch einen Drahtzaun gesichert war.

Jane Collins sah die flachen Dächer einiger Fabrikhallen, als ihr Wagen die schmale Straße hinunterrollte.

Von dem letzten lukrativen Honorar hatte sich die Detektivin einen Lancia gekauft. Erdbeerrot und mit schwarzen Sitzen. Sie schwärmte für italienische Wagen ebenso wie für die Schuhe und das Essen aus diesem Land.

Der Bungalow hatte eine angebaute Garage mit einer Zufahrt. Dort stellte Jane ihren Wagen ab, stieg aus und ging auf den Eingang zu.

Sie bemerkte, wie hinter der Scheibe die Gardine bewegt wurde. Jemand musste also schon bemerkt haben, dass Besuch kam.

Die Haustür wurde geöffnet.

Eine Frau sah Jane Collins misstrauisch entgegen.

Die Frau trug ihr dunkles Haar nach hinten gekämmt, war schätzungsweise vierzig Jahre alt und wirkte ziemlich verbittert. Jane schloss das aus den Falten, die das Gesicht einkerbten. Die Frau trug ein dunkles Kleid. Vor der Brust baumelte eine Plakette. Den Namen, der darauf eingeritzt war, konnte die Detektivin nicht lesen.

Jane knipste ihr bestes Lächeln an. »Mrs Lidell?«, fragte sie.

»Ja.« Die Antwort klang mürrisch.

»Mein Name ist Jane Collins«, stellte sich die blondhaarige Detektivin vor. »Ich hätte gern mit Ihnen gesprochen, Mrs Lidell.«

»Worüber denn?«

»Könnte ich Ihnen das nicht im Haus erklären?«, fragte Jane höflich.

Die Frau zögerte. Jane sah es förmlich hinter ihrer hohen Stirn arbeiten, dann gab Mrs Lidell den Weg frei.

»Kommen Sie herein. Viel Zeit habe ich allerdings nicht. Und wenn Sie Vertreterin sind, können Sie gleich wieder gehen.«

»Keine Bange«, erwiderte Jane und betrat das Haus.

Dunkle Möbel, schwere Vorhänge, Steinplatten auf dem Boden. Von der großen Diele zweigten mehrere Räume ab. Jane wurde ins Wohnzimmer geführt.

Eine schwere Cordcouch. Die Möbel aus Eiche. Die Anbauwand wuchs über Eck und war voll gestopft mit Büchern. In einem Fach stand ein Fernsehapparat. Der schwere Schreibtisch hatte seinen Platz vor dem Fenster. Durch die Scheibe sah man in den Garten und auf die Mauer des versetzt stehenden Nachbar-Bungalows. Dort mähte eine junge Frau gerade den Rasen.

»Was kann ich also für Sie tun, Miss Collins?«, fragte Mrs Lidell. Sie deutete auf einen Sessel.

Bevor Jane Platz nahm, präsentierte sie ihren Ausweis.

Mrs Lidells Gesicht wurde noch verkniffener.

»Eine Detektivin?«, fragte sie verblüfft. »Was habe ich mit Ihnen zu schaffen?«

Jane setzte sich. »Das will ich Ihnen ja gerade erklären. Es geht um Ihren Mann.«

»Victor?« Die Frau zog die Augenbrauen zusammen.

»Ja, ich hätte ihn gern gesprochen.«

Jane rückte bewusst nicht mit der Wahrheit heraus. Sie wollte Mrs Lidell erst einmal in Sicherheit wiegen, um selbst die Gesamtsituation überblicken zu können.

»Was wollen Sie denn von meinem Mann?«

»Ihr Mann, Mrs Lidell, ist Zeuge bei einem Unfall geworden. Und da sich die beiden Parteien nicht einigen können, hat man mich beauftragt, in dem Fall zu vermitteln. Aus diesem Grunde möchte ich mit Ihrem Mann reden.«

»Ah so.« Jane merkte, dass Mrs Lidell aufatmete. Sie riskierte sogar ein Lächeln. »Da kann ich Ihnen leider nicht behilflich sein, Miss Collins. Mein Mann ist nicht da.«

»Wann kommt er denn wieder?«

Mrs Lidell hob die Schultern. »In drei oder vier Wochen. Es kann auch länger dauern. Er ist für seine Firma unterwegs. Ein Auftrag im Nahen Osten, Sie verstehen.«

»Das ist natürlich Pech«, gab Jane zu. Gleichzeitig dachte sie: du falsche Schlange. Von wegen Naher Osten. Die Firma weiß überhaupt nicht, wo ihr Mitarbeiter steckt.

»Das ist sehr schade«, bedauerte sie. »Kann man ihn denn anrufen?«

»Nein, nein«, erwiderte Mrs Lidell hastig. »Das ist nicht möglich. Der steckt irgendwo in der Wüste. Ich glaube nicht einmal, dass es dort Telefon gibt.«

Jane Collins erhob sich. »Ich könnte mich aber mal mit seiner Firma in Verbindung setzen. Das wäre immerhin eine Möglichkeit, herauszufinden, wo Ihr Mann genau steckt. Ich glaube, das werde ich auch tun.« Sie reichte Mrs Lidell die Hand.

Die Frau ergriff sie zögernd. Deutlich sah Jane das Erschrecken auf ihrem Gesicht, aber auch den hinterhältigen Ausdruck, der sich plötzlich in ihren Blicken spiegelte.

Die Frau hatte etwas vor. Jane hatte sie aus der Reserve gelockt.

»Ein tolles Amulett haben Sie da«, sagte Jane und fasste nach der runden Plakette, die vor Mrs Lidells Brust hing. Das Material fühlte sich weich an, wie Leder. Es war von hellbrauner Farbe, und Jane konnte das große D darauf erkennen.

Mrs Lidell trat hastig zurück. »Lassen Sie die Finger davon«, sagte sie scharf.

»Entschuldigung. Ich bin immer neugierig. Das bringt schon mein Beruf mit sich, wie Sie sich sicher vorstellen können.« Jane Collins wandte sich zur Tür. Mrs Lidell machte keine Anstalten, ihre Besucherin zurückzuhalten. Erst als die Detektivin schon den Fuß über die Schwelle gesetzt hatte, erfolgte die Reaktion.

»Ach, Miss Collins?«

»Ja?«

»Mir ist gerade etwas eingefallen. Kommen Sie doch noch einmal zurück. Ich möchte Ihnen noch etwas zeigen.«

»Natürlich.« Die Detektivin machte kehrt.

Mrs Lidell verschloss die Haustür.

Jane war schon auf dem Weg zum Livingroom, da hielt Mrs Lidells Stimme sie auf. »Nein, nein, wir müssen in den Keller.«

Jane Collins war überrascht, zeigte es jedoch nicht. Sie traute sich zu, mit Mrs Lidell fertig zu werden. Allzu kräftig sah die Frau nicht aus. Zudem war Jane in Judo und Karate ziemlich gut.

Sie folgte Mrs Lidell durch eine Nischentür in den Keller.

Die Stufen der Treppe waren breit. Man sah ihnen an, dass sie wenig benutzt wurden. Das kalte Leuchtstoffröhrenlicht enthüllte einen piksauberen Kellerflur.

Vor einer grün lackierten Tür blieb Mrs Lidell stehen. Die Tür hatte einen Hebelverschluss.

Mrs Lidell drückte den Hebel nach unten, zog die Tür auf, machte Licht und ließ Jane vorgehen.

Die Detektivin betrat einen großen Raum, der als Waschküche diente. Eine Waschmaschine stand in der Ecke. Es gab Auffangbecken für Schmutzwasser und ein Sideboard, auf dem eine Werkzeugkiste stand.

Ein Becken war mit Brettern zugedeckt worden.

Jane Collins spürte, wie die Spannung in ihr anstieg. Mrs Lidell hatte etwas vor, das spürte sie deutlich.

Aber was?

Die Frau trat an das Becken. Der Reihe nach hob sie die Bretter ab und legte sie auf den Boden.

»Treten Sie näher, Miss Collins«, sagte sie mit rauer Stimme. »Kommen Sie.«

Jane Collins blickte in das Steinbecken – und prallte zurück.

Zusammengekrümmt und inmitten einer Blutlache lag dort ein Mann. Er war tot.

Man hatte ihm den Schädel eingeschlagen!

Der erste Name auf John Sinclairs Liste lautete Adamson. Den Wohnort fand der Geisterjäger nicht weit von der Themse entfernt, in einem Viertel, das nach dem Zweiten Weltkrieg aufgebaut worden war.

Die Straße verlief schnurgerade durch die Wohngegend. Es gab Parkplätze genug.

Der Regen der vergangenen Tage hatte aufgehört. Hin und wieder lugte sogar die Sonne zwischen den Wolkenbergen hervor. Der frische Westwind war dabei, den Himmel blank zu fegen.

John parkte seinen Bentley zwei Häuser von Adamsons Wohnung entfernt. Direkt hinter einem Haus, das renoviert wurde. Das hohe Gerüst wuchs bis zum Dach.

John stieg aus seinem Schlitten und näherte sich dem Haus. Auf dem Bürgersteig spielten Kinder und unterhielten sich Frauen, die vom Einkauf kamen.

Eine ganz normale bürgerliche Wohngegend.

John sah einen grünen Morris vor dem Haus Nummer achtzehn parken. Der Geisterjäger schaute deshalb hin, weil in dem Morris ein Mädchen saß.

Ein blasses Gesicht, das von langen, glatten und roten Haaren eingerahmt wurde. Der Oberinspektor bemerkte, dass das Girl ihn fixierte.

Ein unbehagliches Gefühl beschlich ihn. Nachdenklich runzelte John die Stirn. Sollte dieses Mädchen etwas mit seinem Fall zu tun haben? Unsinn, sagte er sich, du siehst schon wieder Gespenster.

John vergaß das Girl in dem Wagen.

Die Haustür stand offen. Spielende Kinder hatten sie mit einem Keil verklemmt.

Der Oberinspektor fand den Namen Adamson auf dem Klingelbrett an zweiter Stelle von unten. Er stieg über die Steintreppe in die erste Etage hoch. Über ihm lugte ein blasses Kindergesicht zwischen gedrechselten Stäben hervor.

John lächelte, und das kleine Mädchen lächelte zurück.

Vor einer verglasten Wohnungstür blieb der Geisterjäger stehen. Er schellte.

Eine Frau mit lockigen roten Haaren öffnete die Tür und blickte John Sinclair fragend an. Die Augen der Frau hatten einen grünlichen Schimmer. Der volle, naturrote Mund war etwas geöffnet. Das lange dunkle Kleid ähnelte mehr einem Mantel und ließ von der Figur wenig erkennen.

»Ja, bitte?«, fragte die Rothaarige.

»Mrs Adamson?«, lautete die Gegenfrage.

»Nein, ich bin nicht Mrs Adamson. Was wollen Sie denn von ihr?«

John blieb gleichermaßen freundlich. »Das möchte ich ihr doch lieber selbst sagen.«

»Ich weiß nicht …« Die Frau nagte an ihrer Unterlippe. Dann gab sie den Weg frei. »Bitte, kommen Sie. Mrs Adamson fühlt sich zwar nicht wohl, aber ich nehme nicht an, dass Ihr Besuch lange dauern wird.«

»Nein, nein.« John betrat die Wohnung. Sie war ziemlich düster. Ein seltsamer Geruch schwängerte die Luft. Er erinnerte John an Kerzen, die aus bestimmten Fetten hergestellt worden waren.

John wurde in einen Wohnraum geführt.

Mrs Adamson, schmal und hager, die Wangen eingefallen, etwa dreißig Jahre alt, saß in einem hochlehnigen Sessel mit Kopfstütze. Ihre Beine wurden von einer grauen Decke gewärmt. Das blonde Haar trug sie kurz geschnitten, quasi auf Streichholzlänge geschoren. Fragend blickte sie John an.

Der Geisterjäger stellte sich vor. Er vergaß auch nicht, seinen Beruf zu nennen, und merkte, dass Mrs Adamson erschrak.

Hinter seinem Rücken räusperte sich die rothaarige Frau. »Es ist wohl besser, wenn ich gehe, Gwen. Du weißt ja Bescheid.«

»Schon gut, Lucille. Ich lasse von mir hören.«

Die rothaarige Frau verließ die Wohnung. John hörte, wie die Korridortür ins Schloss fiel.

Mrs Adamson deutete auf einen Stuhl. »Bitte, nehmen Sie doch Platz, Herr Oberinspektor.« Ihre Hände fuhren wieder zurück und spielten mit einem runden Gegenstand, der an einer Kordel vor ihrer Brust hing. Die Frau bemerkte Johns interessierten Blick und gab eine Erklärung ab.

»Es ist ein Geschenk meiner Freundin.«

»Und was bedeutet das D darauf?«, erkundigte sich John.

»Keine Ahnung.«

Der Geisterjäger nickte. Sein Misstrauen war geweckt. Es war ihm klar, dass die gute Mrs Adamson log. Denn so dumm war der Geisterjäger nicht. Der konnte eins und eins zusammenzählen. D stand für Damona, das lag auf der Hand.

John Sinclair ließ sich jedoch nichts anmerken, sondern meinte: »Sie können sich nicht denken, weshalb ich gekommen bin?«

»Nein.«

»Es geht um Ihren Mann, genauer gesagt, um die Scheidung.«

Mrs Adamson hob fragend die Augenbrauen. »Ich wüsste nicht, was Scotland Yard damit zu tun haben könnte. Seit wann kümmert sich die Polizei um Scheidungen?«

John lächelte. »Die Frage ist berechtigt, Mrs Adamson. Ich will versuchen, Ihnen eine Antwort zu geben.«

»Aber rasch, bitte, Herr Oberinspektor. Ich fühle mich gesundheitlich nicht auf der Höhe. Die vergangenen Ereignisse haben mich doch sehr mitgenommen.«

John nickte verständnisvoll.

»Es geht, wie gesagt, um die Scheidung«, sagte John. »Sie häufen sich in letzter Zeit sehr, und der Scheidungsgrund ist ziemlich seltsam. Normalerweise wird eine Ehe geschieden, weil einer der Partner den anderen betrügt. Oder die Partner verstehen sich nicht mehr. Dann gehen sie ihre eigenen Wege. Ihr Scheidungsgrund jedoch erscheint uns sehr seltsam. Es wird da von einem Orden oder einem Kult gesprochen. Dem Damona-Kult. Er soll der Scheidungsgrund sein. Was hat es damit auf sich, Mrs Adamson?«

Die Frau atmete tief ein. Ihre Nasenflügel vibrierten dabei. Ihr Körper schien sich zu versteifen. »Das ist eine Privatsache. Ich habe zu Ihren Ausführungen nichts zu sagen, Mr Sinclair. Ich bitte Sie jetzt, mich allein zu lassen.«

John ging darauf nicht ein. »Wer war die rothaarige Frau vorhin?«

»Eine Freundin.«

»Darf man den Namen erfahren?«

»Nein!«

»Also gehört sie auch dem Kult an.«

»Ich gebe Ihnen keine Antwort mehr, Herr Oberinspektor. Ich möchte jetzt allein sein, verstehen Sie!« Mrs Adamson beugte sich vor und blickte John Sinclair scharf an.

Stur schüttelte der Geisterjäger den Kopf.

»Sie verkennen, worum es geht, Mrs Adamson«, sagte er. »Dieser Kult kann sich zu einer permanenten Gefahr auswachsen. Welche Ziele verfolgen die Mitglieder? Satansverehrung? Schwarze Messen? Orgien? Reden Sie, Mrs Adamson. Noch können Sie aus dem Kreis heraus.«

»Nein! Nein! Nein!« Gwen Adamson sprang auf. Die Decke rutschte von den Beinen und fiel zu Boden. Hochrot wurde das Gesicht der Frau. »Ich habe Ihnen nichts mehr zu sagen, Herr Oberinspektor. Gehen Sie jetzt! Verlassen Sie meine Wohnung!«

John stand auf. »Ich werde mich Ihren Wünschen beugen, Mrs Adamson. Sie machen allerdings einen Fehler, darauf möchte ich Sie noch einmal hinweisen.« John holte eine Visitenkarte aus der Tasche und legte sie auf den Tisch. »Falls Sie es sich doch noch anders überlegen sollten, dann rufen Sie mich an.«

Mrs Adamson blickte auf die Karte, dann zu John Sinclair, riss die Karte plötzlich an sich und zerfetzte sie wütend. Die einzelnen Schnipsel schleuderte sie John Sinclair ins Gesicht.

Der Geisterjäger sagte nichts mehr. Er wandte sich ab und verließ die Wohnung. Wenn alle Frauen so waren wie diese Adamson, dann konnte er sich auf etwas gefasst machen. Der Damona-Kult musste eine ungeheure Macht besitzen. John fragte sich, ob es überhaupt ein schwaches Glied in der Kette gab, oder war es vielmehr so, dass die Frauen auf Gedeih und Verderb zueinanderhielten?

John Sinclair tendierte zu der zweiten Möglichkeit. Aus den Frauen würde er nichts herausbekommen. Aber vielleicht aus den Männern. Er wollte mit den Ehemännern reden und bei Mr Adamson den Anfang machen. Vielleicht wusste der etwas. Unter Umständen wusste er, wer die speziellen Freundinnen seiner Frau waren, und eventuell konnte er John auch den Namen der Rothaarigen mitteilen.

Diese Gedanken gingen John durch den Kopf, als er die Treppe hinabstieg.

John Sinclair betrat die Straße. Einige Sonnenstrahlen badeten das graue Asphaltband mit ihrem warmen Schein. Der Lack des neuen Bentley glänzte.

John ging geradewegs auf seinen Wagen zu. Der grüne Morris mit dem rothaarigen Mädchen stand nicht mehr vor dem Haus.

Der Geisterjäger musste dicht an dem Gerüst des Nachbarhauses vorbei. Auf der zweitletzten Gerüststange stand ein Bottich mit erhärtetem Beton. Das Fass wurde von keinem der Arbeiter beachtet, deshalb bemerkte auch niemand, wie es langsam zur Seite kippte. Es neigte sich immer mehr. Wie von Geisterhand gehoben …

Das Fass prallte auf das Gerüst, rollte weiter, bekam das Übergewicht und sauste in die Tiefe.

Genau auf John Sinclair zu …

»Da kommt er«, flüsterte Lucille de Lorca. Sie saß neben ihrer Tochter Damona in dem Morris und hatte ihr berichtet, dass Gwen Adamson Besuch von einem Yard-Beamten hatte.

»Töten müssen wir ihn!«, sagte sie zu ihrer Tochter. »Aber es muss aussehen wie ein Unglücksfall.«

Damona nickte nur. Sie wusste schon, wie sie es anstellen musste.

Lucille sah in der Person des Oberinspektors eine große Gefahr. Sie schätzte ihn als einen Mann ein, der sich kein X für ein U vormachen ließ.

Und deshalb musste er sterben!

»Konzentriere dich!«, fauchte sie ihre Tochter an. »Los, mach!«

Damona gehorchte. Ihr Gesicht verzerrte sich, die Konturen verschwammen …

Die Satansfratze kristallisierte sich heraus!

Jetzt lenkte der Teufel die Gedanken. Damona stieß einen schaurigen Laut aus.

Und dann bewegte sich der Bottich, kippte um, rollte über die Kante des Bretts …

»Ja!«, schrie Lucille de Lorca. »Ja, zerquetsch ihn, diesen dreckigen Schnüffler!«

Sie schlug beide Hände gegeneinander und lachte schaurig.

Jane Collins fühlte, wie ihr schlecht wurde. Der Anblick, den die Leiche bot, war wirklich nichts für schwache Nerven.

Jane ahnte, wer der Tote war.

Kein anderer als Lidell!

Hinter sich vernahm die Detektivin ein hohles Kichern. Dann die Stimme. »Damona darf man nicht betrügen. Jeder, der das tun will, der stirbt.«

Jane spürte die Gefahr, die hinter ihrem Rücken lauerte. Hastig trat sie einen Schritt zur Seite und wandte sich um.

Mrs Lidell stand vor ihr.

Mit einem Beil!

Damit hat sie wahrscheinlich auch ihren Mann erschlagen, fuhr es Jane durch den Kopf, als sie sah, dass an der Schneide rotbraune Flecken klebten, die sehr nach Blutrückständen aussahen.

Und jetzt sollte Jane dran glauben.

Das Gesicht der Frau war grässlich verzerrt. Sie hielt das Beil mit beiden Händen umklammert und etwa in Schulterhöhe. Mochte der Teufel wissen, woher sie das Mordinstrument so schnell hergenommen hatte. Das interessierte Jane Collins allerdings nur in zweiter Linie. Erst einmal musste sie sehen, dass sie diesen verdammten Keller wieder lebend verlassen konnte. Und das würde schwierig genug werden.

»Ja«, sagte Mrs Lidell, »ich habe ihn umgebracht. Er musste sterben. Er wollte auch nach der Scheidung nicht von mir lassen. Aber Damona hat uns verboten, weiter mit Männern zusammenzuleben. Wir dienen nur ihr – und dem Satan!«

Jane hätte gern ihre Pistole gehabt, aber die steckte in der Handtasche, und bevor sie hineingegriffen hatte, konnte Mrs Lidell sie schon längst erschlagen haben.

Trotz der lebensgefährlichen Situation hatte Jane nicht vergessen, dass sie in erster Linie Detektivin war. Sie hakte sofort nach, als die Frau aufhörte zu sprechen.

»Wer ist Damona? Wo wohnt sie? Wo kann ich sie finden? Ich möchte ihr auch dienen!«

Die Mörderin zögerte. Unsicher runzelte sie die Stirn.

»Du willst ihr dienen?«

»Ja. Bin ich nicht auch eine Frau? Ich will mit Männern nichts mehr zu tun haben. Sie widern mich an, sie haben mich schon lange angewidert ...«

»Du lügst!«, schrie Mrs Lidell und trat drohend einen Schritt näher.

»Nein, nein!« Jane hob beide Hände. »Ich meine es ehrlich. Ich habe schon immer nach einer Vereinigung gesucht, deren Mitglieder so denken wie ich. Bitte, bring mich zu Damona.«

Jane duzte die Mörderin jetzt, und sie schien den richtigen Ton getroffen zu haben.

Mrs Lidell ließ das Beil sinken.

Jane Collins atmete auf. Die erste Hürde war genommen. Sie hatte die Frau überzeugen können. Janes Herz schlug höher. Es musste ihr gelingen, zu dieser Damona vorzustoßen. Wenn sie erst einmal den Schlupfwinkel der Frauen kannte, war alles andere ein Kinderspiel. John Sinclair würde sich wundern.

Doch Jane Collins hatte die Rechnung ohne den Wirt gemacht. Aber das konnte sie in diesem Augenblick noch nicht wissen ...

Schwungvoll warf Mrs Lidell das Beil in eine Ecke. Die Schneide klirrte auf den Boden. Funken sprühten.

Jane Collins hatte Mrs Lidells Vertrauen endgültig gewonnen.

Die Mörderin streckte der Detektivin die Hand hin. »Ich heiße Eve«, sagte sie.

Jane ergriff die Rechte zögernd. Sie war schweißnass.

Jetzt könntest du sie überwältigen, dachte Jane. Du hast die Chance, dem Fall noch einmal eine Wendung zu geben.

Jane Collins tat es nicht. Sie blieb bei ihrem zuerst gefassten Entschluss.

Eve Lidell zog ihre Hand zurück. Dann deutete sie über ihre Schulter. »Komm, wir gehen nach oben.«

Zwei Minuten später saßen sich die beiden Frauen wieder im Livingroom gegenüber.

»Damona wird sich freuen, wieder eine Mitstreiterin gewonnen zu haben«, meinte Mrs Lidell. »Es werden immer mehr. Und wir wollen dafür Sorge tragen, dass bald alle Frauen in London nur noch auf Damona hören. Denn sie zeigt uns den wahren Weg.«

»Und wo führt der hin?«, wollte Jane Collins wissen.

»Reichtum, Glück, Macht – such es dir aus, Schwester. So darf ich dich doch jetzt nennen?«

»Ja, sicher doch.«

»Damona wird uns alles geben. Wir haben die Chance, das zu gewinnen, wonach andere ihr Leben lang streben.«

»Und der Preis?«, erkundigte sich die blondhaarige Detektivin.

Eve Lidell winkte ab. »Er ist gering. Es ist uns nur verboten, mit Männern zu verkehren. Wir dienen ausschließlich dem Satan. Mehr nicht.« Eve beugte sich in ihrem Sessel vor. »Frauen«, sagte sie, »nur Frauen. Wir haben die Macht. Sieh dir die Geschichte an. Wer waren die wahren Herrscher? Doch nur die Frauen. Ihretwegen sind Kriege entfesselt worden, haben sich ganze Völker gegenseitig vernichtet. Die Frauen haben die Macht. Nur wissen sie es nicht. Und deshalb können sie ihre Macht auch nicht richtig ausschöpfen. Aber das wird jetzt anders. Dank Damona.«

Jane Collins spielte die freudig Überraschte.

»Wann darf ich Damona denn sehen?«, fragte sie. »Ich brenne vor Ungeduld.«

»Nur keine Hast«, erwiderte Eve Lidell. »Ich werde anrufen, ob sie bereit ist, dich zu empfangen.«

Mrs Lidell erhob sich und ging zum Telefon. Es stand auf einem kleinen Tisch. Von ihrem Sitzplatz aus konnte Jane leider nicht erkennen, welche Nummer Mrs Lidell wählte. Die Mörderin bekam allerdings keine Verbindung.

Schulterzuckend kehrte sie zu ihrem Sessel zurück. »Es tut

mir leid«, sagte sie, »aber Damona ist nicht da.« Sie blieb neben dem Sessel stehen und strich mit den Fingerspitzen spielend über den grünen Veloursstoff. Dabei legte sie ihre Stirn in Falten. Sie schien nachzudenken.

»Darf ich mal telefonieren?«, fragte Jane.

»Nein!«

Die Antwort war scharf und peitschend wie ein Schuss. »Bevor du nicht ganz zu uns gehörst, darfst du keinen Kontakt mehr zur Außenwelt haben. Das ist eines unserer Gebote.«

Jane lächelte. »Entschuldige, das wusste ich nicht.«

»Wie konntest du auch.«

Schweigen entstand. Eine Schweigepause, in der die Detektivin daran zweifelte, dass sie tatsächlich den richtigen Weg eingeschlagen hatte. Aber zurück konnte sie jetzt schlecht. Damona wäre gewarnt und würde möglicherweise untertauchen.

»Du siehst so nachdenklich aus«, sprach Jane ihre neue »Freundin« an.

»Ich denke nach.«

»Über was?«

»Ob wir nicht einfach zu ihr fahren.«

Jane Collins war begeistert. »Das wäre natürlich ideal«, rief sie. »Was gibt es da noch zu überlegen? Lass uns zu Damona fahren. Bitte.«

Eve lächelte. »Du hast es ja sehr eilig.«

»Ich will sie endlich kennenlernen.«

»Das kann ich verstehen. Mir ging es damals ebenso. Da lebte er aber noch.« Eve Lidell machte eine abwertende Handbewegung. »Du hast recht, wir fahren.«

»Sollen wir meinen Wagen nehmen?«, fragte Jane.

»Nein, den stellen wir in die Garage.«

Jane war das eigentlich nicht recht. Da John Sinclair ihren Wagen kannte, wäre das Fahrzeug immerhin eine Spur zu ihr gewesen. So aber würde der Lancia erst einmal verschwunden bleiben.

Eve Lidell fuhr einen beigen Mercedes 200. »Mein Mann schwärmte für den Wagen«, sagte sie.

Sie rangierte ihn aus der Garage, und Jane steuerte ihren Lancia hinein.

Wenig später fuhren die beiden Frauen los – und Jane Collins ihrem ungewissen Schicksal entgegen …

John Sinclair hörte den gellenden Schrei. Einer der Arbeiter hatte ihn ausgestoßen. Der Mann sah, wie sich der schwere Bottich bewegte, umkippte und fiel.

Es ging um Zehntelsekunden.

John sah über sich einen Schatten und reagierte im Bruchteil eines Augenblickes.

Wie ein Pfeil hechtete er durch die Luft. Er hatte die Arme angewinkelt und den Kopf darin vergraben.

Und er hatte Glück.

Ein Sandhaufen fing seinen Sturz auf.

Hinter ihm jedoch war die Hölle los. Der Bottich krachte mit ungeheurer Wucht zu Boden. Das Blech bog sich, platzte auf. Der schwere Bottich hüpfte noch einmal, neigte sich zur Seite und lag dann still. Dort, wo er aufgeprallt war, zeigte das Pflaster Risse.

Stille.

Atemholen vor der Schockreaktion.

Dann rannten die Menschen los. Es gab zahlreiche Zeugen. Sie stürmten von allen Seiten heran. Im Nu war John Sinclair umringt. Ein Lastenaufzug bewegte sich quietschend nach unten. Bauarbeiter standen auf der Ladefläche, kalkweiß waren ihre Gesichter. Ein Mann im gelben Helm fiel besonders auf. Er verschluckte vor Aufregung fast seine Zigarre.

Der Lastenaufzug hielt.

John Sinclair lag noch immer im Sand. Er war regelrecht hineingetaucht. Mühsam befreite er sich von dem Zeug, wischte es sich aus dem Gesicht und vom Anzug.

»Wir haben es genau gesehen, Mister!«, rief eine ältere Frau mit hektischer Stimme. »Es war die Schuld der verdammten Bauarbeiter. Die passen nicht auf.«

Der Mann im gelben Helm drängte sich durch die Neugierigen. Er war der Vorarbeiter. Er streckte dem Oberinspektor die Hand hin und zog John hoch.

»Ist Ihnen was passiert, Sir?«, fragte er besorgt.

Der Geisterjäger schüttelte den Kopf. »Nein, nein. Nur Ihr Sandhaufen ist ein wenig in Unordnung geraten.«

Der Vorarbeiter wusste nicht, ob er lachen oder weinen sollte. Er versuchte zu erklären: »Ich weiß auch nicht, wie das passieren konnte. Aber es schien, als hätte sich der verdammte Bottich von selbst bewegt.«

John blickte den Mann ernst an und nickte. »Vielleicht war das wirklich so.«

Jetzt verstand der gute Mann gar nichts mehr. Ungläubig starrte er den Oberinspektor an.

John Sinclair klopfte ihm auf die Schulter. »Lassen Sie es gut sein, Mister. Ich habe die Sache schon vergessen.«

Der Geisterjäger drängte sich durch die Menschen. Für sie war der Fall noch nicht erledigt. Sie redeten und diskutierten weiter. Die meisten gaben den Bauarbeitern die Schuld.

John interessierte das alles nicht. Seine Hände zitterten. Auch ein John Sinclair hatte Nerven. Und das vorhin wäre um Haaresbreite schiefgegangen.

Johns Blick glitt über die Straße.

Da sah er den Morris am Ende der rechten Häuserzeile. Eine Frau war ausgestiegen. John sah die roten Haare und erkannte die Frau, die ihm bei Mrs Adamson die Tür geöffnet hatte.

Ein furchtbarer Verdacht keimte in dem Geisterjäger hoch.

Er begann zu laufen.

Die Rothaarige sah es und tauchte in ihren Morris. Sekunden später röhrte der Motor auf, der Auspuff stieß grauschwarze Wolken aus.

John rannte, aber er kam zu spät, konnte sich nicht einmal das Nummernschild merken. Doch eins war sicher. Diese Frau mit den roten Haaren hatte etwas mit dem heruntergefallenen Bottich zu tun.

Der Geisterjäger blieb stehen, als er sah, dass der Morris hinter einer Kurve verschwunden war.

Langsam ging er wieder zurück. Aber nicht zu seinem Bentley, sondern zu Mrs Adamson. Diesmal sollte sie ihm Rede und Antwort stehen.

Im Hauseingang drängten sich die Menschen. John wurde angestarrt wie ein Wundertier. Seine Blicke streiften die Versammelten. Mrs Adamson war nicht dabei.

John fragte nach ihr.

Ein älterer Mann in Filzpantoffeln gab ihm Antwort. »Ich habe sie durch den Hinterausgang gehen sehen.«

John Sinclair war wie elektrisiert. Es fehlte ihm noch, dass die Frau ihm entwischte. »Wann war das?«

»Vor zwei Minuten vielleicht«, meinte der Mann. Die anderen nickten zustimmend.

Der Geisterjäger lief auf die Hoftür zu. Er gelangte in ein Geviert, das von hohen Hauswänden eingerahmt wurde. Kinder fuhren mit Kettcars und Rollern über das schlechte Pflaster. Zwei Mädchen spielten Ball.

Aber keine Spur von Mrs Adamson.

John schnappte sich einen blonden Jungen und fragte ihn nach der Frau.

»Ja, die habe ich gesehen. Die ist in das Nebenhaus gelaufen. Schien es eilig zu haben.«

»Danke.« John lief wieder los. Der Hausflur war leer. Von Mrs Adamson keine Spur.

John Sinclair hätte sich selbst in ein bewusstes Teil beißen können. Erst der Anschlag auf ihn, dann die Flucht der Rothaarigen, und nun war eine wichtige Zeugin auch noch verschwunden.

Dieser verdammte Fall fing ja gut an. Er entwickelte sich jetzt schon zu einer Niederlage. Wenn er bei den anderen Zeugen auch nicht mehr herausfand, dann gute Nacht.

John Sinclair beschloss trotzdem, nicht von seinem Weg abzuweichen. Er wollte Mr Adamson sprechen. Vielleicht wusste er mehr. Und wenn Mr Adamson den Namen der Rothaarigen kannte, hatte John wieder eine Spur.

Aber an Wunder glaubte der Geisterjäger trotzdem nicht.

Die beiden Frauen ließen die Londoner City hinter sich. Die Fahrt ging in Richtung Norden.

Eve Lidell steuerte den Mercedes sicher und geschickt durch den fließenden Verkehr.

Jane Collins war nervös.

»Wie lange dauert es noch?«, wollte sie wissen.

Eve zuckte mit den Schultern. Sie überholte einen Lastwagen, dessen Fahrer aus dem Seitenfenster Zeichen gab, und ordnete sich wieder links ein. »Sei nicht so ungeduldig«, beantwortete sie Janes Frage. »Du wirst sie schon früh genug kennenlernen. Außerdem ist es nicht sicher, ob Damona dich überhaupt akzeptiert.«

»Wieso denn das?«

Eve lachte. »Sie nimmt nicht jeden.«

»Und was geschieht mit denen, die nicht genommen werden?«, fragte Jane Collins.

»Muss ich dir darauf eine Antwort geben?«

Nein, das brauchst du nicht, dachte die Detektivin. Sie konnte sich auch so ausmalen, was mit den armen Menschen passierte. Und doch wollte Jane Collins weitermachen. Trotz der Gefahren, die auf sie warteten. Dieser Damona-Kult musste einfach zerschlagen werden. Außerdem kam sich Jane nicht so hilflos vor mit ihren Karate- und Judo-Kenntnissen.

Die Gegend wurde ländlicher. Zwischen den dunkelgrünen Baumwipfeln schimmerte hin und wieder das Rot der Hausdächer. Sie fuhren durch Dörfer, deren Namen Jane noch nie in ihrem Leben gehört hatte. Sie wusste wohl, dass sich London in den letzten Jahren immer mehr ausgedehnt hatte, aber dass die Orte, durch die sie fuhren, auch noch zu London gehörten, war Jane Collins neu. Dabei hatte sie immer gedacht, sich in ihrer Heimatstadt auszukennen.

Sie passierten wieder ein Dorf. Jane konnte auf einem Schild den Namen des Ortes lesen.

Green Village.

Sie warf einen Blick aus dem Fenster. Hinter dem Dorf begann eine Mischwaldregion, die vor dem nächsten Ort endete. Etwa hundert Yards vom Straßenrand entfernt erkannte Jane die Überreste einer Kirche. Der Turm sah aus, als hätten ihn Bomben getroffen. Die Scheiben waren zerbrochen, das Mauerwerk bröckelte.

»Mach dich bereit«, hörte Jane Collins Eve Lidells Stimme. »Wir sind gleich da.«

Ein Haus tauchte auf, umrahmt von einem überwucherten Garten. Jane zuckte zusammen. Von dem Haus schien eine gespenstische Ausstrahlung auszugehen. Sollte Damona in dieser Wildnis hausen?

Eve Lidell bremste.

Das Haus stand allein, ein Stück von der Straße entfernt.

Eve Lidell lenkte den Wagen kurzerhand auf das Gelände neben dem Haus. Die Reifen fraßen eine tiefe Spur in den weichen Boden. Jane erkannte, dass schon mehrere Wagen den gleichen Weg genommen haben mussten.

Zweige kratzten über den Lack oder wischten über die breite Frontscheibe. Zwei Blätter verklemmten sich unter den Scheibenwischern. Ein Drahtzaun grenzte das Grundstück ab.

Eve Lidell hielt.

»Aussteigen«, befahl sie.

Jane Collins schwang sich aus dem Wagen. Sofort versanken ihre Füße im feuchten Boden. Die italienischen Schuhe sahen bald aus wie Bergarbeitertreter.

Jane blickte sich um. Aus dem Schornstein des alten, ungepflegten Hauses quoll schwarzer Rauch. Hohe Fenster unterbrachen die Monotonie der Mauern. Die Gardinen hinter den Scheiben waren gelb. Sie hatten dringend eine Wäsche nötig.

Es war still im Garten. Jane fiel auf, dass nicht ein Vogel sang. Drei hohe Bäume schirmten das Grundstück zur Rückseite hin ab. Neben einem Baum sah Jane Collins aufgeworfene Erde, die oberflächlich festgetrampelt worden war.

Hatte man dort etwas vergraben?

Eve Lidell legte Jane ihre Hand auf die Schulter. »Komm!«

Sie gingen auf den Hintereingang zu. Mrs Lidell klopfte in einem bestimmten Rhythmus gegen das raue Holz der Tür.

Schritte.

Jane Collins spannte sich.

Würde Damona öffnen?

Ein schwarzhaariges Mädchen mit melancholisch blickenden Augen ließ die beiden Frauen herein.

»Das ist Jane«, stellte Eve Lidell die Detektivin vor.

Die Augen musterten Jane. Lippen bewegten sich, flüsterten Worte. Warnende Worte. »Gehen Sie, Miss. Rasch, wenn Ihnen Ihr Leben lieb ist.«

»Komm, Jane, komm.« Eve Lidell drängte.

Jane folgte der neuen »Freundin«.

Das schwarzhaarige Mädchen schloss mit einer resignierenden Geste die Tür.

Jane Collins holte Eve Lidell bald ein. Die Frau brachte sie in einen Raum, der an ein Wartezimmer erinnerte. Es standen Holzstühle herum. An den Wänden hingen Poster.

Sie zeigten alle dasselbe Gesicht.

Das Gesicht des Teufels!

Jane Collins schauderte, als sie in die hässlichen Fratzen blickte. Sie schien tatsächlich in die Höhle des Löwen geraten zu sein.

»Nimm Platz«, sagte Eve Lidell.

Jane setzte sich. Sie sah auf die Fenster. Das dichte Gewebe der Gardine erlaubte ihr keinen Blick nach draußen.

»War das Damona?«, fragte Jane Collins. Unwillkürlich senkte sie ihre Stimme zum Flüsterton.

Eve Lidell schüttelte den Kopf. »Nein, es war ihre Schwester. Sie heißt Teresa und wird hier nur geduldet. Ich weiß nicht, wo Damona ist. Warte hier auf mich, ich werde nachsehen.«

Jane nickte.

Eve Lidell verschwand. Leise zog sie die Tür hinter sich zu.

Jane Collins stand auf und trat ans Fenster. Sie stellte fest, dass die Scheiben normales Fensterglas waren. Zur Not konnte man die also einschlagen. Das Fenster führte zur Rückseite des Hauses. Der Garten glich wirklich einem Urwald. Hier hätte ein Gärtner monatelang Arbeit gehabt.

Als Jane Collins das Knarren der Tür hörte, fuhr sie herum.

Teresa stand im Zimmer.

Jane fasste dorthin, wo ihr Herz sitzt. »Himmel, haben Sie mich erschreckt.«

Teresa lächelte. »Es tut mir leid, das wollte ich nicht.«

Die Detektivin winkte ab. »Schon gut.«

»Sie heißen Jane, nicht?« Teresa ließ die Arme vor ihrem Körper herabhängen und legte die Hände ineinander.

»Ja, ich heiße Jane. Und Sie sind Teresa?«

Das schwarzhaarige Mädchen nickte. Es trug ein langes, dunkelrotes Kleid mit einem weiten, halbkreisförmigen Ausschnitt. Die Ansätze der Brüste waren zu erkennen. Das lange Haar streichelte die nackten Schultern.

»Warum sind Sie hergekommen?«, fragte Teresa. »Sie hätten es nie tun dürfen. Jetzt sind Sie verloren.«

Jane runzelte die Stirn. Sie spürte, dass sie es hier mit einem Wesen zu tun hatte, das nicht auf Damonas Seite stand. Oder wollte man sie nur prüfen? War diese Teresa geschickt worden, um sie – Jane – auszuhorchen? Die Detektivin beschloss, vorerst an die zweite Möglichkeit zu glauben.

»Ich will dem Damona-Kult beitreten.«

Teresa blickte Jane traurig an. »Das kann Ihr Ende bedeuten, Jane. Sie werden nie mehr Herr über sich selbst sein. Der Orden ist schlimm, glauben Sie mir.«

»Gehören Sie nicht dazu?«

»Nein.«

»Was tun Sie dann hier im Haus? Warum sind Sie nicht längst geflohen, wie Sie es den anderen immer raten?«

»Ich kann nicht.«

»Und warum nicht?«, hakte Jane nach.

»Damona ist …« Teresa senkte den Blick. »Sie – sie ist meine Schwester.«

Jane Collins wurde blass. Sie musste sich räuspern, bevor sie weitersprechen konnte. »Das tut mir leid«, sagte sie. »Trotzdem, ich bleibe.«

Teresa ließ sich von Janes letztem Satz nicht irritieren. »Sie würden mich überall finden, wenn ich weglaufe. Es hat keinen Zweck. Damona ist zu mächtig, und sie wird mit jedem Tag und jeder Stunde mächtiger. Sie ist dem Satan verfallen. Aber was erzähle ich Ihnen das alles. Sie wollen es ja selbst.«

Teresa de Lorca drehte sich auf dem Absatz um und wandte sich zum Gehen.

Jane Collins hielt sie zurück.

»Moment noch, Teresa«, rief sie.

»Ja?« Das schwarzhaarige Mädchen drehte Jane sein Profil zu.

»Haben Sie keine Angst, dass ich verraten könnte, was Sie mir hier vorgeschlagen haben? Sie haben mich zur Flucht überreden wollen. Ich könnte mir vorstellen, dass Damona so etwas nicht gern hört.«

Teresa winkte ab. »Darüber mache ich mir keine Gedanken. Meine Schwester weiß genau, dass ich nicht auf ihrer Seite stehe. Vergessen Sie unser Gespräch. Was bald folgt, haben Sie sich selbst zuzuschreiben, Jane.«

Teresa verschwand und ließ eine sehr nachdenkliche Jane Collins zurück. Dieses Haus schien tatsächlich seine Geheimnisse zu haben.

Jane blieb nicht mehr lange allein. Eve Lidell gesellte sich wieder zu ihr. Die Frau lächelte und rieb sich die Hände.

»Na, wie geht es dir?«, fragte sie scheinheilig.

»Gut. Ich habe ein Mädchen kennengelernt. Teresa nannte es sich. Sie sagte, sie sei die Schwester von Damona und wollte mich dazu überreden, das Haus hier zu verlassen und mich nicht dem Kult anzuschließen.«

Eve Lidells Gesichtsausdruck wurde gespannt. »Und? Was hast du ihr gesagt?«

»Ich habe sie weggeschickt.«

Mrs Lidell lächelte. »Das ist gut so, Jane.« Sie kam auf die Detektivin zu und umfasste ihre Schultern.

Mörderhände, dachte Jane angewidert. Sie ekelte sich vor der Berührung, ließ sich jedoch nichts anmerken.

»Du wirst wunderbar zu uns passen, das habe ich schon von Anfang an gespürt«, sagte Eve. »Und auch Damona wird sehr mit dir zufrieden sein. Sie wird dich gerne in den Kreis der Frauen aufnehmen. Beweise ihr deine Dankbarkeit.«

»Wie soll ich das?«

Eve Lidells Hände fuhren von Janes Schultern. Doch bevor sie etwas sagen konnte, brummte draußen ein Motor auf. Er schien nicht in Ordnung zu sein, da man das Geräusch bis ins Zimmer hörte.

Eve Lidell eilte zum Fenster. Sie presste ihr Gesicht gegen die Scheibe.

»Das ist sie«, jubelte sie. »Damona ist da! Endlich. Komm, Jane, komm mit mir, damit du sie begrüßen kannst …«

Mrs Lidell fasste Jane am Arm und zog sie zur Tür. Die Frau war richtig begeistert, was man von Jane Collins allerdings nicht behaupten konnte.

Sie sah der Zukunft skeptisch entgegen – sehr skeptisch sogar …

Das Haus sah aus wie eine Kaserne.

Es stand rechtwinklig zu einem anderen, gleich aussehenden Block, der wiederum an einen dritten Kasernenbau grenzte. Und so ging es weiter. Die Monotonie der Wohnlandschaft wurde auch nicht durch die grünen Rasenflecken aufgelockert und durch die abgestellten Wagen, die rechts und links der schmalen Straßen standen.

Die Siedlung hatte die Stadt in dem Bezirk Southwark errichtet. Meist wohnten hier Familien mit mehreren Kindern. Es gab aber auch Apartments. Und in einem dieser sterilen Räume lebte Geoff Adamson seit seiner Scheidung.

Livingroom, Diele und Dusche. Mehr brauchte er nicht. Und natürlich das breite Schrankbett, das ihm und seinen Gespielinnen Platz bot.

Geoff Adamson war ein Westentaschen-Casanova. Allerdings waren die Girls ebenso mies wie die Gegend, aus der Geoff sie meistens holte. Hafenumgebung. Das färbte ab.

Hin und wieder jedoch verbrachte Adamson einen Abend allein. Dann genehmigte er sich nach der Arbeit einige Schlucke, und wenn er dann zu Hause war, köpfte er eine Flasche Whisky.

So war es auch an diesem bewussten Mittwoch im August.

Geoff hatte es sich bequem gemacht. Unterhemd, Jeans, Pantoffeln. So hockte er vor dem Tisch, auf dem die Flasche stand.

Er hatte den Tisch vor das Fenster gestellt, sodass er bequem nach draußen schauen konnte – und zufällig ins Schlafzimmer eines jungen Ehepaares im anderen Wohnblock.

Die beiden schienen noch in den Flitterwochen zu sein. Was der junge Mann für eine Kondition hatte – Teufel, davon träumte Adamson in schlaflosen Nächten.

Aber mit vierzig musste man sich seine Kräfte eben genau einteilen.

Adamson war ein mittelschlanker Typ mit welligen, dunkelbraunen Haaren. Obwohl die Mode längst vorbei war, trug er immer noch Koteletten.

Geoff Adamson fühlte sich wohl. Er ließ Whisky in ein Wasserglas gluckern und nahm erst mal einen Schluck. Behaglich wischte er sich über den Mund. Dann fixierte er seine Blicke auf das gegenüberliegende Schlafzimmerfenster.

Gleich musste es so weit sein. Die junge Ehefrau kam immer vor ihrem Mann von der Arbeit. Sie zog sich dann um – oder genauer – sie zog sich aus. Sie schlüpfte in einen hauchdünnen Morgenmantel und wartete auf ihren Gatten.

Die Gardinen hingen nur bis zur Hälfte der Scheibe, und so hatte Adamson einen guten Einblick.

»Ich sollte mir einen Feldstecher besorgen«, murmelte er. Er nahm sich vor, in den nächsten Tagen solch ein Gerät zu kaufen.

Die Frau kam.

Pünktlich auf die Minute.

Adamson kippte sich noch rasch einen Whisky ein und brachte sein Gesicht näher an die Scheibe.

Nichtsahnend betrat die junge Frau das Schlafzimmer. Der leichte Sommermantel flog aufs Bett. Ein Zug am Reißverschluss, und der Rock fiel zu Boden.

Adamson leckte sich über die Lippen. Die Puppe mit den schwarzen Locken hatte schon eine Klassefigur.

Beinahe spielerisch leicht streifte sie den Pullover über den Kopf.

Schwarze Unterwäsche. Ein Nichts von BH und Slip. Die Sachen mussten neu sein, Geoff kannte sie noch nicht.

Jetzt trank er aus der Flasche. Schweißperlen glitzerten auf seiner Stirn. Die Kleine machte es heute spannend. Als würde sie ahnen, dass jemand zusah.

Ob sie es vielleicht wusste?

Die Hände der jungen Frau fuhren am Rücken hoch, ertasteten den Verschluss des BHs.

Gleich – gleich musste das Ding fallen.

Da schellte es.

Bei Adamson.

Das schrille Geräusch wirkte wie ein Wecker. Geoff Adamson verzog das Gesicht.

»Scheiße!«, murmelte er.

Hinzu kam noch, dass die junge Frau damit zögerte, den BH völlig zu lösen.

Wieder schrillte die Klingel.

»Ja, doch, verdammt!« Adamson ging zur Tür, schielte durch den Spion.

Vor der Tür stand eine Frau.

Seine Ehemalige!

»Was will die denn?«, murmelte Adamson. Er hatte keine große Lust zu öffnen.

»Mach auf, Geoff, ich weiß, dass du zu Hause bist!«

Adamson atmete tief ein. »Okay«, brummte er, zog die Sicherheitskette aus der Führung und öffnete.

Seine Frau war sofort in der Wohnung. »Ich habe mit dir zu reden«, sagte sie.

Adamson schloss die Tür. Dann grinste er. »Wie siehst du denn aus? Wie eine Vogelscheuche. Schwarzes Kleid, das hat dir noch gefehlt. Hat dich deine komische Damona dazu überredet?«

Mrs Adamson antwortete nicht. Sie ging in den Livingroom. Erst als ihr ehemaliger Mann das Zimmer ebenfalls betreten hatte, begann sie zu schimpfen.

»Du Nichtsnutz«, rief sie. »Nur saufen, das kannst du. Wofür lebst du überhaupt noch?«

Adamson hob beide Hände. »He, he, nun mach mal halblang. Wir sind schließlich nicht mehr verheiratet, und ich führe jetzt ein Leben, das mir passt.« Er ging an seiner Frau vorbei und nahm wieder seinen Stammplatz ein. Dabei schielte er durchs Fenster. Natürlich, die Puppe von gegenüber war verschwunden. Stattdessen konnte er jetzt sein ehemaliges Weib begutachten. Ein schlechter Tausch, fand Geoff.

Er drehte sich auf dem Stuhl um. »Sag mal, weshalb bist du eigentlich gekommen? Du wolltest doch nichts mehr mit mir zu tun haben. Du hast dich ganz dem komischen Kult hingegeben. Oder soll ich eurem Verein auch beitreten?«

»Nein!«

»Was willst du denn? Wir haben doch alles geregelt. Finanziell, meine ich.«

»Nun, ich will es dir sagen.« Mrs Adamson ging ein paar Schritte zur Seite und stand jetzt schräg hinter ihrem Mann. Fast lautlos klickte der Verschluss der Handtasche auf.

»Die Mitglieder des Damona-Ordens müssen eine Prüfung ablegen, um voll anerkannt zu werden.«

Geoff goss Whisky in sein Glas. »Und die wäre?«

Mrs Adamsons Hand glitt in die Tasche. »Jede von uns muss einen Mord begehen!«

Geoff Adamson hatte schon zum Trinken angesetzt, als ihm die Bedeutung der Worte klar wurde. So rasch es ging, kreiselte er herum.

Da war es schon zu spät.

Mrs Adamson hielt das Messer bereits in der Hand. Es war eine beidseitig geschliffene Klinge, und die Spitze drückte sie Geoff gegen die Kehle.

»Kannst du dir denken, wer mein Opfer sein wird?«, flüsterte sie mit gefährlich leiser Stimme …

Die ungleichen Frauen maßen sich mit Blicken. Es war ein stummes Einschätzen, ein gegenseitiges Abtasten und Prüfen.

Jane Collins hatte die Frau vorher nie gesehen. Sie hatte langes, lockiges rotes Haar und eine weiße, fast schon leichenblasse Gesichtshaut. Sie trug ein dunkles Kleid, das bis zum Boden reichte und ihre Figur verhüllte wie ein weit geschnittener Mantel.

Jane Collins senkte den Blick nicht. Sie machte dieses Spiel mit und sah in die grünen Augen der Frau.

Eve Lidell stand stumm daneben und beobachtete nur. Auf ihrem Gesicht spiegelten sich die Gefühle wider, die sie empfand. Zweifel und Besorgnis, ob sie auch alles richtig gemacht hatte.

Endlich – nach einer Pause von fast vier Minuten – nickte die rothaarige Lucille.

»Ich glaube, sie kann bleiben«, entschied sie.

Jane Collins atmete auf. Die erste Hürde war genommen.

Die Detektivin zauberte ein Lächeln auf ihre Lippen.

»Ich danke dir, Damona«, erwiderte sie unterwürfig.

»Ich bin nicht Damona.«

»Nicht?«

»Nein, aber du wirst sie kennenlernen. Ich heiße Lucille und bin Damonas Mutter. Ich treffe die Vorauswahl. Wie heißt du?«

»Jane Collins!«

»Bist du verheiratet?«

»Nein!«

»Was bist du von Beruf?«

»Privatdetektivin.«

Die Augen der rothaarigen Lucille verengten sich zu schmalen Sicheln. Dann warf sie Eve Lidell einen raschen Blick zu.

Eve fühlte sich gezwungen, eine Erklärung abzugeben. »Es ist nicht so, wie du denkst, Lucille. Jane ist wirklich freiwillig zu uns gekommen. Ich habe sie überzeugen können. Sie hat mich besucht, um mit mir über meinen Mann zu sprechen. Er sollte als Zeuge in einem Prozess aussagen. Es ging da um eine Verkehrssache. Nun, wir kamen ins Gespräch, ich berichtete vom Damona-Kult, und Jane bat mich, in den Orden eintreten zu dürfen. Ich habe sie mitgebracht.«

Lucille de Lorca gab mit keiner Reaktion zu erkennen, ob sie diese Erklärung akzeptierte. Stattdessen forderte sie: »Gib mir deine Handtasche, Jane!«

Jane gab sie ihr.

Lucille de Lorca klappte die Tasche auf, griff hinein und leerte sie. Die persönlichen Sachen legte sie auf einen Tisch.

Schminktasche, Ausweise, Papiertaschentücher – und eine Pistole. Modell Astra. Eine handliche Waffe, speziell für Frauen.

Lucille blätterte in den Ausweisen. Sie sah sich die Lizenz genau an. Dann nahm sie die Pistole zur Hand. Wie sie die Waffe hielt, deutete darauf hin, dass sie nicht zum ersten Mal eine Pistole in der Hand hatte. Sie ließ das Magazin herausgleiten und überprüfte die Ladung.

»Das Magazin ist voll«, stellte sie fest. »Kannst du mit der Waffe überhaupt umgehen?«

»Ja.«

Lucille de Lorca lächelte und nickte. »Das ist gut, meine Schwester. Sehr gut sogar.« Sie packte alles wieder in die Handtasche, nur die Astra behielt sie. »Ich glaube, Eve hat einen guten Griff getan. Wir werden dich in unseren Orden aufnehmen. Ich will dich Damona vorstellen.«

Sie verließen den Raum. Eve Lidell musste zurückbleiben.

Lucille führte Jane in die erste Etage. Für einen winzigen Augenblick sah Jane eine Tür aufgehen. Teresas Gesicht tauchte auf. Jane sah in den Augen des Mädchens Verzweiflung schimmern. Die Detektivin konnte es dem Mädchen nachfühlen. Wie musste Teresa zumute sein, in solch einem Haus zu leben?

Die Tür wurde leise wieder zugedrückt.

Lucille hatte ebenfalls etwas bemerkt. »Das war Teresa«, sagte sie, »Damonas Zwillingsschwester.«

»Ich weiß«, erwiderte Jane.

»Du hast sie schon kennengelernt?«

»Ja. Sie versuchte mich zu warnen. Ich soll von hier weglaufen, hat sie mir zu verstehen gegeben.«

Lucille wandte den Kopf. »Und? Wie hast du reagiert?«

»Ihre Warnungen interessierten mich nicht. Sie haben mich kaltgelassen«, sagte Jane mit tonloser Stimme.

Lucille lachte. »Das ist gut. Das ist sogar sehr gut. Aber sie versucht es immer wieder. Na ja, bald ist Schluss damit.«

»Wieso? Was haben Sie denn vor?«

Lucilles Gesicht verschloss sich. »Das wirst du noch früh genug erfahren.« Sie war vor einer Tür stehen geblieben, klopfte und rief: »Damona?«

Das »Ja« war kaum zu hören.

Lucille öffnete.

Sie und Jane betraten einen abgedunkelten Raum, in dem nur zwei Wandleuchten brannten. Sie gaben diffuses Licht ab und streichelten gerade noch das Gesicht eines Mädchens, das auf einem hohen Stuhl saß, dessen Lehnen mit Teufelsköpfen verziert waren. Die Köpfe hatten glühende Augen, von denen eine schreckliche Faszination ausging. Jane wandte schaudernd den Blick ab. Sie versuchte, sich auf Damona zu konzentrieren.

Viel konnte sie nicht erkennen. Sie sah sich einem Mädchen mit langen, glatten, rötlich schimmernden Haaren gegenüber. Das Gesicht war schmal und ebenso blass wie das ihrer Mutter. Deutlich sah Jane die Wangenknochen hervortreten.

Wenn das eine Zwillingsschwester von Teresa war, dann hat die Natur verrücktgespielt, dachte die Detektivin.

Lucille schloss leise die Tür.

»Das ist Jane«, stellte sie vor. »Sie will unserem Orden beitreten und sich dem Satan verschreiben. Ich habe sie schon vorgeprüft, aber die letzte Entscheidung will ich dir überlassen. Teste sie, mein Kind. Wenn du sie für würdig empfindest, werden wir ihr eine Aufgabe zuteilen.«

Damona nickte nur.

Jane fühlte ihren starren Blick auf sich gerichtet, und ein unangenehmes Gefühl beschlich sie. Dieser Blick schien geradewegs in ihre Seele zu dringen. Er war böse und gemein.

Damona stand auf. Sie tat es mit langsamen Bewegungen. Dabei ließ sie Jane Collins nicht aus den Augen. Zwei Schritte machte sie auf die Detektivin zu.

Im Zimmer war es still.

Jane hielt den Atem an.

Auch Lucille wagte kaum, sich zu rühren.

Damona ging noch weiter auf Jane Collins zu. Sie legte ihr die Hände auf die Schultern und bohrte ihren Blick in Janes Augen.

Die Detektivin fühlte, wie ein Kribbeln ihre Adern durchlief. Die Augen vor ihr schienen größer zu werden. Deutlich sah sie die roten Äderchen, die die Pupillen wie ein feines Netzwerk durchzogen.

Jane hatte das Gefühl, nicht mehr sie selbst zu sein. Ein anderer, böser Geist schien von ihr Besitz zu ergreifen.

»Gib ihr das Zeichen«, sagte Damona.

Der Befehl war an ihre Mutter gerichtet. Lucille bewegte sich. Jane merkte nichts davon. Sie schien in den Augen des jungen Mädchens zu ertrinken.

Die Detektivin spürte nur, wie etwas über ihren Kopf glitt, und dann baumelte die Plakette vor ihrer Brust, die sie auch schon bei Eve Lidell gesehen hatte.

Das lederartige Gebilde mit dem großen D. Die Detektivin merkte, wie ein nie gekanntes Gefühl von ihrem Körper Besitz ergriff. Etwas strömte auf sie ein. Etwas, gegen das sie sich nicht wehren konnte. Es war unglaublich böse, ungeheuer schrecklich und tötete ihre normalen Gedanken.

Das Gesicht Damonas verwischte.

Die Satansfratze schälte sich hervor.

Deutlich sah Jane die beiden Hörner, das unten spitz zulaufende Gesicht, den Mund mit den grässlich gefletschten Zähnen und die hässlichen Eselsohren.

Aber Jane empfand die Physiognomie nicht als hässlich. Nein, sie kam ihr wunderbar vor. Herrlicher als das schönste Gesicht.

Satan begann zu sprechen.

Mit Damonas Stimme.

»Du willst mir dienen?«

»Ja«, hauchte Jane.

»Du würdest für mich alles tun? Ich meine – alles?«

Wieder stimmte Jane zu.

Der Satan lachte. »Das ist gut. Dann wirst du in Zukunft nur ihr gehorchen. Damona ist meine Vertreterin. Du wirst tun, was sie dir sagt, und dich niemals gegen sie stellen. Wenn doch, wirst du getötet! Ist das klar?«

»Ja!«

»Gut. Dann bist du in den Kreis der Dienerinnen aufgenommen. Das Zeichen der Damona wird deine Verbundenheit mit der Hölle dokumentieren. Du darfst es nie ablegen. Wenn du es doch versuchst, wird es dich töten, Jane!«

Die Detektivin stand unbeweglich. Die Macht des Satans war auf sie übergegangen. Ihr früheres Denken und Fühlen war ausgeschaltet. Sie wollte nur noch dem Teufel dienen.

Die Satansfratze verschwand. Ebenso schnell, wie sie gekommen war. Damonas Gesicht starrte Jane an.

»Du hast es gehört«, mahnte Damona. »Er hat dich in unseren Kreis aufgenommen. Zeige dich seiner würdig.«

Jane nickte. Auf ihrer Stirn glitzerten Schweißperlen. Doch in ihren Adern schien das Blut gefroren zu sein.

Sie fühlte eine Berührung am Arm und drehte sich um. Sie blickte in Lucilles Augen.

»Komm mit, ich habe eine Aufgabe für dich!«

Jane folgte der Frau.

»Du hast Glück gehabt«, sagte sie, »dass Damona dich akzeptierte. Es ist nicht bei allen so. Und du hast noch mehr Glück. Heute Nacht darfst du das große Satansfest mit erleben. Auf dem Höhepunkt des Festes wird Teresa ihr Leben aushauchen.« Lucille lachte schaurig, und Jane lächelte ebenfalls. Ein Mord war für sie plötzlich etwas ganz Normales.

»Und jetzt zu deiner Prüfung«, sagte Lucille und drückte Jane Collins die Astra-Pistole in die Hand. »Ich habe heute einen Mann kennengelernt. Der heißt John Sinclair und ist Oberinspektor bei Scotland Yard. Du wirst zu ihm fahren und ihn töten. Die Adresse findest du in jedem Telefonbuch. Hast du verstanden?«

»Ja.«

Mit einem teuflischen Lächeln gab Lucille de Lorca der Detektivin die Astra zurück.

Jane nahm die Waffe entgegen. Sekundenlang starrte sie die Pistole an. Dann sagte sie: »Ja, ich werde diesen John Sinclair töten ...«

Geoff Adamson schielte auf die Messerklinge und verdrehte dabei die Augen, dass man von den Pupillen nichts mehr sehen konnte.

Immer noch berührte die Spitze des Messers seine straff

gespannte Haut. Und hinter der Waffe sah Geoff das Gesicht seiner ehemaligen Frau. Es glich einer hässlichen, hassverzerrten Fratze.

»Du – du willst mich umbringen?«, keuchte Adamson.

Gwen kicherte diabolisch. »Ja, mein Lieber. Damona verlangt es von mir. Und ihren Befehlen muss ich gehorchen.«

Adamson versuchte Zeit zu gewinnen.

»Man wird dich finden, Gwen«, warnte er. »Ganz bestimmt. Die Polizei schläft nicht. Schneller als du denkst ist sie auf deiner Spur.«

»Unsinn. Damona schützt mich. Du Feigling versuchst ja nur, dein erbärmliches Leben zu retten. Doch das wird dir nicht gelingen.« Sie lachte hart. Die Klingenspitze vibrierte.

»Aber was habe ich dir denn getan?«, greinte Adamson. »Wir haben uns getrennt. Du hast es so gewollt. Ich war einverstanden. Du brauchst mich doch deswegen nicht umzubringen.«

»Das verstehst du nicht. Es ist eine Prüfung, die von mir verlangt wird. Erst dann bin ich endgültig in den Orden aufgenommen.«

Geoff Adamson wusste, dass seine frühere Frau ihm keine Chance mehr lassen würde. Er hatte schon einen steifen Hals bekommen. Sein Oberkörper glänzte, als wäre er mit Fett eingerieben, so sehr schwitzte er. Pfeifend zog er die Luft ein.

Wie viele Sekunden blieben ihm noch?

Zehn? Zwanzig?

»Sprich ein letztes Gebet, Geoff«, sagte die Frau. »Ich gebe dir noch fünfzehn Sekunden, dann ist es aus. Dann schneide ich dir deine Kehle durch.«

Todesangst überfiel ihn. Wie ein Blitzstrahl war sie da. Adamson spürte, wie sich sein Magen zusammenzog. Irgendetwas schnürte ihm den Hals zu, hinderte ihn beim Atmen.

»Noch zehn Sekunden«, frohlockte die Frau in diebischer Freude. »Deine Lebensuhr läuft ab, Geoff …«

»Ich …« Geoff Adamson brachte keinen Ton mehr hervor. Plötzlich sah er das Gesicht seiner ehemaligen Frau wieder glasklar vor sich. Jede Einzelheit nahm er wahr. Es schien, als hätte ein brutales Schicksal seine Sinne noch einmal geschärft, damit er seinen Tod in allen Einzelheiten miterlebte.

Da schellte es.

Adamson zuckte zusammen.

Aber auch die Frau.

Sie drehte den Kopf. Ihr Körper machte die Bewegung mit. Die Klinge rutschte an Geoffs Hals entlang.

Adamson nutzte blitzartig seine winzige Chance. Von unten her drosch er seine Hand gegen den Arm der Frau.

Die Hand mit dem Messer schnellte hoch.

Gwen schrie auf.

Geoff Adamson zog die Beine an und stieß sie der Frau in den Leib. Sie wurde zurückkatapultiert und landete auf dem Bett.

Wieder schellte es.

Adamson hetzte zur Tür.

Gwen schnellte von der Liegestatt hoch. Mit stoßbereitem Messer jagte sie hinter ihrem Mann her.

»Ich krieg dich doch!«, kreischte sie. »Du verdammter Hund, du …«

Geoff Adamson erreichte die kleine Diele, schmetterte die Tür hinter sich zu, sodass seine ehemalige Frau gegen das Holz prallte.

Geoff Adamson gewann kostbare Sekunden.

Abermals schrillte die Klingel.

»Ja!«, schrie Adamson. »Ja, ich komme!« Und dann: »Mörder! Man will mich killen. Man …«

Gwen riss die Tür auf.

Fauchend wie eine wilde Tigerin hetzte sie in die Diele. Und sie war schnell, ungeheuer schnell. Sie bekam ihren Mann noch vor der Tür zu packen, riss ihn hart herum. Adamsons Rechte, die schon auf der Klinke lag, rutschte wieder ab.

»Und ich kill dich doch, du verdammter Bastard!«, schrie sie und riss die Hand mit dem Messer hoch.

Adamson warf sich zur Seite. Der Stich verfehlte ihn. Die Frau war rasend.

Noch einmal stieß sie zu.

Diesmal konnte Adamson der Klinge nicht mehr ausweichen, die Klinge streifte ihn am Oberarm. Blut floss aus der Wunde.

Adamson brach zusammen.

Plötzlich donnerten Schläge gegen die Tür.

Einmal, zweimal.

Gwen Adamson, die rasende Furie, blieb wie gelähmt stehen.

Im selben Augenblick stürzte die Wohnungstür mit Donnergetöse aus den Angeln. Und mit ihr fegte ein blondhaariger Mann in die schmale Diele.

John Sinclair.

Der Geisterjäger hatte dreimal Anlauf genommen, dann war die Tür geknackt. Wie eine Rakete flog er in die Diele.

Das splitternde Holz, Johns Schrei, das Krachen, als die Tür aus den Angeln gerissen wurde, all das geschah in Sekunden.

Hart kam der Geisterjäger auf. Er schaffte es gerade noch rechtzeitig, sich abzufangen, vollführte eine Rolle vorwärts und war wieder auf den Beinen.

Früh genug, um den ersten Angriff der Furie abzuwehren.

Eine Messerklinge, mit Wucht getrieben, zielte auf seinen Bauch.

John warf sich nach rechts, prallte dabei voll gegen die Wand, doch das Messer wischte an seiner Hüfte vorbei.

John schlug mit der Rückhand zu und traf die Frau an der Schulter. Die Messerheldin schien den Schlag nicht zu spüren. Sie sprang John Sinclair an.

Mit einem Fußtritt schleuderte der Oberinspektor die Frau von sich.

Der Geisterjäger sah einen Mann auf dem Boden hocken, der sich seinen blutenden Arm hielt. Das Gesicht des Mannes war schmerzverzerrt. Er verfolgte den Kampf aus weit aufgerissenen Augen.

Gwen Adamson hatte sich wieder aufgerichtet. Sie hantierte mit dem Messer wie ein Profi.

»Bastard!«, gellte sie und griff wieder an.

John riss einen Mantel von der Garderobe. Aus dem Handgelenk schleuderte er der Frau das Kleidungsstück entgegen.

Gwen Adamson schrie und fluchte. Der Mantel irritierte sie. Er nahm ihr die Sicht.

John packte zu, riss ihr den Mantel wieder vom Kopf und

schleuderte ihn zu Boden. Augenblicklich schnellte Gwen Adamsons Messerhand auf ihn zu.

Dem Geisterjäger wurde es zu bunt.

Seine Handkante federte vor und drosch auf das Handgelenk der Frau. Aufheulend ließ Gwen die Waffe fallen. Sie rieb sich das Handgelenk. Tränen rannen aus ihren Augen. Wut und Hass paarten sich zu einer Grimasse. Sie ging auf John los, als wäre sie nicht mehr bei Sinnen. Mit ihren spitzen Fingernägeln wollte sie dem Geisterjäger die Haut vom Gesicht reißen.

John wich zurück, packte die zuschnappenden Hände und schleuderte die Frau kraftvoll zurück.

Genau gegen die Tür, die in das Wohnzimmer führte. Irgendwie prallte die Frau mit dem Ellbogen auf die Klinke, drückte diese hinunter, und die Tür flog auf.

Gwen fand keinen Halt mehr, stürzte in die Wohnung, ruderte mit den Armen, fing sich im letzten Augenblick und konnte noch einen schweren Aschenbecher packen.

Sie schleuderte ihn auf Sinclair.

John zog den Kopf ein. Der Ascher streifte seine Haare und krachte gegen den Türpfosten, wo er eine Kerbe hinterließ.

Dann aber stand Gwen Adamson dem Oberinspektor waffenlos gegenüber.

John wischte sich über die Stirn. »Geben Sie auf«, sagte er, »es hat keinen Zweck mehr!«

Die Frau spie ihn an. »Hau ab, du Dreckskerl!«

John Sinclair wischte sich gelassen den Speichel vom Jackett. Er hatte das Gefühl, dass diese Frau niemals aufgeben würde. Und sie würde ihm auch nichts sagen. Es sei denn, er konnte ihr dieses verdammte Amulett mit dem großen D entreißen.

Gwen Adamson schien seine Gedanken zu erraten. Mit einem Sprung brachte sie den Tisch zwischen sich und John Sinclair. Sie packte das leichte Möbelstück und schleuderte es dem Geisterjäger entgegen.

Genau hinter ihrem Rücken befand sich das Fenster, durch das Geoff Adamson immer einen so herrlichen Blick hatte.

»Du kriegst es nicht! Du kriegst es nicht!«, brüllte die Frau. Und dann: »Damona, ich komme …!«

Ehe John Sinclair reagieren konnte, hatte sich Mrs Adamson herumgeworfen und stieß die ausgestreckten Arme in die Fensterscheibe.

Sie zerbrach mit lautem Klirren.

John hechtete vor.

Zu spät.

Mrs Adamson hatte ihrem Körper den nötigen Schwung verliehen. Der Geisterjäger sah nur noch die Beine, die für einen Augenblick in der Luft pendelten, hörte ein irres Gelächter, und als er das Fenster erreicht hatte, einen vielstimmigen Schrei und ein klatschendes Geräusch.

John Sinclair beugte sich über die Brüstung.

Gwen Adamson hatte sich selbst gerichtet. Mit verdrehten Gliedern lag sie unten auf dem Boden.

John Sinclair bedauerte den Tod der Frau. Er wusste, dass sie für ihr Tun nicht verantwortlich war. Fremde, dämonische Mächte hatten die Kontrolle über sie gehabt. Beinahe hätte John sie noch retten können und möglicherweise Näheres über den Damona-Kult erfahren. Nun aber musste er wieder von vorn anfangen.

Im Hausflur war inzwischen der Teufel los. Die Nachbarn waren aus ihren Wohnungen gestürzt, begafften die zerbrochene Tür und schrien nach der Polizei.

Geoff Adamson taumelte ins Zimmer. Er war bleich. Seine Hand hielt er gegen die Schulter gepresst. Aus seiner Wunde am Arm tropfte Blut. Dort hatte ihn die Messerspitze geritzt.

Adamson zeigte auf das Fenster. »Ist sie - ist sie …?«

John Sinclair nickte. »Ja, sie ist tot.«

Adamson senkte den Blick. Müde ließ er sich in einen Sessel fallen. »Ich könnte nicht einmal sagen, dass es mir leid tut«, meinte er, »schließlich hat sie versucht, mich zu ermorden.«

John gab keine Antwort. Stumm verließ er das Zimmer. Von der Straße her vernahm er das Heulen von Polizeisirenen. Der Lautstärke nach mussten es mehrere Wagen sein, die dort heranbrausten. Irgendjemand aus dem Haus hatte die Polizei alarmiert.

Die Menschen starrten den Geisterjäger feindselig an. John hielt sicherheitshalber seinen Ausweis in die Höhe.

Das wirkte.

Auf dem Weg zum Lift kamen John Sinclair zwei Polizeibeamte entgegen. Ihre Gesichter waren vom raschen Lauf gerötet. Beide atmeten schwer. Sie hatten nicht den Lift, sondern die Treppe benutzt.

Auch den beiden Kollegen zeigte John seine Legitimation.

»Haben Sie die Frau unten gesehen?«

»Wenn Sie die Tote meinen, ja, Sir.«

John nickte. Er hatte also richtig vermutet. Dann war Mrs Adamson nicht mehr zu helfen. Er musste sich die Leiche aber trotzdem noch einmal ansehen, schon wegen der Plakette mit dem geheimnisvollen D.

Zu den Polizisten sagte er: »Sorgen Sie dafür, dass Mr Adamsons Wohnung von niemandem betreten wird. Und schicken Sie einen Arzt hoch. Mr Adamson ist verletzt.«

»Ja, Sir!«

Der Lift war besetzt. Er spuckte immer mehr Neugierige aus. Es musste sich in Windeseile herumgesprochen haben, was im dritten Stock geschehen war. John wunderte sich, dass dieses Haus überhaupt einen Lift hatte. Normalerweise war das bei dreigeschossigen Wohnbaracken nicht üblich.

Er stieg die Treppe hinab.

Die Frau war nicht auf den Rasen gefallen, sondern direkt auf den Weg. Sie hatte sich das Genick gebrochen. Neben der Toten stand der Kastenwagen der Ambulanz.

Aus Gesprächen der Sanitäter hörte John, dass der Leichenwagen bereits unterwegs war.

Der Oberinspektor drängte sich durch den Ring der Neugierigen. Ein Sergeant wollte ihn anschnauzen. Er schloss aber den Mund wieder, als er Sinclair erkannte.

»Ist das Ihr Fall, Sir?«, vergewisserte sich der Mann.

John nickte. »Ja. Und jetzt möchte ich mir die Leiche genau ansehen.«

»Bitte, Sir.«

Der Geisterjäger ging neben der Toten in die Knie. Von der geheimnisvollen Plakette war nichts mehr zu sehen. Sie musste sich aufgelöst haben. Vermutlich war sie auf irgendeine Weise mit der Körpertemperatur verbunden, und sobald diese sank, verflüchtigte sich die Plakette.

Nicht einmal Asche war zurückgeblieben.

Der Geisterjäger erhob sich. »Es ist gut«, sagte er.

John fuhr wieder hinauf zu Adamsons Wohnung. Polizisten hatten inzwischen die Hausbewohner vertrieben. Ein Uniformierter hielt vor der Tür Wache.

Als John ihn passierte, grüßte er.

Geoff Adamson wurde noch behandelt. Der Arzt pinselte soeben Jod auf die Wunde, und Adamson stöhnte.

»Geben Sie mir einen Schluck«, bat er John. »Die Flasche steht im Schrank.«

Der Oberinspektor fand eine halb volle Flasche Brandy.

Adamson trank aus der Flasche. Sein Gesicht nahm wieder Farbe an.

Der Doc wickelte inzwischen einen Verband um die Wunde. An der Vorderseite des Halses trug Adamson bereits ein Pflaster.

John zog sich einen Stuhl heran. »Sind Sie in der Lage, einige Fragen zu beantworten?«

Adamson nickte.

Sinclair stellte sich erst einmal vor. Dann erkundigte er sich nach dem Grund des überraschenden Besuches.

Adamson begann zu lachen. »Sie wollte mich umbringen, das lag auf der Hand.«

»Und warum?«, hakte John nach.

»Angeblich eine Mutprobe oder so etwas Ähnliches. Sie sagte, erst wenn sie mich umgebracht hätte, würde sie endgültig in den Kreis des Ordens aufgenommen.«

»Sie wissen nicht zufällig, wo sich dieser Kult immer getroffen hat?«, forschte John.

»Nein.«

»Dann haben Sie vielen Dank, Mr Adamson«, sagte John und wollte die Wohnung verlassen.

»He«, rief ihm der Mann entsetzt nach. »Wer ersetzt mir denn die Tür und das Fenster?«

Der Oberinspektor drehte sich um. »Der Schreiner und der Glaser.«

»Und was mache ich mit der Rechnung?«

»Bezahlen«, erwiderte John.

Er war sauer. Dieser Adamson war ein widerlicher Typ. John beschloss, in seine Wohnung zu fahren. Er hatte sich dort mit Jane verabredet. Sicherlich wartete sie schon auf ihn. Er war gespannt, was die Detektivin herausgefunden hatte …

John Sinclairs Bentley rollte die Rampe zur Tiefgarage hinunter. Das Gitter der breiten Einfahrt war hochgezogen. Nachts wurde es geschlossen, sodass nur Mieter in die Garage kamen, die auch einen Sender für den Code besaßen, der das Gitter hochrasseln ließ.

Wie ein Tunnel gähnte John der dunkle Schlund entgegen. Um diese Zeit, es war hoher Nachmittag, standen nicht viele Wagen in der Garage.

John schaltete die Scheinwerfer an. Die hellen Lichtstreifen durchschnitten das Dunkel, schwenkten nach links und warfen gelbe runde Kreise auf eine weiße Spur.

John Sinclair hatte seinen Bentley in die Parkbox gelenkt. Der Motor erstarb mit leisem Blubbern.

John löschte das Licht und stieg aus dem Wagen. Er schloss die Tür ab, ging aus der Parkbucht, passierte eine viereckige Säule, gelangte auf den Mittelgang und steuerte die Aufzüge an.

Der Geisterjäger brauchte kein Licht. Durch die offene Eingangstür fiel genügend Helligkeit herein, um sich orientieren zu können.

Die Knopfskala des Lifts leuchtete in der Dunkelheit.

Es war ruhig in der großen Tiefgarage. Da John Sinclair weiche Sohlen trug und beim Gehen kaum einen Laut verursachte, fiel ihm das Geräusch schräg hinter ihm auf.

Der Oberinspektor blieb stehen.

Schritte – Atmen …

John fühlte, wie ihm eine Gänsehaut über den Rücken lief.

Gefahr!, signalisierte sein Gehirn. Irgendetwas lag in der Luft. Jemand lauerte ihm auf.

Behutsam schob John Sinclair seine Rechte unter das Jackett. Die Finger tasteten zum Holster, wo die mit Silberkugeln geladene Beretta steckte.

Der Geisterjäger räusperte sich, ging zwei Schritte vor und schnellte dann blitzartig zur Seite.

Im selben Augenblick platzte eine Feuerblume auf. Ein Schuss dröhnte. Vielfach pflanzte sich das Echo in der Tiefgarage fort.

John hörte die Kugel regelrecht pfeifen, so nahe zischte sie an seinem Ohr vorbei.

Wie ein Schatten tauchte der Geisterjäger hinter einen Volvo.

Wieder krachte ein Schuss.

Die Kugel spritzte durch die Heckscheibe des Volvos und hinterließ ein Spinnenmuster im Glas.

John zog unwillkürlich den Kopf ein. Er hatte den Schusswinkel berechnet und folgerte, dass der Schütze ein Profi sein musste.

Aber ein Killer? Wer hatte ihm denn den auf den Hals geschickt? Normalerweise hatte es John mit Dämonen und finsteren Wesen aus dem Schattenreich zu tun, und die kämpften weiß Gott mit anderen Waffen.

Lautlos wechselte er seinen Standort, verschwand hinter einer Säule, von wo aus er ein relativ weites Blickfeld hatte.

John Sinclair hielt den Atem an. Er verriet sich mit keinem Geräusch, blieb ruhig und gelassen. Er bewies in diesen Augenblicken seine Nervenstärke.

Der Gegner musste etwas unternehmen. Irgendwann.

Und er tat es.

John Sinclair vernahm Schritte. Sie klangen zwischen den abgestellten Wagen auf, ganz in seiner Nähe.

Der Geisterjäger schob sich ein Stück vor. Er duckte sich hinter der Kühlerschnauze eines Fords.

Wo steckte sein Gegner?

Da, eine Bewegung!

Neben dem abgestellten Bentley. Nur undeutlich erkannte der Oberinspektor die Gestalt. Sie richtete sich auf, wollte in seine Richtung huschen.

John setzte sich ebenfalls in Bewegung, kam seitlich auf den Unbekannten zu und konnte ihm den Weg abschneiden.

»Halt! Stehen …«

Die weiteren Worte verschluckte John Sinclair. Seine Augen wurden groß. Unwillkürlich ließ er den Arm mit der Waffe sinken. Sein Herz hämmerte plötzlich zum Verrücktwerden.

Er hatte die Gestalt erkannt.

Es war eine Frau. Eine Frau, die er sehr gut kannte.

Die Killerin war keine andere als Jane Collins!

»Jane!«, schrie der Geisterjäger beschwörend.

Jane … Jane …

Das Echo hallte von den Wänden.

Die Privatdetektivin kreiselte herum. Eiskalt feuerte sie aus der Drehung.

John Sinclair hatte mit einer ähnlichen Reaktion gerechnet. Er befand sich schon im Sprung, prallte auf den harten Boden, rollte sich ab und rief so laut er konnte: »Bist du wahnsinnig geworden, Jane!«

Lachen! Teuflisch, grausam!

Dann wieder ein Schuss.

Dicht neben John Sinclair prallte die Kugel auf den Boden, sirrte als Querschläger davon und klatschte in das Blech eines abgestellten Wagens.

»Ich bring dich um, John Sinclair!«, kreischte Jane Collins. »Ich kill dich, du Hund!«

Und sie schoss. Schoss wie ein Automat.

John wirbelte über den Boden, spürte einen Schlag an der Hüfte und fühlte das Blut, das seinen Anzug tränkte.

Natürlich hätte er zurückfeuern können, aber er brachte es einfach nicht fertig, auf die Detektivin zu schießen. Schließlich war es nicht ihr freier Wille, John zu töten. Nein, sie stand unter einem dämonischen Willen. Davon war John überzeugt.

Dann schoss der Geisterjäger trotzdem.

Er setzte eine Kugel haarscharf an Janes Schulter vorbei.

Die Detektivin zuckte nicht einmal zusammen.

John sprang blitzschnell auf.

Jane feuerte jetzt nicht mehr. Wahrscheinlich hatte sie nur

noch eine Kugel im Magazin, und die wollte sie als Treffer anbringen.

Sie rannte auf den Oberinspektor zu.

John sah die langen blonden Haare flattern, und er erkannte das weiße, verzerrte Gesicht. Die Schusshand flog hoch.

Fünf, sechs Schritte trennten die beiden.

John Sinclair knickte in den Knien ein und flog dann wie ein Panther dicht über den Boden.

Über ihm blaffte die Waffe auf. Die Kugel verfehlte ihr Ziel, und der Oberinspektor prallte gegen Jane Collins' Beine. Er riss die Detektivin zu Boden.

Jane musste hart aufgekommen sein, doch kein Ton drang über ihre Lippen. Sie begann zu kämpfen und bediente sich dabei aller erlaubten und unerlaubten Tricks.

Sie rammte ihr Knie hoch und versuchte mit den Fingern der freien Hand Johns Augen zu treffen.

Mit schriller Stimme verkündete sie: »Damona! Ich tue es für dich, Damona! Ich tue es nur für dich!«

John schleuderte Jane Collins von sich. Es war ein gewaltiger Stoß. Mit rudernden Armen flog die Privatdetektivin zurück, dröhnte gegen eine Motorhaube, stieß sich wieder ab und wollte sich erneut auf den Oberinspektor stürzen.

Dabei lief sie direkt in John Sinclairs Schlag.

Es war ein Bilderbuchtreffer. Jane Collins verdrehte die Augen und wurde ohnmächtig. John erkannte jede Einzelheit. In diesem Augenblick fuhr ein Wagen in die Tiefgarage. Die weißen Scheinwerferstrahlen rissen John Sinclair und seine Gegnerin aus der Dunkelheit. Reifen kreischten.

Eine Tür klappte. Zwei Männer sprangen aus dem Wagen. Drohend näherten sie sich dem Oberinspektor.

John Sinclair ließ Jane Collins zu Boden sinken.

»Moment«, stoppte er die Männer. Einen kannte er. Er wohnte mit ihm auf einer Etage.

»Aber, Mr Sinclair«, rief der Mann, »was ist geschehen?« Johns Nachbar flüsterte mit seinem Beifahrer. Er erklärte dem Mann wohl, wen er vor sich hatte. Der Nachbar wusste, dass John Sinclair Beamter bei Scotland Yard war.

»Kann ich Ihnen helfen?«, fragte er dann.

»Nein, nein, danke«, erwiderte John. »Es geht schon. Bemühen Sie sich nicht.«

»Was war denn mit der Frau?«

»Ein Anfall. Ich musste leider etwas härter zufassen. Es gab keine andere Möglichkeit. Am besten, Sie vergessen die ganze Geschichte. Vor allen Dingen, erzählen Sie nichts im Haus weiter.«

»Ja, sicher, wenn Sie meinen ...«

John lächelte. »Danke sehr.«

Er bückte sich und hievte Jane auf seine linke Schulter. Die Astra steckte er ein.

Während John Sinclair zum Lift ging, fuhr der Nachbar seinen Wagen in die Parkbox.

John holte den Fahrstuhl. Der Geisterjäger war begierig darauf, zu erfahren, was mit Jane Collins passiert war. Vorausgesetzt, sie redete.

Der Lift katapultierte John und seine hübsche Last nach oben. Der Geisterjäger vergaß nicht, bei Suko an der Tür zu schellen.

Suko war Chinese und Johns Freund und Kampfgefährte. Er hatte sich vor wenigen Tagen bei einem Kampf mit Rockern eine schwere Gehirnerschütterung zugezogen, hatte im Krankenhaus gelegen und kurierte jetzt seinen Schädel zu Hause aus.

Mit blassem Gesicht öffnete er.

Als er erkannte, wen John über seiner Schulter liegen hatte, wurden Sukos Augen groß.

»Jane Collins?«, flüsterte er.

»Ja, genau.« John räusperte sich. »Komm mit rüber. Ich brauche deine Hilfe.«

Suko, der mit seinem Kopfverband aussah wie ein Inder, beeilte sich. Der Geisterjäger hatte inzwischen seine Wohnungstür aufgeschlossen. Mittlerweile spürte er das Gewicht der Detektivin. Außer dieser drückenden Last plagte ihn der Schmerz, der von der Schussverletzung herrührte. Das hatten Streifschüsse eben so an sich. Suko musste dem Geisterjäger unbedingt einen Verband anlegen.

Der Oberinspektor stolperte in den Livingroom. Dort legte er die bewusstlose Jane Collins auf die Couch. Er selbst ließ sich in einen Sessel fallen. Es war sein Stammplatz. Er brauchte nur den Arm auszustrecken, um an die Hausbar zu gelangen.

Der Bourbon, den John sich einschenkte, tat gut. Mittlerweile war auch Suko eingetroffen. Der riesige Chinese grinste von Ohr zu Ohr.

»Wenn jetzt jemand die lädierten Helden sehen könnte, dann würde so manche Illusion zerstört«, meinte Suko.

John Sinclair konnte nur zustimmend grinsen. Er nahm seine Hand von der Hüfte. Die Finger waren blutverschmiert.

Suko war wie ein Blitz im Bad verschwunden und kehrte mit der Hausapotheke zurück. Während er dem Geisterjäger einen fachmännischen Verband anlegte, berichtete John, was ihm in der Tiefgarage widerfahren war. Dann warteten sie beide mit Spannung darauf, dass Jane Collins aus ihrer Bewusstlosigkeit erwachte.

Will Purdy war dreiundzwanzig Jahre alt. Und genau dreiundzwanzig Tage lang hatte er von seiner Freundin nichts mehr gehört.

Teresa de Lorca hatte sich einfach nicht gemeldet!

Da stimmte was nicht.

Will Purdy wusste zwar über die häuslichen Verhältnisse bei Teresa nicht genau Bescheid, doch durch Andeutungen hatte er erfahren, dass ihre Mutter eine seltsame Person war und sich mit Dingen beschäftigte, die ihm nicht geheuer waren.

Spiritismus, Okkultismus, Geisterbeschwörung.

Dazu hatte Will Purdy keinen Draht.

Dafür aber liebte er Teresa. Und er wollte es endlich wissen. Er war der Überzeugung, dass Teresa für ihn die Frau fürs Leben war. Nur sie wollte er heiraten.

Jetzt wollte er sie endlich besuchen, auch wenn sie sich noch so dagegen wehrte, weil ihre Mutter angeblich männlichen Besuch nicht schätzte. Will jedenfalls fühlte sich stark genug, um auch mit Mrs de Lorca fertig zu werden.

Von seinem Freund lieh er sich einen Wagen. Es war ein deutsches Fabrikat, ein seegrüner Golf.

»Du bekommst den Wagen morgen unbeschädigt zurück«, sagte Will, als er den Autoschlüssel entgegennahm.

Der Freund grinste nur. »Hoffentlich.«

Will fuhr ab. Er war fest entschlossen, Teresa vor die Alternative zu stellen. Entweder gab sie ihm ein Heiratsversprechen, oder es war aus zwischen ihnen.

Will wollte sich nicht mehr vertrösten lassen. Zu lange hatte sie ihn schon hingehalten.

Zum Glück wusste er, wo Teresa wohnte. Er war einmal an dem Haus vorbeigefahren.

Der junge Mann kam mit dem Golf gut zurecht. Will Purdy war ein Typ, den man in die Kategorie Sportler einstufen konnte. Breite Schultern, schmale Hüften, braun gebrannt und mit einem Lächeln ausgestattet, das schon so manches Mädchenherz zum Schmelzen gebracht hatte. Das schwarze Haar trug Will ziemlich kurz. Den Knebelbart rasierte er sich dagegen nie ab, der sollte sein Markenzeichen sein.

Will Purdy fand tatsächlich das Haus wieder, in dem seine Freundin wohnte.

Er fuhr den Golf einige Yards am Haus vorbei neben eine schützende Buschgruppe. Dann stieg er aus und ging das Stück zurück.

Es war später Nachmittag. Das Wetter spielte verrückt. Wolkenberge schoben sich über den Himmel, aber wenn die Sonne mal zwischen ihnen hervorlugte, wurde es sofort drückend heiß. Mücken und Fliegen zirkelten dicht über dem Boden. Der Luftdruck fiel.

Es herrschte Gewitterstimmung.

Als Will vor dem Haus stand, fiel ihm auf, wie ungepflegt alles wirkte. Der Vorgarten war ein wildes Durcheinander von Pflanzen und Unkraut.

Teresa hatte ihm erzählt, dass ihre Mutter etwas seltsam war, aber dass sie alles so verkommen ließ, wunderte den jungen Studenten doch. Mrs de Lorca schien nicht viel von Gartenarbeit zu halten.

Will hob die Schultern. Das war nicht seine Sache.

Er zog die Wildlederjacke über, die er bisher über dem rechten Arm getragen hatte, und suchte die Klingel.

Da wurde die Haustür geöffnet.

Ziemlich ruckartig.

Will erschrak. Unwillkürlich trat er einen Schritt zurück, um gleich darauf sein bestes Sonntagslächeln anzuknipsen.

Die rothaarige Frau musste Teresas Mutter sein. Teresa hatte sie genauso beschrieben.

»Mrs de Lorca?«, fragte der junge Mann.

»Ja, Sie wünschen?«

»Ich bin Will Purdy.«

Die Frau runzelte die Stirn. »Müsste ich Sie kennen, Mr Purdy?« Ihre Stimme klang angenehm weich.

»Ich bin der Freund von Teresa. Ich hoffe, Ihre Tochter hat schon von mir erzählt.«

Mrs de Lorca dachte einen Augenblick nach. Dann flog ein Lächeln über ihr Gesicht. »Natürlich, Mr Purdy. Teresa hat tatsächlich schon von Ihnen berichtet. Kommen Sie doch rein. Ich hoffe, es gefällt Ihnen bei uns.« Lucille de Lorca überschlug sich fast vor Freundlichkeit.

Will Purdy wurde etwas verlegen. »Ja – also dann – danke sehr.« Er ging an Lucille de Lorca vorbei.

Die rothaarige Frau schloss die Haustür hinter ihm. Kameradschaftlich legte sie dem jungen Mann die Hand auf die Schulter. »Ich freue mich, dass ich Sie endlich kennenlerne, Mr Purdy. Teresa war ja ganz begeistert von Ihnen.«

Will wurde verlegen. »Na ja, ich weiß nicht.«

»Doch, doch. Sie hat oft von Ihnen gesprochen.« Lucille und Will waren im Flur stehen geblieben.

»Ist Teresa denn da?«, erkundigte sich der junge Mann. »Ich habe lange nichts mehr von ihr gehört, und hatte schon Angst, dass sie krank ist.«

»Nein, nein, es ist alles in Ordnung. Teresa ist auf ihrem Zimmer.«

Will lächelte. »Dann bin ich beruhigt. Wissen Sie, Mrs de Lorca, es ist schon ein komisches Gefühl, einfach zu fremden Leuten zu gehen. Ich hatte schon Bammel davor.«

Lucille lachte. »Aber das brauchen Sie doch nicht! Wie gesagt, wir sind froh, Sie endlich kennenzulernen. Ich werde Teresa gleich Bescheid sagen.« Lucille ging zur Treppe. Vor der untersten Stufe blieb sie stehen. »Sie sind allein gekommen?«, fragte sie.

»Ja.«

»Mit einem Wagen?«

Will Purdy nickte. »Ich habe ihn ein Stück weiter geparkt. Warum fragen Sie?«

»Ach, nur so. Vergessen Sie es.«

Lucille de Lorca ging vor ihrem Besucher die Treppe hoch. Will Purdy wunderte sich über die Kleidung der Frau. Das lange schwarze Kleid passte gar nicht zu ihr. Auch schien ihm die Atmosphäre des Hauses seltsam zu sein. Alles war unnatürlich still. Keine Stimmen, kein Lachen, nichts.

Will war unangenehm berührt. Doch die Hoffnung, Teresa bald wiederzusehen, ließ ihn das andere vergessen.

Sie gingen in die erste Etage. Durch ein Fenster warf Will einen Blick in den hinteren Garten. Er sah noch schlimmer aus als der auf der Vorderseite.

Mrs de Lorca blieb vor einer Tür stehen und klopfte.

»Ja?«, meldete sich eine zaghafte Stimme.

»Du hast Besuch, Teresa«, sagte Lucille de Lorca. »Dein Freund Will Purdy ist gekommen. Bitte, öffne die Tür.«

Ein Schrei der Überraschung. Schritte, die sich rasch der Tür näherten. Dann wurde die Tür aufgerissen.

Teresa stand auf der Schwelle.

Lucille de Lorca trat einen Schritt zurück.

Die beiden jungen Leute sahen sich an. Sekundenlang.

»Will!«, flüsterte das schwarzhaarige Mädchen mit leuchtenden Augen.

Will musste schlucken, ehe er überhaupt einen Ton hervorbrachte. Zögernd streckte er seine Arme aus. »Ich – ich habe dich vermisst, Teresa.«

Die jungen Menschen fielen sich in die Arme.

Lucille de Lorca verschwand auf leisen Sohlen. »Hier störe ich doch nur«, murmelte sie.

Teresa und Will hörten gar nicht hin. Sie waren zu sehr mit sich beschäftigt.

Auch sah niemand von ihnen das böse Lächeln, das Lucilles Lippen umspielte. Dieser Will Purdy kam genau richtig. Er würde die Nacht des Satans kaum überleben. Ebenso wie Teresa. Gemeinsam sollten sie in den Tod gehen.

Der Teufel würde seine helle Freude haben.

Teresa löste sich aus Wills Umarmung. Sie zog den jungen Mann zu sich ins Zimmer, drückte die Tür zu und schloss ab.

»Setz dich.«

Verwundert nahm Will Platz. »Was ist?«, fragte er. »Du bist so seltsam.«

Teresa hockte sich auf die Bettkante. Eine Hand legte sie auf Wills Knie. »Du hättest nicht herkommen dürfen«, sagte sie mit leiser Stimme.

Überrascht hob der junge Mann die Augenbrauen. »Und warum nicht?«

»Das Haus hier ist zu gefährlich. Hier passieren Dinge, die …« Teresa senkte den Kopf und begann zu weinen.

Will Purdy setzte sich neben seine Freundin. Beschützend legte er den Arm um ihre Schultern. »Du brauchst keine Angst zu haben, Teresa. Jetzt bin ich ja hier!«

»Das ist es ja eben!« Teresa hob den Kopf. Sie blickte ihren Freund aus tränennassen Augen an. »Meine Mutter – sie wird dich nicht mehr gehen lassen.«

Purdy lachte. »Das ist doch nicht schlimm. Dann sind wir wenigstens zusammen.«

»So meine ich das nicht, Will!«

»Wie denn?«

»Man wird uns töten! Uns beide!«

Unwillkürlich rückte Will Purdy ein Stück von dem Mädchen weg. »Sag das noch mal.«

»Man wird uns töten!«

»Das glaube ich dir nicht.«

»Es ist aber so, Will. Du glaubst gar nicht, was in diesem Haus alles möglich ist. Sieh einmal in den Garten. Am Zaun erkennst du drei Bäume. Und dort – dort haben sie meinen

Vater begraben. Ich habe es selbst gesehen. Verscharrt haben sie ihn. Oh, sie sind grausam.«

Will Purdy schüttelte den Kopf. »Ich verstehe dich nicht, Teresa. Wer sind *sie*?«

»Meine Mutter und meine Schwester. Ich habe dir ja von Damona erzählt. Sie und ich sind Zwillinge, obwohl wir uns nicht gleichen. Damona hat rote Haare, aber das ist nicht alles. Mein Gott, ich rede zu viel durcheinander. Sie – sie hat übernatürliche Fähigkeiten. Sie ist ein Kind des Satans. Sie dient dem Teufel, Will. Versteh doch!«

»Gar nichts verstehe ich«, entgegnete Will Purdy. »Tut mir leid. Ich habe nur begriffen, dass dein Vater im Garten vergraben worden ist, obwohl ich mich am liebsten davon selbst überzeugen möchte. Aber nehmen wir einmal an, es stimmt. Weshalb hast du dann nicht die Polizei verständigt?«

»Das ging nicht«, erwiderte das junge Mädchen tonlos. »Ich komme doch hier nicht raus.«

»Du meinst, man hat dich eingesperrt?«

»So ist es.«

Will Purdy fühlte, wie ihm der Schweiß ausbrach. Mittlerweile kam ihm das alles seltsam vor. Aber Mord und Totschlag in einer Familie? Das war doch unmöglich. Will war überzeugt, dass seine Freundin übertrieb.

Er stand auf. »Ich werde mit deiner Mutter reden.«

»Nein, Will, nicht.« In Teresas Augen flackerte die Angst. »Das darfst du nicht, du kommst gegen sie nicht an. Sie ist zu mächtig.«

»Aber wenn sie ihren Mann getötet hat, dann muss man doch die Polizei benachrichtigen.«

»Das kannst du versuchen, Will. Deshalb befolge meinen Rat. Flieh! Flieh aus diesem Haus und rette, was noch zu retten ist. Mehr darf ich dir nicht sagen. Weiter kann ich nichts für dich tun.«

Will Purdy hob die Schultern. »Tja, wenn das so ist.« Er wusste nicht so recht, was er tun sollte, näherte sich aber der Tür.

Teresa de Lorca warf sich in seine Arme. Hart presste sie sich an ihn. »Ich wünsche dir alles Gute«, flüsterte sie. »Für uns, Darling. Ich – ich liebe dich doch …«

Minutenlang klammerten sich die beiden Menschen aneinander. Dann schob Will Purdy das junge Mädchen langsam von sich. »Ich gehe jetzt.«

Teresa öffnete die Tür und schaute auf den Gang. »Die Luft ist rein«, wisperte sie. »Und noch eins, Will. Durch die Fenster kannst du nicht. Sie lassen sich nicht öffnen!«

»Danke für den Tipp.« Will Purdy drückte ihr noch einen Kuss auf die Lippen und huschte aus dem Zimmer.

Auf Zehenspitzen näherte er sich der Treppe. Alles war still und ruhig. Niemand kam ihm entgegen.

Will Purdy dachte daran, dass die Warnungen doch wohl übertrieben waren. Wahrscheinlich sah Teresa alles zu schwarz. Sie lebte in diesem Haus und hatte nicht die richtige Distanz zu den Dingen. Es wurde Zeit, dass er sie aus diesem Gefängnis herausholte.

Will Purdy überwand die Treppe, stand mit klopfendem Herzen im Hausflur und schlich zur Tür.

Alles lief glatt.

Will legte seine Rechte auf die Klinke. In wenigen Sekunden würde er das Haus verlassen haben und zur nächsten Polizeistation fahren, um die merkwürdigen Dinge zu melden.

Noch nie hatte sich Will Purdy in seinem jungen Leben so geirrt.

»Wollen Sie uns schon wieder verlassen?«, ertönte hinter ihm Lucille de Lorcas Stimme.

Will zuckte zusammen. Fast im Zeitlupentempo drehte er sich um.

Lucille de Lorca war nicht allein. Neben ihr stand Damona, ihre zweite Tochter.

Will Purdy wusste im Augenblick nicht, was er sagen wollte. »Ich – ich meine …«

»Sie brauchen noch nicht zu gehen, Mr Purdy!« Lucille de Lorcas Stimme klang sanft, doch Will hörte den gefährlichen Unterton heraus. »Ich möchte, dass Sie noch meine zweite Tochter kennenlernen.«

Will schüttelte den Kopf. »Nein, danke, ich habe kein Interesse!«

»Sie sind unhöflich, Mr Purdy! Sie bleiben!«

»Nein!«

Will wollte die Tür aufreißen, doch Lucilles Stimme hielt ihn zurück. »Es ist abgeschlossen, Mr Purdy. Wann Sie das Haus verlassen, bestimmen wir. Und es liegt an Ihnen, ob Sie jemals lebend hier herauskommen …«

Zum ersten Mal seit langer Zeit verspürte Will Purdy Angst.

John Sinclair nahm einen kräftigen Schluck Whisky. Nachdem Suko seine Verletzungen verbunden hatte, ließ sich John den Alkohol schmecken.

Jane Collins lag noch immer auf der Couch. Ihr Atem ging flach, aber regelmäßig. Suko ließ die Privatdetektivin keinen Moment aus den Augen.

Der Geisterjäger deutete auf das Amulett, das Jane um den Hals trug. »Diese Plakette mit dem D wird es sein, die sie in Damonas Bann hält.«

Suko nickte. »Warum nehmen wir ihr das Ding nicht ab?«

»Daran habe ich auch schon gedacht«, erwiderte John. »Aber ich möchte doch warten, bis sie zu sich gekommen ist.«

Suko grinste. »Du hast ja einen ganz schönen Schlag, mein lieber Mann.«

John hob die Schultern. Er trat an die Couch heran. »Es ging nicht anders. Du kannst dir sicherlich vorstellen, wie leid mir das tut, aber ich sah einfach keine andere Möglichkeit.«

»Ich glaub's dir.«

Der Oberinspektor blickte aus dem Fenster. Es war Hauptverkehrszeit. Feierabend. Tausende strömten von ihren Arbeitsplätzen den Wohnungen zu.

John warf einen Blick auf die Uhr. Jetzt war Jane Collins schon über eine halbe Stunde bewusstlos. Der Geisterjäger fragte sich, wie Jane sich nach vollbrachter Tat mit dieser Damona in Verbindung setzen würde – und, falls das nicht geschah, wie Damona dann reagierte.

Es wurde Zeit, dass Jane Collins aus ihrer Bewusstlosigkeit erwachte.

»Wir sollten es mal mit Wasser versuchen«, schlug Suko vor. Er war schon auf dem Weg zum Bad.

John Sinclair nickte abwesend.

Er sah nicht, wie Jane Collins die Augen öffnete. Sie hatte in den letzten Minuten nur geschauspielert und so den Dialog zwischen Suko und John mitgehört.

Während John ihr den Rücken zuwandte, setzte sich Jane lautlos auf.

Ihre rechte Hand umschloss den schweren Aschenbecher. Mit diesem Ding konnte man einem Ochsen den Schädel zertrümmern.

Im Bad rauschte das Wasser. Suko ließ es erst laufen, damit es richtig kalt wurde.

Die Detektivin stemmte sich mit der linken Hand von der Couch hoch, die rechte hatte sie schlagbereit erhoben.

Und John Sinclair merkte nichts.

Ein gnadenloses Lächeln umspielte die Lippen der blondhaarigen Frau. Mordlust und Hass funkelten in den Augen. Sie fletschte die Zähne wie ein Wolf.

Im Bad drehte Suko das Wasser ab.

Unwillkürlich richtete John Sinclair seinen Blick in Richtung Tür.

Da streifte Janes Atem seinen Nacken.

Der Oberinspektor benötigte nicht mal eine Sekunde, um zu reagieren. Unheimlich schnell fegte er herum, nahm das Bild, das sich ihm bot, innerhalb eines Atemzuges auf.

Vor ihm stand Jane Collins. Sie hielt die Hand mit dem Aschenbecher drohend über dem Kopf – und drosch zu.

John Sinclair tauchte weg.

Der Schlag verfehlte ihn. Mit einem wilden Schrei stürzte Jane Collins, vom eigenen Schwung getrieben, zu Boden. Sie schlug hart mit dem rechten Arm auf, der Ascher wurde ihr aus der Hand geprellt.

Im nächsten Moment war John über ihr.

Jane Collins gebärdete sich wie eine Tollwütige. Sie schrie, tobte, versuchte zu kratzen, zu schlagen und zu beißen. Es gelang ihr sogar, herumzurollen und John ihren Fuß in den Magen zu rammen.

John Sinclair krümmte sich vor Schmerzen.

Wie ein Blitz war Jane auf den Beinen. Keuchend und knurrend wollte sie sich erneut auf den Geisterjäger stürzen. Sie glich einer Hyäne. Nichts Menschliches war mehr in ihr. Ihr Gesicht war eine grausame Maske. Wirr standen die langen Haare vom Kopf. In den Augen leuchtete der Wille zu töten.

Karateschläge, hart und gefährlich, zielten auf John Sinclair. Alles ging blitzschnell. Der Geisterjäger wich zurück. Er konnte sich nicht überwinden, mit gleicher Münze zurückzuzahlen.

Aber da war Suko heran.

Er stürmte in den Livingroom und stürzte sich auf Jane Collins.

Suko fing sich zwei knallharte Schläge ein, die ihn aber nicht erschütterten. Mit seinem gesamten Körpergewicht warf er sich auf die blondhaarige Detektivin.

Hart drückte er sie zu Boden.

»Nimm ihr das verdammte Ding ab, John!«, schrie der Chinese. Gleichzeitig drehte er die fauchende Detektivin auf den Rücken.

John war mit zwei Schritten heran. Er packte das Band, das die Plakette hielt, und riss es mit einem kräftigen Ruck entzwei.

Jane brüllte auf. Sie wollte sich wieder auf den Rücken wälzen, doch sie hatte der Kraft des Chinesen nichts entgegenzusetzen.

Suko hielt die Besessene eisern fest.

Unflätige Worte drangen aus Janes Mund. Es war wie bei einer Teufelsaustreibung. Die Detektivin wusste nicht mehr, was sie tat. Damonas Keim steckte in ihr und damit die Saat des Satans.

Schaum trat vor Janes Lippen. Sie schleuderte den Männern wilde Flüche entgegen.

»Zerstöre dieses verdammte Amulett!«, brüllte Suko. »Nimm dein Kreuz!«

Das hatte John sowieso vor. In fiebernder Hast knöpfte er sich sein Hemd auf. Wie festgewachsen lag das geweihte Kreuz auf seiner Brust. Es hing an einer Silberkette, die John jetzt von seinem Hals löste.

Die wie Leder aussehende Plakette lag neben dem linken Tischbein.

John nahm das Kreuz und warf es auf das Amulett des Teufels.

Sekundenlang geschah nichts. Doch dann war auf einmal die Hölle los. Zwei Welten prallten aufeinander. Die Kräfte des Guten und die des Bösen.

Lautlose Lichtexplosionen wurden in den Raum geschleudert. Grüngelbe Dämpfe wogten der Decke entgegen. Ein Wimmern, Kreischen und Stöhnen erfüllte das Zimmer. Fratzen schälten sich aus dem Nebel. Grässliche Gestalten, Höllengeschöpfe, deren Geist in dem Amulett gewohnt und von Jane Collins Besitz ergriffen hatten.

Die Detektivin selbst stöhnte und jammerte. Obwohl Suko sie festhielt, versuchte sie sich hin und her zu werfen. Aus ihrem halb geöffneten Mund drang grünlicher Rauch, wirbelte durcheinander, formte sich zu Gestalten und Fratzen und stieg der Decke entgegen, wo die Geistergeschöpfe zerfaserten und verschwanden.

John Sinclair musste husten.

Der Rauch war ätzend, nahm ihm die Luft.

Es war der Odem der Hölle.

Dem Geisterjäger wurde es schwindlig. Er taumelte dem Fenster entgegen. Suko erging es nicht anders. John hörte das Stöhnen des Chinesen, und doch gab Suko nicht auf. Mit eisernem Griff hielt er die junge Privatdetektivin gepackt.

Das Amulett wurde von den Kräften des Silberkreuzes zerstört. Es warf Blasen, sprühte förmlich auf wie eine Wunderkerze und flog mit einem Knall auseinander.

Der Geisterjäger war einen Schritt vor dem Fenster zusammengebrochen. Verzweifelt versuchte er, auf die Knie zu gelangen, um das Fenster zu öffnen. Er schaffte es nicht. Immer wieder rutschte er ab. Seine Finger waren zu steif, um sich am Fensterbrett festklammern zu können. John rollte auf den Rücken. Er bekam kaum noch Luft.

»Suko«, krächzte er.

Aber auch der Chinese war schwer angeschlagen. Er konnte

John nicht helfen. Er lag jetzt apathisch neben Jane Collins, die sich ebenfalls nicht mehr rührte.

Das Wimmern der Höllengestalten wurde immer lauter. John sah geisterhafte Krallen, die nach ihm griffen und dann vor seinen Augen zerfaserten. Sie vergingen wie das Amulett.

Wie viel Zeit war verstrichen? Sekunden? Minuten?

Endlich war das Amulett nicht mehr zu sehen. Es hatte sich aufgelöst. Die Kräfte des Kreuzes hatten gesiegt.

Und auch die Geisterfratzen verschwanden. Sie lösten sich auf wie der Nebel in der Frühsonne.

Rein und klar war die Luft. Viel klarer als vorher, wenigstens bildete sich John das ein. Er füllte seine Lungen mit Sauerstoff und kam torkelnd auf die Beine. Zusammen mit Suko, der ebenfalls schwankte wie eine junge Birke im Sturm.

»Wir – wir haben es geschafft!«, keuchte der Oberinspektor. Er ging an Suko vorbei, um nach Jane Collins zu sehen.

Die blondhaarige Detektivin lag auf dem Boden. Stumm – aber mit offenen Augen, in die sich jetzt Verwunderung stahl.

»Was – was ist geschehen?«, flüsterte sie. »Ich – ich kann mich an nichts erinnern.« Sie schien den Geisterjäger erst jetzt bei vollem Bewusstsein zu sehen. »John, wie kommst du hierher?«

Sinclair lächelte. »Das ist eine lange Geschichte«, wehrte er die Frage ab und half Jane Collins auf.

»Oh, ist mir schlecht!«, stöhnte die Detektivin. Sie presste ihre Hände gegen den Magen und ließ sich in einen Sessel fallen.

Suko holte Wasser.

»Hallo, Suko«, lächelte Jane gequält. »Du bist auch hier. Himmel, was war denn nur los?«

Suko grinste und reichte Jane das Glas.

Sie nahm es mit einem dankbaren Blick. Hastig trank sie, dabei glitten ihre Blicke von einem zum anderen. Als sie Johns Verband sah, stieß sie einen überraschten Laut aus. »Was ist geschehen? Warum erzählt ihr mir nichts?«

John Sinclair lächelte. »Du wolltest mich ermorden, meine Liebe. Aber du hast nicht richtig getroffen.«

Jane Collins ließ vor Überraschung fast das Glas fallen.

Suko konnte es ihr im letzten Moment noch aus der Hand nehmen.

»Was habe ich getan?«

»Du wolltest mich umbringen. In der Tiefgarage.«

»Nein«, stöhnte Jane und ließ sich zurückfallen. »Das darf doch nicht wahr sein.« Sämtliches Blut schien aus ihrem Gesicht zu weichen. Sie sah leichenblass aus.

John lächelte. »Es ist zum Glück gut gegangen. Und ein Streifschuss wirft mich nicht um.« John Sinclair nickte. »So, nun erzähl mal, Jane. Was ist geschehen?«

Jane Collins begann zu berichten. Ihr Gedächtnis war zum Glück nicht in Mitleidenschaft gezogen worden. Allerdings nur bis zu dem Punkt, als sie in die Gewalt der teuflischen Damona geriet. Von da an hatte sie einen Blackout.

»Ich weiß nicht, was passiert ist, John. Plötzlich war eine fremde Macht in mir. Man hängte mir dieses Amulett um – und dann, ich habe keine Ahnung. Ich wachte erst hier im Zimmer wieder auf.«

»Dann muss dir jemand einen Befehl eingeimpft haben«, meinte John.

»Und dieser Jemand ist Damona«, ergänzte Jane.

»Genau.« John Sinclair nickte. »Du hast sicher noch den Weg im Gedächtnis, den ihr gefahren seid?«

Jane lächelte gequält. »Ich hoffe es. Am besten, wir fahren zu Mrs Lidells Haus. Dort war meine Erinnerung ja noch vorhanden.«

Der Geisterjäger nickte. »Gut, sehen wir uns Mrs Lidells Haus an. Diese Teresa hat dich also gewarnt. Weißt du noch wovor?«

Jane hob die Schultern. »Sie hat nichts Konkretes gesagt. Sie hat mich nur vor der nahen Zukunft gewarnt. Es würde etwas Schlimmes passieren.«

»Wahrscheinlich eine Satansmesse«, vermutete John.

»Und solche Feiern finden meist nachts statt«, mischte sich Suko in das Gespräch ein. »Mit der nahen Zukunft kann auch die nächste Nacht gemeint sein.«

»Dann wird es für uns höchste Zeit«, sagte John.

Jane Collins stand auf. »Sollen wir jetzt fahren?«, fragte sie.

Der Geisterjäger ging zu einem Einbauschrank und öffnete die linke der drei großen Türen. Er holte seinen Spezialkoffer hervor, in dem die Waffen lagen, die für eine Dämonenbekämpfung unerlässlich waren.

Zum Beispiel eine gnostische Gemme, ein magischer Drudenfuß, silberne Kreuze und Dolche, dann eine Waffe, die Eichenbolzen verschoss und speziell gegen Vampire eingesetzt wurde, magische Kreide, Bücher und Beschwörungsformeln.

John nahm drei Kreuze aus den Samtkissen. Sie waren ziemlich schwer, aus massivem Silber hergestellt und an der Längsseite mit lateinischen Sprüchen versehen. Es waren magische Worte, die das Böse abschreckten.

Jane nahm ein Kreuz entgegen. Sie hängte es sich um den Hals.

Bei Suko zögerte der Geisterjäger.

Der Chinese sah John Sinclair ungläubig an. »Hast du etwa vor, mich hier zu lassen?«, argwöhnte er.

»Ich denke an deine Gehirnerschütterung.«

Suko winkte ab. »Unsinn, ich bin wieder voll da. Du kannst dich auf mich verlassen.«

John grinste. »Okay, ich riskiere es!«

Suko nahm das Kreuz entgegen. »Wir werden diese verdammte Feier sprengen«, prophezeite er und rieb sich die Hände.

Wer Suko kannte, der wusste, dass das kein leeres Versprechen war.

»Ihr seid Teufel«, flüsterte Will Purdy, »gnadenlose Teufel. Wo bin ich nur hineingeraten? In die Hölle?«

Lucille de Lorca stieß ein gellendes Lachen aus. »Ja, mein Junge«, bestätigte sie. »Hier ist so etwas Ähnliches wie die Hölle. Der Satan hat in unserem Haus einen Stützpunkt!«

Will Purdy atmete rascher. Verzweifelt suchte er nach einem Ausweg. Er konnte seinen Blick nicht von der rothaarigen Damona lösen. Sie war es also, die alles in die Wege geleitet hatte, die dem Satan diente und die unschuldige Menschen in den höllischen Strudel mit hineinreißen würde.

Er sah ihr Gesicht.

Blass, schmal, mit vorstehenden Wangenknochen. In den aufblitzenden Augen nisteten Gemeinheit, Mordlust und teuflische Vorfreude. Augen, vor denen man einfach Angst haben musste.

Will Purdy senkte den Blick. Sein Widerstandswille erwachte. Nein, kampflos wollte er sich nicht ergeben. Es musste ihm doch gelingen, die beiden Weiber zu überrumpeln. Dann konnte er vielleicht mit Teresa fliehen. Sie aus diesem verdammten Haus herausholen.

Aber das waren alles Wunschvorstellungen.

Noch einmal versuchte es der junge Mann auf die friedliche Tour. »Ich will weg, lasst mich endlich raus, zum Teufel!«

Lucille de Lorca lachte hysterisch. »Hörst du, Damona, er spricht vom Teufel! Dem kann er sehr schnell begegnen. Glaub mir, Junge, Satan wird sich freuen, wenn er deine Seele bekommt!«

Da drehte Will Purdy durch. Er war noch nie in seinem Leben ein Schwächling gewesen. Wie ein Raubtier auf die Beute, stürzte er sich Lucille entgegen.

Er hätte auch Damona genommen, aber die rothaarige Mutter stand ihm am nächsten.

Lucille de Lorca wurde von dem Angriff überrascht. Hart prallte der junge Mann gegen sie. Durch diesen Stoß wurden beide bis zur Treppe zurückgeworfen und fielen zu Boden. Lucille stieß mit dem Rücken gegen die Kanten der untersten Stufen. Sie fluchte lästerlich und keifte nach ihrer Tochter.

Will Purdy kümmerte sich nicht darum. Verbissen kämpfte er weiter. Seine Hände suchten den Hals der Frau.

»Du verdammte Bestie!«, brüllte er, und heulte im nächsten Moment auf, als spitze Fingernägel sein Gesicht trafen und rote Striemen zogen.

Jetzt griff auch Damona ein. Ihre knochige Hand umfasste Purdys Schulter. Mit einer Kraft, die ihr niemand zugetraut hätte, zog sie den jungen Mann zurück.

Will Purdy fiel auf den Rücken.

Weit riss er die Augen auf – und sah Damona über sich stehen.

Will Purdy starrte in ihr Gesicht.

War es überhaupt noch ein Gesicht?

Es war die Fratze des Satans. Unbeschreiblich schrecklich anzusehen. Das Böse, die teuflischen Mächte, die in dem Mädchen wohnten, kamen voll zum Ausbruch. Stinkender Brodem quoll aus dem Mund. Grauenvolle, röchelnde Laute wurden dem jungen Mann entgegengeschleudert.

Will Purdy ballte die Hände zu Fäusten.

Er schrie und schrie …

Klauen näherten sich seinem Gesicht. Mit Fell bedeckte Finger krümmten sich zu einem Würgegriff. Im Hintergrund – für Will klang es meilenweit entfernt – hörte er das triumphierende Lachen der rothaarigen Lucille.

»Die Hölle hat gewonnen!«, jauchzte Lucille. »Sie hat gewonnen!«

Die Frau hüpfte und tanzte.

Von ihrem Geschrei wurden die anderen Frauen angelockt. Eve Lidell und noch zwei Frauen traten aus den Zimmern der oberen Etage. Sie führten ein Mordsspektakel auf, umkreisten den am Boden liegenden Will Purdy und beschworen alle Qualen der Hölle auf ihn herab.

Will Purdy schloss mit seinem Leben ab. Verzweifelt riss er die Hände vor sein Gesicht. Er wollte die grässliche Teufelsfratze nicht mehr sehen. Zu tief saß der Schock, der ihn getroffen hatte.

»Töten! Töten!«, brüllten die rasenden Weiber.

Sie bespien den jungen Mann. Noch wilder und hemmungsloser wurde ihr Tanz. Angefeuert von Lucille, bewegten sie sich wie in Ekstase.

Dann zog Lucille de Lorca ein Messer. Die lange Klinge blitzte im Schein der Lampe.

Das rothaarige Weib hielt den rechten Arm hoch.

»Wer will es tun?«, schrie sie. »Wer will es tun?«

Eve Lidell war die Erste.

»Das Messer!«, geiferte sie mit Schaum vor den Lippen. »Gib mir das Messer!«

Sie sprang vor und fasste danach, doch Lucille wich mit einer spielerisch anmutenden Bewegung aus.

»Nein! Ich tue es selbst!«

Der Tanz stockte. Er hörte so abrupt auf, wie er begonnen hatte. Alle starrten Lucille an, die den Platz ihrer Tochter einnahm und sich vor Will Purdy stellte.

Damona war zurückgewichen. Die Teufelsfratze war aus ihrem Gesicht verschwunden.

Sie sah wieder aus wie ein Mensch.

Stille. Atemlose Spannung.

Will Purdy lag am Boden und zitterte. Er wusste, dass er von der rothaarigen Frau keine Gnade erwarten konnte. Er würde sein Leben in wenigen Sekunden unter der breiten Messerklinge aushauchen.

Niemand achtete auf die Treppe. Dort tauchte auf der letzten Stufe eine Gestalt auf.

Teresa de Lorca …

Hoch hob Lucille de Lorca ihren rechten Arm. »Stirb!«, brüllte die rothaarige Furie. »Stirb im Namen des Satans …!«

»Nein …!«

Teresas Schrei gellte durch das Treppenhaus und ließ Lucille de Lorca herumwirbeln.

Ihr Blick flog nach oben.

Auf der Treppenstufe stand ihre Tochter Teresa. Und sie hielt eine Waffe in der rechten Hand.

Es war die Armeepistole ihres Vaters …

»Die erste Kugel ist für dich, Mutter, und bei Gott, ich tue es, wenn du nicht das Messer fallen lässt!«

Lucille de Lorca begann zu lachen.

Hämisch, gemein, aber auch wissend.

»Du willst mich wirklich umbringen, Teresa?«, höhnte sie. »Ausgerechnet du?«

Teresa nickte.

Es war ihr anzusehen, unter welch einer Nervenanspannung sie stand. Hart traten ihre Wangenknochen hervor. Die Muskeln unter der Haut zuckten. Aber die Pistole klebte wie festgeleimt in der Hand.

Will Purdy lag nach wie vor am Boden. Er wagte sich nicht zu rühren. Aus den Augenwinkeln schielte er zu Teresa hoch.

Auch die anderen standen still. Wie Zinnsoldaten, in denen kein Leben steckte.

Bei Damona bewegten sich nur die Augen. Sie schienen auf das Doppelte angewachsen zu sein, und tief in den Pupillenschächten loderte ein unheiliges Feuer.

Eines war klar.

Damona würde nicht tatenlos zusehen, wie ihre Schwester das Heft in die Hand nahm.

»Wirf das verdammte Messer weg!«, schrie Teresa.

Lucille de Lorca zögerte noch. Ein kaum merkliches Lächeln umspielte ihre Lippen. Dann flüsterte sie: »Ja, Teresa, ich glaube, du würdest es tun. Jemand hat mal gesagt, dass Liebe stärker sein soll als die Kraft der Hölle. Es scheint sich hier zu bewahrheiten. Aber noch hast du nicht gewonnen!«

Lucille de Lorca öffnete die Finger. Das Messer fiel zu Boden. Mit der Spitze blieb es im Teppich stecken.

Teresa atmete auf. Der Schweiß lief ihr in Strömen vom Gesicht. Sie hatte die rechte Hand mit der Waffe am Treppengeländer abgestützt, damit sie mehr Halt hatte.

»Steh auf, Will!«, befahl das Mädchen.

Der junge Mann verstand erst nicht, und Teresa musste ihren Befehl wiederholen.

Dann aber erhob sich Will Purdy schwer atmend.

Er stand mit zitternden Beinen da. Furchtsam schweiften seine Blicke umher. Noch traute er dem Frieden nicht.

»Nimm das Messer«, sagte Teresa.

Will Purdy zögerte.

»Los, nimm es!«

Purdy bückte sich und hob das Messer auf. An der Art, wie er es hielt, war zu erkennen, dass er mit solchen Gegenständen keine Erfahrung hatte.

»Und du, Mutter, du schließt jetzt die Tür auf!«

Lucille de Lorca rührte sich nicht. Teresa atmete tief ein.

»Willst du eine Kugel?«, fragte sie mit drohender Stimme.

Lucille machte eine halbe Drehung. Sie konnte jetzt ihre Tochter Damona ansehen. »Tu endlich was!«, zischte sie.

Teresa lachte laut auf. »Sie wird es wohl kaum riskieren. Es sei denn, sie möchte für deinen Tod verantwortlich sein, Mutter!«

Lucille de Lorca zog die Mundwinkel nach unten.

»Noch hast du nicht gewonnen«, sagte sie. »Noch nicht.«

»Geh zur Tür!«

Lucille setzte sich in Bewegung. Sie schritt langsam, mit hocherhobenem Kopf. Ihre rechte Hand glitt in die Tasche des Kleides und holte den Haustürschlüssel hervor.

Gelassen führte sie ihn ins Schloss und drehte ihn zweimal. Dann wandte sie sich um. »Die Tür ist offen!« Sie lächelte mokant. »Hast du sonst noch einen Wunsch, Tochter?«

»Nein, Mutter!« In der Antwort klang deutlich der beißende Spott mit.

Teresa wandte sich wieder an ihren Freund. »Jetzt bist du an der Reihe, Will. Verlasse dieses Haus!«

Will Purdy schluckte. »Ohne dich?«

»Ich komme schon noch mit«, erwiderte Teresa, »aber zuvor muss ich diese Furien in Schach halten.«

Die Spannung wuchs. Will Purdy schritt auf die Tür zu. Würde er es schaffen und dem Hexenkessel entkommen?

Auf der Treppe beobachtete Teresa jede Bewegung der Anwesenden. Und besonders behielt sie ihre Schwester Damona im Auge. Sie wusste, zu welchen »Leistungen« diese fähig war.

Und doch konnte sie das Verhängnis nicht aufhalten. Sie konnte zwar Damonas Bewegungen kontrollieren, aber nicht ihren Willen, denn der wurde von Satan persönlich gelenkt. Und der Teufel ließ sich nun mal nicht in die Karten schauen.

Urplötzlich fühlte Damona de Lorca wieder die Kraft der Hölle in sich. Sie merkte, das das Böse immer stärker wurde, dass es sie überschwemmte wie eine riesige, alles verzehrende Woge.

Will Purdy hatte inzwischen die Tür erreicht. Er streckte seine Hand nach der Klinke aus.

Sekunden nur noch, dann würde er aus dem Haus sein.

Plötzlich stöhnte Damona auf.

Da! Die Satansfratze. Sie schob sich über ihr Gesicht. Und dann ging alles blitzschnell.

Will Purdy hatte die Tür aufgezogen. Schon traf die kühle Abendluft sein Gesicht, als ihm die Tür mit unwiderstehlicher Gewalt aus der Hand gerissen wurde und wieder zuknallte.

Schreiend sprang Purdy zurück. Er hielt sich die rechte Hand, als hätte er sie sich verbrannt.

»Will!«, schrie Teresa.

Ihr Ruf ging in einem ohrenbetäubenden Krachen unter. Mit Donnergetöse brach die Treppe unter ihr zusammen. Damonas geistige Kräfte hatten sie zerstört.

Staub wallte auf, Holz splitterte, dazwischen Teresas Schrei, der verstummte wie abgeschnitten.

Und Lucille lachte. »Gut gemacht, Damona«, lobte sie. Sie sprang auf ihre Tochter zu und umarmte sie.

Aber Damona war noch nicht fertig. Ein gedrechselter Geländerpfosten löste sich aus dem Chaos, wirbelte durch die Luft, drehte sich mehrere Male um sich selbst und zischte wie ein Schwert auf den schreckensstarren Will Purdy zu.

Der Pfosten traf ihn an der Stirn.

Bewusstlos sackte der junge Mann zusammen.

Eve Lidell und die anderen Frauen sprangen vor. Sie wühlten in den Holztrümmern herum, schleuderten sie zur Seite, rissen sich dabei die Finger blutig, doch das störte sie nicht.

Schließlich hatten sie es geschafft. Gemeinsam zogen sie Teresa aus den Überresten der Treppe.

Ein dicker Blutfaden lief über das Gesicht des Mädchens. Über der Nasenwurzel war die Haut aufgeplatzt.

»Lebt sie?«, kreischte Lucille de Lorca.

Eve Lidell fühlte nach dem Puls. »Ja.«

»Das ist gut«, freute sich die rothaarige Frau. »Das ist sogar sehr gut. Dann werden die beiden heute Nacht Satans Opfer sein. Und nichts, aber auch gar nichts kann sie mehr retten. Nicht wahr, Damona, mein Kind?«

»Ja, Mutter, du hast recht. Nichts wird sie vor dem Tod bewahren …«

Es war eine schaurige Prozession!

Etwa zwanzig Frauen strebten der verfallenen Kirche zu. Sie waren alle gleich gekleidet, trugen lange, kuttenartige Kleider mit Kapuze, die sie über den Kopf gezogen hatten.

Die Frauen bewegten sich stumm. Keine von ihnen sprach auch nur ein Wort. Die Menschenschlange wand sich auf dem Waldweg, der einen Gebüschgürtel teilte und auf die Kirche zuführte. Er mündete in einen kleinen Platz. Dort wucherte das Unkraut kniehoch.

Der Himmel hatte eine graue Tönung angenommen. Bald würde die Dunkelheit ihren schützenden Mantel über die Erde legen.

Das Gras raschelte, als Damonas Dienerinnen eintrafen. Pünktlich. Sie hatten den langen Anfahrtsweg nicht gescheut, um dem Kind des Satans ihre Reverenz zu erweisen.

Von der entweihten Kirche standen nur noch die Mauern. Das Dach war vom Sturm abgedeckt worden. Die Scherben der Rundbogenfenster lagen auf dem Boden verstreut, und die Bänke aus dem Innern der Kirche hatte man gestohlen.

Niemand kümmerte sich um die Ruine, und deshalb war sie als Treffpunkt für die Anhängerinnen des Damona-Kults ideal.

Nacheinander verschwanden die Frauen in der Kirche, in der Lucille de Lorca, ihre beiden Töchter und Will Purdy schon versammelt waren.

Teresa und Will lagen gefesselt auf dem Boden. Lucille selbst hatte sie so verschnürt, dass sie sich nicht rühren konnten. Die Gefangenen befanden sich vorn im Kirchenschiff, wo einmal der Altar gestanden hatte. Heute gab es dort nur noch eine etwas erhöht stehende Steinplatte.

Neben dem »Altar« stand ein zweiter Tisch. Aus Holz und mit einem einfachen gedrechselten Bein. Eine schwarze Samtdecke bedeckte die Platte.

Und auf der Decke lagen sie.

Sieben Dolche!

Gefährliche Waffen mit langen, schmalen Klingen. Die Griffe waren aus Holz, in das Teufelsfratzen und magische Worte geschnitzt waren.

Sieben Dolche!

Für sieben Opfer?

Lucille de Lorca empfing die ankommenden Frauen am Eingang der verfallenen Kirche. In einem Eisengestell standen brennende Fackeln bereit. Lucille reichte jeder Dienerin eine Fackel.

Die Frauen wussten genau, was sie zu tun hatten. Mit den Fackeln näherten sie sich der Steinplatte und bildeten dort einen Halbkreis.

Gespenstisch zuckte das Licht über die halb zerfallenen, uralten Mauern. Die tanzenden Schatten wirkten wie Dämonen aus der Unterwelt. Wer länger hinschaute, hatte das Gefühl, die Schatten würden ein Eigenleben führen und das gesamte Kirchenschiff besetzen.

Damona wartete schon.

Hoch aufgerichtet stand sie hinter dem Stein. Sie trug ein weißes Gewand, auf dessen Vorderseite eine dunkelrote Satansfratze gemalt war.

Das Zeichen der Hölle!

Die ankommenden Frauen verneigten sich vor Damona. Ehrfurchtsvoll waren ihre Blicke auf das junge Mädchen gerichtet. Die beiden Gefangenen wurden nicht beachtet.

Sie lagen dicht nebeneinander innerhalb des Halbkreises. Beide wurden von rasenden Schmerzen geplagt, doch die Angst vor der grausamen Zukunft war größer.

Die jungen Menschen tauschten Blicke. Resignation hatte sich ihrer bemächtigt. Sie sahen keinen Ausweg mehr. Ihre Schicksalsuhr schien abgelaufen.

»Sie werden uns töten, nicht?«, hauchte Will Purdy.

Teresa deutete so etwas wie ein Nicken an.

»Und wie?«

»Die sieben Dolche sind dafür vorgesehen. Ich weiß das. Meine Mutter hat es mir einmal erzählt. Du kennst die sieben Erzengel, Will. Und erinnere dich daran, dass es zu den sieben Erzengeln auch noch das Gegenstück gibt. Der Satan hat sieben Hauptdämonen um sich geschart. Unter anderem Belphégor und Astaroth, falls dir die Namen etwas sagen. Und jedem dieser Dämonen ist ein Dolch geweiht. Keiner von ihnen soll sich übergangen fühlen. Deshalb diese Zahl.«

»Das ist ja schrecklich«, flüsterte Will. »Sind diese Menschen denn hier alle verrückt?«

»Nein, Will. Sie sind verblendet. Satanische Mächte haben sich ihrer bemächtigt. Ich weiß, Will, es ist schrecklich, aber wir können nichts mehr machen. Wir haben unsere Chance gehabt!«

Lucille de Lorca war auf das Gespräch aufmerksam geworden.

»Seid ruhig, ihr beiden!«, zischte sie. »Satan kann keine Störungen leiden. Er wird sonst wild!«

Die Gefangenen schwiegen verängstigt.

»Lasst uns beginnen«, rief Lucille de Lorca. »Wir wollen den Satan nicht warten lassen! Damona, rufe unseren Herrn und Meister herbei. Sag ihm, dass wir bereit sind, alles für ihn zu tun!«

Lucilles Worte hallten in dem entweihten Kirchenschiff nach. Sie war sicher, von keinem Außenstehenden gehört oder gesehen worden zu sein.

Doch auch eine Lucille de Lorca konnte sich irren ...

Jane Collins, John Sinclair und Suko hatten längst Stellung bezogen. Die drei kauerten hinter einem Gebüsch, von dem aus sie, wenn sie die Zweige zur Seite bogen, die verfallene Kirche beobachten konnten.

Jane hatte den Weg ziemlich schnell gefunden. Als sie sich mit dem Wagen de Lorcas Haus genähert hatten, war ihnen aufgefallen, dass sich die Frauen getroffen und dann auf die Kirche zu bewegt hatten.

Unbemerkt hatten sich die drei Verfolger angeschlichen. Soeben sahen sie die letzte Frau in der Kirche verschwinden.

Dumpf fiel das Portal hinter ihnen ins Schloss. Die große Tür war noch erhalten. Sie hing zwar schief in den Angeln, doch sie tat ihren Dienst.

Der Geisterjäger erhob sich vorsichtig. Die Schatten der

Dämmerung waren länger geworden, die Dunkelheit hatte sie bereits eingeholt.

»Keine Wachen zu sehen«, flüsterte John.

Suko nickte. »Die fühlen sich verdammt sicher.«

Und Jane Collins meinte: »Hoffentlich geschieht den beiden Gefangenen nichts. Ich habe Angst, dass wir zu spät kommen! Außerdem sind die Weiber in der Überzahl.«

John Sinclair winkte ab. »Wir dürfen nichts überstürzen.« Er bog die Zweige abermals zur Seite und warf einen Blick auf die scheibenlosen Fenster. Deutlich war von ihrem Standort aus zu erkennen, dass im Innern der Kirche Fackeln brannten. Der zuckende Schein tanzte aus den Fensterhöhlen.

»Wir werden uns verteilen«, schlug John Sinclair vor. »Du, Suko, kletterst durch eines der Fenster. Jane, du bleibst am besten draußen und gibst acht, dass sich niemand davonmacht. Und ich werde versuchen, durch die Tür zu gelangen.«

Jane protestierte. »Warum soll ich denn hierbleiben? Traust du mir nichts zu?«

»Doch. Aber ich will nicht, dass du dich unnötig in Gefahr begibst. Du hast schon genug durchgemacht. Denk nur an die letzten Stunden.«

»Okay, ich bleibe schon hier.«

»Dann los.« John Sinclair nickte.

Er und Suko schraubten sich aus dem Gebüsch. Der Chinese war ebenso wie John Sinclair mit einer Beretta bewaffnet, die geweihte Silberkugeln im Magazin hatte. Zusätzlich hing vor seinem Hemd das Silberkreuz, das ihm Schutz gegen die höllischen Mächte bot.

Die beiden Freunde trennten sich. Während Suko auf leisen Sohlen an der Mauer entlanglief, steuerte John Sinclair die Eingangstür an.

Er und Suko wollten die Frauen in die Zange nehmen.

Als John vor dem Portal stand, konnte er aus dem Innern der verfallenen Kirche Stimmen vernehmen. Aber er konnte nicht verstehen, was gesprochen wurde.

John legte seine Hand auf die gebogene Eisenklinke und drückte sie nach unten. Sie gab lautlos nach.

John Sinclair zog die Tür nur so weit auf, dass er in das Innere des Gemäuers schlüpfen konnte.

Kühle, feuchte, muffig riechende Luft empfing ihn.

Behutsam drückte John die Tür wieder zu, duckte sich und presste seinen Rücken gegen die Wand.

Es war ein schauriges Bild, das sich seinen Augen bot.

Vorn, wo früher der Altar gestanden hatte, bildeten die Frauen einen Halbkreis. Die Hände mit den Fackeln hielten sie hoch. Das Licht streute über die Gesichter und verwandelte sie in hässliche Fratzen.

John sah Lucille de Lorca ein wenig abseits stehen, dicht vor einer altarähnlichen Steinplatte. Die Frau neben ihr musste Damona sein.

Er konnte erkennen, wie Lucille de Lorca ihren rechten Arm gebieterisch hob.

»Teresa zuerst!«, rief sie. »Dieser Kerl soll sehen, was geschieht, wenn man sich der Hölle entgegenstellt.«

Zwei Frauen hoben die gefesselte Teresa auf die Steinplatte.

Der Geisterjäger war entsetzt. Er war nicht gerade zart besaitet, aber was er hier mit ansehen musste, ließ ihm das Blut in den Adern gefrieren.

Ein junges Mädchen sollte getötet werden.

Von der eigenen Mutter und der Zwillingsschwester!

Zwar hatte Suko fast einen Körper wie ein Ringer, doch er bewegte sich mit der Geschmeidigkeit einer Tigerkatze.

Nahezu lautlos näherte er sich dem großen Fenster an der Nordseite der Kirche.

Längst war von John Sinclair nichts mehr zu sehen. Suko war ziemlich zuversichtlich, dass er und sein Freund es schaffen würden. Sie waren es gewohnt, getrennt vorzugehen und gemeinsam zuzuschlagen.

Das Fenster lag so hoch, dass Suko den unteren Rand mit den Fingerspitzen nicht erreichen konnte. Er musste ein Stück an der Mauer hochklettern.

Der Chinese nutzte Risse und kleinere Vorsprünge. Er klebte

an dem Gestein wie ein Klammeraffe, näherte sich dem Fenster von der Seite, und es gelang ihm, einen Fuß auf die brüchige Fensterbank zu setzen.

Blitzschnell zog er das andere Bein nach, machte sich klein und hockte auf der Fensterbank.

Er konnte in die ehemalige Kirche hinuntersehen und verfolgte so aus der Vogelperspektive das Geschehen.

Er sah die Frauen mit den Fackeln, erkannte Lucille de Lorca und deren Tochter Damona und beobachtete, wie das Mädchen Teresa auf den Stein gelegt wurde.

Der Fackelschein übergoss ihr Gesicht mit wirbelnden Schatten. Übergroß erschienen Suko die Augen des Mädchens.

Angst, Panik und Grauen nisteten in Teresas Blicken.

Keiner der Anwesenden kam auf die Idee, nach oben zu sehen. Zu sehr fesselte sie das Geschehen, das Lucille de Lorca in Gang gesetzt hatte. Denn sie holte mit Satans Hilfe zum großen Schlag aus …

Die Kälte des Gesteins drang durch Teresas Kleidung.

Doch sie spürte nichts.

Sie sah die brennenden Fackeln, doch nahm sie nichts bewusst wahr. Sie wurde nur von einem einzigen Gedanken gequält.

Du musst sterben!

Die Frauen, die sie auf den Stein gelegt hatten, traten zurück. Diabolische Freude zeichnete ihre Gesichter. Unsichtbar hatte die Macht des Satans sie umfangen.

»Tritt vor, Damona!«, klang Lucilles Stimme auf.

Teresa drehte ein wenig den Kopf.

Damona löste sich von der Seite ihrer Mutter. Sie stellte sich dicht an den Stein, sodass ihre Knie den unheimlichen Altar berührten.

»Satan!«, rief sie mit gewaltiger Stimme. »Satan, komm zu mir!«

Die Echos hallten in der Kirchenruine nach und schwangen von einer Seite zur anderen.

Und Satan kam.

Ein eisiger Windzug fegte durch die entweihte Stätte. Ein gellendes, teuflisches Gelächter stieg empor und ließ die Gefangenen vor Angst schaudern.

Noch war nichts zu sehen.

Doch dann veränderte sich Damonas Gesicht. Die Satansfratze kristallisierte sich hervor. Schwefeldämpfe schlugen aus ihrem Mund. Die mit Fell bedeckten Hände zuckten krampfhaft.

Damona bog ihren Oberkörper zurück. »Er ist in mir!«, schrie sie. »Satan ist in mir! Er will das Opfer annehmen. Gebt mir den Dolch!«

Die Frauen begannen zu schreien. Es waren Rufe des Entzückens. Sie huldigten dem Teufel.

Lucille de Lorca nahm den ersten Dolch von dem kleinen Tisch. Ihr Gesicht drückte eine kaum zu beschreibende Freude aus, als sie die Waffe ihrer Tochter in die Hand gab.

»Der Dolch des Astaroth!«, schrie Damona und hielt die Waffe hoch, deren Klinge im Fackelschein leuchtete.

»Astaroth, ich rufe dich. Gib ihr Kraft, dass sie …« Lucille de Lorca hatte die Worte ausgestoßen, doch sie blieben ihr auf einmal im Hals stecken.

Ein Mann stürmte durch den breiten Mittelgang auf den Altar zu.

John Sinclair!

»Zur Hölle mit Astaroth!«, brüllte der Geisterjäger. »Niemand wird hier geopfert!«

Stille. Atemlos, beinahe fühlbar!

Dann ein Schrei.

»Tötet ihn!«, feuerte Lucille die Frauen an. »Tötet ihn!«

Da hatte John den Altar schon erreicht. Wie eine Granate sprengte er den Kreis der Dienerinnen. Mit der linken Hand löste er das Kreuz vor seiner Brust und hielt es hoch über den Kopf.

»Verflucht seist du, du Herr der Hölle!«, brüllte der Geisterjäger und ließ die Hand mit dem Kreuz rotieren.

Schreie des Entsetzens, der Angst.

Die Frauen wichen zurück. Der Anblick bereitete ihnen körperliche Schmerzen. Lucille de Lorca fiel auf die Knie und heulte wie ein Hund. Beide Hände presste sie vor ihr Gesicht.

Aber Lucille interessierte den Geisterjäger nicht.

Er wollte Damona.

Mit der linken Hand schlug er zu, traf Damona an der Schulter und stieß sie vom Altar weg.

Das Mädchen taumelte. Noch immer hielt sie das Messer in der Hand. John schlug es ihr aus den Fingern. Die Klinge klirrte zu Boden.

Dann stand John Sinclair Damona de Lorca gegenüber. Zwischen ihnen befand sich das silberne Kreuz, das John hin und her pendeln ließ.

»Schwöre dem Satan ab!«, rief der Geisterjäger mit lauter Stimme. »Beim Anblick dieses Kreuzes wirst du die Hölle vergessen. Nichts mehr sollst du mit Satan zu tun haben. Du wirst wieder werden wie …«

»Aaahhh!« Damonas Schrei war grauenhaft. Sie fiel vor dem Oberinspektor in die Knie, wand sich am Boden – und packte plötzlich zu. John fühlte noch die Klauen in Höhe seiner rechten Wade, als er schon das Gleichgewicht verlor und zu Boden krachte.

Ein brennender Schmerz durchzuckte seine rechte Schulter. Unwillkürlich stöhnte John Sinclair auf. Für einen Moment verlor er die Übersicht. Ein harter Tritt traf sein rechtes Handgelenk. Er sollte ihm das Kreuz aus den Fingern prellen.

Doch der Geisterjäger hielt eisern fest. Der nächste Tritt verfehlte ihn. John hatte sich zur Seite gerollt.

Die Frauen wollten sich auf ihn stürzen, und mit einem wahrhaft pantherartigen Satz war der Geisterjäger auf den Beinen.

Plötzlich hielt er die Beretta in der Hand.

Die Frauen stockten.

Der Anblick der Waffe machte ihnen Angst.

»Stopp«, schrie John, »keinen Schritt weiter!«

Er ging noch etwas zurück, um alle im Blickfeld zu haben. Teresa hatte sich von dem Altar heruntergerollt. Sie lag jetzt neben ihrem Freund.

»Zur Seite!«, fauchte John Sinclair Lucille an. »Weg von den anderen!«

Die rothaarige Frau gehorchte. Doch ihrem Gesicht war anzusehen, dass sie noch längst nicht aufgegeben hatte.

Auch John fühlte sich nicht als Herr der Lage. Er hoffte auf Suko. Normalerweise hätte der Chinese schon eingreifen müssen.

Der Geisterjäger warf einen raschen Blick auf Damona.

Ihr Gesicht bot einen grauenhaften Anblick. Die rechte Hälfte war normal, die linke zeigte noch die Teufelsfratze.

John musste zusehen, wie die Frauen die ehemalige Kirche verließen. Auf die Dauer konnte er sie nicht in Schach halten. Außerdem würde er es nicht fertig bringen, auf die Frauen zu schießen.

»Verlasst die Kirche!«, befahl er.

»Nein, bleibt!«, kreischte Lucille. »Er kann euch nichts anhaben! Ihr tragt das Zeichen der Damona! Ihr seid stärker!«

John wandte seine Aufmerksamkeit der Sprecherin zu. Und damit beging er einen Fehler. Er ließ Damona aus den Augen. Sie, die Teuflische, mobilisierte all ihre Kräfte. Sie konzentrierte ihre übersinnlichen Fähigkeiten voll auf die sechs Messer, die noch auf dem Tisch lagen.

Und sie schaffte es.

Plötzlich wirbelte einer der Dolche durch die Luft, drehte sich, nahm eine andere Richtung und fegte auf John Sinclair zu …

Suko hockte in der Fensteröffnung.

Noch wollte er nicht eingreifen. John Sinclair hatte die Lage unter Kontrolle. Auch als Damona ihn niederstieß, blieb Suko in dem Fenster hocken.

Dann aber wurde es kritisch.

John konnte nicht alle im Auge behalten, und ausgerechnet Damona vergaß er.

Da wirbelte das Messer heran.

Auf John Sinclair zu.

Suko reagierte innerhalb eines Sekundenbruchteils. Sein Arm mit der Waffe flog hoch.

Er schoss und schoss …

Vier Kugeln jagte er aus dem Lauf. Er hatte die wahnwitzige Hoffnung, die Klinge noch treffen zu können.

Die nächsten Ereignisse spielten sich so schnell ab, dass man mit den Augen kaum folgen konnte.

John hörte den Schuss, warf sich zur Seite, spürte an seinem Hals einen brennenden Schmerz, spürte Blut aus einer Wunde fließen, prallte auf den Boden und rollte sich instinktiv weiter.

Mit einem gellenden Schrei auf den Lippen sprang Suko von seinem Fensterplatz. Federnd kam er auf und stürzte sich sofort auf die ihn angreifende Lucille de Lorca, die Suko mit Händen und Füßen attackierte. Aber auch die anderen Frauen warfen sich auf den Chinesen.

John Sinclair konnte sich nicht um Suko kümmern, denn er wurde hart von Damona attackiert.

Und sie setzte die geballte Macht ihrer teuflischen Kräfte ein.

Der nächste Dolch flog heran. Eine rote Feuerlohe umgab ihn plötzlich.

Bewegt durch die teuflischen Kräfte, sirrte er zielsicher auf den Geisterjäger zu.

John duckte sich.

Das Messer wischte über ihn hinweg.

Schon kam das nächste. Damonas Augen glühten. Sie stand da mit halb erhobenen Armen und war von dem Willen besessen, John Sinclair zu vernichten.

Der Oberinspektor war schnell wie ein Blitz. Er zuckte gerade noch rechtzeitig zur Seite. Dicht neben seiner Hüfte prallte der Dolch zu Boden.

Drei Messer waren noch übrig.

Drei tödliche, mörderische Klingen.

»Stirb, du Hund!«, brüllte Damona und schickte die drei Dolche gleichzeitig auf die Reise.

Ungeheuer schnell jagten sie heran.

Zu schnell, um ihnen auszuweichen.

Er sah nur noch eine Möglichkeit. Er duckte sich so tief, wie es ging, zog den Kopf in den Nacken und warf sein silbernes Kreuz auf die teuflische Damona zu.

Das Kreuz traf Damona noch, bevor die Dolche den Oberinspektor erreicht hatten.

Die Messer gerieten aus ihrer Flugbahn. Hautnah wischten sie an John Sinclair vorbei, dann wurde ihr Flug abrupt gestoppt, und sie klirrten zu Boden.

Und Damona?

John Sinclair sprang auf. Er zog seine Pistole, um die Silberkugeln zu verschießen, falls es nötig war.

Er brauchte es nicht zu tun.

Die Macht des Kreuzes war stärker als die Kraft der Hölle. Wo Damona stand, öffnete sich der Boden. Eine dunkelgrüne Rauchwolke schoss hervor, wirbelte und quirlte durcheinander, nahm John Sinclair die Sicht und hüllte Damona völlig ein.

Der Oberinspektor hörte die Schreie des Entsetzens, die das Mädchen ausstieß. Die Kräfte, die sie geweckt hatte, stellten sich nun gegen sie.

Satan kannte kein Pardon.

Ein Diener, der versagte, wurde eliminiert.

Auch Lucille de Lorca sah den Kampf ihrer Tochter und deren Niedergang. Sie versuchte zu retten, was noch zu retten war. Ehe sie jemand hindern konnte, stürzte sie auf die brodelnde Qualmwolke zu. Sie versuchte ihre Tochter herauszureißen, doch sie wurde selbst in den höllischen Strudel gezogen.

»Damonaaa ...!« Ein letzter Schrei gellte noch durch das Kirchenschiff, dann wurden die beiden Frauen von den Mächten der Unterwelt verschlungen.

Der Teufel hatte sie zu sich geholt!

Aber auch die Dienerinnen machten eine Verwandlung durch. Die Plaketten begannen sich aufzulösen. Sie wurden zu Staub, der langsam zu Boden rieselte.

Die Frauen blickten einander verständnislos an. Fragen und Worte schwirrten durcheinander. Keine wusste zu sagen, wie sie in diese verfallene, ehemalige Kirche gekommen war. Keine hatte eine Erinnerung an die dämonischen Ereignisse.

Damonas Bann war gebrochen.

John Sinclair sah Jane Collins' blonden Schopf auftauchen. Die Detektivin hatte draußen nichts mehr gehalten. Und er erblickte auch Suko, der ziemlich zerrupft aussah. Zwanzig kämpfende Frauen waren selbst für den bärenstarken Chinesen ein wenig zu viel gewesen. Aber er hatte es überstanden.

Teresa de Lorca und Will Purdy konnten ihr Glück kaum fassen, als John Sinclair sich bückte und ihre Fesseln zerschnitt. Weinend fielen sie sich in die Arme.

Suko trat auf John zu. »Alles okay?«, fragte er grinsend.

John grinste zurück. »Alles okay.«

Nachdem John Sinclairs Fleischwunde am Hals verbunden war, begannen er und Suko, das Haus der de Lorcas unter die Lupe zu nehmen. Jane Collins kümmerte sich inzwischen um die Frauen.

Teresa de Lorca hatte dem Geisterjäger erzählt, dass ihr Vater im Garten vergraben worden war.

Der Oberinspektor und Suko durchsuchten das Haus vom Speicher bis zum Keller.

Sie fanden schreckliche und makabre Gegenstände. Sachen, die jeder Beschreibung spotteten und für einen Hexensabbat bereitstanden. Sie würden in die Archive von Scotland Yard wandern und dort unter Verschluss gehalten werden.

John telefonierte mit den zuständigen Stellen beim Yard, informierte seinen Vorgesetzten in Stichworten über den Fall und veranlasste, dass ein Leichenwagen den toten Ernest de Lorca abholte.

Während der Tote in den Wagen geschafft wurde, stand Teresa dabei und weinte. Will Purdy hatte tröstend den Arm um ihre Schultern gelegt. Auch sein Gesicht war noch schreckensbleich. Sie würden beide eine Zeit brauchen, um die grässlichen Szenen vergessen zu können.

Ein Teil der Treppe zur ersten Etage war eingestürzt. John und Suko hatten provisorisch eine schiefe Ebene gebaut, um nach oben gelangen zu können.

In einem Schreibtischfach hatte der Geisterjäger ein Testament gefunden. Lucille de Lorca hatte mit Hilfe des Satans ein Vermögen von den opferwilligen Dienerinnen des Damona-Kults zusammengescheffelt. Es waren mehr als zwei Millionen Pfund. Alleinerbin war jetzt Teresa de Lorca.

Als John ihr davon berichtete, schüttelte sie nur den Kopf.

»Ich will das Geld nicht haben. Ich stifte es einer wohltätigen Organisation. Sie kann mehr damit anfangen. Was meinst du, Will?«

Der junge Mann nickte. »Ich bin ganz deiner Meinung, Darling«, stimmte er ihr zu. »Mit Blutgeld möchte ich keinen Ehestand aufbauen.«

John Sinclair nickte. So etwas Ähnliches hatte er erwartet. Er freute sich für Teresa und Will. Die beiden würden ihren Weg machen …

ENDE

Sehr geehrte Leserin, sehr geehrter Leser,

falls Ihr Buchhändler die **John-Sinclair-Taschenbücher** nicht regelmäßig führt, bietet Ihnen die ROMANTRUHE in Kerpen-Türnich mit diesem Bestellschein die Möglichkeit, diese Taschenbuch-Reihe zu abonnieren.

Hiermit bestelle ich bis auf Widerruf bei ROMANTRUHE,
Röntgenstr. 79, 50169 Kerpen-Türnich, Tel-Nr. 02237/92496,
Fax-Nr. 02237/924970 oder Internet: www.Romantruhe.de
die **John-Sinclair-Tachenbücher** zum Preis von 45,00 Euro
für 12 Ausgaben.
Die Zusendung erfolgt jeweils zum Erscheinungstag. Kündigung jederzeit möglich. Auslandsabonnement (Europa/Übersee) plus Euro 0,51 Porto pro Ausgabe.

Zahlungsart: ☐ - jährlich ☐ - 1/2-jährlich ☐ - 1/4-jährlich
☐ - monatlich (nur bei Bankeinzug)
Bezahlung per Bankeinzug bei allen Zahlungsarten möglich.
Bitte Geburtsdatum angeben: ___ /___ /19___
Name und Ort der Bank: ______________________________

Konto-Nr.: ________________ Bankleitzahl: ______________________

Name: ____________________ Vorname: ______________________

Straße: ____ Nr.: ______

PLZ/Wohnort: ______________________________________

Unterschrift: __________________________ Datum: ____________
(bei Minderjährigen des Erziehungsberechtigten)

Die Bestellung wird erst wirksam, wenn sie nicht innerhalb von zwei Wochen ab dem auf die Aushändigung dieser Belehrung folgenden Tag schriftlich (zweckmäßigerweise per Einschreiben bei: Romantruhe, Röntgenstr. 79, 50169 Kerpen-Türnich) widerrufen wird. Zur Wahrung der Frist genügt die rechtzeitige Absendung des Widerrufs. Dies bestätige ich mit meiner

2. Unterschrift: ________________ Datum: ________________

Wenn Sie das Buch nicht zerschneiden möchten, können Sie die Bestellung natürlich auch gerne auf eine Postkarte schreiben.

Knifflige Fälle mit Grusel-Faktor:
der deutsche King of Horror in Bestform

Jason Dark
SUKO UND SHAO
Horror
416 Seiten
ISBN 978-3-404-73968-4

Mit über 300 Millionen Gesamtauflage gehört Jason Dark zu den meistgelesenen Autoren Deutschlands. Mit seinen inzwischen fast 1.800 John-Sinclair-Romanen hat er ein Werk geschaffen, das auf der Welt einmalig ist. In dieser Kultausgabe lässt Jason Dark noch einmal die Anfänge seiner Serie lebendig werden.
Suko und Shao: Was wäre John Sinclair ohne seinen chinesischen Freund und Kollegen Suko. Im Kampf gegen den Schwarzen Drachen hat John Suko kennen gelernt; seitdem sind sie nicht mehr zu trennen. Bei einem Fall in Hongkong trifft Suko auf die Liebe seines Lebens – Shao. Schon bald wird sie in den Horror hineingezogen, den John und Suko bekämpfen ...

Bastei Lübbe Taschenbuch